W0382364

Zum Buch

Er beobachtet sie, seine Opfer. Über Tage, über Wochen. Nimmt Kontakt mit ihnen auf, ohne dass sie ahnen, was ihnen bevorsteht. Dann schlägt er zu. Unerkannt gelangt er an die Tatorte und entschwindet im Dunkel der Nacht, ohne eine Spur zu hinterlassen. Er ist der Bastille-Mörder, der im Stile der »Bestie von der Bastille«, dem berüchtigten Serienmörder aus den Neunzigerjahren, sein Unwesen treibt. Seine Tarnung ist perfekt, sein Vorgehensschema einzigartig. Und das alles ist erst der Anfang …

Die Ermittlungen der Pariser Polizei unter Leitung von Kommissar Maurice LaBréa laufen zunächst ins Leere. Zwar wohnen alle Opfer rund um die Place de la Bastille, aber zwischen ihnen scheint es keine Verbindung zu geben. Sie entstammen unterschiedlichen Bevölkerungsschichten und haben keine auffälligen Gemeinsamkeiten. Wo liegt das Motiv zu den Morden? Nach welchen Kriterien sucht der Mörder seine Opfer aus? LaBréa läuft die Zeit davon, bevor der Killer ein nächstes Mal zuschlägt.

Nico Hofmanns Produktionsfirma teamWorx (u. a. *Donna Leon, Die Sturmflut, Die Flucht*) produzierte die Verfilmung der Krimiserie um Kommissar LaBréa im Auftrag der ARD/Degeto, beginnend mit *Tod an der Bastille*.

Zur Autorin

Alexandra von Grote ging in Paris zur Schule, studierte in München und Wien Theaterwissenschaften und promovierte zum Dr. phil. Nach einer Tätigkeit als Fernsehspiel-Redakteurin beim ZDF war sie Kulturreferentin in Berlin. Seit vielen Jahren ist sie als Filmregisseurin tätig. Sie schrieb zahlreiche Drehbücher, Gedichte, Erzählungen und Romane. Alexandra von Grote lebt in Berlin und Südfrankreich. Weitere Infos zur Autorin unter www.alexandra-vongrote.de

Lieferbare Titel

Mord in der Rue St. Lazare

ALEXANDRA VON GROTE

Tod an der Bastille

Ein Fall für Maurice LaBréa

Roman

WILHELM HEYNE VERLAG
MÜNCHEN

Der Roman erschien bereits 2005 unter dem Titel
Tod an der Place de la Bastille im Knaur Taschenbuch Verlag

FSC
Mix
Produktgruppe aus vorbildlich bewirtschafteten Wäldern und anderen kontrollierten Herkünften
Zert.-Nr. SGS-COC-1940
www.fsc.org
© 1996 Forest Stewardship Council

Verlagsgruppe Random House FSC-DEU-0100
Das für dieses Buch verwendete
FSC-zertifizierte Papier *Holmen Book Cream*
liefert Holmen Paper, Hallstavik, Schweden.

Vollständige, überarbeitete Ausgabe 01/2009
Copyright © 2009 dieser Ausgabe
by Wilhelm Heyne Verlag, München
in der Verlagsgruppe Random House GmbH
Printed in Germany 2009
Umschlagfoto: © Ian Shaw / Getty Images; © Hemispheres / laif
Umschlaggestaltung: Hauptmann und Kompanie
Werbeagentur, München-Zürich
Satz: C. Schaber Datentechnik, Wels
Druck und Bindung: GGP Media GmbH, Pößneck
ISBN: 978-3-453-43378-6

www.heyne.de

»Das eben ist der Fluch der bösen Tat,
Dass sie fortzeugend immer Böses muss
gebären.«

FRIEDRICH SCHILLER, *Die Piccolomini*

»En ville, je suis comme seul dans la
jungle.«

GUY GEORGES, Serienmörder.
Verurteilt am 5. April 2001 in Paris

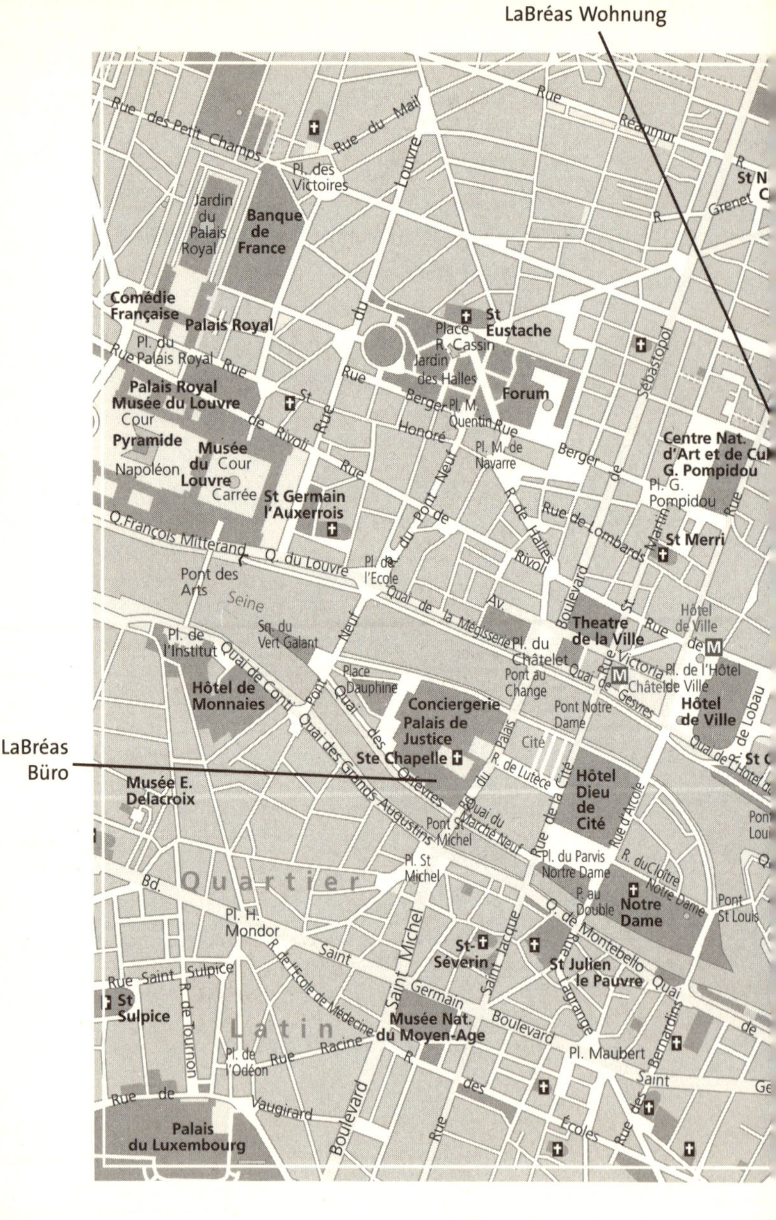
LaBréas Wohnung
LaBréas Büro
Rue des Petit Champs
Rue du Mail
Pl. des Victoires
Rue Réaumur
R. Grenet
St N
Jardin du Palais Royal
Banque de France
Louvre
Comédie Française
Palais Royal
Pl. du Palais Royal
Rue du
Place R. Cassin
St Eustache
Jardin des Halles
Forum
Sébastopol
Palais Royal Musée du Louvre
Cour Pyramide Napoléon
Musée du Louvre
Cour Carrée
Rue de Rivoli
Rue St Honoré
Rue Berger
Pl. M. Quentin
Pl. M. de Navarre
Centre Nat. d'Art et de Cu
G. Pompidou
Pl. G. Pompidou
St Germain l'Auxerrois
Rue du Pont Neuf
R. de Halles
Rue de Lombards
Martin
St Merri
Q. François Mitterand
Q. du Louvre
Pl. de l'Ecole
Pont des Arts
Seine
Quai de la Mégisserie
Av.
Boulevard
Theatre de la Ville
Hôtel de Ville
Rue St
Rue de
Pl. de l'Institut
Sq. du Vert Galant
Quai de Conti
Pont Neuf
Place Dauphine
Pl. du Châtelet
Pont au Change
Quai de Gesvres
Av. Victoria
Châtelet
Pl. de l'Hôtel de Ville
Hôtel de Ville
R. de Lobau
Hôtel de Monnaies
Conciergerie
Palais de Justice
Ste Chapelle
Pont Notre Dame
Cité
Quai de l'Hôtel de
St C
Quai des Orfèvres
Quai des Grands Augustins
Bd. du Palais
R. de Lutèce
Hôtel Dieu de Cité
Rue de la Cité
Rue d'Arcole
Musée E. Delacroix
Quai du Marché Neuf
Pont St Michel
Pl. St Michel
Pl. du Parvis Nortre Dame
R. du Cloître Notre Dame
Pont Louis
Quartier
Latin
Bd.
P. au Double
Notre Dame
Pont St Louis
Pl. H. Mondor
Saint Germain
Saint Michel
St-Séverin
Saint Jacques
Q. de Montebello
St Julien le Pauvre
Rue Lagrange
Quai de
Rue Saint Sulpice
St Sulpice
R. de Tournon
R. de l'Ecole de Médecine
Musée Nat. du Moyen-Age
Boulevard
Rue des Bernardins
Pl. de l'Odéon
Rue Racine
Pl. Maubert
Saint
Rue de Vaugirard
Boulevard
Rue des Écoles
Palais du Luxembourg

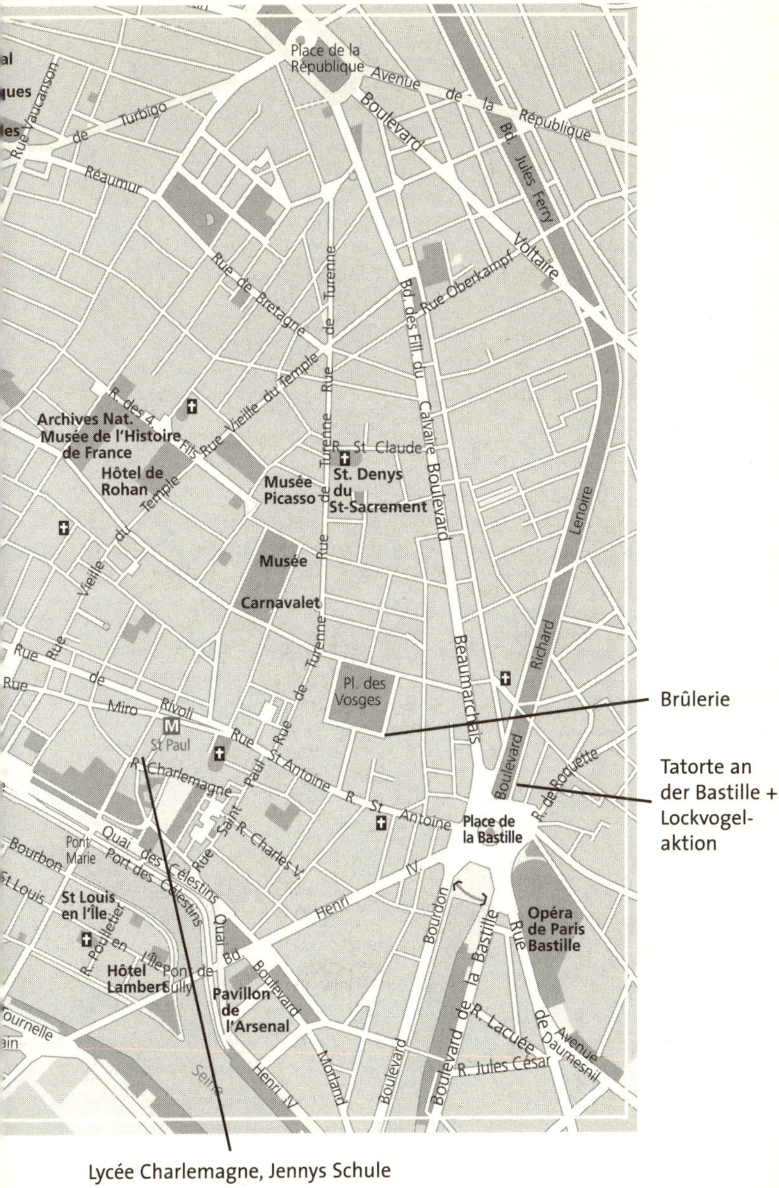
Place de la République
Avenue de la République
Boulevard Voltaire
Bd. Jules Ferry
Rue Vaucanson
Rue de Turbigo
Réaumur
Rue de Bretagne
Rue Oberkampf
Rue de Turenne
Bd. des Fill. du Calvaire
Boulevard Beaumarchais
Rue Vieille du Temple
R. des 4 Fils
R. St Claude
Archives Nat.
Musée de l'Histoire de France
Hôtel de Rohan
Musée Picasso
St. Denys du St-Sacrement
Musée Carnavalet
Lenoire
Richard
Pl. des Vosges
Rue de Rivoli
Miro
St Paul
Rue St Antoine
R. Charlemagne
Rue Saint Paul
R. Charles V.
R. de Roquette
Boulevard
Place de la Bastille
Henri IV.
Bourdon
Rue de la Bastille
Opéra de Paris Bastille
Pont Marie
Quai des Célestins
Port des Célestins
Bourbon
St Louis en l'Île
R. Poulletier
Hôtel Lambert
Pont de Sully
Quai
Bd. Boulevard Henri IV
Pavillon de l'Arsenal
Morland
Boulevard de la Bastille
R. Lacuée
Avenue de Daumesnil
R. Jules César
Seine
Tournelle
Brûlerie
Tatorte an der Bastille + Lockvogel-aktion
Lycée Charlemagne, Jennys Schule

Dienstagnacht, gegen 22 Uhr

Sanft, beinahe zärtlich fuhr er mit dem Zeigefinger der linken Hand über die Klinge. Sie war frisch geschärft. Rasiermesserscharf. Er klappte das Messer zu und ließ es in seine Anoraktasche gleiten. Das, was er außerdem noch benötigte, hatte er bereits im Rucksack verstaut. Er brauchte nicht viel. Gerade das Notwendigste. In der Beschränkung lag die Kunst. Kein unnötiger Ballast.

Zum Schluss griff er nach seinem Autoschlüssel und steckte ihn in die Brusttasche der Jacke. Alles hatte seinen angestammten Platz. Er hatte nicht vor, mit dem Wagen zu fahren. Abgesehen davon, dass der Citroën bei feuchtem Wetter schlecht ansprang und zudem ziemlich auffällig war, ging er in solchen Nächten lieber zu Fuß. Doch den Autoschlüssel nahm er stets mit – eine feste Gewohnheit.

Bevor er seine Wohnung verließ, sah er nach, ob er in der Küche den Gasherd abgeschaltet hatte. Die Vorstellung, dass Gas ausströmen und möglicherweise eine Explosion verursachen könnte, war das Einzige, was ihn beunruhigte. Er hätte sich ungern eine andere Wohnung gesucht. Die beiden kleinen Zimmer nebst Kochnische und Dusche genügten seinen Ansprüchen. Wichtig war die Lage seines Domizils. Mittendrin, im Herzen der Stadt. Er wohnte gleichsam wie im Auge des Hurrikans. Das machte vieles leichter. So leicht, dass es ihn berauschte, wenn er daran dachte. Und er dachte beinahe ständig daran.

Das Geschirr vom Abendessen hatte er gleich nach der Mahlzeit abgewaschen und weggeräumt. Die Spüle aus vergilbtem Speckstein glänzte sauber. Das Geschirrtuch hing zum Trocknen über einer Stuhllehne. Er hasste es, in solchen Nächten nach Hause zu kommen und auch nur die geringsten Anzeichen von Unordnung vorzufinden. Alles sollte sein wie immer.

An der Küchentür verharrte er einen Augenblick und grinste. Der Mann auf dem Bild, das er mit Klebeband an die Tür geheftet hatte, grinste nicht zurück. Seine Augen waren unnatürlich geweitet und blickten in eine ferne Leere, die jenseits dieser Küche, dieser Wohnung, ja, dieser ganzen Stadt zu liegen schien. Das Foto des Mannes hatte er vor vielen Monaten aus der Zeitung ausgeschnitten, in einem Copyshop auf Posterformat vergrößert und an der Tür befestigt.

Erneut grinste er. Dann schüttelte er den Kopf. Wie schon zuvor war die Versuchung groß, den dicken, roten Filzstift aus der Küchentischschublade zu nehmen und am unteren Rand des Bildes einen senkrechten Strich anzubringen. Doch er war abergläubisch und verkniff es sich auch diesmal. Später, wenn er zurückkehrte, würde ein weiterer Strich hinzukommen.

Ein Blick auf die Uhr: kurz vor zehn. Er löschte das Licht im Eingangsbereich, lauschte ins Treppenhaus, trat hinaus und zog leise die Wohnungstür hinter sich zu. Schnell und routiniert schlich er aus dem Haus. Die Nacht umfing ihn, als habe sie schon auf ihn gewartet.

Er straffte sich. Stark fühlte er sich. Unbezwingbar. So würde es weitergehen, bis er in seine Wohnung zurückkehrte.

Ein paar Straßen weiter ertönte die Sirene eines Polizeiwagens. Es konnte auch ein Krankenwagen sein.

An der Place de la Bastille schaukelten vor dem Café Le Bastille *die bunten Lampen der Weihnachtsdekoration im milchigen Schein der Nacht, der sich wie ein Schleier über die Straßen legte. Von irgendwoher erklang die jaulende Stimme einer Schlagersängerin. Ein paar Autos rasten bei Rot über die Kreuzung des Boulevard Henri IV und hupten wie wild. Wahrscheinlich eine Bande von Jugendlichen. Die roten Rücklichter der Wagen blitzten nur kurz auf und verloren sich im Nebel.*

Er beschleunigte seine Schritte, die lautlos über das feuchte, matt glänzende Kopfsteinpflaster huschten. In zwei Minuten würde er am Ziel sein.

Er konnte es kaum erwarten.

1. KAPITEL

Nebel.

Am gestrigen Morgen, als LaBréa in sein Büro am Quai des Orfèvres gegangen war, hatten sich die Türme von Notre-Dame im dichten Weiß des Himmels verloren. Sie sahen aus wie gestutzt. Den ganzen Tag über hatte sich der Nebel nicht gelichtet. Die Bürgersteige glänzten feucht, und von den Seinebrücken blickte man in einen hellen, undurchdringlichen Vorhang, hinter dem sich der Fluss versteckt hielt.

Auch heute war keine Wetterveränderung eingetreten.

LaBréa stand früh morgens barfuß und im Schlafanzug an der Fenstertür des Wohnzimmers und blickte nach draußen. Die hohe Mauer, die den kleinen Garten zum Nachbargrundstück hin begrenzte, sowie die Zwergzypresse waren vom Dunst verschluckt worden.

Einen Moment lang drehte LaBréa den Kopf Richtung Schlafzimmer und lauschte. Er hatte die Tür nur angelehnt, kein Laut war zu hören. Céline schlief tief und fest. LaBréa hatte sich bemüht, sie nicht aufzuwecken, als er vor wenigen Minuten aufgestanden war.

Ein flüchtiges Lächeln huschte über sein Gesicht. Ein Gefühl von Geborgenheit hüllte ihn ein, gemischt mit einer Welle von Zärtlichkeit und der Erkenntnis, dass Célines Gegenwart ihm unendlich gut tat. Es war die vierte Nacht, die sie miteinander verbrachten. LaBréas Tochter Jenny schlief heute bei ihrer Freundin Alissa an der Place des Vosges. Die beiden fußballbegeisterten Mädchen hatten sich am Abend im Fernsehen ein Match der Champions League zwischen Marseille und einer osteuropäischen Mannschaft angesehen. LaBréa hatte vergessen, um welche Mannschaft es sich handelte. Anlässlich solcher Spiele übernachtete Jenny regelmäßig bei ihrer Freundin.

Céline Charpentier, die Nachbarin, die Malerin großformatiger Bilder in kühnen Farben, hatte nach und nach LaBréas Herz erobert, ohne dass er sich dagegen hatte wehren können. Natürlich mussten sie vorsichtig sein. Jenny, die nach dem gewaltsamen Tod ihrer Mutter sehr auf ihren Vater fixiert war, hatte in den letzten Wochen bereits einige Anzeichen von Eifersucht erkennen lassen.

LaBréa selbst hatte zunächst versucht, die erotische Anziehung, die Céline auf ihn ausübte, zu ignorieren. Anne war seit acht Monaten tot. Brutal ermordet von zwei Junkies. LaBréa hatte die blutüberströmte Leiche seiner Frau damals in Marseille gefunden. Danach war nichts mehr, wie es einmal war. Die Versetzung zur Pariser Brigade Criminelle an den Quai des Orfèvres: eine Flucht vor der Erinnerung, eine Chance, das Geschehen in Marseille zu vergessen. LaBréa konnte sich zunächst nur schwer vorstellen, dass eine andere Frau in seinem Leben Platz haben würde. Doch er hatte sich geirrt. Mit Céline gab es so etwas wie einen Neubeginn, ohne dass LaBréas Vergangenheit, seine Jahre mit Anne, in den Hintergrund traten. Die Liebe zu Céline war einfach etwas, was *danach* gekommen war, nicht mehr und nicht weniger. Sie verdrängte nichts, und LaBréa empfand keine Schuldgefühle gegenüber seiner toten Frau.

Vor sechs Wochen hatten er und Céline zum ersten Mal miteinander geschlafen. Jenny verbrachte damals gerade ihre Herbstferien bei LaBréas Schwägerin Julie in Aix-en-Provence. Nach einem wunderbaren Essen in einem kleinen Fischrestaurant, außerhalb der Stadt am Ufer der Seine, war

LaBréa mit in Célines Wohnung gegangen. Was dann geschah, entwickelte sich wie selbstverständlich, als ginge ein lang gehegter beidseitiger Wunsch in Erfüllung.

Heute nun war Céline erneut zu ihm gekommen.

Erst gegen zweiundzwanzig Uhr hatte er sein Büro am Quai des Orfèvres verlassen. Der Mordfall Marie Ousbane hielt LaBréas Abteilung seit Montag in Atem. Das Opfer war eine junge Schwarze aus Ruanda, die als Toilettenfrau in der Gare du Nord gearbeitet hatte. In ihrer eigenen Wohnung in der Rue Beausire Nummer 15 b, gleich hinter der Bastille, war sie gefesselt, gefoltert, vergewaltigt und zum Schluss abgestochen worden wie ein Stück Vieh. Als LaBréa morgens um zehn am Tatort eintraf, konnte er nur mühsam die Fassung bewahren. Zwölf Messerstiche. Ströme von Blut – wie damals bei Anne.

Mit einem Mal befand er sich wieder in der Praxis seiner Frau, wo die beiden Junkies sie Ende Februar überfallen hatten. Als er sah, dass die Tür zu Annes Praxisräumen nur angelehnt war und kein Licht brannte, ahnte er bereits, dass etwas geschehen sein musste …

Montagmorgen, beim Anblick der dahingemetzelten Marie Ousbane, hatte LaBréa sich zwingen müssen, die Gedanken an seine ermordete Frau beiseitezuschieben. Hier war eine Frau auf bestialische Weise getötet worden, und es war seine Pflicht, sich auf seine Arbeit zu konzentrieren und seine persönlichen Empfindungen hintanzustellen.

Am Tatort hatte der Mörder einen Zettel mit einer Zeichnung zurückgelassen. Die Zeichnung hatte LaBréa an etwas erinnert, doch er wusste nicht, woran. Krampfhaft suchte er in den Tiefen seines Gedächtnisses danach, doch es wollte ihm nicht einfallen. Auf dem Nachhauseweg hatte sich LaBréa danach gesehnt, die zermürbenden Gedanken an eine Mordsache, die möglicherweise auf dem

Stapel »Ungeklärte Fälle« landen würde, einfach abschalten zu können.

Gegen halb elf klingelte Céline an LaBréas Wohnungstür. Sie brachte eine Flasche roten Nuits St. Georges vom Weingut ihres Vaters mit. Der Wein schmeckte köstlich, auch wenn LaBréa dazu nur ein paar Sandwiches anbieten konnte, die er rasch improvisierte. Eine halbe Stunde später lagen sie im Bett und flogen davon, hinaus in die trübe Novembernacht oder Gott weiß wohin – jedenfalls dahin, wo der Mensch glücklich und erschöpft ist und kurz darauf erneut jenes berauschende Gefühl spürt, das die einen Begierde nennen, die anderen Liebe.

Über den Fußboden des Wohnzimmers huschte ein Schatten.

»Obelix«, murmelte LaBréa, »wieso schläfst du denn nicht?« Der Kater blieb mitten im Raum stehen und hob seinen Kopf. »Du vermisst wohl Jenny, was? Da musst du dich schon bis morgen Abend gedulden, du alter Haudegen.«

Obelix stolzierte zu einem der Sessel und sprang mit einem Satz auf die Polster.

LaBréa vernahm ein kurzes, heiseres Lachen.

»Mit wem redest du denn da?« Céline stand in der Schlafzimmertür. Ihre Stimme klang verschlafen.

»Mit dem Kater, was dachtest du denn?«

Céline kam zu ihm und legte den Kopf an seine Schulter. Sie hatte seinen Bademantel übergezogen, der ihr viel zu groß war und um Körper und Beine schlotterte. LaBréa wusste, dass sie darunter nackt war, und diese Tatsache erregte ihn. Er legte seinen Arm um ihre Taille und berührte mit seinen Lippen ihr schönes, dunkles Haar. Es roch nach ihrem Parfüm, ein schwacher Duft, der sich in den Momenten der Liebe verflüchtigt hatte.

»Wie spät ist es eigentlich?«, fragte Céline.

»Vorhin, als ich aufgestanden bin, war es kurz nach halb drei. Ich lag schon eine Weile wach.«

»Weil du an diesen Mordfall denkst? Die Frau aus Ruanda?«

»Ja, das war ein Grund, warum ich nicht schlafen konnte. Aber eben gerade habe ich an dich gedacht.« Er nahm sie in seine Arme und küsste sie. »Daran, wie schön es mit uns beiden ist.«

Céline schob ihn sanft von sich, zog die Schultern hoch und fröstelte.

»Komm, lass uns zurück ins Bett gehen, hier ist es ungemütlich kalt.«

Eine Minute später hatte Céline sich in seinen Arm gekuschelt und schlief sofort ein.

LaBréas Gedanken kreisten noch einen Moment um den Mordfall an der schwarzen Toilettenfrau aus Ruanda, dann fielen auch ihm die Augen zu. Bis zum Morgen, als der Wecker klingelte, befand er sich in einer Art Halbschlaf, der ihn immer wieder in diffuse Träume entführte. Anne kam in diesen Traumsplittern vor; ihr Gesicht schien seltsam verzerrt, beinahe fremd. Er irrte durch ein unbekanntes Haus mit leeren Zimmern. Blutlachen bedeckten die Steinfußböden. Als er sich hinunterbeugte, sah er wie in einem tiefen Brunnen sein Spiegelbild und daneben das Gesicht der toten Marie Ousbane. Ihre Augen waren weit aufgerissen, als lebte sie noch und flehte um seine Hilfe.

Als um sieben der Wecker schrillte, fühlte LaBréa sich wie zerschlagen. Er hatte Kopfschmerzen und das diffuse Gefühl, dass dies ein langer und anstrengender Tag werden würde.

Er ließ Céline noch schlafen, ging ins Bad und rasierte sich. Leise, um Céline nicht zu wecken, schlich er zurück ins Schlafzimmer, um seine Kleider zu holen. Im Badezimmer zog er sich rasch an. Nachdem er Kater Obelix' Fressnapf gefüllt hatte, nahm er seinen Trench vom Garderobenhaken und verließ seine Wohnung.

Viertel vor acht. Gerade noch Zeit genug, in der Brûlerie an der Place des Vosges vorbeizuschauen, wo Jenny bei ihrer Freundin übernachtet hatte. LaBréa wollte die Mädchen zur Schule bringen und hoffte auf einen starken Mokka, den Alissas Mutter Francine, die Besitzerin der Kafferösterei, ihm sicher anbieten würde.

Noch immer lag Nebel über der Stadt. Er verschluckte die Häuserfronten und Kirchtürme, die Menschen, die zur Metro eilten, und sogar das Brodeln des morgendlichen Berufsverkehrs.

Wie die Ruhe vor dem Sturm, durchzuckte es LaBréa, und er konnte sich nicht erklären, wieso er das dachte.

Mittwoch früh, 3 Uhr 15

Alles hatte sich so abgespielt, wie er es geplant hatte. Er wusste, wo er sich auf die Lauer legen musste, und er wusste, dass sie kommen würde. Dienstags kam sie immer erst kurz nach zweiundzwanzig Uhr nach Hause. Er hatte sich nicht getäuscht. Zehn Minuten später tauchte sie aus dem Nebel auf, eilte direkt von der Metrostation Bastille die wenigen Meter bis zu dem Haus, in dem ihre Wohnung lag. Als sie ihn bemerkte, war es bereits zu spät. Schon stand er hinter ihr, vor Schreck war sie wie gelähmt. Er zwang sie in den Hausflur, die Treppe hinauf in den ersten Stock, vor ihre Wohnungstür. Ihre Hand zitterte, als sie auf seinen Befehl hin den Schlüssel aus der Tasche zog. Er fiel zu Boden. Sie hatte versucht, mit ihm zu handeln. Ihn angefleht, ihm Geld angeboten. Als Antwort hatte er die Haut an ihrer Kehle mit der Klinge leicht angeritzt. Da war sie still. Er zwang sie, sich zu bücken, den Schlüssel aufzuheben und die Tür aufzuschließen.

Seit er im Schutz des Nebels auf der Straße auf sie gewartet hatte, war die Erregung immer stärker geworden. Er konnte es kaum erwarten. Sie war schön, hatte auf ihn einen unbeschwerten, ja glücklichen Eindruck gemacht, als er sie in den letzten Wochen beobachtet hatte, und sie gehörte ihm. Er konnte mit ihr machen, was er wollte. Und genau das hatte er vor. Gleich begann die Vorstellung. Zuschauer gab es keine, doch das, was er geplant hatte, würde den Bullen erneut das Blut in den Adern gefrieren lassen, wenn sie sie fanden. Der Gedanke daran steigerte seine Er-

regung ins Unermessliche. Mal sehen, wann sie am Quai des Orfèvres eins und eins zusammenzählten.

In ihrer Wohnung, einem bescheidenen Ein-Zimmer-Appartement, schlug er sie als Erstes mehrere Male kräftig ins Gesicht und warf sie aufs Bett. Sie schrie nicht, sondern wimmerte nur und bettelte erneut. Freiwillig werde sie es mit ihm machen, aber er solle ein Kondom benutzen. Gewalt sei völlig überflüssig, sie werde auch nicht die Polizei rufen …

Er hatte sie nur kurz angesehen und gelacht. Als ob es darauf ankam, was sie wollte! Gleichzeitig war die Wut in ihm hochgekrochen, überfallartig, wie eine Bestie. Nach weiteren harten Schlägen ins Gesicht blutete ihre Nase, und er hörte das Geräusch von splitternden Knochen. Danach hatte er ihr den Mund verklebt.

Das Ritual konnte beginnen.

Gegen drei Uhr morgens verließ er ihr Appartement. Er hatte die Zeit genutzt und jede Minute dessen, was er geplant und in die Tat umgesetzt hatte, ausgekostet.

Als er wenig später seine Wohnung betrat, fiel sein erster Blick auf die Küchentür, wo das Bild des Mannes befestigt war. Dessen weit aufgerissene Augen schienen mit einem Mal nicht mehr in die Ferne zu blicken. Sie ruhten beinahe wohlwollend auf ihm, oder irrte er sich?

»Ja, da staunst du, was?«, sagte er und kicherte. Aus der Küchenschublade nahm er den roten Filzschreiber und setzte einen geraden, senkrechten Strich an den unteren Rand des Posters.

Dann zog er sich aus, warf sein blutbespritztes T-Shirt und die Jeans, in deren Taschen die blutigen dünnen Gummihandschuhe steckten, in einen bereitstehenden Plastiksack und stellte sich unter die Dusche. Er wusch sich gründ-

lich, wobei er noch einmal das Geschehen in der Wohnung der Schlampe an seinem inneren Auge vorbeiziehen ließ.

Es war wie ein Rausch. Eine riesige Explosion in seinem Körper und in seinem Kopf.

Stark war er und unbezwingbar. Endlich gab es etwas in seinem bisher so durchschnittlichen und ereignisarmen Leben, das ihm wirklich Spaß bereitete, Lust und Befriedigung verschaffte.

Das war sein letzter Gedanke, bevor er wenig später in einen tiefen, traumlosen Schlaf fiel.

2. KAPITEL

In der Brûlerie an der Place des Vosges drängten sich die Gäste. Sämtliche Stehtische waren besetzt, und Francine Dalzon arbeitete auf Hochtouren an der Espressomaschine.

»Ah, Guten Morgen, Commissaire!«, rief sie mit hochrotem Kopf, als LaBréa eintrat. »Die Mädchen sind noch oben. Wie spät ist es denn?« Mit Schwung stellte sie drei dampfende Espressotassen auf ein Tablett und ging zu einem der Tische, an dem sich drei junge Frauen angeregt unterhielten. Verkäuferinnen oder Sekretärinnen, deren Arbeitstag bald begann.

LaBréa winkte beruhigend ab. »Erst kurz nach acht«, erwiderte er. »Es ist also noch Zeit.«

»Sie nehmen doch sicher auch einen Kaffee?«

»Sehr gern.«

»Stark und schwarz wie immer?«

»Ja bitte.«

Francine Dalzon lachte ihr unbekümmertes Lachen, das sie jünger erscheinen ließ, als sie war. Sie kassierte bei einem Mann undefinierbaren Alters, der aussah wie ein Finanzbeamter, und räumte seine Tasse ab.

»Soll ich Jenny rufen?«, warf sie LaBréa über die Schulter zu, als sie zurück zum Tresen ging.

»Nicht nötig. Ich warte hier auf sie.«

Sein Handy klingelte. LaBréa fingerte es aus der Tasche seines Trenchs.

»Ja, hallo?«

Es war Franck Zechira, einer von LaBréas Mitarbeitern. Seine Stimme klang ungewohnt aufgeregt, und LaBréa hörte einen Moment lang schweigend zu.

»Ich komme sofort«, sagte er schließlich. »Welche Hausnummer? Aha. Das gibt's doch nicht. So was ist kein Zufall. Wissen Jean-Marc und Claudine schon Bescheid? Gut, umso besser. Ich bin jetzt an der Place des Vosges und komme zu Fuß, ist ja gleich um die Ecke.«

LaBréa schaltete sein Handy aus, steckte es in die Manteltasche und ging mit großen Schritten auf den Ausgang zu. Erstaunt blickte Francine Dalzon ihn an.

»Ich muss leider sofort weg, Madame Dalzon. Sagen Sie Jenny bitte, ich rufe sie nachher in ihrer Pause an.« Er legte seine Hand auf die Türklinke.

»Und Ihr Kaffee?« Es klang ein wenig gekränkt.

»Das nächste Mal, tut mir leid. Heute muss es der staatseigene Kaffeeautomat tun. Wiedersehen, Madame Dalzon.«

»Wiedersehen, Commissaire.«

Durch die Rue du Pas de la Mule und die Rue des Tournelles gelangte er zur Place de la Bastille. In seinem Kopf überschlugen sich die Gedanken. Der Tatort lag nur wenige Meter von der Wohnung entfernt, in der Marie Ousbane in der Nacht von Sonntag auf Montag ermordet worden war. Dieselbe Straße. Und nach dem, was Franck ihm in kurzen Worten berichtet hatte, derselbe Modus Operandi. Am Tatort das gleiche Blatt Papier mit der Zeichnung, die gleiche Inszenierung. Der Täter hatte zum zweiten Mal zugeschlagen.

Gleich darauf bog LaBréa in die Rue Beausire ein. Wie beim Mord an Marie Ousbane versperrten Polizeiwagen die Zufahrt. Soeben parkte Claudine Millot ihren VW Polo in der Reihe der Fahrzeuge. LaBréa begrüßte seine Mitarbeiterin knapp, dann eilten beide zum Haus Nummer 5. Im Hausflur begegnete ihnen Franck Zechira, der sie mit den Fakten vertraut machte.

»Im ersten Stock, Chef. Das Opfer heißt Annabelle Villeron, zweiundzwanzig Jahre alt, Studentin der Medizin. Wohnte allein hier. Stammt aus einem kleinen Ort im Périgord.«

»Wer hat sie gefunden?«, fragte LaBréa und stieg die Treppe zum ersten Stock hoch. Franck und Claudine folgten ihm.

»Eine Kommilitonin«, erwiderte Franck. »Laura Klein. Sie kam heute Morgen kurz vor halb acht hierher, weil die beiden für eine Prüfung lernen wollten. Als sich auf ihr Klingeln niemand meldete, wollte sie wieder gehen. Dann entdeckte sie den Schlüssel neben der Fußmatte.«

»Verdammter Mist, wie bei Marie Ousbane«, bemerkte LaBréa. »Der Mörder verlässt nach der Tat in aller Seelenruhe die Wohnung und legt den Schlüssel sichtbar vor die Tür, damit man das Opfer möglichst bald findet und sein Werk bestaunen kann.«

»Der spielt mit uns. Er hält sich für besonders schlau und für absolut unangreifbar«, warf Claudine ein. »Dieser Dreckskerl!«

»Der Paradiesvogel nimmt gerade die Aussage der Frau zu Protokoll.« Paradiesvogel war der Spitzname für den jüngsten Mitarbeiter der Abteilung, Leutnant Jean-Marc Lagarde, der ein Faible für bunte und flippige Kleidung hatte.

»Sie steht ziemlich unter Schock«, fuhr Franck fort. »Was verständlich ist, wie Sie gleich sehen werden, Chef. Kein schöner Anblick. Aber irgendwie doch schon beinahe vertraut.« Es sollte ironisch klingen. »Wenn Sie mit der Zeugin sprechen wollen, die beiden sitzen im Café *Le Bastille,* gleich um die Ecke.«

»Und die Hausbewohner?«

»Niemand hat etwas gehört oder gesehen.« Franck strich sich nervös über sein Oberlippenbärtchen. »Hier wohnen sechs Mietparteien. Vielleicht hat sie den Kerl ja gekannt und in die Wohnung gelassen. Da hat er ihr dann den Mund zugeklebt, damit keiner was hört.«

»Er kann sie genauso gut vor dem Haus abgepasst haben«, warf Claudine Millot ein. »Dann hat er ihr das Messer an die Kehle gesetzt und sie gezwungen, ihn mit nach oben zu nehmen.«

»Es ist noch zu früh für Spekulationen«, mahnte LaBréa.

»Ach ja, und dann das hier, Chef. Ich sagte es ja bereits vorhin am Telefon. Es lag auf dem Fußboden, direkt hinter der Wohnungstür. Das Gleiche wie am Sonnabend.« Franck reichte LaBréa ein DIN-A4-großes Stück Papier, das er in eine Plastikhülle gesteckt hatte.

LaBréa betrachtete es. Eine Fotokopie derselben, offenbar mit einem dicken Filzstift angefertigten Zeichnung, die in der Wohnung von Marie Ousbane gefunden worden war. Der Umriss eines menschlichen Fußes. Ein Fuß, dessen zweiter Zeh größer war als der große Zeh. Ein »ägyptischer« Fuß.

Claudine sah LaBréa mit großen Augen an.

»Denken wir jetzt alle dasselbe?«, fragte sie.

»Ich glaube schon«, sagte LaBréa mehr zu sich selbst. »Vor zwei Tagen bin ich noch nicht darauf gekommen. Besser gesagt, ich habe den Gedanken verdrängt. Aber jetzt, nach dem zweiten Mord …«

Sie waren im ersten Stock angelangt. Die kleine Ein-Zimmer-Wohnung von Annabelle Villeron wirkte sauber und penibel aufgeräumt. Bis auf das Bett, das in einer Ecke unter dem Fenster stand. Dort bot sich ein grauenhafter

Anblick. Das Opfer lag auf dem Rücken in einer riesigen Blutlache; das Blut in Laken und Matratze gedrungen. Hände und Füße waren mit Klebeband am Kopf- und Fußteil des Bettes fixiert, wobei die Beine weit gespreizt waren. Den Mund des Opfers hatte der Täter mit einer dicken Schicht Leukoplast verklebt. Die Frau war vollkommen nackt. Der Körper wies zahllose Hämatome auf. Die Nase war geschwollen und schien gebrochen zu sein. Annabelle Villerons Kehle wies mehrere Stichwunden auf.

Trotz der schrecklichen Entstellungen im Gesicht konnte LaBréa sehen, dass das Opfer eine hübsche, um nicht zu sagen außergewöhnlich hübsche junge Frau gewesen sein musste. Dicht gewachsene, geschwungene Augenbrauen gaben ihren Zügen etwas Stolzes und Kraftvolles. Die dunklen Augen waren groß und mandelförmig. LaBréas Blick wanderte zur unteren Körperhälfte des Opfers. Im Vaginalbereich sah er schwere Verletzungen. Schamhaare und Oberschenkel waren blutverschmiert. LaBréa kämpfte gegen die Übelkeit an, die erneut in ihm aufstieg.

Der Fotograf hatte seine Arbeit beendet. Er sah aus, als müsse er sich jeden Augenblick übergeben. Er zog den Chip aus seiner Digitalkamera, überreichte ihn Franck und verließ eilig den Tatort.

Brigitte Foucart, die Gerichtsmedizinerin, kniete neben dem Bett. Als sie LaBréa bemerkte, schüttelte sie den Kopf.

»Der Kerl muss regelrecht ausgerastet sein. Genau wie bei der anderen. Vier Stiche allein in die Halsschlagader. Weitere in beide Brüste. Hier. Sie ist geradezu ausgeblutet. Daher sind auch die Totenflecken nur blassrosa.«

LaBréa beugte sich vor. Er sah mehrere Stichwunden im Bereich der Brust, zwei direkt in den Brustwarzen.

»Es gibt, zumindest auf den ersten Blick, keinen Zweifel.« Brigitte Foucart erhob sich und strich ihre Schutzkleidung glatt. »Alles ist genauso wie vor zwei Tagen bei Marie Ousbane. Wenn du mich fragst, Maurice, fängt hier gerade einer an, sich in ganz großem Stil auszutoben. Die Kleine ist sicher nicht die Letzte.« Voller Abscheu verzog Brigitte Foucart ihren Mund. »Dieses sadistische Schwein! Vier Stiche direkt in die Vagina. Sollte diese Frau noch gelebt haben, als er zustach, muss sie wahnsinnig gelitten haben. Ob sie vergewaltigt wurde wie die andere, kann ich erst nach der Autopsie sagen. Aber ich würde jede Wette darauf eingehen.«

Brigitte erhob sich, gab LaBréa ein Zeichen, und sie gingen einige Schritte beiseite.

»Ich weiß nicht, ob es bei dir auch ›klick!‹ gemacht hat.« Brigitte sah ihn forschend an. »Schon vorgestern bei Marie Ousbane hatte ich so ein komisches Gefühl. Du warst ja damals Ende der Neunziger in Marseille, aber es hat sich bestimmt bis zu euch herumgesprochen. Außerdem hat die Presse ja ausführlich darüber berichtet.«

LaBréa nickte. »Du meinst Guy Georges? Ja, natürlich. Der Abdruck des ägyptischen Fußes. Vorgestern ist es mir nicht eingefallen.«

»Ja«, bestätigte die Gerichtsmedizinerin. »Und die Messerstiche. Die Art der Fesselung. Wer immer das hier getan hat, ist ein klassischer Copycat. Nur das mit der Unterwäsche ist anders. Vielleicht hat er sie mitgenommen?!«

LaBréa musste Brigitte Foucart recht geben. Der Modus Operandi der beiden Morde war dem von Guy Georges sehr ähnlich. Fieberhaft dachte er nach. War es 1998 oder 99 gewesen, dass man Georges geschnappt hatte? Eine beispiellose Aneinanderreihung von Pannen und Versäumnissen seitens der verschiedenen Polizeidienste war der Verhaftung vorangegangen. Heute saß Guy Georges in Fleury oder Fresnes in Haft.

Auch Georges hatte die meisten seiner Opfer im Viertel rund um die Bastille gesucht, das hatte ihm in der Presse den Beinamen »Die Bestie von der Bastille« eingebracht. Bei einem seiner Morde musste er aus irgendeinem Grund barfuß gewesen sein, denn im Blut des Opfers wurde der Abdruck seines Fußes gefunden. Der Abdruck eines »ägyptischen« Fußes.

Wenn der Mörder von Marie Ousbane und Annabelle Villeron ein Nachahmungstäter war und sich Guy Georges zum Vorbild genommen hatte, dann konnte das nur bedeuten … LaBréa wagte den Gedanken nicht zu Ende zu denken.

»Der Todeszeitpunkt, Brigitte. Was schätzt du?«

»Als ich kurz nach acht hier am Tatort eintraf, war die Totenstarre noch nicht vollständig ausgebildet. Das Mädchen kann demnach nicht länger als sechs, höchstens acht Stunden tot sein. Dafür spricht auch, dass ihre Körpertemperatur 30 Grad betrug. Das Opfer war unbekleidet, die Zimmertemperatur hier im Raum ist eher niedrig. Die Körpertemperatur einer Leiche verringert sich um etwa ein Grad pro Stunde, also liege ich mit meiner Einschätzung von sechs bis acht Stunden wohl in etwa richtig.«

LaBréa rechnete nach.

»Das würde bedeuten, dass sie letzte Nacht irgendwann zwischen eins und drei gestorben ist.«

»Genaueres sage ich dir nach der Sektion, Maurice.«

»Wann bekomme ich deinen Bericht?«

»Ich denke, ich kann ihn dir am Nachmittag rüberfaxen.«

Brigitte Foucart ordnete an, den Leichnam wegzuschaffen. Beim Anblick des blutüberströmten Opfers wurde einem der Männer schlecht, und er lief ins Treppenhaus. Erst nach einigen Minuten war er in der Lage, seinen Job zu erledigen.

LaBréa und seine Mitarbeiter durchsuchten die Wohnung. Der Computer der Studentin, ein teurer IBM mit Flachbildschirm, musste ins Präsidium geschafft werden, wo Franck, der Computerspezialist der Abteilung, sich die Festplatte vornehmen würde.

In den Holzregalen standen medizinische Fachbücher und eine stattliche Anzahl klassischer Romane sowie Gedichtbände. Etwas weiter ein Mikroskop. In der Schreibtischschublade lagen ein Taschenrechner, Millimeterpapierhefte und ein Kasten Buntstifte. Im Kleiderschrank, auf dessen Vorderfront dicke Blutspritzer zu sehen waren, hingen mehrere Paar Jeans, Blusen, zwei Röcke und zwei Sommerkleider. Pullover, T-Shirts und Unterwäsche der Toten, die in den Fächern des Schranks lagen, waren durchwühlt worden.

Franck fand ein Briefkuvert, in dem die Studentin offenbar ihr Bargeld aufbewahrte. Mit Datum des gestrigen Tages war darauf notiert worden: 220 Euro. Doch das Kuvert war leer.

Auf einem der Regale neben dem Bett stand ein Kästchen, dessen Deckel auf dem Fußboden lag.

»Sehen Sie mal, Chef.« Claudine nahm es in die Hand. »Offenbar ein Schmuckkästchen. Aber bis auf ein paar wertlose Ohrringe scheint es leer geräumt zu sein.«

»Möglicherweise vom Täter. Gilles und seine Leute sollen es auf Fingerabdrücke untersuchen.«

Seitlich vom Bett lag ein kleiner Lederrucksack. Auch er war voller Blutspritzer. Vorsichtig inspizierte LaBréa ihn und sagte zu Claudine: »Dieser Kerl muss wie ein Berserker auf das arme Mädchen eingestochen haben. Verdammte Sauerei!«

Die Sachen, die sich offenbar im Rucksack befunden hatten, lagen verstreut auf dem Boden. Ein Kollegheft mit Seminarnotizen, chemischen Formeln und Zeichnungen von Mikroskoppräparaten. Ein Portemonnaie, eine kleine Brieftasche und ein Adressbuch.

Das Portemonnaie war bis auf ein paar Münzen leer. LaBréa vermutete auch hier, dass der Mörder sich bedient hatte.

»Lassen Sie die ganzen Sachen auf Fingerabdrücke untersuchen«, sagte er zu Claudine. »Das Adressbuch nehmen Sie dann gleich nachher mit.«

Sie nickte.

Nachdem LaBréa und seine Leute fertig waren, machten sich die Techniker der Spurensicherung an die Arbeit. LaBréa wandte sich an seine beiden Mitarbeiter.

»Franck, befragen Sie nochmals sämtliche Hausbewohner. Vielleicht hat einer von ihnen in den letzten Tagen irgendetwas Auffälliges bemerkt. Jemanden, der das Haus beobachtete. Bringen Sie in Erfahrung, ob Annabelle Villeron Herrenbesuche bekam. Na ja, das Übliche. Und Sie, Claudine, erkundigen sich mal in der Nachbarschaft. Gleich nebenan gibt es eine kleine Pension. Fragen Sie dort nach den Gästen und lassen Sie sich eine Aufstellung geben, wer in den letzten Wochen dort gewohnt hat. Marie Ousbane wurde nur einige Häuser weiter ermordet, vielleicht ergibt sich hier eine Spur. Um elf steigt die Talkrunde bei mir im Büro. Ich rede jetzt mit der Studentin, die das Opfer gefunden hat, und sage auch Jean-Marc Bescheid. Also, bis gleich.«

Es war kurz vor zehn, als LaBréa das Café *Le Bastille* betrat. Um diese Tageszeit war das Lokal nur mäßig besucht. Neben dem Tresen stand ein großer Weihnachtsbaum, dessen Äste weiß besprüht waren.

Sein Mitarbeiter Jean-Marc saß in Begleitung einer jungen Frau an einem der hinteren Tische. LaBréa trat hinzu, stellte sich vor und nahm auf einem der Stühle Platz. Als der Kellner kam, bestellte er einen Kaffee.

Laura Klein machte einen verstörten Eindruck und hatte geweint. An diesem Morgen hatte sie sich mit ihrer Studienkollegin Annabelle Villeron in deren Wohnung verabredet. Das Schicksal wollte es, dass sie den Wohnungsschlüssel fand, die Tür aufschloss und das grausige Geschehen entdeckte.

Auf LaBréas Frage, warum sie Annabelle Villeron am Morgen besucht hatte, antwortete sie: »Wir wollten zusammen für eine wichtige Zwischenprüfung Mitte Dezember lernen. Schon letztes Jahr hatten wir uns zusammen auf eine Prüfung vorbereitet. Wir waren ein gutes Team.« Sie schniefte und tupfte sich mit einem zerknüllten Papiertaschentuch die Nase ab.

»Seit wann kannten Sie Annabelle Villeron?«

»Praktisch seit Anfang unseres Studiums.«

»Waren Sie im gleichen Studienjahr?«

»Ja. Hin und wieder trafen wir uns auch privat. Um ins Kino zu gehen oder ins Theater.« Laura Klein nippte an ihrem Orangensaft. Der Kellner stellte LaBréas Kaffee auf den Tisch.

»Dann kannten Sie sich also recht gut«, stellte LaBréa fest.

»Ja, wie man sich eben so kennt. Ich mochte sie. Ich verstehe nicht, wer so etwas getan haben könnte. Sie war doch …« Ihre Stimme versagte, und erneut liefen ihr die Tränen übers Gesicht. Sie zog ein frisches Taschentuch aus ihrer Jackentasche und schnäuzte sich. »Sie war so lebensfroh, so voller Pläne«, begann die Studentin wieder. Doch die Stimme wollte ihr nicht gehorchen.

»Es tut mir leid, Mademoiselle. Ich kann mir vorstellen, was das für ein Schock für sie gewesen sein muss, als Sie sie heute Morgen fanden. Kennen Sie Freunde oder Verwandte von ihr? Hatte sie einen Freund, jemanden, mit dem sie sich regelmäßig traf?«

Die junge Frau zuckte mit den Schultern.

»Ich weiß nicht, ob sie sich regelmäßig trafen und ob er in dem Sinne ihr Freund war. Aber sie erwähnte öfter einen Marcel. Keine Ahnung, wer das ist. Aber danach zu urteilen, wie sie über ihn sprach, war er sicher nicht ihre große Liebe.«

»Wie sprach sie denn über ihn?«

»Sie machte sich immer ein bisschen lustig. Über seine großen Ohren, zum Beispiel, und seinen riesigen Adamsapfel. Die fand sie komisch und machte Scherze darüber. Keine bösartigen Bemerkungen, eher liebevoll, freundschaftlich.«

»Sagte sie, wer der Mann war?«

»Nein. Sie machte fast so eine Art Geheimnis daraus. Sie hat ihn ja auch nur zwei-, dreimal erwähnt. Aber so wie sie über ihn sprach, hatte ich den Eindruck, dass er nur ein Kumpel von ihr war, mehr nicht. Auf keinen Fall jemand, den sie irgendwie intimer kannte. Ich glaube nicht, dass sie mit ihm ein Verhältnis hatte. Aber wissen kann man das ja nie.«

»Kennen Sie den Familiennamen dieses Marcel?«

»Leider nicht. Ich habe ihn auch nie gesehen, keine Ahnung, wer das ist.«

»Und sonst? Erwähnte sie andere Männer?«

»Nein.«

LaBréa runzelte die Stirn.

»Eigenartig«, meinte er. »Sie war doch eine gut aussehende junge Frau. Können Sie sich erklären, warum sie offenbar keinen Freund hatte?«

Laura Klein zögerte einen Augenblick. »Darüber habe ich mir auch Gedanken gemacht. Als ich sie einmal danach fragte, wich sie aus. Keine Ahnung. Irgendwie hatte ich das Gefühl, dass ihr Verhältnis zu Männern nicht ganz unbelastet war.«

»Meinen Sie, dass sie keine Männer mochte?«

Die Studentin zuckte mit den Achseln. »Vielleicht. Wie gesagt, wir haben nie darüber gesprochen.«

»Hat sie Ihnen gegenüber jemals geäußert, dass sie sich verfolgt oder bedroht fühlte? Beobachtet, belästigt, irgendetwas in der Art?«

»Nein. Abgesehen davon war Annabelle auch kein furchtsamer Mensch. Es machte ihr zum Beispiel nichts aus, noch spätnachts mit der Metro zu fahren. Bei mir ist das anders. Ich fahre nachts nie mit der Metro.«

»Wann haben Sie Annabelle zuletzt gesehen?«

»Gestern Abend. Wir hatten von acht bis kurz vor zehn einen Physiologiekurs.«

»War sie gestern anders als sonst?«

»Nein, mir ist nichts aufgefallen.«

LaBréa trank einen Schluck Kaffee. Er war heiß und stark, aber nicht so gut wie der Kaffee in Francine Dalzons Brûlerie. Allerdings wesentlich besser als die bittere Brühe aus dem Automaten vor seinem Büro am Quai des Orfèvres.

»Und danach?«, fuhr LaBréa fort. »Ist sie nach dem Seminar gleich nach Hause gefahren?«

»Das hatte sie jedenfalls vor. Ich brachte sie bis zur Metrostation und ging dann zu Fuß nach Hause. Ich wohne nur ein paar Schritte von der medizinischen Fakultät entfernt.«

»Und seitdem haben Sie nichts von ihr gehört.«

Laura Klein schüttelte den Kopf und steckte sich eine Zigarette an. Sie wirkte müde und kraftlos und immer noch fassungslos, was mit ihrer Freundin und Kommilitonin geschehen war.

»Kennen Sie Annabelles Familie?«

»Nein. Ich weiß nur, dass ihr Vater schon lange tot ist. Die Mutter lebt in Malville, das liegt im Périgord. Sie ist Hebamme oder Krankenschwester, so genau weiß ich das nicht.«

»Gibt es Geschwister?«

»Einen älteren Bruder. Aber mit dem hat sich Annabelle zerstritten.«

»Wissen Sie, weshalb?«

»Nein. Ich habe keine Ahnung. Genaueres hat sie nie erzählt.«

LaBréa zog eine Visitenkarte aus der Innentasche seines Trenchcoats, den er nicht abgelegt hatte.

»Hier sind meine Telefonnummern.« Er legte die Karte auf den Tisch. »Sie können mich jederzeit anrufen, wenn Ihnen noch irgendetwas einfallen sollte. Alles kann für uns wichtig sein. Vielleicht erinnern Sie sich auch noch an den einen oder anderen Namen.«

»Werden Sie den Kerl schnappen, der das getan hat?«

»Das hoffe ich.« LaBréa bemühte sich, Festigkeit und Überzeugungskraft in seine Stimme zu legen. »Wir tun alles, was in unserer Macht steht, und verfolgen jede noch so kleine Spur. Zunächst kontaktieren wir sämtliche Personen, die in Annabelles Telefonverzeichnis stehen. Möglicherweise ist dieser Marcel ja auch darunter.«

Laura Klein drückte ihre Zigarette aus und fragte leise: »Musste sie sehr leiden?«

»Nein«, log LaBréa und erhob sich schnell. »Sie hat nichts gespürt. Der tödliche Stich ging in die Halsschlagader. Als Medizinstudentin wissen Sie ja, dass das einen schnellen Tod bedeutet. Vorerst vielen Dank, Mademoiselle. Können wir Sie irgendwohin bringen?«

»Danke, ich rufe gleich einen Freund an, er soll mich hier abholen. Er ist Psychologe, den kann ich jetzt brauchen.« Es klang traurig und bitter.

Jean-Marc steuerte den Wagen durch den dichten Morgenverkehr. Über die Rue de Rivoli und die Pont Notre-Dame erreichten sie den Quai des Orfèvres. Seit sie das Café verlassen hatten, waren nur wenige Worte zwischen ihnen gefallen. Das schätzte LaBréa an Jean-Marc. Der junge Mann hatte stets ein Gespür dafür, wann man Fragen stellen konnte und wann nicht.

Instinktiv ahnte Jean-Marc auch jetzt, dass sein Chef in seinen Gedanken und Überlegungen nicht gestört sein wollte. Er wusste, es war besser, sämtliche bisherigen Erkenntnisse, alle Fragen, Probleme und Theorien bezüglich der beiden Mordfälle gleich in der Talkrunde zu diskutieren. So nannte LaBréa das tägliche Brainstorming in seinem Büro. Und bei einer aktuellen Mordermittlung gab es stets mehrere dieser Talkrunden täglich.

LaBréa riss sich aus seinen Gedanken und warf einen kurzen Blick nach links. Auch heute machte der Paradiesvogel seinem Namen wieder alle Ehre. Er trug einen rotweiß gestreiften Rollkragenpullover, grüne Cordjeans und Stiefeletten in Tigerfell-Optik.

LaBréa lächelte.

»Nanu, heute ohne die berühmte Flic-Pellerine?« Dieses alte Uniformstück aus den Fünfzigerjahren hatte Jean-Marc vor Kurzem in einem Kostümfundus erstanden. »Obwohl das Wetter dafür im Moment nicht günstiger sein könnte«, fuhr LaBréa fort. »Dichter Nebel, Kälte und Feuchtigkeit, die einem in die Glieder kriecht … Ein Hauch von *Rififi* und Film noir …«

Jean-Marc lachte.

»Die Pelerine hab ich in der Eile in meinem Büro vergessen.«

»Im Büro? So früh schon am Arbeitsplatz?«, wunderte sich LaBréa.

»Heute war ich mal Frühaufsteher.«

Wenig später lenkte Jean-Marc den Wagen in die Tiefgarage des Justizpalastes.

Mittwochmorgen, 7 Uhr 30

Er war schon immer ein Frühaufsteher gewesen. »Morgenstund hat Gold im Mund«, pflegte seine Mutter stets zu sagen. Das war auch schon die einzige Lebensweisheit, die sie ihm mit auf den Weg gegeben hatte, an die er sich hielt. Er stand gern früh auf. Im Sommer natürlich noch lieber, da wurde es morgens zeitig hell. Die Stadt erwachte langsam, und er liebte den Sonnenaufgang. Tatsächlich war eine allererste Version seines Plans an einem dieser Sommermorgen entstanden. Es war im August dieses Jahres gewesen. Brütende Hitze lag über der Stadt, ein Jahrhundertsommer. In Wohnungen und Altersheimen starben die Alten, aber um die war es nicht schade. Er hatte sich nachts in einem kleinen Park im 12. Arrondissement herumgetrieben. Zur einen Seite grenzte dieser Park an eine Friedhofsmauer, zur anderen an eine kleine Straße, auf deren gegenüberliegender Seite sich dreistöckige Wohnblocks befanden. Abends und nachts waren die Fenster dort hell erleuchtet. Kaum jemand zog die Vorhänge zu oder ließ die Jalousien herunter. Die Leute fühlten sich sicher und unbeobachtet ohne direktes Vis-à-vis.

Im Erdgeschoss hatte eine junge Frau gewohnt. Abends zog sie sich in ihrem Schlafzimmer aus. Durch die dünnen Vorhänge sah er ihre Silhouette. Meistens löschte sie gegen dreiundzwanzig Uhr das Licht. Da war er längst auf seine Kosten gekommen. Er stieg in den Citroën, den er ein paar Straßen weiter geparkt hatte, und fuhr zurück zu seiner Wohnung. Dort lag er noch lange wach und ließ seinen

Wünschen und Fantasien freien Lauf. Und dann, eines Morgens, war er wach, als die Sonne aufging und die kleine Wohnung mit blutrotem Licht erfüllte – da hatte er plötzlich diese Idee, die ihm unwiderstehlich erschien. In den folgenden Wochen und Monaten nahm sie mehr und mehr Gestalt an.

Zwischenzeitlich fuhr er immer wieder nachts in den Park. Als die Frau im Erdgeschoss des Wohnblocks in einer heißen Augustnacht ihr Fenster offen ließ, wartete er bis weit nach Mitternacht. Der Rest war ein Kinderspiel. Er war ein sportlicher Mann und trainierte zweimal in der Woche abends in einem Fitnessstudio. Sie schrie nicht, als er wie aus dem Nichts vor ihrem Bett stand und er ihr das Messer an die Kehle hielt. Alles ging sehr schnell. Am übernächsten Tag las er in der Zeitung: »Junge Frau von Unbekanntem nachts in ihrer Wohnung vergewaltigt. Der Täter bedrohte sie mit einem Messer und verschwand dann unerkannt in die Nacht.«

Er wiederholte diese nächtlichen Streifzüge noch mehrmals in anderen Arrondissements. Da er stets eine Strumpfmaske übergestülpt hatte, konnten die Schlampen, die er sich bei diesen kleinen Ausflügen vornahm, der Polizei keine Täterbeschreibung liefern. Dass er Handschuhe trug, um keine Fingerabdrücke zu hinterlassen, verstand sich von selbst. Auch an Kondome hatte er gedacht.

Doch das alles war lediglich ein Vorgeplänkel gewesen. Eine Fingerübung für das Größere, das er vorhatte. Um die Polizei nicht auf die Idee zu bringen, eine Sonderkommission zu bilden und die Suche nach ihm zu intensivieren, stellte er nach dem vierten Ausflug in die Schlafzimmer der Schlampen die Sache ein. Sicher dachten die Bullen inzwischen, dass er die Stadt verlassen habe, und hatten die Akten zugeklappt.

Heute war kein warmer und heller Sommermorgen. Der Nebel hatte nicht nachgelassen und nahm einen die Sicht auf die gegenüberliegenden Dächer. Dennoch war er bereits gegen sechs Uhr aufgestanden. Zunächst hatte er sich ausführlich den Mitbringseln gewidmet, die er letzte Nacht aus der Wohnung der Schlampe hatte mitgehen lassen. Sie boten einen schnellen Rausch, eine rasche Befriedigung. Kein Vergleich mit dem, was er vor wenigen Stunden genossen hatte. Er warf das Zeug in den Schrank, sicher brauchte er es noch. Anschließend duschte er gründlich und brühte sich einen Beutel Pfefferminztee auf.

Mit dem Müllsack in der Hand, in dem sein T-Shirt und seine Jeans lagen, verließ er um halb acht seine Wohnung. Im Vorübergehen warf er noch einen Blick auf das Poster an der Küchentür. Erneut verlor sich der Blick des Mannes in der Ferne.

Seinen Wagen hatte er ganz in der Nähe geparkt. Er warf den Müllsack auf die Fußmatte vor dem Beifahrersitz, dann ging er ins Café an der Ecke Rue Keller, um wie gewöhnlich dort zu frühstücken. Mit dem Wirt, einem stattlichen Endfünfziger, der aus Algerien stammte, duzte er sich. Danach kaufte er in einem Tabak- und Zeitungsladen den heutigen Figaro *und* France Soir *und blätterte die Zeitungen hastig durch, kaum dass er im Wagen saß.*

Nur eine winzige Notiz auf Seite fünf im France Soir*: »Im Mordfall Marie O. hält sich die Polizei vorerst noch bedeckt. Aus ermittlungstechnischen Gründen werden Einzelheiten des Verbrechens zurückgehalten.« Dann folgte eine kurze Beschreibung einiger Fakten; es war mehr als dürftig. Ein Mordfall wie viele andere, die die überfütterten Leser dieses Blattes beinahe Tag für Tag vorgesetzt bekamen.*

Wütend warf er die Zeitung auf den Beifahrersitz. Nichts, keine Spekulationen über den Täter, keine Details, die den Lesern einen Schauer nach dem anderen über den Rücken jagten!

Das von letzter Nacht konnte noch nicht in der Presse stehen, das wusste er. Aber dass sie über die Sache mit der schwarzen Schlampe nicht ausführlicher berichteten, machte ihn fast rasend. Auch Sonntagnacht hatte er eine saubere Arbeit von höchster Präzision abgeliefert. Das sollte ihm erst einmal einer nachmachen! Und dafür gab es nur wenige Zeilen? Und erst heute, drei Tage danach?

Euch werde ich's zeigen!, dachte er und ließ den Motor an. Um acht begann sein Arbeitstag. Vor einem großen Müllcontainer am Boulevard Bourdon hielt er kurz an und warf den Plastiksack hinein. Aus der Rue Mornay bog gerade ein Müllwagen ein, rollte langsam die Straße entlang und hielt. Idealer konnte es nicht kommen. In zwei Minuten würde der Container geleert werden.

3. KAPITEL

Es war kurz vor halb elf, als LaBréa sein Büro betrat. Als Erstes rief er vom Festnetz aus Jenny auf ihrem Handy an; es war die Zeit ihrer großen Pause. Erstaunlicherweise meldete sie sich, denn oft schaltete sie ihr Mobiltelefon während der Schulpausen gar nicht ein.

»Hallo, Chérie.«

»Hallo, Papa.«

»Tut mir leid, dass ich dich heute Morgen nicht mehr gesehen habe. Ich bekam einen dringenden Anruf.«

Jenny wusste, was das bedeutete.

»Ein schwieriger Fall?«, fragte sie.

»Wie man's nimmt. Solche Fälle sind immer etwas schwierig.«

Jenny begnügte sich mit dieser Antwort. Zwischen Vater und Tochter herrschte die stillschweigende Übereinkunft, dass LaBréa niemals mit Jenny über irgendwelche Details seiner Arbeit sprach. Er arbeitete als Hauptkommissar bei der Brigade Criminelle, und Jenny wusste, dass es bei dieser Tätigkeit nicht um ein Kaffeekränzchen ging, sondern um Mord und andere Schwerverbrechen.

»Wie war euer Spiel gestern Abend?«

Jenny lachte, es klang amüsiert. »Ich weiß, du interessierst dich überhaupt nicht für Fußball, aber danke, dass du fragst. Das Spiel war eher langweilig. Unentschieden ist blöd. Alissas Mutter hatte aber einen super Schokoladenkuchen gebacken – wenigstens etwas. Heute Morgen hat sie mir noch ein Stück für dich eingepackt.«

LaBréa machte sich nicht viel aus Schokoladenkuchen. Daher würde das Stück Kuchen wohl am Abend in Jennys Magen landen. LaBréa schmunzelte.

»Und was hast *du* gestern Abend noch gemacht?«, wollte Jenny wissen.

»Ich?«, fragte LaBréa unschuldig. »Ich kam ja erst gegen zehn aus meinem Büro. Na ja, und da war ich natürlich ziemlich kaputt.« Wie gut, dass Jenny jetzt nicht vor ihm stand. Sie sah sofort, wenn ihr Vater sie anflunkerte.

»Ach, echt?«, erwiderte das Mädchen gedehnt. »Ich dachte, du hättest vielleicht Céline mal eingeladen.«

LaBréa war verblüfft. »Wie kommst du denn darauf?«

Jenny kicherte. »Wenn ich nicht da bin, hast du doch sturmfreie Bude, oder?«

»Sag mal, Jenny, wie soll ich das denn verstehen?«

»Ach komm, Papa, ich bin doch kein Säugling mehr. Ich krieg mehr Sachen mit, als du glaubst.« Es klang ein wenig altklug. »So, jetzt muss ich Schluss machen, die Pause ist gleich zu Ende.«

»Wann kommst du nach Hause?«

»Unser Training fällt aus. Wegen des miesen Wetters. Und in die Halle können wir nicht, weil dort ab vier Uhr eine Basketballmannschaft trainiert. Ich bin so gegen halb fünf da, gleich nach der Schule. Also, salut!« Sie beendete das Gespräch.

LaBréa schüttelte den Kopf. Noch immer hatte er sich nicht daran gewöhnen können, dass seine zwölfjährige Tochter in ihrer Freizeit in einer Mädchenfußballmannschaft spielte. Ausgerechnet Fußball! Konnte sie sich nicht eine andere Sportart aussuchen? Schon damals in Marseille hätte er das gern verhindert. Doch seine Frau Anne und Jenny hatten eisern gegen ihn zusammengehalten, und Jenny hatte ihren Willen durchgesetzt.

LaBréa saß einige Sekunden regungslos auf seinem Schreibtischstuhl. Dann nahm er den Hörer ab und wählte Célines Nummer.

»Na, hast du heute Morgen noch gut geschlafen?«, wollte LaBréa wissen.

»Eigentlich nicht. Ich bin gleich, nachdem du weg warst, aufgestanden und in meine Wohnung gegangen. Ein bisschen schwebe ich noch wie auf Wolken, weißt du.« Ihre Stimme klang warm und vertraut. »Du nicht auch?«, fügte sie lachend hinzu.

»Das würde ich gern. Aber heute Morgen ist eine weitere Frau ermordet aufgefunden worden. Dieselbe Täterhandschrift. Und in derselben Straße wie Marie Ousbane.«

»Du liebe Güte! Da muss ein Wahnsinniger am Werk sein! Meinst du, das ist wieder so ein Serienmörder wie dieser Kerl, den sie ›Die Bestie von der Bastille‹ genannt haben? Ich erinnere mich noch sehr gut an die Panik, die damals unter den Frauen hier im Viertel geherrscht hat. Ich selbst hatte solche Angst, dass ich abends überhaupt nicht mehr die Wohnung verlassen habe.«

»Es ist noch zu früh, um irgendwelche Schlüsse zu ziehen. Was ich dir eigentlich erzählen wollte, Céline: Jenny scheint etwas zu ahnen.«

»Das mit uns beiden?«

»Ja.«

»Da würde ich mir keine großen Sorgen machen. Irgendwann muss sie es doch sowieso erfahren. In den nächsten Wochen lade ich sie mal zu einem Heimspiel von Paris St. Germain ein. Um das Eis zwischen uns zu brechen, wie man so schön sagt.«

»Ich wusste gar nicht, dass du dich für Fußball interessierst!«

»Du weißt so vieles nicht von mir, Maurice. Ich hatte vier ältere Brüder. Und wenn die im Innenhof unseres Weingutes kickten, brauchten sie immer eine Dumme, die im Tor stand.«

LaBréa lachte. »Ich muss jetzt Schluss machen, Céline. Ich wollte nur deine Stimme hören und dir sagen, dass ich Sehnsucht nach dir habe.«

»Ich auch, Maurice.«

Mit einem Seufzer legte LaBréa den Hörer auf. In dem Moment schrillte sein Handy. Es war Direktor Roland Thibon, der oberste Chef der Brigade Criminelle. Seine Stimme klang ungehalten.

»Sagen Sie mal, LaBréa, Ihre Nummer ist ja pausenlos besetzt! Da ich gleich dringend weg muss, rufe ich Sie auf Ihrem Handy an. Wie ich hörte, gibt es einen zweiten, ähnlich gelagerten Fall in der Rue Beausire?«

»Richtig, Monsieur, Rue Beausire Nummer 5, und es sieht ganz so aus, als müssten wir …«

Sein Vorgesetzter unterbrach ihn.

»Ja, ja, ich weiß. Und ich habe gleich ein paar Dispositionen getroffen. Erstens: Kein Wort an die Presse. Zweitens: Ich habe soeben mit dem Gerichtspräsidenten gesprochen und ihn gebeten, bei diesem neuen Fall einen zweiten Ermittlungsrichter hinzuzuziehen. Auf keinen Fall würde ich es gutheißen, wenn Couperin diesen Fall ebenfalls übernimmt.«

»Wieso nicht, Monsieur?«

»Weil er überfordert ist. Da soll ein Jüngerer ran. Einer mit mehr Biss. Der Gerichtspräsident hat mir versprochen, darüber nachzudenken. Heute Nachmittag will ich einen ersten Bericht von Ihnen, LaBréa. Tun Sie alles, um die beiden Fälle möglichst rasch aufzuklären. ›Im Krieg schweigen die Gesetze‹, sagt Cicero sehr treffend.«

LaBréa grinste. Es gehörte zu den Angewohnheiten seines Vorgesetzten, bei allen passenden und vor allem unpassenden Gelegenheiten große Dichter und Denker zu zitieren. Das sollte seinen Worten wohl mehr Gewicht verleihen, doch meistens war das Gegenteil der Fall.

»Womit ich nicht sagen will, dass Sie die Gesetze missachten oder gar brechen sollen«, fuhr Thibon fort. »Aber gehen Sie bis an die Grenzen des Erlaubten.«

»Natürlich, Monsieur, wenn es sein muss, immer.«

»Gut. Ich bin in den nächsten Stunden nicht zu erreichen, weil ich einen dringenden Termin beim Innenminister habe. Also dann, viel Glück.« LaBréa hörte ein Klicken in der Leitung.

Beim Innenminister, dachte er. Von wegen! Die Termine beim Innenminister waren, wie LaBréa und seine Mitarbeiter sicher zu Recht vermuteten, nichts anderes als regelmäßige Schäferstündchen, die Roland Thibon sich mit einer jungen Geliebten gönnte.

Es war allgemein bekannt, dass er bei seiner Frau, einer exzentrischen Schauspielerin an der Comédie Française, nichts zu lachen hatte.

Wie auch immer. Auf den Direktor konnte man ohnehin nicht zählen. Wenn es richtig brenzlig wurde in der Abteilung, war er meist spurlos verschwunden und hatte sein Handy abgeschaltet.

LaBréa hob den Telefonhörer ab und wählte die Nummer des Gerichtspräsidenten François Mazel. Er war für die Zuteilung der einzelnen Ermittlungsrichter zuständig, und jeder bei der Police Judiciaire und im Justizpalast wusste, dass der Gerichtspräsident von Roland Thibon, dem Leiter der Brigade Criminelle, wenig hielt, um nicht zu sagen: gar nichts.

Es meldete sich die Sekretärin.

»Ach, Sie sind's, Commissaire.« Sie lachte. »Da hat der Chef doch recht gehabt, als er sagte, Sie würden bestimmt innerhalb der nächsten halben Stunde anrufen.«

»Und, Madame Ainard, wie hat er entschieden?«

»Keine Angst, Commissaire. Wenn Monsieur Thibon ihn um etwas bittet, ist es so gut wie sicher, dass er das genaue Gegenteil davon anordnet. Ermittlungsrichter Couperin bekommt auch diesen neuen Fall. Er ist bereits informiert und wird sich gleich mit Ihnen in Verbindung setzen.«

»Richten Sie Ihrem Chef einen schönen Gruß von mir aus, ich bedanke mich.« Als LaBréa den Hörer auflegte, huschte ein zufriedenes Lächeln über sein Gesicht. François Mazel war ein vernünftiger Mann mit langjähriger Erfahrung. Und diese Erfahrung hatte ihm gesagt, dass er bei zwei gleich gelagerten Morden die Ermittlungen nicht zwei verschiedenen Richtern anvertrauen konnte. Wenn alles in einer Hand blieb, war ein besserer Informationsfluss gewährleistet, und die Dienstwege gestalteten sich kürzer. Abgesehen davon verfügte ein Mann wie Ermittlungsrichter Joseph Couperin über eine längere Berufs- und Lebenserfahrung als einer der jungen Richter, die oftmals nichts anderes im Kopf hatten, als sich durch eitle Zeitungsinterviews und Fernsehstatements persönlich zu profilieren. Die französische Justizgeschichte war voll von solchen Fällen, wo junge Ermittlungsrichter den Verfahren mehr geschadet als genützt hatten.

Kurz nach elf saß die Talkrunde vollzählig in LaBréas Büro beisammen. Sie waren zu viert, der harte Kern der Abteilung.

»Weiß Couperin schon Bescheid?«, wollte Franck Zechira wissen. »Hoffentlich bekommt er auch diesen neuen Fall zugeteilt.«

»Ja, das bekommt er. Und er meldet sich sicher gleich bei uns«, erwiderte LaBréa.

Jean-Marc hatte mehrere Flaschen Mineralwasser auf den Konferenztisch gestellt und für seinen Chef einen Becher Kaffee aus dem Automaten besorgt sowie ein Croissant aus der Kantine des Justizpalastes. Es schmeckte pappig und war vom Vortag. Dennoch biss LaBréa kräftig hinein, denn er hatte an diesem Morgen noch nichts gegessen.

»Also, wer beginnt?«, fragte er mit vollem Mund.

»Ich«, sagte Franck und schenkte sich ein Glas Mineralwasser ein. »Von den Bewohnern im Haus sind einige berufstätig und tagsüber nicht zu erreichen. Aber ich habe dennoch mit vier Hausbewohnern sprechen können. Von ihnen kann sich niemand an irgendetwas erinnern. Aber das sagte ich ja heute Morgen schon.«

»Was sind das für Leute?«, wollte LaBréa wissen.

»Der Mann im ersten Stock gegenüber der Wohnung des Opfers heißt René Mercier, ist Rentner und lebt allein. Letzte Nacht hat er sich im Fernsehen das Champions-League-Spiel zwischen Marseille und Partizan Belgrad angesehen und ist danach gleich schlafen gegangen. Der Mann geht infolge einer früheren Erkrankung an Kinderlähmung an Krücken und hat große Mühe, sich zu bewegen. Den können wir wohl von der Liste streichen. In der Wohnung im zweiten Stock wohnt ein junges Pärchen. Robert und Irène Turini. Der Mann arbeitet als Lagerarbeiter in einer Großmarkthalle und fängt morgens um sieben an. Die Frau ist mit dem Säugling zu Hause. Sie sagte, sie fahre den Kleinen jeden Tag im Viertel spazieren, auch bei schlechtem Wetter. Aber sie habe nicht bemerkt, dass irgendjemand das Haus beobachtet oder sich im Hausflur herumgetrieben habe. Sie meinte, dass Annabelle Villeron eher eine ruhige Mieterin gewesen sei. Einmal habe diese sogar auf das Kind aufgepasst, als ihr Mann vor einigen Wochen einen Arbeitsunfall hatte und sie zu ihm ins Krankenhaus musste. Von Männerbekanntschaften der Villeron wusste sie nichts. Hin und wieder hat sie eine junge Frau gesehen, die bei dem Opfer geklingelt hat. Meistens morgens oder am Wochenende.«

»Wahrscheinlich Laura Klein, die Studienkollegin«, warf der Paradiesvogel ein. »Die beiden haben sich zusammen auf ihre Prüfungen vorbereitet.«

»Und der Ehemann?«

»Robert Turini war den ganzen Abend zu Hause und hat sich gegen zweiundzwanzig Uhr schlafen gelegt.«

»Und die anderen Bewohner des Hauses?«

»Im dritten Stock wohnen zwei Männer. Ein ganz junger und ein älterer mit Toupet. Der Ältere ist pensionierter Lehrer, der Jüngere arbeitslos. Die beiden sahen mir ganz so aus, als wären sie … na ja, ihr wisst schon.« Franck Zechira grinste blöd und warf dem Paradiesvogel einen anzüglichen Blick zu. Der verschränkte betont lässig seine Arme vor der Brust, lehnte sich im Sessel zurück und konterte: »Na los, sag's schon, du Spießer! Sprich es ruhig aus, das schreckliche Wort! Du meinst, dass sie *schwul* sind. Na, und wenn schon?«

»Nichts und wenn schon. Ich will damit nur sagen, dass sie sich nicht unbedingt dafür interessiert haben, wie eine junge, hübsche Frau im ersten Stock lebt, was für Besucher sie empfangen hat und so weiter.«

Claudine verdrehte genervt die Augen. »Könnt ihr eure Kabbeleien nicht außerhalb der Dienstzeit austragen?«, meinte sie.

»Von mir aus gern«, murmelte Franck, und Jean-Marc wollte sogleich etwas darauf erwidern. Doch eine energische Handbewegung seines Chefs hielt ihn davon ab.

»Schluss jetzt, ihr beiden. War das alles, Franck?«

»Ja. Auf der ganzen Linie Fehlanzeige. Dieses Männerpärchen war letzte Nacht bis kurz vor Mitternacht im Kino. Danach gingen sie noch in eine einschlägige Bar. Gegen zwei kamen sie nach Hause.«

»Da war der Täter vermutlich bereits mit dem Opfer in deren Wohnung«, meinte Claudine.

»Vermutlich. Nehmen Sie diesen Robert Turini und auch die beiden Männer aus dem dritten Stock trotzdem unter die Lupe, Franck. Vorstrafen und so weiter, das Übliche.«

»Mach ich, Chef.«

»Gut, dann erzähle ich jetzt mal«, begann Claudine. »Meine Recherche in den Nachbarhäusern hat nichts gebracht. Dort kannte man Annabelle Villeron gar nicht. Allerdings haben sich die Leute gewundert, dass die Polizei schon wieder bei ihnen auftaucht und Fragen stellt.«

»Kann ich mir denken«, pflichtete Jean-Marc seiner Kollegin bei. »Zwei Morde in drei Tagen in derselben Straße – und die Rue Beausire ist ja nicht die Champs Élysées. Von der Größenordnung her, meine ich.«

»Was war in der Pension auf der anderen Seite der Rue Beausire?«, wollte LaBréa wissen. Er hatte inzwischen sein Croissant aufgegessen und wischte die Krümel vom Tisch.

»Pension *Cantal.*« Claudine schlug ihr Notizbuch auf. »Der Patron heißt Gaston Ondin. Er betreibt die Pension seit beinahe dreißig Jahren. Es gibt dort zehn Zimmer. Einfache Einrichtung, Toilette und Dusche auf dem Flur. Drei Zimmer sind mit Dauergästen belegt.«

»Was heißt das?« LaBréa trank den letzten Rest Kaffee.

»Die wohnen ständig dort. Das sind Leute, die keine eigene Wohnung haben.«

LaBréa nickte. »Ja richtig. Das gab's in früheren Zeiten öfter. Vor allem in den Dreißiger-, Vierzigerjahren. Da lebten viele Menschen, vornehmlich Männer, in billigen Pensionen oder sonstwo als ›möblierter Herr‹.«

»Genau das ist hier auch der Fall. Die Dauergäste sind ausschließlich Männer. Alle berufstätig. Ich habe ihre Namen und auch die Adressen und Telefonnummern ihrer Arbeitsstellen. Ich kontaktiere die Leute im Lauf des Tages. Spätestens heute Abend.«

»Und weiter? Wer übernachtet sonst noch in diesem Laden?«, wollte Franck wissen.

»Leute, die ein oder zwei Tage in Paris zu tun haben und nur wenig Geld für eine Übernachtung ausgeben können.« Claudine schenkte sich ein Glas Mineralwasser ein. »Kleine Vertreter. Kosmetikerinnen, die in Paris einen Fortbildungskurs machen. Ältere Ehepaare, die über eine bescheidene Rente verfügen, sich aber trotzdem ein Wochenende in der Hauptstadt gönnen wollen. Ich habe mir die Liste aller Gäste der letzten vier Wochen geben lassen. Es sind etwa einhundertfünfzig Namen. Da kommt ganz schön was auf uns zu, zumal es in dieser Pension nicht üblich ist, einen Meldezettel auszufüllen.«

»Das heißt, dass wir keine Adressen und Telefonnummern haben«, stellte Jean-Marc fest.

»Von den meisten jedenfalls nicht. Bei einigen konnte sich Gaston Ondin erinnern, aus welcher Stadt sie kamen. Die Leute hatten es ihm bei ihrer Ankunft erzählt oder am Telefon erwähnt, als sie die Zimmer reservierten.«

»Alle Pensionsgäste müssen überprüft werden. Einer von ihnen könnte der Täter gewesen sein. Das sollen ein paar Leute aus der Abteilung 2 machen.« LaBréa ging zu seinem Schreibtisch und griff nach der Akte Marie Ousbane. Der Autopsiebericht war darin abgeheftet, der Bericht der Spurensicherung und die ersten Zeugenaussagen. Außerdem gab es einen Stapel Fotos. LaBréa wandte sich an Franck.

»Haben Sie schon die Fotos von Annabelle Villeron?«

Franck klopfte mit der Hand auf einen dicken DIN-A4-Umschlag. »Hier drin. Frisch aus dem Drucker. Es geht eben nichts über Digitalfotos. Wollen Sie sie sehen, Chef?«

»Später. Wir sollten erst noch einmal über den Fall Ousbane reden. Wir fangen ganz von vorn an. Am Nachmittag haben wir dann den Autopsiebericht von Villeron und können beide Berichte vergleichen. Obwohl es da keine großen Überraschungen geben dürfte, nach dem, was Brigitte Foucart bereits festgestellt hat.«

Jean-Marc meldete sich zu Wort.

»Ich habe vorhin mal im Internet recherchiert. Guy Georges, genannt ›Die Bestie von der Bastille‹. Einer unserer ›großen‹ Serienmörder. Vielleicht sollten wir ihn der Einfachheit halber GG nennen. Wie es aussieht, werden wir nicht umhinkommen, uns ausführlich mit dem Kerl zu beschäftigen. Im Internet sind Hunderte von Seiten über ihn zu finden.«

»Tja, als Serienmörder wirst du richtig berühmt«, warf Franck sarkastisch ein.

»Zeitungsberichte, Magazinbeiträge, psychologische Abhandlungen. Sogar Bücher sind über ihn geschrieben worden.«

»Na schön.« LaBréa strich sich die dichten Haare aus der Stirn. »Vielleicht ist es das Beste, wir machen uns zunächst einmal mit den wichtigsten Fakten seiner Taten vertraut. Und kommen danach zu den beiden aktuellen Fällen. Denn wie es aussieht, könnte unser Mörder aus der Rue Beausire ein Nachahmungstäter sein, der die Internetseiten über GG, wie Sie ihn so schön nennen, ausführlich studiert hat. Fassen Sie das Wichtigste zusammen, Jean-Marc.

Schließlich ist es schon einige Jahre her, dass er verurteilt wurde.«

»Ende März 2001, um genau zu sein.« Jean-Marc klappte eine Mappe auf, in der sich das Material befand, das er aus dem Internet heruntergeladen und ausgedruckt hatte. »Die Prozessakte habe ich mir erst gar nicht besorgt. Das meiste stand ja ohnehin in der Presse.«

4. KAPITEL

Es klopfte an die Tür, und Ermittlungsrichter Joseph Couperin betrat LaBréas Büro. Er war ein kleiner, unscheinbarer Mann Mitte fünfzig, dessen Interesse an klassischer Musik, Theater und Kunstausstellungen im Justizpalast allgemein bekannt war. Sonst wusste man wenig über das Privatleben des eingefleischten Junggesellen. LaBréa arbeitete gern mit ihm zusammen. Er schätzte Couperins sachliche, freundliche Art und seine berufliche Kompetenz.

Couperin begrüßte die Anwesenden und nahm auf einem der Stühle Platz.

»Wenn es Ihnen recht ist, Monsieur le Juge, würden wir uns zunächst gern mit dem Fall Guy Georges vertraut machen. Damals war ich noch in Marseille, und meine Mitarbeiter waren in anderen Dienststellen beziehungsweise noch in der Ausbildung.« Letzteres traf auf den Paradiesvogel zu.

Couperin nickte. »Verstehe. Ich kenne den Fall zwar in- und auswendig, aber vielleicht ist mir im Lauf der Jahre das eine oder andere Detail entfallen. Sehr vernünftig von Ihnen, Commissaire, zunächst Taten und Modus Operandi von Guy Georges noch einmal ins Gedächtnis zu rufen. Denn die Parallele zu den beiden jetzigen Fällen liegt ja auf der Hand.«

Er schenkte sich ein Glas Mineralwasser ein, fragte LaBréa, ob er rauchen dürfe.

»Selbstverständlich, Monsieur.« LaBréa suchte nach einem Aschenbecher. Im Schrank neben seinem Schreibtisch fand er einen. »Also, Jean-Marc, schießen Sie los.«

»Okay, Chef. Ich erspare mir die Einzelheiten zum biografischen Hintergrund von Guy Georges, seine Kindheit im Heim, seine Adoption und so weiter. Nur so viel: Er wurde als Sohn eines schwarzen US-Soldaten und einer französischen Mutter geboren, ist also ein Mischling. Der Vater machte sich aus dem Staub, und die Mutter gab das Kind zur Adoption frei.

Interessant ist, dass er bereits als Jugendlicher äußerst aggressiv war. Er quälte Tiere, versuchte mit vierzehn, eine seiner Adoptivschwestern zu erwürgen. In den folgenden Jahren steigerte sich seine Aggressivität; er überfiel immer wieder Frauen. Erster Mordversuch nach einer Vergewaltigung im November 1981. Da war er neunzehn Jahre alt. Seinen ersten Mord beging er 1991, also zehn Jahre später. Dazwischen lagen zahlreiche Sexualdelikte. GG war ein notorischer Verbrecher. Es war nur eine Frage der Zeit, wann er seine Opfer töten würde.

Ich will mich auch nicht lange bei der Frage aufhalten, inwieweit die französische Polizei erhebliche Mitschuld daran traf, dass GG sieben Frauen vergewaltigen und auf grausame Weise töten konnte, bis er 1998 endgültig aus dem Verkehr gezogen wurde. Vorher war er bereits viele Male verhaftet und verurteilt worden. Doch aufgrund fahrlässiger Ermittlungen und endloser Pannen bei Polizei und Justiz wurde er immer wieder auf die Öffentlichkeit losgelassen.«

»Wobei Sie nicht vergessen dürfen, Monsieur Lagarde«, warf Couperin ein, »dass es damals noch keine zentrale Datenbank zur Erfassung der DNS aller rechtskräftig verurteilten Sexualstraftäter gab.« Couperin drückte seine Zigarette aus.

»Richtig«, bemerkte Franck. »Gott sei Dank hat sich das inzwischen geändert.«

»Erst aufgrund der skandalösen Pannen beim Fall Guy Georges und durch den politischen Druck seitens der Familien der Opfer wurde die gesetzliche Grundlage geschaffen, dass diese Datenbank, die FNAEG, eingerichtet werden konnte«, fügte Couperin hinzu. »Heute könnte ein Guy Georges nicht mehr so leicht durch die Maschen schlüpfen. Nach seiner ersten Verurteilung wegen eines Sexualdelikts würde seine DNS gleich gespeichert. Bei seinem ersten Mord Jahre später gäbe es die entsprechende Übereinstimmung und damit den Namen des Täters.«

»GG hat sieben Frauen sexuell missbraucht und ermordet«, fuhr Jean-Marc fort. »Als Motiv für seine Taten gab er vor Gericht an: Hass auf die Gesellschaft. Als er gefragt wurde, ob ihn etwas hätte abhalten können, weiter zu morden, wenn er nicht geschnappt worden wäre, antwortete er: ›Nur der Tod.‹

GG war ein Sadist in Reinkultur, ohne jedes Mitleid für seine Opfer. Das Quälen und Töten dieser Frauen verschaffte ihm tiefe Befriedigung. Im Lauf seiner Täterkarriere hatte er jegliche Hemmungen verloren. GG gilt als nicht therapierbar und wird hoffentlich für immer weggesperrt bleiben.

Jetzt komme ich zum Modus Operandi von GG.

Die jungen Frauen, die er sich nach dem Zufallsprinzip aussuchte, waren alle hübsch; sie schienen glücklich und mit beiden Beinen im Leben zu stehen. Ein ausgeklügeltes Muster, nach dem er seine Opfer auswählte, gab es nicht. Nach Art eines Jägers ging er auf Beutejagd. Er beobachtete die Frauen, dann ergriff er die erstbeste Gelegenheit, sie in seine Gewalt zu bringen. Während seines Prozesses gab er an, bei bestimmten Frauen habe es bei ihm ›Klick‹ gemacht, und er habe gewusst: Die wird die Nächste.

Er verfolgte die Frauen bis in den Hausflur, bedrohte sie mit einem Messer und zwang sie, ihn mit in ihre Wohnung zu nehmen. Bei dem Messer handelte es sich um ein Opinel Nummer 12. Gesamtlänge des aufgeklappten Messers: achtundzwanzig Zentimeter. Länge der Klinge: zwölf Zentimeter. Also eine Waffe, die ziemlich furchterregend wirkt und äußerst effektiv ist.

In den Wohnungen warf GG die Frauen aufs Bett, band ihnen Füße und Hände mit Klebeband oder Schnürsenkeln zusammen oder band sie an die Bettpfosten. Er verklebte ihnen mit Leukoplast den Mund. Dann zerschnitt er ihre Kleidung, insbesondere zerschnitt er auf spezielle Weise ihre Unterwäsche. Das war sein ›Markenzeichen‹. Manchmal sprach er auch zu den Frauen und wiegte sie in dem Glauben, er werde ihnen nichts weiter tun. Er spielte mit ihnen. Anschließend vergewaltigte er sie, zum Teil mehrfach. Einige Male, besonders bei den späteren Taten, als er bereits fieberhaft gesucht wurde, benutzte er ein Präservativ. Danach tötete er seine Opfer mit mehreren Messerstichen in den Hals. Die Stiche wurden mit solcher Wucht ausgeführt und waren so tief, dass sie bis in die Halswirbel eindrangen.

Nach der Tat hielt GG sich oft noch lange in der Wohnung der Opfer auf. Erst einmal wusch er sich das Blut von den Händen. Manchmal holte er sich ein Bier aus dem Kühlschrank oder etwas zu essen und setzte sich in aller Gemütlichkeit auf die Couch. Er entwendete Wertgegenstände. Schmuck, Bargeld, oft die Handtasche.

Von dieser Vorgehensweise, die Opfer im Hausflur in seine Gewalt zu bringen und sie in ihrer eigenen Wohnung zu töten, ist er zweimal abgewichen, wo er den jungen Frauen jeweils in eine Tiefgarage gefolgt ist und sie dort ermordet hat.

So weit also zu seiner Vorgehensweise. Und jetzt komme ich zu dem Punkt, der später in aller Ausführlichkeit in der Presse erwähnt wurde. Bei seinem fünften Opfer, Hélène Frinking, hinterließ GG einen blutigen Fußabdruck. Das Besondere daran: Er hat einen sogenannten ›ägyptischen Fuß‹. So nennt man einen Fuß, bei dem der zweite Zeh deutlich länger ist als der große Zeh. Eine ungelenke Zeichnung dieses Fußes wurde seinerzeit, zusammen mit einem Phantombild von GG, in allen Pariser Polizeikommissariaten ausgehängt. Dass weder der Steckbrief des Fußes noch die Phantomzeichnung zu GGs Erfassung geführt haben, ist bekannt. Er konnte noch zwei weitere Frauen töten.«

Jean-Marc hatte seine Ausführungen beendet und klappte die Mappe zu.

»Wenn ich noch etwas ergänzend hinzufügen darf«, sagte der Ermittlungsrichter und zündete sich eine weitere Zigarette an. »Guy Georges war kein einsamer Wolf ohne soziale Kontakte, wie es bei Serienmördern oft der Fall ist. Er hatte Freundinnen, Kumpel und führte ein echtes Doppelleben. Er wohnte in diversen Wohngemeinschaften, zum Teil in besetzten Häusern, galt als ›links‹ und ›progressiv‹. Die Leute, die ihn kannten, merkten zu spät, dass er nur auf einer bestimmten Welle mitschwamm, um sich bei ihnen durchzuschnorren.«

Das Telefon auf LaBréas Schreibtisch klingelte. Es war Gilles, ein Mitarbeiter der Spurensicherung. LaBréa lauschte seinen Ausführungen. Als das Gespräch beendet war, teilte er den Anwesenden der Talkrunde mit, was Gilles ihm gerade berichtet hatte.

»Also, es gibt keinen Zweifel. Die beiden Zettel mit dem Abdruck des ägyptischen Fußes sind Fotokopien jenes Steckbriefes, der in den späten Neunzigerjahren im Zusammenhang mit der Fahndung nach Guy Georges in allen Pariser Polizeikommissariaten aushing. Das bedeutet, dass der Mörder von Marie Ousbane und Annabelle Villeron damals eines dieser Plakate in einem der Kommissariate entwendet haben muss.«

Ermittlungsrichter Couperin nickte.

»Deutlicher könnte der Hinweis nicht sein. Jemand nimmt sich hier offenbar Guy Georges zum Vorbild. Was das bedeuten könnte, wissen Sie ja, Commissaire.«

»Natürlich, Monsieur le Juge. Es könnte bedeuten, dass der Täter weitermacht. Ich werde veranlassen, dass die Gegend um die Bastille, insbesondere nachts, verstärkt überwacht wird.«

»Gut.« Couperin zündete sich eine weitere Zigarette an. »Fassen wir noch einmal die bisher bekannten Fakten im Mordfall Ousbane zusammen. Bitte, Commissaire.«

LaBréa öffnete die Akte.

»Marie Ousbane, fünfundzwanzig Jahre alt. Kam vor einem Jahr aus Ruanda. Hatte eine Aufenthalts- und Arbeitsgenehmigung. Ihr Antrag auf Einbürgerung lag bei den Behörden und wäre positiv beschieden worden, wie uns der Sachbearbeiter versicherte. Sie kam nach Paris, weil ihr Bruder Moses bereits seit sechs Jahren hier lebte. Bruder und Schwester lebten gemeinsam in der Wohnung Rue Beausire Nummer 15 b bis zum Tod des Bruders vor vier Monaten bei einem Motorradunfall. Danach übernahm die Schwester die Wohnung allein. Der Hausbesitzer sagte uns, dass er den Mietvertrag gern auf sie übertragen habe. Moses und Marie Ousbane seien ordentliche und ruhige Mieter gewesen. Marie Ousbane arbeitete als Toilettenfrau im Untergeschoss der Gare du Nord. Sie war fleißig und beliebt und, wie ihr Chef sagte, ein ausgesprochen positiv eingestellter Mensch, der gern lachte. Er fand dies umso erstaunlicher, als die Frau im Bürgerkrieg in Ruanda Entsetzliches durchgemacht und bis auf den Bruder die gesamte Familie verloren hatte.«

LaBréa hielt kurz inne und blätterte in der Akte. »Deshalb konnten auch keine Angehörigen von ihr benachrichtigt werden. Die ruandische Botschaft kümmert sich um die Bestattung der Leiche.

Die bisherigen Ermittlungen in ihrem beruflichen Umfeld haben nichts ergeben. In den Toiletten an der Gare du Nord arbeiten fast ausschließlich Frauen. Es gibt feste Schichtdienste. In der Nacht vom siebten auf den achten Dezember, also letzten Sonntag, hatte Marie Ousbane die Spätschicht. Sie begann ihren Dienst im Bahnhof um zwei Uhr nachmittags und verließ die Toiletten kurz nach zweiundzwanzig Uhr. Dann schließen die Toiletten. Ihre Kollegin Silvie Mubarak ging mit ihr zur Metro. Nach deren Aussage wollte Marie Ousbane sofort nach Hause fahren und nahm die Linie 5, die direkt zur Bastille fährt. Silvie Mubarak war die Letzte, die Marie Ousbane lebend gesehen hat.«

Claudine Millot schaltete sich ein.

»Die Hausmitbewohner von Marie Ousbane haben in der Mordnacht weder etwas gesehen noch gehört. Entweder kannte Marie Ousbane den Täter, hat sich nach ihrer Schicht mit ihm getroffen und ihn mit nach Hause genommen. Oder er hat ihr aufgelauert, sie abgepasst und gezwungen, ihn mit in die Wohnung zu nehmen.«

Der Ermittlungsrichter nickte.

»Letzteres würde bedeuten«, sagte er, »dass der Täter ihr möglicherweise von der Arbeitsstätte oder von der Metro aus gefolgt ist.«

»Möglich wäre auch«, meinte Franck, »dass er sie Tage oder Wochen vorher bereits beobachtet hat und ihre Gewohnheiten kannte. Vielleicht wusste er, dass sie an bestimmten Tagen zum Spätdienst eingeteilt war.«

»Richtig.« LaBréa nickte. »Ihr Chef, der Pächter der Bahnhofstoiletten, hat ausgesagt, dass Marie Ousbane drei Sonntage hintereinander jeweils die Spätschicht übernommen hatte; an diesen Tagen verließ sie die Gare du Nord jeweils gegen zweiundzwanzig Uhr.«

LaBréa fuhr fort: »Laut Autopsiebericht war der Todeszeitpunkt etwa gegen drei Uhr am Montagmorgen. Todesursache: Luftembolie infolge eines der vier Stiche in die Halsschlagader. Weitere Stiche: jeweils zwei in den Warzenvorhof beider Brüste und vier gezielte Stiche in die Vagina. Spritzspuren ihres Blutes wurden sogar an den Fensterscheiben gefunden, obgleich das Bett etwa fünf Meter davon entfernt steht. Der ganze Körper wies Hämatome auf. Sie wurde vor ihrer Ermordung brutal geschlagen. Drei Schneidezähne fehlten ihr und wurden von den Technikern des Labors in den blutigen Laken des Bettes sichergestellt. Diese Tatsache weist darauf hin, dass Marie Ousbane ihre Zähne verlor, *bevor* ihr der Täter den Mund verklebte. Das Opfer lag völlig nackt auf dem Bett, Hände und Füße waren mit breitem Klebeband an den Bettpfosten fixiert, der Mund war mit Leukoplast verklebt. Ihre Kleidung, ein Paar Jeans und ein Pullover mit Ausschnitt, waren zerschnitten. Die Sachen lagen auf dem Fußboden neben dem Bett. Die Unterwäsche des Opfers fehlte. Die Frau hatte kurz vor ihrem Tod Geschlechtsverkehr; es handelte sich dabei mit großer Sicherheit um eine Vergewaltigung seitens des Täters. Aufgrund der schweren Verletzungen im Vaginalbereich konnte Brigitte Foucart nicht sagen, ob der Täter die Frau in jener Nacht mehrfach vergewaltigt hat. Doch sie konnte Spermaspuren sicherstellen. Wenn sie vom Täter stammen, hat er kein Kondom benutzt und fühlte sich anscheinend sehr sicher.«

»Das konnte er auch«, warf Jean-Marc ein. »Ein Abgleich mit den FNAEG-Daten hat nämlich keinerlei Übereinstimmung ergeben. Er ist kein vorbestrafter Sexualtäter, seine DNS ist nicht im Zentralregister gespeichert.«

»Es fehlte auch die Handtasche mit dem Portemonnaie der Toten«, setzte LaBréa seine Ausführungen fort. »Die hat der Täter offenbar ebenfalls mitgehen lassen. Silvie Mubarak hat ausgesagt, dass ihre Kollegin eine Handtasche bei sich trug, als sie in der Mordnacht zur Metrostation ging.

Beim Verlassen der Wohnung legte der Täter den Zettel mit der Fotokopie von Guy Georges' Fußabdruck innen hinter die Eingangstür der Wohnung. Den Wohnungsschlüssel deponierte er gut sichtbar neben dem Fußabtreter im Hausflur. Am nächsten Morgen sah die Nachbarin den Schlüssel und klingelte vergeblich an Marie Ousbanes Tür. Gefunden wurde das Opfer am späten Montagvormittag. Der Hauswirt hatte wegen eines Defektes an einem der Heizkörper einen Besichtigungstermin mit seiner Mieterin ausgemacht. Als Marie Ousbane nicht öffnete und der Mann durch die Nachbarin von dem Schlüssel erfuhr, den diese vor der Wohnungstür gefunden hatte, rief er Ousbanes Arbeitsstelle an. Doch dort war sie nicht. Der Vermieter wurde misstrauisch und öffnete mit dem Schlüssel des Opfers die Tür.«

Erneut blätterte LaBréa in der Akte.

»Nach der Art der Einstiche, das hat die Autopsie ergeben, ist der Täter vermutlich Rechtshänder. Die Tatwaffe ist mit Sicherheit kein Opinel Nummer 12 wie damals bei Guy Georges. Brigitte Foucart und die Kollegen der Spurensicherung gehen davon aus, dass es sich bei der Waffe um ein Messer mit sehr schmaler, langer Klinge handelt. Also entweder ein sogenanntes Butterfly-Messer oder ein Stilett.«

LaBréa klappte die Akte zu. »Bis auf die Spermaspuren keine weiteren Hinweise auf den Mörder. Aber Gilles sagte mir, dass auch noch nicht alles ausgewertet ist. Von den Fingerabdrücken, die in der Wohnung sichergestellt wurden, können einige vom Mörder stammen. Sicher ist das nicht. Und weiter bringt uns das im Moment auch nicht.«

Erneut klingelte das Telefon. Diesmal war die Gerichtsmedizinerin am Apparat.

»Einen Moment, Brigitte, Monsieur Couperin ist auch gerade hier. Ich schalte auf Lautsprecher um.« Gleich darauf war Brigitte Foucarts resolute, sonore Stimme zu hören.

»Also, einige Details möchte ich vorab schon mal durchgeben, Maurice. Es handelt sich im Fall Villeron mit größter Wahrscheinlichkeit um dieselbe Tatwaffe wie bei Marie Ousbane. Die Art und auch die Anzahl der Einstiche – identisch. Vier Stiche in den Hals, jeweils zwei in die Brustwarzen und vier in die Vagina. Annabelle Villerons Nasenbein war gebrochen, am ganzen Körper fand ich Spuren schwerer Schläge. Das Ganze ist eine exakte Wiederholung der Tat von Sonntagnacht. Den kompletten Bericht hast du am Nachmittag. Auch den genauen Todeszeitpunkt. Wiederhören.«

»Wiederhören und danke, Brigitte.« LaBréa legte den Hörer auf. Zu den Anwesenden gewandt, sagte er: »Sie haben es gehört, meine Herrschaften. Wir können zunächst einmal von ein und demselben Täter ausgehen. Also gut.« LaBréa erhob sich und ging im Raum auf und ab. »Lassen Sie mich die Übereinstimmungen zwischen unseren beiden Morden und der Vorgehensweise von Guy Georges zusammenfassen:

Erstens: Sowohl GG als auch unser Mörder töteten die Frauen mit einem Messer, und zwar nachts und in ihren eigenen vier Wänden.

Zweitens: Beide Täter fesselten ihre Opfer auf nahezu identische Weise.

Drittens: Die Kleidung wurde zerschlitzt.

Viertens: Die Opfer wurden zunächst brutal misshandelt und dann vergewaltigt. Zumindest trifft Letzteres im aktuellen Fall Marie Ousbane zu. Bei der Villeron müssen wir noch Brigitte Foucarts Bericht abwarten.

Fünftens: Todesursache ist sowohl bei GGs Taten als auch bei Marie Ousbane ein Stich in den Hals.

Sechstens: Unser Unbekannter steigert sich anscheinend im Lauf seines Rituals in eine Art Blutrausch, genau wie es seinerzeit bei GG der Fall war.

Siebtens: Genau wie GG ließ der Mörder Wertgegenstände mitgehen. Geld, Schmuck.

Und jetzt zu den Unterschieden im Modus Operandi von GG und dem Mörder der Rue Beausire:

Erstens: Das Fabrikat der Tatwaffe ist bei den jetzigen Fällen ein anderes. GG benutzte ein Opinel Nummer 12, hier kam ein Stilett oder Butterfly-Messer zum Einsatz.

Zweitens: Unser Täter begnügt sich nicht mit den tödlichen Stichen in den Hals wie GG. Er sticht die Opfer in beide Brüste und in die Vagina, eine extrem brutale Vorgehensweise, insbesondere, wenn die Opfer noch gelebt haben, als er zustach.

Drittens: Der Unbekannte hat zwar die Oberbekleidung seiner Opfer zerschlitzt, nicht jedoch die Unterwäsche, wie es GG getan hat. Von der Unterwäsche Marie Ousbanes und Annabelle Villerons fehlt noch jede Spur. Vermutlich hat er sie mitgenommen.

Viertens: Im Unterschied zu GG legte unser Unbekannter die Schlüssel seiner Opfer gut sichtbar vor die Wohnungstür.

Fünftens: GG hinterließ keinen Zettel mit einem ägyptischen Fußabdruck. Nein, GG hinterließ seinerzeit ein einziges Mal das *Original*, nämlich seinen eigenen Fußabdruck; sicher geschah dies versehentlich. Der Mörder der Rue Beausire *zitiert* also quasi Guy Georges«, schloss LaBréa seinen Vortrag und nahm wieder auf seinem Stuhl Platz.

»Vielleicht gibt er uns durch die Kopien auch einen Hinweis darauf, dass seine Füße ebenfalls eine solche Anomalie aufzeigen«, meinte Franck.

»Nein, das glaube ich nicht«, widersprach Jean-Marc. »Mit dem Fußabdruck will er uns wahrscheinlich nur sagen, dass er genauestens Bescheid weiß über die Taten von Guy Georges.«

»Und dass er vorhat, GG nachzueifern, ihn womöglich zu übertrumpfen«, ergänzte Ermittlungsrichter Couperin. »Bei dieser Überlegung stellt sich für mich die Frage, ob wir irgendwelche Einzelheiten über die beiden Morde an die Presse herausgeben.«

»Direktor Thibon ist strikt dagegen«, wandte LaBréa ein. »Und in diesem Fall muss ich ihm recht geben. Angenommen, der Täter will GG tatsächlich nacheifern – dann handelt es sich bei ihm höchstwahrscheinlich um einen narzisstischen Psychopathen mit Allmachtsfantasien, der die ganz große Bühne sucht. Er will, dass die Presse über ihn berichtet. Er möchte schwarz auf weiß die Einzelheiten seiner Taten nachlesen und …«

Couperin unterbrach ihn. »Ja eben, Monsieur LaBréa! Und wenn die Zeitungen nichts berichten, wird er weitermachen, so lange, bis man ihn zur Kenntnis nimmt.«

»Schon möglich, Monsieur.«

»Wollen Sie das riskieren?«

LaBréa atmete tief durch. »Auch wenn die Zeitungen detailliert berichten und er somit sein Ego befriedigen kann, wird er weitermorden, wenn sein Plan das so vorsieht. Sehen Sie, wir haben doch gar nicht viel Spielraum. Im Moment müssen wir die Presse weiter raushalten, um die Ermittlungen nicht zu gefährden. Die Berichterstattung kocht mangels Fakten von unserer Seite auf kleiner Flamme, und das ist gut so. Wir dürfen außerdem keine Unruhe unter der Bevölkerung auslösen.«

»Pardon, Chef«, schaltete sich Claudine ein. »Aber sollten andere junge Frauen nicht besser gewarnt werden? Das war ja damals der Kardinalfehler, auch nach dem vierten Mord von Guy Georges die Bevölkerung völlig in Unkenntnis zu lassen.«

»Sie irren sich, Claudine. Der Kardinalfehler damals war, dass die einzelnen Polizeikommissariate und die Brigade Criminelle nicht eins und eins zusammenzählen konnten, weil der Informationsfluss gleich null war. Die Fahnder merkten einfach viel zu spät, dass da ein Serienmörder am Werk war. Jetzt ist die Situation doch eine ganz andere. Wir haben bereits wichtige Erkenntnisse gewonnen und wissen, hier hat sich jemand ausführlich mit GG und seinen Taten beschäftigt und imitiert sie bis zu einem gewissen Grad. Außerdem laufen alle Ermittlungen hier zusammen; es gibt keinerlei Kompetenzgerangel, das den Fall GG seinerzeit noch zusätzlich erschwert hat. Wir werden wachsam sein und verstärkt Polizeipatrouillen losschicken.«

»Und dann müssen wir darauf hoffen, dass er nicht auch noch in anderen Stadtteilen zuschlägt«, warf Franck Zechira ein.

»Der Tatort! Darüber sollten wir sowieso einmal genauer nachdenken«, griff LaBréa den Gedankengang auf. »Warum hat er zweimal in der Rue Beausire zugeschlagen? Wo liegt die Verbindung zwischen diesen beiden Frauen, die unterschiedlicher kaum sein könnten? Eine Schwarze aus Afrika, eine Weiße aus dem Périgord. Die eine Toilettenfrau, die andere Medizinstudentin.«

»Vielleicht wohnt der Täter ganz in der Nähe, Chef«, meinte Claudine Millot. »Möglicherweise sogar in derselben Straße.«

Couperin schüttelte den Kopf.

»Das ist mir zu simpel. Es scheint doch eher ein Risiko zu sein, zweimal in derselben kleinen Straße eine Frau zu ermorden, noch dazu, wenn man selbst dort wohnt!«

»Da gebe ich Ihnen recht, Monsieur«, sagte LaBréa. »Da steckt mehr dahinter. Ein Plan. Ein Muster. Aber welches?«

Franck meldete sich zu Wort.

»Marie Ousbane wohnte am oberen Ende der Rue Beausire, Nummer 15 b. Annabelle Villeron am unteren Ende, Nummer 5, Ecke Rue de la Bastille, direkt neben dem Restaurant *Bofinger*. Zwei Morde in derselben Straße. Das muss irgendeine Bedeutung haben.«

Ermittlungsrichter Couperin schien weiterhin skeptisch.

»Das kann auch alles nur Zufall sein. Vielleicht haben sich in der Rue Beausire eben zufällig diese beiden Gelegenheiten ergeben. Auf jeden Fall glaube ich nicht, dass der Täter ebenfalls dort wohnt.«

»In Ordnung.« LaBréa wandte sich an seine Leute. »Also, an die Arbeit.«

Franck fuhr sich mit dem Zeigefinger über seine Moustache. »Ich rufe gleich erst einmal sämtliche Polizeikommissariate in der Stadt an. Es wäre doch interessant, zu wissen, ob damals eines der Plakate mit dem Fußabdruck plötzlich abhanden gekommen ist. Und wenn ja, wo das gewesen ist.«

»Ja, vielleicht ergibt sich da eine erste Spur.« LaBréa seufzte. »Ich kümmere mich um die Angehörigen von Annabelle Villeron, gebe den Kollegen im Périgord Bescheid und versuche herauszubekommen, wo der Bruder lebt, mit dem sie so zerstritten ist.«

»Glauben Sie etwa, ihr eigener Bruder könnte so etwas getan haben?« Der Paradiesvogel blickte seinen Chef mit großen Augen an. Bevor LaBréa antworten konnte, ergriff Couperin das Wort.

»Tja, junger Mann, es gibt heute doch nichts mehr, was es nicht gibt.« Er lächelte fein. »Haben Sie von diesem Fall in Deutschland gehört, wo ein Mann per Internet einen anderen Mann gesucht hat, der ihn umbringen und ihn dann aufessen sollte? Wenigstens behauptet derjenige, der die Tat begangen hat, es sei so abgelaufen. Und wissen Sie was? Im Moment läuft der Prozess, doch es ist nicht sicher, ob der Mann verurteilt werden kann, weil es in Deutschland kein Gesetz gibt, das verbietet, einen gesunden Menschen auf dessen Verlangen hin zu töten und zu verspeisen. In Frankreich übrigens auch nicht! Wir leben in einer Welt, in der es anscheinend keinerlei Grenzen mehr gibt. Polizei und Justiz hinken immer einen Schritt hinterher. Zum Glück ist das Ende meiner Karriere in Sicht.«

Der Ermittlungsrichter stand auf, steckte seine Zigaretten in die Sakkotasche und verabschiedete sich. An der Tür sagte er noch: »Sobald es konkrete Anhaltspunkte und eine Spur gibt, rufen Sie mich an.«

»Selbstverständlich, Monsieur le Juge.« Die Tür fiel ins Schloss. LaBréa lehnte sich im Stuhl zurück »Gut. Franck, Sie kümmern sich um diesen Lagerarbeiter im Haus von

Annabelle Villeron, Robert Turini, und um die beiden Männer aus dem dritten Stock. Ich will, dass die Leute vorsichtshalber überprüft werden. Marie, Sie recherchieren in der medizinischen Fakultät der Uni. Ich will wissen, wer die Kommilitonen von der Villeron waren, welche Seminare sie besuchte und so weiter. Wir suchen gezielt nach einem Mann namens Marcel. Den hat das Opfer gegenüber ihrer Freundin Laura Klein öfter erwähnt. Ist es ein Student? Vielleicht studiert er eine andere Fachrichtung? Hat außer Laura Klein noch einer ihrer Studienkollegen den Namen mal gehört und kann sagen, wer sich dahinter verbirgt? Und Sie, Jean-Marc, kümmern sich um die Befragung der Gäste der Pension *Cantal* in der Rue Beausire Nummer 10. Fordern Sie vier, fünf Leute aus der Abteilung 2 an.«

»Okay, Chef.«

»Wir müssen außerdem überprüfen, welche Gäste sowohl am Wochenende als auch in der vergangenen Nacht in der Pension übernachtet und Paris wieder verlassen haben. Gegen siebzehn Uhr treffen wir uns wieder hier zur Talkrunde. Bis dahin liegen der komplette Autopsiebericht zum Fall Annabelle Villeron vor und sicher auch die ersten Ergebnisse aus dem Labor.«

Die anderen erhoben sich.

»Noch etwas«, sagte LaBréa. »Wer von Ihnen kümmert sich eigentlich um den Freundes- und Bekanntenkreis von Moses Ousbane, dem verstorbenen Bruder von Marie?«

»Ich«, erwiderte Claudine.

»Und? Gibt es da schon etwas Konkretes?«

»Noch nicht, Chef. Die Bäckerei in Barbès, wo Moses Ousbane bis zu seinem Tod gearbeitet hat, ist geschlossen. Ich muss sehen, wie ich an Bekannte oder Freunde des Bruders herankomme.«

»Fragen Sie mal in den Kneipen rund um die Bäckerei nach. Vielleicht kannte man ihn dort. Und nehmen Sie ein Foto seiner Schwester mit. Immerhin ist es ja möglich, dass Marie Ousbane ihren Mörder durch ihren Bruder kennengelernt hat. Jemand, der möglicherweise in Barbès lebt und arbeitet und dort mal mit ihr gesehen wurde.«

Mittwoch, 13 Uhr

Den ganzen Vormittag hatte er schwer geschuftet. Zum Mittagessen gönnte er sich einen Abstecher in sein Lieblingsrestaurant in der Rue Trousseau. Sein Portemonnaie war seit letzter Nacht zusätzlich gefüllt, noch ein Grund mehr, sich in Ruhe an einen gedeckten Tisch zu setzen und bedienen zu lassen, statt irgendein fad schmeckendes Sandwich in sich hineinzuschlingen.

Als Mittagsmenü gab es hausgemachte Leberpastete, anschließend Entenkeule à l'Orange, danach eine üppige Käseauswahl und zwei Kugeln Eis. Dazu trank er eine ganze Flasche Mineralwasser. Wein, Zigaretten, Kaffee und sonstige Drogen oder Aufputschmittel mied er wie der Teufel das Weihwasser. Immer einen klaren Kopf behalten, das war seine Devise.

Mit der Wirtin, einer drallen Endzwanzigerin, plauderte er noch ein wenig, als er nach dem Essen am Tresen seinen Kräutertee trank. Sie erzählte ihm von ihrem Mann, der arbeitslos war, und von den beiden Kindern. Er tat so, als würde es ihn interessieren. Auf dem Tresen lag die heutige Ausgabe des France Soir. *Irgendwann brachte er wie beiläufig das Thema auf die beiden Morde in der Rue Beausire. Die Wirtin hatte nicht die geringste Ahnung. »Ach ja? Zwei Frauen wurden ermordet? Ich lese keine Zeitung. Die bestelle ich nur für die Gäste. Wissen Sie, täglich steht so viel Schund in diesen Blättern, wenn ich mich mit all dem befassen würde …« Da stieg die Wut in ihm hoch, und er dachte, was für eine widerwärtige Fotze sie war, und malte sich aus, wie es wohl sein würde, wenn … Schade eigentlich – sie stand nicht auf seiner Liste. Schuld daran, dass seine tadellose Arbeit nicht zur Kenntnis genommen wurde, hatten natürlich in erster Linie die Bullen, weil sie keine Informationen herausrückten.*

Als er in seinen Citroën stieg, schaltete er das Radio ein. Gerade liefen die Nachrichten. Kein Wort über das, was letzte Nacht in der Rue Beausire geschehen war.

Verdammte Scheiße, dachte er und schlug mit der Hand aufs Lenkrad.

In dem Moment rief ihn sein Chef auf dem Handy an und brummte ihm noch zusätzliche Arbeit auf, die für heute gar nicht vorgesehen war. Zähneknirschend fügte er sich. Er würde sich beeilen, denn irgendwann an diesem Nachmittag musste er noch etwas außerhalb der Stadt erledigen, im Norden. Das war notwendig geworden, um die Dinge ein wenig anzuheizen.

5. KAPITEL

Dreizehn Uhr dreißig.

LaBréa blickte aus dem Fenster seines Büros. Der Nebel schien sich ein wenig zu lichten und gab den Blick frei auf die gegenüberliegende Seite der Seine. Auf dem Quai des Grands Augustins standen die Autos im mittäglichen Stau. Die Rotorenblätter eines Hubschraubers waren zu hören. Nach einer Weile verlor sich das Geräusch.

In knapp vierzehn Tagen war Weihnachten. Die meisten Geschäfte der Stadt hatten ihre Fassaden mit Lichterketten, Sternen und künstlichen weißen Tannenzweigen dekoriert. Vor den Eingängen der Kaufhäuser in der Rue de Rivoli verteilten Weihnachtsmänner kleine Geschenke an die Kinder, die mit ihren Müttern zum Einkaufen kamen.

Das grummelnde Geräusch in seinem Magen erinnerte LaBréa daran, dass er außer dem altbackenen Croissant am Vormittag noch nichts gegessen hatte. Gern wäre er zum Mittagessen in eines seiner Lieblingsrestaurants gegangen, das *Le Caveau du Palais* an der Place Dauphine. Doch dafür fehlte heute die Zeit. Ein paar belegte Brote mussten es auch tun.

LaBréa ging zum Schreibtisch, wählte die Nummer der Kantine. Er bestellte sich ein Käse- und ein Schinkensandwich. Ein, zwei Becher starken Kaffees aus dem Automaten würden ein Übriges tun, seinen Magen in Aufruhr zu versetzen. In fünf Minuten würde er sein bescheidenes Mahl abholen. Bis dahin war Zeit, die örtliche Gendarmerie im kleinen Ort Malville im Périgord anzurufen. Einer der Kollegen dort würde die unangenehme Aufgabe haben, Annabelle Villerons Mutter zu benachrichtigen. Aus eigener Erfahrung wusste LaBréa, dies gehörte zu den schwersten Pflichten im Leben eines Polizisten.

Der Beamte vom Gendarmerieposten Malville, mit dem LaBréa wenige Minuten später sprach, war ein junger Leutnant namens Serge Renard. Der Zufall wollte es, dass er ein Cousin von Annabelle Villeron war. Er kannte das Opfer seit gemeinsamen Kindertagen und reagierte zunächst geschockt, als LaBréa ihm von der Ermordung seiner Cousine erzählte. LaBréa nutzte das Gespräch, um Näheres über die Tote in Erfahrung zu bringen.

»Eine Freundin von Annabelle sagte uns, sie hätte einen Bruder?«

»Ja«, antwortete der Leutnant, »mein Cousin Charles. Er ist sechs Jahre älter als Annabelle.«

»Angeblich soll Annabelle sich mit ihm völlig überworfen haben. Stimmt das?«

»Was heißt überworfen? Die beiden haben sich nie besonders gemocht und verstanden. Wie das eben manchmal bei Geschwistern ist.«

»Wo lebt dieser Bruder?«

»Er lebt schon seit Jahren in La Rochelle. Dort arbeitet er auf einer Werft. Wieso fragen Sie das?« Die Stimme des Mannes klang belegt. »Glauben Sie etwa, er hätte etwas mit Annabelles Tod zu tun?«

»Nein, natürlich nicht. Das ist eine reine Routinefrage, Leutnant. Trotzdem hätte ich gern seine Telefonnummer. Haben Sie sie?«

»Nein, da müsste ich meine Tante fragen.«

»Tun Sie das bitte. Und rufen Sie mich baldmöglichst zurück.« LaBréa gab Serge Renard seine Telefonnummer.

»Mein Cousin hat mit Sicherheit nichts damit zu tun«, wandte der Leutnant ein. »Charles bringt doch nicht seine eigene Schwester um!«

LaBréa dachte an die Worte des Ermittlungsrichters, dass es heute nichts gab, was es nicht gab. Doch auch ihm schien diese Möglichkeit eigentlich unwahrscheinlich. Er wechselte das Thema.

»Kam Annabelle oft nach Malville?«

»Drei-, viermal im Jahr. Zu Weihnachten, zu Ostern, in den Semesterferien. In den Semesterferien arbeitete sie hier im Ort in einer Arztpraxis, um ein bisschen Geld zu verdienen.«

»Wann war sie das letzte Mal in Malville?«

»Anfang November, zu Allerheiligen. Sie blieb vier Tage, und wir sind abends mal ins Kino gegangen, anschließend noch auf einen Drink in eine Bar.«

»Hat sie da erwähnt, dass sie sich bedroht oder verfolgt fühlte?«

»Nein.«

»Erwähnte sie einen Mann namens Marcel?«

»Nein, der Name sagt mir gar nichts. Aber so engen Kontakt hatten wir auch wieder nicht, Commissaire.«

»Wissen Sie, ob Annabelle einen festen Freund hatte?«

»Keine Ahnung. Jedenfalls hat sie davon nie etwas erzählt. Meine Cousine wollte beruflich vorankommen im Leben und sagte einmal, für die Liebe sei später noch Zeit genug. Nach dem Studium hatte sie vor, bei medizinischen Hilfsprojekten zu arbeiten. Annabelle war ein sozial sehr engagierter Mensch. *Ärzte ohne Grenzen*, Projekte in der Dritten Welt. Gerade davon hat sie mir bei ihrem letzten Besuch erzählt. All das wird sie nun nie mehr …« Die Stimme des jungen Mannes versagte.

Rasch sagte LaBréa: »Mein aufrichtiges Beileid, Leutnant. Fahren Sie nicht allein zu Ihrer Tante, um ihr die traurige

Nachricht zu überbringen! Nehmen Sie einen Kollegen mit!«

»Mache ich, Commissaire.«

»Wir werden alles tun, um den Mörder Ihrer Cousine zu finden. Sobald die Leiche zur Bestattung freigegeben wird, sagen Ihnen meine Mitarbeiter Bescheid. Auf Wiederhören.« Das Gespräch war beendet.

Eine halbe Stunde später hatte er seine Sandwichs verspeist. Sofort stellte sich ein Völlegefühl im Magen ein, dem kurz darauf ein heftiges Sodbrennen folgte. LaBréa hatte für diesen Fall stets ein paar säurebindende Tabletten in seiner Schreibtischschublade und schluckte gleich eine davon. Er blickte auf die Uhr. Kurz nach zwei. Er wählte Jennys Handynummer. Um diese Zeit saß sie meistens noch in der Schulkantine. Sie meldete sich sofort.

»Ach, du bist's, Papa.« Es klang fast enttäuscht.

»Wen hast du denn erwartet?«, fragte LaBréa. Jenny stieß einen undefinierbaren Laut aus.

»Na, was gab's denn heute bei euch zu essen, Chérie?«

»Den üblichen Fraß. Nudelauflauf mit Hackfleisch, so 'n fades Zeug. Als Nachtisch Vanillepudding, der total nach Salmonellen schmeckte.«

LaBréa schmunzelte. Seit sie vor zwei Monaten nach Paris gezogen waren, nörgelte Jenny ständig am Speiseplan der Schulkantine herum. »Soweit ich weiß, sind Salmonellen geschmacklos«, wagte er einzuwenden. »Steigere dich da bitte nicht hinein, Jenny! In den nächsten Tagen gehen wir abends mal essen«, versuchte er sie zu trösten. »Wenn ich ein bisschen Luft habe.«

»Wann das wohl sein wird, Papa?« Jenny lachte dünn.

LaBréa ging nicht darauf ein. »Heute Abend kann es spät bei mir werden. Bring dir was zu essen mit. Eine Pizza oder irgendwas Chinesisches.«

»Mach ich. Also, salut.«

Gleich nachdem das Gespräch beendet war, wählte LaBréa die Nummer des Ermittlungsrichters. Couperin war sicher schon vom Essen zurück. Er verbrachte seine Mittagspause meistens in seinem Stammbistro in der Rue Lantier. LaBréa war einige Male mit ihm dort gewesen, fand die Küche dort jedoch zu schwer und zu fett. Es war ihm ein Rätsel, wie der kleine Richter bei diesen reichhaltigen Portionen seine schlanke Figur behielt.

Couperin war sofort am Apparat.

»Hier LaBréa. Mir ist da noch ein Gedanke gekommen. Sagen Sie, Monsieur, was würden Sie davon halten, wenn wir einen Profiler einschalten? Das könnte uns vielleicht helfen, die Taten dieses Wahnsinnigen besser einzuschätzen und effektiver gegen ihn vorzugehen.«

Am anderen Ende der Leitung war es einen Moment lang still. Schließlich sagte Couperin: »Na ja, ich weiß nicht. Diese Profiler sollen ja in den USA großen Erfolg haben. Ob das tatsächlich stimmt, kann ich nicht beurteilen. Grundsätzlich bin ich aber nicht dagegen. Wüssten Sie denn jemanden? Das Profiling steckt bei uns doch noch ziemlich in den Kinderschuhen.«

»Ja, ich wüsste unter Umständen jemanden. Véronique Andrieu. Kennen Sie sie?«

»Nein. Wer ist das?«

»Eine Kriminalpsychologin. Ich kenne sie aus meiner Zeit in Paris, bevor ich nach Marseille ging. Véronique Andrieu fing als eine der Ersten an, sich Gedanken über Täterprofile zu machen. Damals hat sie kein Mensch richtig ernst genommen. Die Sturköpfe bei der Police Judiciaire wollten nicht glauben, dass man aus dem Autopsieergebnis, der Spurensicherung am Tatort und den Tatortfotos auf die Persönlichkeit des Mörders schließen kann. Véronique

Andrieu war damals ihrer Zeit weit voraus. Anfang der Neunzigerjahre verließ sie Frankreich ziemlich frustriert und verbrachte zunächst zwei Jahre in Quantico in den USA. Dort wurde seit den Achtzigerjahren eine Unterabteilung des FBI aufgebaut, die sich mit der Erstellung von Täterpsychogrammen befasst, speziell mit denen von Serienmördern. Diese Abteilung arbeitet äußerst erfolgreich und ist heute bei den Ermittlungen der Amerikaner, besonders im Fall von Mehrfachtätern, nicht mehr wegzudenken. Madame Andrieu wird dort eine Menge gelernt haben. Sie blieb insgesamt mehr als zehn Jahre in den USA, da sie zwischenzeitlich dort geheiratet hat. Doch ihr Mann starb letztes Jahr an einem Krebsleiden, und sie ist diesen Sommer mit ihren beiden Söhnen nach Europa zurückgekehrt. Sie hat hier bisher nicht wieder im Polizeidienst gearbeitet, sondern in Paris eine psychologische Praxis eröffnet.«

»Klingt alles ziemlich interessant. Rufen Sie sie meinetwegen an, Commissaire. Sie haben meine volle Rückendeckung, falls Ihr Vorgesetzter sich querstellen sollte. Wenn die Dame sich bereit erklärt, uns zu helfen, würde ich sie natürlich gern so bald wie möglich kennenlernen. Ach, und zur Information: Sollten Sie heute Abend versuchen, mich zu erreichen, werden Sie Pech haben. Ich besuche heute die Premiere von *Carmen,* eine meiner Lieblingsopern. Wenn Sie wüssten, wie sündhaft teuer die Karte dafür gewesen ist, würden Sie verstehen, dass ich die Vorstellung nur im alleräußersten Notfall verpassen will. Wiederhören, Commissaire.«

LaBréa legte den Hörer auf und fuhr sich mit der Hand durch die dichten, widerspenstigen Haare.

Véronique Andrieu … Seine Gedanken eilten zurück. Er hatte sie kennengelernt, als er im Kommissariat des 3. Arrondissements als junger Inspektor anfing. Sie waren etwa gleichaltrig. Véronique hatte damals gerade ihr Psychologiestudium beendet und eine einjährige Ausbildung auf der Polizeischule absolviert. Auf Anhieb hatten sie sich verstanden. Véronique war eine etwas herbe, dennoch attraktive Frau mit dunkelblonden Haaren und strahlend grünen Augen. Sie gingen ein paarmal aus, und dann schliefen sie miteinander. Es war von beiden Seiten aus nicht die große Liebe, aber eine in vieler Hinsicht angenehme Beziehung. Sie lebten in verschiedenen Wohnungen, verbrachten jedoch die Wochenenden miteinander, wenn es die Arbeit zuließ, und fuhren zweimal zusammen in den Urlaub. Véronique fing damals gerade an, sich intensiv mit der Psyche von Tätern zu befassen, und vertrat die Auffassung, jeder Täter hinterlasse am Tatort eine spezielle »Duftmarke«, die man analysieren und aufgrund derer man auf den persönlichen und beruflichen Hintergrund des Täters schließen könne. Bei ihren Vorgesetzten stieß sie mit ihrem Elan und Engagement auf taube Ohren. Deshalb beschloss sie, einige Zeit in die USA zu gehen, weil man dort auf dem Gebiet der Kriminalpsychologie bereits wesentlich weiter war als in Europa. Ihre Abreise hinterließ eine Lücke in LaBréas Leben, die sich jedoch relativ rasch schloss. Er lernte andere Frauen kennen, ging flüchtige Beziehungen ein und spürte bei jeder neuen Liaison, dass irgendetwas Entscheidendes dabei fehlte. Als er seiner späteren Frau Anne begegnete, wusste er, was es war. Nie würde er den Tag vergessen, als sie auf dem Kommissariat erschien, um den Diebstahl ihrer Handtasche anzuzeigen. Sie war ihr auf offener Straße, wenige Meter vom Kommissariat entfernt, von einem Jugendlichen entrissen worden, der auf einem Moped davonbrauste. LaBréa hielt sich nur zufällig in den Räumen der Bereitschaftspolizei auf, die für Beschwerden und Anzeigen aller Art zuständig war. Es war das, was man Liebe auf den ersten Blick nennt. Später hatte Anne ihm gesagt, dass es bei ihr eigentlich erst auf den zweiten Blick gefunkt habe. Nämlich dann, als er sie am nächsten Tag zum Essen ins Restaurant *Dôme* ausgeführt habe und anschließend in den Jazzclub *Montana* in der Rue St. Benoît. Nur wenige Monate später hatten sie geheiratet, und LaBréa hatte sich nach Marseille versetzen lassen, wo Anne als praktische Ärztin arbeitete.

Zu Véronique Andrieu hatte er nie den Kontakt verloren. Sie wusste von seiner Heirat mit Anne, wenig später heiratete sie selbst einen amerikanischen Psychoanalytiker und lud LaBréa und Anne zur Hochzeit ein. Die beiden flogen nach San Francisco, wo Véronique und Jim sich niederlassen wollten. Es waren zwei unvergessliche Urlaubswochen.

Als er jetzt darüber nachdachte, erinnerte er sich besonders an einen merkwürdigen Vorfall, der ihn noch wochenlang danach beschäftigt hatte. Sie fuhren mit der Fähre von San Francisco nach Sausalito. Jim und Véronique wollten ihren europäischen Freunden die berühmte Gefängnisinsel Alcatraz einmal aus der Nähe zeigen. Es war ein strahlend schöner Septembertag. Ein bisschen kühl und windig, wie häufig in San Francisco. Der Fog, dieser typische Pazifiknebel, hatte sich gelichtet und gab den Blick auf die Golden Gate Bridge frei. Alcatraz wirkte düster und verlassen; es diente schon lange nicht mehr als Gefängnis für Schwerverbrecher. Sie saßen an Deck; Jim hatte eine Flasche Champagner besorgt. Die Stimmung war ausgelassen und fröhlich. Plötzlich war Anne zusammengezuckt und hatte LaBréa beiseite genommen. »Siehst du den Mann da vorn, in der dritten Reihe? Der aussieht wie ein Mexikaner? Jetzt dreht er sich gerade um. Der mit dem Oberlippenbärtchen.« »Was ist mit ihm?«, wollte LaBréa wissen. »Er macht mir

Angst. Ich habe ein ganz komisches Gefühl, wenn ich ihn ansehe.« LaBréa hatte gelacht und Annes Bemerkung abgetan. Doch sie ließ sich nicht davon abbringen. Ihr Gesicht war bleich geworden, und LaBréa sah Furcht in ihren Augen. So kannte er seine Frau nicht. »Lass uns bitte reingehen, Maurice, unter Deck. Dieser Mann hat eine schrecklich einschüchternde Wirkung auf mich. Er ist ein böser, teuflischer Mensch. Das spüre ich!« Anne hatte ihr Champagnerglas genommen und war beinahe in Panik unter Deck geeilt. In kurzen Worten entschuldigte LaBréa seine Frau bei ihren Gastgebern und folgte Anne. Vorher warf er noch einen unauffälligen Blick auf den Mann in der dritten Deckreihe. Doch er konnte Annes Furcht und Abneigung nicht nachvollziehen. Der Mann hatte nichts Besonderes an sich.

Am übernächsten Tag prangte auf der Titelseite des *San Franciso Chronicle* das Bild eines Mannes, der im Großraum San Francisco vier junge Mädchen bestialisch ermordet hatte. Es war derselbe Mexikaner, der mit ihnen auf der Fähre gewesen war. Man hatte ihn in Sausalito geschnappt, wo er ein weiteres Mädchen überfallen hatte. Ohne ein Wort zu sagen, doch mit zitternden Fingern, hatte Anne ihrem Mann die Zeitung gereicht. Als LaBréa wenig später mit Véronique über den Vorfall auf der Fähre sprach, hatte sie gesagt: »So etwas gibt es, Maurice. Manche Menschen spüren, wenn ein Mörder oder Vergewaltiger, ein böser, gefährlicher Mensch in ihrer Nähe ist. Sie haben eine untrügliche Antenne für die extrem negative Ausstrahlung einer solchen Person. Anne ist anscheinend jemand mit dieser speziellen Gabe.«

Die beiden Frauen waren gute Freundinnen geworden und hatten in den darauffolgenden Jahren regelmäßig Briefe ausgetauscht. Anne hatte stets bedauert, dass Jim und Véronique nie die Gelegenheit gefunden hatten, sie und LaBréa einmal in Marseille zu besuchen.

Als Anne ermordet wurde, reagierte Véronique sehr betroffen und schrieb LaBréa lange Briefe, die ihm in der ersten Zeit seiner Trauer über manches hinweggeholfen hatten. In vorsichtigen Worten hatte sie auch noch einmal an jenen Vorfall auf der Fähre erinnert und gemeint, Anne habe, als ihr eigenes Leben in Gefahr gewesen sei, die Bedrohung wohl leider nicht rechtzeitig erkennen können. Daher sei es den beiden Junkies gelungen, sie in ihrer Praxis zu überraschen. Ihre Möglichkeiten zur Gegenwehr seien von vornherein gleich null gewesen. Und gegen zwei junge, kräftige Burschen mit einem Messer habe man ohnehin nie eine Chance …

Véronique war über die Entfernung hinweg auch ihm eine gute Freundin geworden. Beide hatten ihre Partner verloren, beide kamen mit dem Verlust nur schwer zurecht. Während die meisten Menschen sich nicht vorstellen konnten, wie es ist, einen geliebten Menschen zu verlieren, fühlte LaBréa sich in diesem Punkt von Véronique verstanden. Sie wusste, wovon er sprach, als er sie in den ersten Wochen nach Annes gewaltsamem Tod häufiger in San Francisco anrief und Trost bei ihr suchte. Dass sie in früheren Jahren einmal eine Liebesbeziehung gehabt hatten, störte oder belastete ihre Freundschaft nicht. Seit LaBréas Übersiedelung nach Paris vor zwei Monaten hatte er sie zweimal angerufen, doch für ein Treffen war nie Zeit gewesen. Jetzt ergab sich vielleicht eine Gelegenheit.

6. KAPITEL

In seinem Adressbuch suchte LaBréa Véroniques Pariser Nummer heraus; es war die Nummer ihrer psychologischen Praxis. Als sich der Anrufbeantworter einschaltete, verzog LaBréa enttäuscht das Gesicht. Dann würde er ihr eben eine Nachricht hinterlassen und um Rückruf bitten … In diesem Moment wurde der Hörer abgenommen.

»Hallo?«

»Hallo, Véronique, hier ist Maurice.«

»Maurice! Das ist ja eine Überraschung! Wie geht es dir?«

»Meinst du privat oder beruflich?«

»Beides.«

»Privat geht es mir etwas besser. Jenny und ich haben uns inzwischen ganz gut in Paris eingelebt. Und beruflich – na ja, du weißt ja, welchem Stress man in diesem Job tagtäglich ausgesetzt ist. Im Moment bin ich mit zwei ungewöhnlichen Fällen beschäftigt. Zwei gleich gelagerte Ritualmorde an jungen Frauen. Die Tatorte befinden sich in ein und derselben Straße, gleich hinter der Bastille. Das ist auch mit ein Grund meines Anrufs.«

Véronique lachte.

»*Mit* ein Grund oder der eigentliche Grund? Ach Maurice, du kannst immer noch schlecht lügen! Ich sehe es geradezu vor mir, wie du rot wirst.«

»Na ja, sagen wir, ich rufe dich aus privaten *und* beruflichen Gründen an.«

»Ich vermute, du willst meine Einschätzung hinsichtlich des Täterprofils in diesen beiden Mordfällen.«

»Erraten.«

»Die Police Judiciaire ist also noch immer hinter dem Mond, was moderne Ermittlungsmethoden angeht, oder?«

»In gewisser Weise sicherlich. Können wir uns treffen? Am besten noch heute.«

»Hm, warte mal. Ich habe gleich um drei noch eine Patientin und um fünf eine Gruppentherapie. Ich könnte so gegen sieben, halb acht.«

»Gut, dann gehen wir essen. Ins *Pharamond?*«

»Oh là là, Maurice!« Véronique stieß einen kleinen Pfiff aus. »Sozusagen um der alten Zeiten willen, oder was?«

»Quatsch! Weil das Essen dort gut ist und ich eine Ewigkeit nicht mehr da war.«

»Dass wir dort in Ruhe reden können, bezweifle ich. Die Tische stehen dermaßen eng. Hinz und Kunz könnten zuhören, wenn du mir die Einzelheiten deiner beiden Fälle schilderst.«

»Was würdest du dann vorschlagen?«

»Das *Télégraphe*. In der Rue de Lille. Da hat man viel Platz, und es ist ruhig.«

»Ich kenne das Restaurant nicht.«

»Es ist nicht weit von meiner Praxis entfernt. Und du kannst vom Quai des Orfèvres aus ebenfalls zu Fuß hingehen.«

»In Ordnung, Véronique. Sagen wir halb acht?«

»Ja. Also, bis dann, Maurice. Ich freue mich!«

LaBréa legte den Hörer auf. Véroniques Stimme hatte etwas Vertrautes, als ob plötzlich ein Stück seiner Vergangenheit wieder lebendig würde. Und doch lagen Jahre dazwischen, die so vieles verändert hatten. Damals war er so jung gewesen, voller Elan, voller Zuversicht, im Dienst der Polizei etwas bewirken und das Leben der Bürger sicherer machen zu können. Im Lauf der Jahre hatte sich dieser Idealismus abgenutzt. Immerhin jedoch war noch so viel davon übrig geblieben, dass LaBréa jeden neuen Mordfall als persönliche Herausforderung ansah. Er wollte gewinnen. Er wollte nicht, dass Verbrecher wie der unbekannte Täter aus der Rue Beausire ungeschoren davonkamen. Er würde alles daransetzen, ihn zur Strecke zu bringen …

Ein Klopfen an der Tür riss ihn aus seinen Gedanken. Franck Zechira betrat das Büro.

»Sie werden es nicht glauben, Chef. Aber dieser Robert Turini, der mit seiner Frau und seinem kleinen Kind im Haus von der Villeron wohnt, ist vorbestraft. Wissen Sie, weswegen? Versuchte Vergewaltigung an einer Sechzehnjährigen.«

»Tatsächlich?« LaBréa blickte Zechira gespannt an.

»Und jetzt kommt's. Er hat das Mädchen mit einem Messer bedroht, und zwar einem Stilett. Er zerrte sie in ein Gebüsch und riss ihr die Kleider vom Leib. Doch die Kleine hatte Glück. Ein Spaziergänger kam mit seinem Schäferhund vorbei. Der Hund hat angeschlagen, und das hat die Kleine gerettet.«

»Wann war das, Franck?«

»Vor fünf Jahren. In Fontainebleau. Turini arbeitete damals als Hilfsarbeiter beim Gartenbauamt und kannte sich in den Parks der Stadt bestens aus. Das Mädchen war auf dem Nachhauseweg von der Schule. Der Kerl war damals noch keine einundzwanzig und bekam drei Jahre Jugendstrafe auf Bewährung.«

»Ich wette, seine Frau weiß nichts davon«, sagte LaBréa. »Wo arbeitet der Mann?«

»In einer Lagerhalle des Intermarché am Boulevard de Belleville.«

»Dann los. Wir nehmen ihn uns gleich vor und fahren anschließend zu seiner Frau.«

Auf dem Weg zu seinem Wagen, der in der Tiefgarage des Justizpalastes geparkt war, klingelte LaBréas Handy. Es war Claudine Millot.

»Chef, in Annabelles Adressbuch standen unter dem Buchstaben ›M‹ der Name ›Marcel‹ und eine Handynummer. Doch die Nummer ist nicht mehr vergeben.«

»Abgemeldet?«, fragte LaBréa.

»Bei dem Handyprovider sagten sie mir, dass diese Nummer gesperrt ist, weil die Rechnung nicht bezahlt wurde. Der Teilnehmer heißt Marcel Grivet. Wohnhaft – und das ist das Überraschende – Rue Beausire Nummer 5.«

»Im Haus von Annabelle Villeron!«

»Im Melderegister steht, dass er zur Untermiete bei ihr wohnt.«

LaBréa runzelte die Stirn. »Zur Untermiete? Und kein Mensch im Haus kennt den Mann und hat ihn je gesehen? Kein Namensschild an der Tür, nichts?«

»Vielleicht ist das nur eine Adresse auf dem Papier, Chef. Grivet wollte in Paris gemeldet sein, und Annabelle Villeron hat ihre Wohnadresse zur Verfügung gestellt.«

»Wozu? Wo wohnt der Mann denn dann? Und wer ist er? Ein Phantom? Was wissen Sie außer seinem Namen und seiner Meldeadresse noch über ihn, Claudine?«

»Nicht viel, um ehrlich zu sein. Nur das Geburtsdatum und den Geburtsort. 16. Januar 1960 in Straßburg.«

»Dann ist der Kerl ja bereits über vierzig. Ein bisschen alt für einen Studenten.«

»Eben. Im Sekretariat der medizinischen Fakultät habe ich mir eine Liste sämtlicher Studenten geben lassen, die zusammen mit Annabelle Villeron Kurse und Seminare besucht haben. Ein Student namens Marcel Grivet ist nicht dabei. Vorsichtshalber habe ich mir auch die Namen aller Professoren, Tutoren und so weiter besorgt, mit denen Annabelle Villeron an der Uni zu tun hatte. Nichts.«

»Wie war denn die letzte Meldeadresse dieses Marcel Grivet, bevor er sich in der Rue Beausire Nummer 5 anmeldete?«

»Die steht nicht im Register.«

»Das gibt's doch nicht! Jeder, der sich irgendwo anmeldet, muss seinen letzten Wohnsitz angeben beziehungsweise seine Abmeldebescheinigung vorlegen.«

»Irgendjemand hat da wahrscheinlich geschlampt, Chef.«

»Allerdings. Versuchen Sie, mehr über den Mann herauszufinden!«

Das Gespräch war beendet. Während Franck den Wagen startete, berichtete LaBréa ihm von Claudines Recherche.

»Sieht mir ganz nach einem älteren Freund aus«, bemerkte Franck. »Vielleicht ist er verheiratet.«

»Wenn er verheiratet ist, meldet er sich doch nicht unter der Adresse seiner Geliebten an!«

»Stimmt. Trotzdem, irgendwas an dem Verhältnis der beiden ist merkwürdig. Sonst hätte die Villeron doch ihrer besten Freundin gegenüber mehr als nur den Vornamen und den zu groß geratenen Adamsapfel erwähnt.«

»Hat Jean-Marc Ihnen das mit dem Adamsapfel erzählt?« LaBréa schmunzelte.

»Ja. Er fand es wohl witzig. Im Übrigen glaube ich nicht, dass eine so hübsche Frau wie die Villeron wie eine Nonne gelebt hat.«

»Vielleicht nicht wie eine Nonne, aber möglicherweise ohne festen Freund oder wechselnde Männerbekanntschaften. So etwas soll es ja heutzutage durchaus noch geben. Nicht für jedes junge Mädchen ist die Beziehung zu einem Mann das Wichtigste im Leben. Vielleicht hat sie ja schlechte Erfahrungen gemacht? Außerdem ist Annabelle Villeron anscheinend sehr idealistisch und sozial eingestellt gewesen. Sagte mir jedenfalls ihr Cousin.«

Franck lachte. »Angehörige wissen oft am wenigsten über ihre Verwandten Bescheid.«

Er bog auf den Faubourg St. Antoine ein. Der Nebel war wieder dichter geworden, und die Autos krochen im Schneckentempo über die Straßen und Boulevards.

»So ein Sauwetter«, schimpfte Franck. »Richtiges Erkältungswetter. Fracasse und Schumann von der Abteilung 2 hat's bereits erwischt. Ausgerechnet jetzt, wo wir diese beiden Mordfälle an der Backe haben.«

LaBréa nickte. Er hatte sich am Morgen einen dicken Rollkragenpullover angezogen und fror nicht. Im Gegenteil. In seinem überheizten Büro war ihm sogar viel zu warm gewesen.

»Übrigens habe ich wegen des Fahndungsplakates im Fall Guy Georges in drei Polizeikommissariaten angerufen. Im Kommissariat des 4. Arrondissements hatte ich einen Kollegen an der Strippe, der schon damals dort tätig war, als die Zeichnung vom ägyptischen Fuß und der Steckbrief von Guy Georges ausgehängt wurden. Er sagte mir, dass bei ihnen das Plakat mit dem Fußabdruck ständig gestohlen worden sei. Er erinnerte sich, dass sie es vier- oder fünfmal neu aushängen mussten.«

»Ein Souvenir von einem Serienmörder«, bemerkte LaBréa trocken. »Manche Menschen haben eine sehr bizarre Sammelleidenschaft.«

»Der Mann meinte außerdem, dass das Plakat und auch der Steckbrief in anderen Kommissariaten ebenfalls gestohlen worden seien. Das hätten Kollegen ihm seinerzeit erzählt.«

»Tja, dann hat es wohl wenig Zweck, diese Spur weiterzuverfolgen, Franck.«

»Das sehe ich genauso. Vielleicht haben wir bei den Kopierläden mehr Glück. Es gibt zwar mehrere Hundert in der Stadt, aber irgendwo muss der Täter diese Zeichnung ja vervielfältigt und, was fast noch wichtiger ist, verkleinert haben. Das Originalplakat in den Kommissariaten hatte das Format DIN A1. Die beiden Zettel, die wir bei der Ousbane und der Villeron fanden, sind im DIN-A4-Format. Der Mörder muss also zumindest einmal das Plakat verkleinert haben, dann konnte er vom ersten DIN-A4-Abzug weitere Kopien machen.«

»DIN A1 ist doch ein relativ großes Format, oder nicht? Haben denn alle Kopierläden die entsprechenden Maschinen?«

»Nein, eben nicht, Chef, das grenzt die Suche ein. Aber die Nummern im Branchenbuch muss ich trotzdem raussuchen.« Franck seufzte. »Und die der Druckerein. Die haben auf alle Fälle solche Kopiergeräte.«

An der Place de la Nation gerieten sie in einen Stau, der sich jedoch rasch auflöste. Zehn Minuten später parkte Franck den Wagen vor der Intermarché-Lagerhalle am Boulevard de Belleville, Ecke Rue des Cendriers.

Robert Turini lud gerade eine Palette Mineralwasserflaschen auf seinen Gabelstapler, als der Geschäftsführer des Supermarktes die beiden Beamten der Brigade Criminelle zu ihm führte. LaBréa zeigte dem Mann seinen Dienstausweis. »Gehen wir da rüber, Monsieur Turini.«

Der Geschäftsführer, ein smarter Enddreißiger im Dreiteiler mit gepunkteter Fliege, zog sich zurück, und Turini folgte den beiden Beamten zögernd in eine ruhige Ecke der riesigen Halle. An seinem flackernden Blick konnte LaBréa erkennen, dass der Mann sich von einem Besuch der Polizei grundsätzlich nichts Gutes versprach.

»Sie wissen sicher schon Bescheid, Monsieur Turini«, begann Franck.

Der Lagerarbeiter, dessen dunkle Augen rasch zwischen LaBréa und Zechira hin- und herschwirrten, fragte betont unschuldig. »Was soll ich wissen?«

»Kommen Sie, Turini, Ihre Frau hat sie doch längst angerufen. Oder besitzen Sie kein Handy?«

»Doch.«

»Sehen Sie. Dann hat Ihre Frau Sie doch inzwischen informiert.«

»Worüber denn?«

»Über den Tod Ihrer Nachbarin.«

Als fiele ihm jetzt erst ein, was die beiden meinen könnten, schlug Turini sich kurz mit der Hand gegen die Stirn. »Ach so, die Sache mit der Nachbarin! Ja, meine Frau hat mich in der Mittagspause angerufen. Es hat sie ziemlich mitgenommen.«

»So, tatsächlich? *Die Sache mit der Nachbarin,* wie Sie es so schön nennen«, schaltete LaBréa sich ein, »ist ein brutaler Mord. Und deshalb sind wir auch hier.«

Turini stieß ein kurzes Lachen aus. »Meinen Sie etwa, ich hätte was damit zu tun?« Ungläubig schüttelte er den Kopf.

»Wir meinen vorläufig gar nichts.« Franck steckte die Hände in die Hosentaschen. »Wir würden nur gern wissen, ob sie Annabelle Villeron gekannt haben.«

»Was heißt gekannt? Natürlich sind wir uns hin und

wieder im Treppenhaus begegnet. Ich verstehe Ihre Frage nicht.«

»Sie verstehen meine Frage sehr wohl. Oder muss ich Sie daran erinnern, was vor fünf Jahren gewesen ist?«

Robert Turini presste die Lippen zusammen und warf Franck einen lauernden Blick zu. »Nein, das müssen Sie nicht. Vor fünf Jahren war vor fünf Jahren. Eine Jugendsünde. Ich habe mir seitdem nichts zuschulden kommen lassen.«

»Wer weiß?« Franck grinste. »Sie haben damals eine Sechzehnjährige mit dem Messer bedroht und versucht, sie zu vergewaltigen. Und in diesem Sommer wurden in diversen Arrondissements der Stadt vier Frauen in ihren Wohnungen vergewaltigt, nachdem der Täter sie ebenfalls mit einem Messer bedroht hat.«

»Schon möglich, aber ich hab nichts damit zu tun.« LaBréa bemerkte, dass Turini zunehmend nervöser wurde. Er strich sich über sein unrasiertes Kinn und blickte sich einige Male hastig um, als hätte er Angst, einer seiner Kollegen könne mithören.

»Und Ihre Nachbarin, die Studentin, wurde mit einem Messer erstochen«, fuhr Zechira fort. »Mit einem Stilett, Monsieur Turini. Sie hatten doch damals vor fünf Jahren auch ein Stilett, wenn ich mich nicht irre?«

Turini kaute hektisch auf seiner Unterlippe herum. »Ich sagte Ihnen doch, ich habe mir seitdem nichts zuschulden kommen lassen.«

»Wo waren Sie letzte Nacht?« Franck sah den Mann scharf an.

»In meinem Bett, wo denn sonst? Ich muss morgens zeitig raus. Meine Frau kann das bestätigen.«

»Wir werden sie fragen. Weiß Ihre Frau eigentlich von Ihrer Vorstrafe wegen versuchter Vergewaltigung?«, wollte LaBréa wissen.

»Natürlich weiß sie davon.«

»Und wo waren Sie in der Nacht von Sonntag auf Montag?«

Robert Turini stutzte. »Meinen Sie den letzten Sonntag?«

»Ja. Waren Sie da auch zu Hause?«

Turini überlegte fieberhaft.

»Sonntag, Sonntag ...«, murmelte er. »Mittags waren wir bei meinen Schwiegereltern in Villepreux zum Essen. Nachmittags ...«

Zechira unterbrach ihn brüsk. »Wir wollen nicht wissen, was Sie tagsüber gemacht haben. Wo waren Sie in der Nacht?«

»Ich habe mich mit einem Kumpel zum Dartspielen getroffen.«

»Wo?«

»Im Café *Balustrade* in der Rue St. Nicolas.«

»Wie lange waren Sie dort?«

»Keine Ahnung. Ich bin so kurz vor zehn hingegangen und vielleicht ein, zwei Stunden geblieben.«

»Gehen Sie öfter noch so spät abends weg?«

»Öfter nicht, aber manchmal schon.«

»Ich denke, Sie müssen morgens früh raus?«, warf LaBréa ein. Turini zuckte mit den Schultern.

»Der Name Ihres Freundes?«, setzte Franck nach.

»Ich kenne nur seinen Vornamen. Pascal. Aber er wohnt direkt über dem Café.«

Franck notierte sich den Namen sowie die Adresse des Cafés.

»Wir werden das überprüfen«, sagte LaBréa und sah, wie Turini die Hände in die Taschen seiner Hose steckte und zu Fäusten ballte. »Ach, eine Frage noch, Monsieur Turini: Besitzen Sie heute immer noch ein Stilett?«

Der Mann schüttelte heftig den Kopf. LaBréa gab seinem Mitarbeiter ein Zeichen, dic beiden verabschiedeten sich kurz von Turini und verließen die Lagerhalle. An deren Ausgang lief ihnen wie zufällig der Geschäftsführer wieder über den Weg. »Hat Monsieur Turini irgendwelche Schwierigkeiten, meine Herren?«

»Nein«, meinte LaBréa. »Es handelte sich um eine reine Routinebefragung.«

»Umso besser.« Die Stimme des Geschäftsführers klang erleichtert. »Er ist nämlich einer meiner besten Leute. Pünktlich, zuverlässig, macht gern Überstunden. So was ist heutzutage eine Seltenheit, glauben Sie mir.«

»Überstunden?«, hakte Franck nach. »Wann werden denn hier Überstunden gemacht? Am Wochenende?«

»Sonntags. Auch an den Wochentagen, dann aber meistens nachts. Beziehungsweise in den frühen Morgenstunden. Dann werden die Laster beladen, die Waren an die Filialen in Paris und der näheren Umgebung ausliefern.«

»Ach ja? Können Sie uns denn sagen, wann Monsieur Turini das letzte Mal Überstunden gemacht hat?«

»Ich dachte, Sie hätten nur einige Routinefragen an ihn gehabt?«, bemerkte der Geschäftsführer erstaunt. »Aber um Ihre Frage zu beantworten: Das letzte Mal war Turrini in der Nacht vom Sonntag auf Montag zwischen zwei und fünf Uhr früh im Warenlager für Überstunden eingeteilt, er erschien jedoch nicht.«

»Letzten Sonntag? Am 7. Dezember beziehungsweise in der Nacht zum 8.?«, fragte LaBréa und wechselte einen schnellen Blick mit Zechira.

»Ja. Es war das erste Mal, dass er nicht erschienen ist. Am nächsten Tag sagte er mir, er hätte schreckliche Magenkoliken gehabt und nicht kommen können.«

»Danke, Monsieur.«

»Keine Ursache.« Das Handy des Geschäfsführers schrillte, und er entfernte sich rasch.

Franck deutete mit dem Daumen Richtung Lagerhalle. »Gleich wieder retour, Chef, um ihm auf den Zahn zu fühlen?«

»Nein. Wir befragen erst seine Frau.«

7. KAPITEL

Die Rue Beausire, die Straße, in der in den letzten drei Tagen zwei Morde geschehen war, lag friedlich im nebligen Nachmittagslicht. Die Polizeifahrzeuge und Zivilwagen der Spurensicherung waren verschwunden. Von der Place de la Bastille her dröhnte das monotone Rauschen des Verkehrs. Hin und wieder erklang eine Autohupe. Etwas weiter entfernt ertönte die Sirene eines Rettungswagens. Wahrscheinlich fuhr er zum Krankenhaus Quinze Vingts, das gleich hinter der Opéra Bastille lag.

Franck Zechira parkte den Wagen direkt vor dem Haus Nummer 5, vor dem Restaurant *Bofinger*, wo sich wundersamerweise eine Parklücke fand. Über der Eingangstür zur Pension *Cantal* flackerte die Neonbeleuchtung. Das Haus, in dem Marie Ousbane gewohnt hatte, und die Wohnung von Annabelle Villeron waren von der Pension etwa gleich weit entfernt, lagen jeweils schräg gegenüber auf der anderen Straßenseite. Als LaBréa den Kopf hob, sah er, wie sich an einem der Fenster im zweiten Stock der Pension die Gardine bewegte. Am Ende der Straße wurde der Motor eines Wagens angelassen. Sekunden später fuhr ein giftgrüner Renault Clio aus einer Parklücke heraus und brauste die Straße hinunter.

Am Morgen hatte sich Franck die Zahlenkombination des Haustürcodes geben lassen. Er tippte ihn ein, und LaBréa und er betraten den düsteren Hausflur. Es roch nach Eau de Javel und gebratenen Zwiebeln. An der Wohnungstür der ermordeten Annabelle Villeron im ersten Stock klebte das Polizeisiegel. Aus der Wohnung des schwerbehinderten Rentners im selben Stockwerk gegenüber waren die lauten Geräusche des Fernsehers zu hören.

Im zweiten Stock klingelten sie bei den Turinis. Kurz darauf öffnete Irène Turini die Wohnungstür. Auf dem Arm hielt sie den Säugling, ein dickes Kind mit abstehenden Ohren und großen, farblosen Augen.

»Monsieur le Commissaire!«, rief sie erstaunt und blickte Franck fragend an. Franck deutete mit dem Daumen auf seinen Chef.

»*Er* ist der Commissaire, Madame, nicht ich. Können wir einen Moment hereinkommen?«

»Ja, natürlich. Aber ich habe Ihnen schon alles gesagt, was ich weiß.« Das Kind fing jetzt an zu schreien. Die Mutter versuchte, es zu beruhigen. Es gelang ihr halbwegs, und sie brachte den Säugling in ein angrenzendes Zimmer.

»Er wird sicher gleich schlafen«, meinte sie, als sie zurückkam. Das Lächeln auf ihrem blassen, mageren Gesicht wirkte offen und spontan. Sie bat die beiden Beamten ins Wohnzimmer, einen mit wuchtigen Möbeln voll gestopften Raum.

»Bitte, nehmen Sie doch Platz.« Sie zeigte auf die Couch.

»Danke«, erwiderte Zechira. Die beiden setzten sich, während die junge Frau stehen blieb.

»Madame Turini, ich möchte Ihnen als Erstes eine Frage stellen, die mir nicht leichtfällt«, begann LaBréa. »Wissen Sie, dass Ihr Mann vorbestraft ist?«

Irène Turini zögerte nur kurz. »Ja, das weiß ich.«

»Wissen Sie denn auch, weswegen?«, warf Franck ein.

»Ja, natürlich. Himmel, damals war er gerade mal zwanzig. Eine Jugendsünde. Er brauchte dringend Geld, und da hat er diese Autos geknackt.«

»Autos geknackt?« LaBréa lehnte sich im Sessel zurück.

»Ich verstehe nicht, Monsieur le Commissaire, warum Sie mich das fragen.« Irène Turini ließ sich auf einem der beiden Sessel nieder. Verständnislos schüttelte sie den Kopf. »Er hat seine Strafe abgesessen, damit ist alles in Ordnung.«

»Ihr Mann hat keine Autos geknackt, Madame Turini.« Franck Zechira fasste sie scharf ins Auge. »Ihr Mann ist wegen versuchter Vergewaltigung unter Androhung von Waffengewalt verurteilt worden. Er hat einer Sechzehnjährigen ein Messer an die Kehle gesetzt und sie in ein Gebüsch gezerrt. Hat er Ihnen das nie erzählt?«

Das Gesicht der Frau war noch blasser geworden. Sie starrte Franck mit aufgerissenen Augen an.

»Wie bitte? Das kann doch gar nicht sein! Er hat mir gesagt …«

LaBréa unterbrach sie. »Er hat Sie belogen, Madame. Aber das müssen Sie mit ihm ausmachen. Uns interessiert seine Vorstrafe nur insofern, als hier in diesem Haus in der letzten Nacht die Studentin Annabelle Villeron mit einem Messer getötet wurde. Vor drei Tagen geschah ein ähnlicher Mord, ebenfalls in dieser Straße, nur wenige Häuser weiter.«

Irène Turini schlug die Hand vor den Mund und flüsterte dann: »Um Gottes willen, Monsieur, Sie wollen doch nicht etwa behaupten, dass mein Mann etwas damit zu tun hat?«

»Wir würden gern wissen, wo Ihr Mann gestern Nacht gewesen ist.«

»Er war hier, die ganze Nacht. Er muss ja morgens früh raus.«

»Ja, ja, das wissen wir«, sagte Franck und stand auf. Er ging zu der jungen Frau und beugte sich zu ihr hinab. »War er die ganze Nacht hier in der Wohnung, oder hat er sie irgendwann mal verlassen?«

Irène Turini schüttelte irritiert den Kopf. »Nein, nein, wo soll er denn gewesen sein?« Sie schien fieberhaft nachzudenken.

»Und letzten Sonntag? War er da nachts auch zu Hause?«

Die Frau hob ruckartig den Kopf. »Letzten Sonntag? Nein, da war er nicht hier. Da hat er im Betrieb Überstunden gemacht. Und zwar zwischen zwei und fünf Uhr morgens.«

»Und vorher? War er da zu Hause?«

»Nach dem Abendessen hat er sich mit einem Freund getroffen. Sie spielen immer zusammen Dart. Anschließend wollte er gleich zur Arbeit fahren.«

»Wann ging er denn aus dem Haus?«

»Na ja, nach dem Abendessen, das sagte ich doch. Das muss kurz nach halb zehn gewesen sein.«

Keiner der beiden Beamten sagte ein Wort. Stille lastete im Raum, und Irène Turini wurde nervös.

»Was ist? Stimmt irgendetwas nicht? Mein Mann hat in der Nacht von Sonntag auf Montag bis morgens um fünf gearbeitet. Er war kurz nach halb sechs zu Hause. Da habe ich ihm sein Frühstück gemacht, und danach hat er sich schlafen gelegt und …« Ihre Stimme brach ab. LaBréa sah, dass die Frau Angst hatte. Er fragte sich, weshalb.

LaBréa stand auf. »Mehr wollten wir eigentlich nicht wissen, Madame. Eine Frage noch: Wissen Sie, ob Ihr Mann ein Messer besitzt? Ein Stilett?«

Irène Turini schüttelte den Kopf und fing an zu weinen. Ihre schmalen Schultern bebten, und LaBréa spürte eine Welle von Mitleid in sich aufsteigen. Doch Mitleid war in seinem Beruf meistens ein unpassendes Gefühl. Deshalb fuhr er fort. »Sollte Ihnen noch etwas zu letzter Nacht einfallen, hier ist meine Karte. Sie können mich jederzeit anrufen.« Er legte die Visitenkarte auf den Tisch und verließ mit Zechira die Wohnung. Als sie im Treppenhaus waren, hörten sie, dass der Säugling erneut zu schreien anfing.

»Was jetzt?«, wollte Franck wissen. »Der Typ hat uns belogen. Fahren wir gleich wieder in die Lagerhalle, oder lassen wir den Kerl an den Quai des Orfèvres bringen?«

»Valdez soll ihn abholen, damit wir ihm nachher auf den Zahn fühlen können.« Thierry Valdez war einer der Brigadiers der Brigade Criminelle.

»Hoffentlich ist der Vogel nicht ausgeflogen, wenn Valdez ihn holt.« Franck fingerte sein Handy aus der Tasche seines Lederblousons.

»Sie und Jean-Marc werden den Mann vernehmen, Franck. Ich habe um halb acht eine wichtige Verabredung.« LaBréa blickte auf die Uhr. »Kurz nach vier. Um fünf steigt die Talkrunde.«

Inzwischen waren sie im ersten Stock angekommen.

»Moment«, sagte LaBréa und entfernte das Polizeisiegel an der Wohnungstür von Annabelle Villeron. »Ich möchte mir den Tatort noch einmal genau ansehen.«

»Ich komme gleich nach. Ich will nur kurz telefonieren.«

LaBréa zog die Tür zu, sodass sie angelehnt war, und durchquerte den winzigen Flur. Im dahinterliegenden Zimmer (Wohn-, Arbeits- und Schlafzimmer zugleich) hing eine Wolke abgestandener Luft. Viele Menschen hatten sich in dem engen Raum bis in die Mittagsstunden aufgehalten, niemand hatte danach gelüftet. Es roch nach Schweiß, nach getrocknetem Blut und nach Tod. Ein undefinierbarer, dennoch unverwechselbarer Geruch. Er hatte sich LaBréa im Lauf seiner Dienstjahre tief eingeprägt.

Er ließ seine Blicke über das Bücherregal schweifen, den Kleiderschrank, das Bett. Die Kollegen der Spurensicherung hatten die blutgetränkten Laken und die Matratze mitgenommen.

Der Anrufbeantworter blinkte, wie er jetzt bemerkte. Am Morgen noch hatte Franck festgestellt, dass keine Anrufe auf dem Gerät gespeichert waren. Doch seit die Polizei den Tatort verlassen hatte, war die Nummer der Toten offensichtlich gewählt worden. Und zwar nur einmal, wie LaBréa auf dem Display feststellen konnte.

Franck betrat soeben die Wohnung, und LaBréa drückte die Abhörtaste. Eine männliche Stimme, nicht ganz jung. Sie klang nuschelig, fast ein wenig betrunken. »*Salut, Annabelle, schade, dass du nicht da bist. Es wäre schön, wenn du wieder mal ein paar Sachen für mich hättest. Draußen wird es jetzt verdammt kalt. Ich ruf dich aus 'ner Telefonzelle an, weil sie mein Handy gesperrt haben. Scheiß Telefongesellschaft! Dabei sind es nur ein paar Kröten. Kannst du mir aus der Klemme helfen? Zu blöd, dass du nicht da bist. Ich ruf dich morgen früh noch mal an. Mach's gut.*«

Leise pfiff Franck durch die Zähne. »Hört sich ganz so an, als wäre das dieser mysteriöse Marcel Grivet! Handy gesperrt, das passt doch.«

»Ja. Aber deswegen wissen wir immer noch nicht, wer er ist.«

»Falls er der Mörder sein sollte, ist er ganz schön raffiniert. Ruft bewusst nach dem Tod des Mädchens an und tut so, als wolle er sie sprechen. Der Trick ist uralt.« Franck drückte den Rückspulknopf des Anrufbeantworters und ließ das Band noch einmal laufen. Als die Nachricht zu Ende war, sagte er: »Der Typ ist finanziell abgebrannt und kann seine Handyrechnung nicht bezahlen. Er fragt nach Sachen, weil es draußen kalt wird. Vielleicht meint er Kleidung? Wenn Sie mich fragen Chef, klingt das nach einem Sozialfall oder nach einem Obdachlosen.«

LaBréa ließ sich Francks Überlegung durch den Kopf gehen. »Wäre möglich. Er lebt irgendwo unter den Seinebrücken oder in Abbruchhäusern, braucht aber eine feste Wohnadresse.«

»Richtig.« Franck nahm das Band mit spitzen Fingern aus dem Anrufbeantworter und steckte es in einen kleinen Plastikbeutel, von denen er immer einige bei sich trug. »Und die Villeron, an der offenkundig eine Mutter Teresa verloren gegangen war, hat sich seiner angenommen und ihn unterstützt. Er hat sich ihr Vertrauen erschlichen und eine passende Gelegenheit gesucht, sie umzulegen. Das würde auch erklären, wieso er in ihre Wohnung gelangen konnte.«

»Und wo ist der Zusammenhang zum ersten Opfer, Marie Ousbane?«, wollte LaBréa wissen.

»Vielleicht hat er Marie Ousbane in den Toiletten an der Gare du Nord kennengelernt? Obdachlose schlafen bei schlechtem Wetter oft in den Bahnhöfen. Zumindest versuchen sie es, bis sie vom Aufsichtspersonal rausgeworfen werden.«

Skeptisch schüttelte LaBréa den Kopf.

»Vorausgesetzt, er hat überhaupt etwas mit der Sache zu tun, kann er sie natürlich in den Bahnhofstoiletten kennengelernt haben. Aber viel wahrscheinlicher ist es doch, dass er sie im Umfeld ihrer Wohnung beobachtet oder kennengelernt hat. Genau wie Annabelle Villeron. Beide wohnen in derselben Straße. Es muss einen Grund haben, warum der Mörder diese beiden Frauen ausgesucht hat. Ein System. Es gibt ein Muster.«

»Fragt sich bloß, welches.«

»Das müssen wir herausfinden. Claudine soll trotzdem versuchen, diesem Marcel Grivet auf die Spur zu kommen. Auf den Sozialämtern der Stadt kann man da vielleicht weiterhelfen. Ich nehme an, der Mann bezieht Sozialhilfe. Die wird er sich regelmäßig abholen. Dann hätten wir ihn.«

Als LaBréa wenig später sein Büro betrat, lag Brigitte Foucarts Autopsiebericht auf seinem Schreibtisch. LaBréa las ihn sofort durch. Er glich beinahe aufs Haar dem Bericht, den die Gerichtsmedizinerin über die Ergebnisse der Autopsie von Marie Ousbane angefertigt hatte. Vier Stiche in Annabelle Villerons Hals, zwei in jede Brustwarze, vier in die Vagina des Opfers. Das ergab insgesamt zwölf Messerstiche. LaBréa fragte sich, ob die Anzahl irgendeine Bedeutung haben könnte, fand jedoch keine Antwort. Aufgrund der glattrandigen Wundränder und der gleichmäßigen Gewebedurchtrennung war bei der Tatwaffe von einem extrem scharfen Messer auszugehen. Die Stichkanäle an der Leiche wiesen zudem darauf hin, dass es sich dabei um ein Messer mit langer, schmaler Klinge handeln musste. Ein Stilett oder Butterfly-Messer, dasselbe Modell wie bei Marie Ousbane. Todesursache war eine Embolie aufgrund zweier Stiche in die Halschlagader. Todeszeitpunkt: drei Uhr letzte Nacht, plus/minus eine halbe Stunde. Im Vaginalbereich war die Mordwaffe tief eingedrungen und hatte die Gebärmutter verletzt. Die Stiche waren ausgeführt worden, als die Studentin noch lebte. Da sie mit gespreizten Beinen fest ans Bett gebunden war, hatte sie keine Möglichkeit gehabt, der Gewalt des Täters zu entgehen. Es war davon auszugehen, dass sie aufgrund der unerträglichen Schmerzen zeitweilig das Bewusstsein verloren hatte. Erneut hatte Brigitte Foucart Spermaspuren feststellen können. Die DNS war mit der der Spermaspuren, die bei Marie Ousbane sichergestellt worden waren, identisch. Damit war eindeutig bewiesen, dass beide Frauen Opfer ein und desselben Mörders waren und von ihm vergewaltigt wurden. Der toxikologische Befund wies keinerlei Spuren von Rausch- oder Betäubungsmitteln nach. Blutalkohol war nicht festzustellen gewesen.

Der Autopsiebericht war die Bestätigung dessen, was LaBréa bereits beim Mord an Marie Ousbane festgestellt hatte: Der Täter war extrem sadistisch und brutal vorgegangen. Hilflosigkeit und Leiden der Frauen hatten ihn sexuell stimuliert und ihn in Ekstase und in einen Blutrausch versetzt. Die Gefährlichkeit dieses Mannes war gar nicht hoch genug einzuschätzen, zumal er sich offenkundig in der Nachfolge des Serienmörders Guy Georges sah.

LaBréa ließ die Akte sinken und starrte aus dem Fenster. Das Tuten einer Schiffssirene war zu hören.

Unzählige Male hatte sich LaBréa im Lauf seines Berufslebens schon die Frage gestellt, was in einem Menschen vorging, der zu solchen Taten fähig war. Der jegliche Hemmschwelle überschritten hatte, sich wie ein gefährliches Raubtier unerkannt zwischen den Menschen bewegte und immer wieder auf die Jagd ging. Was war sein Motiv? Hatte er überhaupt eines, außer seiner Blutgier und der ausgeklügelt inszenierten Triebbefriedigung? LaBréa hatte einiges über Sexualmörder und Serienkiller gelesen. Die meisten Experten, zumal die in den USA, waren sich darin einig, dass Sexualtäter nicht therapierbar sind. LaBréa vertrat ebenfalls diese Auffassung. LaBréa griff zum Telefonhörer und wählte die Nummer von Gilles, dem Mitarbeiter der Spurensicherung.

»Ich wollte Sie auch gerade anrufen, LaBréa«, sagte dieser, kaum dass er seinen Namen genannt hatte. »Wir haben das Bettzeug und die Matratze untersucht. Außer dem Blut des Opfers fanden wir Spermaflecken. Dieselbe DNS wie schon im Bettzeug von Marie Ousbane.«

»Ich weiß. Annabelle Villeron wurde ebenfalls vergewaltigt. Ich habe gerade Brigitte Foucarts Bericht gelesen.«

»Sonst haben wir nicht viel. Fast ausschließlich Spuren vom Opfer. Fusseln von ihrem Pullover, den der Täter zerschnitten hat. Fasern ihrer Cordhose. Der Mörder hingegen trug offenbar Kleidung aus Stoffen, die so gut wie keine Spuren hinterlassen. Jeans, Leder, Goretex oder Ähnliches. Allerdings konnten wir Fasern eines weißen T-Shirts oder Unterhemds feststellen. Ob sie vom Täter stammen, keine Ahnung. Falls der Kerl maskiert war, dann auf keinen Fall mit einer Wollmütze. Es gibt heute allerdings Mützen aus Mikrofaser, die kaum etwas absondern. Oder er benutzte den guten alten Perlonstrumpf und zog ihn sich über den Kopf. Der hinterlässt auch so gut wie keine Spuren.«

»Ich glaube nicht, dass er maskiert war«, meinte LaBréa. »Jemand, der vorhat, sein Opfer zu töten, braucht keine Maskierung.«

»Da mögen Sie recht haben.«

»Fingerabdrücke?«, hakte LaBréa nach.

»Nein. Obwohl der Täter beide Wohnungen nach Wertgegenständen durchsucht hat, ergeben sich beim Vergleich der Fingerabdrücke in Marie Ousbanes Wohnung mit den Fingerabdrücken in der Wohnung der Villeron keine Übereinstimmungen. Das ist seltsam: Der Täter trifft keine Vorkehrungen, um zu verhindern, dass seine DNS sichergestellt werden kann. Er trägt aber offenbar während der Tat Handschuhe, damit er keine Fingerabdrücke hinterlässt.«

»Das kann nur eines bedeuten.« LaBréa spielte mit einem der Bleistifte, die auf seinem Schreibtisch lagen. »Der Mörder weiß, dass seine DNS nirgends gespeichert ist. Es ist ihm jedoch klar, dass seine Fingerabdrücke ihn verraten könnten. Er wird vermutlich wegen anderer Delikte vorbestraft sein, und in dem Zusammenhang wurden seine Abdrücke genommen. Diebstahl, Einbruch, Körperverletzung oder Ähnliches. Vielleicht auch wegen Sexualdelikten, allerdings bevor es das FNAEG-Register gab.«

»Ich habe auf Franck Zechiras Bitte hin die von uns in beiden Wohnungen sichergestellten Fingerabdrücke mit denen von Robert Turini verglichen, diesem Lagerarbeiter. Keine Übereinstimmung. Was natürlich nicht heißt, dass er es nicht gewesen sein könnte.« Gilles seufzte. »Finden Sie dieses Schwein möglichst rasch. Bevor er weitermordet.«

Um Gottes willen, bloß das nicht!, dachte LaBréa, als er den Hörer auflegte. Einen weiteren Mord mussten er und seine Leute um jeden Preis verhindern. Doch wo sollte er ansetzen? Bisher gab es keine heiße Spur. Vage Verdachtsmomente gegen Robert Turini, das war schon alles. Und wenn LaBréa ehrlich war, glaubte er im Grunde seines Herzens nicht daran, dass Turini der Täter war. Ungeduldig wartete er auf das Gespräch mit Véronique Andrieu. Er hoffte auf ihre Erfahrung, ihre scharfe Kombinationsgabe und auf eine gehörige Portion Glück.

8. KAPITEL

Siebzehn Uhr, Talkrunde in LaBréas Büro.

LaBréa informierte seine Mitarbeiter über die Ergebnisse des Autopsieberichtes und der Spurensicherung. Dann meldete sich Jean-Marc Lagarde zu Wort.

»Ich habe mit der Überprüfung der Gäste in der Pension *Cantal* begonnen. Die drei Männer, die dort als Dauergäste logieren, haben für beide Mordnächte ein Alibi. Einer von ihnen ist seit Freitag im Urlaub auf Korsika. Von den beiden anderen hatte der eine als Krankenpfleger im Krankenhaus Quinze Vingts sowohl am Sonntag als auch gestern Nachtdienst. Das haben ein weiterer Pfleger sowie der diensthabende Oberarzt bestätigt. Der dritte, ein älterer Mann namens Philippe Vieri, liegt seit Sonnabend mit einer schweren Erkältung in seinem Bett in der Pension. Gaston Ondin, der Besitzer, hat ihm Sonntagnacht um drei noch einen Kamillentee und ein fiebersenkendes Mittel ans Bett gebracht. Am Montag war dann der Arzt da. Der Mann hat immer noch etwas Fieber und hustet sich die Seele aus dem Leib. Als Täter kommt er in beiden Fällen nicht infrage.«

»Und die anderen Gäste?«

»Die Kollegen aus der Abteilung 2 versuchen, die Personen zu erreichen, die in den letzten Wochen in der Pension logiert haben. Doch das erweist sich, wie angenommen, als schwierig. Was die Gäste angeht, die sowohl am Wochenende als auch gestern noch in der Pension wohnten, habe ich vielleicht was Interessantes. Einer von ihnen ist heute in den frühen Morgenstunden abgereist. Gaston Ondin kennt nicht mal seinen Namen. Auch die Adresse, unter der er gemeldet ist, ist unbekannt. Er kam am Sonnabend, blieb Sonntag die ganze Nacht weg, schlief also nicht im Bett seines Zimmers. Gestern Abend zahlte er seine Rechnung. Er sagte, er müsse ganz früh zum Bahnhof. Er war mit dem Zug gekommen, aber woher er kam oder wohin er wollte, hat er nicht gesagt. Der Pensionsbesitzer gab ihm den Hausschlüssel, damit er heute Morgen die Pension verlassen konnte. Den Schlüssel warf der Mann dann in den Briefkasten.«

»Ein Phantom also«, bemerkte Franck spitz. »Der große Unbekannte. Dann sind wir ja genauso schlau wie vorher.«

Jean-Marc überhörte die Bemerkung seines Kollegen. »Als das Zimmermädchen heute Morgen das Zimmer dieses Gastes machen wollte, war das Bett unberührt. Er hatte wieder nicht in der Pension übernachtet.«

»Gibt es eine Beschreibung des Mannes?«, wollte LaBréa wissen.

»Etwa dreißig Jahre, schwarze, kurze Haare, Baseballkappe, ungefähr eins achtzig groß, schlank, sportlich, trug Jeans, schwarze Lederjacke und einen runden Ohrring im linken Ohr. Hatte einen schwarzen Rucksack bei sich. Gaston Ondin hat sich gewundert, dass der Mann weiter kein Gepäck mit sich führte.«

»Wie hat er seine Rechnung bezahlt?«

»Bar. Leider, Chef. Wenn er mit Scheck oder Kreditkarte bezahlt hätte, gäbe es einen Anhaltspunkt.«

»War er Ausländer?«, fragte Claudine Millot.

»Nein. Angeblich sprach er ohne jeden Akzent. Auch ohne auffälligen Dialekt. Er sah aus wie ein normaler Franzose, meinte der Pensionsbesitzer. Trotzdem verhielt er sich nach dessen Aussage irgendwie eigenartig. Sprach nur das Notwendigste, wirkte irgendwie gehetzt, als habe er etwas zu verbergen. Sonntagabend hat Gaston Ondin ihn spätabends mit seinem Rucksack weggehen sehen. Wann er gestern Abend die Pension verlassen hat, konnte Ondin nicht sagen, weil er nicht die ganze Zeit an der Rezeption gewesen ist. Das ist alles. Die anderen Leute müssen noch gecheckt werden.«

»Reden Sie mal mit dem Aufsichtspersonal auf den Bahnhöfen. Wenn dieser Gast heute früh zeitig die Pension verlassen hat, weil er einen Zug erreichen wollte, hat ihn vielleicht jemand gesehen und weiß, wohin er gefahren ist.«

»Apropos Bahnhöfe, Chef«, fuhr Jean-Marc fort. »Vielleicht hat er Marie Ousbane an der Gare du Nord kennengelernt und ist ihr Sonntagnacht gefolgt?«

»Wenn das so gewesen wäre«, gab Claudine zu bedenken, »hätte er sich bestimmt nicht gleich nebenan in der Pension einquartiert. Außerdem, woher hätte er wissen können, wo Annabelle Villeron wohnt und wann sie gestern Abend nach Hause kommen würde?«

»Zufall vielleicht«, meinte Jean-Marc, doch es klang nicht sehr überzeugend. »Er hat sie gesehen, als sie von der Metro kam, und die Gelegenheit genutzt. Genau wie es seinerzeit Guy Georges gemacht hat.«

Ein kurzes Klopfen an der Tür und Direktor Thibon betrat den Raum. Er grüßte knapp, musterte das bunte Outfit des Paradiesvogels und quittierte das, was er sah, mit einem Kopfschütteln. Dabei galt sein besonderes Augenmerk den Tigerfellstiefeletten.

»Also, wie weit sind Sie, LaBréa?« Er blieb mitten im Raum stehen, zupfte sich die Krawatte zurecht, die natürlich einwandfrei zu seinem Maßanzug passte.

»Was erwarten Sie, Monsieur?«, antwortete LaBréa gelassen. »Leider können wir dem Richter noch keinen wirklich Verdächtigen präsentieren.«

»Dann setzen Sie alle Hebel in Bewegung! Apropos Richter: Wer ist es denn im Fall Villeron? Badinter oder Lobowitz?«

»Keiner von beiden.« LaBréa erhob sich und bot seinem Vorgesetzen einen Sessel an. Thibon hob abwehrend die Hände. »Der Gerichtspräsident hat entschieden, dass Couperin auch diesen zweiten Fall übernehmen soll«, fuhr LaBréa rasch fort. »Damit alles in einer Hand bleibt.«

»So? Damit alles in einer Hand bleibt!«

LaBréa sah, wie der Direktor ärgerlich die Lippen aufeinanderpresste.

»Sind Sie mir etwa in den Rücken gefallen, LaBréa, und haben mit Mazel gesprochen?« Die letzten Worte klangen drohend.

»Nein, natürlich nicht!«, beteuerte LaBréa. »Wie käme ich dazu?«

Aus den Augenwinkeln sah er, dass Franck Zechira den Kopf gebeugt hielt, damit man sein breites Grinsen nicht sehen konnte.

»Na schön, Alia jacta sunt, wie es im alten Rom so schön hieß. Aber wenn die Würfel schon gefallen sind, dann hoffe ich nur, dass Couperin ein glückliches Händchen hat. Sonst werde ich mich an höherer Stelle beschweren müssen.«

LaBréa nickte eifrig und hoffte, dass der Direktor ebenso schnell verschwand, wie er aufgetaucht war. Thibon tat ihm auch prompt diesen Gefallen. Er blickte auf die Uhr und wandte sich zum Gehen. An der Tür hielt er inne und drehte sich noch einmal um.

»Das ist nichts Persönliches gegen den Gerichtspräsidenten. Aber seine Entscheidung ist ein großer Fehler. ›*Auch ein anständiger Mensch kann schlechte Verse machen.*‹« Thibon ließ seine Blicke über die Anwesenden schweifen, um zu sehen, wie seine Worte wirkten. Beim Paradiesvogel blieben sie erneut hängen. »Ein Zitat von Molière, Leutnant Lagarde, falls Sie es nicht wissen sollten.«

»Ich weiß es *nicht,* Monsieur le Directeur«, sagte Jean-Marc artig. Thibon nickte bedeutungsvoll und rauschte hinaus.

Franck prustete los, und die anderen fielen in sein Gelächter ein.

»O Mann, der übertrifft sich ja jedes Mal aufs Neue«, gluckste Franck. »Schreib's bloß auf, Jean-Marc. Zu Thibons Abschied bekommt er dann von uns seine gesammelten Zitate in einem Band.«

»Abschied?« Claudine schüttelte den Kopf. »Darauf kannst du lange warten, Franck. Thibon ist im Sommer fünfzig geworden. Und der nächste Polizeipräfekt wird er wohl nicht werden. Er ist in der falschen Partei.«

»Leider«, seufzte Lagarde. »Er wird uns wohl noch eine Weile erhalten bleiben.«

LaBréa lenkte das Gespräch wieder auf das Wesentliche. Er wandte sich an Claudine. »Was war in Barbès? Haben Sie Bekannte oder Freunde von Moses und Marie Ousbane finden können?«

»Freunde nicht. Aber gleich neben der Bäckerei, in der Moses Ousbane bis zu seinem tödlichen Unfall gearbeitet hat, gibt es einen marokkanischen Teesalon, *Lune de Casablanca.* Der Besitzer kannte sowohl Marie Ousbane als auch deren Bruder. Marie ist wohl öfter nach Barbès gekommen, um ihren Bruder von der Bäckerei abzuholen. Sie tranken dann im *Lune de Casablanca* einen Thé à la menthe und gingen anschließend in eines der afrikanischen Restaurants in diesem Viertel. Einige dieser Restaurants habe ich vorhin abgeklappert, aber die Leute dort mauern.«

»Weil viele, die dort arbeiten, illegal im Land sind und Angst vor der Polizei haben«, bemerkte Franck.

»Wahrscheinlich. Aber in einem der Restaurants bekam ich heraus, was mit dem Bäckereibesitzer passiert ist. Vor zwei Monaten wurde er tot in seiner Wohnung aufgefunden. Überdosis Heroin. Die Kollegen vom zuständigen Kommissariat haben mir das bestätigt. Der hat in seiner Bäckerei nicht nur Brot gebacken, sondern auch Drogen verkauft und selbst welche konsumiert.«

»Wenn ich das richtig verstehe, Claudine, haben Sie also niemanden gefunden, der uns irgendetwas über Marie Ousbane sagen kann.«

»Nein, Chef, habe ich nicht. Aber der Besitzer des *Lune de Casablanca* will sich mal umhören. Im Fall Annabelle Villeron gehe ich im Moment die Telefonnummern durch, die in ihrem Adressbuch stehen. Es sind die Nummern von Kommilitonen und diverse Nummern der Uni-Institute. Nummern von Handwerkern, die Nummer der Elektrizitätsgesellschaft und die eines Reisebüros. Die Nummer ihres Vermieters. Ihr Zahnarzt. Nummern von Leuten aus ihrer Heimatstadt Malville und Ähnliches. Ich bin noch nicht ganz durch, aber bisher keine heiße Spur.«

»Die Kommilitonen müssten Sie sich vornehmen, Claudine. Jeden Einzelnen. Was ist mit diesem Marcel Grivet? Haben Sie da mal nachgeforscht?«

»Ja. Wie Sie richtig vermutet haben, bezieht er Sozialhilfe. Das 12. Arrondissement ist für ihn zuständig. Übermorgen ist Zahltag; er holt sich das Geld immer persönlich ab.«

»Wenn er nicht vorher abtaucht«, meinte Jean-Marc.

»Die Sachbearbeiterin sagte mir, seine Adresse sei Rue Beausire Nummer 5. Er gibt also an, Untermieter von Annabelle Villeron zu sein, wie wir ja auch schon in Erfahrung gebracht hatten. Ich werde übermorgen auf dieses Sozialamt gehen, um den Mann abzupassen.«

»Sehr gut.« LaBréa streckte die Arme in die Höhe und dehnte seinen verspannten Rücken. Seit Wochen schon wollte er sich einmal ein paar Stunden Entspannung im Hamam Les Bains du Marais gönnen, gleich in der Nähe seiner Wohnung, Rue des Blancs Manteaux. Doch bisher hatte er nie Zeit dafür gefunden.

Er wandte sich an Zechira. »Ich brauche von sämtlichen Tatortfotos einen zweiten Ausdruck, von beiden Morden. Außerdem eine Kopie des Autopsieberichtes.« In knappen Worten informierte er seine Mitarbeiter über das geplante abendliche Treffen mit Véronique Andrieu.

»Eine Profilerin?«, staunte Jean-Marc. »Wenn der Direktor das hört, flippt er sicher aus.«

»Er hört es aber vorläufig nicht«, erwiderte LaBréa und lächelte. »Außerdem gibt mir Couperin Rückendeckung.«

»Das wird Thibon dann noch mehr ärgern.« Franck stand auf. »Ich drucke Ihnen jetzt die Fotots noch mal aus, Chef. Der erste Satz liegt übrigens noch auf Ihrem Schreibtisch.« Er deutete auf einen großen Umschlag. LaBréa hatte sie sich vorhin nur flüchtig angesehen und beschloss, sie vor seinem Treffen mit Véronique gründlicher zu studieren.

»Was machen wir mit Turini?«, wollte Franck wissen. »Der sitzt wie ein Häufchen Elend unten in der Zelle. Vielleicht eine ganz neue Masche, wer weiß?«

»Sie und Jean-Marc vernehmen ihn gleich. Schonen Sie ihn nicht und fragen Sie ihn, ob er freiwillig bereit ist, einen Speicheltest zu machen.«

»Sollen wir Couperin benachrichtigen?«

»Bloß nicht, Franck! Der hat heute eine Karte für eine Opernpremiere. Und die lässt der allenfalls verfallen, wenn der Präsident der Republik ermordet wird.«

Franck fiel noch etwas ein. »Übrigens, Chef, ab heute Nacht, einundzwanzig Uhr, fahren vier Wagen der Stadtpolizei zusätzlich Streife rund um die Bastille. Die Kollegen sind informiert und halten die Augen offen.«

Die Talkrunde war beendet. Sie hatte keine greifbaren Ergebnisse gebracht. Bis auf Robert Turini gab es niemanden, der auch nur ansatzweise verdächtig wäre. LaBréa beschloss, sich von dieser Tatsache nicht entmutigen zu lassen und mit Elan die nächsten Schritte anzugehen.

»Kommen Sie, Claudine«, sagte er zu seiner blonden Mitarbeiterin und sah auf die Uhr. »Halb sieben. Wir fahren noch einmal in die Wohnung von Marie Ousbane. Vielleicht haben wir am Montag früh dort irgendetwas übersehen. Warten Sie in der Tiefgarage auf mich. Ich will vorher noch kurz telefonieren.«

Nach dreimaligem Klingeln war Céline am Telefon.

»Du hast Glück, Maurice, dass du mich erwischst. In fünf Minuten wäre ich weg gewesen.«

»Ich weiß.« Céline hatte ihm gestern erzählt, dass sie heute am frühen Abend einen Termin bei ihrem Galeristen hatte. Es ging um eine Ausstellung in Barcelona. Anschließend wollte sie zu einer Filmpremiere. Ein alter Bekannter, Produktionsleiter einer großen Filmfirma, hatte ihr die Karte besorgt. »Deswegen rufe ich dich ja jetzt noch an. Um dir einen schönen Abend zu wünschen.«

»Danke. Und, wie läuft es bei dir?«

»Schlecht, um die Wahrheit zu sagen. Noch immer kein Licht am Horizont.« LaBréa erzählte Céline, dass er sich mit Véronique Andrieu zum Abendessen verabredet hatte. Céline wusste von seiner früheren Beziehung zu ihr.

»Wann triffst du dich mit Véronique?«

LaBréa hatte das Gefühl, dass ein leicht misstrauischer Unterton in ihrer Frage mitschwang, deshalb fügte er schnell hinzu: »Aus rein professionellen Gründen, Céline.«

»Ich habe auch nichts anderes angenommen«, erwiderte sie.

»Du weißt, dass Véronique lange in den USA als Profilerin gearbeitet hat. Ich brauche ihren Rat und ihre Einschätzung.«

Céline lachte leise. »Lass uns eines klarstellen, Maurice: Ich bin nicht eifersüchtig, und ich verdächtige dich auch nicht sofort, wenn du dich mit einer alten Freundin triffst. Klar?«

»Klar.«

»Also, ich wünsche dir viel Erfolg. Ich werde dich vermissen. Heute Nacht, meine ich.«

»Ich dich auch.« Eine Welle von Zärtlichkeit und Verlangen durchflutete ihn. »Also, bis Morgen.«

»Ich liebe dich.« Ehe er etwas erwidern konnte, hatte Céline aufgelegt. Es war das erste Mal, dass sie ihm das gesagt hatte.

Er ließ das Gespräch noch einige Sekunden in sich nachklingen und wählte dann die Festnetznummer seiner Wohnung. Jenny meldete sich erst nach einer Weile.

»Ja?«

»Hallo, Jenny. Alles in Ordnung?«

»Ja, wieso denn nicht?«

»Was machst du gerade?«

Nach kurzem Zögern kam die Antwort. »Ich sitze mit Obelix vor dem Fernseher. Wir sehen uns die Quizshow im Dritten an.«

»Aber stell den Apparat danach bitte aus! Ich will nicht, dass du dir irgendeinen Krimi oder schwachsinnigen Liebesfilm ansiehst.«

»Ja, mach ich«, maulte Jenny.

LaBréa seufzte. »Hast du dir was zu essen geholt?«

»Ne Pizza, bei Bruno. Es ist noch ein Stück übrig, wenn du nachher nach Hause kommst.«

»Das wird nicht so bald sein, Chérie.«

»Das kenn ich ja schon. Wenn du in der nächsten Zeit wieder so oft spät nach Hause kommst, kann Alissa dann bei mir übernachten? Allein ist es so langweilig und traurig.«

Ihre Worte schnitten ihm ins Herz. Er wusste nicht, was er darauf sagen sollte.

»Das ist alles nur, weil Mama tot ist«, fügte Jenny leise hinzu, und LaBréa hörte am Klang ihrer Stimme, dass sie den Tränen nah war. Er versuchte, sie aufzumuntern.

»Komm, Jenny, ich verlasse mich auf dich. Kopf hoch! Ich hab nun mal diesen Beruf, in dem es keine geregelten Arbeitszeiten gibt. Das weißt du doch. Und wir haben lange darüber gesprochen, bevor wir nach Paris gezogen sind.«

»*Ich* wollte ja gar nicht hierher! Ich wäre viel lieber in Marseille geblieben.«

»Und Alissa, deine neue Freundin? Sie wäre bestimmt traurig, wenn sie das hören würde. Ihr versteht euch doch so gut.«

»Stimmt.«

»Siehst du. In Marseille hast du eigentlich keine so gute Freundin gehabt.«

Jenny brummte etwas Unverständliches. »Also, Papa, dann viel Glück. Hoffentlich schnappst du den Kerl bald.«

»Das hoffe ich auch. Schlaf gut, Chérie! Wir sehen uns morgen früh. Ach, noch was: Hast du Obelix auch nicht zu viel zu fressen gegeben? Er ist sowieso schon viel zu dick …« Doch Jenny hatte bereits aufgelegt, und LaBréa wusste nicht, ob sie seine letzten Worte noch gehört hatte.

Mittwoch, früher Abend

Pünktlich um achtzehn Uhr parkte er den Citroën in der Nähe seines Wohnhauses. Er hatte Glück, noch eine Parklücke zu finden. Der Nebel war inzwischen wieder sehr dicht geworden, die Sichtweite betrug nur wenige Meter.

Zwei Stufen auf einmal nehmend, lief er hoch in seine Wohnung. Im ersten Stock putzte Madame Gachon die Treppe. Sie hob kurz den Kopf, warf ihm einen lauernden Blick zu und wischte weiter. Seinen freundlichen Gruß erwiderte sie kaum. Diese alte Kuh soll sich bloß in Acht nehmen!, dachte er und schloss kurz darauf seine Wohnungstür auf.

Er trank als Erstes ein Glas Orangensaft, der in großen Plastikflaschen im Kühlschrank lagerte. Danach zog er sich aus und duschte ausgiebig. Der Tag war anstrengend gewesen. Heute hatte besonders viel Arbeit auf ihn gewartet. Zusätzlich war er mit seinem Chef aneinandergeraten. Vor Wochen schon hatte er ihn um eine kleine Gehaltserhöhung gebeten, heute hatte der das rundweg abgelehnt. Einen Moment lang war ihm der Gedanke gekommen, dass dieser aufgeblasene Fettsack zu Hause eine Frau und eine siebzehnjährige Tochter sitzen hatte. Während er diesem Fettarsch gegenüberstand und seinen fadenscheinigen Erklärungen zuhörte, warum er nicht mehr Gehalt zahlen könne, war in Sekundenschnelle ein Bild vor seinem inneren Auge entstanden. Die siebzehnjährige Tochter seines Chefs … Ein Fest wäre das, ein Rausch. Und eine Rache ganz besonderer Art an ihrem Alten … Doch er hatte den Gedanken schnell wieder verworfen. Es war zu gefährlich. Die Polizei würde in dem Fall natürlich auch die Angestellten des Fettarsches unter die Lupe nehmen. Das konnte er auf keinen Fall riskieren; es würde seine Pläne gefährden.

Nach dem Duschen legte er sich einige Minuten aufs Bett und gönnte sich ein paar entspannende Minuten mit dem, was er aus den Wohnungen der Schlampen hatte mitgehen lassen. Anschließend stand er auf und zog seine Trainingssachen an. Er packte die Sporttasche. Zwei große Handtücher, Seife, ein T-Shirt zum Wechseln, eine Flasche Volvic, zwei Powerriegel. Mindestens zwei Stunden würde sein heutiges Training im Fitnessclub dauern. Anschließend ging er dort noch in die Sauna. Vor zehn kam er nie nach Hause.

Heute würde er nur kurz in seine Wohnung zurückkehren. Sich umziehen, seinen Rucksack mit den Utensilien schnappen und hinaus in die Nacht entschwinden. Ursprünglich hatte er erst morgen wieder losziehen wollen. Doch er hatte seine Pläne geändert. Er würde es ihnen schon zeigen, den Bullen und den Schmierfinken von der Presse! Er würde sie so lange in Atem halten, bis sie ihn endlich ernst nahmen.

Im Hinausgehen strich er mit der Hand kurz über das Gesicht des Mannes auf dem Poster.

»Du würdest das doch auch so machen, oder?«, sagte er laut. Dann grinste er, beugte sich vor und flüsterte: »Aber ich mache es noch besser. Viel besser als du!«

Beschwingt verließ er die Wohnung. Er freute sich auf sein Training. Körperliche Fitness war ihm wichtig. Fitness, Sauberkeit und Ordnung. Das Training war wie ein Auftakt zu dem, was danach kommen würde. Er würde gut in Form sein.

Im Treppenhaus putzte niemand mehr. Aus der Wohnung im dritten Stock hörte er die keifende Stimme der jungen Frau, die ihren kleinen Sohn wieder mal zusammenstauchte. Er verschloss die Wohnungstür, sprang die Treppe hinunter und erreichte die Straße. Das Fitnessstudio lag nur fünf Minuten Fußweg entfernt.

9. KAPITEL

Kurz vor halb acht ließ LaBréa sich von Claudine vor dem Restaurant *Le Télégraphe* in der Rue de Lille absetzen. Er nahm seine Kollegmappe mit den Kopien der Autopsieberichte, den Akten beider Morde und den Tatortfotos von der Rückbank des Renault und wünschte seiner Mitarbeiterin einen schönen Abend. Sie erzählte ihm, sie werde ihn allein verbringen, da ihr Mann, ein Leibwächter des Premierministers, mit diesem auf einer Auslandsreise sei. Sekunden später verschwanden die Rücklichter des Wagens im dichten Nebel.

Das Lokal war nur mäßig besucht. LaBréa hatte zwar am späten Nachmittag über seine Sekretärin einen Tisch reservieren lassen, doch das wäre gar nicht nötig gewesen.

Auch hier gab es die übliche Weihnachtsdekoration. Am Eingang ein Tannenbaum mit bunten Kugeln. Ein Bund weiß besprühter Kiefernzweige in einer großen Bodenvase.

Eine der jungen Kellnerinnen führte ihn in eine ruhige Ecke. Dort konnten er und Véronique sich ungestört unterhalten.

Véronique war noch nicht da. LaBréa bestellte sich einen Martini und ließ das Geschehen der letzten halben Stunde noch einmal Revue passieren. In Marie Ousbanes Wohnung hatten er und Claudine Millot trotz größter Aufmerksamkeit nichts entdecken können, was sie bei der ersten Untersuchung des Tatortes übersehen hätten und was bei der Suche nach dem Mörder weiterhelfen könnte.

Die Wohnungen beider Mordopfer unterschieden sich erheblich in Atmosphäre und Einrichtung. Während bei Annabelle Villeron, der Studentin, die Bücher (Literatur und Fachbücher) ins Auge stachen und die Ausstattung der Wohnung eher spartanisch ausfiel, war es bei Marie Ousbane gerade umgekehrt. Hier gab es nur ein einziges Buch, nämlich die Bibel in englischer Sprache. An der Einrichtung der Wohnung schien hingegen nicht gespart worden zu sein. Einfache, doch geschmackvolle Rattanmöbel mit bunten Chintzbezügen, handgewebte Teppiche, afrikanische Masken an den Wänden, Holzskulpturen auf der Anrichte und auf den Fensterbänken, silberne Teekannen, farbenfrohes Steingutgeschirr. Marie Ousbane konnte nicht ganz arm gewesen sein, so viel war klar. Niemand, der die Wohnung sah, hätte vermutet, dass sie als Toilettenfrau arbeitete.

Als Claudine der Gedanke gekommen war, Marie Ousbane könnte womöglich noch einem anderen Gewerbe nachgegangen sein, hatte LaBréa den Kopf geschüttelt. Warum hätte sie zusätzlich als Toilettenfrau arbeiten sollen, wenn sie als Prostituierte gutes Geld verdiente? Er tippte vielmehr darauf, dass der verstorbene Bruder in Barbès in Drogenschäfte verwickelt gewesen war, sich dadurch ein Zubrot verdient und etwas auf die hohe Kante gelegt hatte. Claudine hatte daraufhin beschlossen, gleich am nächsten Tag mit den Kollegen vom Drogendezernat zu sprechen. Vielleicht kannte man dort den Namen Moses Ousbane. Möglicherweise kam ja der Mörder aus diesem Umfeld, auch wenn das weit hergeholt schien und mit der Tatsache kollidierte, dass die Brigade Criminelle es mit zwei gleich gelagerten Morden zu tun hatte.

Genauestens hatten LaBréa und seine Mitarbeiterin sich auch noch einmal die Tatortfotos angesehen. Es konnte einem wirklich das Blut in den Adern gefrieren beim Anblick der Frauen, die nach vermutlich langer Folter auf ihren Betten regelrecht abgeschlachtet worden waren. Erstaunlich, wie gefasst Claudine Millot auf all das reagierte. Sie bemühte sich um eine professionelle Haltung und ließ wenig Emotionen zu.

LaBréa war gespannt, was Véronique aus den Aufnahmen herauslesen würde.

In dem Moment betrat die Psychologin das Lokal. Sie trug einen eleganten, dennoch sportlich wirkenden Hosenanzug, darüber einen Regenmantel. Wie schon in früheren Zeiten waren ihre Haare halb lang geschnitten. Blond eingefärbte Strähnen gaben ihr trotz ihrer dreiundvierzig Jahre ein sehr jugendliches Aussehen und sollten wohl auch erste graue Haare kaschieren. Ihr schmales, herb wirkendes Gesicht hatte nichts von seiner Lebendigkeit verloren. Ihre grünen Augen strahlten eine Wärme aus, die man bei diesem Typ Frau zumeist nicht vermutete.

Das letzte Mal hatten sie sich im September gesehen, als LaBréa nach Paris gefahren war, um sich am Quai des Orfèvres für die Stelle, um die er sich beworben hatte, vorzustellen. Danach hatten sie einige Male miteinander telefoniert.

Sie begrüßten sich sehr herzlich, und Véronique setzte sich ihm gegenüber. Die nächsten zehn Minuten vergingen mit der Auswahl der Speisen und einem lockeren Gespräch über beider familiäre Situation. Véroniques Söhne Alexandre und William waren Zwillinge und im gleichen Alter wie Jenny. Sie besuchten das Lycée Louis le Grand, eine der renommiertesten Schulen der Stadt. Seit Jims Tod im letzten Jahr lebte Véronique ohne Partner und hatte auch nicht vor, das zu ändern.

»Und du?«, fragte sie LaBréa und nippte an ihrem Aperitif, einem trockenen Sherry. LaBréa hatte sich inzwischen einen zweiten Martini bestellt.

»Ich? Was meinst du damit?« LaBréa sah sie über den Rand seines Glases an.

Véronique lächelte. »Ich meine, ob du jemanden kennengelernt hast.«

LaBréa zuckte mit den Schultern und grinste.

»Siehst du«, meinte Véronique lächelnd, »da hatte ich doch das richtige Gespür. Irgendwie bist du ganz anders als im September, als wir uns das letzte Mal gesehen haben. Du wirkst freier, gelöster. Dein Gesicht hat nicht mehr diesen depressiven Ausdruck.«

LaBréa gab sich einen Ruck. In wenigen Worten erzählte er ihr von Céline, ohne sich weiter in Einzelheiten zu ergehen. Abschließend sagte er: »Ich habe mich in sie verliebt, Véronique, richtig verliebt. Und das hätte ich nicht für möglich gehalten. Nicht nach so kurzer Zeit.«

»Anne ist jetzt seit neun Monaten tot, Maurice. Und sie hätte sicher nichts dagegen, dass du eine neue Beziehung eingehst. Im Gegenteil, ich habe sie als großzügigen und toleranten Menschen in Erinnerung. Sie würde sich freuen und dich ermutigen, deinen Gefühlen zu folgen.«

»Meinst du wirklich?«

»Ja, das meine ich.« Véronique trank den letzten Rest ihres Sherrys. »Ich würde Céline gern einmal kennenlernen, wenn sich die Gelegenheit ergibt. Kommt doch mal zu uns zum Essen, vielleicht sogar zusammen mit Jenny.«

LaBréa verzog leicht das Gesicht.

»Mit Jenny … Weißt du, Véronique, das könnte ganz schöne Probleme geben. Jenny ist ohnehin schon etwas eifersüchtig auf Céline und …«

Véronique unterbrach ihn. »Das ist doch ganz normal, Maurice. Sie will ihren Papa mit niemandem teilen. Das legt sich schon. Es kommt auch sehr darauf an, wie Céline mit Jenny klarkommt.«

»Sie bemüht sich, und ich könnte mir sogar vorstellen, dass die beiden am Ende die dicksten Freundinnen werden.«

»Ich wünsche es für euch alle, Maurice.«

Die Kellnerin servierte die Vorspeisen. Véronique, die ebenso wie LaBréa für ihr Leben gern Fisch aß, hatte sich gegrillte Rotbarbenfilets auf bunten Salaten bestellt. Es sah köstlich aus. LaBréa bekam Jakobsmuscheln in Weißweinsauce. Dazu hatten sie einen Sancerre gewählt, den die Kellnerin wärmstens empfohlen hatte.

»Es macht dir doch nichts aus, wenn wir während des Essens über die beiden Fälle reden?«, fragte LaBréa und trank den ersten Schluck Wein.

»Überhaupt nicht. Wir sind doch beide Profis, Maurice.«

Er erzählte ihr die wichtigsten Fakten zur Vorgehensweise des Täters, beschrieb kurz die Tatorte und erwähnte den auffälligen Bezug zu den Taten des Serienkillers Guy Georges.

Véronique nickte. Sie hatte ihr Fischgericht inzwischen verspeist und lehnte sich zurück.

»Hm«, meinte sie. »Schon als du den Tathergang beschrieben hast, hat es bei mir geklingelt. Ich bin bestens vertraut mit dem Fall Guy Georges.« Sie lachte. »Ob du es glaubst oder nicht – wir haben ihn seinerzeit in meiner Dienststelle in San Francisco als Negativbeispiel herangezogen, was die Ermittlungsarbeit bei der Suche nach einem Serienmörder betrifft. Im Fall Guy Georges ist ja wohl bei der französischen Polizei und Justiz alles schiefgelaufen, was nur schieflaufen konnte.«

»Allerdings«, bemerkte LaBréa trocken. Inzwischen hatte die Kellnerin die Vorspeisenteller abgeräumt.

»Und der Versuch, seinerzeit ein Profil des Bastillemörders, wie er damals genannt wurde, zu erstellen, ging erst recht gründlich daneben.«

»Tja, das war damals ja noch totales Neuland hier bei uns. Der Psychologieprofessor, der das Profil des Killers erstellen sollte, hatte so etwas vorher noch nie gemacht. Sein Psychogramm des Mörders war, gelinde gesagt, ein Desaster. Er beschrieb ihn – also Guy Georges – als sozial integriert, ordnungsliebend, ehemaligen Angehörigen der Armee, Familienvater mit guter Stellung, wohnhaft in der Nähe der Tatorte im östlichen Paris. Nichts davon traf zu, wie sich später herausstellte. Guy Georges war ein arbeitsloser, spontihafter Hausbesetzer, der mal hier, mal da wohnte, sich durchschnorrte und zahllose Gefängnisaufenthalte hinter sich hatte, bevor er endgültig hinter Schloss und Riegel kam.«

»Gut. Ich werde mich natürlich noch näher mit dem Material vertraut machen müssen. Nur so viel schon im Moment: Vieles weist darauf hin, dass euer Mörder tatsächlich diesem Guy Georges nachzueifern versucht. Zwei Dinge fallen mir besonders auf: zunächst einmal das Fehlen der Unterwäsche. Für beide Täter ist die Unterwäsche der Frauen offensichtlich etwas Entscheidendes. Guy Georges hat seinen Opfern die Unterwäsche zerschlitzt, der Täter in der Rue Beausire hat sie höchstwahrscheinlich mitgenommen.

Im Unterschied zu seinem Vorbild will euer Täter von der Wäsche, seinem Fetisch, offensichtlich noch länger etwas haben. Mit Sicherheit weiß er, dass Guy Georges die zerschnittenen Dessous seiner Opfer am Tatort zurückgelassen hat. Er aber will sich höchstwahrscheinlich durch diese Fetischobjekte auch nach der eigentlichen Tat noch sexuell stimulieren.

Der zweite Punkt, zu dem ich schon jetzt etwas sagen kann, ist die Fotokopie des Fußabdrucks. Diese weist natürlich noch eindeutiger darauf hin, wem euer Mörder nacheifert. Dass er sie beide Male in der Wohnung der Opfer hinterlassen hat, zeigt vor allem eines: Er hat mindestens das Gleiche vor wie sein Vorbild. Du kannst dir denken, was das bedeutet.«

LaBréa nickte. »Ja, allerdings. Er wird weitermachen.«

»Richtig. Guy Georges hat sieben Frauen getötet. Der Mörder in der Rue Beausire will sein Vorbild aller Wahrscheinlichkeit nach sogar noch übertrumpfen, das heißt, er will *mehr* als sieben Frauen abschlachten.«

»Und dem stehen wir mehr oder weniger ohnmächtig gegenüber. Wir können nicht Tausende von Polizisten zusätzlich in der Stadt einsetzen.«

»Und selbst dann fände er vermutlich Wege und Möglichkeiten, erneut zuzuschlagen. Vergiss nicht, er hat einen Plan, ein festes Muster. Wir kennen es nur noch nicht. Sobald das der Fall ist, besteht jedoch eine reelle Chance, den Mann zu fassen.«

Die Kellnerin brachte den Hauptgang. Für LaBréa Lammkoteletts auf Ratatouillegemüse, für Véronique Hasenrücken in einer Kräuterkruste. Der Wein, ein Gigondas, Jahrgang 1998, schien genau dazu zu passen. Er duftete nach Kirschen und Vanille, ein wunderbarer Tropfen, wie LaBréa sogleich feststellen konnte.

Eine Weile aßen sie schweigend und ließen sich das Essen schmecken. Schließlich sagte Véronique: »Morgen ist meine Praxis geschlossen, es ist mein freier Tag. Ich setze mich gleich früh an das Material und hoffe, ich kann dir schon am Nachmittag mehr sagen.«

LaBréas Handy klingelte. Es war Jean-Marc Lagarde, der Paradiesvogel. Er teilte seinem Chef mit, dass aus dem Lagerarbeiter Robert Turini nichts herauszuholen war. Er bestritt, mit den Morden etwas zu tun zu haben. Auf die Frage, ob er sich einem Speicheltest unterziehen würde, hatte er zunächst zögernd reagiert, dann aber zugestimmt. Die Probe war genommen und bereits unterwegs ins Labor.

»Tja, Jean-Marc«, seufzte LaBréa. »Dann müssen wir ihn wohl laufen lassen. Wir haben nichts gegen ihn in der Hand. Gibt es sonst noch was Neues?«

»Franck nimmt sich heute Nacht die Festplatte von Annabelle Villeron vor. Ich mach für heute Schluss.«

»Gut. Dann bis morgen.«

»Wir mussten gerade jemanden laufen lassen«, sagte LaBréa ein wenig resigniert. »Aber der war ohnehin ein wackliger Kandidat.«

Véronique nickte und wechselte das Thema.

»Ich habe noch eine rein praktische Frage: Ist das eigentlich ein offizieller Auftrag seitens deiner Dienststelle, oder engagierst du mich mehr oder weniger inoffiziell und erwartest einen Freundschaftsdienst von mir?«

»Ich möchte dich offiziell zu den Fällen hinzuziehen. Den Ermittlungsrichter habe ich schon auf meiner Seite. Ein bisschen problematischer ist es mit meinem Vorgesetzten. Wenn Thibon hört, dass du als Profilerin in den USA gearbeitet hast, sieht er rot.«

»Aha? Weshalb denn?«

»Weil er grundsätzlich gegen alles ist, was aus Amerika kommt. Er verkörpert den Antiamerikanismus *pur*.«

»Verstehe. Aber liegt die Entscheidung über Hinzuziehung eines Profilers nicht allein beim zuständigen Ermittlungsrichter?«

»Doch. Aber wenn Thibon nicht gefragt wird, kann er uns ziemlichen Ärger machen. Deshalb ist es besser, er zieht mit uns am gleichen Strang.«

»Dann mache ich dir einen Vorschlag, Maurice. Sobald ich ein paar Eckdaten vom Psychogramm eures Mörders erarbeitet habe, reden wir mit Monsieur Thibon darüber. Entweder überzeugt es ihn und ich bekomme ein Honorar. Oder er bleibt bei seiner Haltung, dann muss die Brigade Criminelle sehen, wie sie zurechtkommt. Ich bin dann raus aus der Sache, denn aus Querelen innerhalb der Administration halte ich mich grundsätzlich heraus.«

»In Ordnung, Véronique. Das ist ein faires Angebot. Aber ich denke, dass wir Thibon überzeugen können.«

Eine halbe Stunde später verließen sie das Restaurant. Véronique wohnte nicht weit davon entfernt, in der Rue du Dragon. Dort befanden sich ihre Wohnung und ihre Praxisräume. LaBréa brachte sie bis vor die Haustür und ging dann zur Metrostation St. Germain-des-Prés. An der Station Chatelet stieg er aus und legte den Rest des Wegs zu Fuß zurück.

Die Straßen waren menschenleer. Aus dem dichten Nebel tauchten die bunten Sterne der Weihnachtsdekoration vor den Geschäften in der Rue de Rivoli nur kurz auf, wie Irrlichter, und verschwanden sogleich wieder. Der Klang von LaBréas Schritten hallte auf dem Pflaster wider. Er bog in die Rue du Temple ein und erreichte wenig später seine Straße, die Rue des Blancs Manteaux.

Irgendwo da draußen läuft er herum, dachte LaBréa. Und wir sind machtlos. Eine solche Nacht schien dem Mörder geradezu ideale Bedingungen zu bieten. Würde er erneut zuschlagen? Zwischen den Morden an Marie Ousbane und Annabelle Villeron lagen achtundvierzig Stunden. Wenn der Mörder sein Intervall änderte und in immer kürzeren Abständen tötete – nicht auszudenken.

LaBréa tippte den Haustürcode ein und durchquerte den kleinen Hausflur. Dahinter lagen die beiden Innenhöfe. Im ersten hatte Céline ihre Wohnung und ihr Atelier, im zweiten befand sich LaBréas Domizil. Bei Céline brannte kein Licht. Vielleicht war sie noch nicht von der Filmpremiere zurück, oder sie schlief bereits.

Er erreichte den Eingang zu seiner Wohnung, öffnete so leise wie möglich die Tür, hängte seinen Trench an die Garderobe neben dem Eingang und lauschte. Auf Zehenspitzen ging er zu Jennys Zimmer, die Tür war angelehnt. Er schob sie vorsichtig auf und spähte in die Dunkelheit. Jenny schlief mit ausgebreiteten Armen auf dem Rücken. Kater Obelix hatte es sich neben ihr gemütlich gemacht und presste sich eng an sie. Er öffnete kurz die Augen, wohl ahnend, dass es mit der Gemütlichkeit vorbei war. LaBréa scheuchte den Kater weg und schloss die Tür. Beleidigt zog Obelix ab und sprang kurz darauf auf einen der Wohnzimmersessel.

Der Anrufbeantworter blinkte. Die Nachricht stammte von Jocelyn Borel. »Hallo, Maurice«, flötete sie. »Ich dachte, du wolltest dich mal bei mir melden? Wir wollten uns doch irgendwann wieder einmal treffen. Also, ruf bitte zurück! Ich habe schon einige Male angerufen.« Sie teilte ihm, »zur Erinnerung«, ihre Telefonnummer mit, dann war die Nachricht zu Ende.

LaBréa seufzte. Jocelyn ließ einfach nicht locker. Dabei lag ihre Affäre Jahrzehnte zurück. Eine Jugendliebe im Sommer an der Côte d'Azur, als sie beide achtzehn waren. Vor einigen Wochen hatten sie sich zufällig vor Jennys Schule wiedergetroffen, wo Jocelyn als Lehrerin arbeitete. Seitdem verfolgte sie ihn hartnäckig mit ihren Anrufen.

LaBréa fragte sich, was er noch tun sollte, damit sie endlich begriff, dass er kein Interesse an der Auffrischung ihrer Jugendliebe hatte. Es blieb ihm nur eine Möglichkeit – auch diesmal nicht zurückzurufen.

Er sah die Post durch, die Jenny auf den Wohnzimmertisch gelegt hatte. Zwei Rechnungen, die er später öffnen würde, der Handzettel einer Getränkekette.

In der Küche entdeckte er das Stück Pizza, das Jenny ihm übrig gelassen hatte, und packte es in den Kühlschrank. Er nahm eine Flasche roten Côte du Rhône aus dem Weinregal, ein Glas und ging ins Wohnzimmer.

Wenig später saß er in Pyjama und Bademantel auf der Couch und setzte den Kopfhörer auf. Er hatte sich eine CD aus seiner umfangreichen Jazzsammlung eingelegt. *Night Train* von Oscar Peterson. Er nippte an seinem Rotwein, schloss die Augen, lauschte der Musik und wischte die Gedanken an die beiden Mordfälle in der Rue Beausire weg – wie einen Schmutzfleck von der Tischplatte.

Gegen halb drei wachte LaBréa auf. Wieder einmal hatte er von seiner verstorbenen Frau Anne geträumt. Sie schwamm in einem tiefen See, ruderte verzweifelt mit den Armen und drohte zu ertrinken. Er war hinterhergesprungen, um sie zu retten. Doch Anne wurde immer weiter abgetrieben, er konnte sie nicht erreichen. Das Wasser war dunkel und merkwürdig warm, ein See aus Blut. Bei Annes letztem, verzweifeltem Schrei war er aufgewacht. Sein Pyjama klebte ihm schweißnass am Körper, sein Herz raste. Wie oft hatte ihn dieser Traum in all seinen Varianten in den letzten Monaten heimgesucht!

Er stand auf und ging in die Küche. Nach ein paar Schlucken Wasser aus der Flasche beruhigte sich sein Pulsschlag.

LaBréa legte sich ins Bett und versuchte, wieder einzuschlafen. Doch ein diffuses Gefühl der Angst legte sich auf seine Brust. Er wusste, dass es nichts mit dem Albtraum zu tun hatte, aus dem er vorhin erwacht war. Es war das Gefühl der Bedrohung, das seit den Morden über der Stadt lag und in dessen Strudel LaBréa unweigerlich hineingezogen wurde.

Mittwochnacht, 23 Uhr 05

Gegen halb elf war er nach Hause zurückgekehrt, hatte sich zwei Spiegeleier gebraten, ein großes Salamisandwich verspeist und eine ganze Flasche Orangensaft dazu getrunken.

Er fühlte sich fit und stark. Bei seinen Übungen an den Geräten und Hanteln war ihm der Schweiß in Strömen heruntergeflossen. Heute hatte er eine ganze Menge an Gewichten geschafft, fünf Kilometer auf dem Laufband in zügigem Tempo absolviert und zwanzig Kilometer auf dem Spinningrad zurückgelegt. Nach dem ersten Saunagang kurz nach neun hatte er im Ruheraum eine halbe Stunde geschlafen. Anschließend ein kleiner Schwatz mit Téo, einem der Trainer des Clubs. Hier duzte man sich, obwohl man sich nicht näher kannte.

Nachdem er eine halbe Stunde durch einige Fernsehprogramme gezappt hatte, tauschte er seine Trainingssachen gegen die übliche Kleidung und packte die erforderlichen Utensilien in seinen Rucksack. Er ließ die Klinge des Messers herausspringen, fuhr gewohnheitsmäßig mit dem Zeigefinger darüber und lächelte. Die Klinge schnappte zurück, das Messer glitt in die Tasche seiner Jacke.

Ein letzter prüfender Blick auf den Gasherd, den er vorhin zwar ausgeschaltet hatte – aber man konnte ja nie wissen. Ein kurzer Augenkontakt mit dem Mann auf dem Poster, der gewohnheitsmäßige Griff nach dem Autoschlüssel auf der Konsole im Flur, dann verließ er kurz nach Mitternacht seine Wohnung.

In der Rue de la Roquette schälte sich ein Wagen aus dem Nebel. Langsam fuhr er die Straße entlang. Auf dem Dach ein Blaulicht, das nicht eingeschaltet war. Mit einem schnellen Schritt verbarg er sich im Torbogen einer Einfahrt und grinste zufrieden. Sie fuhren also schon Streife! Um diese Zeit sah man sonst nie einen Polizeiwagen in dieser Gegend. Er hatte sie in Unruhe versetzt, und sie hatten mit ihren lächerlichen und durchschaubaren Maßnahmen darauf geantwortet. Sie würden ihn sowieso nicht schnappen. Genauso gut könnten sie eine Schneeflocke in einem Topf Milch suchen … Die Rücklichter des Wagens verschwanden, und er setzte seinen Weg fort.

Als er vor dem Haus stand, drehte er sich noch einmal kurz um. Weit und breit kein Mensch zu sehen, auch kein Polizeiauto. Er drückte die Haustür auf, die nicht verschlossen war, und stieg leise in den dritten Stock.

Kurz darauf klingelte er an ihrer Wohnungstür.

10. KAPITEL

Nach dem Nebel kam der Regen.

In der Nacht hatte das Wetter gedreht. Der Himmel hatte seine Schleusen geöffnet, und das Wasser trommelte auf die gläsernen Oberlichter in LaBréas Wohnung. Normalerweise störte sich nur Jenny an diesen Geräuschen. Doch heute waren sie so stark, dass auch LaBréa davon erwacht war. Ein Blick auf den Wecker, kurz vor halb sieben. Er stand auf und ging ins Wohnzimmer. Es war noch dunkel draußen, doch zum ersten Mal seit Tagen sah LaBréa wieder die Silhouette der Zwergzypresse im kleinen Garten hinter der Wohnung.

Kaltes und feuchtes Winterwetter. Erst gegen acht wurde es hell, und es würde ein trüber Tag werden, woran sicher nicht nur das Wetter die Schuld trug.

LaBréa ging in die Küche, holte ein Croissant aus dem Gefrierfach und legte es in die Mikrowelle. Dann gab er Kaffeepulver in den Filter und stellte die Kaffeemaschine an.

Im Wohnzimmer hörte er Jenny tapsen. Sie kam auf Strümpfen und im Nachthemd in die Küche. Mit einem Blick sah er, sie war nicht gerade allerbester Laune.

»Hast du gut geschlafen?«, fragte er vorsichtig.

Jenny verzog ihren Mund. »Bei dem blöden Regen schlafe ich nie gut.«

Sie holte sich, was sie für die Zubereitung ihres Müslis brauchte, und mischte alles in einer Schüssel. Seit sie in der Mädchenfußballmannschaft trainierte, hatte sie ihre Frühstücksgewohnheiten geändert. Der Trainer, ein junger Mann mit alternativer Lebenseinstellung, schärfte den Mädchen Woche für Woche ein, dass Kohlenhydrate wichtig für Kondition und Ausdauer seien. Jenny und ihre Freundin Alissa, die Torfrau der Mannschaft, hielten sich eisern daran. Zum Schluss kippte Jenny kalte Milch über das Flocken- und Körnergemisch. Nicht zum ersten Mal dachte LaBréa, eine solche Mélange könne eigentlich nur den Magen verkleben.

Als LaBréa sich die erste Tasse Kaffee einschenkte, klingelte sein Handy. Es lag stets eingeschaltet auf seinem Nachttisch. Er lief ins Schlafzimmer.

»Hallo?«

»Sagen Sie, LaBréa, sind Sie vollkommen wahnsinnig geworden?«, tönte ihm die aufgebrachte Stimme seines Vorgesetzten entgegen. »Wir hatten doch ausdrücklich vereinbart: keine detaillierten Informationen an die Presse!« Ehe LaBréa etwas erwidern konnte, fuhr Roland Thibon fort. »Vor zehn Minuten hat mich der Polizeipräfekt aus dem Schlaf geklingelt. Er ist dermaßen aufgebracht, dass ich mit ernsthaften Konsequenzen für unsere Abteilung rechne.«

»Moment, Monsieur«, versuchte LaBréa den Redefluss des Direktors zu bremsen und ging ins Wohnzimmer. »Würden Sie mir bitte sagen, worum es hier …«

Thibon unterbrach ihn.

»Kaufen Sie sich eine Zeitung, LaBréa, dann wissen Sie, worum es geht! Eine unglaubliche Schweinerei ist das! Was meinen Sie, was da jetzt losgetreten wird? Ich lese Ihnen mal die Schlagzeile im *France Soir* vor: ›*Eine Neuauflage des Bastille-Mörders*‹, Fragezeichen. Und gleich darunter: ›*Gefesselt, gefoltert, erstochen. Der »Schlitzer« aus der Rue Beausire hat zum zweiten Mal zugeschlagen.*‹ Was sagen Sie dazu?«

»Was soll ich sagen, Monsieur? Von mir und meinen Mitarbeitern sind keine Informationen an die Presse rausgegangen.«

»Woher weiß dieses Schmierblatt dann so gut Bescheid? Die beschreiben die beiden Morde in allen Einzelheiten!«

»Irgendwo muss es eine undichte Stelle geben, Monsieur.«

»Ja, eben, Commissaire! Wenn nicht bei Ihnen und Ihren Leuten, wo dann?«

LaBréa spürte, wie er langsam die Geduld verlor und die Wut in ihm aufstieg.

»Einen Moment, Monsieur«, sagte er in ungewohnt scharfem Ton. »Ich verbitte mir diese Unterstellungen! Niemand von uns hat mit der Presse geredet, dafür lege ich meine Hand ins Feuer. Sie müssen die Schwachstelle schon woanders suchen.«

»Ja, und ich weiß auch schon, wo. Ich war von Anfang an dagegen, dass Couperin diese Fälle bearbeitet. Er ist nach meinem Dafürhalten ebenso eitel wie unfähig und nur darauf aus, seinen Namen in der Zeitung zu lesen.«

»Das ist doch völlig absurd!«

»Wann sind Sie in Ihrem Büro, LaBréa?«

»In einer halben Stunde, Monsieur.«

»Gut. Kommen Sie dann gleich rauf zu mir! Wir müssen eine Strategie entwickeln, wie wir den Schaden begrenzen können. ›*Wenn der Wein gut ist, steigert sich der Durst beim Trinken.*‹ Altes französisches Sprichwort, das hier genau ins Schwarze trifft. Die Journalisten haben Blut geleckt und werden sich wie die Schmeißfliegen auf uns stürzen. Täglich wird es neue Berichte geben, die die Bevölkerung verunsichern und unter den Frauen Panik auslösen. Also, ich erwarte Sie in einer halben Stunde.« Roland Thibon beendete das Gespräch.

Wütend knallte LaBréa das Handy auf den Tisch. Er konnte sich kaum beherrschen, so sehr ärgerte ihn der unverschämte Anruf seines Vorgesetzten.

Vorsichtig steckte Jenny ihren Kopf durch die Küchentür. »Wer war denn das?«

»Das war der größte Blödmann und Idiot, der mir je über den Weg gelaufen ist.«

»Dein Chef, Papa?«

»Ja, genau der.« LaBréa ging zurück in die Küche, trank im Stehen seinen Kaffee zu Ende und verschlang das noch warme Croissant.

»Leider kann ich dich heute nicht zur Schule bringen, Jenny. Bei uns ist die Hölle los. Irgendjemand hat Informationen an die Presse gegeben, und dieser Idiot beschuldigt mich.«

»Aber du warst es natürlich nicht«, stellte Jenny sachlich fest.

LaBréa schüttelte den Kopf und ging ins Bad. Zum Rasieren blieb heute keine Zeit, obwohl er es hasste, mit stoppeligem Gesicht zum Dienst zu gehen.

Fünf Minuten später brach er auf. Im ersten Hof sah er in Célines Wohnung Licht. Er zögerte kurz, dann klopfte er an die Scheibe. Kurz darauf öffnete Céline die Haustür. Sie sah verführerisch aus in ihrem engen Kaschmirpullover. LaBréa schloss rasch die Haustür. Sie küssten sich heftig, und LaBréa spürte, wie sehr er sie begehrte. Doch an diesem Morgen blieb keine Zeit für die Liebe. Er küsste Céline ein letztes Mal, strich ihr übers Haar und sagte: »Ich muss gehen.«

Auf der Straße spannte er seinen Schirm auf. Der Regen wurde immer stärker.

In der Rue des Archives kaufte er sich den *France Soir* und überflog die Schlagzeile. In großer Aufmachung berichtete das Blatt über die Morde in der Rue Beausire. Einzelheiten wurden genannt, eine Abbildung des ägyptischen Fußes prangte auf der Titelseite, die Parallele zu Guy Georges wurde gezogen.

Scheiße, dachte LaBréa, als er den Laden verließ. Wer war der Informant?

Kein Zweifel, dafür kam nur ein Insider infrage. Jemand von der Spurensicherung, ein Mitarbeiter des gerichtsmedizinischen Instituts, einer der Kollegen der Brigade Criminelle? LaBréa wusste, dass ein Blatt wie *France Soir* seine Informanten gut bezahlte. Und das Gehalt eines Polizeibeamten war mager und das Leben in einer Stadt wie Paris teuer. Vielleicht würde man die undichte Stelle nie finden.

LaBréa wollte sich gar nicht ausmalen, was diese Entwicklung für die Ermittlungen bedeutete.

Er beschleunigte seine Schritte. Über die Pont d'Arcole gelangte er auf die Ile de la Cité. Vor der Kathedrale Notre-Dame parkte einsam ein Reisebus. Als er in den Quai du Marché Neuf einbog, klingelte sein Handy in der Tasche seines Trenchcoats. Es war Claudine Millot. Ihre Stimme klang aufgeregt.

»Wo sind Sie, Chef? Noch zu Hause?«

»Nein, an der Polizeipräfektur. In zwei Minuten bin ich im Büro.« Eine plötzliche Unruhe erfasste ihn. »Warum fragen Sie, Claudine?«

»Weil er letzte Nacht wieder zugeschlagen hat. Das gleiche Szenario.«

Sekundenlang war LaBréa wie gelähmt.

»Wo?«

»In der Rue de la Roquette Nummer 17, schräg gegenüber von der Rue de Lappe.«

»Verdammter Mist! Weiß Thibon schon Bescheid?«

»Franck hat ihn gerade angerufen. Er will gleich zum Tatort kommen.«

»Haben Sie schon die Zeitung gelesen, Claudine?«

»Wir alle haben die Zeitung gelesen, Chef. Was für eine Schweinerei! Wer das wohl gewesen ist?«

»Das würde ich auch gern wissen. Bis gleich, Claudine. Ich komme direkt in die Tiefgarage. Fahre ich mit Ihnen?«

»Ja, Chef. Franck und Jean-Marc sind schon weg.«

LaBréa stellte das Handy aus. Die Gedanken in seinem Kopf überschlugen sich. Besser konnte der Tag eigentlich nicht beginnen, dachte er sarkastisch. Sonntagnacht Marie Ousbane. Dienstagnacht Annabelle Villeron. Und jetzt ein dritter Mord. Die Bluthunde von der Presse in Lauerstellung und ein Vorgesetzter, der ihm im Nacken saß.

Die restlichen Meter bis zum Quai des Orfèvres legte er im Laufschritt zurück. In der Tiefgarage des Justizpalastes sprang er zu Claudine in den Renault. Sie stellte das Blaulicht auf das Dach des Wagens und fuhr in rasendem Tempo über die Seinequais Richtung Place de la Bastille.

»Also, ich höre«, sagte LaBréa knapp.

»Viel kann ich Ihnen nicht sagen«, erwiderte Claudine. »Ein Kollege vom Kommissariat im 4. Arrondissement rief an. Der Bruder der Frau hat die Polizei alarmiert. Der Kollege sagte mir, aufgrund des Berichtes heute Morgen im *France Soir* und der Tatsache, dass die Wohnung des Opfers unweit der Bastille liegt, habe er gleich bei uns angerufen.«

Auf dem Boulevard Henri IV floss der Verkehr nur zähflüssig. Claudine schaltete die Sirene ein.

»Übrigens, Chef, gleich heute Morgen habe ich die Kollegen von der Stup angerufen. Der Bruder des ersten Opfers, Moses Ousbane, war dort nicht bekannt. Aber sein Boss, der Besitzer der Bäckerei in Barbès, dafür umso mehr. Hervé Gadouin. Mehrfach vorbestraft wegen Drogenhandel. Bevor er die Bäckerei aufmachte, besaß er ein Café, das wurde ihm dann dichtgemacht. Er kaufte die Bäckerei. In den letzten zwei Jahren gab es dort drei Razzien. Nichts. Der wird es schlauer angestellt haben als vorher. Und jetzt ist er tot, genau wie der Bruder von Marie Ousbane.«

»Na schön, Claudine. Diese Spur führt also ebenfalls nirgendwohin.«

Drei Minuten später erreichten sie die Rue de la Roquette, die die Polizei bereits ab der Einfahrt Place de la Bastille und Rue Daval abgesperrt hatte. LaBréa blieb noch einen Augenblick im Wagen sitzen und erfragte über die Auskunft die Telefonnummer des *France Soir*. Er ließ sich mit dem Chefredakteur verbinden, einem gewissen Laurent Lafontaine.

»Commissaire, was kann ich für Sie tun?« Die Stimme des Mannes klang zuckersüß.

Ohne Umschweife kam LaBréa auf den Punkt. »Ich wüsste gern, Monsieur, woher Sie die Informationen zu den beiden Mordfällen in der Rue Beausire haben.«

Laurent Lafontaine lachte. »Ach, kommen Sie, Commissaire! Sie wissen so gut wie ich, dass ich Ihnen darauf keine Antwort geben muss.«

»So, meinen Sie«, erwiderte LaBréa schneidend. »Sie verraten in Ihrem Blatt Details, von denen Sie offenbar annehmen, sie entsprächen den Tatsachen. Ich hätte von Ihnen etwas mehr Verantwortungsgefühl erwartet!«

»Verantwortungsgefühl ist nicht unser Job«, meinte der Chefredakteur gedehnt, und LaBréa hätte geschworen, dass dabei ein breites Grinsen auf seinem Gesicht lag. »Unser Job ist es, immer aktuell zu sein und unsere Leser zu informieren, wenn ein Wahnsinniger wieder das Viertel um die Bastille unsicher macht.«

»Ich frage Sie nochmals, Monsieur, woher haben Sie Ihre Informationen?«

»Eine Gegenfrage: Hat der Mörder nicht schon wieder zugeschlagen? Oder weshalb ist die Rue de la Roquette abgesperrt?« Erneut lachte der Chefredakteur. »Sehen Sie, wir sind gut unterrichtet! Einer meiner Reporter hat zufällig das Polizeiaufgebot dort gesehen und eins und eins zusammengezählt.«

LaBréa warf einen raschen Blick aus dem Wagen. Wenige Meter weiter lungerte ein Mann mit einer Kamera herum. Einer der Polizisten ging gerade auf ihn zu und sprach ihn an.

»Commissaire, sind Sie noch dran? Das ist der dritte Mord in wenigen Tagen. Und wie lautet die Sprachregelung der Polizei? Ab dem dritten Mord spricht man von einem Serienkiller. Aber ich will nicht unfair sein und Ihnen einen kleinen Hinweis geben. Gestern Nachmittag fanden wir ein anonymes Schreiben in unserem Briefkasten. Handschriftlich in Druckbuchstaben abgefasst. Darin standen alle Einzelheiten, die Sie heute in unserem Blatt nachlesen können. Zufrieden?«

»Noch nicht ganz, Monsieur. Ich bitte Sie, uns dieses Schreiben auszuhändigen, damit wir darauf Spuren sichern können.«

Der Chefredakteur überlegte einen Moment.

»Das kann ich Ihnen nicht versprechen, Commissaire. Da muss ich erst mit meinem Verleger reden.«

»Sie wissen, dass wir Sie dazu zwingen können. Wegen Behinderung der polizeilichen Ermittlungen.«

»Gar nichts können Sie. Wenn wir Ihnen das anonyme Schreiben zukommen lassen, dann geschieht das auf rein freiwilliger Basis und weil wir der Polizei helfen wollen, das Dreckschwein zu finden und nicht wieder im Dunkeln zu tappen wie seinerzeit bei Guy Georges.«

LaBréa schluckte seinen Ärger über die anzügliche Bemerkung des Chefredakteurs herunter und behielt das Wesentliche im Auge. Und das Wesentliche war, unter allen Umständen dieses Schreiben in die Hände zu bekommen.

»Na schön, Monsieur Lafontaine. Ich bedanke mich bei Ihnen für Ihr Entgegenkommen. Wann reden Sie mit Ihrem Verleger?«

»Er ist gerade im Urlaub. Aber ich werde ihn anrufen. Heute Nachmittag weiß ich mehr.«

»Können Sie mir wenigstens vorab schon sagen, ob es der anonyme Schreiber war, der den Bezug zu Guy Georges hergestellt hat, oder ob das der Feder Ihres Reporters entstammt?«

»Letzteres, Commissaire. Wir sind ja nicht blöd. Und Guy Georges' Prozess liegt gerade mal zweieinhalb Jahre zurück. Auf Wiederhören.«

Als er aus dem Wagen stieg, kochte LaBréa förmlich vor Wut. Mit wenigen Schritten war er bei dem Polizisten und dem unbekannten Mann mit der Kamera, die lebhaft miteinander diskutierten.

»Sorgen Sie dafür, dass dieser Mann hier verschwindet, Brigadier!«, herrschte LaBréa den Beamten an. »Wie konnte er überhaupt bis hierher vordringen?«

Der Brigadier zuckte hilflos mit den Schultern und packte den Reporter am Arm. »Kommen Sie, Mann, oder muss ich Verstärkung holen?«

»He!, eine Frage, Monsieur!« Der Reporter drehte sich zu LaBréa und gestikulierte. »Sind Sie hier der leitende Ermittler? Wollen Sie nicht sagen, wer diesmal das Opfer ist?«

LaBréa reagierte nicht und entfernte sich mit raschen Schritten.

Ein anonymes Schreiben, dachte er. Wenn es stimmte, was der Chefredakteur ihm gesagt hatte, stellte sich die Frage, wer für diese Schweinerei verantwortlich war. Handelte es sich um den Racheakt eines Polizisten? War jemand bei einer Beförderung übergangen worden? Oder führte die Spur ganz woanders hin, zum Beispiel zum Mörder? Ja, das wäre eine Möglichkeit.

In den letzten Tagen war so gut wie nichts über die beiden Verbrechen in der Rue Beausire berichtet worden. Die Nachrichtensperre der Polizei hatte sich als äußerst wirksam erwiesen. Psychopathen, die so eiskalt mordeten wie der Unbekannte, mit dem sie es hier zu tun hatten, wollten ihre Taten erwähnt wissen. Und was würde dem Ego des Killers mehr schmeicheln als der in tausendfacher Auflage verbreitete Vergleich mit dem berühmten Guy Georges?

LaBréa stöhnte. Das hatte noch gefehlt! Der Mörder informiert höchstpersönlich die Presse über seine Taten, und die Polizei steht da wie ein Haufen dummer Jungen.

Der Tatort lag in einem kleinen Haus schräg gegenüber der Rue de Lappe. Eine Tafel an der Wand wies darauf hin, dass hier der Dichter Paul Verlaine gelebt hatte. Vor der Haustür wartete Jean-Marc. In knappen Worten informierte er seinen Chef.

»Assia Blanc, geborene Dembele, siebenundzwanzig Jahre, geschieden, zweite Generation algerischer Einwanderer. Arbeitete in einem orientalischen Imbiss und Cateringservice an der Place d'Aligre. Lebte allein in ihrer Wohnung.«

»Ihr Bruder hat sie gefunden?«

»Ja. Rachid Dembele. Assia Blanc hatte heute ihren freien Tag, und ihr Bruder wollte sie zu einer Shoppingtour abholen. Franck redet gerade mit ihm.«

»Lag der Wohnungsschlüssel vor der Tür?«

Jean-Marc nickte. »Der Schlüssel vor der Tür, die Zeichnung des ägyptischen Fußes hinter der Tür. Alles wie gehabt, Chef. Madame Foucart ist auch schon da.«

Ein flüchtiges Lächeln huschte über LaBréas Lippen. Egal, wie schnell die Brigade Criminelle am Tatort eintraf, die Gerichtsmedizinerin war stets vor ihnen am Fundort der Leiche.

Mit seinen beiden Mitarbeitern ging er ins Haus. Die Wohnung der Frau lag im dritten Stock. Dort herrschte bereits die übliche Betriebsamkeit. Die Kollegen der Spurensicherung warteten auf ihren Einsatz, der Fotograf erledigte seinen Job. Zusätzlich zu seiner Digitalkamera hatte er heute eine Videokamera mitgebracht und filmte den Tatort aus verschiedenen Winkeln und Perspektiven. Er arbeitete rasch, damit er den Ort des Geschehens möglichst schnell wieder verlassen konnte. LaBréa bat ihn, den Kamerachip gleich auf seinen Computer zu laden, einen Satz Fotos auszudrucken und sie sofort per Kurier an Véronique Andrieu zu schicken.

»Die Videokassette auch?«, wollte der Fotograf wissen.

»Ja, das kann nicht schaden. Ziehen Sie eine Kopie. Und erstellen Sie für mich einen weiteren Satz Fotos. Ich brauche sie spätestens heute Mittag.«

Brigitte Foucart stand vor dem Bett des Opfers. Ihr Gesicht drückte Wut und Empörung aus. Sie war ein alter Hase und hatte im Lauf ihrer Tätigkeit als Gerichtsmedizinerin schon so manches gesehen. Normalerweise brachte sie so leicht nichts aus der Ruhe. Aber diese Mordserie ließ selbst sie nicht unberührt, und so erlaubte sie es sich, ihren Gefühlen einmal freien Lauf zu lassen: »Wenn ich das hier sehe, bin ich fast geneigt, eine Befürworterin der Todesstrafe zu werden. Diesen Kerl sollte man …« Sie beendete ihren Satz nicht. »Ich habe keine sensationellen Neuigkeiten für dich, Maurice. Sieh es dir selbst an. Alles wie gehabt. Bis aufs kleinste i-Tüpfelchen identisch mit den beiden anderen Morden.«

LaBréa ging zum Bett der Toten. Ihre dunklen, lockigen Haare waren blutverklebt. Das Gesicht von Schlägen entstellt, die schwarzbraunen, weit geöffneten Augen auf einen fernen Punkt an der Zimmerdecke gerichtet. Das Leukoplast, das ihren Mund verklebte, war blutdurchtränkt. Ebenso wie die beiden anderen Frauen lag sie nackt auf den blutigen Laken. Der Mörder hatte auch ihre Beine und Arme mit Klebeband am Bett fixiert. Die Beine gespreizt, der Unterkörper blutverkrustet, eine Masse rohen Fleisches.

»Vier Stiche in den Hals, je zwei in beide Brüste, die restlichen in die Scheide. Die ist allerdings so übel zugerichtet, dass ich die Anzahl der Einstiche im Moment noch nicht feststellen kann. Todesursache könnte auch diesmal wieder eine Embolie gewesen sein. Heute Nachmittag weiß ich mehr.«

Ein kalter Schauer lief LaBréa über den Rücken. Sonntagnacht, Dienstagnacht, Mittwochnacht – der Abstand zwischen den Morden war kürzer geworden. Hier war ein Wahnsinniger am Werk, so viel stand fest, und seine Mordlust steigerte sich offenbar.

In diesem Moment betrat Direktor Thibon die Wohnung des Opfers. Brigitte Foucart murmelte ein paar abfällige Worte. LaBréa wusste, dass sie Thibon für aufgeblasen und inkompetent hielt. Sie ging ein paar Schritte zur Seite, um ihn nicht begrüßen zu müssen, und besprach etwas mit den Beamten der Spurensicherung.

Roland Thibon trat ans Bett und betrachtete die Tote einen Moment lang. Dann wandte er sich ab. Alle Farbe war aus seinem Gesicht gewichen, und er rang sichtlich um Fassung.

»So eine verdammte Sauerei«, sagte er zu LaBréa. »Der Kerl muss vollkommen durchgeknallt sein. Und es gibt wirklich bis jetzt keine einzige Spur?«

LaBréa hörte den skeptischen Unterton in Thibons Stimme. Doch er beschloss, sich davon nicht provozieren zu lassen. »Nein, Monsieur, sonst wären Sie der Erste, der davon erfahren hätte.«

»Ich habe gehört, Ihre Leute haben gestern Abend einen Verdächtigen vernommen. Was ist dabei herausgekommen, LaBréa?«

»Leider nichts. Dem Mann ist nichts nachzuweisen. Wir mussten ihn laufen lassen.«

Jean-Marc, der inzwischen dazugekommen war, fügte ergänzend hinzu: »Wir haben seine Speichelprobe über Nacht analysieren lassen. Vor einer Viertelstunde kam das Ergebnis. Nichts. Robert Turinis DNS stimmt nicht mit der DNS überein, die bei den beiden anderen Opfern sichergestellt wurde.«

Thibon nickte zerstreut, runzelte dann die Stirn und fuhr den Paradiesvogel barsch an. »Sagen Sie mal, Leutnant, können Sie sich eigentlich nichts Anständiges anziehen? Wenigstens wenn Sie sich zu einem Tatort begeben, kann man doch wohl erwarten, dass Sie nicht in dieser Zirkuskleidung herumlaufen. Etwas mehr Pietät und Anstand, wenn ich bitten darf!«

Jean-Marc sagte nichts. Heute trug er seine berühmte Flic-Pellerine und darunter eine grün-gelb gestreifte Hose. Rote Schuhe und ein knallbunter Schal ergänzten die seltsame Aufmachung.

LaBréa verkniff sich ein Grinsen. Grundsätzlich mischte er sich nicht in diese Dinge ein. Er hielt die Kleidung eines

Menschen für etwas sehr Privates. Und solange sein Mitarbeiter nicht halb nackt herumlief oder auf sonstige Weise in der Öffentlichkeit Anstoß erregte, war es ihm egal, wie Jean-Marc sich kleidete.

Ermittlungsrichter Joseph Couperin erschien in der Tür. Während er LaBréa freundlich begrüßte, nickte er Direktor Thibon etwas steif und reserviert zu.

»Monsieur le Juge«, murmelte Thibon und sah auf die Uhr. Er wandte sich an LaBréa. »Ich muss weg, Commissaire. Nach Absprache mit dem Polizeipräfekten habe ich für zwölf Uhr eine Pressekonferenz angesetzt, zu der ich natürlich auch Sie bitten möchte, Monsieur Couperin.« Der letzte Satz kam ihm nur widerstrebend über die Lippen. Schnell wandte er sich wieder an LaBréa. »Überlegen Sie sich, was wir den Reportern sagen. Die Sache muss heruntergespielt werden.«

LaBréa hielt ihn zurück. »Ich habe vorhin mit dem Chefredakteur von *France Soir* gesprochen. Er sagte, dass die Zeitung gestern Nachmittag ein anonymes Schreiben erhalten habe. Darin standen alle Details der beiden bisherigen Fälle.«

Thibon kniff die Augen zusammen. Gefährlich leise sagte er: »Ein anonymes Schreiben? Wer macht denn so was? Das kann doch nur ein Insider gewesen sein.«

»Oder der Mörder selbst.«

Ermittlungsrichter Couperin nickte zustimmend.

»Der Mörder selbst?« Roland Thibon lachte gezwungen. »Warum sollte er? Damit wir ihm auf die Spur kommen?«

»Nein, Monsieur Thibon«, meinte Couperin ruhig. »Damit wir und die Öffentlichkeit ihn gebührend zur Kenntnis nehmen.«

Thibon sah ihn mit großen Augen an und verließ eilig die Wohnung.

»Bekommen wir dieses Schreiben?«, wollte der Ermittlungsrichter wissen.

»Ich bemühe mich darum.« LaBréa strich sich die Haare aus der Stirn. »Zuerst hat Thibon mich beschuldigt, dann Sie, Monsieur le Juge.« Er tippte mit dem Zeigefinger auf Couperins Brust.

»Wessen hat er Sie und mich beschuldigt?«

»Die Presse informiert zu haben.«

Couperin schien einen Moment perplex. »Was?«, sagte er schließlich. »Na, das passt zu ihm! Er hat ein paar wirklich miese Charakterzüge, aber eine solche Unterstellung grenzt ja fast an Bösartigkeit!«

Der Ermittlungsrichter prägte sich in aller Ruhe sämtliche Einzelheiten am Tatort ein. Er wechselte ein paar Worte mit der Gerichtsmedizinerin und mit Gilles von der Spurensicherung.

LaBréa zog sich dünne Gummihandschuhe über und durchsuchte die Wohnung. Es handelte sich um eine einfache Ein-Zimmer-Wohnung mit schlichtem Mobiliar. In der kleinen Küche türmte sich das Geschirr in der Spüle. Ein knochenhartes Stück Baguette lag auf dem Küchentisch. Die Verpackung eines Schnellgerichtes war auf den Steinfußboden gefallen. Auf dem Herd standen Töpfe und Pfannen mit Speiseresten. Assia Blanc schien im Haushalt eher ein bisschen nachlässig gewesen zu sein.

Auf dem Küchenstuhl entdeckte LaBréa die Handtasche der Toten. Sie war geöffnet und ihr Inhalt auf dem Stuhl verstreut. LaBréa nahm die Geldbörse, öffnete sie und sah, dass sie, bis auf ein paar Münzen, leer war. Anscheinend hatte der Mörder auch hier die Scheine mitgehen lassen. Er gab Gilles einen Wink, die Sachen auf Fingerabdrücke zu untersuchen, obgleich er sich nicht viel davon versprach.

Währenddessen hatten Jean-Marc und Claudine Wohn- und Schlafzimmer durchsucht und das Telefonbüchlein des Opfers sichergestellt. Jetzt kam Franck in die Wohnung und ging auf LaBréa zu.

»Von den Hausbewohnern hat niemand etwas gehört oder gesehen. Der Bruder des Opfers sitzt einen Stock tiefer, in der Wohnung einer jungen Frau. Sie hat mir freundlicherweise ihr Wohnzimmer zur Verfügung gestellt, damit ich ihn befragen konnte.«

»Und?«, fragte LaBréa und strich sich über das unrasierte Kinn.

»Rachid Dembele wohnt mit seiner Frau am Boulevard Poissonière im 2. Arrondissement. Heute früh um halb acht wollten er und seine Frau seine Schwester abholen. Sie wollten zunächst frühstücken gehen und dann in die Galéries Lafayette fahren, weil dort heute die Weihnachtssonderaktionen beginnen. Während seine Frau unten im Wagen wartete, ging er nach oben. Er entdeckte den Wohnungsschlüssel vor der Tür. Nachdem seine Schwester auf sein Klingeln nicht öffnete, schloss er die Tür auf. Und da fand er sie.«

»Was macht der Mann beruflich?«

»Er ist Autoschlosser. Arbeitet in einer Werkstatt an der Porte des Lilas. Wollen Sie noch mal mit ihm reden, Chef?«

»Nein. Ich verlasse mich auf Ihre Angaben, Franck. Haben Sie ihn nach seinem Alibi gefragt?«

»Natürlich. Er und seine Frau waren gestern den ganzen Abend bei einem befreundeten Ehepaar. Gegen Mitternacht kamen sie nach Hause und gingen gleich schlafen. Für heute hatte Rachid Dembele sich freigenommen, um mit Frau und Schwester diverse Einkäufe zu erledigen. Der Mann ist vollkommen fertig.«

»Was sagte er über seine Schwester? Wer waren ihre Freunde, ihre Bekannten? Fühlte sie sich verfolgt oder bedroht?«

»Nein. Jedenfalls hat sie ihm nichts davon erzählt. Sie war bei allen sehr beliebt, meinte der Bruder. Hin und wieder bekam sie Besuch, von Kollegen aus dem Cateringservice und aus dem Restaurant.«

»Welchem Restaurant?«, fragte LaBréa erstaunt.

»Dreimal in der Woche, montags, mittwochs und freitags, arbeitete sie abends zusätzlich noch als Kellnerin im Restaurant *Chez Fred* in der Rue du Chemin Vert. Um sich ein paar Euro dazuzuverdienen.«

»War sie gestern Abend auch dort?«

»Das kann ich noch nicht sagen. Im Restaurant ist erst in einer halben Stunde jemand zu erreichen.«

»Was ist mit dem geschiedenen Ehemann?«

»Rachid Dembele sagte mir, er sei bei der Armee. Seine Einheit ist in Nîmes stationiert.« Franck holte sein Notizbuch aus der Tasche und blätterte darin. »6. Panzerbrigade. Er hat den Rang eines Unteroffiziers.«

»Gut. Überprüfen Sie, ob er gestern und an den vergangenen Tagen im Dienst war oder möglicherweise Urlaub hatte. Sagte der Bruder, warum es zu der Scheidung gekommen ist?«

»Er deutete an, Claude Blanc hätte seine Schwester jahrelang geschlagen und misshandelt. Daraufhin reichte sie die Scheidung ein. Nach der Scheidung ließ sich Claude Blanc nach Nîmes versetzen. Vorher arbeitete er hier in Paris im Verteidigungsministerium.«

»Rufen Sie bitte auch dort an und ziehen Sie Erkundigungen über ihn ein! Ein gewalttätiger Ehemann, den die Frau verlassen hat, könnte ein Motiv haben. Sein Frauenhass könnte so groß geworden sein, dass er ihn auch auf andere Frauen übertragen hat. Zum Beispiel auf Marie Ousbane und Annabelle Villeron.«

»Meinen Sie wirklich, Chef?« Franck klang skeptisch.

»Wir können es uns in der jetzigen Situation nicht leisten, irgendetwas auszuschließen. Auch wenn es absurd oder unwahrscheinlich klingt. Ich fahre jetzt mit Claudine zur Place d'Aligre, wo die Frau gearbeitet hat. Suchen Sie nachher das Restaurant *Chez Fred* auf! Wer sind die Leute, mit denen das Opfer dort zusammengearbeitet hat? Wann ging sie gestern Abend dort weg? Sie wissen schon, das Übliche. Wie weit sind Sie sonst mit Ihren Ermittlungen gekommen?«

»Den Computer von Annabelle Villeron habe ich mir noch gestern Abend vorgenommen. Nichts, abgesehen von Paukprogrammen für ihr Medizinstudium, chemischen Formeln, anatomischen Abbildungen und Ähnlichem. Eine E-Mail-Adresse hatte sie sich gar nicht eingerichtet. Keine Besuche in Chatrooms, keine dubiosen Kontaktaufnahmen. Sie hat den Rechner ausschließlich für ihr Studium benutzt und nur einschlägige Fachartikel aus dem Internet heruntergeladen.«

»Es ist wie verhext«, meinte LaBréa kopfschüttelnd. »Drei Mordfälle und fast keine konkreten Spuren.«

»Ich habe mir außerdem die ersten zehn Kopierläden herausgesucht«, fuhr Franck fort. »Die rufe ich nachher gleich an.«

LaBréa wandte sich an Jean-Marc, der mit der Untersuchung der Wohnung fertig war. »Irgendetwas Auffälliges gefunden?«, fragte er.

Jean-Marc schüttelte den Kopf. »Nichts.«

»Gut. Dann beginnen Sie doch am besten mit der Befragung der Leute, die in den umliegenden Häusern wohnen! Um elf sehen wir uns zur Talkrunde.« LaBréa gab Claudine einen Wink. »Kommen Sie, wir fahren zu diesem Cateringservice an die Place d'Aligre.« Er verabschiedete sich von Ermittlungsrichter Couperin und fragte ihn nach der gestrigen Opernpremiere.

»Himmlisch!«, meinte Couperin und verdrehte voller Entzücken die Augen. »Eine wunderbare Besetzung und eine äußerst dramatische Inszenierung.« Er seufzte und ließ seine Blicke durch den Raum schweifen. »Manchmal wünsche ich mir, die Dramen des Lebens geschähen nur auf der Bühne und nicht im wirklichen Leben.«

»Wer wünschte sich das nicht?«, erwiderte LaBréa und verließ mit Claudine den Tatort. Im Wagen wählte LaBréa die Nummer von Véronique Andrieu. Sie war gleich am Apparat.

»Du bist ein bisschen zu früh dran, Maurice. Ich habe …«

Bevor sie weiterreden konnte, unterbrach LaBréa sie. »Er hat wieder zugeschlagen, Véronique. Heute Nacht. In der Rue de la Roquette Nummer 17. Drei Straßen von den beiden anderen Tatorten entfernt.«

»Ach, du liebe Güte.« Einen Moment herrschte Stille am anderen Ende der Leitung. Dann fuhr Véronique fort. »Dasselbe Szenario?«

»Identisch. Die Fesselung, die Stiche, die Suche nach Geld, die Kopie des ägyptischen Fußes, der Schlüssel vor der Tür. Der Fall wird langsam zu einer echten Herausforderung. Kaum haben die Ermittlungen zum einen Fall begonnen, legt er uns schon die nächste Leiche vor die Füße.«

»Lass mir so schnell wie möglich die Fotos vom Tatort und den Autopsiebericht zukommen, Maurice.«

»Ist bereits veranlasst. Ein Video bekommst du auch. Du hast doch einen Rekorder?«

»Selbstverständlich. Ich rufe dich dann wie versprochen heute Nachmittag an.«

»Und noch etwas, Véronique. Gestern erhielt die Redaktion des *France Soir* einen anonymen Brief mit sämtlichen Details – das steht heute alles haarklein auf der Titelseite. Hast du es schon gesehen?«

»Nein. Aber ich besorge mir gleich ein Exemplar. Oder gehe online.«

»Bitte, denk darüber nach, ob der Täter selbst dieses Schreiben geschickt haben könnte. Der Chefredakteur von *France Soir* sagte mir allerdings, dass Guy Georges in dem Schreiben nicht erwähnt wird. Es war die Zeitung, die auf diese Verbindung gekommen ist.«

Donnerstag, 9 Uhr

Gleich um sieben war er in den Zeitungsladen gegangen und hatte sich die aktuelle Ausgabe des France Soir *gekauft. Ein Blick auf die Titelseite zeigte ihm, dass seine Aktion gestern Nachmittag erfolgreich gewesen war. Eine Welle von Euphorie überflutete ihn. Er lief nach Hause, brühte sich einen Pfefferminztee auf und verschlang den Bericht, der keine Einzelheit aussparte. Sätze wie »Treibt hier eine schlimmere Bestie als seinerzeit Guy Georges sein Unwesen?« ließen sein Herz höher schlagen. Die Zeitung verlieh ihm den Titel »Schlitzer aus der Rue Beausire«.*

Als er das las, lachte er. Rue Beausire … wenn die wüssten! Inzwischen waren die Bullen mit ihrem gesamten Aufgebot in der Rue de la Roquette, Ecke Rue de Lappe. Als er die Zeitung holte, hatte er sich davon überzeugen können. Ganze Arbeit hatte er geleistet, zum dritten Mal. Kein Fehler, keine Spuren, nicht der geringste Hinweis auf ihn. Eine kleine Variante hatte er in seine Vorgehensweise eingebaut, mal sehen, ob sie es herausfanden.

Mit Sicherheit standen die Telefone am Quai des Orfèvres und in den Kommissariaten seit dem frühen Morgen nicht mehr still. Anrufe von Leuten, die etwas gesehen haben wollen. Wichtigtuer, die mit ihrem eitlen Geschwätz die absurdesten Gerüchte in die Welt setzten. Möglicherweise anonyme Bekenneranrufe von durchgeknallten Typen, die sich mit seinen Taten brüsteten.

Er faltete die Zeitung sorgsam zusammen und legte sie auf den zweiten Küchenstuhl. Anschließend warf er sich noch fünf Minuten auf sein Bett und amüsierte sich mit den Sachen der Schlampen. Dann stand er auf, duschte ausgiebig, kleidete sich an und streifte ein paar dünne Gummihandschuhe über die Hände. Er holte zwei große, gefütterte Umschläge aus der Diele, die er sich gestern besorgt hatte und die genau die richtige Größe besaßen für das, was er vorhatte. Er präparierte sie, beschriftete sie mit Druckbuchstaben und frankierte sie ausreichend. Danach tauschte er die Gummihandschuhe gegen ein Paar gefütterter Lederhandschuhe und packte die Umschläge in eine Plastiktüte.

Dem Mann auf dem Plakat an der Küchentür lächelte er zu und sagte: »Du hast ziemlich lange darauf warten müssen, bis sie was über dich in der Zeitung brachten.« Tadelnd schüttelte er den Kopf. »Aber du warst ja auch nicht so gut wie ich. Dich hätten sie sicher gleich geschnappt, wenn nach vier Tagen sämtliche Details in der Presse gestanden hätten.« Sein Blick fiel auf die Unterkante des Plakates, wo bereits der dritte rote Filzstrich prangte.

Mit der Plastiktüte in der Hand begab er sich beschwingten Schrittes in sein Stammcafé Ecke Rue Keller, um zu frühstücken. Dort lehnte der Wirt hinter dem Tresen und hatte seine Nase in die heutige Ausgabe des France Soir *gesteckt.*

Wie üblich aß er ein Pain au Chocolat, trank einen Kamillentee und wechselte ein paar Worte mit dem Wirt. Als dieser die Morde in der Rue Beausire erwähnte, zuckte er nur mit den Schultern. »Irre laufen doch genug in dieser Stadt rum«, sagte er und trank den letzten Schluck Kamillentee.

Als er kurz darauf zu seinem Wagen ging, fühlte er sich zum Bersten voll mit prallem Leben. Er würde eine Spur hinterlassen, die niemand in dieser Stadt, am wenigsten die Bullen, so schnell vergessen würde!

Sein Arbeitstag begann an diesem Morgen im 20. Arrondissement. Dort warf er auch die beiden Sendungen in einen Briefkasten in der Rue Pelleport.

11. KAPITEL

An der Place d'Aligre herrschte reges Treiben. Es war Markt, wie jeden Morgen. Zahllose Stände säumten die kleinen Straßen, und in der überdachten Markthalle standen die Menschen vor den Geschäften Schlange. Fleischer, Gemüse- und Obsthändler boten ihre Ware feil, Preise wurden hin und her gerufen, Sonderangebote offeriert.

Es war immer schwer, in dieser Gegend einen Parkplatz zu finden. Claudine stellte den Wagen in einer Halteverbotszone in der Rue de Cotte ab.

Der arabische Cateringservice mit dem vielversprechenden Namen Délices de l'Orient befand sich gleich in der Rue d'Aligre, Ecke Rue Beccaria.

LaBréa und Claudine betraten einen relativ großen Laden. Links befand sich eine Theke mit allerlei Salaten, orientalischen Spezialitäten und Leckereien. Auf der rechten Seite gab es ein paar Tische für diejenigen, die nicht den Lieferservice in Anspruch nehmen, sondern gleich vor Ort essen wollten.

Besitzerin des Geschäftes war Amadou Koné, eine Frau undefinierbaren Alters, die aussah, als hätte sie selbst ein großes Faible für die süßen Köstlichkeiten, die es neben den verschiedenen Tachine- und Couscous-Spezialitäten hier zu kaufen gab. Ihr mächtiger Körper steckte in einem weiten Kleid aus betörend bunter Seide. Die Farben passten perfekt zum Bronzeton ihrer Haut. Im Geschäft befand sich noch ein junger Mann in weißer Montur, der einige Platten in die Auslage stellte. Amadou stellte ihn als ihren Angestellten und Koch Ali Lefèvre vor.

LaBréa zeigte seinen Dienstausweis und fragte die Besitzerin, wo er sich ungestört mit ihr unterhalten könnte.

»Worum geht es denn, Commissaire?« Die flinken, beinahe schwarzen Augen der Frau tanzten zwischen ihm und Claudine hin und her.

»Um Ihre Mitarbeiterin, Assia Blanc. Wir würden zunächst gern mit Ihnen allein sprechen.«

Amadou Koné führte die beiden Beamten in einen hinter dem Ladenlokal liegenden Raum, an den sich die Küche anschloss. Durch die Glasscheibe der Küchentür sah LaBréa eine junge Frau, die am Herd stand und in einem großen Topf rührte. Es war die Küchenhilfe.

»Darf ich Ihnen etwas anbieten, Commissaire? Einen Thé à la menthe, dazu ein hausgemachtes Pistazienhörnchen?«

»Nein danke, Madame.« LaBréa erzählte Amadou Koné von der Ermordung ihrer Mitarbeiterin, ohne zu sehr ins Detail zu gehen. Als er fertig war, schlug die Frau die Hände vors Gesicht und starrte ihn mit aufgerissenen Augen an.

»Das kann doch gar nicht wahr sein! Assia ermordet? Wer war das?«

»Deswegen sind wir hier, Madame«, schaltete sich Claudine ein. »Wir hoffen, dass Sie uns weiterhelfen können.«

»Ich?«, sagte die Geschäftsfrau entsetzt. »Ich weiß nichts darüber.«

»Das behaupten wir auch gar nicht«, beruhigte LaBréa sie. »Wir möchten nur ein paar Auskünfte von Ihnen. Seit wann hat Assia Blanc hier bei Ihnen gearbeitet?«

»Seit zweieinhalb Jahren. Sie hat noch in meinem alten Geschäft angefangen, Rue de Charonne. Vor zwei Jahren habe ich mich vergrößert und auch mein Angebot erweitert.«

»Kamen Sie gut mit Madame Blanc aus?«

»Sehr gut sogar. Sie war zuverlässig, fleißig und pünktlich. Wissen Sie, wir beliefern Stammkunden. Hauptsächlich Büros, die unseren wechselnden Mittagstisch bestellen. Aber wir richten auch Familienfeste aus, Hochzeiten, Geburtstage und ähnliche Veranstaltungen. Unser Cateringservice ist konkurrenzlos und hat sich hier in der Gegend voll durchgesetzt. Wir bieten eine bekömmliche, kalte und warme orientalische Küche an, mit leicht europäischem Einschlag. Also weniger scharfe Gewürze und keine allzu exotischen Gerichte, die für den Gaumen unserer Kunden ungewohnt wären.«

»Dann machen Sie ja anscheinend gute Geschäfte. Das freut mich für Sie.«

Amadou Koné strahlte, setzte jedoch sogleich wieder das ernste Gesicht auf, das sie angesichts des schrecklichen Todes ihrer Angestellten wohl als angemessener erachtete. Sie zündete sich eine Zigarette an, inhalierte tief und blies den Rauch langsam aus. »Nein, so etwas Entsetzliches, ich kann es noch gar nicht fassen!«, stöhnte sie. Doch es klang irgendwie nicht ganz echt.

»Wann haben Sie Assia Blanc das letzte Mal gesehen?«, wollte LaBréa wissen.

»Das war gestern.«

»Hat sie da hier gearbeitet?«

»Ja. Von morgens neun Uhr bis achtzehn Uhr.«

»Dann hat sie also um achtzehn Uhr Ihr Geschäft verlassen. Sagte sie Ihnen, wo sie hin wollte?«

»Ja. Sie wollte gleich ins *Chez Fred,* in die Rue du Chemin Vert.«

»Wo sie dreimal in der Woche abends in der Küche ausgeholfen hat?«

»Richtig. Um halb sieben fing sie dort an, und da musste sie sich schon beeilen.«

»Wissen Sie, wie lange sie da immer arbeitete?«

»Etwa bis elf, glaube ich. Bis der größte Ansturm vorüber war. Das *Chez Fred* ist jeden Abend bis auf den letzten Platz besetzt. Eine Goldgrube.«

»Ging sie gestern Abend allein dorthin oder holte sie jemand hier ab?«

Amadou Koné schüttelte den Kopf. »Nein, abgeholt hat sie niemand.«

»Wie war sie gestern? Wirkte sie so wie immer, oder schien sie irgendwie bedrückt?«

»Sie war so wie immer. Freundlich, stets zu Scherzen aufgelegt. Die Kunden und die Gäste mochten sie.«

»Wer liefert die Speisen aus, wenn die Kunden bei Ihnen etwas bestellen? Gehörte das zu Madame Blancs Aufgaben?«

»Nein. Dafür haben wir einen Fahrer. Wenn es viele Bestellungen gibt, auch noch einen zweiten. Wir liefern mit einer Vespa aus und mit einem kleinen Citroën-Lieferwagen, je nach Verkehrslage und Menge der Waren. Die Fahrer arbeiten halbtags und fangen nicht vor zwölf Uhr mittags an. Assia hat ausschließlich hier im Geschäft gearbeitet. Sie hat die Platten hergerichtet, die in der Auslage stehen. Sie half in der Küche, nahm Bestellungen entgegen, bediente die Leute, die gleich hier im Geschäft aßen.«

Claudine Millot fragte Madame Koné nach den Namen und Adressen der beiden Fahrer und notierte sich ihre Antworten.

»Sagte sie Ihnen gestern, ob sie nach der Arbeit im *Chez Fred* noch irgendetwas vorhatte?«, setzte LaBréa die Befragung fort.

»Nein, das sagte sie nicht. Aber da sie sich heute einen freien Tag genommen hatte – wer weiß? Vielleicht war sie ja spätabends noch mit jemandem verabredet?«

»Sie haben keine Vorstellung, wer dafür infrage kommen könnte?«

»Nein, tut mir leid.«

»Was war Assia Ihrer Meinung nach für ein Mensch? Hatte sie viele Freunde, Männerbekanntschaften?«

»Freunde, ja, Männerbekanntschaften glaube ich weniger. Jedenfalls weiß ich nichts davon. Sie war ja geschieden. Ihr Mann hat ihr wohl ziemlich übel mitgespielt, aber sie erzählte nicht viel davon. Sie sagte, sie hätte guten Kontakt zu einigen Leuten im *Chez Fred*, mit denen sie manchmal an den Wochenenden etwas unternahm.«

»Was zum Beispiel?«

»Tja, was? So genau weiß ich das nicht. Vielleicht sind sie ins Kino gegangen. Irgendwas in der Art.«

»Nannte sie irgendwelche Namen?«

»Nein.« Amadou Koné drückte die Zigarette aus und lehnte sich zurück. »Schrecklich, dass sie ermordet wurde! Sie war so ein lieber, hilfsbereiter Mensch. Ich konnte mich immer auf sie verlassen. Vor Weihnachten und vor anderen großen Festen ist bei uns die Hölle los. Dann gibt es hier Zehn-, Zwölfstundenschichten. Da hat Assia dann auch nicht zusätzlich im *Chez Fred* gearbeitet. Andere maulen schon mal herum, wenn sie nicht pünktlich Feierabend machen können. Aber Assia hat nie geklagt. Ich werde sie sehr vermissen.« Es klang, als würden gleich Krokodilstränen fließen.

Claudine räusperte sich. »Sagen Sie, hatte sie noch Kontakt zu ihrem Exmann? Ist der in der letzten Zeit hier mal aufgetaucht?«

»Nicht, dass ich wüsste. Dem hätte ich auch was erzählt, glauben Sie mir, Mademoiselle!«

»Madame«, korrigierte Claudine.

»Wie bitte?«

»Madame, nicht Mademoiselle.«

»O pardon, aber Sie wirken noch so jung.« Amadou Koné lächelte kurz und zündete sich eine neue Zigarette an.

»Sie haben doch sicher eine Kundenkartei, Madame Koné«, fuhr Claudine fort. »Eine Liste der Leute, die Sie regelmäßig beliefern.«

Amadou Koné zögerte. »Ja, natürlich. Aber Sie werden verstehen, dass ich Ihnen keine Auskunft darüber ...«

Claudine unterbrach sie. »Wir brauchen die Namen der Leute. Reine Routinesache. Wir versuchen, möglichst diskret vorzugehen, das verspreche ich Ihnen.«

»Was heißt diskret?« Die Stimme der Geschäftsfrau wurde lauter. »Es ist nicht diskret, wenn Menschen, an denen man gutes Geld verdient, mit einem Mord in Verbindung gebracht werden!«

»Niemand wird mit einem Mord in Verbindung gebracht, Madame Koné«, erklärte LaBréa, »es ist nur eine Routineüberprüfung.« Er erhob sich und deutete auf den Computer, der auf einem kleinen Tisch stand.

»Haben Sie die Liste in Ihrem Computer? Dann bitten wir um einen Ausdruck.«

Madame Koné murmelte etwas Unverständliches, schließlich nickte sie ergeben.

»Na schön«, fuhr LaBréa fort. »Wir befragen jetzt noch Ihre beiden Mitarbeiter.« Er zog eine Visitenkarte aus der Manteltasche und gab sie ihr. »Wenn Ihnen noch irgendetwas einfallen sollte, rufen Sie mich bitte an. Jede Kleinigkeit kann für uns wichtig sein.«

Ali Lefèvre, der Koch, kannte Assia Blanc recht gut, war beinahe mit ihr befreundet. Einmal hatte sie ihn, zusammen mit Camille Vacheron, der Küchenhilfe des *Délices de l'Orient*, zu sich nach Hause zum Essen eingeladen. Für die Mordnacht hatte der Koch ein Alibi, die Küchenhilfe ebenfalls. Doch LaBréa schloss sowieso aus, dass eine Frau hinter den Morden stehen könnte. Nachdem Amadou Koné ihnen den Computerausdruck ihrer Kundenkartei überreicht hatte, verließen LaBréa und seine Mitarbeiterin den Cateringservice.

»Na, wie ist Ihr Eindruck, Claudine?«, wollte LaBréa wissen.

»Die Koné ist eine knallharte Geschäftsfrau. Der Tod ihrer Angestellten hat sie wenig berührt. Sie scheint sich eher darum zu sorgen, wie sie das diesjährige Weihnachtsgeschäft ohne sie über die Bühne bringt, und hat Angst, wie sich die Ermordung ihrer Angestellten auf ihre Kunden auswirken könnte.«

»Ja, den Eindruck hatte ich auch. Viel erfahren haben wir nicht. Wir klappern noch ein paar von den Geschäften rund um den Marktplatz ab. Schließlich hat Assia Blanc zwei Jahre hier gearbeitet. Die Geschäfts- und Marktleute hier kennen sich untereinander. Später kümmern Sie sich um die beiden Cateringfahrer.«

»Mach ich, Chef.«

»Und ein paar Leute aus der Abteilung 2 sollen die Kundenkartei unter die Lupe nehmen.«

»Übrigens fällt mir auf, Chef, dass Assia Blanc als einziges der drei Opfer von ihrer Arbeitsstelle zu Fuß nach Hause gehen konnte. Marie Ousbane arbeitete an der Gare du Nord. Sie fuhr mit der Metro dorthin. Annabelle Villeron musste zur medizinischen Fakultät ins Quartier Latin ebenfalls mit der Metro fahren. Doch von der Place d'Aligre und auch vom Restaurant *Chez Fred* in der Rue du Chemin Vert war es für Assia Blanc bis zu ihrer Wohnung jeweils nur ein etwa zehnminütiger Fußweg.«

LaBréa dachte einen Moment über die Bemerkung seiner Mitarbeiterin nach. Dann nickte er. »Ja, stimmt. Das ist ein Detail, das auffällt. Ob das in irgendeiner Weise relevant ist, müssen wir sehen. Im Augenblick fallen allerdings eher die Gemeinsamkeiten zwischen den drei Frauen ins Auge.«

»Sie meinen, die nahe beieinanderliegenden Wohnungen der Opfer, die gleichzeitig auch die Tatorte sind?«

»Zum Beispiel. Das ist ein wichtiger Punkt. Vermutlich wohnt der Mörder in der unmittelbaren Umgebung.«

»Vielleicht auch nicht, Chef.«

»Auf jeden Fall scheint er sich an der Bastille gut auszukennen. Und es muss noch etwas Entscheidendes geben, wodurch eine Verbindung zwischen ihm und den drei Frauen besteht. Wenn ich bloß wüsste, was es sein könnte!«

»Irgendwann wird er einen Fehler machen, Chef.«

»Hoffentlich bald.«

Zwei Minuten später klingelte LaBréas Handy. Es war sein Bruder Richard. Sie hatten sich lange nicht gesehen, telefonierten aber regelmäßig miteinander.

»Ich habe den Artikel heute im *France Soir* gelesen«, sagte Richard. »Ein Wunder, dass sie deinen Namen noch nicht genannt haben, Maurice. Seit wann gebt ihr denn solche Details an die Presse?«

»Haben wir nicht. Es führt jetzt leider zu weit, wenn ich dir das alles erkläre. Du kannst dir denken, wo mir der Kopf steht.«

»Ja. Deswegen wollte ich dir auch anbieten, Jenny am Freitag übers Wochenende mit raus aufs Land zu nehmen, wenn dich das entlastet. Meinetwegen zusammen mit einer Schulfreundin.«

»Das ist nett von dir, Richard, aber ich denke, das wird nicht nötig sein. Sie ist inzwischen ziemlich selbstständig.

Und ihr Wochenende ist, glaube ich, bereits verplant.« Das war eine glatte Lüge, aber LaBréa wusste, wie ungern seine Tochter in das Landhaus seines Bruders fuhr. Ihr war es zu langweilig dort, und Richards neue Freundin Fanny mochte sie auch nicht.

»Wenn du meinst. War ja nur ein Angebot, Bruderherz. Ich fahre morgen früh übrigens zu Mutter. Du wirst ja in nächster Zeit nicht dazu kommen.«

»Leider nein. Sobald ich etwas Luft habe, besuche ich sie.« Lucia LaBréa litt an Alzheimer und wohnte seit einigen Jahren in einem Pflegeheim in Créteil. Ihr Zustand war unverändert schlecht. Sie erkannte ihre Söhne bereits nicht mehr und lebte in ihrer eigenen, unzugänglichen Welt, von der niemand wusste, wie es darin aussah. Doch ihr Herz schlug stark in ihrer Brust, sodass mit einem jahrelangen Siechtum zu rechnen war.

»Und du, wie geht es dir?«, fragte LaBréa seinen Bruder.

»Ich kann nicht klagen. Privat ist alles okay. Fanny und ich sind jetzt schon fast drei Monate zusammen.« Es klang richtig stolz, und LaBréa lächelte. Drei Monate waren eine lange Zeit für Richard, der seine Freundinnen normalerweise im Dreiwochenrhythmus wechselte. Er hatte Fanny vor ein paar Wochen kennengelernt, als er mit Jenny im Landhaus war. Sein Typ war sie nicht gewesen, aber zu Richard passte sie ausgezeichnet.

»Das freut mich für dich, Richard.«

»Auch geschäftlich läuft alles prima. In Paris gibt es keine Krise des Wohnungsmarktes wie sonst überall im Land.« Richard besaß eine gut gehende Maklerfirma im 1. Arrondissement. »Weder bei Vermietungen noch bei Verkäufen. Mietwohnungen habe ich momentan eine Menge im Angebot, aber sie gehen weg wie warme Semmeln.«

Richards letzte Bemerkung brachte LaBréa plötzlich auf eine Idee. »Sind unter den Mietwohnungen auch zufällig welche rund um die Bastille?«, fragte er seinen Bruder.

»Moment, ich sehe mal nach.« LaBréa hörte, wie Richard etwas in seinen Computer eintippte. »Ja, da hätte ich gleich drei im Angebot. Eine davon sogar möbliert. Warum? Kennst du jemanden, der eine Wohnung sucht?«

»Unter Umständen«, sagte LaBréa vage. »Vielleicht melde ich mich noch mal diesbezüglich.«

Sie beendeten das Gespräch, und LaBréa dachte noch einen Moment über die Idee nach, die ihm gerade gekommen war. Ja, das wäre eine Möglichkeit! Kaum hatte LaBréa sein Handy wieder in die Manteltasche gesteckt, klingelte es erneut. Jean-Marc Lagarde erstattete Bericht.

»Ich habe sämtliche Hausbewohner hier in der Rue de la Roquette befragt. Jedenfalls die, die heute Vormittag zu Hause sind. Im dritten Stock, gegenüber der Wohnung von Assia Blanc, habe ich erst jetzt jemanden erreicht. Dort wohnt eine ältere Frau namens Odile Marais. Sie kam eben nach Hause und hatte noch keine Ahnung vom Mord an ihrer Nachbarin.«

»War sie verreist?«, wollte LaBréa wissen.

»Nein, sie hatte schon heute früh um sieben einen Arzttermin. Sie musste zur Blutabnahme und zu einer größeren Untersuchung.«

»Als sie wegging, hat sie da nicht gesehen, dass der Schlüssel des Opfers vor der Tür lag?«

»Nein. Aber morgens um sieben ist es ja auch noch stockdunkel. Und die Treppenhausbeleuchtung in diesen alten Häusern ist ziemlich funzelig. Sie sagte aber, letzte Nacht hätte sie sehr spät noch jemand bei Assia Blanc klingeln hören.«

LaBréa war wie elektrisiert. »Um wie viel Uhr war das?«

»Das konnte sie ziemlich genau sagen. Es war kurz vor halb eins. Sie hatte sich früh schlafen gelegt und war um diese Zeit aufgewacht, weil sie zur Toilette musste. Die liegt gleich neben der Eingangstür ihrer Wohnung. Als sie die Klingel ihrer Nachbarin hörte, hat sie gelauscht. Offensichtlich hat Assia Blanc zunächst, ohne die Tür zu öffnen, gefragt: ›Wer ist da?‹, und eine männliche Stimme antwortete: ›Ich.‹ Dann hörte die Nachbarin, wie die Tür geöffnet wurde und wie Assia Blanc sagte: ›Ach, Sie! Jetzt noch?‹ Dann wurde die Kette ausgehakt, die die Tür zusätzlich sicherte, und Madame Blanc fragte sinngemäß: ›So spät kommen Sie noch? Warum hat das nicht bis morgen Zeit?‹ Daraufhin antwortete der Mann: ›Ich konnte nicht früher.‹ Dann bat Assia Blanc den Mann mit den Worten ›Kommen Sie doch kurz rein‹ in ihre Wohnung.«

»Ist die Frau sich sicher, dass Assia Blanc den Besucher siezte?«

»Das habe ich sie mehrfach gefragt, Chef. Sie ist sich absolut sicher. Darüber hat sie sich auch ziemlich gewundert, dass Madame Blanc so spät noch Besuch von jemandem bekam, mit dem sie offensichtlich nicht enger bekannt war.«

»Und? Hat der Mann noch irgendetwas gesagt, als er in die Wohnung ging?«

»Nein. Jedenfalls hat Madame Marais nichts gehört.«

»Wie klang seine Stimme? War es ein junger Mann, ein älterer?«

»Sie meinte, er wäre eher jünger gewesen. Aber sicher war sie sich nicht, denn er hat ja nur wenig gesagt.«

»Und dann?«

»Dann wurde die Tür geschlossen. Sie lauschte noch einige Minuten, ob der Mann die Wohnung wieder verließ und die Treppe hinunterging, aber dem war nicht so.«

»Und später? Hat sie gehört, ob er die Wohnung in der Nacht wieder verlassen hat?«

»Nein. Odile Marais sagte, sie wäre etwa noch eine halbe Stunde lang aufgeblieben und hätte ab und zu an der Tür gelauscht, aber alles sei still geblieben. Da hat sie sich natürlich ihre Gedanken gemacht. Als sie sich schlafen legte, war sie überzeugt, Assia Blanc habe ein Verhältnis mit dem Mann und er habe bei ihr übernachtet.«

LaBréa atmete tief durch.

»Gute Arbeit, Jean-Marc! Das muss der Mörder gewesen sein. Assia Blanc kannte ihn und ließ ihn herein. Und dann hatte er freie Bahn. Wir besprechen das gleich alles in der Talkrunde. Wir sind schon unterwegs.«

Er stellte sein Handy ab und informierte Claudine über diese unerwartete Zeugenaussage.

»Endlich eine konkrete Spur«, meinte diese, und LaBréa sah, wie sich ein Ausdruck von Konzentration auf ihrem Gesicht ausbreitete. »Wenn es der Mörder war, der geklingelt hat, haben wir hier zum ersten Mal den Hinweis, dass er sein Opfer kannte«, erklärte sie. »Bei den beiden anderen tappen wir diesbezüglich allerdings noch völlig im Dunkeln.«

»Unter welchem Vorwand hat er sie wohl aufgesucht? Das ist hier die Frage.« LaBréa überlegte fieberhaft. »Um ihr etwas zu bringen, ihr irgendeine Mitteilung zu machen? Hat er sich vorher telefonisch angekündigt oder sich auf andere Art mit ihr verabredet?«

»Wenn Assia Blanc tatsächlich gesagt hat: ›Warum hat das nicht bis morgen Zeit?‹, weist das meiner Meinung nach darauf hin, dass sie erwartete, den Mann am nächsten Tag, also heute, zu treffen. Vielleicht beruflich?«

»Also hat er ihr wahrscheinlich irgendetwas gebracht. Aber was? Was bringt man einer Frau nachts um zwölf, Claudine?«

»Keine Ahnung, Chef. Vielleicht hatte sie was verloren oder liegen gelassen?«

»Was? Und vor allem, wo? An ihrem Arbeitsplatz?«

»Möglich, Chef. Wir sollten uns auf ihre Kollegen im Cateringservice und im Restaurant konzentrieren.«

»Genau!« LaBréa wählte Francks Nummer auf seinem Handy. »Wo sind Sie jetzt, Franck? Im Restaurant *Chez Fred?* Aha, sehr gut.« Er erzählte ihm von der Zeugenaussage der Nachbarin. »Assia Blanc kannte ihren Mörder wahrscheinlich«, schloss er seine Ausführungen. »Nehmen Sie sich die Leute dort vor, Franck. Wer von den Angestellten noch nicht da ist, den rufen Sie an oder suchen ihn zu Hause auf! Fordern Sie gegebenenfalls Verstärkung aus der Abteilung 2 an.«

Als er das Gespräch beendet hatte, wandte er sich an Claudine: »Und Sie nehmen sich jetzt bitte sofort die beiden Fahrer des Cateringservice vor. Da sie laut Aussage ihrer Chefin nicht vor zwölf Uhr mittags anfangen zu arbeiten, besteht die Chance, dass Sie sie zu Hause antreffen.«

»Und was ist mit den Geschäftsleuten hier an der Place d'Aligre?«

»Das erledigen wir später. Nehmen Sie den Renault, aber fahren Sie mich vorher noch schnell zur Bastille, dort ist ein Taxistand. Ich muss dringend ins Büro und eine wichtige Sache mit Couperin besprechen, bevor nachher die Talkrunde startet. Und um zwölf ist die Pressekonferenz. Bis dahin muss ich mir für die Zeitungshaie etwas einfallen lassen.«

Donnerstag, 10 Uhr 30

Das euphorische Gefühl, das ihn morgens um sieben angesichts der Berichterstattung in der Zeitung wie ein langer, warmer Mantel eingehüllt hatte, hielt den Vormittag über an. Beschwingt erledigte er sein Arbeitspensum. Heute war er schnell und konnte sich eine zusätzliche Pause genehmigen. Nach einem kurzen Abstecher in die Zentrale, wo er charmant mit der Sekretärin scherzte, fuhr er zur Bastille und parkte den Citroën auf dem Boulevard Richard Lenoir. Der Regen hatte inzwischen aufgehört, und die Sonne drängte sich plötzlich durch die Wolkendecke. Über die Place de la Bastille legte sich ein breiter Lichtstrahl, der so hell war, so strahlend wie ein frisch gewaschenes weißes Handtuch.

Er setzte seine Sonnenbrille auf.

Eine halbe Stunde Zeit blieb ihm, bis er wieder losmusste, und die wollte er nutzen, um im Café Le Bastille *einen Kamillentee zu trinken. Unweit der Theke suchte er sich einen Tisch am Fenster. Neben ihm saß ein junges Pärchen, das leise und verliebt miteinander tuschelte. Der Kellner, ein älterer Mann mit Schnauzbart, Plattfüßen und stoischem Gesichtsausdruck, schenkte ihm nur einen flüchtigen Blick, als er die Bestellung aufnahm. Von seinem Platz aus konnte er das Treiben auf den Bürgersteigen beobachten. Direkt vor dem Café, Ecke Rue de la Roquette, befand sich ein Taxistand. Immer noch war die Rue de la Roquette abgesperrt. Die Bullen erledigten ihren Job und würden erneut feststellen, dass sie keinen Schritt weiterkamen! Er grinste und trank einen Schluck Kamillentee.*

Er kannte ihren Dienstplan für diese Woche. Deshalb wusste er auch, wann sie abends nach Hause kam. Rue de la Roquette Nummer 12. Gleich an der Bastille. Keine zweihundert Meter vom Ort seiner letzten Strafaktion entfernt. Er spürte, wie sein Puls höher schlug, eine neue Welle von Euphorie und Erregung bemächtigte sich jeder Faser seines Körpers.

Er winkte den Kellner heran und zahlte. Als er zurück zu seinem Wagen ging, ließ er seinen Blick noch einmal über den Platz schweifen und dachte, wie genial und ausgeklügelt sein Plan doch war. Sie würden noch lange daran zu knacken haben.

12. KAPITEL

Am Taxistand an der Place de la Bastille standen jede Menge Taxen. LaBréa stieg in einen Peugeot, dessen Fahrer mit hartem, osteuropäischem Akzent sprach. LaBréa nannte ihm die Adresse des Justizpalastes und erklärte, er habe es eilig. Der Mann musterte ihn ein paarmal neugierig im Rückspiegel, begann jedoch zu LaBréas Erleichterung kein Gespräch.

LaBréa nahm sein Handy und wählte Jennys Nummer. Er hatte Pech, ihr Gerät war ausgeschaltet, nur die Mailbox lief. Er hinterließ eine Nachricht und bat seine Tochter, ihn in ihrer Mittagspause zurückzurufen.

Anschließend tippte er Célines Nummer ein. Sie hatten ausgemacht, dass er sich, während er im Dienst war, stets bei *ihr* meldete, damit sie ihn nicht in einem unpassenden Moment störte.

»Hallo, Maurice«, sagte sie mit ihrer dunklen Stimme. »Schön, dass du anrufst. Ich habe vorhin die Zeitung gelesen. Das ist ja der reine Wahnsinn! Bei euch ist sicher die Hölle los.«

»Allerdings« sagte LaBréa. »Ich sitze gerade im Taxi und kann jetzt schlecht sprechen. Ich wollte nur hören, wie es dir geht.«

»Mir geht es heute so là là. Ich stehe vor einer riesigen, leeren Leinwand und habe tausend Ideen, kann mich aber nicht durchringen, den ersten Pinselstrich zu setzen. Wie es *dir* geht, muss ich ja wohl nicht fragen. Kann ich irgendetwas für dich tun? Soll ich mich heute Abend mal um

Jenny kümmern? Ich nehme an, du kommst erst spät nach Hause.«

LaBréa zögerte. »Ob das eine so gute Idee ist, weiß ich nicht. Aber das überlasse ich dir.«

»Ich denke an dich und habe Sehnsucht nach dir«, sagte Céline leise.

»Ich auch«, erwiderte LaBréa. »Also dann, ich melde mich wieder.« Er stellte das Handy ab.

Die Straßen und Boulevards glänzten im Sonnenlicht. Der Regen hatte aufgehört, und es sah so aus, als würde das Wetter für den Rest des Tages schön werden. Allerdings blies ein kalter Wind. Einen Moment lang ließ LaBréa seine Gedanken zurückschweifen. Den kalten Wind, den Mistral, kannte er aus Marseille. Er kam vom Norden her durchs Rhônetal und blies im Winter und Frühjahr oft wochenlang. Dabei war der Himmel dunkelblau und das Licht so klar, dass man weit aufs Meer hinaussehen konnte, wenn man zur Mole fuhr.

Das Meer. Es fehlte ihm, wenn er darüber nachdachte. Der salzige Geruch am alten Hafen, der Duft von gebratenem Fisch in den Restaurants, in denen er früher oft mit seiner Frau Anne zu Mittag gegessen hatte. Sie trafen sich dort für eine Stunde, dann gingen beide wieder an ihre Arbeit. Anne in ihre Arztpraxis, er ins Polizeipräsidium.

Das Taxi schlängelte sich durch den zähen Verkehr auf der Rue de Rivoli. Am Boulevard Sébastopol bog der Fahrer links ab. Über die Pont au Change erreichte er den Justizpalast. LaBréa zahlte und ging mit eiligen Schritten ins Büro von Ermittlungsrichter Couperin.

Joseph Couperin saß hinter seinem Schreibtisch vor einer aufgeschlagenen Akte und rauchte eine Zigarette. »Kommen Sie rein, LaBréa«, forderte er den Commissaire auf, als dieser die Tür öffnete. »Schon irgendetwas Neues?«

»Nichts, was zu konkreten Resultaten geführt hätte. Immerhin gibt es eine erste Spur. Wir wissen jetzt, dass er sein letztes Opfer, Assia Blanc, wahrscheinlich gekannt hat.«

Couperin zog die Augenbrauen hoch. »Inwiefern? Und wieso weiß *ich* das noch nicht?«

LaBréa berichtete ihm rasch von der Zeugenaussage der Nachbarin des dritten Opfers. »Wir nehmen uns sämtliche Kollegen von Assia Blanc vor. Ich hoffe, das bringt etwas. Aber ich wollte noch etwas anderes mit Ihnen besprechen.«

Couperin schlug die Akte zu, bot LaBréa den Stuhl vor seinem Schreibtisch an und lehnte sich zurück. »Ich höre«, sagte er und zog an seiner Zigarette.

»Bisher haben wir noch keinen roten Faden, der die einzelnen Morde miteinander verbindet. Bis auf die Tatsache, dass alle drei Frauen im Umkreis von nicht einmal zweihundert Metern getötet wurden. Daraus schließe ich, dass der Täter ein gewisses System verfolgt. Ich nehme sogar an, er wird, falls er weitermordet, und davon müssen wir leider ausgehen, in der Gegend bleiben. Dazu kann uns Véronique Andrieu sicher mehr sagen, wenn sie uns heute Nachmittag eine erste Einschätzung zum Täterprofil gibt.«

Couperin sah ihn gespannt an. »Worauf wollen Sie hinaus, Commissaire?«

»Wir könnten das Viertel um die Bastille natürlich mit Beamten in Zivil überschwemmen, doch das würde der Killer sehr schnell merken und vorsichtig sein. Er würde eine Pause einlegen oder in einer anderen Gegend weitermorden. Und dann wären wir genauso schlau wie zuvor.«

»Was schlagen Sie also vor?« Couperin drückte seine Zigarette im Aschenbecher aus.

»Nach unseren bisherigen Erkenntnissen geht der Mann äußerst raffiniert und umsichtig vor. Es gibt für meine Begriffe nur eines: Wir müssen dem Kerl eine Falle stellen.«

»Wie stellen Sie sich das vor?«, wollte Couperin wissen.

LaBréa zögerte einen Moment. Dann beugte er sich nach vorne und blickte fest in Couperins blassblaue Augen. »Durch einen Lockvogel, Monsieur le Juge. Eine junge Frau im Alter der bisherigen Opfer, die in den kommenden Nächten in den Straßen rund um die Bastille wie zufällig herumläuft. Eine speziell ausgebildete Polizeibeamtin.«

Couperin schien zunächst verblüfft, dann wiegte er skeptisch den Kopf. »Ich weiß nicht, LaBréa. Ganz abgesehen davon, dass der Einsatz eines Lockvogels enorme Risiken in sich birgt, zweifle ich an den Erfolgsaussichten. Wenn der Mann einem Muster folgt, wird die Auswahl seiner Opfer nicht wahllos sein. Ein Lockvogel nützt uns gar nichts, wenn der Killer sich nur für ganz bestimmte Frauen interessiert.

Und wie soll das Ganze denn rein praktisch aussehen? Schlendert die Beamtin durch die Straßen, und wenn sie dem Kerl nicht begegnet, geht sie unverrichteter Dinge nach Hause?« Couperin lächelte, wurde jedoch sogleich wieder ernst. »Und was ist, *wenn* sie ihm begegnet? Hoffen wir dann, dass er sie angreift, damit wir ihn fassen können?«

»Der Lockvogel müsste am besten in einer der Straßen rund um die Bastille wohnen. Ich dachte daran, dort eine Wohnung anzumieten, die dann vorübergehend das Domizil unseres Lockvogels sein würde. Mein Bruder ist Immobilienmakler. Ich habe vorhin mit ihm gesprochen und dabei erfahren, dass er gerade mehrere Wohnungen rund um die Bastille im Angebot hat. Da ließe sich rasch und vor allem ohne großes Aufsehen etwas machen. Die Beamtin könnte auch tagsüber die Augen aufhalten. Ob jemand sich auffällig verhält, die Gegend beobachtet …«

»Hm.« Couperin dachte einen Moment nach. »Vielleicht haben Sie gar nicht so Unrecht, Commissaire. Das mit der Wohnung ist eine gute Idee. Eine junge Frau, die in der betreffenden Gegend wohnt, ist unauffällig und wird nicht mit der Polizei in Verbindung gebracht.«

»Das war genau meine Überlegung. Franck Zechira würde sich ebenfalls nachts in der gemieteten Wohnung aufhalten. Falls die eingesetzte Beamtin dem Mörder begegnet und falls er sie zwingt, ihn in ihre Wohnung zu führen, könnte Franck eingreifen. Außerdem könnten wir zwei oder drei speziell präparierte Lieferwagen nachts in den Straßen postieren. Von ihnen aus stünden wir in permanentem Funkkontakt mit dem Lockvogel. Wenn es außerhalb der angemieteten Wohnung brenzlig wird, wären unsere Leute gleich zur Stelle.«

»Immer vorausgesetzt, Ihre Rechnung geht auf und der Kerl treibt sich tatsächlich weiterhin in der Gegend um die Bastille herum. Es wäre genauso gut möglich, dass er nicht nur das letzte Opfer kannte, sondern auch die beiden anderen. Dann sucht er die nächsten Opfer ebenfalls gezielt aus, und Ihre Strategie würde ins Leere greifen.«

»Das müssen wir riskieren.«

»In welchen Straßen liegen denn die Wohnungen, die Ihr Bruder anbietet?«

»Da müsste ich ihn fragen. Ich weiß, dass er eine möblierte Wohnung im Angebot hat. Wenn diese in der Nähe des Platzes liegt, wäre sie sicher die beste Lösung. Wir könnten die Beamtin sofort dort einquartieren.«

»Um Ihre Idee umzusetzen, müssen Sie als Erstes mit Direktor Thibon reden. Denn Sie brauchen ja zuerst einmal eine entsprechende Beamtin, die sich freiwillig für den Job zur Verfügung stellt. Thibon hat den direkten Draht zu den Spezialeinheiten der Gendarmerie.«

LaBréa schüttelte den Kopf. »Ich denke nicht an jemanden aus einer Gendarmerie-Spezialeinheit. Das gibt nur ein ewiges Kompetenzgerangel zwischen den einzelnen Polizeidiensten. Ich denke dabei an meine Mitarbeiterin Claudine Millot.«

Der Ermittlungsrichter stieß einen leisen Pfiff aus. »Claudine Millot? Wäre sie denn einer solchen Aufgabe gewachsen?«

»Ich denke schon. Sie hat eine Nahkampfausbildung, den schwarzen Gürtel in Karate, ist eine hervorragende Schützin. Zudem ist sie ziemlich nervenstark und unerschrocken.«

»Haben Sie sie schon gefragt, ob sie sich darauf einlassen würde?«

»Nein. Ich wollte erst wissen, was Sie von einer solchen Idee halten.«

»Tja, was halte ich davon, LaBréa? Wir riskieren das Leben einer Polizeibeamtin. Aber welche Alternativen haben wir? Eigentlich keine.«

»Eben, Monsieur le Juge. Die Presse weiß jetzt von den Morden. Morgen werden sicher sämtliche Details diesmal in allen Zeitungen breitgetreten. Unter den Frauen an der Place de la Bastille wird seit heute die Angst umgehen. Wir müssen dringend handeln.«

»Vielleicht muss eine Sonderkommission gebildet werden.«

»Die haben wir doch praktisch schon, wenn ich die vielen Kollegen aus der Abteilung 2 dazuzähle, die uns seit Mittwoch unterstützen. Bisher ist nichts Konkretes dabei herausgekommen. Bis wir allen Spuren nachgegangen sind, wird es aber sicher noch Tage, wenn nicht Wochen dauern.«

»Was glauben Sie, wie Direktor Thibon auf Ihren Vorschlag reagieren wird?«

»Ich weiß es nicht.«

»Die Entscheidung, einen Lockvogel einzusetzen, ist zwar letztendlich Sache des Ermittlungsrichters, aber ich arbeite nicht gern gegen das Votum des Direktors. Ich jedenfalls unterstütze Ihren Vorschlag, LaBréa.«

»Dafür bin ich Ihnen sehr dankbar, Monsieur le Juge. Wir treffen Thibon ja nachher zur Pressekonferenz. Gleich anschließend sollten wir mit ihm reden, damit schnell gehandelt werden kann. In der Zwischenzeit kontaktiere ich meinen Bruder wegen der möblierten Wohnung. Mit Claudine Millot rede ich erst, wenn Thibon zugestimmt hat.« LaBréa stand auf, verabschiedete sich und verließ das Büro des Richters.

Es war kurz nach halb elf, als LaBréa vom Justizpalast hinüber in sein Büro am Quai des Orfèvres ging. Von seinen Mitarbeitern war noch niemand zurück. Auf seinem Schreibtisch lagen einige Computerausdrucke. Erste Ergebnisse der Spurensicherung. Er blätterte die Papiere durch. Sie enthielten wenig Aufregendes.

Als Nächstes rief LaBréa seinen Bruder Richard an. Er fragte ihn nach der möblierten Wohnung und erklärte ihm seinen Plan. Die Wohnung lag im ersten Stock eines bürgerlichen Wohnhauses Rue du Faubourg St. Antoine Nummer 17, direkt an der Bastille. Im Erdgeschoss befand sich ein großes Möbelgeschäft. Idealer konnte die Lage nicht sein. Es handelte sich um ein Zwei-Zimmer-Appartement. Der Besitzer, ein junger Börsenmakler, war von seiner Bank für sechs Monate nach New York geschickt worden und suchte für diesen Zeitraum bereits seit Oktober nach einem Mieter für seine Wohnung.

»Soll ich den Mann anrufen und ihm sagen, ich kann einen Mietvertrag abschließen?«, fragte Richard. »Ich habe die Wohnungsschlüssel und Vollmacht, alles für ihn abzuwickeln.«

»Warte damit bitte noch. Eine endgültige Entscheidung ist noch nicht gefallen. Wenn die Sache klargeht, wird der Mietvertrag auf eine Privatperson ausgestellt. Niemand darf wissen, dass wir hinter der Sache stecken.«

»Auch nicht der Eigentümer der Wohnung?«

»Nein. Ich weiß, wir bewegen uns damit am Rande der Legalität. Aber je weniger Leute Bescheid wissen, desto besser.«

»In Ordnung. Wir könnten den Mietvertrag auf meine Freundin Fanny ausstellen. Die hält ebenfalls dicht und nach außen hin hat alles seine Ordnung. Verlass dich auf mich, Maurice! Eure Leute könnten sofort dort einziehen. Deine Dienststelle müsste allerdings die volle Miete für sechs Monate bezahlen und natürlich auch meine Maklerprovision.«

»Das ist mir klar. Also, erst mal vielen Dank für deine Hilfe, Richard. Ich rufe dich heute noch an.«

Im Anschluss an das Gespräch mit seinem Bruder wählte LaBréa die Nummer der Gerichtsmedizinerin. Einer ihrer Assistenten war am Apparat und bat LaBréa, einen Moment zu warten.

»Ich bin noch nicht fertig, Maurice«, sagte Brigitte Foucart, als sie ans Telefon kam. »Aber so viel kann ich dir schon sagen: Er ist diesmal geringfügig von seiner bisherigen Vorgehensweise abgewichen.«

»Inwiefern?«

»*Sechs* Stiche in die Vagina statt vier wie bei den beiden anderen. Ob das eine Bedeutung hat, musst du selbst beurteilen. Ansonsten das Übliche. Vergewaltigung, Spermaspuren mit derselben DNS. Den Bericht könnte ich mir fast sparen, er weicht sowieso kaum von meinen beiden anderen Berichten ab.«

»Schick ihn mir trotzdem, Brigitte.«

»Ja natürlich, was dachtest du denn? Das sollte ein Scherz sein, obwohl mir wahrlich nicht danach zumute ist. Ich sehne mich geradezu nach einem Mordopfer mit nichts weiter als einem sauberem Kopfschuss, durchschnittener Kehle oder Ähnlichem.« Es klang sarkastisch.

»Die genaue Todesursache?«

»Embolie, wie bei den beiden anderen. Der Tod trat erst ziemlich spät ein, gegen fünf Uhr heute Morgen.«

»Danke, Brigitte.«

LaBréa legte den Hörer auf und rechnete kurz nach. Wenn die zeitliche Angabe der Zeugin aus der Rue de la Roquette stimmte, war der Mörder gegen halb eins in Assia Blancs Wohnung gekommen. Vorausgesetzt, er hatte die junge Frau unmittelbar darauf gefesselt und geknebelt und sein Folterritual begonnen, musste er sich länger als vier Stunden in der Wohnung aufgehalten haben, bis er ihr endlich den tödlichen Stich versetzte.

Mein Gott, dachte LaBréa, vier Stunden! Was für ein Martyrium hatte diese Frau durchlitten! Ein unbändiger Zorn erfasste LaBréa und zugleich ein Gefühl der Ohnmacht. Wann würden sie den Mann endlich unschädlich machen? Würde es ihnen überhaupt gelingen? Oder würde dieser Albtraum sich fortsetzen? Er dachte an seinen Plan mit Claudine Millot als Lockvogel und fragte sich, ob er wirklich die Verantwortung dafür übernehmen wollte, wenn die Sache schiefging und ihr womöglich etwas zustieß.

Vorerst schob er den Gedanken jedoch beiseite, denn noch war nicht hundertprozentig sicher, ob es überhaupt zur Umsetzung dieses Plans kommen würde. Er fühlte sich ausgelaugt und hungrig. Als Jean-Marc Lagarde wenige Minuten später an die Tür klopfte, schickte er ihn gleich in die Kantine des Justizpalastes. »Besorgen Sie doch bitte ein paar Platten mit Sandwiches, Jean-Marc. Bis zur Talkrunde ist es noch eine Viertelstunde. Kommen die Kollegen von der Abteilung 2 dazu?«

»Ja. Ich habe ihnen gleich heute Morgen Bescheid gegeben.«

13. KAPITEL

Zwanzig Minuten später versammelte sich eine erweiterte Talkrunde in LaBréas Büro. Mit den Kollegen der Abteilung 2 und einigen uniformierten Beamten befanden sich sechzehn Personen im Raum. Da nicht genügend Stühle vorhanden waren, standen einige der Männer und Frauen, lehnten am Fenster oder an der Wand. Nur Claudine fehlte noch, doch sie musste jeden Augenblick eintreffen. Die Sandwiches fanden reißenden Absatz, obwohl das Brot nicht besonders frisch war, sondern eine eher gummiartige Konsistenz hatte.

LaBréa informierte die Runde über die Tatumstände des dritten Mordes und die Ermittlungen an der Place d'Aligre sowie über Jean-Marcs Befragungen in Assia Blancs Wohnhaus. Ergänzend berichtete der Paradiesvogel von seinen Ermittlungen in den Nachbarhäusern, doch dort hatte niemand etwas gehört oder gesehen. In den umliegenden Geschäften in der Rue de la Roquette kannte man die Tote flüchtig, weil sie hier eingekauft hatte.

Yvonne Lecarpe und Alain Pouillot von der Abteilung 2 berichteten von ihren Nachforschungen hinsichtlich der Gäste in der Pension *Cantal*. Sie hatten die Adressen und Telefonnummern von zweiundvierzig Leuten herausgefunden, die teilweise bereits kontaktiert worden waren. Sie wohnten in allen Teilen des Landes und hatten ein oder zwei, manchmal auch mehr Nächte in Paris verbracht. Ihre Namen waren ins zentrale Register eingegeben worden; niemand von ihnen war bisher straffällig geworden. Die meisten hatten ein Alibi. Bezüglich des mysteriösen Gastes, der die Pension Mittwoch in aller Frühe verlassen hatte, um angeblich am Bahnhof einen Zug zu nehmen, war das Personal der wichtigsten Pariser Bahnhöfe befragt worden. Ohne Resultat. Einen Mann, auf den die Beschreibung zutraf, hatte niemand in den gestrigen frühen Morgenstunden gesehen.

»Wenn er der Kerl ist, den wir suchen«, sagte Yvonne Lecarpe, »hält er sich immer noch in der Stadt auf, sonst hätte er heute Nacht nicht erneut zuschlagen können. Vielleicht hat er die Pension verlassen, weil ihm das Pflaster zu heiß wurde, und hat sich irgendwo anders einquartiert. Es gibt unzählige kleine Hotels und Pensionen in der Stadt.«

LaBréa gab ihr recht. »Möglich, dass er keinen festen Wohnsitz hat.«

»Wie seinerzeit Guy Georges«, fügte Franck hinzu.

Jetzt betrat Claudine den Raum. Sie wirkte abgehetzt und entschuldigte sich für ihr Zuspätkommen. Jean-Marc bot ihr seinen Stuhl an, doch Claudine winkte ab.

»Also«, sagte LaBréa und trank einen Schluck Kaffee, den ihm Jean-Marc vor Beginn der Talkrunde aus dem Automaten geholt hatte. »Wir haben es hier mit einem Serienmörder zu tun, darüber sind wir uns einig. Sie alle kennen den Bericht im heutigen *France Soir* und die Hintergründe, wie es zu dieser Information gekommen ist. Das anonyme Schreiben an die Redaktion stammt möglicherweise vom Mörder selbst. Doch das ist bisher eine reine Vermutung. Fest steht, dass der Kerl mit uns spielt und sich völlig sicher fühlt. Er geht sogar so weit, dass er seine DNS an den Tatorten hinterlässt. Wir haben keine heiße Spur in allen drei Fällen. Die konkreteste Spur ist die Zeugenaussage der Nachbarin von Assia Blanc. Sie hat die Stimme des Mörders gehört, und sie hat gehört, dass er in die Wohnung gebeten wurde, weil das spätere Opfer ihn kannte und anscheinend vollkommen arglos war. Unter welchem Vorwand konnte er sich Zutritt verschaffen? Gab er ihr etwas, das sie irgendwo vergessen hatte? Hielt er etwas in der Hand, das ihr gehörte? Das sie jedoch nicht unbedingt in dieser Nacht brauchte? ›Warum hat das nicht bis morgen Zeit?‹, hatte sie zu ihm an der Tür gesagt. Also war es nichts Wichtiges, was er von ihr wollte oder zurückbrachte, aber dennoch etwas, das ihm als Vorwand dienen konnte, bei ihr aufzutauchen.«

»Ihren Autoschlüssel?«, fragte Claudine. »Vielleicht war ihr Wagen in der Werkstatt, und der Mann brachte ihr den Schlüssel vorbei?«

»Mitten in der Nacht?« LaBréa lächelte skeptisch.

Jean-Marc schüttelte den Kopf. »Das Opfer besaß keinen Wagen. Nicht mal den Führerschein.«

»Na schön.« LaBréa kratzte sich am Kinn. Weil er sich am Morgen nicht rasiert hatte, fühlte es sich an, als striche er über ein Stück Sandpapier. »Claudine, Sie fangen am besten an. Haben Sie die beiden Fahrer des Cateringservice erreicht?«

»Ja. Der eine heißt Hassan Khebizi, siebenunddddreißig Jahre, und ist bei der Koné fest angestellt. Kommt aus Tunesien und hat zahlreiche Verwandte hier in Paris. Wohnt mit seiner Frau und vier Kindern in der Rue de Montreuil. Gestern Abend gab es bei seinen Verwandten ein großes Familienfest. Sein Onkel wurde siebzig. Gefeiert wurde in dessen Wohnung, Rue de Terre, im 20. Arrondissement. Das Fest ging bis weit nach Mitternacht, dann fuhr Hassan Khebizi mit seiner Familie nach Hause. Er hat ein Alibi und scheidet aus.«

»Und der andere?«, wollte LaBréa wissen.

»Nicolas Sabatier. Student der Betriebswirtschaft. Er jobbt im *Délices de l'Orient* als zweiter Fahrer, weil er sein Studium finanzieren muss.«

»Student?« LaBréa wurde hellhörig.

Claudine ahnte, wie seine nächste Frage lauten würde, und kam ihm zuvor. »Gleich als Erstes habe ich ihn natürlich gefragt, ob er die Studentin Annabelle Villeron kannte. Er verneinte und meinte, Studenten verschiedener Fakultäten hätten nur selten Kontakt untereinander. Meistens bliebe man unter seinesgleichen. Der Mann hat für die fragliche Zeit kein Alibi. Gestern Abend will er bis zehn Uhr an einem Referat gearbeitet haben und dann, nachdem er sich durch die Fernsehprogramme gezappt hatte, gegen elf ins Bett gegangen sein. Zeugen gibt es dafür nicht.«

»Lebt er allein?«

»Normalerweise nicht. Er wohnt mit seiner Freundin zusammen. Die macht gerade eine Ausbildung in Rouen und kommt nur am Wochenende nach Paris. Letztes Wochenende war sie nicht da, weil sie ihre Eltern in der Normandie besucht hat.«

»Was hat er Dienstagnacht gemacht, als die Villeron ermordet wurde? Und Sonntagnacht?«

»Er war allein zu Hause. Für alle drei Mordnächte hat er kein Alibi.«

»Und sonst? Was macht der Mann für einen Eindruck?«

»Bizarr und ein bisschen abgedreht, wenn Sie mich fragen. An seiner Schlafzimmertür hing ein riesiges Sadomaso-Poster mit Abbildungen von Ketten- und Fesselspielen, alles in düsterem Schwarz-Weiß gehalten. Als ich ihn darauf ansprach, sagte er, seine Freundin stehe auf so was.«

»Seine Freundin? Interessant. Er selbst nicht? Wie reagierte er denn, als er erfuhr, dass Assia Blanc tot ist?«

»Eher indifferent. Er kannte sie wohl kaum, da er nicht ständig als Fahrer bei Amadou Koné arbeitet. An der Uni ist er tatsächlich eingeschrieben. Im Zentralregister ist nichts über ihn gespeichert. Keinerlei Vorstrafen.« Claudine hielt einen Moment inne und grinste. »Bevor ich seine Wohnung verließ, bat ich ihn, das Badezimmer benutzen zu dürfen. Auf der Konsole befanden sich zwei Zahnbürsten. Eine von ihnen war noch nass, also konnte es nicht die seiner Freundin sein. Ich habe sie stibitzt und vorhin gleich ins Labor gegeben, damit die DNS untersucht werden kann.«

Die Kollegen im Raum lachten.

»Sehr gut, Claudine«, sagte LaBréa zufrieden. »Es ist zwar nicht legal, ohne Wissen des Betreffenden eine DNS-Analyse durchzuführen. Doch, wie sagte Direktor Thibon gestern so schön? ›Im Krieg schweigen die Gesetze.‹«

Erneutes Gelächter.

»Auf jeden Fall wird sich ja bald herausstellen, ob dieser Betriebswirtschaftsstudent eine saubere Weste hat oder nicht. Und am Ende fragt keiner mehr nach unseren Methoden.« LaBréa wandte sich an Franck. »Was haben Sie im Restaurant *Chez Fred* erreicht?«

Franck schlug sein Notizbuch auf. »Der Besitzer des Restaurants heißt Fred Bonada und ist gleichzeitig der Küchenchef. Insgesamt gibt es dort eine Belegschaft von neun Leuten: den Chef, drei Kellner, einen Sommelier, drei Köche und eine ständige Küchenhilfe. Assia Blanc half dort ja nur dreimal in der Woche in der Küche aus, und zwar montags, mittwochs und freitags. Gestern Abend waren sämtliche Leute im Einsatz. Assia Blanc kam gegen achtzehn Uhr dreißig und arbeitete bis halb zwölf. Sie verließ das Restaurant durch den Hintereingang. Sie trat den Heimweg allein an, niemand holte sie ab. Die restliche Belegschaft verließ das Restaurant eine Dreiviertelstunde später. Der Küchenchef schloss den Laden um ein Uhr fünfzehn ab und ging nach Hause. Er wohnt gleich an der Place Léon Blum, ging also zu Fuß. Seine Frau bestätigte mir, dass er gegen ein Uhr dreißig zu Hause war und die Wohnung in der Nacht nicht mehr verlassen hat.«

»Und die anderen?«

Franck blätterte in seinem Notizbuch. »Zwei von den Kellnern, Patrice Coutelle und Stéphanie Fourot, sind gemeinsam mit Stéphanie Fourots Wagen in ihre Wohnung im 19. Arrondissement gefahren. Sie leben zusammen. Der andere Kellner, Armand Cressant, wollte nach der Arbeit in eine Bar im 2. Arrondissement, um noch ein bisschen abzuhängen, wie er Stéphanie Fourot sagte. Ich habe den Mann noch nicht erreicht. Er arbeitet erst in der Abendschicht, und zu Hause lief sein Anrufbeantworter. Ich habe eine Nachricht hinterlassen. Leider besitzt er kein Handy.«

»Was ist mit den Köchen, dem Sommelier, der Küchenhilfe?«, hakte LaBréa nach.

»Der Sommelier ist eine Frau, eine Sommelière, und sie hat ein Alibi. Sie und die Küchenhilfe können wir meines Erachtens von der Liste streichen. Der Täter ist nie im Leben eine Frau. Einer der Köche, Pascal Frelon, hatte gestern Geburtstag und schmiss ein paar Runden für seine beiden Kollegen und die Küchenhilfe, und zwar in der Bar *Carton rouge* in der Rue Pétion, gleich um die Ecke vom Restaurant. Assia Blanc hatte er ebenfalls eingeladen, doch die hatte gemeint, das sei ihr zu spät. Ihre Arbeitszeit endete ja früher als die der anderen, und sie wollte nicht so lange warten.«

»Wie lange ging die Geburtstagsparty denn?«, wollte der Paradiesvogel wissen.

»Bis kurz vor zwei. Die vier verließen gemeinsam die Bar, jeder ging nach Hause.«

»Tja«, meinte LaBréa nachdenklich. »Dann scheidet die Küchencrew auf jeden Fall aus. Odile Marais, die Nachbarin von Assia Blanc, hat den Mann, von dem wir annehmen, dass er der Mörder ist, bereits um halb eins an der Tür des Opfers klingeln hören.« Er wandte sich an Jean-Marc. »Und die Frau ist sich wirklich sicher, was die Uhrzeit angeht?«

»Völlig sicher. Sie sagte, sie habe einen digitalen Radiowecker auf ihrem Nachttisch, mit großen Ziffern. Außerdem meinte sie, halb eins sei jede Nacht ihre Zeit, wo sie auf die Toilette müsse. Da wache sie regelmäßig auf.«

LaBréa nickte. »Assia Blanc soll doch mit einigen der Kollegen aus dem *Chez Fred* befreundet gewesen sein. Haben Sie da was rausgefunden, Franck?«

»Sie war mit der Küchenhilfe gut befreundet. Anne-Marie Moteau, vierundzwanzig Jahre. Mit dem Koch, Pascal Frelon, war sie nach ihrer Scheidung kurzzeitig mal liiert. Er ist dreißig Jahre alt, Junggeselle und wohnt im 13. Arrondissement.«

»Warum ging die Beziehung in die Brüche?«

»Weil er eine andere hatte. Aber sie sind gute Freunde geblieben, behauptet er. Er war ziemlich fertig, als er vom Tod seiner Kollegin hörte. Desgleichen auch Anne-Marie Moteau. Sie hatte heute Morgen den *France Soir* gelesen und fragte mich gleich, ob ihre Freundin Assia ebenfalls diesem Kerl zum Opfer gefallen sei. Ich hab mich natürlich an unsere Absprache gehalten, Chef.«

»Bleibt also nur dieser Kellner, den Sie noch nicht erreichen konnten. Wie war noch sein Name?«

»Armand Cressant.«

»Richtig. Was ist das für ein Typ, haben Sie seine Kollegen gefragt?«

»Er ist Ende zwanzig, lebt allein, ist erst seit einem halben Jahr in Paris.«

»Wo war er vorher?«

»Irgendwo im Süden.«

»Hm.« LaBréa überlegte. »Er sagte den anderen, er wolle noch in irgendeiner Bar abhängen. Er verließ das *Chez Fred* eine Viertelstunde nach Mitternacht, hätte also um halb eins durchaus in der Rue de la Roquette sein können. Assia Blanc kannte ihn und …«

»Siezte sie ihn?«, warf Claudine ein. »Franck, haben sich die Leute in der Küche gesiezt?«

Franck schien einen Moment perplex. »Das habe ich, ehrlich gesagt, nicht gefragt.«

»Das kann ich mir eigentlich kaum vorstellen«, meinte Jean-Marc.

»Warum nicht?«, bemerkte Alain Pouillot von der Abteilung 2. »Die Stammcrew im Restaurant duzt sich sicher untereinander. Aber die Blanc war doch nur Aushilfskraft.«

»Wie auch immer. Franck bleibt an der Sache dran.«

»Armand Cressant wird sich sicher melden, sobald er nach Hause kommt. Um halb sechs fängt er im Restaurant an. Spätestens dann weiß ich mehr.«

LaBréa nahm sich das letzte Sandwich und sagte mit vollem Mund: »Hat jemand im Restaurant gestern Abend bemerkt, dass Assia Blanc anders war als sonst?«

»Nein. Heiter und gut gelaunt, wie immer. Darin waren sich alle einig.«

»Haben Sie mal wegen des Exmannes nachgeforscht, Franck?«

»Das wollte Trosino erledigen.« Franck nickte einem Kollegen aus der Abteilung 2 zu, der am Fenster stand.

Leutnant Trosino räusperte sich. »Ich habe zunächst im Verteidigungsministerium angerufen. Claude Blanc arbeitete bis Januar 2002 als Unteroffizier im Generalstab der Armee. Dann wurde er befördert und nach Nîmes versetzt. Seine Dienstakte ist tadellos.«

»Haben Sie in seiner Kaserne in Nîmes nachgefragt, ob der Mann in den letzten Tagen Urlaub hatte?«

»Tja, das musste ich gar nicht. Im Verteidigungsministerium haben sie mir gesagt, er habe seinen Abschied aus der Armee genommen. Vor drei Wochen.«

»Was?!« LaBréa starrte ihn entgeistert an. »Und das sagen Sie erst jetzt?«

»Ich hab es erst fünf Minuten, bevor ich hierherkam, erfahren, Commissaire!« Auf Leutnant Trosinos Hals hatten sich hektische rote Flecken gebildet. »Daraufhin habe ich dann seine Dienststelle in Nîmes angerufen, um zu fragen, warum er seinen Dienst quittiert hat und ob er noch in Nîmes wohnt.«

»Und?«

»Sein Vorgesetzter, ein Major Villemin, sagte, er wollte Frankreich verlassen. Mehr wusste er nicht.«

»Worauf warten Sie noch, Mann?«, fuhr LaBréa den Leutnant an. »Rufen Sie die Kollegen von der PJ in Nîmes an! Wenn die herausfinden, dass Claude Blanc unbekannt verzogen ist, schreiben Sie ihn zur Fahndung aus!«

Im Eilschritt verließ Leutnant Trosino das Büro. LaBréa atmete tief durch. Er war äußerst verärgert über die Nachlässigkeit des Leutnants. »So etwas darf nicht noch einmal passieren«, sagte er. »Wer etwas Wichtiges hat, kommt sofort zu mir. Klar?« Ein zustimmendes Murmeln war zu hören. »Damit hätten wir unter Umständen einen weiteren Verdächtigen. Wenn Claude Blanc verschwunden ist, steht er automatisch auf unserer Liste. Und zwar so lange, bis wir entweder seine DNS analysiert haben oder er ein bombensicheres Alibi nachweist.« LaBréa blickte auf die Uhr. Es war kurz vor zwölf. Zeit für die Pressekonferenz.

Er stand auf. »Wir konzentrieren uns im Wesentlichen auf die Spuren, die sich im Zusammenhang mit dem letzten Opfer ergeben. Da haben wir zwar nicht viel, aber immerhin wissen wir, dass der Mörder Assia Blanc gekannt haben muss. Nächste Talkrunde um siebzehn Uhr. Da erwarten wir einen Gast. Ich bitte auch die Kollegen der Abteilung 2 wieder dazu.«

Stühle wurden gerückt, Pappbecher von den Tischen geräumt. LaBréa öffnete die Fenster. Ein sonniger Herbsttag schickte sein glasklares Licht ins Zimmer. Während die Mitarbeiter den Raum verließen, einige noch miteinander diskutierten, dachte LaBréa darüber nach, welche Strategie er dem Direktor für die Pressekonferenz vorschlagen wollte. Die Idee, die er hatte, erschien ihm gut. Abgesehen davon kam auch kaum eine andere Möglichkeit infrage.

Direktor Thibon steckte seinen Kopf durch die Tür. Er wirkte nervös und schlecht gelaunt.

»Sind Sie bereit? Dann kommen Sie«, sagte er und wandte sich gleich wieder zum Gehen. LaBréa folgte ihm. Die Pressekonferenzen der Police Judiciaire fanden in einem eigens dafür vorgesehenen Raum im Erdgeschoss statt.

»Und, haben Sie sich was überlegt, LaBréa? Denn von mir können Sie nicht verlangen, dass ich diese Suppe auslöffle! Zumal Couperin auch diesen neuen Fall zugeschanzt bekommen hat. Bei der Presse gilt er als Weichei, und da gebe ich den Journalisten ausnahmsweise einmal recht.«

LaBréa ging nicht darauf ein, sondern erläuterte kurz, welche Taktik ihm für die Pressekonferenz vorschwebte. Thibon dachte einen Moment nach, dann stimmte er zu. »Warum nicht? Diese Idee ist mir selbst auch schon gekommen. Das ist die einzige saubere Lösung. Damit halten wir die Meute auf Abstand und machen die zukünftige Berichterstattung über diesen Wahnsinnigen unglaubwürdig. Ich halte nichts von Sensationsjournalismus, und schon gar nicht, wenn unsere Ermittlungen dadurch beeinträchtigt werden. Wie sagte doch ein berühmter deutscher Politiker im 19. Jahrhundert? ›Die Presse ist für mich Druckerschwärze auf Papier.‹«

»Ach, noch etwas«, sagte LaBréa rasch, ohne auf Thibons Zitat einzugehen. »Couperin und ich würden Ihnen nach der Pressekonferenz gern einen Vorschlag unterbreiten. Genauer gesagt, zwei Vorschläge.«

»So, was denn?« Mit zügigen Schritten lief Thibon durch das Treppenhaus. LaBréa hatte Mühe, ihm zu folgen.

»Das sollten wir in aller Ruhe besprechen, Monsieur. Nicht zwischen Tür und Angel.«

»Meinetwegen«, erwiderte der Direktor. »Aber ich habe nur bis halb zwei Zeit.«

Ermittlungsrichter Couperin kam aus der entgegengesetzten Richtung des Korridors und traf gleichzeitig mit ihnen ein. Durch die geöffnete Tür des Konferenzraums hörte LaBréa schon von Weitem lebhaftes Stimmengewirr. Wenig später sah er, dass mindestens dreißig Journalisten gekommen waren. Staatliche und private Fernsehstationen hatten ihre Teams geschickt, und die Kameramänner und Techniker schlossen gerade die letzten Vorbereitungen ab. Als er sich kurz umblickte, erkannte LaBréa jenen Reporter, der am Morgen in die Rue de la Roquette bis in die Nähe des Tatortes vorgedrungen war. Der Mann grinste ihm zu und deutete eine Art spöttischer Verbeugung an.

Sie steuerten aufs Podium zu, auf dem die Fernseh- und Radiosender ihre Mikrofone postiert hatten. Direktor Thibon platzierte LaBréa und Couperin zu seiner Rechten und Linken. Er selbst ließ sich auf dem Stuhl in der Mitte nieder. Innerhalb von Sekunden trat Stille ein. Kameraleute hoben ihre Kameras auf die Schulter und näherten sich dem Podium.

»Guten Tag, meine Damen und Herren«, begann Thibon. »Ich freue mich, dass Sie so zahlreich erschienen sind. Lassen Sie mich kurz einige Worte zum Ablauf dieser Pressekonferenz sagen. Zunächst stelle ich Ihnen Ermittlungsrichter Couperin vor.« Thibon blickte nach links. »Die beiden Fälle in der Rue Beausire liegen in seinen Händen.« Dann drehte er seinen Kopf in die andere Richtung. »Zu meiner Rechten sitzt Hauptkommissar LaBréa von der Brigade Criminelle, verantwortlicher Ermittler in den beiden Mordfällen. Er wird zunächst ein Statement abgeben. Danach haben Sie die Möglichkeit, Fragen an ihn und an den Herrn Ermittlungsrichter zu stellen.«

Es erfolgte der Zwischenruf einer jungen Frau. »Wieso gibt der Ermittlungsrichter kein Statement ab? Gibt es wieder Kompetenzstreitigkeiten, wie seinerzeit bei Guy Georges?«

Einige Leute im Raum lachten. Thibon ließ sich nicht davon beeindrucken und nickte LaBréa zu. Der beugte sich zum Mikrofon und begann ohne Umschweife.

»Sie alle haben heute Morgen die Berichterstattung im *France Soir* gelesen. Dort wird in aller Ausführlichkeit über die Morde an den beiden Frauen in der Rue Beausire berichtet. Sie haben dort Details erfahren, für die es angeblich eine sichere Quelle gibt. Nun, meine Herrschaften, ich habe heute Vormittag mit dem Chefredakteur vom *France Soir* gesprochen. Er sagte mir, die Redaktion habe gestern ein anonymes Schreiben erhalten, worin diese Details genannt worden seien. Wir zweifeln die Existenz eines solchen Schreibens keineswegs an. Im Gegenteil. Erfahrungsgemäß sind bei Mordfällen häufig anonyme Schreiben im Umlauf. Verfasst von Wichtigtuern, Trittbrettfahrern und sonstigen fragwürdigen Zeitgenossen. Oft fällt die Presse bedauerlicherweise auf solche Scheininformation herein und nimmt sie für bare Münze. Das ist auch diesmal der Fall gewesen. *France Soir* hat eine klassische Zeitungsente produziert. Wir als die verantwortlichen Ermittler können Ihnen versichern, dass das, was der anonyme Schreiber behauptet hat, falsch ist. Es entspricht in keiner Weise den wahren Tatumständen, wie wir sie vorgefunden haben.«

Einen Moment herrschte Totenstille im Raum, dann brach der Sturm los.

»Wie sind denn die wahren Tatumstände?«, wurde gerufen. Dann redeten alle gleichzeitig.

»Hören Sie doch auf, zu lügen!«

»Die Polizei will doch nur wieder ihre Fehler kaschieren.«

»Woher soll denn der Schreiber seine Insiderkenntnisse haben?«

»Die Öffentlichkeit hat ein Recht auf die Wahrheit.«

»Wurde heute früh nicht die Leiche eines weiteren Opfers gefunden?« Es war der Reporter des *France Soir,* der LaBréa diese Frage zurief.

Jetzt hob Couperin beide Hände, um die Meute zum Schweigen zu bringen.

»Meine Damen und Herren, bitte! Wie Commissaire LaBréa Ihnen gesagt hat, sind die Einzelheiten in dem anonymen Schreiben frei erfunden. Mehr ist dem nicht hinzuzufügen. Ich bitte jetzt um Ihre Sachfragen zum Stand der Ermittlungen. Aber erwarten Sie keine Angaben zum Modus Operandi des Täters, denn die werden wir Ihnen nicht liefern. Durch den heutigen Artikel im *France Soir* ist bereits genug Porzellan zerschlagen worden. Wir möchten die Ermittlungen in Ruhe durchführen und befürchten, es könnte erneut zu Verfälschungen und Gerüchten kommen, wenn wir Einzelheiten bekannt geben.«

LaBréa sah, dass die Stimmung im Raum sich immer mehr aufheizte. Die Journalisten waren mit der Erwartung hierher gekommen, die Polizei mit ihren Fragen unter Druck zu setzen und ihr weitere Einzelheiten zu entlocken. Die Medien hatten sich den nächsten Knüller versprochen, um ihre Auflagen beziehungsweise Quoten zu steigern. Nun mussten sie zur Kenntnis nehmen, dass die Ermittler den Wahrheitsgehalt des anonymen Schreibens rundweg abstritten. Sie fühlten sich betrogen und reagierten entsprechend.

Immer wieder wurden Zwischenrufe laut. Die Pressekonferenz wurde als Farce und bewusste Irreführung der Öffentlichkeit gebrandmarkt. Man kritisierte die Arroganz der Behörden und die Unfähigkeit der Justiz.

Aus einer der hinteren Reihen meldete sich ein Mann zu Wort. »Was ist denn nun an den Gerüchten dran, dass heute Morgen ein weiteres Opfer des Serienmörders gefunden wurde?«

LaBréa antwortete ihm. »Daran ist so viel wahr: In der Rue de la Roquette Nummer 17 wurde eine Frau tot aufgefunden. Wir ermitteln noch die genauen Umstände. Aber Sie können davon ausgehen, dass ihr Tod nicht im Zusammenhang mit den beiden Mordfällen in der Rue Beausire steht.«

Als Antwort kam ein höhnisches Gelächter seitens des Reporters vom *France Soir*.

»Wollen Sie uns verarschen, Commissaire?« Die Stimme klang beißend. »Natürlich steht der Fall Rue de la Roquette in Zusammenhang mit den beiden anderen Morden des

Killers! Was soll denn diese Irreführerei? Die beiden Morde in der Rue Beausire hängen doch auch miteinander zusammen.«

LaBréa antwortete nicht. Die taktische Maßnahme, der Presse Sand in die Augen zu streuen, würde nur eine begrenzte Zeit greifen, das war ihm klar. Die Reporter würden sich bei den Bewohnern des Hauses in der Rue de la Roquette Nummer 17 umhören, Geld für aussagekräftige Informationen anbieten und so lange bohren, bis sie irgendeinen Hinweis erhielten. LaBréa hatte zwar gleich heute Morgen, nachdem er den Bericht in der Zeitung gelesen hatte, seine Anweisungen gegeben. Weder seine Mitarbeiter noch er hatten in ihren Befragungen der Hausbewohner und der Kollegen des dritten Opfers irgendwelche Einzelheiten verraten. Ebenso wenig war ein Bezug zu den beiden anderen Morden in der Rue Beausire hergestellt worden. Im Gegenteil. Als Assia Blancs Freundin Anne-Marie Moteau eine entsprechende Vermutung anstellte, hatte Franck ihr erzählt, die junge Frau sei durch einen Schuss in den Kopf getötet worden. Doch das Täuschungsmanöver, das sie hier für die Presse inszenierten, würde ihnen allenfalls einen kleinen Zeitvorsprung verschaffen.

Aber selbst wenn es nur ein, zwei Tage sein sollten, wer weiß, vielleicht gab es bis dahin eine heiße Spur …

»Die nächste Frage bitte«, hörte LaBréa seinen Vorgesetzten sagen. »Ja, die junge Dame hier vorn in der ersten Reihe, bitte.«

»Dann streitet die Polizei also auch ab, dass es einen Zusammenhang mit der Vorgehensweise des Serienmörders Guy Georges gibt? Und Sie leugnen auch, dass es sich bei der Toten in der Rue de la Roquette um ein weiteres Opfers desselben Killers handelt?«

»Dazu haben wir bereits Stellung genommen«, antwortete der Ermittlungsrichter. »Und dass es sich bei den Verbrechen in der Rue Beausire um die Taten eines wahnsinnigen Killers handelt, kann im Moment nicht bestätigt werden.«

Demonstrativ sah Roland Thibon auf seine Armbanduhr. »Gut, meine Herrschaften. Ich sehe, Ihre Fragen zielen nur in eine Richtung.«

»Weil wir Interesse an der Wahrheit haben, und Sie uns nur Lügengeschichten auftischen wollen!« Der Zwischenruf kam von einer Frau in der Mitte der Stuhlreihen.

Thibon ließ sich nicht beirren. »Also, hat jemand von Ihnen noch eine Frage?«

Ein älterer Journalist, den LaBréa bereits aus anderen Pressekonferenzen kannte, meldete sich zu Wort.

»Wenn ich diese Veranstaltung hier richtig verstehe, meine Herren von Justiz und Brigade Criminelle, versuchen Sie, der Presse einen Maulkorb zu verpassen. Die Öffentlichkeit soll nicht umfassend informiert werden, obwohl sie ein Recht darauf hat. Ich darf Sie daran erinnern, dass diese Vorgehensweise damals bei Guy Georges gründlich in die Hose gegangen ist.« Er lächelte maliziös. »Und unterschätzen Sie uns nicht, meine Herren. Wir haben Mittel und Wege, uns unsere Informationen zu beschaffen.«

»Solange sie nicht auf anonymen Schreiben basieren, hat niemand etwas dagegen«, sagte Couperin liebenswürdig. »Denn Sie alle wissen ja so gut wie ich, dass die Verwendung eines anonymen Schreibens in höchstem Maße unseriös ist. Der Öffentlichkeit wird vorgegaukelt, die Berichterstattung stütze sich auf gesicherte Fakten. Die Fehlinformationen, die *France Soir* gestern veröffentlicht hat, zeigen, was davon zu halten ist.«

Thibon nickte und erhob sich. Die Pressekonferenz war beendet. Couperin, LaBréa und der Direktor bahnten sich den Weg durch die Meute der Journalisten, die sie sofort umringten und mit weiteren Fragen bestürmten. Doch LaBréa war mit seinen Gedanken längst woanders. Draußen im Korridor bat er Couperin und Thibon in sein Büro in den ersten Stock.

14. KAPITEL

Während der Pressekonferenz hatte sich LaBréa einige wohlüberlegte Worte sowie eine Taktik zurechtgelegt. Er erläuterte Thibon den Plan, eine möblierte Wohnung an der Place de la Bastille anzumieten, ab sofort einen Lockvogel einzusetzen und Franck in der Wohnung Stellung beziehen zu lassen.

Zunächst hörte Thibon interessiert zu und runzelte lediglich die Stirn. Erst als LaBréa zum Schluss sagte, wer seiner Meinung nach für die diffizile und gefährliche Aufgabe des Lockvogels in Betracht gezogen werden sollte, wehrte der Direktor vehement ab.

»Claudine Millot? Abgesehen davon, dass ich das ganze Vorhaben als äußerst riskant und ineffektiv einschätze, bräuchten wir dafür einen Vollprofi und keinen Ihrer Mitarbeiter. Madame Millot ist eine kleine und eher zierliche Frau, die gegen einen ausgewachsenen Mann chancenlos wäre. Sie haben doch ihr gegenüber hoffentlich noch nichts verlauten lassen?«

»Nein, natürlich nicht.« LaBréa hob Claudines Spezialausbildung hervor und ihre Fähigkeiten im Nahkampf, die sie vor zwei Jahren in einem dreimonatigen Sondertraining erworben hatte. Er erwähnte ihren scharfen Verstand und ihre Kaltblütigkeit.

Couperin gab LaBréa Schützenhilfe. »Sie scheint mir die geeignete Person zu sein, Monsieur Thibon. Vorausgesetzt natürlich, sie ist einverstanden. Der große Vorteil bestünde vor allem darin, dass sie mit den drei Fällen bestens vertraut ist. Sie kennt die Vorgehensweise des Täters und weiß, mit wem sie es zu tun hat.«

»Die Vorgehensweise des Täters kennt sie nur in Bezug auf das, was er mit den Opfern in deren Wohnung angestellt hat«, widersprach Thibon. »Weder sie noch irgendjemand von uns weiß, nach welchen *Gesichtspunkten* er die Frauen ausgewählt hat. Sie kann völlig umsonst durch die Straßen laufen und ihm nie begegnen.«

Der Ermittlungsrichter ließ sich nicht beirren. »Hinzu kommt, es würde viel zu lange dauern, in einer der Spezialeinheiten eine geeignete Beamtin zu finden, die auch sofort verfügbar wäre. Bis sie sich zudem mit den Fakten vertraut gemacht hat, vergeht wertvolle Zeit.«

LaBréa nickte. »Wenn wir einen Lockvogel einsetzen wollen, dann muss das noch heute in die Wege geleitet werden. Uns sitzt die Presse im Nacken und auch der Mörder, der jeden Augenblick wieder zuschlagen kann.«

»Es besteht dringender Handlungsbedarf, Monsieur.« Couperin blickte den Direktor aus seinen wasserfarbenen Augen an. »Ich habe vorhin mit einigen Kollegen und auch mit Monsieur Mazel, dem Gerichtspräsidenten, diese Möglichkeit erörtert. Im Justizpalast ist man der Meinung, angesichts einer solchen Mordserie dürfe auf ein solches Mittel nicht verzichtet werden.«

Direktor Thibon überlegte einen Moment. LaBréa ahnte, dass er sich insbesondere mit den Nachteilen, die *ihm* aus einer so weitreichenden Entscheidung entstehen konnten, auseinandersetzte. Allerdings durfte Thibon auch klar sein, dass gerade er sich im Glanz des Ruhmes würde sonnen können, wenn es der Polizei gelang, diese Mordserie rasch aufzuklären. Und Roland Thibon sah sich noch nicht auf der letzten Stufe seiner Karriereleiter angekommen. Seit Langem schon peilte er den Posten des Pariser Polizeipräfekten an. Vielleicht bot sich hier die alles entscheidende Chance?!

Thibon rieb die Kuppen seiner Finger aneinander und atmete tief durch. »Na schön, ich bin einverstanden, wenn auch mit erheblichen Vorbehalten. Sollte es schiefgehen und Madame Millot etwas zustoßen, stehen Sie mir dafür gerade, LaBréa. Veranlassen Sie also alles Notwendige. Von der Anmietung der Wohnung bis zur Benachrichtigung der Kollegen in den umliegenden Kommissariaten 4. und 11. Arrondissement. Die sollen sich zusätzlich in Bereitschaft halten. Die Mietkosten gehen auf den Sonderetat der Direktion.« Er stand auf, blickte auf die Uhr und wollte gehen.

»Moment noch, Monsieur«, beeilte sich LaBréa zu sagen. »Monsieur Couperin hätte da noch eine weitere Maßnahme vorzuschlagen. Wir hoffen, Sie ziehen auch da mit uns an einem Strang.« Er nickte dem Ermittlungsrichter zu. Der schien erstaunt und verkniff sich ein Schmunzeln, als LaBréa ihm einfach den Ball zuwarf. Doch er war geistesgegenwärtig genug, entsprechend zu reagieren.

»Ja, Monsieur Thibon«, begann er bedächtig, »als verantwortlicher Ermittlungsrichter habe ich entschieden, einen Profiler hinzuzuziehen. Angesichts einer nahezu identischen Vorgehensweise in beiden Fällen müssen wir davon ausgehen, dass hier ein Serienkiller am Werk ist, und da scheint mir diese Maßnahme angebracht.«

Thibon blickte ihn verblüfft an. Bevor er etwas erwidern konnte, fuhr Couperin fort. »Es handelt sich um Véronique Andrieu, eine bekannte Kriminalpsychologin.«

»Wer ist das?«, fragte Thibon misstrauisch. »Ich kenne sie nicht.«

»Sie ist erst seit Kurzem wieder in Paris, nachdem sie

viele Jahre als Profilerin fürs FBI gearbeitet hat«, ergänzte LaBréa.

»Fürs FBI? Sie wissen, was ich von den Methoden der Amerikaner halte, LaBréa. Gar nichts!«

»Sie sind aber sehr effektiv«, bemerkte Couperin trocken. »Wer dort gearbeitet hat, verfügt über sehr viel mehr Erfahrung als all unsere Leute hier. Madame Andrieu kommt heute Nachmittag hierher und gibt uns eine erste Einschätzung bezüglich des Täterprofils.«

»So?«, schnaubte der Direktor. »Dann kennt sie demnach bereits sämtliche Details der drei Fälle? Wieso wurde ich darüber nicht informiert? Wenn Sie Ermittlungsakten an Dritte weitergeben wollen, LaBréa, noch dazu an irgendwelche, mir unbekannte Psychologen, müssen Sie den Dienstweg einhalten!«

»Ich habe versucht, Sie im Lauf des Vormittags zu erreichen«, log LaBréa. »Aber leider bekam ich keine Verbindung auf Ihrem Handy.«

Spannung lag über dem Raum.

»So, so, Sie haben versucht, mich zu erreichen.« Thibon trommelte mit den Fingern auf der Tischplatte und musterte LaBréa streng. Dieser verzog keine Miene. Dann wanderten Thibons Augen zu Couperin, der seinem Blick standhielt, als könnte er kein Wässerchen trüben. Thibon sagte nichts. Plötzlich huschte ein Lächeln über sein Gesicht. Er hob den Zeigefinger und meinte halb scherzhaft: »Das haben Sie beide sich ja klug ausgedacht, mich hier einfach so zu überrumpeln und vor vollendete Tatsachen zu stellen. Wie steht es doch so schön in der Bibel? ›Seid klug wie die Schlangen und ohne Falsch wie die Tauben.‹ Können Sie Letzteres reinen Gewissens von sich behaupten, meine Herren?«

»Natürlich!«, klang es unisono aus Couperins und LaBréas Mund.

Jetzt lachte Direktor Thibon. Es war ein so seltener Anblick, dass LaBréa seinen Augen kaum traute. Couperin und LaBréa fielen in das Lachen ein.

»Also gut.« Thibon rückte seine Krawatte zurecht. »Ich will mich nicht gegen Monsieur Couperins Entscheidung stellen, sie fällt ja auch in seinen Kompetenzbereich. Also arbeiten Sie mit dieser Profilerin zusammen, LaBréa, und halten Sie mich über alles auf dem Laufenden.«

»Sie kommt heute am Spätnachmittag in unsere Talkrunde. Dann können Sie sie kennenlernen, Monsieur.«

Thibon winkte ab. »Da werde ich keine Zeit haben, weil der Polizeipräfekt mich dringend sprechen will. Den muss ich erst einmal beruhigen, nach dem, was heute in der Presse stand. Ach ja, noch eins, LaBréa: Die Dame aus Amerika wird sicher nicht aus lauter Barmherzigkeit und ohne Entgelt für uns tätig werden wollen. Handeln Sie ein vernünftiges und angemessenes Honorar mit ihr aus. Die Kosten werden ebenfalls aus meinem Sonderetat bestritten.«

Mit raschen Schritten verließ er LaBréas Büro.

Couperin grinste. »Wer hätte gedacht, dass er auch nur einen Funken Humor besitzt.«

»Tja, vielleicht haben wir uns alle bisher in ihm getäuscht?«

»Und das Bibelzitat passte in diesem Zusammenhang ja sogar. Aber Sie, mein lieber LaBréa, Sie sind mir ein ganz Gewiefter! Haben einfach mir den Schwarzen Peter zugeschoben. Dabei stammt die Idee mit Madame Andrieu doch von Ihnen.«

»Wieso?«, fragte LaBréa und grinste. »War das kein kluger Schachzug? Wenn *ich* ihm das gesagt hätte, würden wir jetzt noch mit ihm herumfeilschen.«

»Da mögen Sie allerdings recht haben.«

»Obwohl diese Entscheidung, wie er selbst richtig erkannt hat, gar nicht in seinen Kompetenzbereich fällt, sondern in Ihren.«

»Richtig, Commissaire. Aber wir kennen ihn ja alle und wissen, wie sehr er manche Dinge verkomplizieren kann. Es ist immer gut, ihn auf seiner Seite zu wissen.«

Couperin warf einen Blick auf seine Uhr. »Gleich halb zwei. Kommen Sie mit zum Essen, Commissaire?«

»Nein, heute geht es leider nicht, tut mir leid.« LaBréa verabschiedete Couperin und rief Claudine Millot in ihrem Büro an.

In der Taverne *Henri IV* an der Place Dauphine war der Mittagsbetrieb bereits ein wenig abgeflaut. Claudine und LaBréa setzten sich an einen Tisch in der Ecke, wo sie ungestört reden konnten. Der Wirt, der LaBréas Gewohnheiten kannte, stellte sogleich eine Karaffe roten Hauswein auf den Tisch.

LaBréa bestellte eine große Wurst- und Käseplatte, Claudine ein knuspriges Salamisandwich. Dann sah sie ihren Chef an, ein Lächeln lag auf ihren Lippen. »Also, um was geht's, Chef? Sie wollten doch etwas mit mir besprechen.«

LaBréa schenkte Wein ein und trank einen ersten Schluck. Dann erläuterte er Claudine seinen Plan. Sie hörte ihm schweigend zu. Als er fertig war, lehnte sie sich im Stuhl zurück und atmete tief durch.

»Tja, was soll ich sagen, Chef? Die Idee, einen Lockvogel einzusetzen, ist gut und wir sollten sie unbedingt umsetzen. Das ist das eine. Das andere ist die Frage, ob ich mir eine solche Aufgabe zutraue und ob ich mich zur Verfügung stelle. Ehrlich gesagt, ich weiß es noch nicht. Ich würde Sie bitten, mir ein bis zwei Stunden Bedenkzeit zu geben.«

LaBréa nickte. Er vermutete, dass sie sich auch mit ihrem Mann Jean-Claude besprechen wollte, einem ehemaligen Angehörigen einer Gendarmerie-Spezialeinheit. Claudine hatte LaBréa vor Kurzem erst erzählt, ihr Mann befände sich in seiner Eigenschaft als einer der Leibwächter des Premierministers gerade auf einer Auslandsreise. LaBréa hoffte nur, dass sie ihn bald telefonisch erreichen würde, damit sie ihre Entscheidung zügig treffen konnte.

Der Kellner brachte das Essen.

»Eines sollten Sie noch wissen, Claudine.« LaBréa nahm ein Stück Brot und legte eine Scheibe Salami darauf. »Wenn Sie Nein sagen, bin ich Ihnen nicht böse. Das geht dann völlig in Ordnung. Es wird meine positive Meinung über Sie in keiner Weise ändern und Ihnen keine Nachteile einbringen.«

»Danke, Chef. Das hätte ich von Ihnen auch nicht anders erwartet.«

»Wenn Sie nur den geringsten Zweifel haben und nicht hundertprozentig dahinterstehen, tun Sie es nicht! Wir finden dann jemand anderes.« LaBréa aß den ersten Bissen und spülte mit einem Schluck Wein nach.

Claudine stellte noch einige Fragen zum praktischen Ablauf des Unternehmens Lockvogel, gab Anregungen, machte Vorschläge.

Als sie eine Dreiviertelstunde später das Lokal verließen, war die Luft warm und mild. Das Wetter hatte sich seit dem späten Vormittag gewandelt. Strahlender Sonnenschein machte den Nebel der vergangenen Tage und den Regen vergessen. Auf einer Bank an der Place Dauphine saß ein alter Mann und fütterte die Tauben. In regelmäßigen Abständen griff er in eine Plastiktüte und warf den Vögeln Brotreste zu. LaBréa hörte, wie er leise vor sich hin redete.

Claudine war in Gedanken versunken. Verstohlen betrachtete LaBréa ihre zierliche Gestalt. Der Direktor hatte nicht ganz Unrecht. Auf den ersten Blick würde man ihr nicht zutrauen, sich gegen einen Angreifer zur Wehr setzen zu können. Doch LaBréa wusste, welche Energie und kühl gelenkte Kraft in ihrem Körper steckte. Vor wenigen Wochen hatte er sie beim Karatetraining und beim Kickboxen beobachtet. Sie bestach durch außerordentliche Reaktionsschnelligkeit und taktische Finessen. Auf dem Schießstand war sie stets die Beste. Keine Frage, dass sie für den Job eines Lockvogels ideale Voraussetzungen mitbrachte. In spätestens zwei Stunden würde LaBréa wissen, wie sie sich entschieden hatte.

Schweigend gingen sie die wenigen Schritte zum Quai des Orfèvres. Als LaBréas Handy klingelte und seine Tochter sich meldete, freute er sich. Sie tauschten ein paar belanglose Worte, und zum ersten Mal beklagte sich Jenny nicht über das schlechte Essen in der Schulkantine. Er teilte ihr noch mit, er käme abends spät nach Hause und ja, er habe nichts dagegen, wenn Jennys Freundin Alissa bei ihnen übernachtete. Daraufhin beendete Jenny das Gespräch sehr schnell, um ihrer Freundin gleich Bescheid zu geben.

Im Büro angekommen, wählte LaBréa die Nummer des Chefredakteurs vom *France Soir*. Er wollte wissen, ob er schon mit seinem Verleger wegen der Herausgabe des anonymen Briefes gesprochen habe.

»Habe ich, Commissaire. Und er ist der Meinung, wir könnten Ihnen das Material ausnahmsweise zur Verfügung stellen. Unser Blatt ist bemüht, die Arbeit der Polizei nicht zu behindern. Sie bekommen das Original unter der Voraussetzung, dass die Redaktion es zurückerhält, wenn Sie es nicht mehr brauchen.«

»Sehr gut, Monsieur Lafontaine, einverstanden. Ich bedanke mich für Ihr Entgegenkommen.«

»Wissen Sie, wo Sie das Schreiben abholen lassen können? Die Redaktion befindet sich nicht direkt in Paris, sondern in Aubervilliers, Avenue Victor Hugo 45.«

Aubervilliers war eine Vorstadt im Norden der Hauptstadt. Mit dem Wagen brauchte man etwa eine halbe Stunde, wenn die Straßen nicht verstopft waren.

»Ich schicke einen meiner Mitarbeiter«, erwiderte LaBréa und bedankte sich nochmals. Gleich darauf wählte er die Nummer von Brigadier Valdez. Er sollte das anonyme Schreiben in Aubervilliers abholen und möglichst bis zur Talkrunde um siebzehn Uhr zurück sein. Kaum hatte er den Hörer aufgelegt, betrat Franck nach kurzem Anklopfen sein Büro. LaBréa unterrichtete Franck von der geplanten Lockvogelaktion. Franck nickte zustimmend.

»Daran habe ich, ehrlich gesagt, auch schon gedacht. Ich habe einige Kopierläden angerufen. Wegen der Verkleinerung des Plakates mit dem ägyptischen Fuß. Im 5. Arrondissement gibt es einen Laden, der über Kopiergeräte für großformatige Vorlagen verfügt. Und jetzt halten Sie sich fest: Vor drei Monaten ist dort ein Mann aufgetaucht, der das Plakat, das seinerzeit bei der Suche nach Guy Georges in den Kommissariaten hing, kopiert hat.«

Mit einem Ruck schob LaBréa seinen Schreibtischsessel zurück. »Wo ist dieser Laden?«

»In der Rue Cousin, direkt an der Sorbonne. Der Geschäftsführer heißt André Lemoine.«

»Dann nichts wie hin, Franck!«

Im Eilschritt gingen sie zum Parkplatz in die Tiefgarage. Franck setzte das Blaulicht auf den Wagen und bog in die Rue St. Jacques ein. Der Verkehr war zwar zähflüssig, doch zehn Minuten später parkte Franck den Wagen im Halteverbot an der Place de la Sorbonne. Nach wenigen Metern Fußweg betraten sie einen geräumigen Laden in der Rue Cousin. An sämtlichen Kopiergeräten wurde gearbeitet. Die Kunden waren meist jüngere Leute, vermutlich Studenten.

Nachdem LaBréa sich ausgewiesen hatte, bat der Geschäftsführer sie ins Hinterzimmer. Dort befand sich ein Schreibtisch, auf dem sich stapelweise Papiere türmten. Drei schlichte Sessel und ein Computerwagen mit einem Ungetüm von Rechner ergänzten das Mobiliar.

»Hauptmann Zechira, mein Mitarbeiter, hat Ihnen ja schon am Telefon erläutert, worum es geht, Monsieur Lemoine.«

Der Geschäftsführer, dessen rote Haare zu einem akkuraten Bürstenschnitt gestutzt waren, musterte sie neugierig.

»Ja, er sagte, dass es um die Verkleinerung eines DIN-A1-Plakats geht. Nehmen Sie doch bitte Platz.« Franck und LaBréa setzten sich, während Lemoine sich an seinen Schreibtisch lehnte. Franck zückte Notizbuch und Kugelschreiber.

»Sie sagten, Sie könnten sich erinnern, dass jemand das Plakat, um das es uns geht, bei Ihnen verkleinert hat. Bitte erzählen Sie uns genau, wann das war und wer der Kunde gewesen ist.«

»Es war Anfang September. Ich erinnere mich insofern noch gut, weil einige Tage zuvor der große Kopierer gerade erst gewartet worden war. Außerdem kommt es nicht so häufig vor, dass ein DIN-A1-Format verkleinert wird. Meistens werden kleinere Vorlagen *vergrößert*. Viele Studenten, vor allem der Naturwissenschaften, vergrößern kleinere Vorlagen auf wesentlich größere Formate. Zu Lernzwecken. Es handelt sich da hauptsächlich um wissenschaftliche Abbildungen oder anatomische Skizzen.«

»Gut, Monsieur Lemoine.« Die Weitschweifigkeit des Geschäftsführers machte LaBréa ungeduldig. »Sie sagten am Telefon, es wäre ein Mann gewesen, der den großen Kopierer benutzt hat. Kannten Sie ihn?«

»Nein.«

»Wie alt war er ungefähr?«

»Mitte bis Ende zwanzig. Auf keinen Fall älter.«

»Haben Sie ihm das Gerät erklärt, oder kannte er sich aus?«

»Ich habe ihm das gewünschte Verkleinerungsformat, ich glaube, es war DIN A4, einprogrammiert. Dann sagte er, er würde die Plakatvorlage selbst auflegen.«

Gespannt beugte sich Franck nach vorn.

»Haben Sie gesehen, um welche Vorlage es sich handelte?«

»Ja. Als er das Plakat entrollte, hatte er wegen der Größe Schwierigkeiten, es in den Kopierer zu legen. Ich wollte ihm helfen, doch er ließ es nicht zu. Aber ich konnte einen kurzen Blick darauf werfen. Es war die Zeichnung eines Fußes.«

LaBréa und Franck tauschten einen Blick. LaBréa spürte, wie sein Herz schneller schlug. »Wie sah dieser Fuß aus?«, wollte er wissen.

»Einzelheiten habe ich leider nicht gesehen.«

»Könnte es sein, dass es sich um eine wissenschaftliche Abbildung handelte? Beispielsweise um eine Schautafel für Medizinstudenten?«

»Nein. Hier bei mir werden viele Abbildungen von menschlichen Organen, Skelettteilen und Muskelquerschnitten kopiert. Die sind in den allermeisten Fällen farbig. Doch das, was der Mann verkleinern wollte, war schwarz-weiß. Und es sah eher wie der *Umriss* eines Fußes aus.«

»Beschreiben Sie uns den Mann.«

Der Geschäftsführer strich sich mit der Hand über seinen Bürstenhaarschnitt und dachte nach. »Hm«, sagte er schließlich. »So genau kann ich mich nicht erinnern.«

»Hätte er Student sein können?«

»Danach sah er eigentlich nicht aus.«

»Inwiefern nicht?«

Erneut überlegte Lemoine. »Keine Ahnung, ich kann es Ihnen nicht erklären. Aber ich komme hier im Laden mit so vielen Studenten zusammen. Die, die nicht studieren, erkenne ich meistens. Das ist so ein Feeling, eine Erfahrungssache. An sein Gesicht kann ich mich nicht genau erinnern. Aber er hatte eine Superfigur, das weiß ich noch.«

»Was verstehen Sie darunter?«

»Breite Schultern, schmale Hüften. Waschbrettbauch, tolle Oberarmmuskulatur. Die sah man besonders gut, weil er ein T-Shirt trug, weiß oder beige. Jedenfalls war es hell.«

»Mit irgendeinem Aufdruck darauf, einem Bild, einem Logo oder Ähnlichem?«

»Nein, auf keinen Fall. So was fällt mir meistens auf, weil wir hier im Laden auch Aufdrucke für T-Shirts anbieten. Und er trug Jeans. Klassische Levis. Man kennt ja die unverwechselbare Form. Man konnte sehen, der Mann war sportlich. Jemand, der seine Muskeln regelmäßig trainiert.« Der Geschäftsführer klopfte mit der Hand auf seinen Bauch. Er wölbte sich unter dem straff sitzenden Flanellhemd und war alles andere als flach. »Ich dachte noch, dass ich auch endlich mal was für meine Figur tun müsste.« Er lachte.

»Hatte er irgendetwas bei sich, eine Tasche vielleicht?«

»Einen kleinen schwarzen Rucksack. Das Plakat trug er zusammengerollt in der Hand.«

»Irgendwelche Tätowierungen, auf den Armen, am Hals oder an den Händen?«

»Nein.«

»Und sein Gesicht? Haarfarbe? Größe?«

»Sein Gesicht? Durchschnittlich, würde ich sagen. Kein Bart oder sonst irgendeine Auffälligkeit, wenn Sie das meinen. Und die Haare trug er, soweit ich mich erinnere, sehr kurz. Aber das konnte ich nicht genau sehen, weil er eine Baseballkappe trug. An die Farbe erinnere ich mich nicht. Nichts Auffälliges, jedenfalls. Wie gesagt, ein Typ, wie sie haufenweise herumlaufen.«

»Augenfarbe?«

»Keine Ahnung. Er trug eine Sonnenbrille.«

»Welcher Art?«

»Mit Metallgestell, glaube ich. Eine, die man in jeder Drogerie kaufen kann. Ich fand's eigenartig, dass er die Sonnenbrille trug. Denn an diesem Tag war der Himmel stark bewölkt.«

»Irgendeine Auffälligkeit in seiner Sprache? Hatte er einen Akzent, einen Sprachfehler?«

»Nein, das wäre mir aufgefallen. Er war auch kein Ausländer, da bin ich mir sicher. Nein, der Mann war eindeutig Franzose. Aber keiner, der aus Nordafrika stammt. Wenn Sie wissen, was ich meine.«

»Wir können es uns denken. Und wie groß war er ungefähr?«

André Lemoine wiegte seinen Kopf hin und her. »Schwer zu sagen. Bei so was verschätzt man sich leicht.«

Frank stand auf. »So groß wie ich?«, fragte er. Franck war einen Meter zweiundachtzig groß. »Kleiner? Größer?«

»Größer als Sie auf keinen Fall, Monsieur. Eher genauso groß wie Sie, wenn ich mich nicht irre.«

»Und dann? Was geschah dann?«, wollte LaBréa wissen. »Der Mann legte also die Plakatvorlage selbst in den Kopierer. Haben Sie die Kopien gesehen, die aus dem Gerät kamen?«

»Nein. Ich ging dann weg, um jemanden an einem anderen Gerät einzuweisen. Aber er machte auch nur eine einzige Kopie.«

»Tatsächlich? Eine einzige Kopie im DIN-A4-Format?«

»Ja. Laut Zählwerk am Kopierer war es eine einzige Verkleinerung. Und die hat er dann bezahlt.«

»Bar oder mit Kreditkarte?«

Der Geschäftsführer lachte.

»Mit Kreditkarte? Der Betrag war lächerlich, da hätte ich eine Karte nicht akzeptiert.«

»Was kostet denn so eine Verkleinerung?«

»In Schwarz-weiß zwei Euro fünfzig, in Farbe das Doppelte. Er zahlte bar und ging.«

»Konnten Sie sehen, ob er zu Fuß wegging? Oder hatte er einen Wagen vor dem Geschäft geparkt? Oder einen Motorroller?«

»Darauf habe ich nicht geachtet, Commissaire.«

LaBréa ging ein paar Schritte durch den kleinen Raum. »Können Sie sich sonst noch an irgendetwas erinnern? Trug er eine Armbanduhr, einen auffälligen Gürtel, etwas in der Art?«

Der Geschäftsführer schüttelte den Kopf. »Nein. Mir ist nichts weiter an ihm aufgefallen.« Dann senkte er seine Stimme und fragte: »Ist eigentlich eine Belohnung auf den Kerl ausgesetzt?«

LaBréa runzelte die Stirn. »Wie meinen Sie das?«

André Lemoine grinste. »Na ja, Commissaire, ich lese die Zeitung. Und da wurde ja heute Morgen im *France Soir* dieser Fuß gleich auf der ersten Seite abgebildet. Im Zusammenhang mit diesem Serienkiller an der Bastille. Deswegen habe ich mich ja auch erinnert, als Ihr Mitarbeiter hier angerufen hat.«

»Und wieso haben Sie sich nicht gleich gemeldet, nachdem Sie den Artikel in der Zeitung gelesen haben?«, fragte LaBréa hintergründig.

André Lemoine grinste erneut und zuckte mit den Schultern.

LaBréa hatte damit gerechnet, dass der Geschäftsführer durch die Presse von dem Fußabdruck wusste und eins und eins zusammenzählen konnte. Erneut verfluchte er die Sensationsgier und Indiskretion der Journalisten, die der Polizei bei ihren Ermittlungen in die Quere gekommen waren. Natürlich bestand die Gefahr, dass Lemoine sich an die Presse wandte und all das ausplaudern würde, was er ihnen gerade erzählt hatte. Es blieb LaBréa nichts anderes übrig, als an das Verantwortungsbewusstsein des Mannes zu appellieren und zudem zu einer Notlüge zu greifen.

»Hören Sie, Monsieur Lemoine, wir sind Ihnen sehr dankbar für Ihre Aussage. Möglicherweise hilft sie uns, den Mörder zu finden. Die Polizeipräfektur wird mit Sicherheit eine Belohnung aussetzen; darüber wird bereits diskutiert. Aber wir müssen uns auf Ihre absolute Diskretion verlassen können. Unser Gespräch sollte unbedingt vertraulich bleiben. Sonst geht uns der Kerl durch die Lappen, und Ihnen entgeht möglicherweise die Belohnung. Und wenn Ihnen noch irgendetwas einfallen sollte – Sie können mich jederzeit erreichen.« Er überreichte dem Mann seine Visitenkarte.

Lemoine steckte sie ein und fuhr sich mit der Zunge über die Lippen. »Keine Bange, Commissaire. Ich kann schweigen wie ein Grab. Wie hoch würde denn die Belohnung sein?«

»Unter fünzigtausend läuft da nichts«, sagte Franck mit leicht ironischem Unterton, der dem Geschäftsführer jedoch entging. LaBréa sah ein Glitzern in dessen Augen und dachte, mit welch fragwürdigen Charakterzügen doch manche Menschen ausgestattet waren.

Kurz darauf verließen sie den Laden. Auf dem Weg zum Wagen machte Franck aus seinen Gefühlen keinen Hehl. »So eine verdammte Scheiße!«, rief er. »Diesen Presseheinis könnte ich den Hals umdrehen! Wenn dieser Typ nicht in der nächsten halben Stunde beim *France Soir* anruft, lass ich mich vierteilen.«

LaBréa lachte. »Hoffentlich bleibt Ihnen und uns das erspart, Franck. Vielleicht haben wir Glück und er ruft dort nicht an. Der Mann ist scharf auf eine Belohnung, und das ist unsere Chance. Der *France Soir* dürfte ihm nicht so viel bieten.«

Franck grinste etwas schief. »Ich stelle fest, Chef, dass Sie seit Neuestem mit allen Tricks arbeiten.«

»Was bleibt uns denn anderes übrig? Ach, noch etwas: Die Kollegen der Abteilung 2 sollen sich gleich mal die Fitnessclubs rund um die Bastille vornehmen. Veranlassen Sie das, Franck! Waschbrettbauch und muskulöse Oberarme – der Mann scheint sich irgendwo fit zu halten.«

Später im Wagen rief LaBréa Véronique Andrieu an und gab ihr die Beschreibung des Mannes durch, der das Plakat verkleinert hatte.

Donnerstag, 16 Uhr

Der Wagen hatte einige Zeit in der Sonne gestanden. Beinahe wie an einem schönen Sommertag war der Innenraum entsprechend aufgeheizt. Er zog seinen Pullover aus und setzte sich im T-Shirt hinters Steuer. Ein flüchtiger Blick auf seine Oberarmmuskulatur erfüllte ihn mit Stolz. Die Ärmel des T-Shirts saßen stramm auf dem Bizeps. Viele Jahre Training an Geräten und Hanteln machten sich eben bezahlt.

Erst jetzt sah er, dass hinter dem Scheibenwischer ein Zettel steckte. Er stutzte kurz, dann begriff er.

»Scheiße!«, fluchte er laut und schlug mit der flachen Hand aufs Lenkrad. Er öffnete die Tür, beugte sich hinaus und zog den Zettel hinter dem Wischer hervor. Ein Strafmandat, wie er es geahnt hatte. Ohne einen Blick darauf zu werfen, wollte er das Stück Papier schon zusammenknüllen, als er die Stimme einer Frau hörte.

»Einen Augenblick, Monsieur. Dann kann ich ja gleich bei Ihnen abkassieren.«

Ein Parkmäuschen. Klein und dick, mit langen, ungepflegten Haaren, einer Uniform, die über der Brust spannte, und dieser idiotischen Kopfbedeckung. Wie aus dem Nichts hatte sie sich von hinten herangeschlichen.

»Ach, Mademoiselle«, seufzte er und setzte sein charmantestes Lächeln auf. »Muss das wirklich sein? Sie wissen doch so gut wie ich, dass hier Parken verboten ist.«

Die dicke Schlampe nickte und blätterte in ihrem Block. »Sie stehen im absoluten Halteverbot. Macht zwanzig Euro,

Monsieur.« Sie hatte das Duplikat ihres Strafmandats gefunden und notierte etwas darauf. »Zahlen Sie bar oder mit Scheck?« Ihre Glupschaugen blickten ihn herausfordernd an.

Erneut versuchte er es. »Können wir das wirklich nicht anders regeln, Mademoiselle?«

Sie lachte, und er sah eine Reihe gelber Zähne. Mit Sicherheit war sie Raucherin, und jetzt meinte er auch, ihren stinkenden Atem zu riechen.

»Wie denn anders regeln, Monsieur?«

»Drücken Sie einfach ein Auge zu! Es ist so ein herrlicher Tag, die Menschen sollten nett zueinander sein.« Er bemühte sich um einen treuherzigen Hundeblick und lächelte erneut.

»Sparen Sie sich das, Monsieur! Diese Masche zieht bei mir nicht.« Im Blick ihrer Glupschaugen lag etwas, das umgehend eine unbändige Wut in ihm auslöste. Er umklammerte das Lenkrad, bis die Knöchel seiner Hand weiß wurden.

»Also, was ist jetzt?« Die Schlampe rückte ihre Mütze zurecht und strich sich eine fettige Haarsträhne von der Wange.

»Meinetwegen«, zischte er und biss sich auf die Lippen. Er spürte, wie sein Körper sich immer mehr anspannte. Das schien dieser Schlampe nicht zu entgehen, denn ihre Froschaugen ruhten unablässig auf ihm.

»Zeigen Sie mir doch bitte mal Ihre Papiere, Monsieur«, sagte sie plötzlich und wedelte ungeduldig mit der Hand. »Führerschein, Fahrzeugpapiere.«

Scheiße, Scheiße!, dachte er. Am liebsten hätte er sofort sein Messer gezogen und zugestochen. Jetzt merkte er, dass es ein großer Fehler gewesen war, mit ihr handeln zu wollen. Er hätte gleich die zwanzig Euro zahlen sollen, dann wäre alles in Ordnung, und er hätte losfahren können. Warum hatte er sich auf eine Diskussion eingelassen? Er hätte sofort sehen müssen, dass diese wichtigtuerische Kuh sich nicht um den Finger wickeln ließ.

Er zwang sich zur Ruhe. Was sollte ihm eigentlich passieren?, fragte er sich kühl überlegend. Na schön, er hatte sich ein Strafmandat eingehandelt. Dieser lächerliche Betrag würde zu verkraften sein. Wichtig war, diese Drecksvettel jetzt nicht weiter zu reizen und brav ihren Anordnungen zu folgen.

Er holte sein Portemonnaie aus der Gesäßtasche seiner Jeans, worin sich Geld und Führerschein befanden. Aus dem Handschuhfach des Citroën fingerte er die Wagenpapiere heraus.

»Hier bitte.« Er übergab ihr Führerschein und Zulassung. Um seinen guten Willen zu demonstrieren, zog er einen Zwanzig-Euro-Schein aus dem Portemonnaie und hielt ihn gut sichtbar hoch.

Die fette Schlampe warf nur einen flüchtigen Blick auf die Papiere. Er atmete auf. Anscheinend hatte sie nicht vor, seinen Namen zu notieren. Sie hatte ihm lediglich zeigen wollen, wer in dieser Situation der Boss war. Sie gab ihm die beiden Dokumente zurück. Auf ihren abgebissenen Fingernägeln war der Lack abgeblättert, ein greller Rotton.

»Danke, Monsieur.« Sie schnappte sich den Geldschein und bestätigte auf dem Original des Strafmandats den Erhalt der Zahlung. Zum Schluss legte sie die Hand an die Mütze.

»Schönen Tag noch«, meinte sie und entblößte erneut eine gelbe Zahnreihe. Er wünschte sie aus ganzem Herzen zur Hölle. In jenen tiefen Schlund, in den er die anderen Drecksweiber bereits geschickt hatte.

Aus ihrem Funkgerät, das sie in der Brusttasche ihrer zu engen Uniform trug, ertönte eine männliche Stimme. Irgendeine Durchsage, doch er verstand nicht, was es war, denn die Schlampe hatte sich bereits einige Meter entfernt.

Als er den Wagen startete und aus der engen Parklücke ausscherte, spürte er, dass sein T-Shirt unter den Achseln schweißnass geworden war.

Zehn Minuten später, auf dem Boulevard Diderot, war er wieder bester Laune. Von so einem fetten Miststück ließ er sich doch nicht den Tag verderben! Was sie wohl sagen würde, wenn sie wüsste, wer er war? Ihre Glupschaugen würden ihr vor Schreck aus den Höhlen fallen. Eigentlich schade, dass sie es wohl nie erfahren würde.

Spätnachmittagsverkehr. Die Straßen waren verstopft. Es verging eine Ewigkeit, bis die Ampel an der Kreuzung auf Grün schaltete. Er stellte das Autoradio an. Die Sechzehn-Uhr-Nachrichten waren bereits vorbei. Ob sie was über den »Schlitzer aus der Rue Beausire« gebracht hatten? Die nächste Nachrichtensendung kam um siebzehn Uhr. Bis dahin musste er sich gedulden. Er pfiff ein Lied, das ihm schon seit dem Morgen nicht aus dem Sinn ging.

Zwei Minuten später erreichte er endlich die Kreuzung und bog in die Rue Crozatier ein.

15. KAPITEL

Auf dem Flur vor seinem Büro begegnete LaBréa dem Paradiesvogel. Der hielt ein Stück Papier in der Hand.

»Ich komme gerade von den Forensikern, Chef. Die haben die Zahnbürste von diesem Nicolas Sabatier untersucht. Sie wissen schon, dieser Aushilfsfahrer des Cateringservice an der Place d'Aligre, der mit der Vorliebe für Sadomaso-Spiele.«

LaBréa nickte. »Und?«

»Leider Fehlanzeige. Keine Übereinstimmung mit der DNS des Mörders.«

LaBréa seufzte. »Das wäre auch zu einfach gewesen. Allerdings müssen wir unserem Täter ja fast dankbar sein«, fügte er sarkastisch hinzu, »dass er uns freundlicherweise seinen genetischen Fingerabdruck am Tatort zurücklässt. Das erspart uns aufwendige Ermittlungsarbeit bei den Leuten, die in Verdacht geraten. Keine endlosen Vernehmungen, keine Alibi-Überprüfungen. Eine kleine Speichelprobe, und das war's.« Er hängte seinen Trench an den Garderobenständer und öffnete den Reißverschluss seines Rollkragenpullovers. Eine stickige Heizungsluft lag im Raum. LaBréa drehte die beiden Heizkörper herunter und öffnete das Fenster.

Jean-Marc hatte noch eine Neuigkeit. »Trosino kam vorhin zu mir. Er hat in Nîmes recherchiert. Der Exmann von Assia Blanc ist tatsächlich spurlos verschwunden. Vor zweieinhalb Wochen hat er sich in Nîmes abgemeldet und gab an, er ginge ins Ausland. Seine Wohnung hat er aufgegeben. Er lebte allein dort. Die Leute im Haus kannten ihn kaum. Ich habe vorhin bei seinem Vorgesetzten in der Kaserne angerufen und ließ mir eine genaue Beschreibung des Mannes geben. Ein Foto aus seiner Personalakte hat uns das Verteidigungsministerium gefaxt.«

»Dort müssten sie ja eigentlich wissen, wo Claude Blanc abgeblieben ist. Der Mann bekommt doch eine Pension, eine Abfindung oder nicht?«

»Doch. Er bekommt eine Pension. Zwar nicht sehr viel, da er ja vorzeitig aus dem Dienst ausgeschieden ist. Das Geld lässt er sich weiterhin auf sein Bankkonto in Nîmes schicken, auf das schon sein Gehalt überwiesen wurde. Wir haben den Mann europaweit zur Fahndung ausgeschrieben.«

»Gut, Jean-Marc, dann warten wir mal ab.«

»Trosino und ich kontaktieren gerade ein paar Pensionen und Hotels rund um die Bastille. Vielleicht hat Claude Blanc sich da einquartiert. In der Pension *Cantal* in der Rue Beausire Nummer 10 ist er allerdings nicht abgestiegen. Aber vielleicht haben wir woanders mehr Glück.«

Claudine Millot steckte ihren Kopf zur Tür herein. »Kann ich reinkommen, Chef?«

»Ja, natürlich.«

Jean-Marc zog sich zurück. LaBréa bat seine Mitarbeiterin, Platz zu nehmen.

»Ich habe es mir reiflich überlegt«, begann sie. »Ich mache es.«

LaBréa fiel ein Stein vom Herzen. Dennoch sagte er: »Sind Sie sich da auch wirklich sicher, Claudine?«

»Ganz sicher. Ich habe mich mit meinem Mann beraten, und er meinte auch, ich solle es tun. Er sagt, er vertraue mir.«

»Die Kollegen und ich auch, Claudine.«

»Er sagte, in unserem Job riskierten wir ohnehin jeden Tag unser Leben. Außerdem bin ich beruhigt, weil Franck in der Wohnung sein wird.«

»Ich danke Ihnen für diese Entscheidung. Wir haben den Segen des Ermittlungsrichters und des Direktors. Véronique Andrieu wird uns nachher etwas zum Täterprofil sagen, das sollten Sie sich unbedingt noch anhören. Setzen Sie sich dann aber gleich nach der Talkrunde mit meinem Bruder in Verbindung und beziehen Sie noch heute die Wohnung an der Bastille. Ich veranlasse alles Weitere.«

Er gab Claudine Richards Telefonnummer.

»Wir beide halten Kontakt über unsere Handys. Mit den Kollegen in den Lieferwagen, die heute noch postiert werden, kommunizieren Sie über Funk. Die Techniker werden Sie entsprechend verkabeln. Machen Sie sich möglichst rasch mit den Straßen rund um die Bastille vertraut. Ansonsten bewegen Sie sich dort ganz normal. Sie sind gerade neu eingezogen. Kaufen Sie ein, verhalten Sie sich im Haus wie jede normale Mieterin. Wenn es nötig sein sollte, irgendjemandem gegenüber einen Beruf zu erwähnen, sagen Sie, Sie erledigen Computerarbeit für eine Werbeagentur und arbeiten zu Hause. Haben Sie schon darüber nachgedacht, welchen Namen Sie sich zulegen wollen?«

»Ja, habe ich. Geraldine Julien.« Claudine grinste. »So hieß meine Englischlehrerin in der Schule. Aber obwohl die Frau sich alle Mühe gegeben hat, war ich leider kein Ass in Englisch.«

LaBréa lachte. »Ich auch nicht, wenn Sie das tröstet. Also, alles klar? Bringen Sie das Namensschild noch heute an der Wohnungstür an. Falls die Haustür über einen Code verfügt, teilen sie uns den unverzüglich mit.«

»Wer übernimmt hier so lange meine Arbeit? Morgen wollte ich diesen Marcel Grivet auf dem Sozialamt abpassen. Der Typ, der Annabelle Villerons Adresse als Scheinadresse benutzt.«

»Das übernimmt jemand von uns. Vielleicht fahre ich sogar selbst hin. Lassen Sie mir die Adresse des Sozialamtes und den Namen der Sachbearbeiterin da.«

»Mache ich, Chef. Wir sollten noch kurz meine Vorgehensweise besprechen. Wie soll ich mich bei meinem nächtlichen Streifzug verhalten?«

Darüber hatte LaBréa sich natürlich Gedanken gemacht.

»Wir starten die Lockvogelaktion sofort, weil es möglich wäre, dass der Täter heute Nacht wieder irgendwo da draußen unterwegs ist. Sie sollten Ihr Augenmerk auf allein herumlaufende Männer richten und sie sehr genau beobachten. Es wird Ihrem Gefühl überlassen bleiben, wann Sie jemanden als suspekt einstufen. Dann müssen Sie uns unverzüglich kontaktieren und wie folgt vorgehen: Gehen Sie zur angemieteten Wohnung und suchen Sie Ihren Schlüssel aus der Tasche. Behalten Sie den Mann sehr genau, aber unauffällig, im Auge. Falls er es sein sollte, und falls er Sie als Zufallsopfer auswählt, müssen Sie sehr schnell und vor allem richtig handeln. Dafür gibt es kein Szenario. Das müssen Sie vor Ort ganz allein entscheiden. Wenn er Sie zwingt, in die Wohnung zu gehen, wehren Sie sich nicht. Dort wartet Franck. Seien Sie auch besonders wachsam, wenn Ihnen eine einzelne Frau begegnet und plötzlich ein Mann neben ihr auftaucht. Das könnte er sein. Leider tappen wir ja im Dunkeln, wie er seine Opfer auswählt. Er kann sie kennen, wie Assia Blanc, kann sie vorher beobachtet haben, kennt möglicherweise ihre Angewohnheiten und passt sie vor ihrer Haustür ab. Oder er nähert sich der Erstbesten, der er auf der Straße begegnet. Und das könnten Sie sein.«

»Letzteres glaube ich eigentlich weniger«, warf Claudine skeptisch ein. »Da ist sein Risiko größer, denn er weiß ja nicht, ob eine ihm völlig Fremde tatsächlich allein wohnt.«

»Vielleicht geht er dieses Risiko ein. Guy Georges hat seinerzeit einer Frau namens Mélanie B. in ihrem Treppenhaus aufgelauert, sie bedroht und gezwungen, ihn mit in ihre Wohnung zu nehmen. Er hatte sie willkürlich ausgewählt. Doch sie hatte einen Freund, der sich in der Wohnung aufhielt, und das hat Mélanie B. das Leben gerettet. GG suchte das Weite, als dieser Freund plötzlich auftauchte. Das Ganze ist ein Vabanquespiel, Claudine, darüber müssen wir uns im Klaren sein.«

Claudine nickte. »Ich weiß, Chef. Aber wenn wir das Viertel mit Polizisten vollstopfen, haben wir erst recht keine Chance.«

»Wenn Sie sich nicht regelmäßig über Funk melden, sagen wir, alle drei, vier Minuten, gehen wir davon aus, dass etwas vorgefallen ist. Dann wird nicht nur Franck alarmiert, auch die anderen Kollegen reagieren sofort. Es müsste dann mit dem Teufel zugehen, wenn der Kerl uns entwischt.«

Nachdem Claudine sein Büro verlassen hatte, erledigte LaBréa einige Telefonate. Jean-Marc und Franck würden sich um die drei zu postierenden Lieferwagen kümmern. Einer der Techniker sollte am frühen Abend in die angemietete Wohnung Rue du Faubourg St. Antoine fahren, um Claudine entsprechend zu verkabeln. Franck würde sich gegen neunzehn Uhr dreißig dort einfinden.

LaBréa hoffte, er verschätzte sich nicht mit seinem Plan, einen Lockvogel einzusetzen. Wenn die Rechnung nicht aufging und der Täter sich nicht länger an der Bastille herumtrieb, hatten sie Pech. Doch ein Gefühl sagte ihm, der Mörder würde sein Terrain nicht wechseln, wenn er weitermachte. Er konnte sich nicht erklären, wieso er so fest davon überzeugt war. Doch auf sein Gefühl verließ LaBréa sich immer. Er hoffte nur, dass Claudine einen kühlen Kopf behielt, falls sie dem Täter begegnen sollte. Das war das Wichtigste. Claudines Mann hatte zwar recht, wenn er sagte, ein Polizeibeamter riskiere ohnehin jeden Tag sein Leben. Doch hier handelte es sich um eine gezielt herbeigeführte Gefahrensituation, ein Risiko, das angesichts der brutalen Morde des Serienkillers einfach eingegangen werden musste. Allerdings war sich LaBréa darüber im Klaren, was es für ihn und seine Karriere bedeuten würde, wenn Claudine trotz aller Vorsichtsmaßnahmen etwas zustieß.

Er wurde aus seinen Gedanken gerissen, weil das Telefon klingelte. Es war Véronique Andrieu.

»Wann kann ich zu euch kommen?«, fragte sie ohne Umschweife. »Ich wäre jetzt nämlich so weit.«

»Um siebzehn Uhr steigt unsere Talkrunde. Es wäre gut, wenn du dabei sein würdest.«

»In Ordnung. Also, bis dann.«

LaBréa wählte die Nummer des Ermittlungsrichters und gab ihm den Termin der Talkrunde durch. Gleichzeitig informierte er Couperin über das Verschwinden des Exehemannes von Assia Blanc und das Negativergebnis der DNS-Analyse des Cateringfahrers.

Franck betrat das Büro. »Dieser dritte Kellner, Armand Cressant, hat mich gerade zurückgerufen. Er fuhr gestern Nacht kurz nach zwölf von seiner Arbeitsstätte, dem Restaurant *Chez Fred*, in die Bar *Joli et Gay* im 2. Arrondissement.« Franck blickte seinen Chef mit großen Augen an. »Wie der Name schon sagt, ist das eine, na ja, so eine Schwulenbar.«

LaBréa bemerkte, wie schwer Franck das über die Lippen ging. Er entschloss sich, ihn direkt darauf anzusprechen.

»Mein Gott, Franck, können Sie eigentlich nicht normal mit solchen Dingen umgehen? Es gibt doch nun wirklich nichts, was wir in unserem Beruf nicht erleben. Da sind Schwule und eine Schwulenbar noch das Harmloseste!«

Franck zuckte mit den Schultern. LaBréa sah, dass er die Lippen zusammenkniff und sich über die Bemerkung seines Chefs ärgerte. Deshalb lenkte LaBréa ein und fragte: »Ist das Alibi dieses Cressant schon bestätigt?«

»Noch nicht, Chef.« Franck steckte die Hände in die Hosentaschen. »Die Bar macht erst gegen einundzwanzig Uhr auf. Aber eines ist vielleicht interessant: Es ist derselbe Schuppen, in dem auch dieses Männerpärchen aus dem Haus der Villeron in der Mordnacht gewesen ist.«

»Wieso ist das interessant? Das verstehe ich, ehrlich gesagt, nicht, Franck. Diese Bar ist anscheinend eine Szenekneipe, die von vielen Schwulen frequentiert wird. Fragen Sie mal Jean-Marc, der kennt sich da besser aus.«

LaBréa sah noch den bedeutungsvollen Blick, den Franck ihm aus den Augenwinkeln zuwarf, bevor er das Büro verließ. Wie sehr doch die Menschen ihren Vorurteilen und eingefahrenen Denkschablonen verhaftet sind, dachte er. Franck war ein intelligenter, vernünftiger Mann mit vielen Fähigkeiten. Ein ausgezeichneter Mitarbeiter. Humorvoll, angenehm in der Zusammenarbeit und effektiv in der Arbeit. Doch beim Thema Homosexualität schien bei ihm jedes Mal eine Klappe herunterzufallen. Jeder bei der Brigade Criminelle vermutete, Jean-Marc könnte möglicherweise schwul sein. Doch LaBréa hatte sich gleich nach seinem Dienstantritt in Paris jegliche Anzüglichkeiten über das Privatleben des Paradiesvogels verbeten. Natürlich war LaBréa klar, dass Francks Problem mit diesem Thema ausschließlich mit ihm selbst zu tun hatte. Doch es konnte nicht seine Aufgabe sein, die psychologischen Hintergründe für das Verhalten seiner Mitarbeiter auszuloten. Das Privatleben seiner Leute interessierte ihn nicht. Ihm genügten die Fakten. Franck Zechira lebte seit Jahren mit einer festen Freundin zusammen. Claudine Millot war verheiratet, und Jean-Marc Lagarde gab sich als Junggeselle und überzeugter Single.

Siebzehn Uhr. LaBréas Mitarbeiter und die Kollegen der Abteilung 2 hatten sich vollzählig zur Talkrunde eingefunden. LaBréa besprach den Einsatzplan für den heutigen Abend. Alles war darauf abgestellt, dass Claudine Millot höchstmöglichen Schutz genoss, sollte sie dem Täter bei ihrem Einsatz begegnen.

Gleichzeitig mit Ermittlungsrichter Couperin traf Brigadier Valdez mit dem anonymen Schreiben ein, das er in Aubervilliers abgeholt hatte und das in einem Umschlag steckte. Zufrieden nickte LaBréa.

»Das ging ja schnell, Brigadier. Wie haben Sie das denn geschafft?«

Valdez grinste. »Ganz einfach, Chef. Alter Polizistentrick: Ich bin mit Blaulicht und Sirene gefahren.« Er erntete allgemeine Heiterkeit mit dieser Bemerkung.

LaBréa öffnete den Umschlag. Er enthielt zwei DIN-A4-Seiten. Mit spitzen Fingern zog er sie heraus. Auf der ersten prangte der Umriss des ägyptischen Fußes. Das zweite Blatt war mit einem roten Filzstift beschrieben. LaBréa las den in großen Druckbuchstaben abgefassten Text laut vor.

BEI DEN VERBRECHEN IN DER RUE BEAUSIRE TAPPT DIE POLIZEI IM DUNKELN. BEIDE FRAUEN WURDEN IN IHREN WOHNUNGEN GEFESSELT, GEKNEBELT UND ENTKLEIDET. NACH EINER SATTEN SEXORGIE BRACHTE DER UNBEKANNTE, DER IM SICHEREN SCHUTZ DER

ANONYMITÄT HANDELT, DEN FRAUEN JEWEILS ZWÖLF STICHE MIT SEINEM MESSER BEI. VIER IN DIE BRUST, VIER ZWISCHEN DIE BEINE UND VIER IN DEN HALS. AM ORT DES GESCHEHENS LIESS DER TÄTER DAS BEILIEGENDE BLATT MIT DEM FUSS ZURÜCK. DIE WOHNUNGSSCHLÜSSEL DER FRAUEN LAGEN NACH DER TAT JEWEILS VOR DER TÜR. DADURCH KONNTEN DIE FRAUEN FRÜHZEITIG GEFUNDEN WERDEN.

WER IST DIESER UNBEKANNTE, DER NICHTS DEM ZUFALL ÜBERLÄSST UND DIE POLIZEI AN DER NASE HERUMFÜHRT? UND WARUM GIBT DIE POLIZEI KEINE EINZELHEITEN BEKANNT? DIESES SCHREIBEN WIRD HOFFENTLICH DEN ZUSTAND DER INFORMATIONSSPERRE BEENDEN. DIE BEVÖLKERUNG HAT EIN ANRECHT AUF DIE WAHRHEIT!

LaBréa legte das Schreiben auf den Tisch.

»Die Handschrift des Mörders«, sagte er nachdenklich. »Und zwar im wahrsten Sinn des Wortes. Er will, dass man seine Taten zur Kenntnis nimmt. Nie und nimmer glaube ich, dass der Zeitung dieses Schreiben von einem unserer Kollegen zugespielt wurde.«

Es klopfte an der Tür, und Véronique Andrieu betrat LaBréas Büro. Er stellte sie vor und bat sie, am Konferenztisch Platz zu nehmen. Couperin musterte die Psychologin unauffällig, doch mit neugierigen Blicken. LaBréa zeigte Véronique gleich die beiden Blätter des anonymen Schreibens. Sie las den Text sorgfältig durch.

»Das stammt zweifelsohne von ihm. Es passt ins Bild, wie Sie gleich sehen werden.« Véronique blickte kurz in die Runde, öffnete ihre Aktentasche und legte die Kopien der Ermittlungsakten sowie die Tatortfotos auf den Tisch. Sie schlug ein Heft auf, in dem sie sich Notizen gemacht hatte.

Alle warteten gespannt auf ihre Ausführungen zum Profil des Killers.

»Meine Damen und Herren«, begann sie, »lassen Sie mich zunächst einige generelle Bemerkungen machen. Wir haben es mit einem sadistischen Vergewaltiger zu tun. Dieser Verbrechertyp gehört zu den gefährlichsten Sexualstraftätern. Marc Douglas, mit dem ich beim FBI in Quantico zusammengearbeitet habe und der über langjährige Erfahrung auf diesem Gebiet verfügt, hat es einmal so formuliert: ›Sexuelle Fantasien und Aggressivität verschmelzen beziehungsweise ergänzen und stimulieren einander bei diesem Vergewaltigertypus. Je aggressiver er wird, desto größer wird seine sexuelle Erregung … Um sein Opfer zu peinigen, wendet er die verschiedensten Formen seelischer und physischer Gewalt an, wobei er sich gezielt an besonders empfindlichen Stellen sowie den Geschlechtsteilen der Frauen zu schaffen macht, wie Mund, Genitalien, Brüste, Gesäß und Rektum.‹ Das Ritual, das ein sadistischer Vergewaltiger entwickelt, ist minutiös geplant. Als Waffe benutzt er meistens ein Messer, weil es leicht zu beschaffen ist, extrem einschüchternd wirkt und jegliche Gegenwehr bei den Frauen, die vor Angst wie gelähmt sind, von vornherein unterbindet. Nachdem er die Opfer in seine Gewalt gebracht hat, beginnt er sein Ritual. Zunächst misshandelt er die Frauen, meistens durch Schläge. Dann fesselt er sie, sorgt dafür, dass sie nicht schreien können, und reißt beziehungsweise schneidet ihnen die Kleider vom Leib. Er nimmt seine Opfer nicht als menschliche Individuen wahr. Mitleid ist ihm fremd. Je mehr die Opfer um Gnade betteln, falls sie überhaupt die Möglichkeit haben zu sprechen, desto mehr steigert das seine Gewaltbereitschaft. Zur Zeit der Tat ist er einzig und allein daran interessiert, das Szenario durchzuziehen, das er sich in seinen sexuellen Fantasien bereits viele Male ausgemalt hat. Der sadistische Vergewaltiger will sein zum Objekt degradiertes Opfer dominieren und beherrschen. Sein Ziel ist die vollständige Kontrolle über die Frau, die sich in seiner Gewalt befindet, ihre völlige Unterwerfung und Erniedrigung, schließlich ihre Vernichtung. Etwas ist ganz entscheidend: Bei einer Vergewaltigung durch diesen Tätertyp geht es nicht um Sex, sondern darum, eine Frau zu beherrschen. Es geht um Macht. Wenn der Täter die Frau anschließend tötet, steigert sich sein Machtgefühl ins Unermessliche.

Die Sehnsucht nach Macht entsteht aus dem Gefühl der Ohnmacht. Deshalb sind sadistische Triebverbrecher meistens Versager ohne großes Selbstvertrauen. Das heißt jedoch nicht, sie führten nach außen hin, zum Beispiel in beruflicher Hinsicht, kein normales und unauffälliges Leben. Mancher von ihnen ist scheinbar perfekt in die Gesellschaft integriert; oft haben die Täter eine Familie, in der sie den liebenden Ehemann und Vater spielen. Dass sie zu Vergewaltigern und Mördern werden, hängt mit Erfahrungen in ihrer Kindheit und Jugend zusammen. Erlebnisse, bei denen sie sich minderwertig fühlten. Womit ich nicht sagen will, das entschuldige ihre Taten. Die allermeisten von ihnen sind voll schuldfähig und keineswegs geisteskrank. Sie wissen genau, was sie tun. Serienmörder sind in der Regel überdurchschnittlich intelligent. Sie planen ihre Taten, denken sich immer neue Wege und Möglichkeiten aus, an ihre Opfer zu kommen und sie auf grausame Art zu beherrschen. Viele Täter spielen mit der Polizei Katz und Maus, wollen der ganzen Welt zeigen, wozu sie fähig sind, und möchten ihre Taten entsprechend in den Medien erwähnt wissen.«

Véronique hielt einen Moment inne. Gebannt waren alle Blicke auf sie gerichtet. Sie goss sich ein Glas Mineralwasser ein und trank einen Schluck, bevor sie weiterredete.

»Diese allgemeinen Ausführungen basieren auf langjähriger Erfahrung mit Serientätern in den USA. Ihre wichtigsten Kernpunkte treffen auch auf den Täter zu, um den es hier geht. Als Profiler kann man sich dem Täterprofil nur nähern, wenn man versucht, sich in die Psyche des Mörders zu versetzen. Dass so etwas nicht leichtfällt, liegt auf der Hand. Ausgangspunkt waren für mich dabei die Tatortbefundberichte mit Fotos, die Autopsieberichte, alle Informationen über die Opfer und sonstige Auffälligkeiten.

Das Szenario an den Tatorten ist bei allen drei Opfern nahezu identisch. Der Täter gelangt in die Wohnungen der Frauen, indem er sein Messer als Drohmittel einsetzt. Er will nichts riskieren und wäre bereit, sofort zuzustoßen, falls das Opfer sich wehrt, schreit oder mit ihm reden will. Das ist anscheinend bei Annabelle Villeron der Fall gewesen. Laut Autopsiebericht fand sich am Hals dieser Frau eine oberflächliche Einritzung der Haut. Sie unterschied sich deutlich von den später durchgeführten Stichen in den Hals. Im Fall Assia Blanc hat der Täter nicht gleich das Messer gezückt, als er vor ihrer Tür stand. Wenn die Angaben der Ohrenzeugin aus der gegenüberliegenden Wohnung zutreffen, hat Assia Blanc zunächst die Tür nur einen Spalt geöffnet, die Kette lag ja davor. Der Täter hat gewartet, bis sie die Kette löste, und betrat dann auf ihre Aufforderung hin die Wohnung. Das bedeutet, sie muss ihn gekannt haben. Sobald die Wohnungstür geschlossen war, kam sein Messer zum Einsatz. Ab hier sind die Tatabläufe aller drei Morde nahezu identisch. Misshandlungen, Fesselung, Folterung. Er nimmt sich Zeit. Bei Assia Blanc kam er laut Zeugenaussage gegen halb eins; das Opfer starb gemäß Autopsiebericht gegen fünf Uhr. Der Täter hatte die Frau mehr als vier Stunden in seiner Gewalt. Bei den beiden anderen Opfern können wir von einem ähnlichen Zeitraum ausgehen. Man kann sich den Ablauf des Rituals ungefähr so vorstellen: Da die Frauen gefesselt und ihm völlig hilflos ausgeliefert sind, legt der Täter sein Messer zunächst einmal beiseite, nachdem er die Oberbekleidung der Frauen zerschnitten hat. Die Unterwäsche hingegen lässt er vermutlich intakt, um sie später, wenn er die Wohnung verlässt, mitnehmen und in der Folgezeit zur weiteren sexuellen Stimulierung verwenden zu können. Nun beginnt er, die Frauen verbal zu quälen. Er beschimpft sie, droht ihnen. Aber er macht ihnen auch Versprechungen, sie freizulassen. Er spielt mit ihnen. Dieses Spiel gibt ihm ein erstes Gefühl der Befriedigung und steigert gleichzeitig seine Aggressivität. Schon währenddessen, oder kurz danach, vergewaltigt er seine Opfer. Die Todesangst in den Augen der Frauen steigert sein Bedürfnis, sie zu quälen und zu vernichten, immer mehr. Seine Aggression braucht jetzt dringend ein weiteres Ventil. Er greift zum Messer und sticht die Frauen in eine ihrer Brüste, und zwar gezielt in die Brustwarze. Beim Anblick des Blutes steigert er sich immer mehr in seinen Rausch. Doch dann zügelt er sich. Er will genießen, seine Tat richtig auskosten. Er unterbricht sein Ritual. Vielleicht geht er auf die Toilette oder er setzt sich in einen Sessel, von wo aus er das Opfer beobachten kann. Er schafft sich einen kleinen Aufschub – ein retardierendes Moment in der Dramaturgie seines Rituals. Das steigert seine Aggressivität und den Rausch, in den ihn sein Tun versetzt. Jetzt gehört die Beute gänzlich ihm. Er vergewaltigt die Frauen erneut, wobei er ihnen während der Vergewaltigung die restlichen Stiche in die Brust beibringt. Seine Brutalität und sein Blutrausch gipfeln schließlich darin, dass er zum Schluss das zerstört, was er sich vorher durch den gewaltsamen Geschlechtsakt mehrfach genommen hat: den Schoß der Opfer. Es ist der entscheidende Schritt zur Vernichtung des Weiblichen schlechthin. Die Stiche in den Hals, mit denen er das Schicksal der Opfer besiegelt, sind nur noch eine Art Nebenhandlung, obgleich sie zum Ziel haben, das Opfer endgültig zu vernichten. Denn der eigentliche Zweck der Aggression wurde schon vorher erreicht, durch die Vergewaltigungen und die Messerstiche in die Geschlechtsorgane der Frauen.

Wenn er die Wohnungen der Opfer verlässt, ist das Ego des Mörders riesengroß. Er hat etwas gewagt und getan, was niemand sonst tun würde. Er ist jemand, jemand ganz Besonderes. Niemand kann ihm das Wasser reichen. Und aus diesem übersteigerten Selbstbewusstsein heraus erlaubt er sich das Spiel mit der Polizei. Die Kopie der Fußzeichnung am Tatort, der Hausschlüssel vor der Wohnungstür – Zeichen seines beinahe ins Größenwahnsinnige gesteigerten Egos. Die banale Realität seiner Existenz wird durch seine Taten überlagert: Er ist nicht mehr der Versager, der kleine Angestellte, ohne Macht und Aufstiegschancen, der Mann mit den Minderwertigkeitsgefühlen, sondern eine Art Terminator, der mit der Ermordung seiner Opfer eine perfekte Arbeit hingelegt und es allen gezeigt hat.«

Véronique hielt einen Moment inne. LaBréa nutzte die Gelegenheit zu einer Zwischenfrage.

»Wieso diese festgelegte Anzahl der Stiche? Jeweils vier Stiche in Brüste, Vagina und Hals. Nur bei Assia Blanc ist unser Täter davon abgewichen.«

»Die identische Anzahl der Stiche weist darauf hin, dass es sich trotz des ungeheuren Aggressionspotenzials, das dieser Täter besitzt, um einen Mann handelt, der seine

Handlungen gern unter Kontrolle hat. Er ist ein penibler, auf Sauberkeit und Ordnung bedachter Mensch. Das scheinbare Chaos, das er am Tatort anrichtet, folgt einem minutiös ausgedachten Muster. Es ist kein wahllos und spontan provozierter Blutrausch, sondern eine Tat, deren genauen Ablauf er von vornherein festgelegt hat. Dieser Ablauf muss stets gleich sein, damit er nicht den Ordnungssinn des Täters stört.«

»Welche Bedeutung haben die beiden zusätzlichen Stiche bei Assia Blanc?«, wollte der Ermittlungsrichter wissen.

»Die hat er meines Erachtens hinzugefügt, um die Polizei zu verwirren und ihr ein weiteres Rätsel aufzugeben. Der Täter ist ein äußerst intelligenter Mann, der nichts am Ablauf seiner Taten dem Zufall überlassen würde. Er kann sich allerdings bewusst entscheiden, geringfügig von dem bisherigen Muster abzuweichen. Die Gefahr besteht, dass er seine Brutalität noch weiter steigert, da der Kick, den er sich ein- oder zweimal verschafft, bald nicht mehr ausreichen wird. Wie ein Drogensüchtiger immer öfter und immer mehr Stoff braucht, so braucht dieser Mörder immer wieder eine neue Stimulation. Sollte der Täter erneut zuschlagen, wird er seinen Modus Operandi möglicherweise dahingehend verändern, dass er sich weitere Grausamkeiten einfallen lässt. Doch er wird nicht das Grundmuster verlassen, das wir aufgrund der bisherigen Taten kennen.«

Véronique Andrieu unterbrach ihre Ausführungen, um einen weiteren Schluck Wasser zu trinken. Dann fuhr sie fort.

»Neben der persönlichen Triebbefriedigung haben seine Taten ein weiteres Ziel: Er sucht den Dialog mit der Polizei. Das wird durch die am Tatort bewusst platzierten Hinweise deutlich. Da Polizei und Presse zunächst nicht so reagiert haben, wie er es erwartet hatte, hat er selbst dem *France*

Soir die Informationen über seine Taten zugespielt. Er will sich damit brüsten, wie schlau er ist. Er möchte die Polizei als einen Haufen unfähiger Dilettanten vorführen. Und er will, dass man ihn zur Kenntnis nimmt, dass man sich öffentlich mit ihm befasst.«

Véronique nahm das anonyme Schreiben in die Hand. »Er schreibt, der Täter handle ›im sicheren Schutz der Anonymität‹. Damit will er sagen, wie perfekt geplant seine Taten sind und wie chancenlos die Polizei gegen ihn ist. Er ist sich sicher, keine Beweise am Tatort zurückgelassen zu haben, die ihm gefährlich werden könnten. Einige Zeilen weiter schreibt er: ›... die Frauen konnten frühzeitig gefunden werden.‹ Warum sollen sie frühzeitig gefunden werden? Weil er danach fiebert, dass seine Taten bekannt werden. Vielsagend ist auch die Tatsache, dass er bei den Vergewaltigungen kein Kondom benutzt und damit Spuren hinterlässt, über die er eindeutig identifizierbar wäre. All das zeigt, wie haushoch er sich der Polizei und ihren Ermittlungsmethoden überlegen fühlt.

Die Hinterlegung der Zeichnung mit dem ägyptischen Fuß hat eine eindeutige Funktion. Sie erinnert an den Serienmörder Guy Georges. Und wenn unser Täter sich ihn zum Vorbild nimmt, dann müssen wir mit weiteren Morden rechnen.«

Véronique hielt einen Moment inne und ließ ihren Blick über die Runde schweifen. LaBréa nutzte die kurze Unterbrechung und unterrichtete Véronique über den Plan, Claudine Millot als Lockvogel einzusetzen.

Die Psychologin nickte. »Darauf werde ich gleich eingehen. Zunächst möchte ich etwas zur Täter-Opfer-Beziehung sagen. In der Kriminologie gilt ja die Faustregel, dass das Motiv für einen Mord oftmals im Leben des Opfers zu suchen ist. Dies ist im Fall eines Serienkillers genau umgekehrt. Das Motiv für die Taten ist im Leben des Mörders zu suchen. Die Opfer sind zufällige Opfer, auch wenn der Täter sie gekannt hat und sie ihn gekannt haben. Es gibt keine persönliche Geschichte zwischen ihnen. Er ist weder ein guter Freund noch ein Ehemann oder Exgeliebter der Frauen, die er quält und umbringt.«

Couperin ergriff das Wort: »Dann halten Sie es also für ausgeschlossen, der Exmann von Alissa Blanc, der ehemalige Armeeangehörige, könnte der Täter sein?«

»Hundertprozentig ausschließen will ich das nicht. Aber ich halte es für ziemlich unwahrscheinlich.

Was wir wissen, ist, unser Mörder kannte Assia Blanc, und das half ihm, sich Zugang zu ihrer Wohnung zu verschaffen. Wodurch hat er sie gekannt? Laut der Aussage der Nachbarin siezte sie ihn, und das würde mit der Annahme, dass Serientäter in der Regel mit ihren Opfern nicht enger befreundet, verschwägert oder verwandt sind, übereinstimmen. Bis jetzt gibt es ja auch keinen Hinweis darauf, dass der Täter im persönlichen Umfeld von Assia Blanc zu suchen ist. Meiner Überzeugung nach ist die Verbindung zwischen den beiden in ihrem beruflichen Umfeld zu suchen. Und das gilt auch für die beiden anderen Frauen, Marie Ousbane und Annabelle Villeron. Das, was alle drei Frauen mit dem Täter verbindet, ist ein bestimmtes berufliches Umfeld.«

»Welches könnte das sein?«, fragte der Paradiesvogel. »Die Opfer hatten völlig verschiedene Berufe, die nichts miteinander zu tun haben. Toilettenfrau, Studentin, Verkäuferin in einem Delikatessengeschäft und gelegentliche Küchenhilfe. Ich sehe da keinen Zusammenhang.«

Véronique lächelte. »Es muss aber einen Zusammenhang geben. Keinen direkten, aber einen indirekten. Ich kann nicht sagen, welchen. Die Tatsache, dass der Mörder sich seiner Sache so sicher ist und mit uns spielt, zeigt, es muss etwas sein, worauf niemand so leicht kommt.«

Erneut schaltete sich Couperin ein: »Heißt das, der Mörder übt einen Beruf aus, bei dem er mit allen drei Frauen in Kontakt kommen konnte?«

»Nicht unbedingt. Mit Assia Blanc muss er irgendwann vor der Tat in Kontakt gekommen sein, sonst hätte sie ihm nicht die Tür geöffnet. Aber mit den beiden anderen? Das wissen wir nicht. Er muss einen Beruf ausüben, der es ihm erlaubt, seine Opfer auszuwählen, sie zu beobachten, ihnen aufzulauern oder unter einem Vorwand bei ihnen zu Hause aufzutauchen. Seine Taten sind perfekt geplant und durchgeführt. Das deutet auf ein hohes Maß an Vorarbeit hin und auch darauf, dass er sich durch die Tarnung, die ihm sein Beruf verschafft, völlig sicher fühlt.

Die zweite Verbindung zwischen unserem Mörder und seinen Opfern ist das Wohnviertel. Zwei der Frauen lebten in der Rue Beausire, das dritte Opfer in der Rue de la Roquette. Die Gegend um die Bastille, das können wir daraus schließen, ist das Viertel, in dem auch der Täter beruflich zu tun hat und in dem er wohnt.«

»Was macht dich so sicher, dass er dort auch wohnt?«, wollte LaBréa wissen.

»Weil er komplizierte Anfahrten vermeiden würde. Er will nach der Tat rasch nach Hause. Vergessen wir nicht, er nimmt die Unterwäsche der Opfer mit, als Stimulans und Erinnerung an den Rausch, den er während des Rituals empfunden hat. Diesen Rausch, das Gefühl der Allmacht, das er sich verschafft hat, möchte er noch möglichst lange in dieser Nacht, und darüber hinaus, erhalten und auskosten. Ein längerer Heimweg, womöglich mit Metro oder Pkw, würde ihn zu sehr mit der Wirklichkeit konfrontieren. Es wäre ein Einbruch der Realität in die sonst hermetisch abgeschottete Welt seiner Gewaltfantasien, und das würde er nicht zulassen.«

»Wenn seine Wohnung im Umkreis der Bastille liegt«, bemerkte Franck, »müsste das uns doch die Suche nach ihm erleichtern.«

Claudine widersprach ihrem Kollegen.

»Nicht unbedingt, Franck. Wenn ich Madame Andrieu richtig verstanden habe, verfügt unser Killer in seinem Alltagsleben über eine perfekte Tarnung.«

Véronique nickte zustimmend.

LaBréa fuhr sich mit der Hand durch die Haare und lehnte sich im Sessel zurück. »Könnte er auch in einem Hotel wohnen, in einer Pension?«, fragte er die Psychologin.

»Nein, das glaube ich nicht. Der Täter braucht den Schutz seiner eigenen vier Wände, in die er sich nach der Tat zurückziehen kann. In einer Pension zu wohnen wäre ihm viel zu riskant.«

»Da können wir die Ermittlungen unter den Gästen der Pension *Cantal* in der Rue Beausire ja wohl abhaken«, meinte Jean-Marc.

»Vermutlich«, erwiderte Véronique. »Der Täter wäre nie so dumm oder so unvorsichtig, sich in einer Pension direkt gegenüber den Tatorten einzuquartieren. Wenn er in der Nähe der Tatorte lebt, dann in seiner eigenen Wohnung – als unauffälliger Bürger und Nachbar, den niemand in Verdacht hätte. Doch ich vermute, er wohnt weder in der Rue Beausire noch in der Rue de la Roquette. Mit der Auswahl der Tatorte verfolgt er ein bestimmtes Ziel.«

»Welches?«, fragte LaBréa und beugte sich gespannt vor.

»Ich weiß es nicht. Er wird sich ein kompliziertes Muster ausgedacht haben, um uns weitere Rätsel aufzugeben. Die Auswahl der Tatorte hat eine innere Logik. Wir kennen sie nur noch nicht.«

Franck seufzte und strich sich über seine Moustache. »So, wie Sie den Mann schildern, wird er sich etwas besonders Kniffliges ausgedacht haben. Vermutlich kommen wir erst dahinter, wenn es weitere Opfer gibt – was ich mir gar nicht vorzustellen wage.«

»Das ist sehr gut möglich. Es ist leider davon auszugehen, dass der Mann erneut zuschlägt. Seine ganze Energie und Konzentration gelten der Durchführung seiner Taten, die einem bestimmten Muster folgen, das er unbedingt zu Ende bringen will. Er will etwas vollenden und nicht auf halber Strecke stehen bleiben. Stück für Stück wird er seine Karten aufdecken, bis zum Schluss ein Gesamtbild entsteht.«

»Was heißt ›zum Schluss‹?« LaBréa blickte Véronique besorgt an. »Womit müssen wir denn rechnen, Véronique?«

Schwere, belastende Stille herrschte im Raum. Alle Augen waren auf die Psychologin gerichtet. Sie zuckte mit den Schultern.

»Ich kann es nicht sagen. Nur so viel weiß ich: Er macht nicht Schluss. Jetzt noch nicht, und auf keinen Fall freiwillig. Serientäter hören in der Regel erst dann auf, wenn sie geschnappt werden oder sterben. Manchmal legen sie eine Pause ein, wechseln den Wohnort und denken sich einen neuen Modus Operandi aus. Wenn sie gewieft genug sind und keine Spuren am Tatort zurücklassen, können sie theoretisch jahrelang so weitermachen. Wir sollten nicht vergessen, dass die Karriere eines sadistischen Sexualtäters meist schon früh beginnt. Viele von ihnen fangen als Spanner oder Exhibitionisten an und steigern sich im Verlauf ihrer Täterkarriere.«

»Ich dachte immer, Exhibitionisten wären harmlos«, warf Yvonne Lecarpe von der Abteilung 2 ein.

»Das ist ein altes Ammenmärchen«, erwiderte Véronique Andrieu. »Und leider geht die Justiz viel zu lasch mit den Leuten um, die erwischt werden. Man nimmt Exhibitionismus nicht ernst, dabei sind Selbstentblößung oder Spannertum oft eine Vorstufe zu weiteren sexuell motivierten Taten. In den USA gibt es diesbezüglich eindeutige Statistiken. Natürlich wird nicht jeder Exhibitionist oder Spanner zum Mörder, aber nahezu jeder Sexualtäter hat einmal mit solch scheinbar harmlosen Spielchen angefangen. Bei Menschen mit extrem ausgebildetem Hang zum Sadismus gipfelt eine solche Täterkarriere in grausamen Folterungen und Mord, wie es uns der Unbekannte, den wir suchen, ja vorführt.«

»In diesem Sommer gab es in verschiedenen Arrondissements vier Fälle von Vergewaltigungen mit identischem Modus Operandi«, erinnerte sich LaBréa. »Der Täter muss vorher die Wohnungen der Opfer beobachtet haben. Er stieg nachts durch die wegen der großen Hitze geöffneten Fenster ein, bedrohte die Frauen mit einem Messer und vergewaltigte sie. Die Kollegen in den Kommissariaten haben weder Fingerabdrücke noch Spermaspuren sicherstellen können. Laut Aussage aller vier Frauen benutzte der Mann bei seinen Vergewaltigungen ein Kondom und trug eine schwarze Strumpfmaske. Ebenso plötzlich wie die Vergewaltigungsserie angefangen hat, hörte sie auch wieder auf. Hältst du es für möglich, Véronique, unser Mann hatte auch da die Hände im Spiel?«

»Schwer zu sagen.« Véronique dachte einen Augenblick nach. »Wenn er es war, dann können diese Vergewaltigungen im Sommer als eine Art Vorstufe betrachtet werden, als Übung für das Größere, das er vorhatte. Es wäre ein Beweis dafür, dass es in der Täterkarriere eines sadistischen Vergewaltigers eine stetige Steigerung gibt, bis die Hemmschwelle zum Töten überschritten ist. Aber dass es sich um ein und denselben Täter handeln könnte, ist reine Spekulation. Der Vergewaltiger in diesem Sommer kann jemand gewesen sein, der gleich danach den Pariser Raum verlassen hat und jetzt womöglich anderswo sein Unwesen treibt.«

Die Psychologin klappte das Heft mit ihren Aufzeichnungen zu und lehnte sich zurück.

»Da der Mann süchtig nach Publicity ist und deshalb seine Taten selbst an die große Glocke hängt, besteht natürlich die Chance, dass er irgendwann einen Fehler macht. Nur wann? Es muss alles getan werden, um ihm möglichst schnell das Handwerk zu legen. Deshalb finde ich es auch eine gute Maßnahme, einen Lockvogel einzusetzen.« Sie wandte sich an Claudine. »Obwohl ich Sie um diese Aufgabe nicht beneide, Madame Millot. Aber ich hoffe, meine Ausführungen helfen Ihnen ein wenig, wenn Sie jetzt nachts draußen Ausschau nach ihm halten.«

Claudine wiegte skeptisch den Kopf.

»Wenn der Täter seine Opfer in seinem wie auch immer gearteten beruflichen Umfeld auswählt, hat er sie vorher doch bereits beobachtet. Er wird sich schwerlich auf mich konzentrieren, falls wir uns begegnen. Ich falle durch sein Raster, wenn ich Ihren Ausführungen folge, Madame.«

»Vielleicht, aber wissen wir es hundertprozentig? In jedem Fall beschränkt sich Ihre Rolle ja nicht auf die des klassischen Lockvogels, der sich dem Täter als Köder anbietet. Was von Ihnen erwartet wird, ist mehr: Sie sollen beobachten. Aufgrund der bisherigen Ermittlungen kennen wir ja durchaus einige Fakten: Alter und ungefähre Größe des Mannes, seine Kleidung, seinen Körperbau. Ihre Aufgabe ist es also, nach jüngeren, sportlich aussehenden Männern in Jeans, Goretex- oder Lederkleidung Ausschau zu halten, die sich nachts allein im Bastilleviertel herumtreiben, und diese unauffällig zu observieren. Wo gehen sie hin? Sind sie allein? Verhalten sie sich in irgendeiner Weise auffällig? Da ist Fingerspitzengefühl gefragt, Madame Millot, und wie ich hörte, verfügen Sie zweifellos darüber.«

Claudine lachte ein wenig verkrampft. »Ich suche also die Nadel im Heuhaufen.«

»Richtig. Und Sie müssen dabei hellwach sein. Er könnte den Braten riechen. Könnte erahnen, wer Sie sind, und entsprechend reagieren. Wie gefährlich der Mann ist, brauche ich Ihnen wohl nicht zu sagen. Er schleppt traumatische Erfahrungen aus seiner Kindheit und Jugend mit sich herum, die im Lauf der Jahre Minderwertigkeitsgefühle und ein enormes Hasspotenzial in ihm haben entstehen lassen. Mit seiner marginalen Rolle in der Gesellschaft findet er sich nicht ab. Er will heraustreten aus der Masse, heraustreten aus der Durchschnittlichkeit seines eigenen Daseins, das er als ungerecht und ihm nicht adäquat empfindet.

Lassen Sie mich abschließend noch einmal zusammenfassen, mit wem wir es hier zu tun haben:

Erstens: Der Mörder wohnt in der Umgebung der Bastille, und zwar in Fußreichweite zu den Tatorten.

Zweitens: Er ist ein Mann zwischen fünfundzwanzig und dreißig Jahren, ein penibler, ordnungsliebender Mensch, der unauffällig bis anonym im Schutz einer eigenen Wohnung lebt.

Drittens: Dort lebt er allein, hat wenig Kontakt zu anderen Menschen. Er schafft sich seine eigene Welt. Die Welt der Gewalt, der sexuellen Fantasien. Vergessen wir nicht, er spricht in seinem Brief an den *France Soir* von ›satten Sexorgien‹. Allein dieser Begriff entlarvt ihn als Autor des anonymen Schreibens. Ein Insider aus den Reihen der Polizei oder Justiz hätte diesen Terminus nicht gewählt, wenn er der Zeitung die Information zuspielen wollte.

Viertens: Der Täter fühlt sich durch das Machtgefühl, das ihm seine Taten verschaffen, sicher, unangreifbar und allen überlegen. Diese Überlegenheit steht im Gegensatz zu dem Platz, den er tatsächlich in der Gesellschaft einnimmt. Er geht zwar einem geregelten Beruf nach, aber es ist ein untergeordneter Job. Unser Mann ist nicht in gehobener oder Chefposition tätig. Doch er erledigt unauffällig und gewissenhaft seine Arbeit, die nach geregelten Zeiten abläuft.

Fünftens: Sein Beruf erlaubt es ihm, die Opfer auszuspähen und zu beobachten. Er könnte Verkäufer in einem Geschäft sein, Friseur, Schlachtergeselle, kleiner Büroangestellter, Kellner oder Koch in einem Restaurant oder etwas Vergleichbares. Seine Arbeitsstätte befindet sich im Umfeld der Bastille, genau wie seine Wohnung. Deshalb müssten gezielt sämtliche Geschäfte, Lokale, Cafés, Büros et cetera unter die Lupe genommen werden, die sich im Umkreis der Tatorte befinden. Er könnte irgendwo dort beschäftigt sein und in irgendeiner Weise auf die Opfer aufmerksam geworden sein.

Sechstens: Der Mörder zitiert mit seinem Modus Operandi den Serienkiller Guy Georges. Gleichzeitig will er ihn augenscheinlich übertrumpfen. Das Blutbad, das er an den Tatorten anrichtet, ist grausamer als damals das von Guy Georges. Der ägyptische Fuß ist eine eindeutige Botschaft: Seht her, das war damals die berüchtigte ›Bestie der Bastille‹, aber das hier, das bin ich, und ich bin noch ein ganz anderes Kaliber!«

16. KAPITEL

Es war kurz nach achtzehn Uhr. Die Teilnehmer der Talkrunde hatten sich zurück in ihre Büros begeben. Das anonyme Schreiben des Mörders war zur Untersuchung ins Labor gebracht worden. Obgleich LaBréa sich dadurch keine Fingerabdrücke des Täters erhoffte, wollte er diesbezüglich kein Risiko eingehen.

Vor zehn Minuten hatte Claudine Millot sich auf den Weg in die Rue du Faubourg St. Antoine gemacht, wo LaBréas Bruder Richard ihr die möblierte Wohnung zugänglich machen würde. Die Zeit drängte, deshalb konnte Claudine vorher nicht mehr nach Hause fahren, um sich ein paar persönliche Sachen zu holen. Aus diesem Grund hatte Richard in der Zwischenzeit von einer seiner Mitarbeiterinnen einiges für Claudine besorgen lassen. Zahnbürste, eine Gesichtscreme, Seife, einen Schlafanzug sowie einige Grundnahrungsmittel. Mit Handtüchern, Bettzeug und Ähnlichem war die Mietwohnung ausgestattet. Sobald Claudine sich dort eingerichtet hatte, wollte sie sich melden.

Der Ermittlungsrichter und Véronique Andrieu blieben noch einen Moment in LaBréas Büro. LaBréa hatte sich bei Véronique für ihre Ausführungen bedankt, und auch Couperin gab sich sehr beeindruckt. Man war einen Schritt weitergekommen. Im Einvernehmen mit Couperin war LaBréa zu der Überzeugung gelangt, die Spur des verschwundenen Ehemannes von Assia Blanc nicht vordringlich weiterzuverfolgen. Ohnehin musste ja zunächst abgewartet werden, ob es ein Fahndungsergebnis gab.

Alle Kräfte sollten sich jetzt auf die Observierung der Gegend rund um die Bastille konzentrieren. Franck und Jean-Marc kümmerten sich um die Lieferwagen für die Observierung und deren Besatzungen für die kommende Nachtschicht. Fünf Frauen und fünf Männer der Abteilung 2 würden noch heute Abend ausschwärmen und eine Liste aller Geschäfte, Restaurants, Cafés und Firmen erstellen, die sich rund um die Bastille befanden. LaBréa hatte den Radius eingegrenzt. Im Norden endete der Abschnitt auf der Höhe Rue Sedaine/Rue Pas de la Mule. Westlich der Bastille war die Place des Vosges die Begrenzung, im Süden die Rue de la Cérisaie. Östlich würde man eine Linie ziehen, die etwa vom Lycée Technique senkrecht nach Süden führte, bis hinunter zur Rue Moreau. Die Erfassung all dieser Geschäfte, Läden und gastronomischen Einrichtungen würde einige Zeit in Anspruch nehmen und frühestens im Lauf des morgigen Vormittags zu einem ersten Überblick führen. Die Kollegen aus der Abteilung 2 würden geschickt undercover operieren, getarnt als Touristen, mit umgehängter Kamera und Stadtplan in der Hand, als Lieferanten, Fußgänger, Kunden in den Geschäften und als Gäste in den Cafés.

»Die Leute sollen sich bloß unauffällig verhalten«, riet Véronique. »Im Moment sind wenig Touristen unterwegs.«

»Touristen bevölkern eigentlich zu jeder Jahreszeit die Stadt«, widersprach LaBréa. »Außerdem ist Vorweihnachtszeit. Auch wenn sicher niemandem von uns der Sinn nach Weihnachten steht. Viele Leute kaufen ein, gerade um die Bastille herum ist im Augenblick ziemlich viel Betrieb. Da werden unsere Leute während der normalen Geschäftszeiten nicht auffallen.«

Couperin zündete sich eine Zigarette an. »Sie werden doch heute Nacht sicher selbst vor Ort sein, Commissaire.«

»Selbstverständlich, Monsieur. Ich sitze in einem der Überwachungswagen. Sie sind in diesen Straßen postiert.« Er ging zu dem großen Stadtplan, der sich an der Wand hinter seinem Schreibtisch befand. »Hier«, sagte er und zeigte mit dem Finger auf die grünen Fähnchen, die die entsprechenden Stellen markierten. Franck hatte die strategisch wichtigen Punkte bestimmt und zu Beginn der Talkrunde mit Fähnchen versehen.

»Wagen Nummer 1 steht in der Rue Jacques Cœur, Ecke Boulevard Henri IV. Ein Lieferwagen mit dem Schriftzug der Klempnerfirma Dupont, die sich dort befindet. Der Chef der Firma ist eingeweiht, und unser Wagen sieht exakt so aus wie einer der Dupont-Firmenwagen. Wagen Nummer 2 haben wir hinter der Opéra Bastille abgestellt, in der Rue de Charenton, also in unmittelbarer Nähe der angemieteten Wohnung Rue du Faubourg St. Antoine. Es ist ein mittelgroßer Lieferwagen in den Farben und mit dem Logo der Elektrizitätsgesellschaft EDF. Wagen Nummer 3 befindet sich auf dem Boulevard Richard Lenoir, unweit des Multiplex-Kinos. Es handelt sich dabei um ein Wohnmobil mit Pariser Kennzeichen, ein älteres Modell, das vor einigen Wochen hier zum Überwintern abgestellt worden ist. Es gehört einem Concierge, der direkt neben dem Kino wohnt. Bis auf das Wohnmobil sind alle Wagen mit einer versteckten Kamera ausgestattet, durch die man die unmittelbare Umgebung in einem Winkel von 25 Grad beobachten kann.«

»Und in welchem der Wagen beziehst du Stellung, Maurice?«, wollte Véronique wissen.

»In dem EDF-Wagen, Rue de Charenton. In jedem der Fahrzeuge sitzen drei bis vier Kollegen. Die Reichweite der Funkgeräte beträgt jeweils mehrere Hundert Meter. Alle Wagen können also miteinander kommunizieren, und alle haben jederzeit Kontakt zu unserem Lockvogel.«

»Was ist mit den Beamten in den Kommissariaten?«, fragte Couperin.

»Die Kommissariate 4. und 11. Arrondissement sind in Alarmbereitschaft. Die Leute können in kürzester Zeit als Verstärkung hinzugezogen werden. Wobei die Fahrrad-Flics mit ihren Mountainbikes und die Polizisten mit Motorroller beziehungsweise Motorrad besonders beweglich sind. Vom Wohnmobil auf dem Boulevard Richard Lenoir aus gibt es einen direkten Funkkontakt zum Kommissariat Rue de Rivoli.«

»Das hört sich alles sehr gut an. Hoffen wir nur, dass diese Operation erfolgreich sein wird.« Couperin drückte seine Zigarette aus. »Möglicherweise ist der Mörder vorsichtig geworden und hält einige Wochen still.«

»Das glaube ich nicht«, widersprach Véronique dem Ermittlungsrichter. »Vielleicht pausiert er einen oder zwei Tage. Länger sicher nicht. Bisher sind die Intervalle zwischen den Taten ja sogar kürzer geworden, nicht länger.«

Dagegen konnte Couperin schlecht etwas einwenden. Er verabschiedete sich von Véronique und schickte sich an zu gehen. An der Tür blieb er noch einmal stehen. »Für den Fall, dass es notwendig sein sollte, LaBréa, können Sie mich jederzeit telefonisch zu Hause erreichen.« Er lächelte unmerklich. »Ich überlasse es lieber jüngeren Zeitgenossen, sich die Nacht auf Beobachtungsposten in einem engen Lieferwagen oder einem Wohnmobil um die Ohren zu schlagen.« Die Tür fiel ins Schloss.

Véronique Andrieu packte ihre Unterlagen in die Aktentasche und stand auf.

»Nochmals tausend Dank für deine Mitarbeit«, sagte LaBréa, als er ihr in den Mantel half. »Dadurch sind wir ein ganzes Stück weitergekommen. In den nächsten Tagen regeln wir das Finanzielle. Du bekommst einen Honorarvertrag von uns.«

Véronique winkte ab. »Das hat keine Eile. Es ging mir gestern Abend nur darum, dass das grundsätzlich geklärt wird. Wieso war dein Chef eigentlich nicht bei dieser so wichtigen Talkrunde dabei?«

»Er sagte, er hätte einen Termin beim Präfekten. Der sitzt ihm im Nacken und will Ergebnisse sehen. Nach dem heutigen Presserummel wird in den nächsten Tagen diesbezüglich noch einiges auf uns zukommen. Die Presse wird sich in den Fall verbeißen wie eine Bulldogge. Es wird Zeit, dass wir diesen Dreckskerl endlich fassen!«

»Ich wünsche es euch. Der Mann ist eine Zeitbombe, die immer lauter tickt.«

Véronique küsste ihn auf beide Wangen und verabschiedete sich. »Ich rechne fest damit, dass ihr mal zu uns zum Essen kommt, wenn diese Sache hier vorbei ist. Du, Céline und Jenny! Meine beiden Jungs sind schon ganz wild darauf, deine Tochter kennenzulernen.«

LaBréa bedankte sich für die Einladung und versprach, ihr bei nächster Gelegenheit Folge zu leisten. Dann brachte er Véronique zur Tür.

Das Telefon klingelte. Es war Claudine. Sie befand sich bereits in der Wohnung Rue du Faubourg St. Antoine und rief von ihrem Handy aus an.

»Und, wie fühlen Sie sich?«, wollte LaBréa wissen.

»Ganz gut. Ich stelle mich innerlich auf meine nächtliche Patrouille ein und lasse mir immer wieder das Täterprofil von Madame Andrieu durch den Kopf gehen.«

»Wie ist die Wohnung?«

Claudine lachte. »Nicht gerade mein Geschmack, was die Einrichtung angeht. Zu cool, zu gestylt, wenn Sie wissen, was ich meine. Ich hab's lieber etwas kuscheliger und gemütlicher. Aber sonst ist alles perfekt. Superküche, großes

Bad, bequemes Bett. Allerdings glaube ich kaum, dass ich allzu oft darin liegen werde.«

»Wann kommen die Techniker?«

»Sie müssten eigentlich jeden Augenblick klingeln. Einen Türcode gibt es übrigens nicht, Chef. Nur einen Schlüssel für die Haustür.«

»Gut. Franck holt sich nachher bei meinem Bruder den zweiten Schlüssel und kommt gegen neunzehn Uhr dreißig in die Wohnung. Sie machen sich auf den Weg, sobald Sie verkabelt sind.«

»Ja. Ich habe mir meine Route bereits zusammengestellt. Zunächst gehe ich in einige der umliegenden Geschäfte und kaufe ein.« Sie lachte. »Franck ist nämlich ziemlich gefräßig und liebt orientalisches Essen. Anschließend schlendere ich durchs Viertel, um mich mit den Örtlichkeiten vertraut zu machen. Danach esse ich im *Café de l'Industrie* in der Rue St. Sabin eine Kleinigkeit zu Abend. Dann, so gegen halb zehn, klappere ich zunächst die im östlichen Radiusbereich gelegenen Straßen ab und gehe von da aus durch verschiedene Straßen rund um die Bastille. Je später es wird, desto mehr halte ich mich in der Nähe der bisherigen Tatorte auf, also in den Straßen, Passagen und Sackgassen nördlich der Bastille. Vermutlich wird der Kerl nicht so früh unterwegs sein, wenn er heute überhaupt unterwegs ist.«

»Tja, wer weiß. Ab zwanzig Uhr werden die Kollegen in den Lieferwagen und dem Wohnmobil Stellung bezogen haben. Stellen Sie untereinander gleich Funkkontakt her, Claudine.«

»Bleibt es bei den geplanten Besatzungen?«

»Ja. Valdez ist mit drei Kollegen im Wohnmobil, Boulevard Richard Lenoir, Jean-Marc im Klempnerwagen, Rue Jacques Cœur, und ich bin im EDF-Wagen, Rue de Charenton. Ich lasse mich jetzt kurz nach Hause fahren und beziehe anschließend meinen Beobachtungsposten. Mein Handy ist die ganze Zeit eingeschaltet; Sie können mich jederzeit erreichen.«

Er hörte, wie im Hintergrund die Türglocke läutete.

»Das sind sicher die Kollegen von der Technik«, sagte Claudine Millot. »Also, bis dann, Chef.«

LaBréa legte den Hörer auf und stützte sein Kinn in beide Hände. Innerhalb kürzester Zeit war es der Brigade Criminelle gelungen, einen polizeilichen Einsatz zu organisieren, für den normalerweise mehrere Tage Vorbereitungszeit notwendig wären. Der Countdown hatte begonnen. Die Jagd nach dem Täter wurde ab sofort mit Mitteln fortgesetzt, die ebenso ungewöhnlich wie riskant zu sein schienen. Die ganze Operation Lockvogel konnte sich als Schlag ins Wasser herausstellen, vielleicht sogar als totales Fiasko, mit fatalen Konsequenzen. LaBréa spürte, wie eine innere Unruhe langsam von ihm Besitz ergriff. Er zwang sich, den Gedanken an ein eventuelles Scheitern des geplanten Einsatzes beiseitezuschieben. Es könnte eine lange Nacht werden, mit ungewissem Ausgang. Und er würde all seine Kraft und Konzentration brauchen, wenn eine Situation eintrat, in der die Polizei sofort handeln musste, damit Claudines Leben nicht in Gefahr geriet. Véronique Andrieus Ausführungen in der Talkrunde hatten LaBréa in seiner Vermutung bestärkt, dass der Mörder nicht das Terrain wechseln würde, wenn er erneut zuschlug. Wenn sie ihn finden würden, dann an der Bastille, denn dort war er aller Wahrscheinlichkeit nach zu Hause.

Der Mörder …

Wo mochte er sich in diesem Moment aufhalten? Befand er sich noch an seinem Arbeitsplatz? Ordnete er vielleicht soeben seine Bürounterlagen, rechnete die Kasse in einem Gemüseladen ab, bediente einen Kunden in einem Lampengeschäft oder einen Gast in einem Bistro? Hatte er bereits wieder Witterung aufgenommen, wie ein blutrünstiges Raubtier, das im Schutz der Nacht seine Beute reißt? Würde die Polizei verhindern können, dass es ein nächstes Opfer gab? LaBréa hoffte es mit aller Kraft.

Nach einem kurzen Klopfen betrat der Paradiesvogel LaBréas Büro. Er setzte eine ungewohnt ernste Miene auf. Er wusste, was in dieser Nacht möglicherweise auf dem Spiel stand. Für ihn war es das erste Mal, dass er an einem solchen Einsatz teilnahm.

»Franck und ich fahren jetzt zur Bastille«, sagte er. »Wir wollen noch einmal die Umgebung in Augenschein nehmen, bevor wir unsere Posten beziehen.«

»Dass Sie jetzt schon losfahren, trifft sich gut. Dann können Sie mich kurz bei mir zu Hause absetzen.«

»Wir warten unten am Wagen auf Sie«, erwiderte Jean-Marc und verließ das Büro.

LaBréa schloss die Programme auf seinem Computer und schaltete den Rechner aus. Er zog das Handykabel aus der Steckdose neben seinem Schreibtisch. Sein Funktelefon war voll aufgeladen und für die nächsten zweiundsiebzig Stunden einsatzbereit.

Als er seinen Mantel nahm, blieb er einen Moment unschlüssig stehen. Sollte er Jenny zu Hause anrufen? Ach was, sagte er sich. In knapp zehn Minuten war er zu Hause und würde Jenny und Alissa, die heute in der Rue des Blancs Manteaux übernachten sollte, einfach überraschen.

LaBréa spürte die milde Abendluft, die in seinen Haaren spielte. Es war fast zu warm für die Jahreszeit. Der Himmel spannte sich schwarzblau über der Stadt. Es würde eine klare Nacht werden. Mit nahezu angenehmen Temperaturen für jemanden, der sich stundenlang auf den Straßen aufhalten musste. Claudine trug heute genau die richtige Kleidung für ihren Einsatz, als hätte sie am Morgen bereits geahnt, was auf sie zukommen würde. Modische Stretchjeans, flache, bequeme Schuhe, mit denen sie noch kleiner wirkte, als sie war. Unter einer weiten, gefütterten Stoffjacke trug sie einen Rollkragenpullover. Die Jacke kaschierte nicht nur das kleine Funkgerät, das innen am Revers angebracht werden würde. Sie war so weit geschnitten, dass die kugelsichere Weste, die straff über Claudines Pullover saß und die auch vor Messerstichen schützte, nicht auffiel. Claudines Waffe, eine Baretta 9 mm Parabellum, steckte griffbereit im Gürtelholster.

Franck und Jean-Marc warteten bereits vor dem Dienstgebäude. Jean-Marc hatte seine alte Flic-Pelerine um die Schultern gelegt. Es war nicht einfach, sich damit hinter das Steuer des Renaults zu zwängen. Während Franck sich in den Fond des Wagens warf und seinem Kollegen einen genervten Blick zuwarf, schmunzelte LaBréa, als er die Beifahrertür öffnete und Jean-Marcs Aufmachung sah. Roland Thibon hatte am Morgen gar nicht so Unrecht gehabt mit seiner Bemerkung, der Paradiesvogel sähe aus wie jemand vom Zirkus. Doch im Gegensatz zum Direktor fand LaBréa die Kombination aus Jean-Marcs Pelerine, grün-gelb gestreifter Hose und roten Wildlederschuhen keineswegs anstößig.

Als ahnte Franck LaBréas Gedankengänge, beugte er sich zum Fahrersitz und giftete: »Hoffentlich frierst du dir heute Nacht in der alten Klempnerkiste nicht die Weichteile ab in deinem Seidenhöschen.«

Jean-Marc drehte sich nach hinten um und lächelte mitleidig. »Seidenhöschen? Wie immer hast du keine Ahnung, redest aber überall mit. Die Hose ist aus Velours, du Banause, und gefüttert. Was Wärmeres und Angenehmeres gibt es kaum. War ein einmaliges Schnäppchen im Comme-des-Garçons-Outlet.«

Er startete den Wagen. Franck blickte ostentativ aus dem Fenster, bis sie in die Rue des Archives einbogen. Dann zog er sein Handy aus der Tasche und telefonierte mit seiner Freundin, um ihr zu sagen, dass er heute Nacht nicht nach Hause käme. Als er sie mit »Häschen« anredete, prustete Jean-Marc los und warf einen Seitenblick auf seinen Chef. Doch LaBréa verzog keine Miene. Er hütete sich, ausgerechnet heute auf das Geplänkel seiner Mitarbeiter einzugehen. Es gab Wichtiges zu tun, obgleich er die ewigen Kabbeleien und Anspielungen zwischen Franck und dem Paradiesvogel auch als eine Art Ventil sah. Beide hatten einen anstrengenden und oftmals frustrierenden Job. Also brauchten sie hin und wieder eine Möglichkeit, sich abzureagieren.

An der Ecke Rue des Blancs Manteaux setzte Jean-Marc seinen Chef ab. Die wenigen Meter bis zu seiner Wohnung wollte LaBréa zu Fuß gehen.

Er tippte den Türcode ein und betrat den kleinen, überdachten Flur. Im ersten Hof begegnete ihm Monsieur Hugo, der pensionierte Postbeamte, der im Haus die Aufgaben eines Concierge übernommen hatte. Im Licht der funzeligen Beleuchtung fegte er den Bereich rund um die Mülltonnen.

»Guten Abend, Monsieur le Commissaire«, begrüßte er LaBréa und fügte sogleich vertraulich hinzu: »Eine kurze Verschnaufpause in den eigenen vier Wänden? Haben Sie den Kerl schon?«

LaBréa hatte es fast geahnt. Monsieur Hugo war sicher ein eifriger Leser des *France Soir* und von daher bestens über die Mordfälle an der Bastille informiert.

»Der Mörder ist bestimmt einer, der früher mal in der Fremdenlegion gedient hat«, fügte der alte Mann hinzu.

»Das wissen wir leider nicht«, antwortete LaBréa ausweichend. Er hatte es eilig und wollte den neugierigen Fragen seines Nachbarn rasch entfliehen. Doch Monsieur Hugo ließ sich nicht so leicht abschütteln.

»Diese Typen sind gestrauchelte Existenzen, die nie irgendwo Fuß gefasst haben«, fuhr er im Brustton der Überzeugung fort und fuchtelte mit dem Besen herum. »Hier im Viertel wird von nichts anderem geredet. Alle Frauen haben Angst.« Er lächelte. »Aber ich beruhige die Leute und sage ihnen, dass Sie den Kerl schon schnappen werden, Commissaire!«

»Das hoffe ich. Schönen Abend noch«, murmelte LaBréa und beschleunigte seine Schritte.

In Céline Charpentiers Wohnung brannte Licht, doch die Vorhänge waren zugezogen. Er beschloss, ihr morgen einen Strauß Blumen schicken zu lassen.

Als er seine Wohnungstür aufschloss, begrüßte ihn die laute Geräuschkulisse des Fernsehers. LaBréa hängte seinen Mantel an die Garderobe.

»Jenny?«, rief er.

»Wir sind hier!«, tönte ihm die Stimme seiner Tochter entgegen.

Er ging ins Wohnzimmer und blieb wie vom Donner gerührt stehen. Er traute seinen Augen nicht, als er das Bild sah, das sich ihm bot: Seine Tochter und ihre Freundin Alissa saßen auf der Couch. Kater Obelix hatte es sich zwischen ihnen gemütlich gemacht und wurde anscheinend abwechselnd von den beiden Mädchen mit Streicheleinheiten verwöhnt. Aus einem der Sessel lächelte ihm Céline zu. Auf dem Tisch stand eine Platte mit den Resten einer riesigen Pizza. Vervollständigt wurde das Stillleben durch angebrochene Plastikflaschen mit Orangensaft, halb volle Gläser, eine drei viertel volle Flasche Rotwein, aus der Céline sich bedient hatte, und leer gegessene Teller. Im Fernseher lief ein Fußballspiel. Jenny drückte auf die Fernbedienung, und es erschien das Standbild.

Bevor LaBréa irgendetwas sagen konnte, sprudelte sie schon los: »Stell dir vor, Papa, Céline hat uns das Video vom WM-Endspiel '98 besorgt! Frankreich gegen Brasilien.«

»Damals waren wir noch zu klein, als die WM in Frankreich lief«, ergänzte Alissa. Sie trug seit neuestem Kontaktlinsen, durch die ihre Augen riesengroß wirkten. Als Torfrau der Mädchenmannschaft konnte sie schlecht mit Brille spielen, hatte ihr der Trainer vor einigen Wochen gesagt.

»Außerdem hat Céline 'ne Superpizza gebacken. Es ist noch was für dich übrig, wenn du willst.«

LaBréa warf Céline einen ebenso erstaunten wie liebevollen Blick zu. Heute Abend trug sie die bunte, orientalisch wirkende Bluse, die er so an ihr mochte und die auf raffinierte Weise den Ansatz ihrer Brüste zeigte. Irritiert wandte er den Blick ab, denn Jenny war aufgesprungen und umarmte ihren Vater stürmisch. Dann zuckte sie zurück und betrachtete sein Gesicht. Sie runzelte die Stirn. »Sag mal, Papa, du bist ja ganz stachelig und siehst aus wie ein Clochard!«

Céline lachte.

LaBréa strich sich mit der Hand über die Wange. »Dass ich wie ein Clochard aussehe, wage ich zu bezweifeln. Aber es stimmt: Heute bin ich einfach noch nicht dazu gekommen, mich zu rasieren.«

»Dann kriegst du auch keinen Kuss von mir«, meinte Jenny schnippisch. »Ich hol dir einen Teller, Papa. Und ein Glas. Der Wein steht auf dem Tisch. Céline hat ihn mitgebracht.«

»Keinen Wein bitte, Chérie«, wehrte LaBréa ab, obwohl er gern einen Schluck getrunken hätte. Die Weine, die Céline spendierte, stammten allesamt vom Weingut ihrer Familie in Burgund und waren hervorragende Tropfen. Doch er befürchtete, ein vollmundiger Rotwein könnte ihn müde machen. »Ich muss gleich wieder weg. Ich trinke nur was von eurem Orangensaft.«

Jenny verschwand in der Küche.

»Das ist ja eine echte Überraschung«, sagte LaBréa zu Céline und ließ sich in einen der Sessel fallen. Dann wandte er sich an Alissa. »Wie lange dauert denn euer Spiel noch?« Er zeigte auf den Fernsehapparat, wo das Standbild flimmerte.

»Vielleicht noch eine halbe Stunde«, erwiderte Alissa und trank einen großen Schluck aus ihrem Glas.

»Hm.« LaBréa nickte und sah Céline direkt in die Augen. Mit allem hätte er gerechnet, nur nicht damit, dass seine Tochter, deren Freundin und seine Geliebte einträchtig zusammensaßen und einen gemütlichen Abend miteinander verbrachten. Er grinste, schüttelte den Kopf und dachte daran, wie eifersüchtig Jenny noch vor wenigen Wochen auf Céline gewesen war. Sollte sich das schlagartig geändert haben? Ihm konnte es nur recht sein, denn es würde vieles vereinfachen.

Jenny kam aus der Küche zurück. Sie legte ihrem Vater ein Stück Pizza auf den Teller und schenkte Saft in ein Glas ein. Die Pizza war zwar schon kalt, schmeckte jedoch köstlich.

Jenny strahlte. »Schmeckt super, oder?«

»Ja, sehr gut. Es ist eine Ewigkeit her, dass ich was gegessen habe.«

»Du sagtest, du musst gleich wieder weg?«, bemerkte Céline.

»Ja. Wir beziehen heute Nacht Posten an der Bastille.«

»Meine Mutter sagt, dieser Mörder sei genauso 'n Irrer wie dieser Typ damals vor ein paar Jahren«, meinte Jennys Freundin ein wenig altklug. »In nächster Zeit geht sie erst mal abends nicht mehr weg. Bis Sie den Kerl geschnappt haben.«

Erneut biss LaBréa in sein Pizzastück. »Wir tun, was wir können«, sagte er mit vollem Mund.

Jenny ließ sich auf die Couch fallen und knuddelte Kater Obelix. »Papa kriegt die Kerle immer«, sagte sie nicht ohne Stolz. »Manchmal dauert es ein bisschen, aber meistens sitzt er am längeren Hebel.« Sie nahm die Fernbedienung und ließ das Video wieder laufen.

LaBréa stand auf, nahm seinen Teller und ging in die Küche. Céline folgte ihm, während die beiden Mädchen sich wieder dem Spiel widmeten. Er stellte den Teller ab und drehte sich um. Céline stand direkt neben ihm und schlang ihre Arme um seinen Hals. Sie küssten sich, und LaBréa spürte, wie sehr er sie begehrte. Doch sie mussten vorsichtig sein. Jeden Moment konnte eines der Mädchen in der Küche auftauchen. Schwer atmend lösten sie sich voneinander, und LaBréa strich sich die Haare zurück. Er machte eine Kopfbewegung Richtung Wohnzimmer.

»Wie hast du es geschafft, ihr Herz zu erobern?«, fragte er.

Céline strich ihm mit dem Zeigefinger über die unrasierte Wange. Sie lächelte.

»Ob ich Jennys Herz erobert habe, wage ich zu bezweifeln. Auf jeden Fall ist das Eis zwischen uns gebrochen. Und das ist schon viel wert.«

Erneut zog LaBréa sie in seine Arme und flüsterte: »Mein Herz hast du jedenfalls erobert!« Er gab ihr noch einen schnellen Kuss. »So, und jetzt ziehe ich mich um und mache mich etwas frisch. Ich habe eine lange Nacht vor mir.«

»Sei vorsichtig, Maurice«, bat sie ihn. »Im Übrigen habe ich vorhin im Radio die Nachrichten gehört. Die Presse ist einstimmig gegen euch. Hämische Kommentare, wilde Spekulationen. Es geht sogar das Gerücht, Guy Georges sei aus dem Gefängnis ausgebrochen und die Taten gingen auf sein Konto.«

»So ein Unsinn! Wer erfindet denn diesen Quatsch? Wenn Guy Georges aus dem Gefängnis flieht, sind wir bei der Brigade Criminelle die Ersten, die es erfahren. Damit soll doch nur die Angst in der Bevölkerung geschürt werden.«

Eine Viertelstunde später hatte LaBréa sich umgezogen. Er trug eine sandfarbene Cordhose und einen dunkelgrünen Cashmere-Rollkragenpullover, darüber sein Schulterhalfter mit der Baretta 9 mm Parabellum, der üblichen Dienstwaffe der Brigade Criminelle. Vom Garderobenhaken im Flur nahm er seine dicke Lederjacke. Jenny war ihrem Vater zur Tür gefolgt. Sie küsste seine frischrasierten Wangen und flüsterte ihm zu: »Alissa findet Céline übrigens total super.«

»So?«, bemerkte er schmunzelnd. »Und du?«

»Ich? Ich hätte ihr echt nicht zugetraut, dass sie sich für Fußball interessiert und 'ne bessere Pizza backen kann als Bruno.« Bruno war der italienische Pizzabäcker mit Lieferservice auf der Rue de Rivoli.

»Céline hat, glaube ich, sehr viele und ganz verschiedene Interessen und Fähigkeiten«, erwiderte LaBréa.

»Irgendwann will sie Alissa und mir zeigen, wie man Aquarelle malt und selber Farben mischt. Das ist 'ne echte Wissenschaft, sagt sie. Und am Sonnabend geht sie mit uns zum Heimspiel von PSG.« Als LaBréa einen Moment stutzte, erklärte sie: »Paris St. Germain, Papa. Die stehen auf Platz drei der Tabelle. Du hast aber auch echt keine Ahnung. Also, salut! Wenn du morgen früh nicht da bist, gehen wir allein zur Schule.«

»Gut, aber vielleicht bin ich ja bis dahin zurück. Dann können wir zusammen frühstücken.«

Donnerstag, 19 Uhr 30

Längst war es Abend geworden. Ein nachtblauer Winterhimmel wölbte sich über der Stadt.

Nachdem er seine Arbeit für heute beendet hatte, ging er erneut ins Café Le Bastille *und trank einen Kamillentee. Das Lokal war voller als am Vormittag. Von seinem Platz am Fenster aus konnte er das quirlige Treiben in der Rue de la Roquette beobachten. In den Geschäften herrschte noch Hochbetrieb. Es gab Friseursalons, Bistros, asiatische Schnellimbisse, ein japanisches Restaurant. Links vom Haus Nummer 12 befand sich eine Epicerie-Confiserie, rechts eine Geldwechselstube. Menschen gingen zum Einkaufen oder schlenderten über den Bürgersteig; Lieferwagen parkten mit blinkenden Lichtern in der Halteverbotszone. Touristen in ihrem typischen Outfit, bewaffnet mit Kamera und Stadtplan, schlenderten durch die Straßen.*

Er bestellte ein zweites Glas Kamillentee. Die Kellnerin, die ihn bediente (der plattfüßige Ober vom Vormittag arbeitete offenbar nur in der Tagesschicht), grinste unentwegt die Gäste an. Eine Schlampe wie viele andere, dümmlich, grell geschminkt und mit aufreizendem Dekolleté, in das er am liebsten sein Messer gestoßen hätte.

Ein Polizeiwagen bog von der Bastille her ein. Am Steuer saß eine junge Beamtin, neben ihr ein uniformierter Schwarzer. Natürlich war klar, dass sie jetzt verstärkt Streife fuhren. Er grinste. Nützen würde es jedoch nichts. Er hatte alles bestens im Griff. Keine Schwachstelle, keine Fehler, ein perfekter Plan. Ein Kommandounternehmen von höchster

Präzision, dem die Polizei mit ihren durchsichtigen Mitteln nicht gewachsen war. Diese Drecksäcke! Er würde es ihnen schon zeigen. Ach was – er hatte es ihnen ja bereits gezeigt!

Was würden sie sich einfallen lassen, um ihn zu stoppen? Getarnte Wagen? Zivilbullen, die durch die Straßen patrouillierten? Diese Leute erkannte man sofort. Da ihm das Viertel vertraut war wie seine Westentasche, würde er jede Veränderung sofort bemerken.

Er legte ein paar Münzen auf den Tisch und verließ das Café. Draußen umfing ihn die klare, doch milde Winterluft. Er warf einen letzten Blick auf das Haus Rue de la Roquette Nummer 12. Eine schmale Eingangstür mit einem Haustürcode.

Mit raschen Schritten schlug er den Weg zu der Straße ein, in der seine Wohnung lag. In der Fleischerei kaufte er ein Steak, beim Gemüsehändler ein Kilo Kartoffeln. Steak, noch blutig, mit Bratkartoffeln, das war eines seiner Lieblingsgerichte. Nach dem Abendessen hatte er dann genügend Zeit, mit den Sachen der Schlampen herumzuspielen, bevor er sich nach einer heißen Dusche auf den Weg machen würde.

17. KAPITEL

Knapp zehn Minuten später erreichte LaBréa über die Rue St. Antoine die Place de la Bastille. Er ging rechter Hand um den Platz herum, am Port de l'Arsenal vorbei, überquerte den Boulevard de la Bastille und die Rue de Lyon. Die Opéra Bastille war nur schwach erleuchtet, und der Anzeigetafel konnte LaBréa entnehmen, dass am heutigen Abend keine Vorstellung stattfand. Er warf einen flüchtigen Blick auf den Eingang des Musikkaufhauses Fnac wenige Meter weiter. Das Geschäft hatte noch geöffnet und spuckte kleine Trauben von Menschen aus, die dort ihre Weihnachtseinkäufe erledigt hatten.

Gleich am Anfang der Rue de Charenton, schräg gegenüber vom Dekorationsgeschäft Romeo, parkte der Überwachungswagen der Polizei mit dem EDF-Logo. Es handelte sich um einen geschlossenen Lieferwagen, dessen Fahrerkabine nicht besetzt war. LaBréa passte einen günstigen Moment ab, als keine Passanten in der Nähe waren, und klopfte dreimal an die Hecktür. Gleich darauf wurde sie geöffnet, und LaBréa sprang mit einem Satz in den Wagen. Er begrüßte die beiden Beamten der Abteilung 2, eine große, kräftige, junge Frau namens Patricia Coste und einen Hauptmann namens Louis Dubuc.

Nachdem er seine Lederjacke ausgezogen und in eine Ecke gelegt hatte, inspizierte LaBréa Ausstattung und Einrichtung des Wagens. Der Platz war knapp, und die technischen Geräte hatten Vorrang vor bequemen Sitzmöglichkeiten erhalten. Es gab lediglich drei einfache Klappstühle, die ihren

Benutzern im Lauf einer langen Überwachungsnacht einiges abverlangten. An der Frontseite hing eine Stadtplanvergrößerung des Viertels rund um die Bastille. Der Wagen verfügte über die modernste Überwachungstechnik und mehrere Funkfrequenzleitungen. Auf einer Leitung lief nonstop der normale Pariser Polizeifunk. Über die anderen Frequenzen hatte man Kontakt zu Claudine und zu den beiden anderen Überwachungswagen.

LaBréa warf einen Blick auf den Monitor, der auf einem Tischchen an der Längsseite des Wagens stand und mit einem Rekorder verbunden war. Der Bildschirm zeigte das weitwinkelige Schwarz-Weiß-Bild der Place de la Bastille, bis zu den Einmündungen der Straßen Rue du Faubourg St. Antoine, Rue de la Roquette, Boulevard Richard Lenoir und Boulevard Beaumarchais. Die Aufnahmen erfolgten über ein winziges Kameraauge, das in die Hecktür des Lieferwagens eingebaut und von außen nicht zu erkennen war.

»Möchten Sie einen Tee, Commissaire?«, fragte die junge Beamtin. LaBréa kannte Patricia Coste nur flüchtig, denn sie arbeitete erst seit einigen Wochen bei der Brigade Criminelle. Er wusste wenig von ihr, nur so viel, dass sie mehrfache französische Judomeisterin im Schwergewicht war und an den letzten Olympischen Spielen teilgenommen hatte. Für die Nachtschicht im Überwachungsteam hatte sie sich freiwillig gemeldet und schien allem Anschein nach für einen solchen Einsatz bestens geeignet zu sein.

»Gern«, antwortete LaBréa, und die Beamtin reichte ihm eine dampfende Tasse.

Hauptmann Dubuc, ein wortkarger Mann in Francks Alter, hatte sich als Techniker einen Namen gemacht und kannte Überwachungsaktionen dieser Art seit vielen Jahren. Er hielt LaBréa seine Zigarettenpackung hin. LaBréa lehnte dankend ab.

»Stört es Sie, wenn ich rauche, Commissaire?«, fragte Dubuc.

»Nein, nein. Stört mich nicht. Rauchen Sie ruhig.«

Dubucs Feuerzeug schnappte auf.

Patricia Coste streckte ihre langen Beine aus und verschränkte die Arme hinter dem Kopf. Sie blickte LaBréa an, sagte jedoch nichts. Jeder im Wagen wusste, was auf dem Spiel stand. Würden sie Glück haben? Würde es gelingen, den Mörder unschädlich zu machen?

LaBréa trank einen Schluck Tee. Er schmeckte süß und erzeugte eine angenehme Wärme im Magen. Ein starker, schwarzer Tee, genau das Richtige, um wach zu bleiben.

Er nahm sein Handy und rief Claudine an. Sie meldete sich sofort.

»Alles in Ordnung?«, fragte er.

»Ja. Keine besonderen Vorkommnisse. Ich bin jetzt in der Rue de Lappe. In den Restaurants und Tanzlokalen dort ist nicht viel los. Gleich gehe ich ins *Café de l'Industrie,* um etwas zu essen. Rund um die Bastille sind jede Menge unserer Leute undercover unterwegs.« Sie lachte. »Einige von ihnen sehen aus wie Bilderbuchtouristen. Karierte Hosen, Reiseführer und Stadtpläne, riesige Kameras um den Hals. Hoffentlich tragen wir da nicht zu dick auf.«

»Machen Sie sich darüber keine Gedanken, Claudine. Die Leute werden sukzessive abgezogen, je später es wird. Was ist mit Franck?«

»Der hat sich schon mehrfach bei mir gemeldet. Ich habe ihm vorhin vom asiatischen Traiteur ein tolles Menü mitgebracht, damit er in der Wohnung gut versorgt ist. Langweilig wird ihm da bestimmt nicht, denn es gibt einen super Fernseher mit Flachbildschirm, DVD-Player und jede Menge aktueller Filme.«

»Ich sitze jetzt im EDF-Wagen Rue de Charenton«, sagte LaBréa.

»Den Wagen habe ich vorhin bei meinem ersten Erkundungsgang gesehen«, erwiderte Claudine. »Der fällt garantiert niemandem auf, zumal es ein uraltes Modell zu sein scheint.«

»Aber nur äußerlich! Innen ist alles vom Feinsten.« LaBréa blickte auf die Uhr. »Halb neun. Ich starte jetzt den Rundruf zu den anderen Kollegen. Ist Ihr Funkgerät eingeschaltet?«

»Ja. Ich habe Kontakt zu Franck, zu Jean-Marc im Klempnerwagen und zu den Kollegen im Wohnmobil.«

»Gut. Ich bleibe ab jetzt ebenfalls über Funk mit Ihnen in Verbindung. Passen Sie auf sich auf, Claudine!«

Gleich darauf wählte LaBréas Francks Handynummer. Franck saß in der angemieteten Wohnung Rue du Faubourg St. Antoine vor dem Fernseher und sah eine Nachrichtensendung.

»Die Wohnung ist mir inzwischen sehr vertraut«, sagte er zu LaBréa. »Im Flur gibt es eine Ecke für Besen und Staubsauger, die mit einem Vorhang abgetrennt ist. Ideal für mich als Versteck, falls es ernst wird und der Kerl mit Claudine hier auftauchen sollte. Das Wohnzimmer hat zur Straße hin ein kleines Erkerfenster, von dem aus ich unbemerkt den Hauseingang überwachen kann. Wir bleiben in Kontakt, Chef.«

In Jean-Marcs Klempnerwagen in der Rue Jacques Cœur und im Wohnmobil Boulevard Richard Lenoir waren die Kollegen ebenfalls auf ihrem Posten und harrten der Dinge, die da kommen würden.

Zwei Stunden später hatten sich die Straßen rund um die Bastille geleert, und nur wenige Menschen waren noch zu

Fuß unterwegs. Nachdem Claudine gegen halb zehn das *Café de l'Industrie* verlassen hatte, war sie zunächst durch die kleinen Gassen und Passagen rund um die Bastille geschlendert und hatte sich alle fünf Minuten über Funk gemeldet. Wenig später stand sie auf der Rue de Charonne und nahm erneut Kontakt mit LaBréa auf. Ihre Stimme klang leise.

»Rechts, im Cour du Panier Fleuri, steht ein Mann. Er scheint unschlüssig zu sein. Ich glaube, er beobachtet mich. Jetzt bewegt er sich in meine Richtung.«

LaBréa war wie elektrisiert, ließ sich jedoch Claudine gegenüber nichts anmerken.

»Gehen Sie langsam weiter«, sagte er betont ruhig. »Biegen Sie in den Faubourg St. Antoine ein und schlendern Sie zum Hauseingang Ihrer Wohnung.«

Claudine ließ ihr Funkgerät eingeschaltet, und LaBréa hörte ihre Schritte auf dem Bürgersteig.

Patricia Coste und Louis Dubuc blickten LaBréa gespannt an. Aus dem Funkgerät ertönte erneut Claudines Stimme.

»Ich glaube, er folgt mir.«

LaBréa gab Dubuc ein Handzeichen. »Sagen Sie Franck in der Wohnung Bescheid«, flüsterte er. »Und alarmieren Sie die anderen Kollegen.« Während des Funkkontaktes mit LaBréa im EDF-Wagen konnte Claudine selbst keinen Funkkontakt zu Franck und den anderen Beamten herstellen.

Dann drückte er auf die Sprechtaste des Funkgeräts und sagte mit gedämpfter Stimme:

»Wie sieht er aus, Claudine?«

»Ich kann mich jetzt nicht umdrehen. Aber ich höre seine Schritte. Von der Art her, sich zu bewegen, scheint er eher jung zu sein.«

»Wo sind Sie jetzt?«

»Etwa auf der Höhe Cour St. Joseph. Jetzt kommt mir eine Gruppe von Leuten entgegen. Zwei Männer, zwei Frauen. Hören Sie das Lachen?«

LaBréa lauschte angestrengt. Tatsächlich vernahm er im Hintergrund Gelächter, das sich jedoch gleich darauf verlor.

»Die Leute biegen in die Rue de Lappe ein«, fuhr Claudine fort. »Gleich bin ich an der Ecke Rue de Charonne/Rue du Faubourg«, fuhr Claudine fort. »Da kann ich mich vielleicht kurz umdrehen.« Einen Moment herrschte Stille, nur das leise Rauschen des Funkgerätes war zu hören.

In der Zwischenzeit hatte Dubuc mit den Kollegen Kontakt aufgenommen, kurz die Situation geschildert und Claudines Standort durchgegeben. Patricia Coste saß am Monitor, für den Fall, dass Claudine ins Blickfeld der Kamera geriet. Dies war jedoch nur möglich, wenn sie vom Faubourg bis zur Bastille kam. Der Hauseingang der angemieteten Wohnung, die fünfzig Meter weiter lag, konnte von der Kamera im EDF-Wagen nicht erfasst werden. Am frühen Abend hatte LaBréa mit Franck und Jean-Marc darüber gesprochen, ob man den EDF-Wagen nicht näher an Francks und Claudines vorübergehendes Quartier heranbringen könnte. Doch in der unmittelbaren Umgebung herrschte überall Parkverbot, und der Wagen wäre zwangsläufig aufgefallen.

»Jetzt stehe ich an der Ecke«, meldete sich Claudine erneut. Sie sprach hastig und flüsterte. »Da gibt es das Bistro *La Fontaine*. Ich sehe mir die Speisekarte an und habe mich gerade umgedreht. Er ist immer noch hinter mir. Ein relativ großer Mann, dunkel gekleidet, kein Bart. Er trägt eine Baseballkappe und hat eine Sporttasche in der Hand. Jetzt kommt er näher, ich muss aufhören.« Ihre Stimme brach ab.

LaBréas Nerven waren zum Zerreißen gespannt, und seinen Kollegen erging es nicht anders. Eine Baseballkappe …

Der Mann, der das Plakat mit dem ägyptischen Fuß im Sommer in der Nähe der Sorbonne verkleinert hatte, hatte ebenfalls eine Baseballkappe getragen. Angestrengt lauschte LaBréa den Geräuschen, die von Claudines eingeschaltetem Funkgerät übertragen wurden. Er hörte Schritte, dann eine männliche Stimme.

»Guten Abend, Mademoiselle.« Die Stimme war weich, beinahe sanft.

»Guten Abend«, erwiderte Claudine freundlich. Erleichtert stellte LaBréa fest, dass seine Mitarbeiterin völlig furchtlos zu sein schien, da sie ihrer Stimme einen unbekümmerten, festen Klang gab.

»Gehen Sie ruhig rein, Mademoiselle.« Erneut war die Stimme des Fremden zu hören. »Das Essen im *La Fontaine* ist gut und nicht teuer!«

»Danke für den Tipp, Monsieur«, sagte Claudine. »Ich werde es mir überlegen.«

»Haben Sie nicht Angst, heute Abend allein hier herumzulaufen? Nach allem, was in den letzten Tagen passiert ist?«

Claudine stellte sich dumm.

»Was meinen Sie denn?«

»Hier läuft ein wahnsinniger Killer herum. Zwei Frauen hat er schon auf dem Gewissen. Stand alles heute Morgen im *France Soir*.«

»Um Gottes willen!« Claudine Stimme klang bestürzt. »Davon wusste ich ja gar nichts!«

»Also, laufen Sie hier möglichst nicht allein herum. Am besten nehmen Sie ein Taxi.«

»Das mache ich, vielen Dank für den Hinweis«, erwiderte Claudine.

Dann waren Schritte zu hören, die sich entfernten. Nach einigen Sekunden meldete sich Claudine.

»Entwarnung, Chef«, flüsterte sie. »Puh! Als er den Killer erwähnte, ist mir doch ein bisschen mulmig geworden. Ich habe jetzt mein Handy in der Hand, damit der Mann denkt, ich rufe ein Taxi. Er überquert übrigens gerade den Faubourg und geht in die Passage du Chantier. Jetzt holt er seinen Hausschlüssel aus der Jackentasche und schließt eine Haustür auf. Warten Sie mal … ich glaube, es ist die dritte Tür von links. Da ist ein großes, helles Plakat angeheftet. Jetzt ist er im Haus verschwunden.«

LaBréa atmete tief durch. Er wusste nicht, ob er diesen falschen Alarm bedauern oder begrüßen sollte. Die nächtliche Aktion war ja geplant worden, um den Täter zu fassen. Doch dass der erstbeste Fremde, dem Claudine in dieser Nacht begegnete, gleich der Mörder sein sollte – daran hätte niemand allen Ernstes geglaubt.

Als erriet Patricia Coste LaBréas Gedanken, sagte sie: »Eigentlich schade, Commisaire. Aber das wäre wirklich zu einfach gewesen. Obgleich Claudines Beschreibung des Mannes in vieler Hinsicht der Beschreibung des Täters entspricht, wie sie der Kopierladenbesitzer gegeben hat.«

LaBréa nickte.

»Ja. Und deshalb werden wir auch feststellen, wer in diesem Haus in der Passage du Chantier wohnt.« Er wandte sich an den Louis Dubuc. »Das ist keine fünf Minuten von hier entfernt, Capitaine. Machen Sie sich gleich auf den Weg, aber kommen Sie schnellstmöglich zurück. Dritte Tür von links, helles Plakat. Falls es Klingelschilder gibt, schreiben Sie sich die Namen auf.«

»Und wenn nur ein Türcode vorhanden ist, aber keine Namensschilder?«

»Dann haben wir eben Pech gehabt und kommen morgen wieder.«

Der Hauptmann nickte und schickte sich an, den Wagen zu verlassen. Er warf einen Blick auf den Monitor, sah, dass keine Passanten in unmittelbarer Nähe vorbeigingen, und stieg rasch aus.

LaBréa funkte Franck und die beiden anderen Überwachungswagen an und gab Entwarnung.

»Gott sei Dank«, meinte Franck erleichtert. »Ich sehe nämlich gerade einen meiner Lieblingsfilme auf DVD, *Das Schweigen der Lämmer.*« Er lachte, wurde jedoch sogleich wieder ernst. »Okay, sollte nur ein kleiner Scherz sein. Ich beobachte in regelmäßigen Abständen die Straße und bleibe auf Empfang.« Das Gespräch war beendet.

Kurz darauf drückte LaBréa auf die Sprechtaste des Funkgerätes.

»Claudine?«

»Ja, Chef, ich höre.«

»Alles okay?«

»Ja. Ich habe den Faubourg überquert und bin gleich an der Ecke Rue de Charenton.«

»Da werden Sie Hauptmann Dubuc begegnen. Er checkt sicherheitshalber den Hauseingang in der Passage du Chantier.«

»Sie meinen, dass es vielleicht doch der Kerl gewesen sein könnte, den wir suchen, aber dass er an mir kein Interesse hatte?«

»Alles ist möglich, Claudine.«

Wenig später erfasste das Kameraauge des EDF-Wagens Claudines Gestalt, die von der Rue de Charenton her auf die Bastille zuging.

»Wir sehen Sie, Claudine«, sagte LaBréa ins Funkgerät. »Wohin gehen Sie jetzt?«

»Richtung Boulevard Richard Lenoir. Von dort aus in die Rue Amelot.«

Einige Minuten später klingelte LaBréas Handy. Das Display zeigte die Nummer des Direktors an.

»Irgendetwas Neues, LaBréa?« Thibons Stimme klang, als sei er in Eile.

»Nein, Monsieur, bisher ist alles ruhig. Keine besonderen Vorkommnisse.«

»Na schön, dann sehen wir mal, wie sich die Sache heute Nacht entwickelt. Ich habe jetzt noch einen wichtigen Termin und muss sofort los. In sehr dringenden Fällen können Sie mich natürlich die ganze Nacht auf meinem Mobilfunktelefon erreichen.«

»Gut, Monsieur.« LaBréa war sich bewusst, dass sein Vorgesetzter eine Situation nur als »sehr dringend« einstufen würde, wenn der Mörder geschnappt war und Thibon sich im Glanz dieses Ermittlungserfolges sonnen konnte. Sollte es Komplikationen geben und irgendetwas schieflaufen, würde Thibon herausgehalten werden wollen.

»Ich wünsche Ihnen eine gute Nacht, LaBréa, und viel Erfolg.«

»Wünschen Sie uns ruhig auch ein bisschen Glück, Monsieur le Directeur. Das können wir wahrlich brauchen.«

Thibon am anderen Ende der Leitung hüstelte kurz und sagte dann spitz: »Wissen Sie, was Paul Claudel jetzt sagen würde, wenn er noch lebte, LaBréa? ›Das beste Mittel, das Glück zu versäumen, besteht darin, es zu suchen.‹ Deshalb bauen wir in unserem Beruf weniger auf Glück als auf Können. Das müssten Sie doch eigentlich wissen. Auf Wiederhören.«

LaBréa schaltete sein Handy ab, schüttelte langsam den Kopf und murmelte: »So ein Idiot ...«

Patricia Coste strich sich eine Haarsträhne aus der Stirn und lächelte wissend.

»Hat er wieder eine seiner Spruchweisheiten losgelassen, Commisaire? Irgendein Zitat, das einen so richtig aufbaut?«

LaBréa lachte.

»Sie haben es erfasst, Patricia. Aber glauben Sie bloß nicht, ich würde Ihnen seine klugen Worte jetzt wiederholen.«

Die junge Frau grinste.

»Schade. Noch einen Tee, als Trost für die Seele?«

»Etwas Härteres wäre mir jetzt lieber.« Er hielt ihr seine Tasse hin. »Aber was soll's! Ihr Tee schmeckt übrigens ausgezeichnet.«

»Assam mit einer Prise Earl Grey und einem Hauch Kardamompulver. Ein Rezept meines Mannes. Er ist Inder.«

In dem Moment wurde dreimal an die Tür geklopft. Patricia Coste öffnete, und Hauptmann Dubuc stieg in den Lieferwagen.

»Und?«, wollte LaBréa wissen.

»Hausnummer 3. Es gab ein Klingeltableau mit Namensschildern. Vier Parteien. Ich habe die Namen notiert und gebe sie gleich mal ans Zentralregister durch.«

LaBréa nickte zustimmend und Dubuc wählte eine Nummer auf seinem Handy. Wenig später kam die Rückmeldung. Keiner der Bewohner in der Passage du Chantier war vorbestraft. Doch das musste nichts heißen. Morgen würde der junge Mann mit der Sporttasche und der Baseballkappe sicherheitshalber unter die Lupe genommen werden.

Donnerstag, 22 Uhr 55

Für die heutige Nacht hatte er sein Outfit geändert. Zu Hause vor dem Spiegel lachte er leise in sich hinein, als er sein verändertes Konterfei sah. Die Verkleidung wirkte vollkommen echt. Im Verlauf des Tages hatte er sich überlegt, welche Identität er sich zulegen sollte. Die Bullen waren alarmiert und würden ihre Leute in der Gegend platzieren. Es war besser, vorsichtig zu sein. Aufgrund seiner Größe und seiner Figur schied beispielsweise eine Verkleidung als Frau von vornherein aus. Also hatte er sich am Nachmittag am Boulevard Menilmontant die Klamotten besorgt, die ihm für den nächtlichen Streifzug geeignet erschienen.

Auf seinen Rucksack musste er diesmal verzichten, er passte nicht zur Verkleidung. Er fuhr mit dem Finger über die Klinge des Messers, steckte es dann zu den übrigen Utensilien in die Manteltasche. Die Taschen waren zum Glück groß und boten genügend Platz für alles. Als Letztes griff er nach dem Autoschlüssel.

Der Mann auf dem Plakat an der Küchentür blickte starr geradeaus. An der Unterkante des Bildes prangten drei dicke rote Striche.

Er grinste.

»Schöne Verkleidung, was?«, sagte er und setzte die Kopfbedeckung auf. »So was wäre dir natürlich nicht eingefallen. Du hattest Glück, dass die Bullen damals noch dämlicher waren als heute.«

Wie immer warf er einen letzten Blick in die Küche. Sie war blitzsauber. Das Steak mit den Bratkartoffeln hatte köstlich geschmeckt und ihm ein Gefühl von zusätzlicher Power gegeben. Obwohl er anschließend gründlich gelüftet hatte, hing der Geruch des gebratenen Fleisches noch immer in der kleinen Wohnung.

Zwei Minuten später schlich er sich durchs Treppenhaus. Aus der Wohnung der alten Gachon im ersten Stock drangen die lauten Geräusche des Fernsehers.

Durch das Labyrinth der ehemaligen Handwerks- und Fabrikhöfe, der Sackgassen und Passagen, erreichte er die Rue du Faubourg St. Antoine. Ganz in der Nähe befand sich ein mit einer niedrigen Mauer abgegrenztes Hausgrundstück. Er hatte sich sorgfältig vergewissert, dass auf dem Faubourg keine Zivilbullen in irgendwelchen Hauseingängen standen. Auch in der Cité Parchappe war keine Menschenseele zu sehen. Im jüdischen Café, das sich Ecke Passage du Cheval Blanc befand, herrschte nur wenig Betrieb. Die dicke Wirtin wischte gerade den Tresen ab.

Als er sich über die niedrige Mauer schwang, störte ihn zunächst die ungewohnte und unpraktische Kleidung. Kurz darauf betrat er auf leisen Sohlen den Flur, der den Hintereingang mit dem Treppenhaus verband. Eine Nische hinter der Wendeltreppe mit den ausgetretenen Steinstufen und dem schmiedeeisernen Rundgeländer, die in die oberen Stockwerke des Hauses führte, bot ihm Schutz.

Er kauerte sich an die Wand und wartete.

18. KAPITEL

Dreiundzwanzig Uhr.

»Hallo, Chef?«

Es war Franck, der Verbindung mit dem EDF-Wagen aufnahm.

»Ja, ich höre?« LaBréa trank den letzten Schluck Tee, den Patricia ihm angeboten hatte und der inzwischen kalt geworden war.

»Ich sehe einen alten Mann auf der Rue de la Roquette. Gleich vor unserem Hauseingang. Er geht am Stock. Schwarzer Mantel, schwarzer Hut, dichter, dunkler Bart und Peies, diese Schläfenlocken. Ein orthodoxer Jude. Jetzt biegt er in die Cité Parchappe ein.«

Die Cité Parchappe war ein kleiner Durchgang, der zur Passage du Cheval Blanc führte. Östlich der Bastille gab es unzählige solcher Sackgassen, Passagen und Höfe, die von den größeren Straßen abgingen.

»Dort wohnt niemand. Das ist ein reines Gewerbegebiet. Die Kollegen aus der Abteilung 2 haben die Geschäfte und Büros dort am frühen Abend gecheckt«, sagte LaBréa. »Es gibt nur ein jüdisches Café, das bis weit in die Nacht geöffnet hat. Das einzige hier in der Gegend.«

Gleich darauf meldete sich Jean-Marc über Funk aus dem Klempnerwagen in der Rue Jacques Cœur.

»Bei uns ist alles ruhig, Chef. Eine alte Dame führt ihren Hund spazieren. Aus dem Bildhaueratelier Chant de la Pierre, schräg gegenüber, kommen jetzt zwei Männer. Ein älterer und ein jüngerer. Sie reden lebhaft miteinander und gehen

Richtung Boulevard Henri IV. Sieht aus, als ob sie was getrunken hätten.«

»Die können wir vergessen, Jean-Marc. Unser Mann ist ein Einzelgänger, außerdem glaube ich nicht, dass er sich für Bildhauerei oder Steinmetzarbeiten interessiert.«

»Ich melde mich wieder.« Der Paradiesvogel beendete den Funkkontakt.

LaBréa kontaktierte die Besatzung des Wohnmobils Boulevard Richard Lenoir. Der Wagen stand etwa zwanzig Meter vom MK2-Kinocenter Ecke Bastille entfernt. Um einundzwanzig Uhr hatte die Abendvorstellung begonnen, jetzt war sie zu Ende. Brigadier Valdez, der zur Besatzung des Wohnmobils gehörte, konnte ebenfalls keine besonderen Vorkommnisse melden. Die Kinobesucher hatten einen Liebesfilm gesehen, und die jüngeren Paare unter ihnen verließen dementsprechend angeregt das Kino. Einige Pärchen küssten sich und schlenderten eng umschlungen Richtung Metro oder in eines der umliegenden Cafés. Bald war der Eingangsbereich vor dem Kino wieder verwaist.

Im EDF-Wagen in der Rue de Charenton stellte Patricia Coste eine zweite Thermosflasche mit Tee auf den Monitortisch. Hauptmann Dubucs Frau, Geschäftsführerin in einer Filiale der Bäckereikette Paul, wusste, dass es bei derartigen nächtlichen Überwachungsaktionen auch auf das leibliche Wohl der Polizisten ankam. Dementsprechend hatte sie ihrem Mann ein Paket mit appetitlichen Sandwiches mitgegeben, die Dubuc jetzt an LaBréa und Patricia verteilte.

LaBréa spürte, wie hungrig er war, und biss herzhaft in ein großes Stück Schinkenbaguette.

Claudine meldete sich über Funk. Sie befand sich jetzt westlich der Bastille, in der Rue de la Cérisaie. Sie berichtete von einer Gruppe junger Männer, die an der Ecke Boulevard Henri IV aus einer Kneipe getorkelt waren und grölend auf der Straße herumstanden, bis sie schließlich ein Taxi anhielten. Claudine hatten sie völlig ignoriert. Sie setzte ihren Rundgang fort. Kurz darauf erreichte sie den Boulevard Bourdon.

»Die Bürgersteige hier sind wie leer gefegt«, sagte sie. »Aber auf dem Boulevard sind noch jede Menge Autos unterwegs.«

An der Rue Mornay überquerte sie den Port de l'Arsenal und bog danach in die Rue Jules César ein.

»Ich nehme gleich die Rue Moreau und dann die Rue de Charenton Richtung Bastille. Sie haben mich also demnächst wieder im Visier Ihres Kameraauges, Chef.«

Im EDF-Wagen ertönten die monotonen Geräusche des Polizeifunks. Aus den Vorstädten wurden Schlägereien zwischen jugendlichen Banden gemeldet. Drogenrazzien. Ein Überfall auf ein Juweliergeschäft im 8. Arrondissement. Autounfall auf dem Périphérique. Messerstecherei in Barbès. Ein Ehedrama in einer Wohnung im 11. Arrondissement. Für die Pariser Polizei war es eine Nacht wie jede andere.

LaBréa hing seinen Gedanken nach. Er dachte an das einträchtige Nebeneinander von Jenny und Céline am Abend in seiner Wohnung. Das schien unendlich lange her zu sein. Er hatte das Gefühl, schon seit Ewigkeiten in diesem Wagen zu sitzen, dabei waren es erst etwas mehr als drei Stunden. Seine Tochter und deren Freundin schliefen sicher schon längst. Und Céline? Er dachte an die letzte Nacht, die er mit ihr in seiner Wohnung verbracht hatte. Lag das wirklich erst zwei Tage zurück? Was war in dieser Zeit nicht alles passiert ... LaBréa lehnte sich auf dem unbequemen Klappstuhl zurück und rief sich Célines Gesicht ins Gedächtnis. Er spürte ihren Mund auf seinen Lippen, sah die Erregung in ihren dunkel gesprenkelten Augen, roch den Duft ihrer Haut.

Claudines Stimme riss ihn in die Wirklichkeit zurück.

»Chef, ich bin jetzt auf der Höhe des Krankenhauses Quinze Vingts«, flüsterte sie. »Rechts von mir, aus dem Cour du Bel Air, kommt ein Pärchen. Die Frau scheint völlig apathisch, und der Mann hält sich dicht neben ihr und schiebt sie irgendwie vor sich her.«

»Wie sieht er aus?«

»Groß, dunkel gekleidet, er trägt einen Rucksack. Kahl geschorener Schädel, keine Kopfbedeckung. Jetzt bleibt die Frau stehen und will sich losreißen, doch er zwingt sie weiterzugehen. Mein Gott, Chef, das könnte er sein!«

»In welche Richtung gehen die beiden?«

»Richtung Bastille, sie sind gleich bei Ihnen am Überwachungswagen.«

In Sekundenschnelle hatte LaBréa seine Entscheidung getroffen.

»Folgen Sie den beiden unauffällig, Claudine. Ich glaube nicht, dass es unser Mann ist. Der würde sich auf keinen Fall so verhalten. Er kann sich doch denken, dass wir das Viertel überwachen.«

Wenig später war Claudines Stimme zu hören.

»Ich habe die beiden angesprochen und mir ihre Ausweise zeigen lassen. Ein Ehepaar. Anscheinend hat es einen Streit gegeben. Sie wohnen in der Rue du Petit Musc Nummer 18. Ich gehe jetzt zurück zur Bastille.«

Eine ganze Weile geschah nichts.

Hauptmann Dubuc zündete sich in regelmäßigen Abständen eine Zigarette an. Patricia Coste aß das letzte Käsesandwich. Irgendwann blickte LaBréa auf die Uhr: dreiundzwanzig Uhr fünfunddreißig. Trotz der vielen Tassen Tee, die er inzwischen getrunken hatte, spürte er plötzlich Müdigkeit in sich hochkriechen. Um dagegen anzukämpfen, drückte er die Sprechtaste des Funkgeräts.

»Claudine?«, fragte er.

Doch Claudine meldete sich nicht.

19. KAPITEL

Weder Franck noch die Besatzungen der anderen Wagen hatten in den letzten Minuten Sprechkontakt mit Claudine gehabt. Erneut drückte LaBréa die Taste des Funkgerätes.

»Claudine?«, rief er. »Wo stecken Sie? Melden Sie sich!«

Jetzt ertönte endlich ihre Stimme.

»Pardon, Chef, ich musste das Gerät kurz abschalten.«

»Weswegen denn, verdammt noch mal?«, schimpfte LaBréa ungehalten.

»Weil eben eine Frau allein aus der Metro kam. Ausgang Rue de la Bastille. Sie war ziemlich ängstlich und drehte sich dauernd um. Da habe ich sie angesprochen und gefragt, wo sie wohnt. Es war nur wenige Schritte von hier entfernt, Rue de la Roquette Nummer 12. Ich sagte ihr, dass ich von der Polizei bin, und bot ihr an, sie bis vor die Haustür zu begleiten. Das habe ich getan. Die Tür hatte einen Türcode, und die Frau war dankbar, dass ich gewartet habe, bis sie im Haus war.«

LaBréa atmete tief durch.

»Na, Gott sei Dank! Wir haben uns hier schon die größten Sorgen gemacht.«

»Tut mir leid, Chef. Ich hätte Ihnen kurz Bescheid geben sollen.«

»Ja, das hätten Sie, Claudine.«

»Aber als ich die Frau sah, wie sie aus der Metro geeilt kam, habe ich es schlicht und einfach vergessen. Es kommt nicht wieder vor, versprochen, Chef!«

Der Rest der Nacht verging ohne besondere Vorkommnisse. Claudine begegnete noch einigen Betrunkenen, die das Café *Le Bastille* verließen, als das Lokal geschlossen wurde. Aus dem Restaurant *Bofinger,* in der Rue de la Bastille, kamen die letzten Gäste gegen ein Uhr. Nach der Spätvorstellung im Kinocenter MK2 auf dem Boulevard Richard Lenoir erloschen die Lichter des Filmpalastes. Der Verkehr rollte nur noch schwach durch die Straßen. Im Bastilleviertel kehrte langsam Ruhe ein.

Im Zeitlupentempo zog die Nacht dahin. Irgendwann begann LaBréa ein Gespräch mit Patricia Coste, die ihm von ihrer Leidenschaft für Indien und seine Menschen erzählte. Ihren Mann Nirmal hatte sie vor einigen Jahren auf einer Reise durch Südindien kennengelernt. Er war Informatiker. Wenige Monate später kam er nach Frankreich, wo er einen guten Job bei IBM angeboten bekam. Patricia und er fuhren regelmäßig in sein Heimatland und besuchten seine Familie. Zur Hochzeit hatte die Schwiegermutter Patricia einen Sari geschenkt, den sie jedoch nie getragen hatte. »Er war viel zu klein«, meinte Patricia. »Und außerdem – können Sie sich vorstellen, wie ich in so was aussehen würde?« Sie lachte, als sie davon erzählte. Inzwischen hatten sich Nirmals Eltern daran gewöhnt, dass ihre Schwiegertochter bei der Polizei arbeitete, ihren Mädchennamen behalten hatte und als Judokämpferin nicht gerade dem Ideal einer anschmiegsamen Ehefrau entsprach.

Kurz nach fünf Uhr morgens blies LaBréa den nächtlichen Einsatz ab und schickte seine Mitarbeiter nach Hause. Claudine begab sich in die konspirative Wohnung, in der Franck bis jetzt ausgeharrt hatte. Dort sollte sie sich ausschlafen, und dann im Lauf des kommenden Vormittags ihren Rundgang im Bastilleviertel wieder aufnehmen. Niemand glaubte mehr an einen Erfolg in dieser

Nacht. Bei LaBréa hatte sich tiefe Enttäuschung breitgemacht; seinen Kollegen erging es nicht anders. Sie verließen die Überwachungswagen und verteilten sich unauffällig. Einige hielten ein Taxi an, andere nahmen die erste Metro.

Für zehn Uhr war die nächste Talkrunde in LaBréas Büro angesetzt. Bis dahin konnte jeder noch ein paar Stunden Schlaf nachholen. Trotz des heutigen Fehlschlages stand jedoch bereits fest: In der kommenden Nacht würde die Lockvogelaktion auf jeden Fall fortgesetzt werden.

LaBréa verabschiedete sich von den beiden Beamten im EDF-Wagen und ging zu Fuß. Die Luft war klar und frisch, und es tat gut, sich nach stundenlangem Sitzen in einem engen Wagen und auf einem harten Stuhl endlich bewegen zu können. Durch die Rue de la Cérisaie und die Rue Charles gelangte er zur Rue St. Paul, wo er rechts abbog. Auf der Rue de Rivoli hatten die ersten Bäckereien geöffnet. Es duftete nach frischen Backwaren. LaBréa kaufte noch ofenwarme Croissants und für die beiden Mädchen Pains au chocolat. In der Rue des Rosiers säuberte ein kleiner Wagen der Straßenreinigung die Bürgersteige. Ansonsten lag eine friedliche Stille über dem Viertel. Erst allmählich erwachte es zum Leben. Hin und wieder sah LaBréa ein erleuchtetes Fenster, hinter dem der Schatten einer Gestalt zu erkennen war. Manche Menschen hatten einen langen Weg zur Arbeit und mussten früh aufstehen.

Was mochte der Mörder wohl in dieser Nacht getrieben haben? Sie hatten alles versucht, das Viertel um die Bastille zu überwachen. Was, wenn er ihnen dennoch durch die Maschen geschlüpft war? Oder hatte Franck recht, und der Killer legte eine Pause ein? Morgen würde man es genauer wissen, falls wieder eine Leiche auftauchte. Mit aller Kraft hoffte LaBréa, dass das nicht der Fall sein würde.

In der Rue des Blancs Manteaux tippte er seinen Haustürcode ein und ging in den ersten Hof. Dort sah er, dass in Célines Wohnung Licht brannte. LaBréa zögerte kurz, dann drückte er die Türklingel. Kurz darauf wurde geöffnet.

»Guten Morgen, Liebes. Schon so früh wach?«

»Ich konnte nicht mehr schlafen«, erwiderte Céline. Sie trug einen bequemen Hausanzug und bat ihn herein. »Irgendwie hatte ich im Gefühl, dass du bald nach Hause kommst. Kann ich dir einen Kaffee anbieten?«

»Ja, den könnte ich jetzt brauchen.«

LaBréa umarmte sie, und sie küssten sich. Dann nahm Céline ihm seine Lederjacke ab und hängte sie an den Garderobenhaken.

»War letzte Nacht alles in Ordnung mit den Mädchen?«, wollte LaBréa wissen.

»Ja. Keine Probleme. Kurz nach halb zehn lagen sie im Bett. Komm am besten gleich mit in die Küche.«

Céline braute ihm einen starken Kaffee. Dazu aß er ein Croissant und berichtete kurz von der nächtlichen Überwachungsaktion.

»Fehlschlag auf der ganzen Linie«, sagte er zum Schluss. »Ich weiß nicht, ob wir den Kerl jemals kriegen.« Es klang ein wenig resigniert.

»Na klar kriegt ihr ihn«, versuchte Céline ihn aufzubauen. »Heißt es nicht, dass jeder Mörder irgendwann einen Fehler macht?«

»Fragt sich nur, wann.« Plötzlich spürte LaBréa, wie müde er war. Trotz des Kaffees fielen ihm beinahe die Augen zu. Als Céline das bemerkte, meinte sie: »Komm, leg dich drüben auf mein Bett. Wann müssen die Mädchen aufstehen?«

»Halb acht«, murmelte er.

»Dann hast du noch fast zwei Stunden. Mach einfach die Augen zu. Ich wecke dich rechtzeitig, damit du rüber in deine Wohnung gehen kannst.«

»Wenn ich jetzt schlafe, wird der Tag fürchterlich für mich«, wandte er ein.

»Das muss nicht sein. Ein Kurzschlaf ist oft sehr erfrischend.«

Als er sich auf Célines Bett fallen ließ, nahm er nur noch wahr, dass sie ihm die Schuhe auszog und ihm mit ihren Händen übers Gesicht strich. Sie beugte sich über ihn und küsste ihn, doch da war er schon fast eingeschlafen.

Um halb acht weckte Céline ihn. Und tatsächlich fühlte er sich erfrischt und ausgeruht. Er zog seine Schuhe an, küsste Céline zum Abschied, nahm seine Jacke und begab sich in seine Wohnung.

Dort standen die beiden Mädchen im Schlafanzug in der Küche und bereiteten sich ihr Müsli zu. Kater Obelix beugte sich schmatzend über seinen randvoll gefüllten Fressnapf. Nachdem er LaBréa einen unergründlichen Blick zugeworfen hatte, ließ er sich nicht weiter stören.

»Wollt ihr kein Pain au chocolat?«, fragte LaBréa seine Tochter und verzog angesichts der beiden Schüsseln mit dem klebrigen Körnergemisch das Gesicht.

»Nein, danke, Papa. Wir haben heute Training, und du weißt doch …«

LaBréa unterbrach sie.

»Ja, ja, ich weiß, was euer schlauer Trainer euch geraten hat.« Er legte die Tüte mit dem Gebäck auf den Tisch. »Schade. Die Sachen sind ganz frisch.«

»Wir können sie ja mit in die Schule nehmen«, sagte Alissa rasch. »Für die Pause.«

»Und, wie geht's dir so?«, fragte Jenny. »Bist du nicht unheimlich müde und kaputt?«

»Doch«, erwiderte LaBréa. »Ein bisschen schon. Aber schlafen legen kann ich mich nicht. Wir haben den Kerl immer noch nicht.«

»So ein Mist«, bemerkte Alissa.

»Frühstückt erst einmal in Ruhe, ich bringe euch dann zur Schule.«

»Brauchst du aber echt nicht, Papa. Ruh dich lieber etwas aus.«

»Ich möchte es aber gern.«

Er ging in sein Schlafzimmer, um frische Kleidung zu holen, die er mit ins Bad nahm. Dort duschte er ausgiebig und rasierte sich. In der Zwischenzeit hatte Jenny Kaffee gekocht und schenkte ihm eine Tasse ein.

Kurz vor neun verabschiedete er die Mädchen vor dem Lycée Charlemagne. Auf dem Weg zu seinem Büro kaufte er mehrere Tageszeitungen. Alle berichteten über die Morde an der Bastille. Die Schlagzeile im *France Soir* lautete: »›Schlitzer von der Bastille‹ schlägt erneut zu. Polizei hüllt sich in Schweigen«. Darunter war zu lesen: »Skandalöse Pressekonferenz am Quai des Orfèvres«. Rechts daneben ein gestochen scharfes Foto, das LaBréa, Thibon und Couperin auf dem Podium zeigte.

In seinem Büro angekommen, las LaBréa den Bericht durch. Wie nicht anders zu erwarten, rechnete der *France Soir* mit der Polizei ab und verwahrte sich dagegen, unseriös recherchiert zu haben und fragwürdige Informationen zu verwenden. Ausführlich wurde der dritte Mord erwähnt und ein Zusammenhang mit den beiden ersten Morden hergestellt. Verärgert warf LaBréa das Blatt auf den Schreibtisch.

In dem Moment klopfte es an die Tür. Franck und Jean-Marc betraten den Raum.

»Halten Sie sich lieber fest, Chef«, sagte Franck. »Sehen Sie mal, was wir hier haben.«

Er legte einen wattierten Umschlag auf LaBréas Schreibtisch. Er war bereits geöffnet. Die Anschrift lautete: »BRIGADE CRIMINELLE, SONDERKOMMISSION SCHLITZER, QUAI DES ORFEVRES 36«. Der Umschlag war mit Briefmarken frankiert und mit dem Poststempel von gestern versehen.

»Dieselbe Schrift wie im anonymen Schreiben«, bemerkte Jean-Marc.

LaBréa nahm ein Paar dünne Gummihandschuhe aus seiner Schreibtischschublade und griff mit spitzen Fingern in den Umschlag. Vorsichtig zog er den Inhalt heraus.

Ein Büstenhalter, schwarz.

Der dazu passende Slip. Ebenfalls schwarz.

»Großer Gott!« Fassungslos blickte LaBréa seine beiden Mitarbeiter an.

»Der spielt mit uns, Chef.« Francks Stimme klang zornig.

»Das Zeug ist völlig verdreckt«, fügte der Paradiesvogel hinzu. »Madame Andrieu hat recht: Er nimmt die Unterwäsche seiner Opfer mit nach Hause, um sich damit zu stimulieren. Und jetzt schickt er uns eine Kostprobe, dieses perverse Schwein.«

Vorsichtig steckte LaBréa die Dessous zurück in den Umschlag.

»Bringen Sie das gleich ins Labor. Wir brauchen die DNS des Opfers, damit wir die Wäsche zuordnen können.«

An der Tür drehte sich Jean-Marc noch einmal um.

»Übrigens, Chef, auf dem Schreiben, das der Kerl an *France Soir* geschickt hat, befinden sich keinerlei verwertbare Spuren.«

»Haben wir etwas anderes erwartet?«

»Diverse Fingerabdrücke von den Zeitungsleuten. Der rote Filzstift ist ein gängiges Modell, das man in jedem Kaufhaus bekommen kann. Das Papier ist normales Schreibmaschinenpapier. Der Zettel mit der Fußzeichnung entspricht denen, die er an den Tatorten zurückgelassen hat.«

LaBréa wählte die Nummer des Ermittlungsrichters, dem er immer noch keinen wirklichen Tatverdächtigen präsentieren konnte. Anschließend sprach er mit Véronique Andrieu und teilte ihr mit, was der Mörder der Polizei zugeschickt hatte.

»Es passt alles ins Bild, Maurice«, sagte Véronique.

»Ja, leider.«

Eine halbe Stunde später wurde LaBréa von Direktor Thibon in dessen Büro zitiert. Auf Thibons Schreibtisch stapelten sich die heutigen Tageszeitungen. Ohne LaBréa einen Stuhl anzubieten, blätterte Thibon sie durch.

»Hier, überall das gleiche Geschmiere«, sagte er. »Die gestrige Pressekonferenz hätten wir uns sparen können. Nach Ihrem nächtlichen Reinfall mit dem Lockvogel weiß ich nicht, was ich dem Polizeipräfekten sagen soll.«

»Sagen Sie ihm, wir tun alles, was in unserer Macht steht, Monsieur, und wir geben die Hoffnung nicht auf.«

Thibon lehnte sich im Stuhl zurück, verschränkte die Arme vor der Brust und lächelte süffisant.

»So, tatsächlich? Wie sagte doch der Dichter Jules Renard so schön? ›Hoffnung: Das bedeutet, dass man bei schönem Wetter hinausgeht und bei Regen heimkommt.‹ Für meine

Begriffe kommen Sie im Hinblick auf diese Ermittlungen schon viel zu oft im Regen heim, LaBréa. Wenn Sie verstehen, was ich damit meine. Ich will endlich Resultate sehen!«

LaBréa ging über die letzte Bemerkung seines Vorgesetzten hinweg und berichtete ihm von der postalischen Zustellung des gefütterten Umschlages. Thibon hob angewidert die Hand.

»Verschonen Sie mich mit solch unappetitlichen Dingen. Lassen Sie das Zeug untersuchen und sehen Sie zu, dass der Kerl endlich dingfest gemacht wird. Sonst fordert der Präfekt möglicherweise Ihren Kopf. Drei bestialische Morde, und nicht die geringste Spur! Das gibt es doch gar nicht.«

Als LaBréa zurück ins Büro kam, warteten dort drei Mitarbeiter der Abteilung 2. Sie legten eine erste Liste der Geschäfte vor, die es rund um die Bastille gab.

LaBréa blätterte den Ausdruck durch. Er las die Namen von Cafés und Restaurants, Traiteurs, Friseuren, Schnellimbissen, kleineren Einzelhandelsgeschäften. In der Nähe des Tatortes Rue de la Roquette, wo Assia Blanc gewohnt hatte, bestanden viele Möglichkeiten, den Hauseingang der Ermordeten von einem Geschäft oder einer Büroetage aus zu beobachten. Ganz anders als bei den beiden Tatorten in der Rue Beausire. Dort gab es nur ein einziges Geschäft, einen Gewürzladen mit dem Namen Au Grain de Sel. Er befand sich genau zwischen den Wohnungen Ousbane und Villeron und wurde von einer alleinstehenden, älteren Frau geführt, die keine Angestellten hatte.

»Vom letzten Tatort, der Rue de la Roquette, haben wir außerdem bereits eine Liste mit den Namen aller Angestellten und Mitarbeiter der diversen Geschäfte, Kneipen und so weiter«, bemerkte ein junger Brigadier. »Das wird jetzt alles abgearbeitet, Commissaire. Zentralregister, Melderegister, das Übliche.«

»Gut. Sobald Sie etwas haben, will ich es wissen.«

Um zehn Uhr begann die Talkrunde. LaBréa fasste das Ergebnis der nächtlichen Überwachungsaktion zusammen. Dann berichteten die Mitarbeiter der Abteilung 2 von ihren Undercover-Streifengängen an der Bastille. Niemand hatte bei seinem Rundgang irgendetwas Auffälliges bemerkt. LaBréa beschloss, die Undercover-Leute tagsüber erneut loszuschicken. Vielleicht ergab sich heute eine Spur.

»Aber zieht euch möglichst nicht dieselben Klamotten an wie gestern«, bemerkte Franck und warf einen Seitenblick auf Jean-Marc. »Einige von euch haben gestern beinahe unserem Paradiesvogel hier, dem Kollegen Lagarde, Konkurrenz gemacht, nach dem zu urteilen, was Claudine mir erzählt hat.« Er feixte.

Jean-Marc winkte ab und wandte sich an LaBréa.

»Ich klappere heute mit ein paar Leuten die Fitnessclubs ab, die es rund um die Bastille gibt. Es sind immerhin sieben Stück. Vielleicht trainiert unser Mann in einem von ihnen.«

LaBréa nickte.

»Was ist eigentlich mit Hinweisen aus der Bevölkerung?«, wollte LaBréa wissen. »Nach dem Artikel gestern im *France Soir* dürfte es doch sicher entsprechende Reaktionen gegeben haben.«

»Jede Menge, Chef«, antwortete Brigadier Valdez. »Aber nichts Greifbares. Sie kennen das ja: Die Leute machen sich wichtig. Die meisten fragen als Erstes, ob eine Belohnung ausgesetzt ist. Konkrete Hinweise haben sie nicht. Viele wollen auch einfach nur ihren Nachbarn anschwärzen. Kleine Gemeinheiten, billige Rache.«

LaBréas Telefon klingelte. Es war Claudine, die sich meldete.

»Ich bin auf meinem Rundgang, Chef. Keine besonderen Vorkommnisse.«

»Gut. Aber schlafen Sie mittags noch ein paar Stunden. Die heutige Nacht wird wieder lang.« Das Gespräch war beendet.

LaBréa blickte in die Runde seiner Mitarbeiter und sah angespannte und frustrierte Gesichter. Alle dachten dasselbe und stellten sich die bange Frage: Wann würden sie zum nächsten Tatort gerufen werden? LaBréa hatte das Gefühl, auf dem Deckel eines Dampftopfes zu sitzen, der jeden Moment zu explodieren drohte. Die Ruhe vor dem Sturm, so schien es ihm. Er wandte sich an Franck.

»Holen Sie diesen Kopierladenbesitzer her, Franck, diesen André Lemoine. Damit wir ein Phantombild erstellen können. Immerhin hat der Mann ja ein paar Einzelheiten im Gedächtnis behalten: die Baseballkappe, den Körperbau des Verdächtigen, die Sonnenbrille.«

»Die Sonnenbrille kann man weglassen«, meinte einer der Techniker. »Mit dem Facette-Design-System können wir die Augenpartie prima simulieren.«

»Leutnant Trosino, schon irgendetwas Neues von Assia Blancs Exehemann gehört?«

Trosino schüttelte den Kopf.

»Nichts, Commissaire. Die Fahndung läuft noch.«

Jean-Marcs Handy klingelte.

»Ja?« Er hörte einen Moment zu, machte sich dann hastig ein paar Notizen. »Gut, danke. Ich sag dem Chef Bescheid.« Er ließ sein Handy sinken und wandte sich an LaBréa. »Das war Cartier. Zusammen mit Aboudan hat er die Bewohner des Hauses Passage du Chantier Nummer 3 gecheckt. Der Typ mit der Sporttasche, der Claudine heute

Nacht vor dem Bistro angesprochen und vor dem Killer gewarnt hat, heißt Pascal Vert. Er wohnt bei seiner Freundin zur Untermiete, einer gewissen Eloise Gall. Er war zu Hause, als die beiden klingelten. Wissen Sie, was er beruflich macht? Er ist Trainer im Fitnessclub Athletic in der Avenue Ledru Rollin. Ich fahre da gleich mal hin. Für die drei Mordnächte hat er angeblich jeweils ein Alibi. Die werden jetzt von ein paar Leuten gecheckt.«

»In der Zwischenzeit kann sich der Kerl aus dem Staub machen, wenn er es ist«, schnaubte Franck. »Wir sollten ihn herholen.«

»Wir haben nichts gegen den Mann in der Hand«, meinte LaBréa.

»Cartier hat ihn gefragt, ob er freiwillig eine Speichelprobe abgeben würde«, fügte Jean-Marc hinzu. »Er weigert sich.«

»Na bitte«, sagte Franck und blickte triumphierend in die Runde. »Vielleicht erkennt ihn der Kopierladenbesitzer?«

LaBréa winkte ab.

»Eine Gegenüberstellung kommt im Moment nicht infrage. Couperin spielt da nicht mit. Wir haben Namen und Adresse des Mannes, mehr ist im Moment nicht drin.« Er blickte auf die Uhr. »Die nächste Talkrunde steigt um sechzehn Uhr.«

LaBréa zog seine Jacke an, ließ sich von Jean-Marc ein Taxi rufen und fuhr zum Sozialamt im 12. Arrondissement. Die Sachbearbeiterin dort hatte ihm gesagt, dass Annabelle Villerons Untermieter Marcel Grivet seine wöchentliche Sozialhilfe jeweils am Freitag zwischen elf und zwölf Uhr abholte. Sie hatte versprochen, den Mann am heutigen Tag so lange hinzuhalten, bis LaBréa oder einer seiner Mitarbeiter eintraf. Ob eine Begegnung mit dem Mann die Ermittlungen voranbringen würde – LaBréa war eher skeptisch. Doch er wollte sich keinen Vorwurf machen müssen, etwas unterlassen zu haben.

Als er durch die Straßen fuhr, wurde er das dringende Gefühl nicht los, dass in den kommenden vierundzwanzig Stunden etwas Entscheidendes geschehen würde.

20. KAPITEL

Das Sozialamt des 12. Arrondissements befand sich unweit der Gare de Lyon, in der Avenue Daumesnil, Nummer 108. Der Taxifahrer nahm die Strecke über die Bastille, auf der dichter Vormittagsverkehr floss.

Beim Pförtner wies LaBréa sich aus und ließ sich mit der Sachbearbeiterin verbinden, die für Marcel Grivet zuständig war.

»Bisher ist er noch nicht aufgetaucht, Commissaire«, sagte sie durchs Telefon. »Kommen Sie in den zweiten Stock. Meine Zimmernummer ist 219. Auf dem Korridor stehen Stühle; Sie können dort warten. Monsieur Grivet ist leicht zu erkennen: lange rötliche Haare, Bart, etwas abgerissene Kleidung. Meistens trägt er ein knallgrünes Halstuch.«

LaBréa bedankte sich und begab sich in den zweiten Stock.

Schon beim Betreten des Gebäudes hatte er bemerkt, dass reger Betrieb herrschte. Er sah Mütter mit Kinderwagen; Frauen und Männer um die vierzig; ärmlich gekleidete alte Menschen und erstaunlich viele jüngere Leute. Alle waren auf die eine oder andere Weise ins soziale Abseits geraten; Opfer einer Gesellschaft, in der sie ihren Platz verloren hatten. Manche von ihnen hatten wohl nie eine wirkliche Chance gehabt. Frühzeitig hatten viele dieser Menschen Erfahrung mit allen möglichen Formen von Gewalt machen müssen. Das soziale Milieu, in das sie das Schicksal geworfen hatte, vereitelte von vornherein jede Aussicht auf eine bessere Zukunft. Einige hatten ihre Lage wahrscheinlich selbst verschuldet, weil sie vielleicht die Schule abgebrochen, Drogen genommen oder zu früh Kinder bekommen hatten. Von den Kindern, die ihre Mütter hierher begleiteten, würden die meisten ihre Eltern niemals einer geregelten Arbeit nachgehen sehen. Die psychologischen und sozialen Folgen für diese nächste Generation schienen vorhersehbar.

Vor dem Zimmer Nummer 219 war nur noch ein Stuhl frei. Er stand am Fenster. Die Wartenden, vier Männer, sechs Frauen (davon drei mit kleinen Kindern), musterten LaBréa, als er Platz nahm. Er fühlte sich unbehaglich, passte nicht hierher mit seiner grauen Flanellhose und der grünschwarzen Cashmerejacke, die nach einem Designerstück aussah, aber aus der Galérie Lafayette stammte. Er lehnte sich zurück und beobachtete den Treppenaufgang und die Fahrstühle. Auf den wenigen Tischen, die aufgestellt waren, quollen die Aschenbecher über. Die Luft war abgestanden, roch nach Rauch und Knoblauch.

Der Nächste in der Reihe der Wartenden wurde aufgerufen. Der Mann, alterslos, mit schütterem Haar und grauer Haut, erhob sich von seinem Stuhl und schlurfte zum Zimmer 219. Als er die Tür öffnete, erhaschte LaBréa einen Blick ins Büro der Sachbearbeiterin.

»Bitte, Monsieur Hourdin«, sagte diese mit resoluter Stimme, winkte den Mann herein und schob eine Strähne ihrer blondierten Haare aus der Stirn. Die Tür fiel ins Schloss.

Die Zeit verstrich. Als LaBréa das zweite Mal auf die Uhr blickte, war es kurz vor zwölf. Sein Handy hatte er abgestellt, doch einige SMS waren eingegangen. Die erste stammte von Jenny, deren Mathematikstunde ausgefallen war und die mit Alissa im Aufenthaltsraum saß und sich langweilte. Danach las er zwei Nachrichten, die ihm Jean-Marc und

Trosino geschickt hatten. Der Paradiesvogel befand sich im Fitnessclub Athletic. Die Alibis des Trainers aus der Passage du Chantier, Pascal Vert, schienen stichhaltig zu sein. Wieder eine Spur, die im Sande verlief. Trosinos Nachricht las sich nicht ganz so frustrierend und entmutigend: Der Exehemann von Assia Blanc befand sich in Spanien und war aufgrund des internationalen Haftbefehls von der Polizei in Barcelona festgenommen worden.

Wenigstens etwas, dachte LaBréa. Die spanische Polizei sollte zunächst einmal prüfen, wie lange Claude Blanc sich schon im Land aufhielt, sofern das angesichts der offenen EU-Grenzen möglich war. Sollte er zum Zeitpunkt der drei Morde nicht bereits nachweislich in Spanien gewesen sein, würde er automatisch zum Kreis der Verdächtigen zählen.

Eines der Kinder quengelte und fing an zu weinen. Die Mutter, eine junge Frau mit Kopftuch, sprach in einer fremden Sprache beruhigend auf das Kind ein. Doch es zeitigte wenig Erfolg.

Jetzt öffnete sich die Tür des Fahrstuhls. Zwei Männer betraten den Flur. Einer von ihnen hatte rötliche lange Haare und einen Bart. Er trug ein grünes Halstuch.

Das musste er sein! Laut Geburtsurkunde war Marcel Grivet erst dreiundvierzig Jahre alt, wirkte jedoch durch Aussehen und Körperhaltung wie ein Sechzigjähriger. Man sah, dass das Leben nicht gut mit ihm umgesprungen war.

LaBréa beobachtete ihn unauffällig. Er nahm auf dem Stuhl Platz, der vor wenigen Minuten frei geworden war. Umständlich kramte er aus der Tasche seines viel zu großen grauen Mantels ein Päckchen Tabak, Papier und Streichhölzer heraus. Geschickt drehte er sich mit seinen schmutzstarrenden Fingern eine Zigarette und zündete sie an. Dann nahm er einen Flachmann aus der Tasche und trank einen

Schluck. Freigebig bot er die Flasche in der Runde der Wartenden an, doch alle lehnten ab.

»Dann nicht«, sagte der Mann laut und ließ die Flasche zurück in die Manteltasche gleiten.

LaBréa wartete, bis er seine Zigarette geraucht hatte. Dann stand er auf, ging zu ihm und sprach ihn an.

»Monsieur Grivet?«, fragte er leise.

Der Mann stutzte kurz, verzog seinen Mund und blickte LaBréa aus seinen eisgrauen Augen an.

»Wer sind Sie? Was wollen Sie?«, erwiderte er laut. Seine Stimme klang verwaschen. Der Schluck aus dem Flachmann war sicher nicht der erste des Tages gewesen.

»Ich würde Sie gern einen Moment sprechen, Monsieur.«

Der Blick des Mannes wurde lauernd.

»Kennen wir uns? Ich glaube nicht.« Ostentativ drehte er sich zur Seite.

LaBréa hatte gehofft, dass Grivet ihm ohne großes Aufsehen folgen würde. Doch jetzt war er gezwungen, seinen Ausweis zu zücken. So diskret wie möglich hielt er ihn Grivet unter die Nase.

»Polizei«, fuhr LaBréa leise fort. »Kommen Sie bitte mit.« Er zog den Mann am Arm. Grivet war zunächst zu verblüfft, um sich zu wehren. Mit zwei Schritten stand LaBréa an der Tür zum Zimmer 219. Er klopfte kurz, öffnete und fragte die Sachbearbeiterin: »Ist das Monsieur Marcel Grivet, Madame?«

»Ja. Das ist er.«

»Danke.« Noch ehe sie etwas hinzufügen konnte, hatte LaBréa die Tür geschlossen.

Unter den erstaunten und auch teilweise feindseligen Blicken der Wartenden, die aus Prinzip eine Abneigung gegen die Polizei hegten, schob LaBréa Marcel Grivet Richtung Treppenhaus. Grivet wehrte sich.

»Was wollen Sie von mir? Mit der Polizei hab ich nichts am Hut!« Er blieb abrupt stehen.

»Haben Sie in den letzten Tagen zufällig Zeitung gelesen?«, fragte LaBréa.

»Ich lese nie Zeitung«, erwiderte Grivet mürrisch und genehmigte sich einen weiteren Schluck aus seinem Flachmann. LaBréa ließ ihn gewähren.

»Dann wissen Sie auch nicht, dass Annabelle Villeron am Dienstag ermordet wurde?«, fuhr LaBréa fort.

Grivets Hand umkrampfte die Schnapsflasche und er starrte LaBréa an.

»Was? Was sagen Sie da?«

Fünf Minuten später saßen sie in einem schäbigen Bistro am Boulevard Diderot. LaBréa bestellte für Marcel Grivet zunächst etwas zu essen, einen undefinierbaren Eintopf, der sofort serviert wurde und den der Mann gierig verschlang. LaBréa selbst kaute auf einem Salamisandwich herum, das nach Seife schmeckte. Zumindest der Rotwein war einigermaßen genießbar, ein schlichter Landwein, der vom Fass gleich in die Karaffe abgefüllt wurde.

In wenigen Worten erzählte LaBréa von Annabelle Villerons Ermordung, ohne Details zu verraten. Grivet zeigte sich betroffen vom Tod der jungen Frau.

»Deswegen habe ich sie gestern nicht erreichen können. Ich wollte mir ein paar Euro von ihr borgen. Diese Kapitalisten von Handyprovidern haben mein Funktelefon gesperrt.«

Im Lauf des Gesprächs stellte sich heraus, dass die Polizei mit ihren Vermutungen richtig gelegen hatte. Marcel Grivet war Obdachloser. Vor fünf Jahren hatte er seinen Job als Klempner verloren. Kurz darauf wurde er schwer krank und seine Frau verließ ihn. Danach ging es mit ihm sehr schnell bergab. Irgendwann landete er auf der Straße. Seitdem schlug er mal hier, mal dort sein Quartier auf, meistens im Freien. Er schlief unter den Seinebrücken, in Unterkünften der Heilsarmee, in Schlafsälen der Kleinen Brüder der Armen, einer Freiwilligenhilfsorganisation in der Avenue Parmentier im 12. Arrondissement. Dort hatte er auch vor gut einem Jahr Annabelle Villeron kennengelernt. Sie arbeitete ein- bis zweimal in der Woche unentgeltlich in dieser Einrichtung. Sie hatte ihm ihre Adresse als Untermietadresse angeboten, steckte ihm hin und wieder Geld zu (obgleich sie selbst nicht viel besaß) und schenkte ihm ein Handy.

»Sie war wie Florence Nightingale, Commissaire. Wenn Sie verstehen, was ich meine.« Grivet hatte seinen Teller mit einem Stück Baguette blank geputzt und schob ihn jetzt weg. Er schenkte sich Wein nach und drehte eine Zigarette.

»Kennen Sie eigentlich Annabelles Wohnung in der Rue Beausire? Waren Sie je dort?«

Die Antwort kam ohne Zögern, obgleich die Stimme weiterhin verwaschen klang.

»Nein, nie. Das war ja auch nicht so verabredet. Die Adresse bestand nur auf dem Papier. Fürs Meldeamt. Für alle Ämter.« Er zündete die Zigarette an und inhalierte tief. »Wenn jemand wie ich eine feste Wohnadresse nachweisen kann, ist er noch nicht ganz unten angekommen, Commissaire.«

»Wo waren Sie eigentlich in der Nacht von Montag auf Dienstag dieser Woche?«, wollte LaBréa plötzlich wissen.

Marcel Grivet schüttelte den Kopf und lachte leise auf.

»Ich weiß, ich weiß. Das müssen Sie fragen, ganz klar. Jemand wie ich gehört ja automatisch zu den Verdächtigen.«

»Nicht automatisch, Monsieur Grivet. Aber Sie müssen zugeben, dass uns Ihr Kontakt, oder sagen wir, Ihre Beziehung zu Annabelle Villeron etwas merkwürdig erscheinen musste.«

»Nicht merkwürdig, sondern außergewöhnlich. Weil Annabelle eine außergewöhnliche Frau war. Die war nicht wie andere. Die hatte ein Herz für Leute wie mich.«

»Also, wo waren Sie in jener Nacht?«

»Irgendwo, ich weiß es nicht mehr. Da müsste ich erst in Ruhe nachdenken.« Er zeigte auf sein Weinglas. »Aber jetzt habe ich zu viel getrunken, es fällt mir nicht ein. Vielleicht war ich irgendwo an der Seine oder in einem Park. Für mich sind alle Tage gleich, sie unterscheiden sich kaum voneinander. Und ein Platz ist wie der andere, ob am Ufer des Flusses oder auf einer Parkbank.«

LaBréa nickte. Er warf einen Blick auf Grivets leer gegessenen Teller und sah die Gabel dort liegen. Mit schnellem Griff zog er einen Plastikbeutel aus der Jackentasche und ließ sie hineingleiten. Grivet war in seine Gedanken vertieft und viel zu angetrunken, um LaBréas Geste zu verstehen oder ihr gar eine Bedeutung beizumessen.

»Hat Annabelle mal erwähnt, dass sie sich bedroht fühlte, verfolgt?«

Grivet überlegte angestrengt. Bevor er antwortete, zog er erneut an seiner Zigarette und stärkte sich mit einem weiteren Schluck Rotwein.

»Keine Ahnung. Wer hätte sie denn verfolgen und bedrohen sollen?«

»Der Mörder«, sagte LaBréa trocken. »Wenn Sie jetzt zu müde sind, nehme ich Sie mit an den Quai des Orfèvres, und wir setzen unser Gespräch später fort.«

»Sie verhaften mich? Ich hab nichts getan! Ich war's nicht! Annabelle war eine Freundin, der einzige Mensch, der sich für mich interessiert hat. Nie hätte ich ihr was antun können.«

Nachdenklich musterte LaBréa den Obdachlosen. Die Hände des Mannes zitterten und seine Lippen bebten unaufhörlich. Wenn er ehrlich war, konnte sich LaBréa beim besten Willen nicht vorstellen, dass dieser labile und vermutlich zumeist angetrunkene Mann in der Lage sein sollte, Verbrechen wie das an Annabelle Villeron und den anderen Opfern minutiös zu planen, geschweige denn, kaltblütig und ohne Spuren zu hinterlassen durchzuführen. LaBréa beschloss, Marcel Grivet von der Liste der Verdächtigen zu streichen. Die Untersuchung der Speichelreste auf der Gabel – falls sie überhaupt für eine Probe ausreichten – konnte er sich im Grunde genommen sparen.

Ein Trupp Bauarbeiter betrat lärmend die Kneipe. Sie warfen LaBréa und seinem ungleichen Gast einen skeptischen Blick zu und nahmen an einem der Tische Platz. Der Wirt brachte ihnen sogleich eine große Karaffe Wein.

In dem Moment klingelte LaBréas Handy, das er beim Verlassen des Sozialamtes wieder eingeschaltet hatte.

Als das kurze Gespräch beendet war, hatte LaBréa das Gefühl, dass die Wände in dieser dunklen, lärmenden Kneipe wie im Zeitlupentempo auf ihn niederstürzten.

Es hatte ein viertes Opfer gegeben.

21. KAPITEL

An der Place de la Bastille herrschte ein unbeschreibliches Verkehrschaos. Die Zufahrt zum Platz aus der Richtung Rue du Faubourg St. Antoine war gesperrt. Es wimmelte von Polizeifahrzeugen, die, teils mit eingeschaltetem Blaulicht, von allen Seiten die Einfahrt zur Rue de la Roquette blockierten. LaBréa ließ sich vom Taxifahrer an der Opéra Bastille absetzen und eilte zu Fuß die wenigen Meter zum Tatort.

Vor dem Café *Le Bastille,* am Taxistand und am Zeitungskiosk tummelten sich Scharen von gaffenden Zuschauern und starrten zum Hauseingang Rue de la Roquette Nummer 12.

Im Hausflur wartete Claudine. LaBréa bemerkte ihre bleiche Gesichtsfarbe. Nervös biss sie sich auf die Lippen. Er ahnte bereits, wer das Opfer war.

»Ist es die junge Frau, die Sie gestern Nacht bis vor die Haustür begleitet haben?«, fragte er.

Claudine nickte. Sie schluckte und sagte stockend:

»Wahrscheinlich bin ich die Letzte, die sie lebend gesehen hat. Ich habe sie geradewegs an die Pforte zur Hölle gebracht. Entschuldigen Sie die Formulierung, Chef, aber so sehe ich es.«

LaBréa legte kurz seine Hand auf ihre Schulter.

»Ich kann mir vorstellen, wie Ihnen zumute ist, Claudine. Die Vorstellung, dass er die ganze Zeit irgendwo gelauert hat, als wir gestern hier waren, ist für mich ebenso unerträglich.«

Claudine atmete tief durch.

»Er ist ihr auf keinen Fall gefolgt. Sie ging allein ins Haus. Dort muss er auf sie gewartet haben. Er hat gewusst, wann sie nach Hause kommt, und hat sie abgepasst. Wenn ich mir vorstelle, dass ich ganz in der Nähe war, als er sie …« Sie brach ab und kämpfte mit den Tränen. Doch rasch fasste sie sich wieder. »Franck ist mit ein paar Leuten auf der anderen Seite des Grundstücks. Der Angestellte in der Geldwechselstube gleich nebenan sagte, man könne von der Passage du Cheval Blanc ohne große Probleme hier ins Haus gelangen.«

»Wie ist der Name der Frau?«, fragte LaBréa, als sie durch das düstere, enge Treppenhaus in den dritten Stock stiegen.

»Suzanne Forestier, vierundzwanzig Jahre alt, Krankenschwester in einer Privatklinik im 5. Arrondissement, in der Rue Broca. Jean-Marc hat vorhin mit dem Klinikchef Kontakt aufgenommen. Letzte Nacht hat die Frau die Klinik nach ihrer Schicht gegen zweiundzwanzig Uhr fünfzehn verlassen. Sie kam ja kurz vor elf aus der Metro. Vielleicht hat sie den Bus bis zur Place d'Italie genommen und von dort aus die Metrolinie 5 zur Bastille. Vor der Wohnungstür lag der Hausschlüssel, dahinter der Zettel mit dem Fußabdruck. Alles wie gehabt, Chef.«

»Wer hat die Polizei alarmiert?«

»Eine Nachbarin namens Denise Majakoff. Der Nachbar im vierten Stock, Henri Dumas, hat Suzanne Forestiers Schlüssel gefunden und ihr gegeben. Er ist Lehrer am Collège de France. Da er dort einen Halbtagsjob hat, geht er erst mittags zur Arbeit. Er sah den Schlüssel vor der Tür und klingelte, weil er dachte, Suzanne Forestier hätte ihn versehentlich fallen lassen oder verloren. Als niemand auf sein Klingeln reagierte, gab er den Schlüssel der Nachbarin im zweiten Stock und heftete einen Zettel an Suzanne

Forestiers Tür. Diese Nachbarin ist dann mit dem Schlüssel der Toten in deren Wohnung eingedrungen.«

»Eingedrungen?«, fragte LaBréa erstaunt. »Aus welchem Grund?«

»Weil sie schlicht und einfach neugierig war, Chef. Sie scheint jemand zu sein, der gern herumspioniert. Es war ihr richtig peinlich, das gegenüber der Polizei zugeben zu müssen.«

»Eine Schnüfflerin also, die unbedingt etwas über Suzanne Forestier in Erfahrung bringen wollte und die Gelegenheit beim Schopf ergriffen hat. Aber in diesem Fall können wir von Glück sagen, dass die Nachbarin diesen Charakterzug besitzt. Wer weiß, wann das Opfer sonst gefunden worden wäre. Hat sie irgendetwas in der Nacht gehört oder beobachtet?«

»Nein, nichts. Die anderen Hausbewohner müssen noch befragt werden.«

»Ist Couperin schon da?«

»Ich habe ihn vorhin gleich angerufen. Er meinte, im Moment sei sein Erscheinen nicht notwendig. Unsere Leute sollten erst einmal ihre Arbeit machen.«

Am Tatort, einer winzigen Zwei-Zimmer-Wohnung, herrschte gespenstische Stille. Allen stand das Entsetzen angesichts des vierten Mordes in Folge ins Gesicht geschrieben. Nur das Rascheln der Schutzkleidung und das leise Klicken der Kamera waren zu hören. Jean-Marc durchsuchte bereits die persönlichen Sachen der Ermordeten. Claudine nahm sich den Kleiderschrank vor. Brigitte Foucart versuchte, einen Überblick über das blutige Chaos zu bekommen, das der Täter erneut hinterlassen hatte.

Als sie LaBréa sah, schüttelte sie den Kopf. Aus ihrem Gesicht war alle Farbe gewichen.

»Dasselbe Szenario wie bei den drei anderen, Maurice, nur schlimmer. Er hat ihr zusätzlich eine Brust abgeschnitten, die rechte. Sie fehlt. Er muss sie mitgenommen haben.«

LaBréa trat näher an das Bett heran. Die Krankenschwester lag nackt und gefesselt in ihrem Blut. Ihre langen blonden Haare waren verschwitzt und blutgetränkt. Obwohl sie schreckliche Qualen und Schmerzen in dieser Nacht erlitten haben musste, erkannte LaBréa ein hübsches, klares Gesicht mit ebenmäßigen Zügen. Der Mörder hatte ihr grausam zugesetzt. An der linken Schläfe klaffte eine Platzwunde, die wahrscheinlich von Schlägen herrührte. Der Körper war übersät mit Messerstichen. Anstelle der rechten Brust klaffte eine tiefe Wunde, die an einigen Stellen bereits schwarz verkrustet war. Dieser Täter war kein Mensch mehr, dachte LaBréa, sondern ein Monster.

»Er steigert seine Brutalitäten«, sagte er und zwang sich, einen möglichst nüchternen Ton anzuschlagen. »Genau wie Véronique Andrieu gesagt hat. Und er wird immer dreister. Er mordet sozusagen vor unseren Augen.«

Sein Blick wanderte auf den blutgetränkten Holzfußboden, wo die zerschnittene Kleidung der Frau verstreut lag, eine schwarze Jeans und ein Pullover mit V-Ausschnitt.

Die Gerichtsmedizinerin ahnte seine Gedanken.

»Keine Spur von der Unterwäsche. Wie üblich.«

»Vielleicht schickt er sie uns wieder zu?«, meinte LaBréa sarkastisch. Als Brigitte ihn verständnislos ansah, erzählte er ihr von dem Posteingang am Morgen.

»Großer Gott, Maurice, das ist ja widerwärtig!«

»Der ungefähre Todeszeitpunkt, Brigitte?«

»Nach der Körpertemperatur und anderen ersten Anhaltspunkten würde ich sagen: nicht vor sechs Uhr heute früh. Die Totenflecken sind aufgrund des hohen Blutverlustes nur schwach entwickelt, die Totenstarre ist noch nicht voll ausgeprägt.«

»Dann muss der Killer die Wohnung später als in den drei anderen Fällen verlassen haben. Ziemlich riskant. Heute ist Freitag, da ist hier im Viertel morgens schon eine Menge los.«

Jean-Marc hatte sich zu ihnen gesellt.

»Und?«, wollte LaBréa wissen.

»Das Übliche. Die Handtasche der Frau wurde durchwühlt. Das Portemonnaie ist leer. Die persönlichen Sachen des Opfers sind eher dürftig. Ein Sparbuch, ihr Reisepass, ihre Examensurkunde als Krankenschwester, Fotoalben. Sie stammt aus Tours an der Loire. Es gibt alte Klassenfotos, ein Poesiealbum. Und – sie scheint einen festen Freund zu haben. Ich habe Briefe und ein entsprechendes Foto mit Widmung gefunden: *Immer dein Mahmoud.* Im Adressbuch der Toten stehen sein voller Name und die Telefonnummer: Mahmoud Ahrab, die Telefonnummer ist eine Nummer aus Tours. Der Typ wohnt in ihrer Heimatstadt.«

»Hm. Alle Opfer lebten allein in ihrer Wohnung«, überlegte LaBréa laut. »Marie Ousbane und Annabelle Villeron hatten anscheinend keinen festen Freund. Assia Blanc war geschieden. Und Suzanne Forestiers Freund wohnt in einer anderen Stadt. Das alles muss der Mörder gewusst haben. Er war über die familiäre und private Situation der Opfer in für ihn wichtigen Details voll informiert.«

Auch Claudine hatte die Durchsuchung der Wohnung beendet.

»Im Kleiderschrank sind jede Menge Sportsachen«, sagte sie. »Trainingsanzüge, zwei Paar Laufschuhe. Die Frau hat offensichtlich regelmäßig trainiert.«

»Vielleicht in einem Fitnessclub«, bemerkte LaBréa. »Möglicherweise hat sie dort den Mörder kennengelernt?«

»Wenn sie in einem Club trainiert hat«, warf der Paradiesvogel ein, »dann wahrscheinlich nicht als festes Clubmitglied. Ich habe keine entsprechende Clubkarte bei ihren Papieren gefunden.«

»Es sei denn, der Mörder hat sie mitgenommen«, meinte Claudine.

LaBréa gab Gilles und den Leuten der Spurensicherung einen Wink, mit ihrer Arbeit zu beginnen.

Sein Handy klingelte. Er dachte, es könne Jenny sein, die in ihrer Schule gerade in der Mittagspause saß. Doch er täuschte sich. Es war Laurent Lafontaine, der Chefredakteur des *France Soir*.

»Commissaire, ich will es kurz machen«, sagte er. »Soeben ist bei uns die Post eingegangen, und wir haben einen großen Umschlag mit äußerst unappetitlichem Inhalt zugeschickt bekommen. Es handelt sich dabei um Damenunterwäsche. Sie ist in einem Zustand, den ich Ihnen lieber nicht beschreiben will. Ich lasse Ihnen das Zeug per Boten zum Quai des Orfèvres bringen.«

LaBréa war sekundenlang wie vor den Kopf geschlagen. Der Mörder hatte seinen Fetisch nicht nur an die Polizei geschickt, sondern auch an die Zeitung, die seine Taten so grell ins Rampenlicht gerückt hatte. Was würde er sich als Nächstes einfallen lassen?

»Haben Sie die Sachen angefasst?«, fragte er.

»Der Umschlag war an mich persönlich adressiert. Ich war sehr vorsichtig, Monsieur. Schließlich weiß ich, dass die Polizei Spuren sicherstellen will.«

Das Gespräch war beendet. Sicher wusste die Presse längst, dass in der Rue de la Roquette wieder eine tote Frau gefunden worden war. LaBréa hatte zwar erneut eine strikte Nachrichtensperre verhängt, aber angesichts des Polizeiaufgebotes an der Place de la Bastille konnte jeder eins und eins zusammenzählen.

Zwei Morde in der Rue Beausire. Zwei weitere in der Rue de la Roquette, nur wenige Meter entfernt. Es gab ein Muster, und es musste mit der Anordnung der Straßen zusammenhängen. LaBréa dachte angestrengt nach.

Franck kam in die Wohnung. Er sah übernächtigt aus und wirkte atemlos, weil er die Treppen hinaufgerannt war.

»Vom Hintereingang des Hauses gelangt man in einen kleinen Garten. Eine niedrige Mauer grenzt ihn von der Passage du Cheval Blanc ab. Jedes Kind kann darüberklettern. Er muss von dort ins Haus eingedrungen sein. Die Hintertür ist nie verschlossen.« Franck atmete tief durch und strich sich mit der Hand über seine Moustache. »Ich habe doch heute Nacht gegen dreiundzwanzig Uhr diesen orthodoxen Juden gesehen, der in die Cité Parchappe einbog. Wir alle dachten, er wollte in das jüdische Café. Aber vielleicht wollte er das gar nicht?«

LaBréa war wie elektrisiert.

»Eine Verkleidung! Er hat sich verkleidet, weil er wusste, dass wir das Viertel überwachen! Worauf warten wir noch? Franck, Sie und ich fragen jetzt gleich im jüdischen Café nach. Jean-Marc, Sie fahren in die Privatklinik, wo Suzanne Forestier gearbeitet hat. Claudine, setzen Sie sich bitte mit den Angehörigen des Opfers in Verbindung und versuchen Sie, den Freund in Tours zu erreichen. Anschließend nehmen Sie sich die Hausbewohner vor. Gibt es ein brauchbares Foto von Suzanne Forestier?«

»Ja«, sagte Jean-Marc. »In ihrem Ausweis.«

»Gut. Sorgen Sie dafür, dass die Kollegen, die in den Fitnessclubs nachforschen, Kopien dieses Fotos erhalten und dort vorlegen können. Talkrunde um sechzehn Uhr in meinem Büro. Sie kommen auch dazu, Claudine, danach setzen Sie Ihren Rundgang an der Bastille fort.«

Im Treppenhaus rief LaBréa rasch Véronique Andrieu an. Doch dort lief der Anrufbeantworter. Er bat um Rückruf. Anschließend versuchte er es bei Jenny. Hier war die Mailbox eingeschaltet.

Erneut klingelte LaBréas Handy. An der Nummer auf dem Display sah er, dass es der Direktor war. LaBréa stöhnte und geriet einen Moment lang in Versuchung, das Gespräch einfach nicht entgegenzunehmen. Doch dann meldete er sich. Thibon überschüttete ihn mit einem Schwall von Worten.

»Deshalb haben wir also in der vergangenen Nacht diesen Aufwand betrieben, LaBréa, damit der Kerl in aller Seelenruhe und unter den Augen der Polizei erneut zuschlagen kann! Dafür habe ich keine Worte und noch weniger eine Erklärung. Und Sie? Haben Sie eine Erklärung für diese ungeheure Schlamperei?« Seine Stimme klang schrill. »Soeben hat mich der Polizeipräfekt angerufen. Er gibt Ihnen noch genau vierundzwanzig Stunden, um eine wirklich konkrete Spur zu liefern. Sonst werden Sie der Leitung der Ermittlungen enthoben. Wiederhören.« Die Leitung war tot.

LaBréa stand sekundenlang wie versteinert. Er spürte, wie die Zornesader an seiner Stirn anschwoll. Doch er schluckte den Ärger über seinen Vorgesetzten hinunter. Er ließ sich von Franck die kleine Mauer zeigen, über die der Täter vermutlich ins Haus eingedrungen war. Mitarbeiter der Spurensicherung suchten akribisch das Gelände ab. Wenig später betraten sie das jüdische Café *Shalom*.

Es war immer noch Mittagszeit, und im Café herrschte entsprechender Betrieb. Vor dem Tresen war ein kaltes Büfett mit jüdischen Spezialitäten aufgebaut. Es roch nach

Fisch und sauren Gurken, nach Knoblauch und süßem Gebäck. Von den sechs Tischen waren fünf besetzt, meist mit Geschäftsleuten aus der Umgebung, die hier einen schnellen Imbiss zu sich nahmen. An einem der Tische saßen zwei ältere Juden in typischer, orthodoxer Kleidung. Ein jüngerer Mann, ebenfalls orthodoxer Jude, sprach leise auf ein junges, blasses Mädchen ein, das ein altmodisches dunkles Kostüm trug.

Die Wirtin hinter dem Tresen schien alles im Griff zu haben. Die Augen in ihrem markanten Gesicht huschten flink hin und her, damit kein Wunsch der Gäste ihr entging. Ein junger Mann brachte ein Tablett mit Speisen aus der Küche. Nach seiner Ähnlichkeit mit der Wirtin zu schließen, musste er deren Sohn sein.

LaBréa zeigte seinen Ausweis und bat die Wirtin, sie einen Moment allein sprechen zu können. Sie wechselte ein paar Worte mit ihrem Sohn und winkte LaBréa und Franck ins Hinterzimmer.

»Ich weiß Bescheid, Commissaire«, begann sie ohne Umschweife. »So etwas spricht sich wie ein Lauffeuer herum. Das arme Mädchen!«

»Kannten Sie sie?«, wollte LaBréa wissen.

»Nein. Ich kenne zwar viele Leute hier in der Passage und in der Cité, aber nach vorn heraus, zur Rue de la Roquette, kenne ich nur ein paar Stammgäste.«

»Wir wissen, dass das Café gestern Nacht geöffnet hatte«, sagte Franck. »Um wie viel Uhr haben Sie geschlossen?«

»Kurz nach halb zwölf. Es war nicht viel los. Ein paar einsame Schachspieler, und die konsumieren nicht viel.«

»Können Sie sich erinnern, welche Gäste gestern Abend kamen und wann das ungefähr war?«

»Da gibt es nicht viel zu erinnern.« Die Wirtin zog eine Packung Zigarillos aus ihrer Rocktasche und zündete sich einen an. »Die beiden Schachspieler kamen gegen halb zehn und blieben bis zum Schluss. Stammgäste. Ich kenne sie schon seit Jahren.«

»Haben Sie ihre Namen und Adressen?«, wollte Franck wissen.

»René Schuler und François Engelhardt. Wegen der Adressen fragen Sie am besten meinen Sohn.« Sie deutete mit dem Kopf Richtung Wirtsstube.

Franck notierte die Namen.

»Orthodoxe Juden?«, fragte er.

»Ja. Strenggläubige Mitglieder der Gemeinde.«

»Wer war sonst noch da?«, hakte LaBréa nach.

»Gegen neun kam eine Familie mit zwei Kindern zum Essen. Sie gingen etwa eine Stunde später. Zur gleichen Zeit erschien ein Touristenpärchen, grell aufgemacht, mit karierten Hosen und dicker Kamera. Die haben sich hier mit großen Augen umgesehen, 'ne Cola getrunken und sind dann gegangen.«

Franck und LaBréa tauschten einen schnellen Blick. Das mussten Undercover-Leute aus der Abteilung 2 gewesen sein.

»Das war's auch schon fast. Moment, kurz vor halb elf kam noch ein junger Mann. Er sah aus, als hätte er zu Hause Krach, und tröstete sich mit einem halben Liter Rotwein.«

»Kannten Sie ihn?«

»Flüchtig. Er war schon ein paarmal hier. Aber wie er heißt – keine Ahnung.«

»Wie sah der Mann aus?«, fragte Franck gespannt.

»Ganz normal, Jeans, glaube ich. Eine helle Jacke. So genau weiß ich das nicht mehr.«

»Er war nicht wie ein orthodoxer Jude gekleidet?«

Die Wirtin schüttelte den Kopf.

»Nein, wie kommen Sie darauf?«

»Wann hat er Ihr Lokal verlassen?«

Die Wirtin dachte kurz nach.

»Das muss so gegen elf gewesen sein.«

»Gegen elf? Haben Sie gesehen, in welche Richtung er ging, als er ihr Lokal verließ?«

»Nein.«

»Kam letzte Nacht außer den beiden Schachspielern noch ein weiterer Mann, der wie ein orthodoxer Jude aussah?«

Die Wirtin kniff die Augen zusammen.

»Warum wollen Sie das wissen? Hat der Mörder sich etwa als Jude verkleidet?«

»Beantworten Sie bitte nur unsere Fragen, Madame«, erwiderte LaBréa kurz angebunden.

Die Wirtin seufzte.

»Nein, es kam niemand mehr.«

»Haben Sie gegen dreiundzwanzig Uhr draußen einen alten Mann mit schwarzem Hut und Mantel vorbeigehen sehen, der am Stock ging und die typische Haar- und Barttracht eines orthodoxen Juden trug?«

»Nein. Ich habe niemanden gesehen. Allerdings habe ich auch nicht darauf geachtet, wer draußen vorbeiging oder wer welche Richtung eingeschlagen hat, nachdem er das Lokal verließ.«

»Wohnen hier in der Passage und in der Cité Parchappe orthodoxe Juden?«

»Das wäre ganz neu. Privatwohnungen gibt's hier eigentlich nicht. Nur Büro- und Geschäftsräume.«

LaBréa nickte. Das hatten gestern bereits die Kollegen der Abteilung 2 herausgefunden.

Der Himmel hatte sich bewölkt, als sie das Café *Shalom* verließen. LaBréa ließ seine Augen durch die Passage du

Cheval Blanc wandern. In den Büroetagen brannte Licht, Weihnachtsdekorationen schmückten die Fenster. Geschäftig eilten Menschen hin und her, Lieferwagen kamen und fuhren wieder weg.

»Einer von den beiden muss derjenige sein, den wir suchen«, sagte LaBréa zu Franck. »Entweder der junge Mann in der hellen Jacke, der noch spät ins Café kam, oder der orthodoxe Jude, den Sie vom Fenster der angemieteten Wohnung aus gesehen haben.«

»Ich glaube eher Letzteres, Chef.«

»Ich auch, Franck. Eine perfektere Tarnung hätte er sich nicht ausdenken können. Er kennt das Viertel und das Café *Shalom*. Und wir waren nicht clever genug, um gestern Abend eins und eins zusammenzuzählen.«

»Das Outfit eines orthodoxen Juden besteht aus schwarzem Mantel, Hut, Vollbart und den berühmten Peies. Mantel und Hut kann sich jeder irgendwo besorgen, als Peies hat er vielleicht irgendetwas angeklebt. Es hat deshalb sicher wenig Zweck, die Kostümverleiher in der Stadt abzuklappern, Chef.«

»Veranlassen Sie das trotzdem, Franck.«

»Die Frage ist, ob er bei den drei anderen Morden auch eine Verkleidung gewählt hat, und wenn ja, welche.«

»Das wissen wir vielleicht erst, wenn wir ihn schnappen. Vielleicht hat er sich auch nur gestern getarnt, weil er sich natürlich denken konnte, dass wir die Gegend beobachten. In jedem Fall liebt er das Spiel mit dem Feuer. Den Nervenkitzel. Die Vorstellung, sozusagen vor unseren Augen zuzuschlagen, muss ihm ein ungeheures Hochgefühl verschafft haben. Und dieses Hochgefühl könnte unsere Chance sein – wenn er leichtsinnig wird und einen Fehler macht.«

Freitag, 12 Uhr 45

Seit fünf Minuten stand er in der Menge der Gaffenden und beobachtete den Hauseingang Rue de la Roquette Nummer 12. Die Bullen gaben sich dort sozusagen die Klinke in die Hand. Die Kommentare der Leute um ihn herum nervten ihn nach einer Weile. Immer wieder tauchte die Frage auf, ob der Schlitzer etwa erneut zugeschlagen hatte. Im Für und Wider dieser Diskussion sah so manch einer die Möglichkeit, sich aufzuspielen und großspurige Kommentare von sich zu geben. Was für ein dummes Geschwätz er sich anhören musste. Niemand hatte genaue Informationen, was in Nummer 12 passiert war, doch jeder redete mit. Wenn sie gewusst hätten, wer neben ihnen stand …

Der Gedanke an die letzte Nacht erfüllte ihn weiterhin mit großer Erregung. Sein Opfer war ihm direkt in die Arme gelaufen. Irgendeine Freundin oder Bekannte hatte sie bis zur Haustür gebracht und mit den Worten verabschiedet: »Also dann, Gute Nacht!« Jemand mit einer etwas rauen Stimme …

Sie hatte ihn nicht gleich erkannt, als er im Treppenhaus hinter ihr auftauchte. Erst als er sie gezwungen hatte, ihn mit in die Wohnung zu nehmen, sah sie, wem sie gegenüberstand. Da hatte sie ihn ungläubig angestarrt und versucht, mit ihm zu reden. Zum Schein hatte er sich auf ein Gespräch eingelassen und sie voll bekleidet ans Bett fixiert. Wenn sie nicht schrie, würde er ihr nichts tun, hatte er ihr versichert. Sie hatte sich an sein Versprechen geklammert wie eine Ertrinkende an einen Strohhalm. Während sie ihn anflehte und auf ihn einredete, glitt ihr Blick immer wieder zum Fenster, dessen dicker Vorhang keine Sicht in den Nachthimmel erlaubte. Sie hoffte auf Hilfe. Doch die würde es nicht geben.

Er hatte sie beobachtet. Merkwürdig, wie erbärmlich klein der Mensch wird, wenn er den Tod vor Augen hat und ihm um jeden Preis zu entfliehen trachtet. Fantasielos und voller Panik spulen alle dieselbe Show ab.

Doch irgendwann hatte sie sein Spiel begriffen und gewusst, dass sie nicht entkommen würde. Dann ging alles sehr schnell.

Sobald er ihr den Mund verklebt hatte, schnitt er ihr die Kleider auf. Das Ritual konnte beginnen. Diesmal hatte er sich gleich mehrere kleine Varianten ausgedacht. Eine davon war, sich erstmals aller Kleider zu entledigen. In den Nächten zuvor hatte er zumindest sein T-Shirt anbehalten. Doch die Vorstellung, ihr völlig nackt, nur mit Perücke und den anderen Utensilien, gegenüberzutreten, hatte etwas besonders Reizvolles gehabt.

Kurz nach sechs war es zu Ende. Sie hatte lange gekämpft und sich gegen ihr Schicksal aufgebäumt, länger als die anderen. Anschließend benutzte er die Dusche der Schlampe und wusch sich gründlich. Dabei behielt er die dünnen Gummihandschuhe übergestreift, um Fingerabdrücke zu vermeiden. Danach zog er die sperrigen Klamotten an, nahm die üblichen Dinge mit, die er in die Taschen des schweren Mantels stopfte. Um halb sieben lauschte er ins Treppenhaus. Es war still. Er hinterließ vor und hinter der Wohnungstür seine üblichen Markenzeichen und ging leise die Treppe hinunter. Niemand begegnete ihm, als er das Haus durch den normalen Eingang verließ, der zur Rue de la Roquette führte.

Heute hatte er sich einen freien Tag genommen. Erst gegen elf war er nach einem tiefen und traumlosen Schlaf aufgewacht. Nachdem er sich ein kleines Intermezzo mit den neuen Souvenirs gegönnt hatte, war er durchs Viertel geschlendert.

Und nun stand er da und sah das Bullenaufgebot, hörte dem Geschwätz der Menge zu und verspürte das Gefühl eines großen Sieges.

Er wollte sich schon zum Gehen wenden, da sah er einen Mann zum Eingang Nummer 12 eilen. Den Typ kannte er doch! Heute Morgen prangte sein Foto dick in der Zeitung. Das war der Oberbulle vom Quai des Orfèvres, ein gewisser LaBréa. Dieser Kerl hatte doch tatsächlich den Versuch gewagt, der Presse einen Bären aufzubinden.

Er grinste. Ob die Post dort wohl schon eingegangen war? Das musste eine schöne Überraschung gewesen sein. Die Sachen waren natürlich gleich ins Labor gewandert, wo die Techniker nach ihren Untersuchungen genauso schlau sein würden wie zuvor. Dieser LaBréa sah eigentlich gar nicht aus wie ein typischer Bulle. Er hätte eher Anwalt sein können oder Arzt, irgend so ein bürgerlicher Scheißer.

Ein nagendes Hungergefühl machte sich plötzlich in seinem Magen breit. Als kleiner Nebeneffekt seiner nächtlichen Tätigkeit war sein Portemonnaie wieder um ein paar Scheine aufgefüllt. Deshalb beschloss er, zum Mittagessen sein Stammbistro aufzusuchen. Auf dem Weg zur Bastille hatte er gesehen, dass als heutiges Tagesgericht Cordon bleu mit Gemüse und Pommes frites auf der Speisekarte stand.

Er löste sich aus der Menge der Gaffer, als er plötzlich ein bekanntes Gesicht entdeckte. Die alte Gachon, seine

Nachbarin, mischte sich neugierig unter die Schaulustigen. Rasch drehte er sich weg, um sicher zu sein, nicht von ihr entdeckt zu werden.

Während er durch die Straßen schlenderte, beschloss er, seine Pläne zu ändern.

22. KAPITEL

In seinem Büro am Quai des Orfèvres erwarteten LaBréa mehrere Neuigkeiten.

Valdez hatte mit den Kollegen in Barcelona gesprochen. Aufgrund von Tankquittungen, Belegen über die Autobahngebühr und der Aussage eines Hotelmanagers konnte Assia Blancs Exehemann Claude zweifelsfrei nachweisen, dass er sich bereits seit dem vergangenen Freitag in Spanien aufhielt. So unglaublich es auch klingen mochte: Der Mann hatte seinen Dienst in der Armee quittiert, weil er in den Genuss eines nicht unbeträchtlichen Lottogewinns gekommen war. Valdez hatte sich diese Aussage von der staatlichen Lottogesellschaft bestätigen lassen. Mit seiner Freundin, einer Verkäuferin aus Nîmes, befand sich Glückspilz Claude Blanc nun auf einer längeren Urlaubsreise im Nachbarland. Somit schied auch er als Verdächtiger aus.

Bezüglich der Unterwäsche, die der Mörder an den Quai des Orfèvres geschickt hatte, lag bereits der Laborbericht vor. Die Wäsche hatte Marie Ousbane gehört, dem ersten Opfer. Die weiteren Spuren auf Slip und BH stimmten mit der DNS des Täters überein. Die Sachen, die bei der Zeitung eingegangen waren, wurden im Moment noch untersucht.

Mithilfe der Facette-Face-Design-Software hatten die Techniker nach den mageren Angaben des Kopierladenbesitzers zwei Phantombilder des Täters erstellt. LaBréa studierte sie genau. Sie zeigten einen etwa 25-jährigen Mann mit dunklen, sehr kurzen Haaren, gerader Nase, leicht geschwungenen Lippen. Auf einem der Entwürfe trug er Sonnenbrille und Baseballkappe, auf dem anderen fehlte beides und man sah eine wenig markante Augenpartie. Das Porträt von Mister Jedermann, dachte LaBréa. Dennoch sollten diese Bilder den Nachbarn der Opfer vorgelegt werden und in den diversen Fitnesscentern zur Ermittlung dienen. LaBréa gab auch Anweisung, ein drittes Bild anzufertigen: mit dunklem Bart, Peies und schwarzem Hut. Damit sollte gezielt rund um den letzten Tatort ermittelt werden.

Véronique Andrieu rief ihn zurück. Er informierte sie über den Mord an Suzanne Forestier und schilderte ihr die Details. Als das Gespräch beendet war, ging LaBréa im Zimmer auf und ab und überlegte fieberhaft.

Vier Morde in zwei Straßen … das musste eine Bedeutung haben. Er studierte den Stadtplan, der an der Wand hing. Die drei ersten Tatorte waren mit Fähnchen markiert. LaBréa nahm ein weiteres Fähnchen und steckte es dorthin, wo sich das Haus Rue de la Roquette Nummer 12 befand. Dann nahm er einen grünen Filzstift und verband die beiden ersten Tatorte in der Rue Beausire miteinander. Dasselbe geschah mit den Tatorten Nummer drei und vier in der Rue de la Roquette. LaBréa stellte fest, dass das zwei nahezu gleich lange Linien ergab. Die eine links auf dem Plan, die Rue Beausire, die andere rechts. Dazwischen lagen, von links aus gesehen, der Boulevard Beaumarchais, der Boulevard Richard Lenoir und der Cour Damoye. Insgesamt also eine Anordnung von fünf Straßen.

Erneut überlegte er. Fünf Straßen, alle dicht beieinander gelegen, alle im Bereich der Bastille … Plötzlich stutzte er, fühlte, wie sein Herz schneller schlug. War das möglich? Ja, das musste es sein!

Mit einem gelben Filzer markierte er die drei zwischen den Tatorten liegenden Straßen. Als er die Filzstiftstriche angebracht hatte, fühlte er sich in seiner Vermutung bestätigt. Wenn man es farbig markierte, stach es sofort ins Auge.

Erregt griff er zum Telefonhörer und rief Franck an. Der betrat kurz darauf sein Büro.

»Ich glaube, ich habe endlich das Muster entdeckt, nach dem der Kerl vorgeht. Sehen Sie!« LaBréa zeigte auf die markierten Straßen auf dem Stadtplan. »Was würde Ihnen als Erstes dazu einfallen?«

Franck brauchte nicht lange für eine Antwort.

»Sieht beinahe aus wie fünf Finger, Chef. Die fünf Finger einer Hand.« Erstaunt blickte er LaBréa an. Dieser wiegte unschlüssig den Kopf.

»Ja, das könnte man so sehen. Aber warten Sie.«

Er nahm den gelben Filzstift und markierte die gesamte Place de la Bastille sowie einen Teil des Port de l'Arsenal bis zur ersten Brücke.

»Was ist es jetzt?«, fragte er seinen Mitarbeiter.

Verblüfft betrachtete Franck die Markierungen und drehte sich abrupt zu LaBréa um.

»Das ist ein Fuß«, stellte er fest. »Mit langer Fußsohle und fünf Zehen.« Erneut betrachtete er den Plan. »Die Rue Beausire ist der große Zeh, die Rue de la Roquette der kleine.«

»Ins Schwarze getroffen, Franck. Und die Straßen dazwischen symbolisieren die drei anderen Zehen. Und jetzt …«, erneut nahm er den Filzer, diesmal den grünen, »jetzt verlängere ich auf dem Boulevard Beaumarchais den Zeh und mache ihn länger als die anderen. Dann haben wir einen zweiten Zeh, der größer ist als der große Zeh.«

»Ein ägyptischer Fuß«, sagte Franck. »Bingo! Er folgt dem Umriss des ägyptischen Fußes, der sich durch die Anordnung der Straßen zufällig an der Bastille ergibt.«

»Genau.«

Franck nickte anerkennend. »Kompliment, Chef!«

»Danke. Er wählt die Frauen also danach aus, wo sie wohnen. Die bisherigen Opfer wohnten jeweils am oberen und am unteren Ende der Straßen, die für den Täter den großen und den kleinen Zeh symbolisieren.«

»Das bedeutet, dass er weitere Morde auf dem Boulevard Beaumarchais, dem Boulevard Richard Lenoir und im Cour Damoye geplant hat. Mein Gott, Chef, das wären noch einmal sechs Frauen, zwei in jeder der Straßen!«

»Und wenn er das Areal rund um den Port de l'Arsenal mit einbezieht, also sozusagen die ›Sohle‹ des Fußes, wer weiß, wie viele Opfer da noch zusammenkämen. Aber das wird nicht der Fall sein. Wir kennen jetzt sein Muster und wissen, wo die nächsten Tatorte liegen werden. Machen Sie sich gleich an die Arbeit, Franck, und setzen Sie so viele Kollegen wie nötig ein.« Erneut deutete LaBréa auf den Stadtplan. »Auf dem Boulevard Beaumarchais müsste der obere Punkt des Zehs an der Ecke Rue du Pas de la Mule liegen. Auf dem Boulevard Richard Lenoir an der Ecke Rue du Pasteur Wagner, beim Cour Damoye an der Ecke Rue Daval. Die unteren Enden dieser drei restlichen Zehen wären jeweils an der Ecke Bastille. Wir müssen wissen, um welche Hausnummern es sich da handeln könnte und wer in diesen Häusern wohnt.«

»Er hat in der Rue Beausire angefangen, also beim großen Zeh. Anschließend war die Rue de la Roquette an der Reihe, der kleine Zeh. Die Frage ist, welchen ›Zeh‹ er als Nächstes auswählen wird. Wo setzt er seine Serie fort?«

»Es kann in jeder der drei Straßen sein. Er hat ja noch sechs weitere Möglichkeiten. Falls er nicht sogar zuerst in den Straßen weitermachen will, die die ›Sohle‹ des Fußes eingrenzen. Das sind der Boulevard Bourdon und der Boulevard de la Bastille.«

Franck rieb sich seine Moustache.

»Ein ausgeklügeltes Muster, Chef. Eine Hommage an Guy Georges.«

»Vielleicht weniger eine Hommage als der Wunsch, GG um jeden Preis zu übertrumpfen.«

»Ja. Und er hat uns frühzeitig einen Hinweis gegeben, indem er die Kopien in den Wohnungen der Opfer zurückließ. Doch wer wäre schon gleich darauf gekommen, dass er nach diesem Muster seine Opfer auswählt?«

»Niemand, Franck. Eines steht fest: Der Kerl muss seine Taten seit Monaten geplant und minutiös vorbereitet haben. Er wird auch zum jetzigen Zeitpunkt genau wissen, welche alleinstehenden jungen Frauen in den Wohnungen leben, die entsprechend dem Muster des Täters in den drei restlichen Straßen infrage kommen. Und da sind wir wieder bei dem Punkt: Woher kennt er sie, wie hat er sie beobachten können, um über ihre Gewohnheiten genauestens Bescheid zu wissen? Wo liegt die Verbindung zwischen ihm, einer Toilettenfrau, einer Studentin, einer Cateringangestellten und einer Krankenschwester? Dass die vier Frauen sich untereinander nicht kannten, steht so gut wie fest. Nirgends gab es einen Hinweis darauf.«

»Ich vermute, er arbeitet in einem der Cafés oder Geschäfte an der Bastille, Chef. Unsere Leute sind dabei, das alles zu durchforsten. Aber es sind Hunderte von Namen. Kellner, Leute aus den Büros, Verkäufer, Lieferanten. Das dauert seine Zeit, und es gibt bisher niemanden, der tatverdächtig wäre.«

LaBréa schüttelte den Kopf und dachte nach.

»Wie sollte das ausgesehen haben? Hat er sich nach Feierabend in die entsprechenden Straßen begeben und beobachtet, wer in welchem Haus wohnt? So kann es nicht gewesen sein, Franck. Er wäre irgendwann irgendjemandem aus der Nachbarschaft aufgefallen. Zumindest in der Rue Beausire wäre er aufgefallen. Das ist eine kleine, ruhige Straße ohne Geschäfte. Madame Andrieu hat schon recht: Sein berufliches Umfeld muss indirekt auch etwas mit dem beruflichen Umfeld der Opfer zu tun haben. Wir haben irgendetwas übersehen.«

»Ich habe schon ein paarmal gedacht, er könnte ein Auslieferungsfahrer sein.«

»Ich auch, Franck.«

»Der Paradiesvogel und ich haben gestern noch mal darüber spekuliert. Bei den bisherigen Ermittlungen wurde die Frage nach Fahrern und Lieferanten gleich als Erstes gestellt. Bisher alles Fehlanzeige. In der Gare du Nord werden Toilettenpapier, Papierhandtücher, Seife, Reinigungsmittel und sonstige Verbrauchsgüter nicht angeliefert. Der Pächter sagte unseren Leuten, dass er diese Sachen selbst im Großmarkt besorgt. Also kam Marie Ousbane während ihrer Arbeitszeit überhaupt nicht mit irgendwelchen Lieferanten in Kontakt. Bei Annabelle Villeron wird es ganz schwierig. Wie hätte sie als Studentin mit Lieferanten in Berührung kommen sollen, die an der Uni ausliefern? Dazu fällt mir nichts ein. Was Assia Blanc betrifft: In den Cateringladen an der Place d'Aligre wird viel geliefert. Fleisch, Gemüse, Obst et cetera. Diese Leute werden zum Teil noch gecheckt. Im *Chez Fred*, Assias Blancs zweiter Arbeitsstelle, hatte sie nie mit Lieferanten zu tun, da sie nur abends dort arbeitete. Suzanne Forestier? Da wird uns Jean-Marc hoffentlich gleich mehr sagen können, wenn er die Leute in der Privatklinik befragt hat.«

Als Franck gegangen war, rief Jenny ihren Vater übers Handy an.

»Ich mache mir echt Sorgen um dich, Papa. Du lässt ja gar nichts mehr von dir hören!«

LaBréa schmunzelte.

»Du machst dir Sorgen um mich? Weshalb denn?«

»Weil du heute Morgen den Eindruck gemacht hast, als wärst du total fertig und gefrustet.«

LaBréa war einen Moment sprachlos, wie unverblümt seine Tochter die Dinge beim Namen nannte.

»Ich fühle mich aber prima, Jenny.«

»Echt? Umso besser! Bei mir ist übrigens alles okay. Ich übernachte heute bei Alissa. Ihre Mutter hat vorhin angerufen und gemeint, das wäre dir sicher recht. Wo du dermaßen im Stress bist.«

»Ja, das ist mir sogar sehr recht. Wir legen heute nämlich wieder eine Nachtschicht ein, und ich komme wahrscheinlich gar nicht erst nach Hause.«

»Wir haben jetzt noch 'ne Stunde Englisch, dann gehen wir zum Training. Gleich ruf ich Céline an und frage, ob es geklappt hat mit den Karten für morgen.«

»Welchen Karten?«

Jenny stöhnte genervt.

»Ach, Papa, du vergisst aber auch alles. Die Karten fürs Heimspiel von Paris St. Germain.«

»Hm«, brummte LaBréa.

»Céline will Alissa und mich einladen. Das wird echt super!«

»Na hoffentlich klappt das«, sagte er wenig überzeugend.

»Also, Papa, du kannst dich ja heute Abend noch mal melden.«

»Mach ich, Chérie.«

Als das Gespräch beendet war, fiel LaBréa ein, dass er heute einen Blumenstrauß an Céline schicken lassen wollte. Er rief in einem der Blumenläden an der Place Lépine an, wo er schon einmal ein Präsent für Céline in Auftrag gegeben hatte. LaBréa nannte seine Preisvorstellung und bat um einen bunten Rosenstrauß. Der Blumenhändler versprach, den Strauß noch heute zu liefern.

»Soll ein Kärtchen dabei sein, Commissaire?«, wollte er wissen.

»Nein, nicht notwendig.«

Gilles von der Spurensicherung rief an.

»Die Wäsche, die der Killer an die Zeitungsredaktion geschickt hat, gehörte Annabelle Villeron. Es handelt sich dabei um einen cremefarbenen Slip und ein gleichfarbiges Satinunterhemd. Ein Büstenhalter war nicht dabei. Entweder trug die Frau keinen oder der Mörder hat ihn nicht mitgeschickt. Das Zeug war in ähnlichem Zustand wie die Wäsche von Marie Ousbane.«

»Danke, Gilles. Gibt es sonst schon irgendetwas?«

»Im Abfluss der Dusche in der Wohnung von Suzanne Forestier haben wir drei schwarze Haare sichergestellt. Es sind Kunsthaare. Von einer Perücke oder einem falschen Bart.«

»Wir vermuten, der Täter könnte sich als orthodoxer Jude verkleidet haben.«

»Im Unterschied zu den drei anderen Tatorten haben wir hier auch Faserreste gefunden, die nicht von der Kleidung des Opfers zu stammen scheinen. Es könnten zum Beispiel Fasern eines schwarzen Wollmantels sein. Kein neues Modell, eher ein Mantel aus altem, schwerem Stoff. Das würde Ihre Vermutung bestätigen, Commissaire. Strenggläubige Juden tragen oft solche Mäntel.«

»Haben Sie in der Dusche irgendwelche Fingerabdrücke gefunden?«, wollte LaBréa wissen.

»Ja. Die des Opfers und die einer zweiten Person. Von dieser Person gab es auch weitere Fingerabdrücke in der Wohnung. Zum Beispiel auf einem Glas, das in der Spüle stand. Auf der Tischplatte, an den Türgriffen.«

»Ich glaube nicht, dass sie vom Mörder stammen. Die Frau hatte einen festen Freund. Er scheint zwar nicht in Paris zu wohnen, kam aber sicher manchmal zu Besuch. Im Lauf des Tages weiß ich da mehr.«

»Wir haben diese Fingerabdrücke schon durch den Computer laufen lassen. Keine Übereinstimmung mit einem Abdruck aus unseren Dateien.«

Es war kurz vor sechzehn Uhr. LaBréa hatte seine Sekretärin gebeten, in der Kantine des Justizpalastes eine große Platte mit Sandwiches zu bestellen und Thermosflaschen mit Kaffee zu organisieren. Jetzt standen die Sachen auf LaBréas Konferenztisch, ergänzt durch eine ausreichende Anzahl an Pappbechern, Plastiklöffeln und einen Teller Würfelzucker.

Die ersten Kollegen aus der Abteilung 2 betraten das Büro. Fünf Minuten später waren fast alle vollzählig versammelt. Es gab eine Menge an Informationen und neuen Erkenntnissen. Jeder versuchte, sich so kurz wie möglich zu fassen. Alle wussten, dass die Zeit drängte und dass in der Nacht eine zweite Auflage der Lockvogelaktion gestartet werden sollte.

In wenigen Worten informierte LaBréa seine Kollegen über das den vier Morden zugrunde liegende Muster. Anhand des Stadtplans zeigte er die Punkte, an denen mit weiteren Morden zu rechnen war. Noch waren die Mitarbeiter dabei, herauszufinden, welche Hausnummern der drei Straßen ins Bild des ägyptischen Fußes passen würden. Deshalb kannten sie noch nicht die Namen der Frauen, die als mögliche nächste Opfer infrage kommen konnten.

Claudine hatte versucht, die Nachbarn im Haus von Suzanne Forestier zu befragen, dabei jedoch wenig Glück gehabt. Die meisten Leute waren tagsüber nicht zu erreichen, weil sie arbeiteten. Die neugierige Nachbarin, Denise Majakoff, die die Leiche entdeckt hatte, wohnte im ersten Stock und hatte in der Mordnacht nichts gehört oder gesehen. Ein ehemaliger Kollege war zum Abendessen bei ihr gewesen und hatte sich gegen elf verabschiedet. Claudine hatte diesen Mann telefonisch kontaktiert, doch er hatte weder im Treppenhaus noch im Hausflur jemanden gesehen, als er das Haus verließ. Einer der Nachbarn im zweiten Stock war Computerfachmann, der von zu Hause aus für einen Internetanbieter arbeitete. Letzte Nacht hatte er sich einen Krimi auf France 2 angesehen und war gegen halb zwölf zu Bett gegangen. Für die drei anderen Mordnächte konnte er Alibis vorweisen. Er gab an, Suzanne Forestier vor einigen Wochen mit einem jungen Mann maghrebinischer Herkunft im Treppenhaus getroffen zu haben. Claudine vermutete, dass es ihr Freund gewesen sein könnte.

Im Adressbuch von Suzanne Forestier hatte Claudine die Nummer ihrer Schwester in Tours gefunden. Sie war die einzige Angehörige der Toten. Es lief ein Anrufbeantworter, und Claudine hinterließ eine Nachricht. Mehrfach hatte Claudine im Verlauf der letzten Stunden auch versucht, den Freund, Mahmoud Ahrab, telefonisch zu erreichen. Es meldete sich unter seiner Telefonnummer jedoch niemand. Claudine würde am Ball bleiben.

Die Privatklinik, in der Suzanne Forestier als Krankenschwester tätig gewesen war, hatte sich als eine Art Schönheitsfarm entpuppt. Jean-Marc berichtete.

»Da werden hauptsächlich Liftings gemacht, Busenvergrößerungen, Fettabsaugungen, so was in der Art. Hin und wieder gibt es dort auch Operationen an Menschen, die durch einen Unfall oder Brandwunden entstellt sind.« Jean-Marc schlug sein Notizbuch auf. »Dort arbeiten drei Ärzte, vier Schwestern und zwei Sekretärinnen. Chefarzt und Inhaber der Klinik ist Professor Jules Maurin. Ich habe vorhin noch schnell im Internet nachgeforscht. Der Mann ist eine Kapazität auf dem Gebiet der plastischen Chirurgie. Suzanne Forestier arbeitete seit einem knappen Jahr dort. Vorher war sie Krankenschwester im Val de Grace. Ihre gestrige Schicht begann mittags und endete um zweiundzwanzig Uhr. Sie ging allein weg, wie mir der diensthabende Arzt bestätigte.«

»Was machte sie für einen Eindruck, als sie ging?«

»Sie sagte, sie hätte vor dem Heimweg Angst, solange der Killer nicht gefasst wäre. Der Arzt bot ihr an, ein Taxi zu rufen, doch die Frau lehnte ab.«

»Das Taxi hätte ihr auch nichts genützt«, bemerkte Franck. »Der Killer ist ihr ja nicht auf der Straße oder in der Metro gefolgt, sondern hat ihr im Haus aufgelauert.«

»Wissen die Leute in der Klinik etwas über ihr Privatleben?«

»Wenig. Sie galt als sehr zurückhaltend und diskret. Sie hatte in ihrer Heimatstadt einen Freund, das war bekannt, mehr nicht. Und noch etwas, Chef: Suzanne Forestier hatte zum 1. Februar kommenden Jahres in der Klinik gekündigt.«

»Tatsächlich?«, sagte LaBréa überrascht. »Gab sie an, warum?«

»Weil sie zurück nach Tours wollte, um dort ihren Freund zu heiraten.«

Claudine nahm dies als Stichwort und verließ kurzzeitig die Talkrunde. Vielleicht hatte sie jetzt mehr Glück und erreichte Mahmoud Ahrab in Tours.

»Professor Maurin hat kategorisch ausgeschlossen, dass sie ihren Mörder in der Klinik kennengelernt haben könnte«, sagte Jean-Marc. »Die Patienten dort sind allesamt honorige und solvente Leute, meinte er. Außerdem seien die meisten Patienten ohnehin Frauen.«

»Und die Lieferanten? Zulieferer für Medikamente, OP-Material und so weiter?«

»Mit denen kommt das Pflegepersonal nicht in Berührung.«

Das Telefon auf LaBréas Schreibtisch klingelte. Es meldete sich Brigitte Foucart, die Gerichtsmedizinerin. LaBréa schaltete die Lautsprechertaste ein.

»Nur ein kleiner Zwischenbericht, Maurice, denn ich bin natürlich noch nicht fertig. Aber es dürfte dich interessieren, dass Suzanne Forestier schwanger war.«

Sekundenlang stockte LaBréa der Atem.

»Du meine Güte«, sagte er schließlich.

»Ja. Sie war etwa in der zehnten Woche. Der Kerl hat ihr so viele Messerstiche in den Unterleib verpasst, ich konnte sie nicht mehr zählen. Er muss wie von Sinnen gewesen sein. Es gibt noch weitere Abweichungen vom Tathergang bei den früheren Morden: Vier Stiche diesmal in die linke Brust. Die rechte hat er ja abgeschnitten und mitgenommen. Mindestens sechs Stiche in den Hals.«

»Die Todesursache, Brigitte?«

»So weit bin ich noch nicht. Aber meine Einschätzung des Todeszeitpunktes dürfte ungefähr hinkommen. Sechs Uhr heute früh. Plus/minus einer Viertelstunde. Ich melde mich wieder.«

Als das Gespräch beendet war, ließ LaBréa seine Augen durch den Raum wandern. Die Kollegen schienen wie gelähmt, niemand sagte ein Wort.

»Es wird Zeit, dass wir ihn endlich schnappen«, unterbrach LaBréa schließlich das Schweigen. »Was haben die Ermittlungen bei den Angestellten und Geschäftsleuten an der Bastille gebracht?«

»Bisher nichts Konkretes«, erwiderte Yvonne Lecarpe von der Abteilung 2. »Wir bräuchten doppelt so viele Einsatzkräfte, und auch dann würde es noch Tage dauern, bis alle Leute gecheckt sind.«

Claudine kam ins Büro zurück. Ihr Gesicht wirkte angespannt.

»Ich habe unter Mahmoud Ahrabs Nummer in Tours endlich jemanden erreicht, Chef. Aber nicht ihn selbst, sondern seine Mutter, bei der er wohnt. Sie kam gerade von der Arbeit zurück. Wissen Sie, was sie gesagt hat? Ihr Sohn sei seit Sonntag bei seiner Freundin in Paris.«

»Was?!« LaBréa sah seine Mitarbeiterin ungläubig an.

»Das gibt's doch nicht«, entfuhr es Jean-Marc. »In der Wohnung haben wir keinerlei Hinweise auf die Anwesenheit eines Mannes gefunden. Weder entsprechende Kleidung noch Rasierzeug, nichts.«

»Hat die Mutter gesagt, ob ihr Sohn öfter nach Paris fuhr?«

»Ja. Er hat Suzanne Forestier regelmäßig besucht. Sie hat erzählt, die beiden wollten Anfang Februar heiraten, und dann wollte Suzanne Forestier nach Tours zurückkehren.«

Franck stand auf und lief erregt auf und ab.

»Das Opfer kam um elf Uhr letzte Nacht nach Hause«, sagte er. »Claudine brachte sie bis zur Haustür. Danach fiel sie ihrem Mörder in die Hände. Wer sagt uns eigentlich, dass nicht Suzanne Forestiers Freund der Mörder ist? Er wartete oben in der Wohnung auf sie, und nach der Tat hat er sich abgesetzt.«

»Und was ist mit den drei anderen Opfern?«, wollte Claudine wissen. »Gehen die auch auf sein Konto? Das kann ich mir, ehrlich gesagt, nicht vorstellen.«

»Es wäre doch auch möglich, dass Mahmoud Ahrab ein Nachahmungstäter ist. Aus irgendeinem Grund wollte er seine Freundin beseitigen. In der Zeitung stand doch alles über die Vorgehensweise des Killers. Dem will er seine Tat nun in die Schuhe schieben.«

»Wenn er seine Freundin umbringen wollte, müsste er ein handfestes Motiv haben«, fuhr Jean-Marc fort. »Doch die beiden wollten heiraten, Suzanne Forestier war schwanger …«

Franck unterbrach ihn: »Vielleicht war sie nicht von ihm schwanger?«

»Du vergisst dabei aber etwas Entscheidendes, Franck. In der Zeitung stand nichts davon, dass der Täter den Schlüssel jeweils vor der Wohnungstür ablegt. Dieses Detail kennen nur der Mörder und wir.«

»Haben Sie der Mutter von Mahmoud Ahrab erzählt, dass Suzanne Forestier ermordet wurde?«, fragte LaBréa.

»Ja. Und die Frau hat ziemlich verstört darauf reagiert. Sie fragte mich, wo ihr Sohn zum Zeitpunkt der Tat gewesen sei. Sie gab mir seine Handynummer. Da habe ich es eben versucht. Das Gerät ist abgeschaltet.«

»Veranlassen Sie sofort die Fahndung nach Mahmoud Ahrab, Franck. Das ist doch eigenartig. Ihr Freund hat Suzanne Forestier angeblich in Paris besucht, wir haben jedoch keine Spur von ihm gefunden, abgesehen von ein paar Fingerabdrücken in der Wohnung, die möglicherweise ihm zuzuordnen sind. Er ist verschwunden, sein Handy ist abgestellt. Gilles hat unechte Haare im Abfluss der Dusche in der Wohnung des Opfers gefunden. Von einer Perücke oder einem falschen Bart. Das deutet zwar eher auf unsere Theorie eines kostümierten Täters hin und würde Francks Beobachtung von letzter Nacht untermauern. Doch bei diesen Mordfällen kann überhaupt nichts ausgeschlossen werden.«

23. KAPITEL

Die Talkrunde war beendet. LaBréa gönnte sich eine kurze Pause und rief Céline an. Als habe sie auf seinen Anruf gewartet, hob sie sogleich den Hörer ab. Der Blumenstrauß war vor wenigen Minuten geliefert worden, und Céline bedankte sich bei LaBréa.

»Wie läuft es bei dir?«, fragte sie dann.

»Es gibt ein viertes Opfer. Mehr muss ich wohl nicht sagen.«

Céline reagierte bestürzt. Dann wollte sie wissen, ob LaBréa auch in der kommenden Nacht wieder an der Bastille sein würde.

»Ja. Wir wissen jetzt, wo die möglichen nächsten Ziele des Mörders liegen. Vielleicht schnappen wir ihn diese Nacht.«

»Falls du vorher noch eine Viertelstunde Zeit erübrigen kannst, Maurice: Ich habe ein wunderbares Kalbsragout gekocht. Ich kann es jederzeit aufwärmen, wenn du vorbeikommen willst.«

Bei dem Gedanken an Célines Kochkünste lief ihm das Wasser im Mund zusammen.

»Ich will nichts versprechen, Liebes. Natürlich würde ich gern auf einen Sprung vorbeikommen. Und nicht nur wegen des Essens!«

Anschließend rief LaBréa Ermittlungsrichter Couperin an und bat ihn in sein Büro. Fünf Minuten später klopfte Couperin an die Tür. LaBréa zeigte ihm die Markierungen auf dem Stadtplan und erläuterte ihm das Muster des Killers. Aufmerksam hörte der Ermittlungsrichter zu. LaBréas Theorie schien logisch und schlüssig zu sein.

»Jetzt greift alles ineinander«, sagte Couperin. »Die Zettel mit dem Fußabdruck waren nicht nur ein Hinweis auf Guy Georges, sondern die Bekennerschreiben des Mörders. Die Straßen der Bastille als großer, ägyptischer Fuß. Ein ebenso genialer wie größenwahnsinniger Plan. Der Mann ist ein Psychopath mit extremen Allmachtsfantasien.«

LaBréa fasste auch die bisherigen Ermittlungsschritte der Polizei zusammen, berichtete von dem spurlos verschwundenen Freund des vierten Opfers.

Für die kommende Nacht, in der die Überwachungsaktion an der Bastille in weit größerem Umfang stattfinden sollte als beim letzten Mal, wünschte Couperin gutes Gelingen.

»Heute Abend nehme ich an einer Ausstellungseröffnung im Centre Pompidou teil«, sagte er abschließend. »Aber Sie können mich jederzeit telefonisch erreichen. Obwohl ich nicht hoffe, dass mein Handy ausgerechnet in dem Augenblick schrillt, wenn der Kulturminister seine Rede hält.« Er lachte und verabschiedete sich.

Kaum hatte er das Büro verlassen, klingelte das Telefon. Alain Pouillot von der Abteilung 2 meldete sich aus dem Fitnessclub Athletic in der Avenue Ledru Rollin. Er hatte das vergrößerte Passfoto von Suzanne Forestier dort vorgelegt. Pascal Vert, der Trainer, dem Claudine letzte Nacht begegnet war, hatte sie erkannt und gemeint, sie wäre regelmäßig zum Training dort gewesen.

Eigenartig, dachte LaBréa. Der Mörder musste nach den bisherigen Erkenntnissen ein sportlicher, durchtrainierter Mann sein. Sein viertes Opfer verkehrte ausgerechnet in dem Fitnessclub, in dem Pascal Vert als Trainer arbeitete. Er hatte zwar für die Tatzeiten der ersten drei Morde jeweils ein Alibi nachgewiesen. Doch wie stichhaltig waren sie wirklich? Warum weigerte er sich, eine Speichelprobe abzugeben, obwohl er von der Suche nach dem Serienmörder wusste? Er hätte jeden Verdacht gegen sich ausräumen können. Und letzte Nacht? Da war er gegen zweiundzwanzig Uhr nach Hause gegangen. Seine Freundin hatte am Morgen der Polizei gegenüber angegeben, Pascal Vert habe die Wohnung in der Nacht nicht mehr verlassen. Vielleicht hatte sie gelogen?

LaBréa bat Pouillot, sich mit Franck in Verbindung zu setzen und den Überwachungseinsatz am Abend mit vorzubereiten. Er werde selbst in den Fitnessclub fahren und mit Pascal Vert sprechen. Dann rief er Jean-Marc an und bat diesen, ihn zu begleiten. Wenig später fuhren sie in die Avenue Ledru Rollin.

»Diese Frau kam in der Regel einmal in der Woche. Meistens montags oder dienstags. Sie besaß eine Jahreskarte für unseren Club.«

Pascal Verts Stimme klang noch weicher und sanfter als in der vergangenen Nacht, als LaBréa ihn via Sprechfunkgerät mit Claudine hatte reden hören. Sie passte nicht so recht zu seiner großen, breitschultrigen Gestalt. Man sah ihm das regelmäßige Training an. Er trug eine gut sitzende Sporthose, Indoor-Schuhe und ein weißes T-Shirt mit dem Schriftzug *Athletic*. Die Haare waren kurz geschnitten. Während er sprach, kniff er seine Augen zu engen Schlitzen zusammen, als ob er kurzsichtig sei und zu eitel, eine Brille zu tragen.

»Eine Jahreskarte?«, hakte LaBréa nach. »Wir haben keine in ihren Unterlagen gefunden. Wie sehen diese Karten denn aus?«

Der Trainer blätterte in der Kundenkartei, die er gleich zu Beginn des Gespräches aus dem Büroschrank geholt hatte.

»Hier.« Er reichte LaBréa ein Blatt Papier. »Das ist die Kopie der Jahreskarte von Suzanne Forestier. Wir lichten jede Karte für unsere Unterlagen ab.«

Die Karte war im März des Jahres ausgestellt worden. Sie enthielt Namen, Wohnadresse, Geburtsdatum.

»Wie gut kannten Sie Suzanne Forestier?«, fragte LaBréa den Trainer.

»Ich kannte sie nur flüchtig. Sie kam immer allein und trainierte auch allein. An den Geräten, auf dem Laufband. Sie hatte eine gute Kondition. Ich erinnere mich, dass sie mir mal erzählt hat, sie sei früher Marathon gelaufen. Aber dann habe sie Probleme mit den Knien bekommen und das extreme Lauftraining eingestellt.«

»Wann war sie das letzte Mal hier?«, wollte Jean-Marc wissen.

Pascal Vert dachte einen Augenblick nach.

»Das kann ich Ihnen gar nicht sagen. Ich war bis letzten Freitag im Urlaub, und seitdem hatte ich sie noch nicht wieder gesehen.«

»Wo waren Sie denn in Urlaub?« LaBréa sah den Mann scharf an.

»Auf Lanzarote. Zusammen mit meiner Freundin. Wollen Sie die Flugtickets sehen?« Pascal Vert lächelte flüchtig, und LaBréa bemerkte den spöttischen Zug um seine Lippen.

»Wird Ihr Fitnessclub gut besucht?«

»Wir können nicht klagen, zumal die Konkurrenz hier in der Gegend groß ist. Bei uns haben hundertfünfzig Männer und achtzig Frauen eine Jahreskarte. Diese Leute trainieren hier regelmäßig. Doch eine Jahreskarte ist nicht Pflicht. Man kann auch eine Tageskarte lösen. Das machen eigentlich die meisten. Schon deswegen, weil andere Fitnessclubs dieses Angebot nicht machen und die Leute zwingen, sich eine Jahreskarte zuzulegen. Die kostet immerhin einige hundert Euro.« Pascal Vert blätterte in der Kundenkartei. »Wir haben natürlich von allen Jahreskarteninhabern Adressen und Telefonnummern. Ob das allerdings die aktuellen Daten sind, kann ich nicht sagen.«

»Wie viele von den Leuten kennen Sie persönlich?«, fragte LaBréa.

»Einige. Hauptsächlich die, die bei mir in den Kursen sind oder mich als Personal Trainer buchen.«

»Und Suzanne Forestier gehörte nicht dazu?«, meinte der Paradiesvogel.

»Nein. Wie ich Ihnen schon sagte: Ich kannte sie kaum.«

Jean-Marc zog sein Notizbuch hervor.

»Heute Vormittag sagten Sie mir, Sie seien in der Nacht von Sonntag auf Montag mit Ihrer Freundin im Kino gewesen.«

»Ja, im MK2, Boulevard Richard Lenoir, nicht weit von hier. Das hat meine Freundin bereits bestätigt.«

»Welchen Film haben Sie gesehen?«, wollte LaBréa wissen.

»Welchen Film?«, sagte der Trainer gedehnt und dachte angestrengt nach. »Um ehrlich zu sein, ich bin im Kino eingeschlafen. Irgendeine Komödie, glaube ich.«

»Und in der Nacht von Dienstag auf Mittwoch waren Sie angeblich mit Ihrer Freundin zu Hause«, fuhr Jean-Marc fort. »Genau wie in der darauffolgenden Nacht.«

Pascal Vert verschränkte die Arme und sah die beiden Beamten herausfordernd an.

»Was wollen Sie mir eigentlich unterstellen, meine Herren? Halten Sie mich etwa für den Schlitzer von der Bastille? Das ist doch lächerlich!« Er lachte.

»Wir haben Sie um einen freiwilligen Speicheltest gebeten, Monsieur«, meinte LaBréa kühl. »Damit könnten Sie jeden Zweifel von vornherein ausräumen.«

»Schon möglich. Aber ich muss gar nichts ausräumen. Und zu einem Speicheltest bin ich nicht verpflichtet. Ich bin aus voller Überzeugung gegen den Überwachungsstaat. Deshalb werden meine Daten auch nirgendwo gespeichert, solange Sie nicht einen handfesten Grund dafür nennen.«

LaBréa sah, dass er nicht weiterkam, und wechselte das Thema.

»Wir brauchen die Namen aller Jahreskarteninhaber. Sie haben die Liste doch sicher im Computer.«

Der Trainer nickte.

»Ich gebe Ihnen gern eine Kopie.«

»Hat sich einer Ihrer Kunden irgendwann einmal aggressiv gegenüber Frauen verhalten, die hier trainieren?«, wollte Jean-Marc wissen. »Gab es sexuelle Belästigungen, irgendwas in der Art?«

»Nicht, dass ich wüsste. Aber ich arbeite nicht jeden Tag hier. Nur drei- bis viermal in der Woche. Mein Kollege Jean-Pierre Canel und ich wechseln uns normalerweise ab. Doch jetzt ist er aufgrund eines Trauerfalls in der Familie in Brest, und ich muss den Laden allein schmeißen.«

»Wann kommt denn Ihr Kompagnon nach Paris zurück?«

»Sicher erst Anfang Januar. Über die Feiertage machen wir ohnehin dicht.«

»Wem gehört der Club eigentlich?«, fragte Jean-Marc.

»Canel und mir. Zu jeweils fünfzig Prozent. Jean-Pierre war mal französischer Vizemeister im Gewichtheben. Der Club war seine Idee, und ich bin mit eingestiegen.«

Aus seiner Jackentasche zog LaBréa eine Kopie des Phantombilds, das am Vormittag angefertigt worden war.

»Kennen Sie diesen Mann?«, fragte er und beobachtete die Reaktion des Trainers. Pascal Vert warf einen Blick auf die Zeichnung und schüttelte sogleich den Kopf.

»Nein, ich kenne niemanden, der so aussieht.«

»Wirklich nicht?« Jean-Marc beugte sich vor und lächelte hintergründig. »Dabei sieht er doch so ähnlich aus wie Sie. Kurze Haare, die Augen- und Mundpartie – das könnten Sie sein!«

Pascal Vert zog erneut die Augen zusammen.

»Vielleicht mit sehr viel Fantasie. Mir ist klar, Sie stehen unter Druck und möchten dringend einen Mörder präsentieren. Aber bei mir sind Sie auf dem Holzweg. Ich habe wasserdichte Alibis, und Sie müssten mir erst einmal das Gegenteil beweisen.« Er tippte auf das Phantombild. »Solche Allerweltstypen laufen zwar haufenweise herum, aber in unserem Club habe ich den noch nie gesehen.«

»Arbeiten Sie ganztags hier?«

»Ja. Bis achtzehn Uhr.«

»Der Club hat doch bis zweiundzwanzig Uhr geöffnet.«

»Abends engagieren wir Studenten, die sich ein bisschen Geld verdienen wollen.«

»Geben Sie uns doch bitte auch noch eine Liste dieser Leute.«

Als sie wenig später zum Auto gingen, musste LaBréa gegen seine schlechte Laune und die Enttäuschung ankämpfen. Jean-Marc schien seine Gedanken zu erahnen.

»Fehlschlag auf der ganzen Linie«, meinte er. »Der Kerl ist aalglatt. Im Kino eingeschlafen! Wer das glaubt!«

»Leider haben wir nichts gegen ihn in der Hand«, stellte LaBréa resigniert fest. »Er hat recht: Wir müssten ihm das Gegenteil beweisen.«

»Er hat sehr schnell auf das Foto reagiert. Ein bisschen zu schnell, finde ich, Chef.«

»Ja, das ist mir auch aufgefallen. Allerdings kann unser Mann auch abends hier gewesen sein. Überprüfen Sie die studentischen Aushilfskräfte.«

»Mache ich. Die Liste dieser Studenten und die Kundenkartei des Clubs, das sind zusammen allerdings ziemlich viele Personen, die gecheckt werden müssen. Bevor wir damit durch sind, schlägt der Mörder vielleicht schon wieder zu.« Jean-Marc zupfte seine gegelten Haare zurecht.

»Alle Männer zwischen fünfundzwanzig und fünfunddreißig sollten vorrangig überprüft werden. Holen Sie sich Hilfe bei den Kollegen aus dem Kommissariat 11. Arrondissement.«

»In Ordnung. Übrigens, Chef: Wenn Suzanne Forestier eine Jahreskarte im Athletic-Club besaß, wir sie aber nicht in ihrer Wohnung gefunden haben, dann lässt das doch eigentlich nur einen Schluss zu: Der Mörder muss sie an sich genommen haben.«

»Was bedeuten würde, dass er entweder regelmäßig oder hin und wieder in diesem Club trainiert. Und er hat die Karte verschwinden lassen, damit wir dort nicht nachforschen. Deshalb müssen wir uns unbedingt die Kunden dieses Fitnessclubs vornehmen.«

LaBréas Handy klingelte. Es war Franck.

»Wir haben jetzt die entsprechenden Häuser aufgelistet, wo der Killer, seinem Muster entsprechend, erneut zuschlagen könnte.«

»Und?«

»Es gibt vier alleinstehende junge Frauen, die dort wohnen und akut gefährdet sein könnten. Wann sind Sie wieder im Büro, Chef?«

»In einer Viertelstunde, Franck.«

Es war achtzehn Uhr.

Franck, Jean-Marc und LaBréa standen vor dem Stadtplan in LaBréas Büro. Franck deutete auf den Boulevard Beaumarchais.

»Also«, sagte er. »Hier hätten wir den zweiten, den sogenannten ägyptischen Zeh. Am oberen Ende, Ecke Rue du Pas de la Mule, wohnt im Haus Nummer 40 Nathalie Ormières. Sie ist dreiundzwanzig Jahre alt, alleinstehend. Arbeitet als Managerin im Hôtel du Louvre in der Rue de Rivoli. Sie kommt abends oft erst spät nach Hause. Ihr Vater ist ein schwerreicher Industrieller aus Amiens. Die Frau bewohnt ein Appartement, das der Papa ihr gekauft hat. Valdez und Trosino haben sie zu Hause angetroffen und mit ihr gesprochen. Sie hat sofort ihre Sachen gepackt und ist vorübergehend zu einer Tante nach St. Cloud gezogen.«

Francks Zeigefinger glitt den Boulevard Beaumarchais entlang und deutete auf die Ecke zur Bastille.

»Hier, auf der linken Seite im Haus Nummer 1, direkt an der Bastille, lebt eine gewisse Juliette Bechtler. Sie ist vierundzwanzig Jahre alt, alleinstehend und arbeitet als Serviererin in einem Café an der Place de la République, wie uns die Concierge sagte. Auch sie wurde inzwischen gewarnt. Ihre Chefin im Café hat ihr eine Unterkunft in einer Pension in der Avenue de Bouvines besorgt. Auf dem Boulevard Richard Lenoir haben wir lediglich eine der beiden Frauen erreicht, die infrage kommen: Francine Castellan, wohnhaft direkt an der Bastille, Hausnummer 2. Sechsundzwanzig Jahre alt, geschieden, Besitzerin eines Kosmetiksalons im 7. Arrondissement. Sie wird heute Abend nach Büroschluss zu einer Freundin ins 18. Arrondissement ziehen. Und im Cour Damoye lebt an der Ecke Rue Daval eine 22-jährige Friseuse, Madeleine Dalanoué, die im Salon Tony & Guy in der Rue de Charonne arbeitet, also fast um die Ecke. Sie hat sich vorübergehend bei einer Kollegin in Belleville einquartiert.«

»Was ist mit den beiden anderen Frauen, die eine im Cour Damoye, Richtung Bastille, die andere auf dem Boulevard Richard Lenoir, Ecke Rue du Pasteur Wagner?«, fragte LaBréa.

»Da haben wir lediglich die Namen. Françoise Verrou und Isabelle Dalle. Beide waren nicht zu Hause. Die Nachbarn wussten nur, dass sie allein leben, kannten aber weder Beruf noch Arbeitgeber. Wir postieren heute Nacht unsere Leute in den jeweiligen Häusern. Mehr können wir nicht tun. Und Claudine sollte sich verstärkt dort aufhalten.«

»Hm.« LaBréa dachte einen Augenblick nach. »Die Tatsache, dass in den infrage kommenden Häusern tatsächlich alleinstehende Frauen leben, ist für mich ein weiterer Beweis, dass er tatsächlich dem Muster des ägyptischen Fußes folgt.«

»Was ist mit den anderen Häusern?«, wollte Jean-Marc wissen. »Auf dem Boulevard Bourdon und dem Boulevard de la Bastille?«

»Da wird noch recherchiert. In ein, zwei Stunden wissen wir mehr.«

»Ist alles klar mit den Überwachungswagen?«, fragte LaBréa.

»Ja. Wir haben einen zusätzlichen Wagen in der Rue Daval postiert. Einen Firmenwagen der Bäckereikette Paul. Und Jean-Marcs Klempnerwagen wurde mit dem Logo einer Schreinerei versehen und am Boulevard Beaumarchais/Ecke Rue du Pas de la Mule abgestellt. Jetzt sind wir in der Nähe aller neuralgischen Punkte.«

»Sehr gut, Franck. Sie beziehen wieder Stellung in der angemieteten Wohnung. Jean-Marc begibt sich auf seinen Posten im Klempner- beziehungsweise Schreinerwagen am Boulevard Beaumarchais. Mein Platz ist wieder im EDF-Wagen Rue de Charenton, hinter der Oper. Ich gehe jetzt rasch nach Hause und bin in einer Stunde an der Bastille. Verständigung und Funkkontakt wie letzte Nacht. Alles klar?«

Die beiden Mitarbeiter nickten und verließen das Büro. LaBréa rief Claudine auf ihrem Handy an. Sie befand sich bereits wieder auf ihrem Streifzug durchs Bastilleviertel und hatte bislang keine besonderen Vorkommnisse zu melden.

LaBréa zog seine Jacke an und verließ eilig das Gebäude.

Draußen empfing ihn ein unangenehm böiger Wind. Erneut hatte das Wetter umgeschlagen. Eine dichte Wolkendecke stülpte sich über die Dächer der Häuser. Die Luft roch plötzlich nach Kälte und Schnee. Der uniformierte Polizist vor dem Eingang sagte ihm, in der Nacht sei verstärkt mit Nebel zu rechnen. Die Menschen, die über die Straßen und Boulevards eilten, stemmten ihre Körper gegen den Wind. Der riesige, bunt geschmückte Tannenbaum vor dem Hôtel de Ville schwankte bedrohlich. Der Maroniverkäufer in der Rue Vieille du Temple wärmte seine Hände über seinem Holzofen, in dem die Kastanien langsam rösteten.

In der Kirche Notre-Dame des Blancs Manteaux begann in Kürze die Abendmesse. Doch nur wenige Menschen, zumeist ältere, stiegen die steile Steintreppe zum Gotteshaus hinauf.

Als LaBréa kurz darauf den kleinen Flur seines Hauses durchquerte und bei Céline im ersten Hof klingelte, spürte er, wie alle Anspannung von ihm abfiel. Eine knappe Stunde hatte er Zeit. Er wollte jede Minute davon auskosten.

Céline nahm ihm seine Jacke ab und hängte sie an den Garderobenhaken.

»Schön, dass du gekommen bist, Maurice«, sagte sie und umarmte ihn. Dann küssten sie sich, und LaBréa drückte sein Gesicht in Célines dunkle, füllige Haare. Unter Tausenden von Düften würde er den ihrer Haare und ihrer Haut erkennen.

In Célines Atelier, das man auf dem Weg zur Küche durchqueren musste, standen zwei halb fertige Bilder auf den Staffeleien. Seit einigen Wochen arbeitete die Malerin an einem Zyklus, den sie Couleurs en flammes nannte. Und diese Bezeichnung konnte kaum treffender sein. Es handelte sich um großformatige, abstrakte Bilder, deren Farben ineinander übergingen wie in einem Flammenmeer. Die Bilder verkauften sich gut und erzielten inzwischen hohe Preise. Die beiden Bilder, an denen Céline im Moment malte, waren Auftragsarbeiten eines Sammlers.

Aus der Küche drang der verführerische Geruch des Kalbsragouts. LaBréa ließ sich auf einem der Stühle nieder und lehnte sich entspannt zurück. Er beschloss, zum Essen einen Schluck Wein zu trinken, und Céline öffnete einen weißen Nuits St. Georges vom Weingut ihres Vaters.

»Weißwein macht nicht müde«, meinte sie. »Und später bekommst du noch einen Kaffee.«

LaBréa streckte die Arme aus und zog die Geliebte an sich. Erneut küssten sie sich, diesmal heftiger und voller Verlangen. Doch ihre drängenden Wünsche nach mehr Nähe konnten an diesem Abend nicht in Erfüllung gehen. Céline löste sich aus LaBréas Armen und ordnete ihre Kleider.

»Komm, du musst jetzt was essen«, sagte sie mit rauer Stimme. »Damit du die Nacht gut überstehst. Alles andere hat Zeit.«

LaBréa wusste, dass sie recht hatte. Draußen an der Bastille lief noch immer ein brutaler Killer herum. Als verantwortlicher Ermittler konnte er es sich nicht leisten, seinen privaten Bedürfnissen nachzugehen. Er musste sich stärken und Kraft tanken, bevor die Nacht auf ihn wartete wie ein hungriger Wolf.

Freitag, 18 Uhr 15

Seit einer Viertelstunde stand er am Quai des Grands Augustins, in der Nähe des italienischen Restaurants Mammalina, *und beobachtete den Haupteingang der Dienststelle der Brigade Criminelle, Quai des Orfèvres Nummer 36. Um nicht aufzufallen, war er als Tourist getarnt. Die alte Kamera, die aus dem kümmerlichen Nachlass seiner Mutter stammte, baumelte um seinen Hals. Selbstverständlich war kein Film eingelegt.*

Auf dem Kopf trug er eine Baseballmütze mit dem Motiv von Notre-Dame, die er sich vor einer halben Stunde am Souvenirstand vor der Kathedrale gekauft hatte. Seine Sonnenbrille hatte er vorsichtshalber abgenommen, da der Himmel stark bewölkt war und er jede unnötige Aufmerksamkeit seitens der Passanten oder der Wachbullen am Quai des Orfèvres vermeiden wollte. Eifrig knipste er zum Schein die Häuserfassaden am Quai des Grands Augustins, die Ausflugsboote auf der Seine, ohne seine beobachtenden Blicke allzu lange vom Objekt seiner Aufmerksamkeit zu nehmen.

Er wusste nicht, ob dieser Oberbulle sich tatsächlich in seinem Büro aufhielt und das Gebäude irgendwann durch den Haupteingang verlassen würde. Spontan und einer inneren Eingebung folgend, hatte er sich in der Nähe postiert und übte sich in Geduld.

Plötzlich, keine fünf Minuten später, hatte er tatsächlich Glück. Der Oberbulle kam mit zügigen Schritten aus dem Haupteingang Nummer 36, grüßte den wachhabenden Uni-

formierten mit lässiger Handbewegung, wechselte ein paar Worte mit ihm und ging Richtung Marché Neuf.

Daraufhin verließ er seinen Beobachtungsposten und eilte an den Straßenbuchhändlern vorbei Richtung Pont St. Michel, um ans gegenüberliegende Ufer der Seine zu gelangen. Keinesfalls durfte er den Scheißkerl aus den Augen verlieren! Er heftete sich an seine Fersen und ließ stets genügend Abstand zwischen sich und ihm. Durch die Rue Vieille du Temple bog dieser Scheißer zehn Minuten später in die Rue des Blancs Manteaux ein. Im Haus Nummer 40 drückte er den Haustürcode.

Das konnte nur eines bedeuten: Der Kerl wohnte hier.

Mit routiniertem Blick prägte er sich die Örtlichkeiten ein, schoss ein Touristenfoto von der Häuserfront und hielt sich noch eine Weile auf der gegenüberliegenden Straßenseite auf.

Er pfiff einen Schlager, der ihm schon seit dem Morgen nicht aus dem Kopf ging.

Fantastisch, welche genialen Ideen er am Nachmittag zusätzlich entwickelt hatte!

Freitag, 20 Uhr 35

Die Nacht würde kalt werden, das wusste er. Kalt und vielleicht sogar gefährlich. Was würden die Bullen sich ausdenken? Viel Spielraum blieb ihnen nicht. Rund um die Bastille hatte es bereits in der vergangenen Nacht von Zivilbullen gewimmelt. Heute Nacht würde es nicht anders sein. Er musste etwas mehr Vorsicht walten lassen, doch seine geänderten Pläne waren perfekt. Und er liebte die Gefahr! In die Höhle des Löwen würde er sich begeben und die Gefahr unversehrt überstehen. Erst später würden sie sich klar darüber werden, welch verhängnisvollen Fehler sie gemacht hatten.

Mit leisen, doch raumgreifenden Schritten ging er in seiner Wohnung auf und ab. Hin und wieder blieb er an der Küchentür stehen, und sein Blick kreuzte den des Mannes auf dem Plakat. Jedes Mal musste er lächeln, wenn er die roten Filzstiftstriche am unteren Bildrand betrachtete.

Etwas später brühte er sich einen Pfefferminztee auf, setzte sich an den Küchentisch und schärfte sein Messer mit dem Wetzstein, den schon seine Mutter benutzt hatte, wenn sie das Schlachtmesser für die Karnickel schärfte. Er nahm ein Blatt Papier, hielt es in die Luft und trennte es mit einem schnellen Schnitt in der Mitte durch.

Nach dem Pfefferminztee kam das Spiel mit den Souvenirs der Schlampen. Diesmal dauerte es länger und erregte ihn noch stärker als gewöhnlich. Nach einer heißen Dusche zog er sich an. Die Kleider, die er sich für diese Nacht be-

sorgt hatte, waren ganz besonderer Art. Es war nicht leicht gewesen, sie zu organisieren. Er grinste bei der Vorstellung, wie die Bullen ihm auf den Leim gehen würden.

Dann aß er sein Abendbrot. Da er mittags gut und reichhaltig gespeist hatte, war es heute lediglich ein dick mit Schinken belegtes Sandwich mit Salatblatt und Mayonnaise.

Er sah auf die Uhr. Noch blieb ihm genügend Zeit. Vor einigen Stunden, auf dem Weg von der Wohnung des Oberbullen bis zu der Straße, wo er wohnte, hatte er seine Augen offen gehalten. Die Beobachtungen, die er machen konnte, waren äußerst interessant. Auf dem Boulevard Beaumarchais entdeckte er den Wagen einer Schreinerei, der plötzlich hier parkte. Weit und breit befand sich kein Schreinerbetrieb in dieser Gegend. Es handelte sich um einen alten Kastenwagen, hinter dessen Hecktür kurz darauf zwei Typen verschwanden, die schon von Weitem aussahen wie Bullen. Auch nach zehn Minuten hatten sie den Wagen immer noch nicht verlassen. Überall wimmelte es von Bullen. Die meisten waren in Zivil, einige liefen auch in Uniform herum.

Sie hatten Vorsorge getroffen, aber er würde sie erneut austricksen. Bis diese unfähigen Idioten sein ausgeklügeltes Muster knacken würden, hatte er sich die anderen Schlampen längst vorgenommen.

24. KAPITEL

Gleich auf der Straße rief LaBréa seine Tochter an. Jenny übernachtete heute bei ihrer Freundin Alissa in der Brûlerie an der Place des Vosges. Madame Dalzon nahm den Hörer ab. LaBréa erkundigte sich, ob alles in Ordnung war, und entschuldigte sich, dass er aus Zeitmangel nicht auf einen Sprung vorbeikommen konnte.

»Die Mädchen stehen gerade in der Küche und spülen das Geschirr.« Francine Dalzon lachte. »Nicht freiwillig, natürlich. Aber das war meine Bedingung, als ich ihnen vorgeschlagen habe, sie heute Abend mit Crêpes Suzette zu verwöhnen. Wollen Sie Jenny kurz sprechen?«

»Nicht notwendig, Madame Dalzon. Sagen Sie ihr einen schönen Gruß.«

»Morgen haben die beiden übrigens schulfrei, Commissaire. Die Heizung im gesamten Schulgebäude ist heute Nachmittag ausgefallen und wird ab morgen repariert. Ich schicke Jenny dann im Lauf des Vormittags nach Hause.«

Die Nacht war kalt. Erste Nebelschwaden krochen durch die Straßen. LaBréa befürchtete, das Wetter könnte sich so zuspitzen wie zu Beginn der Woche, als der Täter zum zweiten und dritten Mal zugeschlagen hatte. Behinderung der Sicht konnte die Überwachungsaktion gefährden und dem Mörder erneut einen Vorteil verschaffen.

LaBréa hatte sich warm angezogen. Er trug den dicken, marineblauen Shetlandpullover, den Anne ihm zum 40. Geburtstag geschenkt hatte, darüber seine Lederjacke. Im Schulterholster steckte die Dienstpistole.

An der Ecke Rue Pavée, auf dem Weg zur Bastille, klingelte sein Handy. LaBréa fingerte es aus der Seitentasche der Jacke und schaltete auf Empfang. Es war Brigadier Valdez.

»Wir haben ihn, Chef!«, rief er lautstark in den Apparat.

»Wen haben Sie?«, fragte LaBréa und blieb abrupt auf der Straße stehen.

»Den Kerl, der seit heute Nachmittag gesucht wird. Den Freund von Suzanne Forestier, Mahmoud Ahrab.«

LaBréa spürte, wie sein Herz schneller pochte.

»Wo haben Sie ihn geschnappt, und wo ist er jetzt?«

»Franck hatte mir gesagt, ich sollte den Eingang Rue de la Roquette Nummer 12 heute Abend vorsichtshalber im Auge behalten. Ich saß also im Café *Le Bastille* und plötzlich sah ich ihn. Aufgrund des Fotos, das wir in der Wohnung der Toten gefunden haben, erkannte ich ihn sofort. Er ging geradewegs auf den Hauseingang zu und tippte den Türcode ein. Daraufhin habe ich sofort Verstärkung angefordert, und wir haben uns den Kerl im Treppenhaus geschnappt. Er hatte wohl das Polizeisiegel an der Tür des Opfers gesehen und wollte sich gerade aus dem Staub machen. Wir sind jetzt mit ihm in der Wohnung von Suzanne Forestier. Wo sollen wir ihn hinbringen?«

»Bleiben Sie mit ihm in der Wohnung«, sagte LaBréa. »Ich bin sofort da.«

Mit eiligen Schritten ging er zur Rue de Rivoli, wo er ein Taxi anhielt. Keine drei Minuten später setzte ihn der Fahrer an der Ecke Bastille/Rue de la Roquette ab.

Mahmoud Ahrab war ein gut aussehender Mann Ende zwanzig. Die schwarzen, lockigen Haare lichteten sich zwar bereits an den Schläfen, doch seine ebenmäßigen Gesichtszüge, die schmale, gerade Nase und die mandelfarbenen Augen machten diesen kleinen Makel wieder wett.

Valdez und zwei Kollegen der Abteilung 2, der eine zur Tarnung als Priester verkleidet, der andere in normaler Zivilkleidung, hatten dem Mann Handschellen angelegt. Mahmoud Ahrab saß auf einem der Küchenstühle, und LaBréa nahm auf einem zweiten Stuhl ihm gegenüber Platz. Er bat den Polizisten in Zivil, die Vernehmung zu protokollieren. Zunächst informierte LaBréa den Mann über den Mord an seiner Freundin Suzanne Forestier in der vergangenen Nacht. Mahmoud Ahrab zeigte sich entsetzt und brauchte einige Minuten, um seine Fassung wiederzuerlangen. Er gab an, seine Freundin seit dem gestrigen Vormittag nicht mehr gesehen zu haben, weil er sich mit ihr gestritten und wütend die Wohnung verlassen hatte.

»Worum ging es denn bei dem Streit mit Ihrer Freundin?«

Mahmoud Ahrab zuckte die Achseln und murmelte: »Um eine rein private Angelegenheit. Ich bin heute Abend hierhergekommen, um die Sache zu bereinigen und mich mit ihr zu versöhnen.«

LaBréa schlug einen schärferen Ton an.

»Speisen Sie uns bitte nicht mit irgendwelchen Andeutungen ab, Monsieur! Ihre Freundin ist in der vergangenen Nacht auf bestialische Weise ermordet worden. Sie waren spurlos verschwunden. Deswegen gelten Sie für uns zunächst als der Hauptverdächtige. Also, worum ging es bei dem Streit?«

Aus dem Gesicht des Mannes war mit einem Mal alle Farbe gewichen. LaBréa sah Schweißperlen auf seiner Stirn.

»Suzanne war schwanger«, sagte er schließlich.

»Das ist uns bekannt. Und von Ihrer Mutter wissen wir, dass Sie beide im nächsten Jahr heiraten wollten.«

»Sie hatte in der Klinik gekündigt«, fuhr der Mann tonlos fort. »Alles war klar zwischen uns. Sogar wohin unsere Hochzeitsreise gehen sollte, stand bereits fest. Aber dann …« Er brach ab.

LaBréa beugte sich vor. Das Gesicht des Mannes war nur wenige Zentimeter entfernt. LaBréa sah das Flackern in seinen Augen.

»Dann ist irgendetwas schiefgelaufen«, sagte er leise. »Was, Monsieur Ahrab? Was ist gestern Morgen zwischen Ihnen und Ihrer Freundin schiefgelaufen?«

Mahmoud Ahrab schluckte.

»Sie hat mir gesagt, ich sei nicht der Vater des Kindes.« Er stieß diesen Satz hervor wie etwas, dessen man sich entledigen möchte. LaBréa sah den Hass in seinen Augen, und ein harter Zug legte sich um die weichen, beinahe mädchenhaften Lippen. Er blickte den Mann nachdenklich an. Schließlich fragte er: »Sagte sie Ihnen, wer der Vater des Kindes ist?«

Mahmoud Ahrab schüttelte heftig den Kopf.

»Nein, das ist es ja gerade! Sie hat es nicht gesagt. Sie warf mir diese Ungeheuerlichkeit an den Kopf, und das war's dann.«

»Haben Sie eine Vermutung, wer es sein könnte?«

Mahmoud Ahrab stützte sein Kinn auf die gefesselten Hände.

»Eigentlich kann es nur jemand aus der Klinik sein. Einer der Ärzte, vielleicht sogar der Chefarzt. Für den hat sie regelrecht geschwärmt.«

»Hatte sie noch Kontakt zu anderen Männern? Freunde, Leute, die Sie kennen?«

»Angeblich nicht. Sie behauptete immer, sie fühle sich in Paris ziemlich einsam. Deshalb kam ich auch, sooft es ging, zu Besuch.«

»Was machen Sie beruflich?«

»Ich bin Geschäftsführer in einem Fernseh- und Hi-Fi-Geschäft in Tours.«

»Haben Sie Urlaub genommen, Monsieur? Ich wundere mich, dass Sie in der Vorweihnachtszeit einfach eine Woche nach Paris fahren können. Da laufen doch die Geschäfte in der Fernseh- und Hi-Fi-Branche besonders gut.«

»Ich hatte noch Resturlaub, den musste ich bis Jahresende nehmen. Und die Geschäfte in Tours laufen längst nicht mehr so gut wie früher. Zu viel Konkurrenz. Mediamärkte und Kaufhäuser.«

»Erzählen Sie, was Sie gemacht haben und wohin Sie gegangen sind, nachdem Sie gestern Vormittag die Wohnung Ihrer Freundin verlassen hatten.«

Erneut schluckte Mahmoud Ahrab.

»Kann ich bitte ein Glas Wasser haben?«, fragte er. La-Bréa gab Valdez einen Wink. Der nahm aus dem Geschirrschrank der Toten ein Glas und ließ Wasser aus der Leitung einlaufen. In einem Zug trank es der Mann aus.

»Zunächst bin ich durch die Straßen gelaufen. Ich war wütend und enttäuscht und wusste nicht, wie es weitergehen sollte. Suzanne hatte mich belogen und betrogen. Das Kind, auf das ich mich wirklich gefreut hatte, war nicht von mir. Wir wollten uns etwas aufbauen, und alles brach plötzlich für mich zusammen. Irgendwann setzte ich mich in ein Bistro und habe eine Kleinigkeit gegessen.«

»Der Name des Lokals?«

»Keine Ahnung, Commissaire. Es war auf der Rue de Rivoli. Aber ich habe eine Quittung, sie muss in meinem Portemonnaie sein.«

Valdez holte die Geldbörse des Mannes aus dessen Gesäßtasche und sah nach.

»Hier«, sagte er dann. »Café *Benjamin,* Rue de Rivoli. Sechzehn Euro fünfundachtzig, Datum von gestern.«

»Gut. Prüfen Sie das nach, Valdez.« Der Brigadier nickte und verließ die Küche. Kurz darauf hörte LaBréa, wie er im Wohnzimmer der Toten leise telefonierte.

»Und nach dem Essen? Wo waren Sie da?«

»Danach bin ich ins Quartier Latin gegangen. Habe mir Geschäfte angesehen, wollte auf dem Boulevard St. Germain ins Kino gehen. Aber das Programm hat mich nicht interessiert. Am späten Nachmittag habe ich mir dann ein kleines Hotel gesucht. Ich wollte nicht zurück in Suzannes Wohnung. Sie hatte ja auch ab zwölf Uhr Dienst in der Klinik, das wusste ich.«

»Wie heißt das Hotel?«

»Hotel *St. André des Arts*. In der gleichnamigen Straße. Ich habe gegen siebzehn Uhr dreißig eingecheckt und mein Zimmer erst heute Morgen um kurz nach acht verlassen.«

Der Polizist im Priestergewand aus der Abteilung 2 hatte den Namen des Hotels notiert und verließ ebenfalls die Küche.

»Haben Sie gestern versucht, Ihre Freundin noch einmal telefonisch zu erreichen?«

»Nein. Ich wollte nicht mit ihr reden. Ich musste diese ganze Sache erst einmal verdauen. Und ich wollte auch nicht, dass sie mich anrief. Deshalb hatte ich mein Handy gestern und heute abgestellt. Wäre ich doch nur gestern Abend zurückgekommen, dann wäre das alles nicht passiert.« Mahmoud Ahrabs Stimme klang bitter und resigniert. »Ist es derselbe Kerl, der die anderen Frauen umgebracht hat?«

LaBréa hielt sich mit einer Antwort zurück.

»Das wissen wir noch nicht.« Er fragte sich, was nach Suzanne Forestiers unerwartetem Geständnis geschehen sein konnte. Kein Zweifel, der Mann hätte ein handfestes Motiv gehabt, seine Freundin zu töten. Doch wie hoch war die Wahrscheinlichkeit, dass er auch die drei anderen Frauen ermordet hatte? Zudem stellte sich die Frage, warum eine schwangere Frau ihrem Freund aus heiterem Himmel gesteht, ein Kind von einem anderen Mann zu erwarten. Hatte Suzanne Forestier die Beziehung beenden wollen? War ihr Geständnis eine bewusst kalkulierte Provokation gewesen? Oder hatte Mahmoud Ahrab sich diese Geschichte ausgedacht?

»Wir haben die DNS des Mörders Ihrer Freundin. Um Sie rasch aus dem Kreis der Verdächtigen ausschließen zu können, Monsieur Ahrab, müssten Sie sich bereit erklären, uns eine Speichel- oder Blutprobe zu geben.«

Suzanne Forestiers Freund zögerte nicht lange.

»Die können Sie sofort haben. Ich hatte zwar eine Heidenwut auf Suzanne, aber ich hätte ihr nie auch nur ein Haar krümmen können. Hoffentlich finden Sie diesen Dreckskerl bald, der ihr das angetan hat!«

Jetzt sah LaBréa, dass in den Augen des Mannes Tränen standen.

Valdez und sein Kollege betraten die Küche. Sie berichteten, der Kellner im Bistro-Café Benjamin habe sich aufgrund der Personenbeschreibung sehr genau an Mahmoud Ahrab erinnern können und sogar noch gewusst, was er gestern Mittag gegessen hatte. Im Hotel St.André des Arts war bestätigt worden, dass Suzanne Forestiers Freund in der letzten Nacht dort gewohnt und das Zimmer auch noch für diese Nacht gemietet hatte. Ob er das Hotel in der vergangenen Nacht verlassen hatte, konnte allerdings niemand sagen. Damit hatte Mahmoud Ahrab für den Zeitpunkt der Ermordung seiner Freundin kein Alibi.

»Wieso haben Sie das Zimmer behalten? Ich dachte, Sie wollten sich mit Ihrer Freundin versöhnen?«

»Ja, aber ich wollte nicht gleich wieder bei ihr einziehen.«

LaBréa stand auf. Spätestens morgen früh würde eine Speichel- beziehungsweise Blutprobe des Verdächtigen auf ihre DNS untersucht und die Fingerabdrücke auf dem Wasserglas mit denen verglichen sein, die in der Wohnung sichergestellt worden waren. Die DNS-Probe konnte gleichzeitig auch darüber Aufschluss geben, ob Mahmoud Ahrab tatsächlich nicht der Vater des Kindes war, das seine ermordete Freundin erwartet hatte. Und gleich morgen würde LaBréa sich in die Privatklinik begeben, wo Suzanne Forestier angestellt gewesen war. Es war doch interessant zu wissen, ob jemand von den Mitarbeitern als Kindsvater infrage kam.

»Nehmen Sie Monsieur Ahrab mit«, sagte LaBréa zu Valdez. »Er hat sich mit einem freiwilligen DNS-Test einverstanden erklärt. Lassen Sie ihn eine entsprechende Erklärung unterschreiben, bevor ihm die Probe abgenommen wird.« Er wandte sich an Ahrab. »Sobald das Resultat vorliegt, entscheiden wir über weitere Maßnahmen. Wir machen von unserem Recht Gebrauch, Sie zunächst vierundzwanzig Stunden festzuhalten.«

Er verließ die Wohnung des vierten Opfers und begab sich wenige Meter weiter in die Rue de Charenton, wo im EDF-Überwachungswagen Patricia Coste und Hauptmann Dubuc schon lange Posten bezogen hatten.

Kurz darauf erreichte ihn ein Anruf von Brigitte Foucart. Der endgültige Autopsiebericht im Fall Suzanne Forestier lag vor. Er enthielt wenig Überraschendes. »Ist die Todesursache dieselbe wie bei den anderen Frauen?«, wollte LaBréa wissen.

»Nein«, erwiderte die Gerichtsmedizinerin. »Suzanne Forestier ist an akutem Herzversagen gestorben. Sie war bereits tot, als der Kerl ihr in den Unterleib stach und den Fötus dabei getötet hat. Ob er ihr die Brust vorher oder danach abgeschnitten hat, kann ich nicht sagen. Ich wünsche mir für die Frau, dass es post mortem geschehen ist.«

Es war kurz vor halb elf. Eine trügerische Stille lag in den Straßen rund um die Bastille. Aus den Überwachungswagen wurden keine besonderen Vorkommnisse gemeldet. Die Mieterin der Wohnung Boulevard Richard Lenoir/ Ecke Rue du Pasteur Wagner, Isabelle Dalle, war noch nicht nach Hause gekommen. Im Haus waren mehrere Beamte postiert, für den Fall, dass sie als nächstes Opfer vom Killer ausgewählt worden war. Im Cour Damoye/ Richtung Bastille hatten die Beamten der Abteilung 2 die Mieterin der Wohnung im vierten Stock, Françoise Verrou, im Hausflur abgefangen. Sie kam gegen zwanzig Uhr dreißig von ihrer Arbeitsstelle im 20. Arrondissement, wo sie als Zimmermädchen in einem Hotel arbeitete. Als sie hörte, aus welchem Grund die Polizei sich in ihrem Haus aufhielt, reagierte sie panisch. Yvonne Lecarpe aus der Abteilung 2 nahm sich ihrer an und brachte sie in Sicherheit.

LaBréa gab über Funk die Anweisung, sukzessive alle uniformierten Polizisten von den Straßen abzuziehen. Der Mörder konnte möglicherweise erneut eine Verkleidung gewählt haben. Und was lag näher, als sich mit der Uniform eines Polizisten zu tarnen? Nur Beamte in Zivil, Männer und Frauen, hielten sich noch draußen auf. Sie liefen als Liebespaare umher, als betrunkene Obdachlose, als Jogger, als Reisende mit Gepäck, als Taxifahrer, die vor dem Café *Le Bastille* in zweiter Reihe auf Fahrgäste warteten. Einige Undercover-Leute kamen aus den Metroeingängen, hielten sich kurzzeitig in den Cafés auf und änderten dann die Route ihrer Erkundigungsgänge rund um die Bastille.

Claudine befand sich gerade auf dem Boulevard Bourdon. Wenig später überquerte sie den Port de l'Arsenal und schlenderte den Boulevard de la Bastille entlang.

LaBréa informierte seine Mitarbeiter über die Festnahme von Mahmoud Ahrab. Es gab nur wenig Kommentare zu den Aussagen des Beschuldigten. Jeder wusste, dass erst der genetische Test die Wahrheit ans Licht bringen würde.

Patricia Coste schenkte Tee aus ihrer Thermoskanne ein, diesmal duftete er nach Jasmin. Ihre Kleider, ein paar derbe schwarze Jeans und ein grüner Pullover, rochen intensiv nach Räucherstäbchen, ein Duft, der LaBréa an die Klamottenstände auf den Wochenmärkten und an Hausbesetzerunterkünfte in Abbruchhäusern erinnerte.

Hauptmann Dubucs Frau hatte ihren Mann diesmal mit einer großen Schüssel Taboulet und kalten Merguez-Würstchen versorgt. Während Patricia sich sogleich eine große Portion auf den Teller lud, winkte LaBréa vorerst dankend ab. Er hatte bei Céline gut und reichlich zu Abend gegessen, aber die Nacht war ja noch lang.

Die Atmosphäre im EDF-Überwachungswagen hatte für LaBréa inzwischen beinahe etwas Vertrautes. Im Hintergrund lief der Polizeifunk mit den üblichen Meldungen über kleine und größere Delikte, mit denen die Polizei in einer Millionenstadt Nacht für Nacht befasst war. Hin und wieder meldete sich über Funk einer von LaBréas Mitarbeitern. Niemand konnte irgendetwas Interessantes berichten. Der Monitor zeigte das Geschehen auf der Straße, eingefangen von dem winzigen Kameraauge. Ab und zu tauchten Passanten aus dem Nebel auf, fahrende Autos huschten wie Schemen vorüber.

Es gab endlich auch eine Rückmeldung hinsichtlich allein wohnender Frauen auf dem Boulevard Bourdon und dem Boulevard de la Bastille, den beiden Straßen westlich und östlich des Port de l'Arsenal. An der Ecke Rue Mornay lebte eine 21-jährige Verkäuferin, die vor einigen Tagen in den Urlaub gefahren war und sich somit außer Gefahr befand. Eine weitere alleinstehende Frau wohnte im Haus Boulevard de la Bastille Nummer 24. Sie war seit neunzehn Uhr zu Hause und wurde von einem Beamten bewacht.

Eine Viertelstunde später ereignete sich dann doch etwas. Leutnant Behringer, ein junger Beamter mit Spezialausbildung, meldete sich aus dem Haus Boulevard Richard Lenoir/Ecke Rue du Pasteur Wagner, wo sich die Wohnung von Isabelle Dalle befand.

»Commissaire?«, sagte der Leutnant leise. »Vor dem Haus hält ein Wagen. Es ist ein Taxi, ich kann es durch das Glas der Haustür sehen. Jetzt steht eine Gestalt vor der Tür. Bisher nur eine Person. Soeben wird die Tür aufgeschlossen. Ich melde mich wieder.«

LaBréa hörte das leise Klicken des Funkgerätes. Gespannt beugte er sich vor. Eine Ewigkeit schien vergangen zu sein, bis Behringer sich erneut meldete.

»Sie war es, und sie kam allein. Als wir sie ansprachen, hat sie sich zu Tode erschrocken. Wir hätten vielleicht auch hier eine Kollegin postieren sollen. Erst als die Frau unsere Ausweise sah, hat sie geglaubt, dass wir tatsächlich von der Polizei sind. Ich habe ihr ein Taxi gerufen. Ihre Eltern leben in Versailles, und dorthin ist sie jetzt gefahren. Was machen wir jetzt – bleiben wir hier im Haus weiterhin auf Posten?«

LaBréa überlegte nicht lange.

»Ja, bleiben Sie vorsichtshalber dort. Der Kerl könnte doch noch aufkreuzen und bei Isabelle Dalle klingeln. Wir vermuten ja, dass er auf unterschiedliche Weise Kontakt zu seinen Opfern aufnimmt.«

Der Funkkontakt war beendet. LaBréa nahm Verbindung zu Claudine auf.

»Wo sind Sie jetzt?«, wollte er wissen.

»Direkt an der Bastille, zwischen Rue St. Antoine und Boulevard Henri IV. Gerade kommen zwei Männer aus der Metrostation. Sie sind älter und scheinen sich zu streiten. Ansonsten sind nur wenige Leute unterwegs. Ich gehe jetzt zur anderen Seite des Platzes, Richtung Faubourg St. Antoine, von dort aus über den Cour St. Louis in die Rue de Lappe, dann in den Cour Damoye. Der Nebel wird leider immer dichter.«

»Bleiben Sie auf Empfang, Claudine.«

Fünf Minuten später hörte LaBréa erneut ihre Stimme.

»Im Cour St. Louis beträgt die Sicht nur einige Meter. Gleich bin ich an der Ecke Rue de Lappe.« Sekundenlang war nur Claudines Atem zu hören. Plötzlich sagte sie mit gedämpfter Stimme: »Aus einem Hauseingang kommt ein Polizist auf mich zu. Ich dachte, die Uniformierten wären alle abgezogen worden?!«

Die Gedanken in LaBréas Kopf überschlugen sich. Ein Polizist in Uniform? Großer Gott … Hastig drückte er die Taste des Funkgerätes.

»Claudine?!«, rief er. »Seien Sie vorsichtig!« Er wechselte einen schnellen Blick mit Patricia Coste und Hauptmann Dubuc, auf deren Gesichtern die Anspannung zu lesen war.

»Claudine?!«, rief er erneut in das Sprechgerät.

Gleich darauf hörte er einen dumpfen Schlag und keuchenden Atem. Dann ertönte Claudines Stimme. »Stehen bleiben, nehmen Sie die Hände hoch!« Ein weiterer Schlag, heftige Kampfgeräusche, ein kurzer Aufschrei. Dann herrschte Stille, und das Funkgerät war tot.

Freitagnacht, 22 Uhr 55

Nachdem er kurz nach zweiundzwanzig Uhr seine Wohnung verlassen hatte, war sie ihm wenig später aufgefallen. Sie ging die Straßen entlang und bewegte ihren Kopf in viele Richtungen. Nach wem hielt sie wohl Ausschau? Er grinste, als er darüber nachdachte. Hin und wieder drehte sie sich um, doch er war vorsichtig. Der Nebel, der immer dichter wurde, bot ihm Schutz, ebenso manch dunkler Hauseingang. Er vermied es, in die Nähe der großen Boulevards zu kommen, denn da standen die Überwachungswagen der Bullen. Die Schlampe erreichte den Faubourg St. Antoine und durchquerte kurz darauf die kleinen Höfe und Passagen östlich davon. Das war seine Chance, und er würde warten, bis sich eine Gelegenheit ergab.

Er drückte sich in einen Hauseingang und lauschte. Inzwischen kannte er das Geräusch ihrer Schritte. Als er das leise Knacken eines Funkgerätes hörte, fühlte er sich in seinem Verdacht bestätigt, und es fiel ihm wie Schuppen von den Augen. Er erkannte ihre Stimme. Letzte Nacht hatte sie die Schlampe, auf die er gewartet hatte, vor der Haustür verabschiedet.

Er verließ den Hauseingang, rückte die Mütze zurecht und ging mit lässigen Schritten auf sie zu. Ihre Gestalt schälte sich aus dem Nebel. Sie sagte etwas ins Funkgerät, das er nicht verstand. Umso deutlicher vernahm er die laute Stimme ihres Gesprächspartners am anderen Ende der Leitung. »Seien Sie vorsichtig!«, schrie jemand, und er konnte sich denken, wer das war.

Da handelte er schnell.

Als sie ihre Waffe zog und ihn aufforderte, die Hände zu heben, war er schon bei ihr. Mit einem Fausthieb schlug er ihr die Pistole aus der Hand. Sie fiel auf das Kopfsteinpflaster und rutschte in einen nahe gelegenen Gully.

Mit der rechten Hand zog er sein Messer aus der Tasche der Uniformhose und ließ es blitzschnell aufschnappen. Mit der Linken riss er ihren Arm nach hinten. Sie wehrte sich. Er spürte einen harten Tritt gegen sein rechtes Knie, dann hob sie den Arm, um einen Karateschlag anzubringen. Er fing ihn ab, sie taumelte kurz zurück, da war er über ihr. Er schlug ihr ins Gesicht, riss sie hoch und drückte sie gegen die nächste Hauswand. Er setzte ihr sein Messer an die Kehle. Ihr Atem kam keuchend und stoßweise.

»Du miese kleine Bullenschlampe«, zischte er. »Denkst wohl, du kannst mich überrumpeln, was?« Aus den Augenwinkeln sah er, dass die Eingangstür des Hauses Nummer 7 nur angelehnt war. Er grinste und gratulierte sich zu seinem Glück. Mit einem schnellen Griff, der sie völlig überraschte, stieß er die Schlampe zu der Tür. Als sie begriff, was er vorhatte, wollte sie unter ihm wegtauchen. Doch er riss sie an den Haaren hoch und hielt ihr erneut das Messer an den Hals.

»Noch eine Bewegung, und ich steche dich ab, du mieses Stück Scheiße!« In dem Moment hörte er laute Stimmen und die Schritte vieler Menschen, die rasch näher kamen. Die Bullen! Er musste hier weg. Auch der Schlampe war es natürlich nicht entgangen, dass ihre Leute ihr zu Hilfe eilten. Sie schrie, so laut sie konnte: »Hierher, ich bin hier!« Da stach er zu. Doch in letzter Sekunde drehte sie sich weg, und sein Messer drang nur seitlich in den Hals ein. Dennoch stöhnte sie und sackte zusammen.

Jetzt waren die Bullen ganz nah und mussten jeden Augenblick um die Ecke biegen. Er ließ sein Messer zurückschnappen, verschwand mit einem Sprung im Hauseingang Nummer 7. Von innen ließ er die Tür ins Schloss fallen und hastete durchs dunkle Treppenhaus nach oben. Draußen ertönten Polizeisirenen und lautes Rufen. Befehle wurden gebellt, jemand rief nach einem Krankenwagen.

25. KAPITEL

LaBréa riss die Tür des EDF-Wagens auf und stürmte auf die Straße, gefolgt von Patricia Coste. Dubuc alarmierte über Funk sämtliche Kollegen in den anderen Überwachungswagen sowie Franck und gab Claudines Standort durch.

Gleich darauf ertönten die ersten Sirenen von Polizeifahrzeugen. Vom Boulevard Richard Lenoir kamen Wagen mit eingeschaltetem Blaulicht und rasten zur Rue du Faubourg St. Antoine.

Auf dem Faubourg stürmte Franck aus dem Eingang der angemieteten Wohnung und sprintete Richtung Cour St. Louis. Eine Minute später erreichten LaBréa und Patricia diese kleine Straße. Beide hielten ihre Dienstwaffen entsichert in der Hand. Von der Rue de Lappe waren Schritte und Stimmengewirr zu hören; es kam Verstärkung. Sekunden zuvor hatte LaBréa Claudine rufen hören: »Hierher, ich bin hier!«

Bremsen quietschten, mehrere Polizeifahrzeuge sperrten den Cour St. Louis nach beiden Seiten hin ab. Weitere Beamte sprangen aus den Wagen, ihre Gestalten wurden vom Nebel verschluckt.

Franck, der als Erster bei Claudine eintraf, schrie: »Einen Krankenwagen, ruft einen Krankenwagen!« Jemand betätigte ein Funkgerät, um die SAMU zu alarmieren.

Gleich darauf waren LaBréa und Patricia vor Ort. Franck beugte sich über Claudine und legte seinen Finger an ihr Handgelenk.

»Sie lebt, ich fühle ihren Puls, aber er ist ganz schwach.«

Claudine lag zusammengesunken und mit geschlossenen Augen vor dem Hauseingang Nummer 7. Aus ihrem Hals sickerte Blut. Mit einem Blick sah LaBréa, dass sie bewusstlos war. Sie konnte also keine Angaben darüber machen, wohin ihr Angreifer geflüchtet war.

»Er muss hier noch irgendwo sein!«, brüllte LaBréa und wandte sich an das gute Dutzend Kollegen, die inzwischen den Cour erreicht hatten. »Brecht die Türen der Häuser auf, er kann den Cour nicht verlassen haben!« Die Beamten schwärmten aus, rüttelten an Haustüren, öffneten sie mit Gewalt und stürmten in die Häuser.

Schon wurden die ersten Fenster aufgerissen. Verschlafene Bewohner fragten erschrocken, was los sei. Frauen kreischten, vereinzelt ertönte Kindergeschrei.

»Durchsucht sämtliche Wohnungen!«, befahl LaBréa mit dröhnender Stimme. »Ein paar Leute in die oberen Stockwerke. Vielleicht versucht er, über die Dächer zu entkommen.«

Jean-Marc kam mit einigen Kollegen von der Rue de Lappe her in den Cour St. Louis gelaufen. Hier wimmelte es inzwischen von Polizisten. Sämtliche Häuser in der Straße wurden durchsucht. Der Nebel war so dicht, man sah kaum die Hand vor Augen. Jean-Marc rannte ebenfalls in eines der angrenzenden Häuser, deren Türen aufgebrochen oder von verschreckten Bewohnern geöffnet worden waren.

In der Zwischenzeit hatte sich Patricia neben die verletzte Claudine gekniet und Franck beiseitegeschoben.

»Lass mich mal sehen«, sagte sie mit ruhiger Stimme. »Ich habe eine Ausbildung in Erster Hilfe.« Unvermindert trat Blut aus der Halswunde aus. »Eine Stichverletzung«, stellte sie fest und betrachtete ihre blutige Hand. »Ich muss die Blutung stoppen. Wenn die Halsschlagader getroffen ist, kann sie verbluten. Wo bleibt denn der verdammte Krankenwagen?« Sie presste ihre Hand auf den Hals der Verletzten.

LaBréa begriff, dass er im Augenblick nichts für Claudine tun konnte. Er eilte ins Haus Nummer 7 und hastete nach oben. Franck folgte ihm. Im ersten Stock stand eine alte Frau im Nachthemd an der Tür. Zwei Polizisten verließen soeben ihre Wohnung.

»Nichts«, sagte der eine von ihnen zu LaBréa. »Keine Spur von dem Kerl.«

»Hier oben!«, war plötzlich eine Stimme zu hören. »Von hier aus muss er entkommen sein.«

Wenig später standen Franck und LaBréa vor einer geöffneten Luke, die aufs Dach führte. Die Öffnung befand sich in etwa zwei Metern Höhe. Mit einem Sprung konnte man sich an den Kanten hinaufziehen. Mehrere Beamte waren bereits durchgestiegen und suchten mit starken Taschenlampen das Dach ab.

Franck nahm über sein Funkgerät mit einem der Polizeiwagen Verbindung auf.

»Das ganze Viertel muss abgeriegelt werden. Der Kerl kann noch nicht weit gekommen sein. Wenn wir ihn in keiner der Wohnungen hier finden, heißt das, er sucht sich den Weg über die Dächer. Wir müssen ihn kriegen!«

Die Sirene eines Krankenwagens war zu hören. LaBréa rannte die Treppe hinunter. Ein Wagen der SAMU kam in den Cour St. Louis und hielt vor dem Eingang des Hauses Nummer 7. Noch immer war Claudine nicht ansprechbar. Sie stöhnte leise, und unter ihren halb geschlossenen Lidern bewegten sich ihre Augen unablässig hin und her. Ein Arzt und zwei Sanitäter sprangen aus dem Rettungswagen. Der Arzt brachte einen Verband an, um die Blutung zu stoppen.

Dann legte er eine Infusion und injizierte ein kreislaufstärkendes Mittel.

»Wie schwer ist ihre Verletzung?«, wollte LaBréa wissen.

»Die Stichwaffe ist tief eingedrungen«, erwiderte der Arzt hastig. »Der Blutverlust ist erheblich. Möglicherweise ist die Halsschlagader gestreift worden. Wenn nicht allzu viele Blutgefäße betroffen sind, hat sie sicher eine Chance durchzukommen.«

Minuten später lag Claudine auf der Krankentrage und wurde in den Wagen geschoben.

»Wir fahren sie zum Quinze Vingts«, rief einer der Sanitäter und sprang auf den Fahrersitz.

LaBréa nickte. Das Krankenhaus Quinze Vingts lag gleich um die Ecke. Er wagte nicht, sich vorzustellen, was es bedeuten würde, wenn Claudine nicht durchkäme …

»He!, sehen Sie mal, Commissaire!«

Patricia Costes Stimme riss ihn aus seinen Gedanken. Sie nahm ein Papiertaschentuch aus ihrer Jeans, bückte sich und hob etwas auf. »Ein Schlüssel«, kommentierte sie. »Ein Autoschlüssel!«

»Zeig mal«, sagte Franck. Er warf einen kurzen Blick auf das Fundstück, dann schüttelte er den Kopf. »Der ist nicht von Claudine. Ihren Autoschlüssel kenne ich.« Unwillkürlich senkte er die Stimme. »Den hat der Kerl vielleicht verloren, als Claudine mit ihm gekämpft hat.«

LaBréa zog einen dünnen Gummihandschuh aus der Tasche seiner Lederjacke, streifte ihn über und nahm den Schlüssel vorsichtig in die Hand.

Es war ein typischer Autoschlüssel. Ein Zündschlüssel und ein kleineres Exemplar, vermutlich für das Handschuhfach oder den Tankverschluss. Am interessantesten war der Schlüsselanhänger: eine silberfarbene Münze mit dem Logo der Fast-Food-Kette Pizza Express. LaBréa ließ den Schlüssel in einen Plastikbeutel gleiten, den Franck bereithielt.

»Gleich ins Labor damit«, sagte er zu Franck.

Patricia wischte sich Claudines Blut von den Händen und meinte: »Wenn wir Glück haben, finden wir endlich Fingerabdrücke. Es könnte der Autoschlüssel des gesuchten Killers sein, und ich kann mir nicht vorstellen, dass der Kerl auch beim Autofahren die ganze Zeit Handschuhe trägt.«

»Gleich morgen früh kontaktiere ich die Pariser Zentrale von Pizza Express. Wir brauchen eine Liste aller Fahrer und Mitarbeiter«, fügte Franck hinzu. »Wir haben ja schon einmal darüber gesprochen: Unser Mann könnte möglicherweise ein Auslieferungsfahrer sein. Pizzalieferservice – das wäre doch des Rätsels Lösung!«

LaBréa wiegte skeptisch den Kopf. So einfach sollte des Rätsels Lösung sein? Er mochte nicht daran glauben. Der Mörder war bisher raffiniert und besonnen vorgegangen, hatte sich stets einen Vorsprung verschafft und die Polizei bis zum Äußersten provoziert. Sollte er tatsächlich über seinen verlorenen Autoschlüssel stolpern? »Wir wissen nicht«, meinte LaBréa, »ob der Schlüssel tatsächlich vom Angreifer stammt und er ihn beim Handgemenge mit Claudine verloren hat. Jemand anderes kann ihn hier genauso gut verloren haben.«

Drei Stunden später. Es war zwei Uhr nachts. Die Durchsuchungsaktion in den Häusern des Cour St. Louis sowie im gesamten Viertel war ergebnislos geblieben. Ein riesiges Polizeiaufgebot hatte den gesamten Abschnitt zwischen Faubourg St. Antoine, Rue de Charonne, Rue de Lappe und Cour St. Louis akribisch abgesucht. Dutzende von Menschen waren aus dem Schlaf gerissen worden. Man war in ihre Wohnungen eingedrungen, hatte sie zu Tode erschreckt. Einige jüngere Männer waren von der Polizei ziemlich unsanft behandelt worden, bis sich herausstellte, dass sie als Verdächtige ausschieden.

Vom Täter fehlte jede Spur. Es handelte sich bei dem Angreifer mit Sicherheit um den Serienkiller, nach dem sie so fieberhaft suchten, daran hatten LaBréa und seine Mitarbeiter keinen Zweifel. Erneut hatte er die Polizei provoziert und überrumpelt, das Spiel mit ihnen gesucht und dieses Spiel ein weiteres Mal gewonnen. Er musste das Viertel wie seine Westentasche kennen. Da sofort Polizeifahrzeuge zum Faubourg und zur Rue de Lappe gefahren waren und er dort nicht gesichtet worden war, konnte er nur zur Rue de Charonne hin entflohen sein. Vielleicht hatte er auch nordwestlich vom Cour St. Louis weitere Dächer erreicht, die an die Rue de la Roquette grenzten. Nach seiner schnellen Flucht über die Dächer war er irgendwo heruntergesprungen, bevor die Polizei auch die anderen Straßen abriegeln konnte.

LaBréa stand mit seinen Mitarbeitern und den beiden Kollegen aus dem Überwachungswagen vor dem Eingang des Cour St. Louis Nummer 7. Niemand sagte ein Wort. Eine Kollegin war schwer verletzt worden und schwebte in Lebensgefahr. Allen war klar, der Gesuchte musste seinen Coup präzise und minutiös geplant haben. Hatte er gewusst, dass Claudine von der Polizei war? Hatte er sie beobachtet? Oder geschah der Angriff auf sie auf gut Glück, weil eine einzelne junge Frau in einer verlassenen kleinen Straße eine leichte Beute zu sein schien?

Man würde erst mehr Details wissen, wenn Claudine wieder in der Lage war, eine Aussage zu machen. Vor wenigen Minuten hatte Franck im Krankenhaus angerufen. Claudine Millot lag seit einer Stunde auf dem Operationstisch. Das Messer des Angreifers war durch die linke Halsseite gedrungen und hatte die Halsschlagader verletzt. Ihr Zustand war aufgrund des enormen Blutverlustes kritisch.

Das bange Warten begann. LaBréa beschloss, zum Krankenhaus Quinze Vingts zu fahren. Franck und der Paradiesvogel bestanden darauf, ihn zu begleiten.

Die Überwachung der gefährdeten Wohnungen rund um die Bastille würde die ganze Nacht über fortgesetzt werden. LaBréa erteilte entsprechende Anweisungen. Doch er glaubte nicht daran, dass der Killer in dieser Nacht erneut zuschlagen würde. Er hatte seinen Coup bereits gelandet, wenn auch in anderer Form, als die Polizei es erwartet hatte. Alle Hoffnung ruhte jetzt auf dem Autoschlüssel, der gefunden worden war. Morgen früh würden die Fingerabdrücke ausgewertet sein. Man würde wissen, zu welchem Autotyp der Schlüssel gehörte und ob die Angestelltenliste der Fast-Food-Kette Pizza Express Aufschluss über den Täter gab.

»Sollten wir nicht Claudines Mann anrufen?«, gab der Paradiesvogel zu bedenken. »Ich habe seine Handynummer. Claudine hat sie mir vor einigen Monaten mal gegeben.«

LaBréa hatte längst darüber nachgedacht. Er wollte jedoch zunächst präzise Informationen seitens der Ärzte abwarten. Jean-Claude Millot befand sich ja zurzeit im Ausland, von daher konnte er ohnehin nicht in den nächsten Stunden im Krankenhaus eintreffen. LaBréa bat Jean-Marc um die Handynummer, um ihn später anzurufen.

Bevor LaBréa mit seinen Mitarbeitern zum Krankenhaus fuhr, wollte er noch zwei Telefonate führen. Das erste mit seinem Vorgesetzten, Direktor Roland Thibon. Es würde ein unerfreuliches Gespräch werden, das war LaBréa klar.

Nach fünfmaligem Klingeln meldete sich Thibons verschlafene Stimme.

»Ja?«

»Hier LaBréa. Entschuldigen Sie, dass ich zu dieser Zeit anrufe.« In knappen Worten schilderte LaBréa den Ablauf der nächtlichen Aktion. Es gab nichts zu beschönigen. Claudine Millot war niedergestochen worden und lag schwer verletzt im Krankenhaus. Der Täter war entkommen, der gesamte Einsatz der Polizei hatte sich als Schlag ins Wasser entpuppt. Einziger Lichtblick: der Autoschlüssel, der vermutlich dem Angreifer gehörte.

Thibon hatte LasBréas Ausführungen schweigend zugehört. Auch nachdem LaBréa geendet hatte, blieb die Leitung still.

»Sind Sie noch dran, Monsieur?«, fragte LaBréa etwas unsicher.

»Ja, Commissaire. Ich bin noch dran.« Thibons Stimme klang wie von weit her. »Und ich überlege mir fieberhaft, wie ich diese verheerende Bilanz Ihres Einsatzes morgen früh dem Präfekten erklären soll. Dazu fällt mir nichts ein, rein gar nichts. Eine schwer verletzte Beamtin, die in Lebensgefahr schwebt, ein flüchtiger Täter, bei dem das Risiko besteht, dass er weitermordet ... Ich finde, es reicht. Die Maßnahmen der Polizei, Ihre Maßnahmen, LaBréa, haben sich als leichtsinnig und vollkommen ineffektiv erwiesen. Ich erwarte Sie morgen um acht in meinem Büro. Gute Nacht.« Das Gespräch war beendet.

Erstaunt stellte LaBréa fest, dass die Worte seines Vorgesetzten an ihm abperlten wie Regentropfen von einer öligen Fläche. Er hatte von Thibon keine andere Reaktion erwartet, war sogar überrascht, dass er nicht ausfällig geworden war. LaBréa wusste, das morgige Gespräch mit dem Direktor konnte nur darauf hinauslaufen, ihn von den Ermittlungen abzuziehen. Diese Erkenntnis ließ ihn unberührt, als würde diese Tatsache einen Fremden betreffen und nicht ihn selbst. Er hatte seiner Pflicht Genüge getan und seinen Vorgesetzten informiert. Jetzt gehörten all seine Gedanken seiner Mitarbeiterin. Claudine Millot durfte nicht sterben! Alles andere war nebensächlich.

Zwei Minuten später rief er Céline an. Sie hatte bereits geschlafen, erklärte jedoch, sie habe mit seinem Anruf gerechnet. Seine Stimme klang müde, als er ihr von den Ereignissen berichtete.

»Wenn du möchtest, komme ich ins Krankenhaus und warte dort mit dir«, bot sie an. »Du kannst aber auch jederzeit zu mir kommen.«

Dankbar nahm er ihre Worte auf. Céline war für ihn da, fühlte mit ihm, zeigte ihm ihre Solidarität und ihre Liebe.

»Franck und Jean-Marc begleiten mich ins Quinze Vingts«, sagte er. »Aber später würde ich gern zu dir kommen.«

»Ich denke an dich und hoffe, dass Claudine durchkommt.«

»Danke, Céline. Ich liebe dich und bin froh, dass es dich gibt.«

Eine der Neonröhren auf dem langen, kargen Flur war defekt. In unregelmäßigen Abständen blinkte sie auf und schickte ihre kalten Lichtstreifen über Linoleumboden und hellgrün gestrichene Wände.

Es war halb vier Uhr früh. Seit mehr als einer Stunde saßen LaBréa, Franck und Jean-Marc voller Unruhe und Besorgnis in einer Wartezone direkt vor dem OP-Bereich. Die Welt hinter der Milchglasscheibe der großen Tür schien hermetisch abgeschirmt zu sein. Kein Laut war zu hören. Die Umrisse von Menschen waren nur schemenhaft zu erkennen.

Vor zehn Minuten hatte eine Schwester den Bereich verlassen und mitgeteilt, die Operation der verletzten Claudine sei beendet und der leitende Chirurg werde in Kürze etwas zum Zustand der Patientin sagen.

Franck und der Paradiesvogel machten einen müden und ausgelaugten Eindruck. Jean-Marcs buntes Outfit, bestehend aus einem hellroten Pullover, gelber Lederjacke und einem Paar gestreiften Jeans, brachte die Blässe und die Spuren der Übernächtigung im Gesicht des Leutnants noch stärker zur Geltung.

LaBréa strich sich über sein unrasiertes Kinn. Zwischen Hoffen und Bangen der letzten Stunden waren seine Gedanken abgeschweift. Wie so oft in den letzten Monaten wanderten sie zu seiner ermordeten Frau Anne und den schrecklichen Momenten, als er sie an jenem milden Februarabend in ihrer Arztpraxis tot aufgefunden hatte. Er hatte lernen müssen, mit der Endgültigkeit des Todes zu leben, sich mit ihr abzufinden.

Auch in dieser Nacht hatte der Tod seine Hand ausgestreckt. Würde Claudine stark genug sein, sich ihr zu entziehen?

Als die Glastür zum OP geöffnet wurde, schreckte LaBréa hoch. Der leitende Chirurg, in hellgrüner Schutzkleidung und mit heruntergezogenem Mundschutz, stellte sich als Dr. Boutell vor. Kühl und sachlich erläuterte er LaBréa und den beiden Mitarbeitern die Lage.

»Das Messer des Angreifers ist an der linken Halsseite eingedrungen und hat zahlreiche Blutgefäße durchtrennt. Die Halsschlagader wurde verletzt. Auch Muskelgewebe ist dabei zerstört worden. Doch die Patientin hat großes Glück gehabt. Ihr Blutverlust ist zwar sehr hoch, und möglicherweise bleiben aufgrund der verletzten Muskeln Folgeschäden. Doch Madame Millot ist außer Lebensgefahr, und ihr

Zustand ist stabil. Sie liegt auf der Intensivstation. In Kürze wird sie aus der Narkose erwachen. Doch sie ist noch sehr schwach. Vor morgen früh können Sie auf keinen Fall mit ihr sprechen.«

LaBréa bedankte sich und tauschte erleichterte Blicke mit Franck und Jean-Marc. Der Arzt gab allen die Hand und verschwand durch die Glastür.

Franck stieß einen tiefen Seufzer aus, Jean-Marc strich sich über seinen Bürstenhaarschnitt und sagte: »Gott sei Dank!« Damit sprach er LaBréa aus der Seele.

»Ich weiß nicht, wie es euch geht, aber ich brauche jetzt etwas zu trinken«, meinte Franck und klang plötzlich munter und gut aufgelegt. »Der Börsenmakler, dem die von uns angemietete Wohnung gehört, hat eine gut bestückte Bar.« Er wandte sich an den Paradiesvogel. »Kommst du kurz mit?«

Jean-Marc nickte. LaBréa sah ihm die Anspannung der letzten Stunden an. Ein Drink konnte da Wunder bewirken, das wusste er aus eigener Erfahrung. Er selbst würde Francks Einladung nicht Folge leisten.

»Ich rufe jetzt Claudines Mann an und werde anschließend nach Hause gehen. Morgen kommt einiges auf uns zu, da möchte ich wenigstens ein paar Stunden Schlaf gehabt haben.« Er hatte seinen Mitarbeitern nicht erzählt, was Direktor Thibon ihm vor zwei Stunden am Telefon gesagt hatte. Dazu war morgen früh noch genug Zeit.

Er wählte die Handynummer von Jean-Claude Millot. Dessen Gerät war eingeschaltet, und der Leibwächter des Premierministers meldete sich nach zweimaligem Klingeln. Seine Stimme klang hell und wach. In der Zeitzone, in der er sich befand, musste es jetzt Vormittag sein. LaBréa stellte sich vor, informierte ihn über die Ereignisse und teilte ihm mit, dass seine Frau außer Lebensgefahr sei. Jean-Claude

Millot reagierte gefasst. Er stellte einige Fragen zum Hergang des Geschehens und sagte zum Schluss, er wolle so schnell wie möglich nach Paris zurückkehren. Doch da er sich in Malaysia befände, würde er frühestens in der kommenden Nacht in Frankreich eintreffen. LaBréa versprach, ihn über Claudines Zustand fortlaufend zu unterrichten.

Kurz nach halb fünf verließ LaBréa das Krankenhaus Quinze Vingts. Immer noch herrschte im Bastilleviertel dichter Nebel, als er zu Fuß durch die Rue St. Antoine ging. Die Straßen waren menschenleer. Im milchigen Dunkel ratterte ein Fahrzeug der Müllabfuhr über den Asphalt. Kurz darauf zerschnitt das Geklapper der schweren Plastiktonnen und Container die Stille dieses Sonnabendmorgens. Wie stets um diese Zeit öffneten bereits die ersten Bäckereien. Der Duft der Backwaren begleitete LaBréa auf seinem Weg, doch er verspürte kein Bedürfnis nach frischen Croissants. Eine seltsame Ruhe und Gleichgültigkeit, eine Leere, hatte von ihm Besitz ergriffen. Er wusste, dieser Zustand würde nur vorübergehend sein, deshalb kämpfte er auch nicht dagegen an. Ziellos ließ er seine Gedanken treiben, die das Geschehen der letzten Stunden nahezu ausgeblendet hatten. Es war wie ein Atemholen, eine Ruhepause, bevor ihn in wenigen Stunden die geballte Wucht der Realität einholen würde. Im Augenblick hatte er nur einen Wunsch: sich in Célines Arme fallen zu lassen.

Er durchquerte den kleinen Hausflur und sah, dass in ihrer Wohnung Licht brannte. Sie wartete auf ihn.

Als sie wenig später in Célines Bett lagen und sich liebten, waren alle Ereignisse dieser Nacht kurzzeitig ausgelöscht. Die Überwachungsaktion, die missglückte Jagd nach dem Serienmörder, der lebensgefährliche Angriff auf Claudine. Nur dieser Augenblick der Begierde und der vollkommenen Hingabe zählte. Nie würde LaBréa diesen Moment der Liebe vergessen, der ihn für einen Wimpernschlag des Glücks von allem befreite, was in den letzten Tagen auf ihn eingestürzt war.

Gegen sieben Uhr weckte ihn der Duft von frisch aufgebrühtem Kaffee. Auf einen Schlag kehrte LaBréa in die Wirklichkeit zurück.

Sonnabend früh, 6 Uhr 20

Er hatte sich nicht schlafen gelegt.

Seit Stunden grübelte er darüber, wie ihm diese Panne hatte passieren können. Er war sicher gewesen, den Autoschlüssel beim Verlassen der Wohnung in die linke, tiefe Tasche der Uniformjacke gesteckt zu haben. Als er nach Hause kam, war der Schlüssel verschwunden, die Jackentasche mit dem Knopf jedoch fest verschlossen. Der Schlüssel konnte dort nicht herausgefallen sein. Fieberhaft überlegte er, was passiert sein mochte. Wieder und wieder rief er sich den Ablauf des Geschehens ins Gedächtnis. In der Nacht hatte er zu Hause die Uniform angezogen, die Jacke zugeknöpft, die falsche Moustache angeklebt. In die rechte Jackentasche hatte er sein Messer gesteckt, in die linke den Autoschlüssel … so hätte es gewesen sein sollen. Doch es konnte nicht so abgelaufen sein – durch die fest verschlossene linke Tasche konnte er den Schlüssel nicht verloren haben. Die Tasche hatte auch kein Loch. Es gab also nur zwei Möglichkeiten: Entweder hatte er den Schlüssel in die Hosentasche gleiten lassen, woran er sich nicht erinnern konnte. Oder er hatte ihn in seiner Wohnung liegen lassen. Letztere Möglichkeit schied aus. Als er nach seiner Rückkehr die Uniform ausgezogen und das Fehlen des Schlüssels bemerkt hatte, hatte er die ganze Wohnung abgesucht. Ohne Ergebnis. Der Autoschlüssel blieb verschwunden. Er musste ihn also doch in die Hosentasche gesteckt haben. Hatte er ihn bei dem kurzen Kampf mit der Bullenschlampe verloren? War er herausgefallen, als er an der Regen-

rinne, die hinunter zur Rue de Charonne führte, beinahe den Halt verloren hätte? Doch hätte er nicht hören müssen, wie der Schlüssel auf das Pflaster fiel? Er hatte ein ausgezeichnetes Gehör. Dieses Geräusch wäre ihm sicher nicht entgangen.

In Unterhemd und Jeans saß er am Tisch und starrte auf die geöffnete Küchentür. Der Mann auf dem Plakat sah ihn aus gespenstig aufgerissenen Augen an und hielt nicht, wie sonst so oft, stumme Zwiesprache mit ihm.

Der Kamillentee, die vierte Tasse bereits, war inzwischen kalt geworden und schmeckte bitter. Einen Moment lang packte ihn das Verlangen nach den Souvenirs der Schlampen, und er spielte mit dem Gedanken, sich auf seinem Bett zu vergnügen. Doch zu seinem Erstaunen verflog dieser Wunsch sogleich wieder. Er war unruhig. Der Autoschlüssel lag irgendwo auf der Straße, vor der Haustür Nummer 7 oder auf einem der Dächer. Die Bullen würden ihn finden und Fingerabdrücke sicherstellen. Er hätte sich verfluchen können, dass er den Schlüssel stets mit bloßen Händen berührt hatte. Warum war er so unvorsichtig gewesen? Jetzt prangten seine Fingerabdrücke darauf, und die Bullen würden ihre ganze Maschinerie anwerfen und in ihren Dateien nach einer Übereinstimmung suchen. Diesmal würden sie sie finden. Er schimpfte laut vor sich hin und schlug mit der Faust auf den Küchentisch. Aus der drei viertel vollen Tasse schwappte etwas Tee auf das Wachstischtuch.

Er zwang sich zu Ruhe und Gelassenheit. Einen kühlen Kopf behalten, schnell und präzise handeln. Gott sei Dank war ja noch nicht allzu viel passiert. Sicher, die Sache mit dem Schlüssel blieb eine unverzeihliche Panne, aber sie würde ihm nicht den Hals brechen. Im Lauf der Jahre hatte er sorgfältig seine Spur verwischt. Wenn sie ihn heutzutage aufgrund seiner Fingerabdrücke finden wollten, mussten sie einen Dschungel von falschen Fährten durchqueren. Das verschaffte ihm erst einmal einen Vorsprung. Mehr noch: Er befand sich weiterhin im Vorteil! Denn selbst wenn die Bullen wider Erwarten hinter die Idee mit dem ägyptischen Fuß gekommen sein sollten und in den Besitz seiner Fingerabdrücke gelangten, ahnten sie ja noch lange nicht, dass er seine Pläne längst geändert hatte. Das Fehlen des Autoschlüssels und die Gefahr, die sich dadurch möglicherweise ergab, hatten ihn zusätzlich in seinem Entschluss bestärkt.

Im Flur vor dem Badezimmer stand ein schwarzer Plastiksack mit den Teilen der Bullenuniform und den jüdischen Klamotten. Sonnabends wurden die Mülltonnen in der Avenue Ledru Rollin geleert. Er kannte die Wochenrouten der Müllabfuhr, und in Kürze hätte er sich dieser Beweisstücke entledigt.

Gegen acht Uhr würde es hell werden.

Er streifte sich einen Pullover über und packte seinen Rucksack mit dem Notwendigsten. Er zog seine Goretexjacke an, nahm den Rucksack, den Plastiksack mit den Klamotten und warf einen Blick auf das Plakat an seiner Küchentür. Das Gesicht des Mannes schien in weite Ferne gerückt. Die roten Filzstiftstriche prangten wie blutige Male am unteren Bildrand.

Mit einem angedeuteten Boxhieb zielte er auf die Nase des Konterfeis, eine eher liebevolle als aggressive Geste.

»Also dann, Kumpel«, sagte er leise und grinste.

Plötzlich schoss ihm der Gedanke durch den Kopf, dies könne ein Abschied für immer sein. Doch rasch schob er diese Überlegung beiseite, löschte das Licht und schlich sich ins Treppenhaus.

26. KAPITEL

Der Anruf erreichte ihn kurz vor halb acht. LaBréa hatte bei Céline einen Kaffee getrunken, ein Croissant gegessen und war in seine Wohnung gegangen, um sich frisch zu machen. Er wollte gerade unter die Dusche gehen, als sein Handy schrillte. Ein Brigadier des Bereitschaftsdienstes am Quai des Orfèvres teilte ihm mit, Direktor Roland Thibon sei vor einer Viertelstunde in einen schweren Autounfall verwickelt und ins Krankenhaus transportiert worden. Auf dem Weg von seiner Wohnung ins Büro hatte offensichtlich ein Motorradfahrer die Vorfahrt missachtet und war mit voller Wucht auf Thibons Mercedes Sportcoupé geprallt. Der Fahrer des Motorrads war auf der Stelle tot, und Thibon hatte mehrere Knochenbrüche, Schnittwunden und schwere Prellungen davongetragen. Seine Frau war bereits benachrichtigt und befand sich auf dem Weg ins Krankenhaus.

Als das Gespräch beendet war, ließ LaBréa den Hörer langsam sinken und starrte regungslos in den kleinen Garten, der sich noch in Dunkelheit hüllte. Er konnte kaum glauben, was der Brigadier ihm soeben berichtet hatte. So traurig die Nachricht auch war, dass Thibon verletzt im Krankenhaus lag, so sehr schien diese Tatsache auch ein Wink des Schicksals zu sein. LaBréa war niemand, der an die Vorsehung oder Ähnliches glaubte. Doch hier schien tatsächlich eine höhere Macht die Hände im Spiel gehabt zu haben. Thibon war auf ebenso tragische wie wundersame Weise aus dem Verkehr gezogen. Es würde kein Gespräch mit ihm an diesem Morgen stattfinden, das für LaBréa Konsequenzen gehabt hatte. Die Ermittlungen würden weiterlaufen. Und, was das Wichtigste war: Er, LaBréa, war in der Befehlskette des Quai des Orfèvres Roland Thibons Stellvertreter. Er selbst würde dem Polizeipräfekten über die nächtlichen Ereignisse Bericht erstatten. Das bot ihm die Chance, den Präfekten davon zu überzeugen, die Ermittlungen nicht in andere Hände zu legen.

Rasch duschte und rasierte er sich, zog frische Kleider an und machte sich auf den Weg zu seiner Dienststelle.

Die Nachricht von Thibons Unfall hatte im Haus bereits die Runde gemacht. Alle Mitarbeiter taten Dienst, das Wochenende war aufgrund der Serienmorde gestrichen. Der Paradiesvogel überraschte LaBréa mit der Neuigkeit, der Präfekt erwarte den Kommissar um halb zehn Uhr in seinen Amtsräumen. Bis dahin war noch genügend Zeit, eine Talkrunde in kleinem Kreis einzuberufen und die nächsten Ermittlungsschritte zu besprechen.

Zehn Minuten später saßen Franck, Jean-Marc und einige Mitarbeiter der Abteilung 2 in LaBréas Büro. Franck konnte mit der Neuigkeit aufwarten, dass die Spurensicherung auf dem Autoschlüssel Fingerabdrücke sichergestellt hatte. Sie wurden im Moment ausgewertet; jeden Augenblick würden die Techniker sich bei LaBréa melden.

Jean-Marc hatte vor einer halben Stunde im Krankenhaus Quinze Vingts angerufen. Claudine ging es den Umständen entsprechend gut. Der Arzt hatte gemeint, dass LaBréa im Lauf des späten Vormittags mit ihr reden könne.

Jetzt war ein kurzes Klopfen an der Tür zu hören. Gilles von der Spurensicherung betrat das Büro. Alle blickten ihn gespannt an. Gilles räusperte sich verlegen und schüttelte den Kopf.

»Wir wissen noch nicht, ob die Fingerabdrücke auf dem Schlüssel zugeordnet werden können.«

LaBréa zog fragend die Augenbrauen hoch.

»Unsere Computer sind abgestürzt. Wir haben keinen Zugriff auf unsere Dateien. Wir versuchen, uns mit den Technikern von IBM in Verbindung zu setzen, aber heute ist Sonnabend. Die Sache kann dauern. Das gesamte Netz hier im Haus ist zusammengebrochen.«

»Ausgerechnet heute«, stöhnte Franck, und LaBréa musste ihm beipflichten.

Gilles grinste verlegen.

»Tut mir leid, Franck. Aber so ist das nun mal: Die moderne Technik hat auch ihre Nachteile. Sobald die Rechner wieder laufen, melde ich mich.« Er verließ den Raum.

LaBréa wandte sich an Franck.

»Haben Sie schon Kontakt zur Geschäftsleitung von Pizza Express aufgenommen?«

»Habe ich, Chef. In der Personalabteilung wird heute zwar nicht gearbeitet, aber um halb zehn treffe ich den Personalchef.« Er blickte auf die Uhr. »In fünf Minuten fahre ich los. Die Verwaltungszentrale befindet sich im 17. Arrondissement, in der Avenue Wagram.«

Kurz bevor LaBréa sich auf den Weg in die Polizeipräfektur machte, erreichte ihn ein Anruf des Ermittlungsrichters, der trotz des freien Sonnabends einige Stunden in seinem Büro arbeitete. Dies unterschied ihn von anderen Ermittlungsrichtern, die penibel auf ihre freien Tage und Wochenenden achteten.

Couperin war bereits über den nächtlichen Misserfolg und den Angriff auf Claudine Millot informiert. Er schien ein wenig verschnupft zu sein, dass es nicht LaBréa gewesen war, der ihn darüber unterrichtet hatte. Auch über

Direktor Thibons Unfall war er im Bilde, äußerte sich jedoch nicht weiter dazu.

Er hatte Neuigkeiten für LaBréa. Die Blutprobe, die der Freund der ermordeten Suzanne Forestier in der Nacht abgegeben hatte, war analysiert worden.

»Es gibt keine Übereinstimmung mit der DNS, die an den Tatorten und in den Körpern der Opfer sichergestellt wurde, Commissaire.«

»Das habe ich mir schon gedacht«, erwiderte LaBréa.

»Der Mann wird also sofort auf freien Fuß gesetzt.« LaBréa hörte, wie Couperin sich eine Zigarette anzündete. »Und noch etwas«, fuhr Couperin fort und blies den Rauch in den Hörer, »Mahmoud Ahrab ist tatsächlich nicht der Vater des Kindes, das Suzanne Forestier erwartet hat.«

»Ich fahre nachher in diese Privatklinik und vernehme die Leute dort.« LaBréa räusperte sich. »Vorher habe ich noch ein Gespräch beim Polizeipräfekten.«

»Da drücke ich Ihnen die Daumen! Ich kann mir schon denken, worum es geht.«

Bis zum Büro des Polizeipräfekten waren es nur ein paar Schritte. LaBréa nahm den Weg über den Quai des Orfèvres und überquerte die Pont St. Michel.

Nur schwacher Verkehr herrschte an diesem Sonnabend auf der Brücke. Es war ein trüber Tag. Über der Seine lagen noch vereinzelte Nebelbänke. Vom Fluss her wehte ein leichter Wind, doch er vermochte die feuchte Luft, die sich klamm auf Haare und Kleider legte, nicht zu verscheuchen. Beinahe düster ragten die Türme von Notre-Dame in den Himmel. Von irgendwoher erklang die verzerrte Melodie eines Weihnachtsliedes, wie aus einer defekten Spieldose.

Der Präfekt, ein untersetzter, bulliger Mann Mitte fünfzig, saß hinter seinem Schreibtisch und blätterte in einer

Unterschriftenmappe, als LaBréa den Raum betrat. Er blickte kurz auf und bat LaBréa mit einer Handbewegung, auf einem Stuhl ihm gegenüber Platz zu nehmen. Nachdem er ein Schreiben überflogen und dann mit schwungvollem Bogen seine Unterschrift daruntergesetzt hatte, lehnte er sich bequem zurück.

»Ärgerliche Sache, Thibons Unfall«, sagte er mit seiner heiseren, jovialen Stimme. »Aber ein paar Knochenbrüche haben noch niemandem auf Dauer geschadet. In einigen Wochen ist er wieder fit.« Seine hellen, wachen Schweinsäuglein musterten LaBréa.

»Reden wir nicht lange um den heißen Brei herum, Commissaire. Ich weiß, was heute Nacht passiert ist. Und ich weiß auch, wie ich eigentlich entscheiden müsste.« Er wartete die Wirkung seiner Worte ab, doch LaBréa verzog keine Miene. Der Präfekt beugte sich vor, faltete seine Hände und ließ sie auf die Schreibtischplatte fallen. LaBréa sah an der linken Hand einen Ehering, der zu eng schien und ins Fleisch des kurzen, dicken Fingers schnitt.

»Wenn Sie eine Erklärung für all diese Pannen haben, LaBréa, dann wäre das jetzt der Moment, damit herauszurücken.«

LaBréa hatte diese Frage erwartet und war entsprechend darauf vorbereitet.

»Ich habe keine Erklärung, Monsieur le Préfet. Ich gebe nur zu bedenken, es sind äußerst schwierige Ermittlungen, mit denen wir es hier zu tun haben. Es gibt bereits vier tote Frauen, und unser Spielraum wird immer kleiner. Ich musste zu ungewöhnlichen Maßnahmen greifen und die Gefahr in Kauf nehmen, dass etwas schiefgehen kann.

Mittlerweile ist es uns gelungen, das Muster des Täters zu knacken. Wir wissen jetzt, wann und wo er wieder zuschlagen wird. Es ist nur eine Frage der Zeit, wann wir ihn schnappen.« Er schwieg und blickte den Präfekten ruhig und fest an. Der runzelte kurz die Stirn, wiegte den Kopf hin und her und strich sich dann über seinen graublonden Igelschnitt.

»Thibon war von Anfang an skeptisch, was die Idee mit dem Lockvogel betrifft. Aber letztendlich hat er doch zugestimmt, oder haben Sie diese Entscheidung im Alleingang getroffen?«

LaBréa schüttelte den Kopf.

»Er hat zugestimmt. Im Beisein des Ermittlungsrichters.«

»Wie ist die Zusammenarbeit mit Couperin?«

»Sehr gut, Monsieur.«

Der Präfekt nickte.

»Im Unterschied zu Thibon halte ich eine ganze Menge von ihm. Leute seines Schlages sterben leider Gottes aus.«

Er zündete sich einen Zigarillo an und hielt LaBréa die Packung hin. Der lehnte dankend ab.

»Tja, was machen wir nun?« Die erste Rauchwolke stieg in die Luft. »Eine Beamtin liegt schwer verletzt im Krankenhaus, der Mörder ist immer noch nicht gefasst, die Presse rennt mir beinahe die Bude ein. Die Bilanz der bisherigen Ermittlungen ist ernüchternd, um nicht zu sagen, desaströs.«

Die Stimme des Präfekten klang unerwartet milde, und LaBréa sah seine Chance.

»Wir haben jetzt Fingerabdrücke, Monsieur, die höchstwahrscheinlich vom Täter stammen. Er hat bisher sorgfältig vermieden, Fingerabdrücke zu hinterlassen. Daraus schließe ich, dass er in unseren Dateien erfasst ist. Wegen früherer Delikte.«

»Und? Gibt es schon ein Ergebnis?«

»Die Kollegen sind an der Sache dran.« Vom Zusammenbruch des Computernetzes sagte LaBréa nichts. »Wir haben noch heute ein Resultat.«

Der Präfekt stand auf.

»Gut, LaBréa. Es hat wenig Zweck, zum jetzigen Zeitpunkt jemand anderen an die Ermittlungen zu setzen. Machen Sie weiter, aber gehen Sie keine unnötigen Risiken mehr ein. Haben Sie genug Leute?«

»Wir könnten noch ein paar Kollegen brauchen.«

»Die bekommen Sie. Ich will jeden Tag Ihren Bericht. Auch morgen, am Sonntag. Rufen Sie mich zu Hause an.« Er nahm eine Visitenkarte aus der Schreibtischschublade und reichte sie LaBréa.

Das Gespräch war beendet. LaBréa dankte dem Präfekten für das Vertrauen und verließ erleichtert das Büro.

Kaum war er auf dem Flur, rief er Jean-Marc an.

»Wir fahren jetzt zu dieser Klinik. Ich komme direkt ins Parkhaus. Hat Franck sich schon aus der Pizzazentrale gemeldet?«

»Nein.«

»Was ist mit den Computern bei den Kollegen der Spurensicherung?«

»Immer noch unbrauchbar. Totaler Absturz, jedes Mal wenn die Rechner hochgefahren werden.«

»Verdammter Mist!«

Fünf Minuten später lenkte Jean-Marc den Dienst-Renault in rasendem Tempo Richtung Quartier Latin. Direkt vor der Klinik, in der Rue Broca, erspähte der Paradiesvogel eine Parklücke.

»Das Kind, das sie erwartete, war nicht von ihrem Freund?« Professor Jules Maurin schob ungläubig das glatt rasierte Kinn vor. Der Blick seiner blauen Augen ging zunächst zu LaBréa, dann zu Jean-Marc, wo er einen Moment zu lange hängen blieb.

»Suzanne machte mir immer den Eindruck einer ernsthaften und zuverlässigen jungen Frau«, fuhr der Professor rasch fort. »Sie war eine tüchtige Mitarbeiterin. Zurückhaltend, irgendwie geradezu schüchtern. Ich hätte ihr niemals zugetraut, dass sie ihren Freund betrügt.«

»Es war aber so«, stellte LaBréa sachlich fest. »Und die Frage ist, mit wem.«

Maurin hob abwehrend die Hände.

»Sie denken doch nicht etwa, Commissaire ...« Er beendete seinen Satz nicht und lachte. »Das ist doch völlig absurd!«

LaBréa sagte nichts, musterte ihn nur. Jules Maurin hatte einen arroganten Zug um den Mund und wirkte trotz seines markanten Aussehens seltsam verblüht, was nichts mit seinem Alter zu tun hatte. LaBréa wusste nicht, was es war. Ansonsten sah er genau so aus wie die smarten Chefärzte in den gängigen Arzt- und Krankenhausserien, mit denen die Zuschauer überfüttert wurden.

»Es wäre doch möglich, dass einer Ihrer Ärzte der Vater des Kindes ist.« LaBréa verschränkte die Arme.

Professor Maurin verneinte vehement. Zwei der Ärzte, die in seiner Klinik beschäftigt waren, seien glücklich verheiratet, meinte er. Der dritte lebe in einer festen Partnerschaft mit einem Mann. Suzanne Forestier hätte keinerlei private Kontakte zu den Ärzten und dem Pflegepersonal gehabt.

»Woher wissen Sie das so genau?«

»Wir sind eine kleine Klinik, da kennt man sich. Sie war ein eher scheuer Mensch, das sagte ich ja bereits. Wenig an sozialen Kontakten interessiert.« Maurin zündete sich eine Zigarette an. Seine Bewegungen wirkten auf LaBréa übertrieben und ein wenig affektiert.

»Kannten Sie ihren Freund, Mahmoud Ahrab?«

»Er hat sie ein paarmal hier abgeholt. Ein netter, gut aussehender junger Mann.« Erneut wanderte sein Blick zu Jean-Marc.

»Ist einer Ihrer Ärzte heute in der Klinik?«

Maurin stutzte kurz, dann antwortete er: »Ja. Dr. de Vries. Möchten Sie ihn sprechen?«

»Wenn das möglich ist? Wir hätten dann auch noch gern die Namen und Adressen der beiden anderen Ärzte.«

Dr. de Vries war ein junger Holländer, der mit starkem Akzent sprach. Er war der Arzt, mit dem Jean-Marc bereits gesprochen und der Suzanne Forestier vorgeschlagen hatte, ein Taxi zu nehmen.

Das Gespräch mit ihm ergab nichts Neues. Dr. de Vries hatte in all seinen Gesten und in seiner Sprache etwas Effeminiertes, was ihn sogleich in eine einschlägige Ecke rückte.

»Ich habe ja keine Vorurteile«, sagte LaBréa, als er wenig später die Beifahrertür des Renault öffnete. »Aber ich würde wetten, dass dieser Dr. de Vries schwul ist. Anscheinend ist er der Arzt, von dem Maurin sagt, er lebe in einer Partnerschaft mit einem Mann.«

Jean-Marc lächelte wissend.

»Und von daher kommt er wahrscheinlich als Vater von Suzanne Forestiers Kind ohnehin nicht infrage«, fuhr LaBréa fort. »Bei Maurin bin ich mir allerdings nicht so sicher. Er hat irgendetwas Undurchsichtiges, finde ich.«

Jean-Marc startete den Wagen. Bevor er losfuhr, drehte er sich zu seinem Chef.

»Maurin können wir auch ausschließen«, meinte er.

»Wieso?«, fragte LaBréa.

»Weil auch er schwul ist. Das habe ich schon gestern bei meinem ersten Gespräch mit ihm gemerkt.«

»Tatsächlich?« LaBréa warf dem Paradiesvogel einen überraschten Blick zu. »Woher wissen Sie das so genau?«

Erneut lächelte Jean-Marc.

»So was spüre ich eben. Und die feste Partnerschaft, in der de Vries lebt, ist die mit seinem Chef, Professor Maurin.«

LaBréa dachte über diese Bemerkung nach, während Jean-Marc den Weg Richtung Bastille einschlug. Sie hatte vermutlich einiges für sich.

Eine Viertelstunde später kamen sie am Krankenhaus Quinze Vingts an, wo LaBréa endlich mit Claudine sprechen konnte.

27. KAPITEL

LaBréa wusste, dass es nicht erlaubt war, Blumen auf die Intensivstation eines Krankenhauses mitzubringen. Deshalb hatte er darauf verzichtet, auf dem Weg ins Quinze Vingts einen Strauß für seine verletzte Mitarbeiterin zu besorgen. Stattdessen hatte er in der nächstgelegenen Confiserie eine Schachtel Pralinen gekauft.

Claudine lag bleich in den Kissen. Ihre Lider waren halb geschlossen, die blonden Haare klebten verschwitzt am Kopf. An ihrer Hand waren Infusionszugänge gelegt worden, der Hals mit einem Verband umwickelt.

Als sie LaBréa und Jean-Marc bemerkte, zwang sie sich zu einem Lächeln, doch es wollte nicht so recht gelingen. Der Arzt hatte LaBréa eingeschärft, jede Aufregung für die Patientin zu vermeiden, und gemeint, mehr als zehn Minuten könne er nicht gestatten. LaBréa konzentrierte sich also auf das Wesentliche.

»Wie geht's Ihnen, Claudine?«, fragte er und berührte leicht ihren Arm.

Claudine nickte.

»Ganz gut«, flüsterte sie. »Es hätte mich schlimmer erwischen können. Ich muss leise sprechen, weil mein Hals so wehtut.« Ihr Blick wanderte zu Jean-Marc. »Habt ihr den Kerl wenigstens geschnappt?«

»Nein.« Jean-Marc presste die Lippen zusammen. »Er ist über die Dächer entkommen.«

Einen Moment lang schloss Claudine die Augen. LaBréa sah, wie sehr das Gespräch sie bereits anstrengte.

»Er ist in dem Hauseingang verschwunden, vor dem er mich angegriffen hat. Das ist das Letzte, woran ich mich erinnere.«

»Stand die Tür offen?«, wollte LaBréa wissen.

»Das muss sie wohl. Denn als ich zu Boden ging, sah ich noch, dass er sie nur mit der Schulter aufdrückte. Er hatte keinen Schlüssel. Und einen Code gab er auch nicht ein.« Erschöpft hielt sie inne.

Jean-Marc schaltete sich ein. Seine Stimme klang ruhig und leise.

»Kannst du dich an den genauen Hergang erinnern? Was ist passiert?«

Claudine dachte einen Augenblick nach. Ihre Stimme klang kraftlos, als sie stockend zu erzählen begann.

»Er tauchte plötzlich aus dem Nebel vor mir auf. Ich habe leider nicht sofort geschaltet, obwohl ich wusste, dass eigentlich keine uniformierten Kollegen mehr unterwegs sein konnten.« Sie hielt inne, überlegte erneut. »Dann ging alles sehr schnell.« Ihre Worte kamen schleppend. »Ich hörte Ihre Warnung, Chef, da war mir alles klar. Ich zog die Waffe, doch er schlug sie mir aus der Hand.«

»Wir haben sie nicht gefunden«, bemerkte Jean-Marc. »Entweder ist sie in einen Gully gerutscht, oder der Kerl hat sie mitgenommen.«

»Plötzlich zückte er sein Messer. Es ist ein Stilett, Chef. Die Klinge schnappt seitwärts raus. Er hielt mir das Messer an die Kehle, beschimpfte mich. Dreckige Schlampe, hat er gesagt. Bullenschlampe. Noch andere Dinge, die mir jetzt nicht mehr einfallen. Aber so, wie er es gesagt hat, war mir sofort klar, es musste der Kerl sein, den wir suchen.«

»Und es bestätigt die Vermutung, dass er ihre Rolle als Lockvogel der Polizei durchschaut hatte.« Nachdenklich blickte LaBréa Claudine an. »Er hat Sie beobachtet und hatte es dann ganz gezielt auf Sie abgesehen.«

Claudine nickte. Ihre Augen flackerten leicht.

»Er war unheimlich schnell und sehr stark«, sagte sie. »Ich hatte keine Möglichkeit, ihn abzuwehren. Ich glaube, er wollte mich zunächst in den Hausflur drängen. Aber dann kamt ihr, und er geriet in Panik. Da stach er zu. Mehr weiß ich nicht.«

LaBréa blickte verstohlen auf die Uhr. Jeden Moment würde der Arzt kommen und das Gespräch beenden. Er musste unbedingt noch mehr in Erfahrung bringen.

»Wie sah er aus, Claudine? Ist Ihnen irgendwas an ihm aufgefallen?«

»Er war groß, schlank und kräftig, mit schnellen Bewegungen. Kleiner Oberlippenbart, vielleicht nur angeklebt. Sehr kurze, dunkle Haare, fast kahl rasiert, das konnte ich trotz der Uniformmütze sehen. Normale Männerstimme. Kein Akzent, kein Dialekt.« Sie holte Atem. Vor Erschöpfung hatten sich feine Schweißperlen auf ihrer Stirn gebildet. »Seine Augen«, sagte sie leise. »Er hat ganz helle Augen. Die passen nicht zu seinem etwas dunkleren Teint. Aber er ist kein Schwarzer, auch kein Maghrebiner oder so. Die Augen stechen hervor. Stechende, helle Augen, Chef. Augen, die man nie vergisst. Es war, als zerschnitten sie den Nebel und die Dunkelheit.« Ein leiser Schluchzlaut entfuhr ihrem Mund.

Helle, stechende Augen? War das der Grund, warum der Mörder eine Sonnenbrille trug, als er im Kopierladen das Plakat mit dem Umriss des ägyptischen Fußes kopiert hatte? Weil seine Augen so auffällig waren, dass jeder sich daran erinnern würde?

LaBréa bemerkte das Zittern von Claudines Hand. Es war genug. Er musste das Gespräch beenden. Mit einem kurzen Kopfnicken gab er Jean-Marc ein Zeichen.

»Danke, Claudine. Jetzt haben wir eine exakte Beschreibung von ihm. Ich wünsche Ihnen gute Besserung. Ich soll Sie übrigens von allen Kollegen grüßen. Sie werden wieder ganz gesund. Und Ihr Mann kommt ja auch bald.«

Claudine nickte schwach und brachte sogar ein Lächeln zustande.

»Ja, der Arzt hat gesagt, dass Jean-Claude angerufen hat und schon im Flieger sitzt.«

Sie verließen die Intensivstation. Im Treppenhaus, auf dem Weg ins Erdgeschoss, wählte LaBréa Francks Nummer. Der sah gerade zusammen mit dem Personalchef des Unternehmens Pizza Express die Personalakten durch. LaBréa gab ihm Claudines Beschreibung des Täters durch und bat ihn, ausdrücklich nach einem Angestellten mit sehr hellen Augen zu forschen, die in starkem Kontrast zu dessen sonstiger physischer Erscheinung standen.

Ein zweiter Anruf galt Gilles von der Spurensicherung. Noch immer funktionierten die Computer nicht. Doch jetzt war wenigstens ein Techniker von IBM unterwegs, der in Kürze am Quai des Orfèvres eintreffen sollte.

Als er sein Handy abgeschaltet hatte, sagte LaBréa zu Jean-Marc: »Geben Sie die Fahndung nach dem Killer raus. Die Angaben von Claudine sind präzise genug. Das Phantombild soll entsprechend verändert werden. Am besten sollte es farbig sein, wegen der hellen Augen und dem dunkleren Teint. Wir hängen das Bild überall im Bastilleviertel auf. Irgendjemand muss den Kerl doch wiedererkennen!«

Jean-Marc nickte und zog sein Handy aus der Tasche.

Inzwischen waren sie in der großen Eingangshalle des Krankenhauses angekommen. Besucher strömten hinaus und hinein. Patienten im Bademantel, einige im Rollstuhl, andere mit Verbänden, waren unterwegs. Pfleger schoben

Kranke in ihren Betten in die Fahrstühle, ein Team der SAMU, in hellroten Schutzanzügen, bog eilig in einen Korridor ein. Ärzte liefen geschäftig herum, Schwestern hielten Röntgenaufnahmen in der Hand.

Während Jean-Marc in einer ruhigen Ecke stand und telefonierte, beobachtete LaBréa das Treiben. Krankenhäuser hatten überall auf der Welt den gleichen Geruch, die gleiche, ebenso quirlige wie bedrückende Atmosphäre. Er dachte an Anne und ihren schrecklichen Tod. Bei ihr hatte keine Chance auf Rettung bestanden. Aufgrund unzähliger Messerstiche war sie verblutet. Die Waffe der beiden Jugendlichen damals in Marseille – war es ein Stilett gewesen? Ein ähnliches Messer wie das des Mörders von der Bastille? Erstaunt stellte LaBréa fest, dass er es nicht mehr wusste. Die Tatwaffe war später sichergestellt worden, doch LaBréa erinnerte sich nicht, welche Art Messer es war. Die Erinnerung war ausgelöscht. Für immer aus seinem Gedächtnis gestrichen, als könne das Verdrängen das schreckliche Ereignis in jener Februarnacht im Nachhinein noch ungeschehen machen.

Auch Claudine war durch Messerstiche verletzt worden. Doch sie hatte Glück gehabt. Ein Schutzengel, sofern man an einen solchen glaubte, war an ihrer Seite gewesen. Nach welchen Kriterien werden Schutzengel zugeteilt?, dachte LaBréa nicht ohne Bitterkeit. Wer hat ein Anrecht darauf und wer nicht? Er atmete tief durch. Er war froh und erleichtert, dass Claudine nicht nur überlebt hatte, sondern bei Bewusstsein war, reden und zuhören konnte und ihr Leben wie neu geschenkt vor ihr lag.

Jäh wurde er aus seinem Gedanken herausgerissen. Ein Aluminiumwagen, voll bepackt mit Wäschesäcken, hatte ihn fast umgefahren. Die beiden jungen Frauen, die den Wagen schoben, entschuldigten sich und lenkten das Gefährt wieder in die richtige Richtung. LaBréa rieb sich den schmerzenden Ellbogen. Er sah den beiden Frauen nach, die den Wäschewagen beinahe übermütig vor sich herrollen ließen und mit ihrem Manöver auch noch andere Menschen in Bedrängnis brachten.

LaBréa ging jetzt auf den Ausgang zu. Die beiden Frauen mit dem Wäschewagen steuerten auf einen Kombi zu mit der Aufschrift *Lingerie du Nord*. Die beiden Hecktüren des Wagens standen offen, und LaBréa sah einen älteren, rundlichen Mann, der jetzt vom Wagen heruntersprang und die Wäschesäcke aus dem Aluminiumwagen schnell und routiniert in den Kombi warf. Ein zweiter Aluminiumwagen stand neben dem, der herangeschoben worden war. Die beiden Frauen rollten diesen Wagen jetzt auf den Eingang zu, während der rundliche Mann in seiner Tätigkeit fortfuhr. Als die Frauen mit dem zweiten Wagen auf LaBréas Höhe waren, sah er, dass frische Wäsche darin lag. Berge von Handtüchern, Laken, OP-Hemden. Kurz darauf bogen sie in einen der Korridore ein, der, wie ein Hinweisschild anzeigte, zum zentralen Wäschelager führte.

LaBréa blickte ihnen nach, auch als sie bereits um die Ecke gebogen waren. Ein Gedanke begann in seinem Kopf Gestalt anzunehmen. Zunächst diffus und ohne Zusammenhang. Dann immer klarer, bis LaBréa plötzlich sein Herz bis zum Halse schlagen fühlte. Mit einem Mal stand ihm das ganze Szenario vor Augen.

Hastig drehte er sich um, seine Augen suchten Jean-Marc. Der steckte soeben sein Handy in die Tasche und kam auf LaBréa zu.

»Los, Jean-Marc, kommen Sie! Wir fahren sofort ins Büro. Mir ist da eine Idee gekommen, aber dazu brauche ich die Akten der vier Mordfälle.« Seine Stimme klang ungewohnt erregt.

Auch Jean-Marc entging dies nicht, denn er sah LaBréa erstaunt an.

»Was für eine Idee, Chef?«

LaBréa winkte ab und schüttelte heftig den Kopf.

»Ich sagte doch, ich muss erst in die Unterlagen sehen.«

Zwei Minuten später fuhren sie schweigend und in hohem Tempo zum Quai des Orfèvres.

Als sie den Flur zu LaBréas Büro entlangstürmten, klingelte LaBréas Handy. Er dachte, dass es vielleicht Franck sein könnte, doch es war Jenny.

»Störe ich dich, Papa?«, fragte sie.

LaBréa gab Jean-Marc ein Zeichen, schon ins Büro zu gehen.

»Du störst mich nie, Chérie, das weißt du doch.« Heute entsprach das nicht ganz der Wahrheit. LaBréa blickte auf die Uhr. Es war kurz vor zwölf. »Wo bist du denn? Zu Hause?«

»Ja, ich bin vor einer halben Stunde gekommen. Alissa kommt nachher auch. Am Nachmittag gehen wir zuerst eine Stunde in den Louvre, weil Céline uns dort ein paar Gemälde zeigen will. Warst du schon mal im Louvre, Papa?«

LaBréa versuchte, seine Gedanken nicht abschweifen zu lassen, und erwiderte rasch:

»Ja, natürlich. Früher sind wir da mit der Schulklasse hingegangen.«

»Und danach fahren wir ins Stadion.«

LaBréa hörte, wie Jenny geräuschvoll aus einem Glas trank.

»Ins Prinzenpark-Stadion. Zum Heimspiel von PSG.«

LaBréa erinnerte sich, wie Céline ihm heute Morgen beim Abschied davon erzählt hatte. Der kurze Besuch im

Louvre war ihre Bedingung gewesen, als sie sich bereit erklärt hatte, mit den Mädchen zu diesem Fußballspiel zu gehen. Genau so hatte sie den beiden das gesagt. Erst Kultur, dann Sport. LaBréa musste schmunzeln. Wenn Céline es schaffte, zwölfjährige Mädchen für alte Meister zu interessieren, dann wollte er sich auch mit Jennys Fußballleidenschaft arrangieren.

»Vielleicht bist du ja zu Hause, wenn wir nach dem Spiel zurückkommen«, sagte Jenny, diesmal mit vollem Mund. »Ich esse gerade ein Stück Schokolade, Papa«, sagte sie wie zur Entschuldigung.

»Aber gib Obelix nichts davon«, ermahnte er sie. »Schokolade ist nicht gut für Katzen.«

»Ja, ja. Und du? Wie läuft es bei dir?«

»Viel Stress. Ich muss jetzt Schluss machen, Chérie. Also dann, viel Spaß im Louvre und beim Fußballspiel!«

»Meinst du das ehrlich?«

»Ja, natürlich!« Er stellte das Handy ab und eilte in sein Büro. Dort stand Jean-Marc etwas unschlüssig am Fenster und sah hinaus auf die Seine. Der Nebel hatte sich fast vollständig gelichtet. Durch die letzten Dunstschleier kämpften sich die Strahlen einer zaghaften Wintersonne.

LaBréa setzte sich hinter seinen Schreibtisch, nahm die Ermittlungsakten der vier Mordfälle und blätterte sie rasch durch. Der Paradiesvogel lehnte nun mit dem Rücken zum Fenster und wartete gespannt.

»Ich wollte nur hundertprozentig sicher sein«, begann LaBréa und klappte die letzte Akte zu. »Wir haben ja bei den Arbeitgebern der Opfer nach allen möglichen Lieferanten und Auslieferungsfahrern gefragt. Doch eines haben wir übersehen.« Er nahm ein Blatt weißes Papier und einen Kugelschreiber.

»Hier«, sagte er zu Jean-Marc, der mit wenigen Schritten am Schreibtisch war. Skizzenartig zeichnete LaBréa eine Straße und drei Häuser.

»Das ist die Rue Beausire«, erklärte er. »Dort liegen die ersten beiden Tatorte. Hier, in Nummer 15 b, wurde Marie Ousbane ermordet. Einige Häuser weiter, auf der gleichen Straßenseite in Nummer 5, liegt die Wohnung von Annabelle Villeron. Und genau zwischen diesen beiden Tatorten, auf der gegenüberliegenden Straßenseite im Haus Nummer 10, befindet sich die Pension *Cantal.*« Verwundert sah der Paradiesvogel seinen Chef an. Was er da sagte und aufzeichnete, war nichts Neues.

LaBréa ließ sich nicht irritieren und fuhr fort: »Was wird in einer Pension unter anderem angeliefert und abgeholt? Wäsche. Bettwäsche, Handtücher.« Er lehnte sich im Sessel zurück und spielte mit dem Kugelschreiber. »Marie Ousbane und Annabelle Villeron wohnten in unmittelbarer Sichtweite der Pension, in der vermutlich regelmäßig Wäsche abgeholt und geliefert wird. Fall Nummer drei: Assia Blanc arbeitete in einem Catering- und Imbiss-Laden und abends zusätzlich noch in einem Restaurant. Was braucht man in der Gastronomie? Wäsche. Tischwäsche, Servietten, Arbeitskleidung für das Küchenpersonal.«

Jean-Marc schob sich jetzt einen Stuhl heran.

»Das vierte Opfer, Suzanne Forestier, war in einer Privatklinik beschäftigt. Und davor arbeitete sie im Krankenhaus Val de Grace.« LaBréa legte den Kugelschreiber mit einem Knall auf die Schreibtischplatte. »Und was braucht man in einer Privatklinik und in Krankenhäusern, Jean-Marc? Wäsche. Jede Menge Bettwäsche, Handtücher, OP-Kittel und vieles mehr.«

»Sie meinen, der Kerl könnte bei einem Wäscheservice beschäftigt sein?«

»Genau! Was hat Véronique Andrieu gesagt? Er muss

indirekt mit dem Beruf der Opfer zu tun haben. Das trifft auf jeden Fall für die Morde Nummer drei und vier zu. Niemand von uns hat bisher daran gedacht, dass der Täter möglicherweise Auslieferungsfahrer eines Wäscheservice sein könnte. Assia Blanc und Suzanne Forestier hätten in ihrem beruflichen Umfeld direkten Kontakt zu ihm haben können. Suzanne Forestier vielleicht schon während ihrer Dienstzeit im Val de Grace, wer weiß? Und was die beiden ersten Opfer betrifft: Wenn der Kerl, wie vermutet, die Pension *Cantal* beliefert hat, wird er Marie Ousbane und Annabelle Villeron irgendwann einmal gesehen haben. Er fasste seinen Plan, beobachtete die Opfer. Vielleicht sprach er sie sogar einmal an?«

Jean-Marc sprang auf.

»Das werden wir gleich haben, Chef. Ich brauche nur in der Pension, in der Privatklinik, im Val de Grace, beim Cateringservice an der Place d'Aligre und im *Chez Fred* anzurufen.«

LaBréa nickte.

»Tun Sie das. Wenn die alle den gleichen Wäscheservice in Anspruch nehmen, ist die Spur ganz heiß.«

Der Paradiesvogel stürmte hinaus. An der Tür stieß er beinahe mit Franck zusammen, der von seinem Gespräch in der Pizza-Express-Zentrale zurückkam. In knappen Worten informierte LaBréa ihn über das, was er soeben mit Jean-Marc besprochen hatte. Leise pfiff Franck durch die Zähne.

»Das könnte es sein, Chef.« Er überlegte fieberhaft. »Ich habe nicht alle Einzelheiten im Kopf. Aber wenn ich mich richtig erinnere, ist Françoise Verrou, die Mieterin der Wohnung Cour Damoye/Richtung Bastille, als Zimmermädchen in einem Hotel beschäftigt. Und Nathalie Ormières, wohnhaft Rue Pas de la Mule 40, ist Hotelmanagerin.

Hotels geben ihre Wäsche zum Waschen meist weg. Beide Frauen gehören aufgrund der Lage ihrer Wohnung ebenfalls zu den potenziellen nächsten Opfern und wurden letzte Nacht in Sicherheit gebracht. Nicht zu vergessen die Friseuse aus dem Salon Tony & Guy. Friseursalonketten wie Tony & Guy lassen ihre Handtücher mit Sicherheit durch eine Fremdfirma waschen.« Aufgeregt sprach Franck weiter. »Keiner von uns hat diese Möglichkeit bisher in Erwägung gezogen, Chef.«

»Mir kam der Gedanke vorhin, als wir Claudine im Krankenhaus besuchten und ein Wäschewagen über den Flur geschoben wurde.«

»Apropos, Claudine: Wie geht es ihr denn?«

»Na ja, sie ist noch ziemlich schwach. Aber ich denke, in ein paar Wochen hat sie es überstanden.«

»Das hoffe ich. Eines ist mir noch nicht ganz klar, Chef.« Franck runzelte die Stirn und strich sich mit der Hand über sein Bärtchen. »Der Kerl klingelte doch laut Aussage der Nachbarin in der Nacht an Assia Blancs Tür und hat ihr vermutlich irgendetwas gebracht. Was könnte das gewesen sein?«

»Keine Ahnung, Franck. Wenn wir den Kerl haben, wird er es uns vielleicht verraten.«

»Wollen Sie trotzdem hören, was ich bei Pizza Express rausgefunden habe, Chef?«

»Selbstverständlich.«

»Also, der Schlüsselanhänger mit dem Logo ist eindeutig von ihnen. Das Labor hat mir ja heute Morgen gesagt, dass dieser Typ Schlüssel zum Citroën Jumper passt. Das ist eines der Lieferwagenmodelle von Citroën. Aber beim Pizza Express fahren sie keine Jumper, sondern kleinere, japanische Lieferwagen.«

»Was ist mit den Auslieferungsfahrern?«

»In den Personalakten sind Fotos und detaillierte Beschreibungen der Leute. Nichts. Jemand wie den, den wir suchen, gibt es nicht. Allerdings gehen die Akten nur bis zum Jahr 2000 zurück. Da wurde das Computerprogramm umgestellt. Die Akten aus den Jahren davor sind auf irgendwelchen alten Disketten im Archiv. Da kam ich jetzt nicht ran.«

»Das können wir immer noch nachholen. Vielleicht war unser Mann ja vor dem Jahr 2000 beim Pizza Express beschäftigt und hat den Schlüsselanhänger behalten.«

Mit einem Schwung öffnete der Paradiesvogel LaBréas Bürotür. Sein Gesicht glühte.

»Volltreffer, Chef! Die Pension *Cantal,* der Cateringservice Aux Délices de l'Orient, das Restaurant *Chez Fred* und Dr. Maurins Privatklinik haben Verträge mit ein und demselben Wäscheservice: der Großwäscherei Blanc Neige.«

»Die Adresse?«, fragte LaBréa und spürte das Blut in seinen Schläfen pochen.

»Boulevard Morland Nummer 22. Da wird auch sonnabends gearbeitet. Das Val de Grace arbeitet übrigens schon seit Jahrzehnten mit einem anderen Wäscheservice. Der Mörder muss Suzanne Forestier in der Privatklinik kennengelernt haben.«

»Dann nichts wie hin in diese Wäscherei! Franck, nehmen Sie eines der neuen Phantombilder mit. Jean-Marc, wissen Sie, ob die Computer bei der Spurensicherung inzwischen repariert sind?«

»Noch nicht, Chef. Aber der Techniker schätzt, dass das System am Nachmittag wieder läuft.«

28. KAPITEL

Die Großwäscherei Blanc Neige befand sich im Hinterhof eines alten Fabrikgebäudes. Heute, am Sonnabend, arbeiteten nur vier Angestellte in der riesigen Halle im Erdgeschoss. Zwei der acht Großwaschautomaten waren in Betrieb. Eine ältere Frau bediente eine Heißmangel und ließ Berge von Bettlaken durchlaufen. Ein jüngerer Kollege faltete die gemangelte Wäsche routiniert zusammen und legte sie auf einen Stapel.

Die Luft hing in feuchten Schwaden im Raum. Es roch nach Waschpulver, Wäschestärke und einem undefinierbaren Reinigungsmittel. Der Lärm der Maschinen hielt sich in Grenzen; offenbar wurde hier mit modernsten Geräten gearbeitet.

Henri Lacroix, ein kleinwüchsiger, dicker, rotgesichtiger Mann mit schwulstigen Lippen und Glatze, hatte Jean-Marc bereits am Telefon gesagt, er sei sonnabends immer in der Wäscherei und überprüfe die Buchhaltung. Er bat LaBréa, Jean-Marc und Franck in sein Büro.

»Nehmen Sie Platz«, sagte er jovial und entblößte eine Reihe nikotingelber Zähne. »Was kann ich für Sie tun?« Er ließ sich auf seinen Schreibtischsessel fallen und zündete sich sogleich eine filterlose Zigarette an.

Ohne Umschweife zog LaBréa das neu erstellte Phantombild des Mörders aus der Tasche und schob es dem Besitzer der Wäscherei über den Schreibtisch zu.

»Arbeitet dieser Mann bei Ihnen?«

Henri Lacroix nahm die Zeichnung und studierte sie.

Dann ließ er das Blatt sinken und warf LaBréa einen fragenden Blick zu.

»Ja. Das ist Léo Bondin, wenn ich mich nicht irre. Ich erkenne ihn an seinen Augen. Er ist einer meiner Fahrer. Liefert die Wäsche an unsere Kunden aus.«

»Hat er ein Bärtchen?«

»Nein, jedenfalls hatte er vorgestern noch keines.«

LaBréa nickte. Die Vermutung, dass der Täter in der vergangenen Nacht neben der Polizeiuniform auch ein falsches Bärtchen getragen hatte, bestätigte sich.

»Arbeitet Léo Bondin heute?«

»Dürfte ich vielleicht wissen …«, begann Henri Lacroix, doch LaBréa schnitt ihm das Wort ab.

»Ob er heute arbeitet, Monsieur.«

»Nein. Sonnabends arbeitet er nie.« Henri Lacroix legte seine Stirn in Falten. »Gestern hat er auch nicht gearbeitet. Da nahm er sich einen freien Tag.«

»Wie lange ist er schon bei Ihnen beschäftigt?«

»Warten Sie mal.« Lacroix tippte etwas in seinen Computer. »Er wurde am 7. Januar 2000 bei mir eingestellt.«

»Wissen Sie, was er vorher gemacht hat?«

»Nein, keine Ahnung. Wahrscheinlich war er Fahrer in einer anderen Firma. Weswegen interessieren Sie sich eigentlich für ihn? Ich meine …«

Erneut unterbrach LaBréa den Mann.

»Eine reine Routinesache, Monsieur. Wie ist Ihr Eindruck von ihm? Sind Sie mit seiner Arbeit zufrieden?«

»Im Großen und Ganzen, ja. Neulich hatten wir eine kleine Meinungsverschiedenheit, weil Bondin mehr Gehalt haben wollte und unverschämt wurde. Aber ich zahle schon überdurchschnittlich. Wer das nicht akzeptiert, kann woanders hingehen.«

»Wo wohnt er?«

Der Wäschereibesitzer fuhr sich mit der Hand über seinen kahlen Schädel.

»Auswendig weiß ich die Adresse nicht. Moment.« Er tippte erneut etwas in seinen Computer und sagte dann: »Rue de Charonne Nummer 8.«

LaBréa, Franck und Jean-Marc tauschten einen raschen Blick. Die Rue de Charonne lag in unmittelbarer Nähe sämtlicher Tatorte, insbesondere in der Nähe der Stelle, wo es zum Überfall auf Claudine gekommen war. Und befand sich nicht die Arbeitsstätte eines der potenziellen weiteren Opfer, der Friseursalon Tony & Guy, in der Rue de Charonne?

»Welchen Wagentyp fahren Ihre Leute?«

»Citroën Jumper. Neues Modell. Ich konnte mit dem Vertragshändler einen Superdeal für meine sechs Wagen aushandeln. Aber wollen Sie mir nicht endlich sagen, um was es eigentlich geht?«

Erneut wiegelte LaBréa ab.

»Zu gegebener Zeit werden Sie alles erfahren, Monsieur. Was passiert mit den Fahrzeugen an den Wochenenden? Geben Ihre Fahrer sie ab?«

»Nein. Sie nehmen die Wagen mit und parken sie bei ihren Privatadressen. Wir hätten hier auf dem Gelände gar nicht so viel Platz.«

»Wie ist die Nummer des Wagens, den Léo Bondin fährt, Monsieur?«

»Moment.« Der Wäschereibesitzer öffnete eine neue Datei in seinem Computer. »2924 GV 75.«

Franck notierte die Nummer. LaBréa nahm die Phantombildzeichnung und stand auf.

»Danke, Monsieur. Und noch eines: Rufen Sie ihn auf keinen Fall an, um ihm zu sagen, dass wir uns nach ihm erkundigt haben!«

Henri Lacroix schüttelte den Kopf.

»Keine Sorge. Ich rufe meine Angestellten nur in ganz seltenen Fällen privat an. Wenn es brennt.« Er zündete sich am Stummel seiner Zigarette sogleich eine neue an.

»Zum Schluss hätte ich noch eine Frage«, bemerkte Franck. »Sagt Ihnen der Name Assia Blanc irgendetwas?«

»Nein. Wer ist das?«

»Eine Frau, die ermordet wurde. Sie hat in der Nacht ihres Todes Ihrem Auslieferungsfahrer die Tür geöffnet.«

Der Wäschereibesitzer starrte ihn mit aufgerissenen Augen an.

»Ermordet? Und jetzt verdächtigen Sie meinen Fahrer? Gibt es denn dafür ...«

LaBréa ließ ihn nicht ausreden.

»Anscheinend brachte er ihr etwas. Haben Sie eine Ahnung, was das gewesen sein könnte?«

Henri Lacroix überlegte, fuhr sich mit der Hand über die glatt rasierten Wangen und schluckte.

»Na ja, Bondin hat öfter Privatwäsche mitgebracht und waschen lassen. Bettwäsche, Handtücher. Eine meiner Angestellten hat behauptet, er lasse die Sachen für Freunde und Bekannte waschen. Es gab vor einigen Wochen deswegen Ärger mit ihm. Korrekterweise muss private Wäsche gesondert abgerechnet werden. Doch Bondin hatte anscheinend die Vorstellung, seine privaten Freundschaftsdienste sollten auf meine Kosten gehen.«

»Danke, Monsieur.«

Die drei verließen rasch das Büro.

»Das könnte es gewesen sein«, meinte Jean-Marc, als der Wäschereibesitzer außer Hörweite war. »Er hat Assia Blancs private Wäsche mitgenommen und ihr das Paket mit den frischen Sachen an der Tür überreicht. Sie sagte zwar: ›Hätte das nicht bis morgen Zeit gehabt?‹, und ließ ihn dann doch herein.«

Kaum waren sie auf der Straße, zückte Franck sein Handy, um ein Sondereinsatzkommando in die Rue de Charonne zu beordern. In aller Eile wurde der Einsatzplan besprochen. Es galt vor allem, den verdächtigen Léo Bondin nicht misstrauisch werden zu lassen und die geplante Operation möglichst ohne großes Aufsehen durchzuführen. Drei bis vier Leute des Sonderkommandos würden die Wohnung stürmen. Hoffentlich befand sich der Mann auch tatsächlich dort!

Während Franck und Jean-Marc alles organisierten, rief LaBréa bei der Spurensicherung an. Dem IBM-Techniker war es gelungen, die Netzwerkpanne zu beheben. Gilles hatte soeben den Fingerabdruck, der auf dem Autoschlüssel gefunden worden war, mithilfe des AFIS-Programmes abgeglichen.

»Ich wollte Sie auch gerade anrufen, Commissaire. Die Fingerabdrücke«, sagte Gilles, »gehören einem Mann namens Victor Ségur.«

»Victor Ségur? Wir sind inzwischen ziemlich sicher, dass der Mann Léo Bondin heißt.« LaBréa strich sich nervös die Haare aus dem Gesicht.

»Wahrscheinlich hat er seinen Namen geändert. Dieser Victor Ségur ist jedenfalls im Juli 1995 in Nantes als Spanner in einem Park aufgefallen. Da war er siebzehn. Doch der Richter ließ ihn laufen; es gab keine Anklage. Zwei Jahre später vergewaltigte er eine junge Frau. Er hat drei Jahre Jugendstrafe bekommen, davon zwei Jahre auf Bewährung. Danach ist er nie wieder straffällig geworden. Nach seiner Entlassung ging er nach Toulouse; dort verliert sich seine Spur. Die Kollegen in Toulouse haben nur seine letzte Adresse, sie datiert aus dem Jahr 1999. Er hat sich in Toulouse polizeilich nicht mehr gemeldet und damit seine Bewährungsauflagen verletzt. Niemand weiß, wo der Mann abgeblieben ist. Im zentralen Einwohnermelderegister taucht er nicht mehr auf.«

»Wie Sie schon sagten, muss er einen anderen Namen angenommen und sich eine neue Identität zugelegt haben«, bemerkte LaBréa. »Was hat er vor der Vergewaltigung beruflich gemacht? Oder war er noch in der Ausbildung?«

»Nein. Er hat keinen Schulabschluss und lebte bis zu seiner Verurteilung von Gelegenheitsjobs und vermutlich auch von diversen kleineren kriminellen Delikten, die ihm allerdings nicht nachzuweisen waren. Dass er bei der Vergewaltigung in Nantes erwischt wurde, war purer Zufall. Er hatte sich bei dieser Frau als Mitarbeiter von Gaz de France ausgegeben und gelangte so in deren Wohnung. Nachdem er sie niedergeschlagen und vergewaltigt hatte, raubte er Bargeld und Schmuck und verließ die Wohnung des Opfers. Ein Nachbar, der seinen Hund spazieren führte, bemerkte den Mann. Victor Ségur trug zwar die Uniform der Gaz-de-France-Mitarbeiter, fuhr jedoch keinen Firmenwagen, sondern einen klapprigen Golf. Das fiel dem Nachbarn auf. Er notierte sich die Autonummer, und zwei Stunden später konnte die Polizei den Kerl verhaften.«

»Hat Victor Ségur irgendwelche besonderen Kennzeichen? Auffällige körperliche Merkmale?«

»Nein, davon steht nichts in den Akten.«

»Augenfarbe?«

»Ein sehr helles Blau, stahlblau.«

»Das ist der Mann, den wir suchen.« LaBréa bedankte sich bei Gilles und stellte das Handy ab. Nachdem er Franck und dem Paradiesvogel von dem Gespräch berichtet hatte, meinte Jean-Marc: »Damals in Nantes hat er ebenfalls eine Verkleidung gewählt, um seine Opfer in Sicherheit zu wiegen und zu täuschen. Wie gestern Nacht bei Claudine. Unser Killer scheint Verkleidungen und falsche Identitäten zu lieben.«

Eine Viertelstunde später erreichten sie die Rue de Charonne. Als sie am Haus Nummer 8 vorbeifuhren, um erst an der nächsten Straßenecke zu parken, sahen sie es sofort. Der Friseursalon Tony & Guy, der Arbeitsplatz eines der potenziellen Opfer, die letzte Nacht gewarnt worden waren, lag direkt neben dem Eingang des Hauses, in dem Léo Bondin wohnte. So viele Zufälle konnte es nicht geben. LaBréa war sich sicher, dass sie den Mörder endlich gefunden hatten. Er rief Ermittlungsrichter Couperin an. Dieser befand sich immer noch in seinem Büro und wollte sich sofort auf den Weg in die Rue de Charonne machen.

Die eingelassene Tür in der braunen Tordurchfahrt war lediglich angelehnt. Zusammen mit den vier Männern des Sondereinsatzkommandos betraten LaBréa, Franck und Jean-Marc mit gezückter Pistole den dunklen Innenhof. Vor den Mülltonnen stand eine alte Frau und leerte ihren Mülleimer. Erschrocken fuhr sie zusammen, als LaBréa sie leise ansprach.

»Wo wohnt Léo Bondin?«

Die Frau starrte ihn an, dann wanderte ihr Blick zu den vermummten Männern des Einsatzkommandos.

»Im dritten Stock«, flüsterte sie.

»Bleiben Sie nicht hier stehen, Madame. Am besten gehen Sie sofort auf die Straße.« LaBréa eilte ins Haus. Jean-Marc schob die Frau durch die Toreinfahrt nach draußen auf den Bürgersteig und schloss die Tür. Er begab sich wieder in den Innenhof, während Franck das Treppenhaus sicherte.

Die Männer des Einsatzkommandos waren die Stufen hinaufgestürmt und erreichten noch vor LaBréa den dritten

Stock. Mit ihren entsicherten Schnellfeuergewehren bezogen sie Stellung. Es gab kein Namensschild an der dunkelgrauen Wohnungstür. LaBréa lauschte einen Augenblick, dann klopfte er kräftig an.

»Monsieur Bondin? Machen Sie auf, Polizei!«

Erneut klopfte er. Als niemand öffnete, gab LaBréa den Männern ein Zeichen. Zwei von ihnen traten mit kräftigen Fußtritten die Tür ein. Das dünne Holz hielt nicht lange stand und splitterte. Zwei Minuten später gelangten die Männer in die Wohnung. Eine kurze Durchsuchung des Ein-Zimmer-Appartements genügte, um festzustellen, dass sich weder Léo Bondin noch sonst jemand darin befand.

»Niemand da, Commissaire«, sagte einer der Männer zu LaBréa, der vor der Wohnung gewartet hatte.

LaBréa beugte sich übers Treppengeländer.

»Jean-Marc, Franck, kommen Sie rauf«, rief er seinen beiden Mitarbeitern zu. »Er ist nicht da.«

Die Beamten des Einsatzkommandos schickte LaBréa nach unten. »Bleiben Sie im Hausflur und im Innenhof. Falls der Mann nach Hause kommt.« LaBréa blickte auf die Uhr. Es war Viertel nach eins. »Er ist vielleicht nur einkaufen oder was essen und kommt jeden Augenblick zurück.«

Franck und Jean-Marc betraten die Wohnung und streiften sich ebenso wie LaBréa dünne Handschuhe über. LaBréas erster Blick fiel auf die Küchentür und das daran angeheftete Poster. Er trat näher heran. Sofort erkannte er, um wen es sich auf dem Plakat handelte. Jean-Marc und Franck standen jetzt hinter ihm.

»Guy Georges«, sagte Jean-Marc tonlos. »Sein großes Vorbild. Dieses Foto wurde kurz nach GGs Verhaftung aufgenommen. Man findet es überall im Internet. Der Kerl hat einen Ausdruck gemacht und es irgendwo auf Posterformat vergrößert.«

»Aber wahrscheinlich nicht im Kopierladen von André Lemoine«, warf Franck ein. »Dort war nur von einer Verkleinerung die Rede, und der Kerl hatte nur ein Original dabei. Das Fahndungsplakat mit dem ägyptischen Fuß.«

LaBréa deutete auf die roten Filzstiftstriche am Rand des Posters.

»Vier dicke Markierungen. Wie mit Blut aufgemalt. Ein Strich für jedes der bisherigen Opfer, vermute ich.«

Er betrat die kleine Küche. Alles war blitzsauber und penibel aufgeräumt. Als er den kleinen Kühlschrank öffnete, stellte er fest, dass er vollkommen leer war.

»Sieht eigentlich nicht so aus, als wohne er hier noch«, rief er seinen beiden Mitarbeitern zu, die inzwischen das Wohnzimmer durchsuchten, das gleichzeitig als Schlafzimmer diente.

»Sehen Sie mal, was wir hier haben, Chef«, sagte Franck. Er stand vor der geöffneten Kleiderschranktür, als LaBréa den Raum betrat. »Damenunterwäsche, Dessous.« Franck hielt mehrere Büstenhalter, Slips und dünne Trägerunterhemden hoch.

»Seine Trophäen«, sagte LaBréa. »Sein Fetisch. Mit diesen Souvenirs hat er sich hier zu Hause vergnügt.« Er warf selbst einen Blick in den Kleiderschrank und runzelte die Stirn. »Von ihm sind kaum Sachen da. Ein weiteres Indiz dafür, dass er nach den Vorfällen der letzten Nacht untergetaucht ist.«

»Glaube ich auch«, erwiderte Franck und legte die Unterwäsche in einen Plastikbeutel. Dann ging er zum Bett und schlug die Bettdecke zurück. Angewidert verzog er das Gesicht. »Die ganze Wohnung sieht aus wie geleckt, aber das Bett … wie nach einer Orgie im Bordell.« Er ließ die Bettdecke zurückgleiten.

»Hier ist ein Haufen Klebebandrollen«, sagte Jean-Marc, der die Schubladen einer alten Kommode durchsuchte. »Von der Art, mit denen die Opfer gefesselt waren. Außerdem ein Packen Fotokopien des ägyptischen Fußes. Dieselben Blätter wie in den Wohnungen der Opfer. Und jede Menge Material über GG aus dem Internet. Damit könnte man ein Buch füllen!« Er setzte seine Suche fort und entdeckte wenig später eine kleine Plastikkarte.

»Die Athletic-Club-Mitgliedskarte von Suzanne Forestier! Wie wir vermutet haben, hat er sie mitgenommen, weil er offenbar im gleichen Club trainiert. Vielleicht hat er das Opfer nicht nur in der Privatklinik gesehen, sondern auch dort?«

LaBréa brummte etwas Unverständliches.

Als er die letzte der Schubladen aufzog, zuckte Jean-Marc zurück. Vorsichtig entnahm er einen durchsichtigen Plastikbeutel und sagte leise.

»Sehen Sie mal, Chef. Das hier ist ...«

Er beendete den Satz nicht und überreichte LaBréa schweigend den Plastikbeutel. Eine Welle von Übelkeit stieg in LaBréa hoch. Nur unter Mühen gelang es ihm, den Inhalt des Beutels einer eingehenden Betrachtung zu unterziehen. Er enthielt einen blutigen Klumpen Fleisch; es war die abgetrennte Brust einer Frau. Fassungslos schüttelte LaBréa den Kopf und gab dem Paradiesvogel den Beutel zurück.

»Lassen Sie das untersuchen, Jean-Marc. Und rufen Sie die Kollegen von der Spurensicherung an«, ordnete LaBréa an. »Die sollen hier jeden Quadratzentimeter unter die Lupe nehmen.«

Er ging zum Fenster, dessen dichte Gardine vor neugierigen Blicken schützte. Auf der gegenüberliegenden Straßenseite befand sich ein mehrstöckiges Wohnhaus. Auf der

Straße fuhr hin und wieder ein Wagen vorbei. Alles schien normal und friedlich. Nichts deutete darauf hin, dass die Polizei im Haus war und dem Täter auflauerte.

Franck telefonierte. Er gab die Autonummer des firmeneigenen Citroën Jumper durch und veranlasste für sämtliche Ausfallstraßen der Stadt sowie für den Périphérique Polizeikontrollen. Flughäfen, Bahnhöfe, Metrostationen sollten ebenfalls ab sofort überwacht werden. Innerhalb der nächsten Viertelstunde würde die ganze Maschinerie eines großen Polizeiapparates in Gang gesetzt werden. Doch LaBréa wurde das Gefühl nicht los, dass sie zu spät gekommen waren. Der Mörder hatte sich aus dem Staub gemacht. Wieder war er der Polizei um eine Länge voraus. Mehr als das – er konnte beinahe zwölf Stunden Vorsprung haben, sofern er bereits unmittelbar nach seiner geglückten Flucht in der Nacht seine Wohnung verlassen hatte.

Eine Viertelstunde später hatten Jean-Marc und Franck ihre akribische Suche beendet und nichts weiter gefunden. Wie vorauszusehen gewesen war, hatte der Mörder sein Messer, die Tatwaffe, nicht zurückgelassen. Doch das Beweismaterial, das sichergestellt werden konnte, reichte aus. Es gab keinen Zweifel, sie befanden sich in der Wohnung des Mörders von der Bastille.

Vom Eingang der Wohnung her erklang eine zaghafte Stimme.

»Hallo?«

Es war die Frau, die vorhin an den Mülltonnen gestanden hatte.

»Was machen Sie denn hier, Madame?«, fragte LaBréa leicht gereizt. »Sie sollten doch auf die Straße gehen.«

»Ich wollte nur …« Sie zögerte. »Vorhin ging alles so schnell, Monsieur. Sonst hätte ich Ihnen gleich gesagt, dass Monsieur Bondin nicht zu Hause ist.«

LaBréa horchte auf.

»Sie haben ihn weggehen sehen, Madame ...?«

»Gachon. Claire Gachon.« Die Frau nickte eifrig. »Ich wohne im ersten Stock.«

»Wann ging er weg?«

»Heute früh, kurz vor halb sieben. Ich war schon sehr zeitig beim Bäcker. Als ich zurückkam, sah ich, wie er das Haus verließ. Obwohl es noch dunkel war, habe ich ihn genau erkannt. Aber er hat mich nicht gesehen. Ich kam vom Faubourg St. Antoine. Er ging in die entgegengesetzte Richtung, drehte mir also den Rücken zu.«

»Hatte er Gepäck dabei?«

»Seinen Rucksack. Den hat er meistens dabei. Und einen Müllsack aus Plastik. Da war irgendetwas drin.«

»Welche Farbe hatte der Rucksack?«

»Schwarz. Aber er sah aus, als sei er ziemlich schwer. Er schulterte ihn nämlich mehrere Male.«

»Konnten Sie erkennen, welche Kleidung er trug?«

»Nicht genau. Irgendetwas Dunkles. Dunkle Jacke, dunkle Hosen. Nichts Auffälliges.«

»Stieg er in einen Wagen? Einen Lieferwagen mit dem Logo der Wäschereikette Blanc Neige?«

»Nein. Ich kenne zwar seinen Wagen; den parkt er manchmal hier in der Straße, wenn er von der Arbeit kommt. Aber heute Morgen bog er um die Ecke Rue des Taillandiers. Mit dem Plastiksack und dem Rucksack hatte er ganz schön zu schleppen.«

»Gut, danke, Madame«, sagte LaBréa rasch. Léo Bondin konnte den Wagen auch in einer anderen Straße als in der Rue de Charonne abgestellt haben, dachte er. »Mein Mitarbeiter wird Ihnen noch weitere Fragen stellen.« Er gab Jean-Marc einen Wink. »Kümmern Sie sich um Madame Gachon, Jean-Marc.«

»Mache ich, Chef.« Der Paradiesvogel wandte sich an die Frau. »Können wir in Ihre Wohnung gehen, Madame?«

Die Frau fuhr sich hastig mit der Zunge über die Lippen.

»Er ist der Mörder, den Sie suchen, stimmt's? Der Schlitzer von der Bastille. Die Zeitungen sind ja voll davon.« Ihr Blick wanderte von Jean-Marc zu LaBréa. Beide antworteten nicht, doch Madame Gachon nickte wissend.

»Mit fällt noch etwas ein«, fügte sie hinzu, und ihre Stimme klang aufgeregt. »Gestern Mittag, an der Place, da habe ich ihn gesehen. Als er mich bemerkte, ist er schnell weggegangen. Er stand in der Menge der Leute, die rüber zum Haus Rue de la Roquette gegafft haben. Irgendwo habe ich mal gelesen, ein Mörder kehrt stets an den Ort seines Verbrechens zurück.«

Jean-Marc zog sie sanft am Arm.

»Das können Sie mir jetzt alles in Ruhe erzählen, Madame. Kommen Sie.«

LaBréa wählte Véronique Andrieus Nummer. Er wollte die Psychologin um ihre Einschätzung hinsichtlich der Flucht des Täters bitten. War es wahrscheinlich, dass er die Stadt verlassen hatte? Oder hielt er sich noch in Paris auf und war nur irgendwo untergetaucht? LaBréa neigte eher zu der Annahme, dass Victor Ségur alias Léo Bondin das Weite gesucht hatte. Möglicherweise würde er eine Weile Ruhe geben und dann in einer anderen Stadt, vielleicht auch in einem anderen Land, das Morden fortsetzen und sich dafür ein neues Muster ausdenken.

Nach mehrmaligem Klingeln gab LaBréa auf. Véronique meldete sich nicht. Er hinterließ eine Nachricht und teilte ihr mit, der Mörder sei aufgrund seines Fingerabdrucks auf dem Autoschlüssel identifiziert worden. Zum Schluss bat er Véronique, ihn zurückzurufen.

Kurz darauf erschien der Ermittlungsrichter. Wie immer war er ein wenig altmodisch und konservativ gekleidet. Der robuste Fischgrätmantel mit dem breiten Revers und den eckigen Schulterpolstern stammte aus einer Zeit, die viele Jahrzehnte zurücklag. Couperin schien vollkommen außer Atem zu sein und entschuldigte sich sogleich.

»Ein Riesenunfall auf der Rue St. Antoine. Der Taxifahrer konnte weder vor noch zurück.«

»Sie haben nichts verpasst, Monsieur«, meinte LaBréa trocken. »Der Vogel ist ausgeflogen. Wahrscheinlich untergetaucht.«

Couperin starrte ihn entgeistert an und stieß einen tiefen Seufzer aus. Er machte ein Gesicht, als käme ihm jeden Augenblick ein bestimmtes Wort über die Lippen. Doch es entsprach ganz und gar nicht Couperins Art, dieses Wort je in den Mund zu nehmen. So sagte er lediglich »Verdammte …« und presste die Lippen zusammen.

LaBréa fasste die Ereignisse der letzten Stunden zusammen. Er berichtete vom Gespräch mit dem Besitzer der Großwäscherei und zeigte Couperin die Beweismittel, die in der Wohnung gefunden worden waren. Vor dem Plakat mit dem Konterfei des 2001 verurteilten Serienmörders Guy Georges blieb Couperin lange stehen. Schließlich sagte er: »Der Blick eines Irren, Commissaire. Darin liegt nichts Menschliches, wenn Sie verstehen, was ich meine. Damals, als der Prozess gegen ihn lief und sein Foto beinahe täglich in der Zeitung zu sehen war, ist es mir gar nicht so aufgefallen.« Langsam schüttelte er den Kopf und wandte sich an LaBréa. »Was jetzt, Comissaire?«

LaBréa zuckte die Schultern.

»Wir können uns nur in Geduld üben. Ich vermute, dass Léo Bondin die Stadt verlassen hat. Die Zeugin hier im Haus hat ihn kurz vor halb sieben weggehen sehen. Jetzt ist es Viertel nach eins, er hat also einen Vorsprung von knapp sieben Stunden. Wenn er mit dem Firmen-Citroën unterwegs ist, kann er sich theoretisch sogar längst ins Ausland abgesetzt haben.«

Kurz darauf fuhren LaBréa und Couperin zum Quai des Orfèvres. Couperin begleitete LaBréa in dessen Büro. Als er die Türklinke niederdrückte, klingelte LaBréas Handy. Das war sicher Véronique Andrieu, die ihn zurückrief.

»Hallo?«, sagte LaBréa.

Am anderen Ende der Leitung war zunächst Stille.

»Hallo, bist du es, Véronique?«, rief LaBréa in den Hörer.

Ein leises Lachen ertönte. Sein Klang war so, dass LaBréa das Gefühl hatte, das Blut gefriere ihm in den Adern. Sofort wusste er, wer der Anrufer nur sein konnte. Bevor LaBréa reagieren konnte, sagte eine männliche Stimme: »Du hältst dich wohl für sehr schlau, du Scheißbulle. Denkst du, du hättest das Spiel durchschaut und gewonnen? Pass auf, was ich dir sage: Du wirst dir wünschen, nie deine dreckigen Pfoten in meine Angelegenheiten gesteckt zu haben. Und jetzt hör genau zu.« Die Stimme verstummte, und LaBréa hörte Schritte im Hintergrund. Kurz darauf erklang eine Musik. Gleich nach den ersten Tönen erkannte er, was gespielt wurde. Es war »Olé« von John Coltraine, eine CD aus seiner umfangreichen Jazzsammlung. Eines seiner Lieblingsstücke.

LaBréa fühlte einen plötzlichen Schwindel in sich aufsteigen. Sein Herz hämmerte wie wild. Er wollte etwas sagen, doch abrupt brach die Melodie ab.

Die Leitung war tot.

Sonnabend, 13 Uhr 15

Nachdem er am frühen Morgen seine Wohnung verlassen hatte, warf er zunächst den schwarzes Müllsack in einen Container in der Rue Ledru Rollin. Dann ging er in sein Stammcafé an der Ecke Rue Keller und frühstückte ausgiebig. Dass er zwei Spiegeleier mit Speck bestellte, zusätzlich zwei Croissants mit Marmelade verspeiste und zwei Kännchen Pfefferminztee leerte, hatte den Wirt in Erstaunen versetzt.

»Du brauchst wohl 'ne gute Grundlage?«, hatte er grinsend gemeint. »Fragt sich nur, wofür …«

Er war nicht darauf eingegangen. Er hatte einen Bärenhunger, und wer weiß, wann er das nächste Mal Zeit haben würde, etwas zu essen.

Die Zeitungen, die er während des Frühstücks rasch durchblätterte, brachten groß aufgemachte Berichte über den Killer der Bastille. Von der nächtlichen Razzia im Cour St. Louis wurde natürlich noch nichts erwähnt. Doch alles andere hatten die Zeitungsschreiber in aller Ausführlichkeit ausgeschmückt, mit wilden Spekulationen angereichert und mit hämischen Seitenhieben auf die Unfähigkeit der Polizei gespickt. Das Fazit aller Berichte war derselbe: Die Mordserie würde weitergehen, die Polizei hatte versagt. Er fühlte sich geschmeichelt, als er das las. Zu schade, dass er dieses Gefühl mit niemandem teilen konnte! Wenigstens waren er und seine Taten bei den Gästen im Café der vorherrschende Gesprächsstoff, das tröstete ihn ein wenig darüber hinweg.

Als er das Café verließ, war es kurz vor neun. Von der Rue de la Roquette bog er in die Rue Daval ein. Wenig später erreichte er den Boulevard Beaumarchais, wo sein Citroën Jumper geparkt war. Durch die Hecktür stieg er in den Wagen und schloss die Tür. Es roch wie in einer muffigen Wäschekammer.

In der Ecke zur Fahrerkabine lagen einige Säcke mit Schmutzwäsche. Sie stammten aus dem Krankenhaus St. Antoine und hätten Donnerstagabend zum Waschen in der Zentrale am Boulevard Morland sein müssen. Doch er hatte die Säcke bewusst im Wagen gelassen, damit sie ihm für den Notfall als Lager dienen konnten, falls er seine Wohnung verlassen musste. Genau dieser Fall war jetzt eingetreten.

Im funzeligen Licht der Innenbeleuchtung setzte er den schweren Rucksack auf dem Boden ab. Er entledigte sich der Dinge, die er in den nächsten Stunden nicht brauchen würde: mehrere Dosen Corned Beef und Wurstkonserven, ein großes Stück Käse, zwei Flaschen stilles Mineralwasser, ein Päckchen Zwieback und eine Packung Toastbrot, drei Becher Yoghurt, einige Aufbrühbeutel seiner diversen Kräutertees, vier Tomaten und ein knappes Kilo Äpfel. Er stellte die Sachen auf eine Stellage an der linken Seitenwand des Kombis. Sein »Arbeitsgerät« ließ er im Rucksack.

Fünf Minuten später verließ er den Citroën und schloss ihn sorgfältig ab. Das Logo seines Arbeitgebers, der Wäscherei Blanche Neige, hatte er bereits Donnerstagnacht, lange vor seinem Streifzug in die Rue de la Roquette Nummer 12, mit grünem Klebeband abgeklebt.

Mit zügigen Schritten ging er an der Place des Vosges vorbei die Rue des Francs Bourgois entlang. Von der Rue des Archives bog er in die Rue des Blanc Manteaux ein. Gegenüber vom Haus Nummer 40 befand sich das Théâtre des

Blanc Manteaux. Flüchtig betrachtete er die Fotos und Plakate in der Schauvitrine. Aus den Augenwinkeln beobachtete er den Eingang des Hauses Nummer 40. Kurz darauf öffnete ein alter Mann die Haustür. Der Concierge? Ein Hausbewohner? Der Alte blieb einen Augenblick unschlüssig stehen, blickte die Straße hinunter Richtung Kirche. Dann bückte er sich und hob ein Stück Papier auf, das vor ihm auf dem Bürgersteig lag.

Mit dem Instinkt eines Raubtiers, das seine Chance wittert und sich sofort anschleicht, überquerte er die Straße und sprach den alten Mann an.

29. KAPITEL

Immer noch hielt LaBréa sein Handy in der Hand und starrte auf das Display.

»Ist Ihnen nicht gut, Commissaire?« Die Stimme des Ermittlungsrichters klang wie von weit her. »Sie sehen plötzlich ganz blass aus.«

Wie aus einem bösen Traum schreckte LaBréa hoch und ließ sich in seinen Schreibtischsessel sinken. Doch das hier war kein böser Traum, sondern albtraumhafte Realität.

»Er ist in meiner Wohnung«, sagte LaBréa tonlos.

»Wer ist in Ihrer Wohnung?«

LaBréa schüttelte den Kopf und nahm den Hörer seines Festnetztelefons. Er wählte seine Privatnummer und schaltete die Lautsprechertaste ein, sodass Couperin mithören konnte. Nach zweimaligem Klingeln wurde abgehoben.

»Jenny?«, fragte LaBréa mit lauter Stimme, doch dann hörte er im Hintergrund Musik. Dieselbe Musik wie bei dem Anruf auf seinem Handy vor wenigen Sekunden. LaBréa kannte jede Note von John Coltranes »Olé«. Soeben hatte das Saxofon eingesetzt und griff das Thema auf.

LaBréa fühlte, wie ihm plötzlich der Schweiß über den Rücken rann. Gleichzeitig ertönte ein leises Lachen in der Leitung, dann wurde der Hörer aufgelegt. Couperin sah LaBréa verständnislos an.

»Was hat das zu bedeuten? Was ist das für eine Musik?«

»Der Mörder befindet sich in meiner Wohnung in der Rue des Blancs Manteaux«, sagte LaBréa mit zitternder Stimme zu Couperin.

»Woher wissen Sie das?«

»Er hat eine der CDs aus meiner Jazzsammlung aufgelegt. Sozusagen als Beweis, dass er dort ist. Ich hatte sie vor einigen Tagen gehört und die Scheibe in der Anlage gelassen, die Hülle danebengelegt. Und meine Tochter Jenny ist höchstwahrscheinlich in seiner Gewalt.«

»Um Gottes willen!« Der Ermittlungsrichter schlug die Hand vor den Mund. Dann reagierte er schnell. Er öffnete die Bürotür und brüllte mit lauter Stimme über den Flur: »Zechira, Lagarde! Kommen Sie sofort ins Büro des Commissaire!«

Erneut nahm LaBréa den Telefonhörer, schaltete die Lautsprechertaste ein und wählte Jennys Handynummer. Nach kurzem Läuten wurde das Gespräch angenommen und wiederum vernahmen LaBréa und Couperin die Musik John Coltranes. Niemand meldete sich am anderen Ende, und auch LaBréa sagte kein Wort. Er hatte begriffen, welches Spiel hier gespielt wurde. Jenny befand sich in der Gewalt des Killers, dies war der endgültige Beweis. Er legte den Hörer auf.

Franck und der Paradiesvogel stürzten in LaBréas Büro. In knappen Worten unterrichtete er sie von der Wende in den Geschehnissen und zwang sich, ruhig und sachlich seine Anweisungen zu geben. Die Rue des Blancs Manteaux musste sofort abgesperrt werden. Erneut war der Einsatz eines Sonderkommandos notwendig.

»Ich hoffe nur, dass er noch eine Weile in der Wohnung bleibt. Die ist wie eine Falle, da kann er nicht weg. Er muss den normalen Weg durch die beiden Höfe zur Straße nehmen.«

»Wenn Jenny sich in seiner Gewalt befindet«, sagte Franck betont ruhig, »dann wird es für den Kerl schwer, sie am helllichten Tag auf die Straße zu schaffen, um mit ihr zu fliehen. Ich nehme an, er bleibt tatsächlich noch eine Weile in der Wohnung.« Flüchtig legte Franck seine Hand auf LaBréas Arm. »Er wird Jenny nichts tun, Chef. Weil er sie noch braucht, um seine Forderungen zu stellen.«

LaBréa presste die Lippen zusammen. Seine Tochter befand sich in der Gewalt des gefährlichsten Killers, mit dem es die Pariser Polizei in den letzten Jahren zu tun gehabt hatte. Victor Ségur alias Léo Bondin hatte vier Frauen bestialisch ermordet, hatte sie zuvor gefoltert und vergewaltigt. Jenny war keine Frau, sie war ein Kind. Doch würde das den Mörder davon abhalten, sich an ihr zu vergreifen? LaBréa stöhnte. Er konnte den Gedanken nicht ertragen, dass Jenny etwas geschehen könnte. Alles, nur das nicht. Er hatte bereits seine Frau durch einen feigen Mord verloren, den Verlust seiner Tochter würde er nicht verkraften, das wusste er.

Franck, Jean-Marc und der Ermittlungsrichter standen auf dem Flur vor LaBréas Büro und führten hektische Telefonate. Vor dem Haupteingang Quai des Orfèvres hörte man die Sirenen von Polizeiautos.

Jean-Marc steckte seinen Kopf durch die Tür.

»Kommen Sie, Chef, die ersten Wagen sind schon unterwegs.«

LaBréa griff nach seiner Jacke. Auf dem Weg nach unten wählte er Célines Nummer. Auf ihrem Festnetzapparat meldete sie sich nicht. LaBréa versuchte es auf ihrem Handy, mit Erfolg. Céline befand sich auf der Rue de Rivoli, um noch Einkäufe fürs Wochenende zu erledigen.

In wenigen Worten erzählte LaBréa ihr, was geschehen war. Sie war so entsetzt, dass sie zunächst kein Wort hervorbrachte. Dann bestätigte sie seine schlimmsten Befürchtungen: Jenny musste sich tatsächlich in der Wohnung befinden. Er hatte gehofft, sie sei vielleicht doch noch einmal weggegangen, vielleicht um ihrer Freundin Alissa ein Stück entgegenzugehen. Doch Céline hatte das Mädchen vor einer halben Stunde im Hof gesehen, wo Jenny den Abfall in die Mülltonne warf und danach zurück in die Wohnung geschlendert war.

»Weißt du, ob Alissa da schon da war?«

»Nein. Jenny meinte, sie käme gegen vierzehn Uhr.«

»Ich rufe gleich in der Brûlerie an«, sagte LaBréa. »Alissa darf auf keinen Fall bis an die Wohnungstür kommen. Und du gehst bitte nicht in deine Wohnung zurück, Céline. Warte auf der Straße, wir sind schon unterwegs.«

»Verstanden.«

»Ich frage mich, wie der Kerl hineinkommen konnte. Die Tür ist doch immer geschlossen. Ich rufe Monsieur Hugo an. Vielleicht hat er ihn hereingelassen. Bis dann. Céline.«

»Es wird alles gut werden, Maurice.« Célines Stimme klang nicht so fest, wie sie es sich vielleicht wünschte, und das entging LaBréa nicht.

Zunächst wählte er die Telefonnummer von Francine Dalzons Brûlerie.

»Ist Alissa schon unterwegs zu unserer Wohnung?«, fragte er ohne Umschweife.

»Ja. Sie ist vor drei Minuten losgegangen. Warum fragen Sie, Commissaire?«

»Sie hat doch sicher ein Handy, Madame Dalzon.«

»Ja, natürlich.«

»Dann rufen Sie sie bitte sofort an. Ich weiß, dass sie unseren Türcode kennt. Sie darf auf keinen Fall ins Haus!«

»Aber, ich verstehe nicht …«

»Stellen Sie jetzt bitte keine Fragen, Madame Dalzon«, unterbrach LaBréa sie. »Ich erkläre Ihnen das später. Sie soll sofort umkehren. Das Fußballspiel und der Besuch im Louvre fallen ins Wasser.«

Noch ehe Alissas Mutter etwas erwidern konnte, beendete er das Gespräch.

Gleich danach wählte er die Nummer von Monsieur Hugo. Zum Glück hatte er sie in seinem Handy gespeichert. Doch auch nach mehrmaligem Klingeln meldete sich niemand. LaBréa vermutete, der alte Mann war zu seiner Tochter aufs Land gefahren, wie fast an jedem Wochenende.

Als er mit Franck, Jean-Marc und dem Ermittlungsrichter im Wagen saß, klingelte sein Handy. Es war Véronique Andrieu, die ihn zurückrief. LaBréa erzählte ihr, was geschehen war.

»Lieber Gott, Maurice, das ist ja schrecklich! Ich komme sofort.«

»Danke, Véronique. Die Straßen sind wahrscheinlich schon abgesperrt. Aber sie lassen dich durch, wenn du sagst, wer du bist.«

Schwer atmend lehnte er sich auf dem Beifahrersitz zurück und schloss kurz die Augen. Ein rasender Schwindel ergriff von ihm Besitz. Er dachte an Jenny. Was mochte der Kerl mit ihr anstellen? Hatte er sie gefesselt? Folterte er sie, vergriff er sich an dem Kind, wie er es bei den Frauen getan hatte? Alles in LaBréa sträubte sich, diesen Gedanken zu Ende zu denken. Eine unbändige Wut ergriff Besitz von ihm, ein Gefühl des Hasses. Es erschien ihm beinahe noch stärker als damals, als er Anne in ihrer Praxis tot aufgefunden hatte.

Er hasste diesen Mann, der vier Menschen auf dem Gewissen hatte und jetzt seine Tochter bedrohte. Und er schwor sich, ihn zur Strecke zu bringen.

In der Rue des Blanc Manteaux, zwischen Rue du Temple und der Kathedrale Notre-Dame des Blancs Manteaux, standen Polizeifahrzeuge mit eingeschaltetem Blaulicht. Aus einem Mannschaftswagen sprangen zehn Männer der GIGN, einer Sondereinheit der Gendarmerie, die auf Geiselnahmen spezialisiert ist. Sie bauten sich vor der verschlossenen Tür des Hauses Nummer 40 auf und warteten auf weitere Befehle.

Franck brachte den Wagen direkt vor dem Eingang zum Stehen. Céline war bereits eingetroffen. LaBréa bat sie, den Einsatzort zu verlassen und sich in eines der Cafés in der Rue du Temple zu begeben. Was sie umgehend tat. Doch er hatte ihr versprechen müssen, sie über das Geschehen auf dem Laufenden zu halten.

Dann informierte er sämtliche Einsatzkräfte über die örtlichen Gegebenheiten in seiner Wohnung.

»Sie liegt gleich hinter dem zweiten Hof im Erdgeschoss. Es gibt kein Fenster zur Hofseite, man kann also nicht gesehen werden, wenn man sich der Wohnung nähert. Die Eingangstür führt in eine kleine Diele. Nach links geht es in den großen Salon, an den sich die Küche und mein Schlafzimmer anschließen. Vom Flur geradeaus gelangt man ins Bad und in das Zimmer meiner Tochter. Es gibt einen kleinen Garten, erreichbar durch Glastüren im Salon, in der Küche und im Zimmer meiner Tochter. Über die Gartenseite gibt es keine Möglichkeit, zu entkommen. Dort ist eine etwa fünf Meter hohe Mauer, die das Nachbargrundstück abgrenzt. Unmöglich, dorthin zu entfliehen. Genauso unmöglich ist es, von dort unbemerkt in den Garten und damit in die Wohnung zu gelangen. Der Kerl würde das sofort bemerken.«

»Was ist mit dem Dach?«, wollte der Einsatzleiter der GIGN wissen, ein junger Hauptmann namens Leconte. »Oder befindet sich über Ihren Räumen noch ein weiteres Stockwerk?«

»Das nicht, Capitaine. Aber meine Wohnung ist eine Atelierwohnung. Drei Viertel des Daches bestehen aus Glas.

Gläserne Oberlichter, Sie kennen das ja. Auch da würde der Kerl jeden bemerken, der sich anschleicht.«

Der Hauptmann nickte und blickte ein wenig ratlos in die Runde.

»Und Sie sind ganz sicher, dass sich Ihre Tochter in der Wohnung befindet? Ansonsten könnten wir nämlich …«

LaBréa schnitt ihm das Wort ab. Er wusste, was der Mann sagen wollte.

»Eine Stürmung der Wohnung können Sie sich vorerst aus dem Kopf schlagen, Capitaine. Meine Tochter befindet sich mit an Sicherheit grenzender Wahrscheinlichkeit in der Gewalt des Killers.«

»Vielleicht hat er die Wohnung ja schon verlassen.«

LaBréa runzelte die Stirn.

»Wollen Sie darauf wetten? Ich nicht! Wir versuchen, zunächst einmal Kontakt aufzunehmen beziehungsweise erkunden das Terrain.«

LaBréa tippte die Ziffern seines Türcodes ein. Er und zwei Beamte der GIGN wollten sich vorsichtig bis zur Wohnungstür anschleichen und lauschen, ob in der Wohnung irgendetwas zu hören war.

»Franck, klingeln Sie bitte an der Wohnung hier im Erdgeschoss. Dort wohnt Monsieur Hugo, unser Concierge. Vielleicht ist er ja doch zu Hause und hat irgendwas gesehen.«

LaBréa gab den beiden GIGN-Männern einen Wink, und die drei durchquerten den ersten Hof, wo Célines Atelier lag. Dahinter kam ein zweiter Hof, an dessen rechter Seite sich die dunkelgrün gestrichene Tür zu LaBréas Wohnung befand. Die Männer bezogen links und rechts der Eingangstür Stellung und lauschten. Deutlich war John Coltranes »Olé« zu hören. Das Stück ging dem Ende zu, wie LaBréa feststellte. Zusammen mit den beiden Beamten verließ er seinen Horchposten und ging zurück auf die Straße.

In diesem Moment fuhr Véronique Andrieu vor. Sie parkte ihren Wagen einige Meter weiter und eilte zu LaBréa.

»Gut, dich zu sehen«, sagte LaBréa. »Der Kerl ist vermutlich immer noch mit ihr in der Wohnung.«

Véronique winkte ihn zur Seite.

»Ich habe nachgedacht, Maurice«, begann sie mit gedämpfter Stimme. »Der Mann, den wir suchen, ist ein Frauenmörder. Ich glaube nicht, dass er an Kindern interessiert ist. Ich meine, in dem Sinne interessiert wie an Frauen. Du verstehst doch, was ich meine.«

LaBréa nickte.

»Gut. Gehen wir also davon aus, dass er Jenny in dieser Hinsicht kein Haar krümmt.«

»Wieso bist du da so sicher?«

»Ich bin nicht sicher, aber es spricht vieles dafür. Er wird sie vermutlich gefesselt haben, um sie außer Gefecht zu setzen. Ist außer ihr noch jemand in der Wohnung?«

»Nein. Was will er, Véronique? Was bezweckt er mit all dem?«

»Das liegt eigentlich auf der Hand. Er hat in der vergangenen Nacht den verhängnisvollen Fehler begangen, auf den wir gewartet haben. Aufgrund seiner Fingerabdrücke konnte er identifiziert werden. Sein Spiel könnte bald aus sein, und das weiß er natürlich. Vermutlich weiß er auch, dass sein Muster des ägyptischen Fußes geknackt wurde. Sicher hat er in der letzten Nacht bemerkt, dass die Wohnorte weiterer potenzieller Opfer überwacht wurden. Er hat seine Taktik geändert. Jetzt will er seinen letzten Showdown inszenieren. Möglicherweise ist er in der Annahme hierhergekommen, du hättest eine Frau oder eine Freundin und er werde diese zu Hause antreffen. Dann hätte er sein Ziel erreicht, nämlich mit ihr das Gleiche anzustellen wie mit den anderen vier Opfern. Doch statt einer Frau hat er ein Kind angetroffen. Erneut muss er seine Taktik ändern: Er nimmt Jenny als Geisel. Als eine Art letzte Rache, als Triumph.«

LaBréa blickte Véronique geradewegs in die Augen.

»Sein endgültiger Triumph wäre doch wohl, die Tochter des verantwortlichen Ermittlers zu töten, wenn er schon keine Frau oder Freundin antrifft. Oder nicht? Er wird sich betrogen fühlen, Véronique.«

Véronique hielt seinem bohrenden Blick stand. Sie überlegte, schüttelte dann den Kopf.

»Nicht unbedingt. Mit Jenny als Geisel kann er freien Abzug erzwingen. Er weiß, dass du unter diesen Umständen nachgeben wirst.«

»Das wäre für das Kind sicher nur ein Aufschub. Wenn wir ihm mit Jenny freien Abzug gewähren, wird er nicht zögern, sich ihrer bei nächster Gelegenheit zu entledigen.«

Véronique atmete tief durch, sagte jedoch nichts.

»Es kommt also darauf an, ihn unschädlich zu machen, wenn er die Wohnung zusammen mit Jenny verlässt. Vorausgesetzt natürlich, du irrst dich nicht in deiner Einschätzung, Véronique. Es ist genauso gut möglich, dass er einen ganz anderen Plan verfolgt.«

Wenig später saßen LaBréa, Hauptmann Leconte von der GIGN, Ermittlungsrichter Couperin und Véronique Andrieu in einem der Einsatzwagen, um die nächsten Schritte zu besprechen. Couperin hatte in der Zwischenzeit den Polizeipräfekten über die Lage informiert. Der Präfekt würde in Kürze in der Rue des Blanc Manteaux eintreffen.

»Wir müssen Kontakt mit dem Kerl aufnehmen«, sagte LaBréa und wählte die Festnetznummer seiner Wohnung auf seinem Handy. Niemand meldete sich. Nach dem zehnten Klingeln stellte LaBréa das Handy ab, um gleich danach Jennys gespeicherte Handynummer zu wählen. Doch auch hier meldete sich niemand.

»Entweder will er keinen Kontakt mit uns, oder der Vogel ist tatsächlich bereits ausgeflogen«, meinte Hauptmann Leconte.

»Kommen Sie mit«, sagte LaBréa zu ihm und verließ den Wagen. Zusammen mit Leconte durchquerte er die beiden Höfe und lauschte erneut an der Tür seiner Wohnung.

»Hören Sie die Musik, Hauptmann?«, flüsterte er. Leconte nickte. Das Stück hätte längst zu Ende sein müssen, dachte LaBréa plötzlich. Flüsternd teilte er dem Hauptmann dies mit und fügte flüsternd hinzu: »Er spielt es wieder von vorn.«

Leconte runzelte die Stirn, wiegte skeptisch den Kopf und meinte: »Oder er hat die Repeat-Taste gedrückt und ist gar nicht mehr in der Wohnung. Die Musik soll uns auf die falsche Fährte locken.«

Vorsichtig zogen LaBréa und Leconte sich zurück. In LaBréas Kopf überschlugen sich die Gedanken. Das, was der Hauptmann soeben gesagt hatte, erschien durchaus möglich. Léo Bondin konnte die Wohnung vor dem Eintreffen der Polizei verlassen haben. Das würde bedeuten, dass der Killer Jenny entweder bereits getötet hatte oder jetzt irgendwo mit dem Kind unterwegs war. Sollte Letzteres der Fall sein, was LaBréa inbrünstig hoffte, stellte sich eine weitere Frage: Wie war es ihm gelungen, Jenny zu zwingen, mit ihm zu gehen? Und was war danach geschehen? Hatte er sie in seinen Wagen gebracht, um sie an irgendeinen einsamen Ort zu verschleppen? Welche Angst musste Jenny ausstehen, wie verzweifelt mochte sie darauf hoffen, dass ihr Vater sie befreite! Die Fahndung nach dem Citroën Jumper lief zwar auf vollen Touren. Doch nichts war einfacher, als ein Nummernschild auszutauschen.

Ein letztes Mal versuchte LaBréa, telefonischen Kontakt zu seiner Wohnung herzustellen. Die Leitungen blieben tot.

Als der Polizeipräfekt eintraf, wurde ein Entschluss gefasst. LaBréas Wohnung sollte gestürmt werden. Der Killer konnte sich zwar mit dem Kind weiterhin in der Wohnung befinden, dieses Risiko bestand unvermindert, aber die Polizei hatte keine Wahl.

Die Entscheidung, die Wohnung zu stürmen, wurde vom Polizeipräfekten höchstpersönlich getroffen. LaBréa hätte sie nicht verhindern können, selbst wenn er gewollt hätte.

Hauptmann Leconte instruierte seine Männer. Zwei Minuten später waren sie im Hausflur verschwunden.

Gegen den Rat des Polizeipräfekten folgte LaBréa ihnen.

Sonnabend, 13 Uhr 30

Es war ein Kinderspiel gewesen.

Der Alte aus dem Haus Nummer 40 hatte willig geantwortet, als er nach der Wohnung des Oberbullen fragte, dessen Namen und Dienstrang er aus der Zeitung kannte.

»Hinten im zweiten Hof, die grüne Tür«, hatte er gesagt.

»Ist seine Frau zu Hause? Ich soll etwas Persönliches abgeben.«

Der Alte hatte einen Moment lang gestutzt und verwundert den Kopf geschüttelt.

»Seine Frau? Wie kommen Sie denn darauf? Der Commissaire ist Witwer. Aber seine Tochter ist zu Hause.«

Er hatte sein charmantes Lächeln aufgesetzt, mit dem es ihm so oft schon gelungen war, die Menschen zu täuschen.

»Gut, danke, Monsieur. Dann gebe ich die Lieferung eben bei ihr ab.« Und schon war er durch den Hausflur in den ersten Innenhof verschwunden. Er spürte den Blick des Alten in seinem Rücken, doch als er sich nach einigen Metern umblickte, sah er ihn nicht mehr. Stattdessen fiel die Wohnungstür im Erdgeschoss ins Schloss. Anscheinend wohnte der Alte dort. Selbst wenn er misstrauisch geworden sein sollte und zum Telefonhörer griff, war es jetzt zu spät.

Er spürte eine gewisse Enttäuschung, hatte er doch erwartet, die Ehefrau oder Freundin des Oberbullen zu Hause anzutreffen.

Als er am gestrigen Abend zum zweiten Mal das Haus des Oberbullen beobachtet hatte, konnte er sehen, wie eine

Frau das Haus verließ und zum Briefkasten an der Ecke schlenderte. Eine Schlampe mit dunklen langen Haaren, in Jeans und einer teuer wirkenden Pelzjacke. Eine plötzliche Eingebung sagte ihm, dass das die Frau oder Freundin des Oberbullen sein könnte. Wenige Minuten später kam sie zurück und ging ins Haus.

Sein gestriges Gefühl hatte ihn also getäuscht. Nun galt es, aus der Situation das Beste zu machen.

Er klingelte an der Tür der Bullenwohnung. Gleich darauf hörte er Schritte.

»Warte, Alissa, ich komme!«, rief eine helle Stimme. Kurz danach wurde die Tür aufgerissen. Das etwa zwölfjährige Mädchen, das ihrem Vater wie aus dem Gesicht geschnitten war, sperrte den Mund auf und wollte etwas sagen. Doch dazu kam es nicht. Er drängte sie in die Wohnung zurück und schloss die Tür. Sie versuchte zu schreien, doch er schlug ihr kräftig ins Gesicht. Drei Minuten später hatte er ihre Hände zusammengebunden, ihren Mund verklebt und sie auf einen der Sessel gestoßen, die im Salon standen. Dort kauerte sie jetzt und verfolgte jede seiner Handlungen mit schreckgeweiteten Augen.

Er nahm ein Handy, das auf dem Tischchen im Flur lag. Anscheinend das Gerät der Kleinen. Er blätterte in den gespeicherten Nummern und entdeckte die unter »Papa« eingetragene Handynummer des Oberbullen.

Neben dem CD-Player, einem teuren Hightechteil, lag eine rotgelbe CD-Hülle. »Olé«, und »Coltrane« las er, doch beides sagte ihm nichts. Die Hülle war leer, die CD befand sich offenbar noch im Player. Da hatte er eine Idee. Er wählte die Handynummer des Oberbullen und ließ die CD laufen. Als die ersten Töne der Scheibe erklangen, reagierte das Mädchen auf dem Sessel und drehte sich abrupt in seine Richtung.

Die Idee mit der Musik war ein Volltreffer. Zweimal rief der Oberbulle danach noch an, und da war ihm sicher klar, was hier gespielt wurde.

Er inspizierte die Wohnung. So also lebte einer, der sein Geld damit verdiente, Leute wie ihn zur Strecke bringen zu wollen. Großzügige Räume, viel Licht. Das Töchterchen hatte ein eigenes Zimmer. Während er durch die Glastür ihres Zimmers in den kleinen Garten blickte und die hohe Mauer taxierte, schweiften seine Gedanken zurück in die Zeit seiner Kindheit.

Damals, Ende der Achtzigerjahre. Die Baracke auf dem Gelände einer stillgelegten Kohlenzeche in Lille. In der Küche, einem dunklen Loch, schlief seine Mutter nachts auf einer alten Militärpritsche, die neben dem Herd stand. Wenn sie dort ihre Kerle empfing, konnte man das Gestöhne durch die Sperrholzwände bis ins Nebenzimmer hören. Dort schliefen seine beiden jüngeren Brüder auf zwei übereinandergestellten Betten, er selbst auf einer Campingliege. Wenn die Kerle sich auf seiner Alten austobten, ergriff ihn ein unbändiger Hass auf die Mutter. Wie konnte sie so etwas nur mit sich machen lassen? Sich hergeben, verkaufen wie ein Stück Dreck. Dieser Hass steigerte sich, weil sie ihn nach den nächtlichen Freierbesuchen regelmäßig schlug. Zu diesem Zweck benutzte sie einen dünnen Eichenstock. Während sie wie wild auf ihn einprügelte, beschimpfte sie ihn: »Du elender Faulpelz und Nichtsnutz! Hast wohl nichts Besseres zu tun, als an der Wand zu horchen? Bist wohl schon genauso ein geiler Bock wie dein Dreckskerl von Vater? Hätte ich dich damals nur abgetrieben.«

Frühzeitig hatte er begriffen, dass seine Mutter eine Nutte war. Nutten bekamen Männerbesuche und schlugen am nächsten Tag ihre Kinder. Nutten waren die miesesten Schlampen, die man sich vorstellen konnte.

Er und seine beiden Brüder stammten von drei verschiedenen Männern, die allesamt auf der Durchreise gewesen waren. Mit fünfzehn hatte er dann die Schnauze voll. Er klaute die kümmerlichen Ersparnisse aus der Blechdose hinter dem Geschirrspind und beschloss, der Baracke, seiner Schlampe von Mutter und den beiden rotznäsigen Brüdern für immer den Rücken zu kehren. In der Schule hatte er sich ohnehin kaum gezeigt. Niemand würde ihn vermissen, wenn er dieses verdreckte Loch verließ, in dem es tagaus, tagein nach dem Schweiß fremder Männer roch und nach dem frischen Blut von geschlachteten Kaninchen. Nur zur Beerdigung seiner Mutter war er noch einmal zurückgekehrt. Doch es hatte sich nicht gelohnt für die paar kümmerlichen Dinge, die es zwischen den Brüdern aufzuteilen gab.

Und dann, einige Jahre später, als er mit Silvie zusammenwohnte, seiner ersten Freundin … Eines Tages war er nach Hause gekommen und hatte sie mit dem Nachbarn, einem arbeitslosen Alkoholiker, im Bett erwischt. Schon an der Wohnungstür war das Gestöhne der beiden zu hören gewesen. Damals hatte er noch gezögert, dieser Schlampe von Silvie die Abreibung zu verpassen, die sie verdiente. Das war ein Fehler gewesen, und er hatte ihn in all den Jahren bereut. Doch er war keiner, der zurückblickte …

Er riss sich aus seinen Gedanken. Dieser Oberbulle hatte seinem Kind ein schönes Heim geschaffen. Töchterchen besaß einen eigenen Computer und schlief seit seiner Geburt in einem richtigen Bett. Sicher bekam sie Tennis- oder Ballettunterricht, wie es in diesen Spießerkreisen üblich war.

Was würde er mit ihr anfangen? Noch war er sich nicht im Klaren darüber. Kinder hatten ihn bisher nie interessiert. Das konnte sich in dem Fall natürlich ändern, wer weiß ... Die schnelle Inspektion der Räumlichkeiten hatte ihm gezeigt, dass diese Wohnung wie eine Falle war. Er hatte zwei Möglichkeiten: Die eine bestand darin, die Kleine gleich abzustechen und sich danach aus dem Staub zu machen. Doch das wäre eine zu rasche Lösung, und das Spiel mit dem Oberbullen wäre zu schnell zu Ende. Es müsste noch eine zweite Möglichkeit geben ...

Eines stand für ihn fest: In der Wohnung des Oberbullen würde er nicht bleiben. Jetzt musste er schnell handeln, denn jeden Moment würde das gesamte Bullenaufgebot in der Straße eintreffen.

Die Idee, die ihm plötzlich durch den Kopf schoss, schien die perfekte Lösung zu sein. Er grinste. Durch das, was er vorhatte, hielt er sich alle Optionen offen.

Nie im Leben werden sie darauf kommen, dachte er, als er rasch zurück in den Salon ging und das verwöhnte Töchterchen des Drecksbullen unsanft aus dem Sessel riss.

30. KAPITEL

Vorsichtig steckte einer der Spezialbeamten den Schlüssel, den LaBréa ihm gegeben hatte, ins Schloss der Wohnungstür. Mit einem leisen Klicken schnappte sie auf. Drei, vier Männer stürmten in die Wohnung. LaBréa hatte seine Pistole gezogen und verharrte einen Augenblick an der Tür.

»Gesichert«, rief einer der Männer. »Die Wohnung ist leer.«

LaBréa rannte in den Salon. Die John-Coltrane-CD lief in voller Lautstärke. LaBréa stellte die Anlage ab. Er rannte in sein Schlafzimmer, dann in Jennys Zimmer. In beiden Räumen waren die Betten unberührt, niemand schien sich darin aufgehalten zu haben. Vermutlich war Léo Bondin mit Jenny im Salon gewesen, bevor er das Weite gesucht hatte. Inzwischen wimmelte es hier von Polizisten.

Franck veranlasste erneut die Fahndung nach dem Mörder und gab eine Beschreibung von Jenny durch, obwohl niemand, auch nicht LaBréa, wusste, welche Kleidung sie heute trug. Anschließend ging Franck nach draußen, um dem Präfekten und dem Ermittlungsrichter Bericht zu erstatten.

Jean-Marc untersuchte die Wohnung auf Spuren.

»Keine Kampfspuren, kein Blut, Chef«, sagte er wenig später. »Diese Rolle Klebeband hat er auf dem Tisch zurückgelassen. Dieselbe Sorte wie bei den vier Morden.«

LaBréa nickte und überlegte fieberhaft. In welche Richtung war der Kerl mit Jenny geflohen? Wie hatte er es geschafft, dass die Passanten auf der Straße nicht aufmerksam wurden?

Plötzlich fiel LaBréa etwas ein. Wo war Kater Obelix? Er musste irgendwo in der Wohnung sein ... Als hätte das Tier seine Gedanken geahnt, kam der Kater mit aufgestelltem Schwanz aus Jennys Schlafzimmer. Er bahnte sich den Weg durch die Beine der vielen Anwesenden und blieb in der Mitte des Salons stehen.

»Obelix, wo warst du denn?«, sagte LaBréa laut. Wahrscheinlich hatte sich das Tier unter Jennys Bett versteckt.

Obelix warf ihm einen Blick aus seinen unergründlichen Augen zu, drehte sich kurz um die eigene Achse und lief dann rasch zur Haustür.

»Vorsicht!«, rief LaBréa den Männern zu. »Passt auf, dass die Katze nicht rausläuft!«

Doch Obelix war bereits vor der Tür und flitzte durch die beiden Höfe Richtung Straße.

»Obelix!«, rief LaBréa erneut und folgte dem Kater mit raschen Schritten. Im kleinen Flur, wenige Meter von der Haustür entfernt, blieb Obelix stehen. Jetzt war LaBréa bei ihm und wollte nach dem Kater greifen. Da spürte er eine Hand auf seinem Arm. Es war Hauptmann Leconte. Er legte den Finger auf seine Lippen und deutete mit der anderen Hand auf die Katze.

Jetzt sah LaBréa es auch. Regungslos stand Obelix vor Monsieur Hugos Wohnungstür. LaBréa bemerkte, dass das Nackenfell des Tieres sich sträubte. Er warf dem Hauptmann einen vielsagenden Blick zu. Beide dachten dasselbe. Jetzt ging Obelix näher heran und schnupperte am Türspalt. Leise begann er zu fauchen.

Mit einem schnellen Griff hob Leconte den Kater hoch und hielt ihm das Maul zu. Mit leisen Schritten zogen LaBréa und er sich zurück in den zweiten Hof.

LaBréa nahm sein Handy und wählte Francks Nummer.

»Franck? Der Kerl ist aller Wahrscheinlichkeit nach mit Jenny in der Wohnung von Monsieur Hugo. Behalten Sie die Haustür im Auge, das Schwein darf uns nicht entwischen. Informieren Sie bitte Couperin und den Präfekten. Wir besprechen hier, wie es weitergeht, und halten telefonisch Kontakt zu euch nach draußen.«

Er schaltete das Gerät aus und strich sich mit der Hand übers Gesicht. Der Albtraum war noch lange nicht zu Ende.

»Kennen Sie die Wohnung dieses Monsieur Hugo?«, fragte der Hauptmann.

»Eigentlich nicht«, antwortete LaBréa. »Rechts vom Flur geht der Salon ab, das weiß ich. Der Raum, dessen Fenster zur Straße raus geht.«

Leconte nickte.

»Das Fenster mit dem dicken Vorhang. Ich habe mich schon gewundert, dass er mitten am Tag zugezogen ist. Wenn es einer geschickt anstellt, kann er durch einen Spalt alles beobachten, was auf der Straße geschieht. Ohne selbst gesehen zu werden.«

»Richtig.« LaBréa atmete tief durch. »Der Killer muss kurz vor unserem Eintreffen in die Wohnung von Monsieur Hugo eingedrungen sein. Von dort aus hat er wahrscheinlich alles von Anfang an beobachtet. Das ganze Aufgebot auf der Straße, das Ein- und Ausgehen im Haus. Wahrscheinlich hat er hinter der Wohnungstür gelauscht und einiges von dem mitbekommen, was wir besprochen haben.«

»Sie meinten doch vorhin, dieser Monsieur Hugo wäre nicht zu Hause, Commissaire?«

»Ich fürchte, da habe ich mich getäuscht.«

Wenn der Mörder sich mit Jenny in Monsieur Hugos Wohnung befand, dann war dieser vermutlich ebenfalls dort. War er gefesselt und geknebelt worden, oder hatte der

Mörder ihn auf andere Weise unschädlich gemacht? Und wo befand sich Jenny? Lebte sie noch? Bei dem Gedanken an seine Tochter krampfte sich LaBréas Herz zusammen. Mit aller Macht schob er den Gedanken beiseite, denn jetzt hieß es, einen kühlen Kopf zu bewahren.

»Eines scheint mir doch klar zu sein«, meinte Hauptmann Leconte. »Der Kerl hat keine Ahnung, dass wir ihm auf die Schliche gekommen sind.« Immer noch hielt Leconte Kater Obelix auf seinem Arm. Der schien sich partout nicht daran gewöhnen zu wollen und strebte mit all seinen Kräften weg.

»Kommen Sie«, sagte LaBréa. »Wir bringen das Tier zurück in meine Wohnung. Ja, Sie haben recht. Der Kerl konnte nicht ahnen, dass der Kater die Spur aufnehmen und sein Versteck enttarnen würde.«

Sie betraten LaBréas Wohnung. Obelix wurde in der Küche eingesperrt. Leconte und LaBréa unterrichteten Jean-Marc und die Männer des Spezialkommandos, wo sich der Gesuchte mit dem Mädchen höchstwahrscheinlich befand. In aller Eile wurde ein Plan entworfen, der dann über Handy mit dem Ermittlungsrichter und dem Präfekten abgestimmt werden sollte.

»Ich vermute, der Killer will in aller Ruhe abwarten, bis wir abziehen«, begann LaBréa. »Er wird aus seinem Versteck unsere Aktivitäten hier im Haus beobachtet und belauscht haben. Er vermutet, wir denken, er hätte das Haus verlassen und befände sich mit meiner Tochter auf der Flucht.«

»Genau«, sagte Hauptmann Leconte zustimmend. »Und deshalb dürfen wir auch nicht sofort zuschlagen, sondern müssen etwas warten und ihn überlisten. Er muss sich in Sicherheit wiegen. Sämtliche Einsatzkräfte werden sofort abgezogen.«

»Ja«, fügte LaBréa hinzu. »Und zwar so, dass er es auch mitbekommt. Der Mannschaftswagen mit Ihren Leuten sollte auf der Straße hin und her manövrieren, damit der Kerl es genau sehen kann. Er wird die Leute gezählt haben und wissen, wie viele Männer der GIGN vorhin eingetroffen sind. Dieselbe Anzahl muss also auch wegfahren. Mein Mitarbeiter Franck Zechira wird allein im Hausflur Posten beziehen. Es wird nicht auffallen, wenn er in der allgemeinen Aufbruchstimmung, die wir gleich verbreiten, im Haus zurückbleibt. Sie, Hauptmann Leconte, drei bis vier Ihrer Männer und ich selbst seilen uns in Kürze über die Mauer des Nachbargrundstücks in meinen Garten ab. Auf diese Weise gelangen wir unbeobachtet zurück in meine Wohnung und von dort aus in den Hausflur.«

»Und dann?«, wollte Franck wissen. »Warten wir, bis es dunkel wird? Bis er die Wohnung des Concierge verlässt?«

»Nein, so lange warten wir nicht.« Der Hauptmann legte seine Hände in den Nacken. »Das können wir nicht riskieren. Das Leben des Mädchens und möglicherweise das des alten Mannes stehen auf dem Spiel. Wenn ich sage, wir müssen abwarten, dann meine ich etwa eine Viertelstunde, zwanzig Minuten. In fünf Minuten sind wir hier verschwunden. Dann lassen wir ihm noch einen Augenblick Zeit, nur so lange, bis wir die Wohnung des Commissaire über die Gartenmauer erreicht haben.« Er blickte LaBréa an. »Sie wissen, was das bedeutet.«

LaBréa nickte und schluckte. Er wusste es nur allzu gut. Das Einsatzkommando der GIGN würde in spätestens zwanzig Minuten Monsieur Hugos Wohnung stürmen. Diesmal gab es keinen Schlüssel, der nahezu geräuschlosen Zugang ermöglichte. Die Männer würden die Tür einschlagen und gleichzeitig durch das Fenster, das zur Straße führte, in die Wohnung eindringen. Sie würden auf den Überraschungseffekt bauen und hoffen, den Mann sofort unschädlich machen zu können. Aber sicher war das nicht.

In dieser ausweglosen Situation, in der Jennys Leben auch durch die Maßnahmen der Polizei in Gefahr geraten würde, erschien es LaBréa wenig tröstlich, dass die GIGN eine Erfolgsquote von knapp achtzig Prozent aufweisen konnte, was die in den letzten Jahren durchgeführten Geiselbefreiungen betraf. Zwanzig Prozent blieben ungewiss. Ein Risiko, das niemand kalkulieren konnte.

Doch auch LaBréa fiel keine Alternative ein, wie der Mörder endlich zu fassen war. Die Wohnung musste gestürmt werden.

Während die Polizei ihren Rückzug vorbereitete, wählte LaBréa rasch Célines Nummer. Er unterrichtete sie über die Ereignisse und bat sie angesichts der bevorstehenden Polizeioperation dringend, das Haus auf keinen Fall zu betreten und sich auch nicht in der Nähe aufzuhalten.

Anschließend verließ er seine Wohnung. Im kleinen Flur, direkt vor der Tür zu Monsieur Hugos Wohnung, fluchte er lautstark, »Verdammter Mist!«, und hoffte inständig, dass seine Worte bis ans Ohr des Killers drangen. »Ziehen Sie sämtliche Leute ab! Hier können wir nichts mehr tun. Hoffentlich ist die Fahndung erfolgreich. Ich fahre mit dem Ermittlungsrichter zurück in mein Büro. Vielleicht meldet sich der Kerl von unterwegs und stellt Forderungen.«

Auf der Straße angekommen, blieb er mitten auf der Fahrbahn stehen und schlug die Hände vors Gesicht. Véronique Andrieu, die zusammen mit Couperin und dem Präfekten auf der Straße gewartet hatte, kam zu ihm.

»Ist irgendwas, Maurice?«

»Ja, verdammt noch mal, Véronique«, brach es aus ihm heraus. »Meine Tochter ist diesem Kerl hilflos ausgeliefert, und ich hoffe nur …« Er beendete den Satz nicht und spürte, wie der Boden unter ihm schwankte. Doch er riss sich zusammen.

»Danke, es geht schon«, sagte er zu der Psychologin.

»Glaub mir, er wird ihr nichts tun, Maurice«, sagte Véronique beschwörend. LaBréa spürte einen Kloß in seinem Hals und drehte sich schnell weg.

Als er Couperin zuwinkte und mit ihm zu einem der Wagen ging, warf er einen schnellen Blick aus den Augenwinkeln zum Fenster von Monsieur Hugos Wohnung.

Niemand wusste, was sich hinter dem dunkelrosa Samtvorhang abspielte.

Sonnabend, 14 Uhr 40

Er schlich an die Wohnungstür und lauschte. Kein Laut war im Hausflur zu hören.

Rasch ging er zurück ans Fenster. Zum wiederholten Mal spähte er durch den winzigen Spalt an der Seite des Vorhangs nach draußen. Er hatte genau den Eingang des Hauses im Blick. Vorsichtig schob er den Vorhang ein Stück weiter zurück. Jetzt überblickte er die ganze Straße. Bis auf die einzelne Gestalt einer alten Frau an der Ecke Rue du Temple war sie menschenleer.

Er blickte auf die Uhr. Vor etwa einer Viertelstunde waren sämtliche Bullen abgezogen. Der Oberbulle, der sich vor Sorge um sein Töchterchen wahrscheinlich in die Hosen schiss, war ebenfalls weggefahren.

Sein Plan war aufgegangen. Die Bullen hatten relativ schnell gemerkt, dass er die Wohnung des Oberbullen längst verlassen hatte, und nahmen nun an, er befände sich mit dem Mädchen auf der Flucht.

Er grinste. Wie einfach doch alles gelaufen war! Niemand hatte ihn gesehen, als er mit dem Töchterchen die Wohnung verlassen und bei dem Alten an die Tür geklopft hatte. Als dieser das gefesselte und geknebelte Mädchen sah, brachte er vor Schreck kein Wort heraus.

Sekunden später war er in der Wohnung und setzte dem Alten das Messer an die Kehle. Dann schlug er ihn einige Male, bis er zusammensackte. Verschnürt und verklebt wie ein Paket nach Übersee war der Alte, zusammen mit dem Bullentöchterchen, aus dem Verkehr gezogen.

Genial und einfach, wie alles, was er in den letzten Tagen angepackt hatte. Ein ums andere Mal hatte er die Bullen überrumpelt und sie regelrecht vorgeführt. Der Gedanke, dass sie sich die ganze Zeit nichts ahnend im Haus aufgehalten hatten, während er in der Wohnung des Alten ihre Strategie verfolgen konnte, überwältigte ihn geradezu. Er war euphorisch und gut gelaunt. Schon bald würde er die Stadt verlassen. Neue Stadt, neues Glück. Neue Frauen, neue Vorgehensmuster. Neue Spielchen mit den Bullen.

Erneut blickte er auf die Uhr. Fünf Minuten würde er noch warten, dann wurde es Zeit. Das Bullentöchterchen brauchte er jetzt natürlich nicht mehr. Auch der Alte war ihm nur noch eine Last. Frei und ohne lästige Anhängsel konnte er das Haus verlassen, er musste nur den richtigen Moment abpassen, damit ihm niemand begegnete.

Er griff in seine Jackentasche und fühlte die Kühle des Messerschaftes. Noch einmal, vielleicht ein letztes Mal hier in Paris, hatte er es am Morgen mit dem alten Wetzstein seiner Mutter geschärft.

31. KAPITEL

Lautlos glitten die Männer über die hohe Mauer in LaBréas kleinen Garten. Als Letzter seilte LaBréa sich ab. Die Glastür zum Salon hatten sie vor zwanzig Minuten einen Spalt offen gelassen. Jetzt war es nur noch eine Frage von Minuten, bis Monsieur Hugos Wohnung gestürmt wurde.

Zweimal hatte Franck in der Zwischenzeit mit LaBréa Kontakt aufgenommen. Er habe hinter der Wohnungstür leise Schritte gehört sowie ein kurzes, kaum wahrnehmbares Hüsteln, berichtete der beim zweiten Mal. Der Killer befand sich also tatsächlich in seinem so sicher geglaubten Versteck.

Die taktische Vorgehensweise der GIGN war klar und genau abgesprochen. Zwei Männer der Spezialeinheit, mit Schnellfeuergewehren, sollten von der Straße her das Fenster einschlagen und in die Wohnung eindringen. Die anderen vier Männer, darunter auch Hauptmann Leconte, würden die Wohnung von der Türseite aus stürmen. Sie waren mit Pistolen vom Typ Glock 17 9 mm Parabellum ausgerüstet. Gleich nach ihnen sollte LaBréa die Wohnung betreten.

Es war vierzehn Uhr fünfundvierzig. Leise schlichen die Männer durch den dunklen Hausflur. Geräuschlos öffneten zwei von ihnen die Haustür und robbten auf dem Bürgersteig entlang, bis sie die Stelle unterhalb des Salonfensters von Monsieur Hugos Wohnung erreichten. LaBréa hielt die Haustür geöffnet und koordinierte mit entsprechenden Gesten den Einsatz. Auf sein Zeichen hin sprangen die beiden auf dem Bürgersteig Liegenden auf und schlugen mit ihren Gewehrkolben die Fensterscheibe ein. Gleichzeitig warfen sich zwei Männer gegen die Wohnungstür.

»Keine Bewegung, Polizei!«, schrie Hauptmann Leconte und stieß als Erster die Tür auf, deren Schloss sofort nachgegeben hatte. Vom Salon her waren die Befehle der beiden Männer zu hören, die durchs Fenster eingestiegen waren.

»Hände an die Wand! Keine Bewegung! Stehen bleiben!«

Dann fiel eine Salve von Schüssen. Kurz darauf ertönte eine Stimme.

»Chef, er hat sein Messer gezogen. Wir hatten keine andere Wahl.«

LaBréa wusste, was das bedeutete. Er war den vier GIGN-Leuten in Monsieur Hugos Wohnung gefolgt. Der Flur war leer. Der Killer hatte sich im Salon befunden und war unschädlich gemacht worden.

Wo war Jenny?

Hauptmann Leconte stürmte in die enge, fensterlose Küche des Alten. LaBréa riss die Tür zu einem weiteren Raum auf, es war Monsieur Hugos Schlafzimmer.

»Jenny!«, rief er. Doch Jenny war weder hier noch in der Küche.

LaBréa ging auf den Flur zurück und öffnete eine ziehharmonikaartige Schiebetür. Dort befand sich das Bad. Der Duschvorhang war zugezogen, und dahinter hörte LaBréa ein kurzes, unterdrücktes Wimmern. Mit einem Ruck riss er den Vorhang beiseite. Seine Bewegung war so heftig, dass ihm der Plastikfetzen samt Halterungsstange entgegenflog.

Und da lagen sie, Monsieur Hugo und Jenny, die der Killer einfach auf den alten Mann gelegt hatte.

LaBréa trug Jenny aus der Dusche in die Diele. Ihre Hände waren auf dem Rücken mit Klebeband über Kreuz fixiert, ihr Mund dick verklebt. Während zwei Beamte sich um den bewusstlosen und ebenfalls gefesselten Monsieur

Hugo kümmerten und einen Krankenwagen anforderten, schnitt Hauptmann Leconte Jennys Fesseln mit einem Messer durch. Vorsichtig zog LaBréa die Klebestreifen vom Mund seiner Tochter und redete beruhigend auf sie ein:

»Es ist alles vorbei, Chérie. Du bist in Sicherheit, der Kerl kann dir nichts mehr tun.«

Dann schloss er Jenny in die Arme. Während das Mädchen schluchzte und seinen Tränen freien Lauf ließ, durchströmte LaBréa ein tiefes Gefühl der Erleichterung. Jenny schien unversehrt zu sein. Sie war nicht verletzt, und der Mörder hatte sich offenbar auch nicht an ihr vergriffen.

»Obelix hat uns zu dir geführt«, flüsterte LaBréa seiner Tochter ins Ohr. »Er hat genau gewusst, wo du warst.«

Jenny zitterte und nickte weinend. Dann sagte sie mit erstickter Stimme:

»Ich habe solche Angst gehabt, Papa. Ich habe gedacht …«

»Schschsch …«, sagte LaBréa und strich Jenny übers Haar. »Jetzt ist ja alles gut.«

Inzwischen waren Céline und Véronique in der Wohnung eingetroffen. Verwundert sah LaBréa Céline an.

»Woher wusstest du denn …«

Céline unterbrach ihn. »Reine Intuition, Maurice. Ich habe mir gesagt, in der nächsten Viertelstunde wird das alles vorbei sein. Und so war es.« Sie deutete auf Madame Andrieu und lächelte. »Wir sind uns vor dem Haus begegnet. Irgendwie haben wir uns gleich erkannt.« Sie beugte sich zu Jenny, die inzwischen aufgehört hatte zu weinen und die Nase hochzog. »Wie geht's dir, Jenny?«

Jenny gelang ein zaghaftes Lächeln.

»Es geht schon. Papa meint, Obelix hat mir das Leben gerettet.«

»Kümmert euch um sie«, bat LaBréa Véronique und Céline. Er verließ die Diele und ging in den Salon.

Victor Ségur alias Léo Bondin lag blutüberströmt auf dem abgeschabten Teppich in der Mitte des Raumes. Mehrere Schüsse hatten ihn tödlich getroffen. Das Messer, ein Stilett, war ihm aus der Hand gefallen und lag neben ihm. Ungeöffnet. Er hatte keine Zeit mehr gehabt, die Klinge herausspringen zu lassen. Die Beamten der Spezialeinheit nahmen den Rucksack in Augenschein, den der Mörder auf einem der Sessel abgestellt hatte. Darin befanden sich mehrere Paar dünne Plastikhandschuhe, weitere Rollen Klebeband, eine Taschenlampe und ein Stadtplan von Lyon. Hatte er sich dorthin absetzen wollen? Hätte er sich seiner beiden Geiseln vorher entledigt? Das schien gewiss. LaBréa hatte das Gefühl, dass Jennys Leben und auch das von Monsieur Hugo an einem seidenen Faden gehangen hatten. Die Wohnung war im richtigen Augenblick gestürmt worden. Wenige Minuten später hätte der Killer sein wahnsinniges Werk vielleicht vollendet und wäre geflohen.

Wortlos betrachtete LaBréa den Toten. Er war in der Tat ein großer, sportlicher und durchtrainiert wirkender Mann. Die Schüsse hatten ihn in die Brust und in den Unterleib getroffen, und sein Körper wirkte wie zerfetzt. Auf dem Gesicht, das durch die sehr kurz geschnittenen schwarzen Haare etwas Brutales hatte, lag ein erstaunter Ausdruck. Gleichzeitig entdeckte LaBréa selbst noch in den Augen des Toten, mit ihrer ungewöhnlichen Farbe, eine Kälte, die ihm das Blut in den Adern gefrieren ließ. Das war einer, der nie aufgegeben hätte, durchzuckte es LaBréa. Er hätte weitergemordet, sich neue Quälerein ausgedacht und ein neues Muster in die Tat umgesetzt.

Ein Räuspern schreckte LaBréa aus seinen Gedanken. Ermittlungsrichter Couperin stand hinter ihm.

»Gott sei Dank, es ist vorbei«, sagte dieser leise. »Und wissen Sie was, LaBréa? Ich bin froh, dass er nicht mehr lebt.

Damit ersparen wir uns die gesamte juristische Aufarbeitung seiner Taten, samt Anklageschriften, Nachforschungen in seiner Jugend und so weiter und so fort. Die Medien werden noch eine Weile berichten, dann ist die Sache ad acta gelegt. Außerdem wird die Staatskasse entlastet, denn lebenslänglich und anschließende Sicherheitsverwahrung hätten die Allgemeinheit eine Stange Geld gekostet. Ich darf das zwar nicht sagen, aber es ist ja inoffiziell: Dass er von den GIGN-Leuten in Notwehr erschossen wurde, ist nicht die schlechteste Lösung. Damit ist er wenigstens für immer aus dem Verkehr gezogen.«

LaBréa nickte. Couperin klopfte ihm auf die Schulter und lachte.

»Ihre Tochter scheint hart im Nehmen zu sein, Commissaire. Als ich eben kam, erzählte sie Madame Andrieu und Ihrer Nachbarin gerade, wie der Kerl in Ihre Wohnung kam und wie der Kater wie der Blitz verschwunden war. Ich würde mir an Ihrer Stelle keine Einzelheiten entgehen lassen.«

LaBréa nickte und verließ den Salon.

Tatsächlich saß Jenny in Monsieur Hugos Küche, und LaBréa sah, wie Véronique und Céline förmlich an ihren Lippen hingen. Jennys Wangen waren gerötet, und sie winkte ihrem Vater zu, als er im Türrahmen erschien.

»Leider hast du das meiste verpasst«, sagte sie mit aufgekratzter Stimme. »Und jetzt will ich zu Obelix. Wo ist er eigentlich?«

»Er ist in unserer Wohnung«, erwiderte LaBréa. »In der Küche.«

Jenny stand auf und nahm Célines Hand.

»Komm, Céline, ich will mich als Erstes bei ihm bedanken.«

Die beiden verließen Monsieur Hugos Wohnung.

LaBréa blickte ihnen ein wenig skeptisch nach. Véronique Andrieu schien seine Gedanken zu ahnen.

»Lass sie ruhig in die Wohnung gehen. Sie wird das alles gut verkraften. Je normaler sie mit allem umgeht, desto besser. In ein paar Wochen ist alles vergessen. Kinder blicken immer nach vorn, selten zurück.«

»Meinst du? Vielleicht hat sie in Zukunft Angst, allein in der Wohnung zu sein?«

»Da würde ich mir keine allzu großen Sorgen machen. Rede mit ihr über alles, und lobe sie dafür, wie großartig und besonnen sie sich verhalten hat. Vielleicht fahrt ihr über Weihnachten ein paar Tage weg. Aber erst nach dem Vierundzwanzigsten! Denn Heiligabend rechnen meine Jungs und ich fest damit, dass du mit Jenny und Céline zu uns zum Truthahnessen kommst.«

LaBréa lachte und bedankte sich bei Véronique. Als er wenig später in seine Wohnung kam, sah er, wie Jenny auf der Couch saß und Obelix an sich gedrückt hielt. Sie war so damit beschäftigt, dem Tier zärtliche Worte ins Ohr zu flüstern, dass sie ihn nicht kommen sah.

LESEPROBE

Lust auf weitere Fälle mit
Maurice LaBréa bekommen?

Dann lesen Sie weiter in

ALEXANDRA VON GROTE

Mord in der
Rue St. Lazare

Ein Fall für Maurice LaBréa

Erhältlich ab Januar 2009

HEYNE

Kommissar Maurice LaBréa ist vierundvierzig Jahre alt und wird von Marseille in seine Heimatstadt Paris zur Brigade Criminelle versetzt. Vor seiner Versetzung nach Paris arbeitete LaBréa dreizehn Jahre bei der Police Judiciaire in Marseille. Dort lebte er mit seiner Frau Anne und der gemeinsamen zwölfjährigen Tochter Jenny. Als Anne auf schreckliche Weise ermordet wird, verlässt er Marseille und bezieht mit Jenny eine Atelierwohnung im Pariser Marais-Viertel. Um über den Tod seiner Frau hinwegzukommen, hofft LaBréa auf den Zauber von Paris. Und tatsächlich scheinen die Wiederentdeckung der vertrauten Straßen und Plätze sowie das besondere Flair der Stadt zu wirken. Doch dann wird ein bekannter Filmproduzent brutal ermordet. Die Ermittlungen deuten auf einen Täter im Umfeld der Produktionsfirma. Kurz darauf wird auch die Frau des Produzenten ermordet aufgefunden. Kommissar LaBréa steht vor einem Rätsel. Hinter der glitzernden Fassade des schönen Scheins trifft er auf eine Welt des Hasses, der Intrigen und der gnadenlosen Erpressung.

Verstohlen glitt der Tag herein. Wie ein Glasperlenspiel trommelte der Regen auf die durchsichtigen Oberlichter der Atelierwohnung. In der Ferne erklang die Kirchenglocke von Notre-Dame des Blancs Manteaux.

Sonntag.

Als das Telefon zum ersten Mal läutete, war es kurz vor neun.

LaBréa hob schlaftrunken den Kopf. Durch den offenen Spalt der angelehnten Schlafzimmertür hörte er, wie Jenny ins Wohnzimmer lief und den Hörer abnahm.

»Hallo?«

LaBréa stöhnte und fasste sich an die Stirn. Seine Schläfen hämmerten, und in seinen Ohren dröhnte es.

Der Herr der Ringe, dachte er, und drei Worte fielen ihm dazu ein: Kampf, Hektik, Lärm. Eine nervtötende Geräuschkulisse. Zusammen mit Jenny und ihrer Freundin Alissa hatte er sich am Abend das Video angesehen. Während die beiden Mädchen das Geschehen mit atemloser Spannung verfolgten, fühlte er sich nach beinahe drei Stunden wie erschlagen. Als er Alissa gegen einundzwanzig Uhr zurück nach Hause brachte, war er froh, noch ein paar Schritte zu Fuß gehen zu können, um den Kopf wieder einigermaßen frei zu bekommen. Doch anscheinend hatte es nicht viel genützt. LaBréa beschloss, gleich als Erstes zwei Aspirintabletten zu nehmen.

»Papa?« Jenny stand vor der Schlafzimmertür und klopfte an.

»Ja? Komm ruhig rein, Jenny.«

Seine Tochter steckte den Kopf durch die Tür.

»Onkel Richard ist am Telefon.«

»So früh schon?«, brummte LaBréa. Richard war sein jüngerer Bruder. Er besaß eine gut gehende Immobilienagentur im 1. Arrondissement. Vor einigen Jahren hatte er sich ein Landhaus in der Nähe von Versailles gekauft, wo er die Wochenenden mit seinen häufig wechselnden Freundinnen verbrachte. Seit ihrem Umzug nach Paris waren LaBréa und Jenny zweimal dort gewesen.

»Er fragt, ob wir heute Mittag rauskommen.« Jenny verzog das Gesicht und senkte unwillkürlich ihre Stimme. »Dazu hab ich echt keine Lust. Da ist es so langweilig. Außerdem hast du versprochen, dass du heute Nachmittag mit Alissa und mir ins Kino gehst.«

LaBréa nickte vage. Sein Bedürfnis, bei diesem scheußlichen Wetter aufs Land zu fahren, war zwar gering. Doch die Alternative, mit den beiden Mädchen *Kick it like Beckham* zu sehen, war auch nicht gerade verlockend. Wieso hatte er sich gestern Abend breitschlagen lassen? Jenny und ihre neue Freundin konnten doch allein ins Kino gehen! Ein Streifen über ein indisches Mädchen in London – Jenny hatte ihm den Inhalt erzählt –, das gegen den Willen ihrer Eltern in einer Mädchenmannschaft Fußball spielt, interessierte ihn wirklich nicht. Er konnte sich des Eindrucks nicht erwehren, dass Jenny ihn aus rein pädagogischen Gründen in diesen Film schleppen wollte.

»Was ist denn nun, Papa?« Jennys Stimme klang ungeduldig. »Soll ich Onkel Richard absagen?«

LaBréa wirkte unentschlossen.

»Sag ihm, ich rufe ihn in einer halben Stunde zurück.«

Wenig später stand Jenny in der winzigen Küche und bereitete ihr Müsli zu. LaBréa, in bequemen Cordhosen und schwarzem Rollkragenpullover, machte sich an der Kaffeemaschine zu schaffen und warf einen skeptischen Blick in Jennys Schüssel. Er selbst war vor wenigen Minuten im strömenden Regen zur Bäckerei in die Rue du Temple gelaufen, um sich zwei frische Croissants zu holen. Sonntags waren es immer zwei, im Unterschied zu den Wochentagen.

Zum zweiten Mal an diesem Morgen läutete das Telefon. Diesmal schrillte LaBréas Handy, das stets eingeschaltet auf seinem Nachttisch lag.

Mit wenigen Schritten war er in seinem Schlafzimmer.

»Ja?« LaBréa hörte einen Moment zu und war plötzlich hellwach.

»Danke, Brigadier«, sagte er. »Verständigen Sie die Spurensicherung und rufen Sie Dr. Foucart an. Die Nummern haben Sie ja. Schicken Sie mir einen Wagen? Gut.«

Er stellte das Handy ab und ging rasch ins Wohnzimmer. Jenny stand in der Küchentür und warf ihm einen beunruhigten Blick zu.

»Ist irgendwas, Papa?«

LaBréa antwortete nicht. Er wählte rasch eine Nummer auf seinem Festnetzapparat, die er auswendig kannte. Nach einer Weile wurde am anderen Ende abgehoben.

»Claudine? Hier ist LaBréa.« Claudine Millot war neben Franck Zechira und Jean-Marc Lagarde LaBréas dritter Mitarbeiter. »Tut mir leid, dass ich Sie am Sonntag stören muss. Fahren Sie bitte in die Rue du Renard Nr. 21, Höhe Centre Pompidou-Beaubourg. Männliche Leiche, mehr weiß ich auch noch nicht. Rufen Sie Franck an? – Der ist ins Weekend gefahren? Das glaube ich nicht. Sicher treibt er sich wieder auf irgendeiner Rennbahn herum.

Versuchen Sie's über sein Handy. Wenn er abgeschaltet hat, haben wir eben Pech.«

Er legte den Hörer auf und ging in die Küche.

»Ich muss weg, Jenny.« Hastig schenkte er sich eine Tasse Kaffee ein, nahm ein noch warmes Croissant aus der Tüte und biss hinein.

Jenny sagte nichts. An ihrem Gesichtsausdruck konnte LaBréa die Enttäuschung ablesen. Schnell fügte er mit vollem Mund hinzu:

»Dann gehst du eben allein mit Alissa ins Kino! Hier.« Er zog sein Portemonnaie aus der Tasche und reichte Jenny einen Zehn-Euro-Schein. »Und tu mir den Gefallen und ruf Onkel Richard an, dass wir heute leider nicht kommen können.«

LaBréa ging ins Schlafzimmer, wo das Holster mit seiner Dienstwaffe, einer Beretta 9 mm Parabellum, im Kleiderschrank lag. Er nahm die Pistole und sein Handy, zog im Flur den Trenchcoat über und griff nach seinem Regenschirm.

Jenny folgte ihm zur Haustür.

»Mein Wagen ist sicher schon da«, sagte LaBréa und umarmte seine Tochter. »Mach's gut. Ich ruf dich nachher an. Wenn du weggehst, schalte bitte dein Handy ein.«

»Im Kino muss man die Handys abschalten«, bemerkte Jenny bockig.

»Und mittags kannst du die Reste von gestern Abend essen. Es sind noch Frühlingsrollen im Kühlschrank und ein Rest Currysalat.«

Jenny nickte und sah ihren Vater mit großen Augen an.

»Warum kannst du nicht einen Beruf haben wie andere Väter auch?« Es klang traurig und schnitt LaBréa ins Herz. Doch was sollte er darauf antworten? Also sagte er nichts, öffnete die Haustür und lief hinaus in den Regen, der gleichmäßig und schwer vom Himmel fiel.

Der Straßenabschnitt bei der Hausnummer 21 in der Rue du Renard war bereits abgesperrt. Mehrere Polizeifahrzeuge mit eingeschaltetem Blaulicht sowie ein Leichenwagen parkten vor dem Haus, einem großbürgerlichen Fin-de-Siècle-Gebäude. Einige Straßenpassanten standen gaffend herum. Die beiden Fahrer des Leichenwagens, die noch auf ihren Einsatz warten mussten, lehnten rauchend am Auto und versuchten mit einer jungen Frau anzubändeln, die mit ihrem Hund an der Leine das Geschehen neugierig verfolgte.

LaBréa zeigte dem uniformierten Polizisten, der sich am Eingang postiert hatte, seinen Dienstausweis. Dann warf er einen Blick auf die Messingschilder neben der Eingangstür. Es gab zwei Arztpraxen im Haus, eine Kanzlei und eine Filmproduktionsgesellschaft mit dem Namen Les Films du Diable.

»Im dritten Stock, Commissaire«, sagte der Polizist. »Die Filmproduktion.«

»Gibt es in diesem Haus nur gewerbliche Räume?«

»Nein. Es gibt auch einige Privatwohnungen.«

Obwohl ein Fahrstuhl vorhanden war, lief LaBréa die Treppen hoch. An der Eingangstür kam ihm Claudine Millot entgegen.

»Morgen, Chef«, sagte sie. Ihre Stimme klang ungewöhnlich tief und passte nicht so recht zu ihrer eher zierlichen Gestalt. Ihre blonden, glatten Haare trug sie halb lang geschnitten. Um ihren Mund lag ein energischer Zug. Doch wenn sie lachte, wirkte sie ausgesprochen weiblich und sanft. Ihre kleine Körpergröße hatte schon so manchen darüber hinweggetäuscht, dass Claudine Millot nicht nur hervorragend mit der Waffe umgehen konnte, sondern auch mehrere Kampfsportarten beherrschte. Sie besaß den schwarzen Karategürtel und betrieb Kickboxen. Das alles war sicher nicht zuletzt auf den Einfluss ihres Mannes zurückzuführen. Jean-Claude Millot, ehemaliger Angehöriger einer Gendarmeriespezialeinheit, versah seinen Dienst als Leibwächter des Premierministers.

»Morgen, Claudine.« LaBréa knöpfte seinen Trench auf und betrat das geräumige Entree der Filmproduktion. »Und?«

»Das Opfer ist der Produzent und Inhaber der Filmfirma. Eine bekannte Größe in der Filmbranche.«

»Wie heißt der Mann?«

»Jacques Molin.«

LaBréa runzelte die Stirn.

Molin? Hatte seine Nachbarin Céline ihm diesen Mann gestern nicht vorgestellt?

»Aber ich warne Sie, Chef: Das ist kein schöner Anblick!«

Claudine führte ihn in ein großes Büro. Die Ausstattung schien teuer zu sein und wirkte protzig. Schwere Ledersessel und ein runder Marmortisch standen im Raum, ein wuchtiger Schreibtisch mit einem modernen Flachbildschirmcomputer prangte an der Fensterfront. An der linken Wand hingen eingerahmte Filmplakate, an der rechten Seite gab es ein riesiges Regal mit Unmengen von Akten, einigen Videokassetten und Fotos, die den Produzenten mit bekannten Schauspielern zeigten.

Zwei Mitarbeiter der Spurensicherung suchten in ihren weißen Overalls den Raum akribisch ab. Der Fotograf schoss seine Bilder.

Das Opfer lag wenige Meter vor dem Schreibtisch in der Raummitte. Seine Hände waren mit einer Nylonschnur nach vorn über Kreuz gefesselt. Jacques Molin trug Anzughose, Weste und ein Hemd mit aufgerollten Ärmeln. Seine teure Rolex-Uhr war von der Fessel halb verdeckt. Claudine hatte nicht übertrieben – es war ein scheußlicher Anblick. Das Gesicht des Mannes war nur noch eine Masse aus Fleisch und Knochen und bis zur Unkenntlichkeit entstellt. Die weißen Haare klebten blutverschmiert am Kopf. Für einen Moment wurde LaBréa übel, und er war nahe daran, in Ohnmacht zu fallen. Plötzlich befand er sich wieder in Annes Arztpraxis, wie vor sechs Monaten. Ihr lebloser Körper, die schweren Verletzungen, das Blut … Er konnte es förmlich riechen. Doch das hier war das Blut eines anderen. Er musste sich zusammenreißen und das Bild seiner ermordeten Ehefrau mit aller Macht verdrängen. Sonst würde er bald den Punkt erreichen, an dem er seinen Beruf an den Nagel hängen konnte. In vier Mordfällen hatte er seit Annes Tod ermittelt. Jedes Mal war der Anblick der Leichen für ihn eine Tortur gewesen.

LaBréa atmete tief durch und warf einen Blick auf den Schreibtisch des Toten. Dort lag eine rote Baseballkappe mit der Aufschrift *Never back to Hollywood*. An den Füßen des Opfers entdeckte LaBréa jene schwarz-weißen Schuhe, die ihm bereits am gestrigen Morgen aufgefallen waren. Kein Zweifel, der Tote musste tatsächlich Jacques Molin sein.

Brigitte Foucart, die Gerichtsmedizinerin, hatte bereits mit ihrer Arbeit begonnen. Sie kniete auf dem Boden und untersuchte den Toten. LaBréa kannte Brigitte schon seit mehr als zwanzig Jahren. Damals hatte er als junger Inspektor bei der Pariser Mordkommission angefangen. Inzwischen musste Brigitte bestimmt schon Ende fünfzig sein und kurz vor ihrer Pensionierung stehen. Sie trug ihre dichten grauen Haare burschikos kurz geschnitten, war von kräftiger Statur und galt in gerichtsmedizinischen Kreisen als Institution. Sie liebte sportlich-bequeme Kleidung und hatte eine Vorliebe für gut sitzende Flanell- oder Gabardinehosen, schicke Pullis oder Blusen und dazu passende Blazer. Jetzt hatte sie die übliche Schutzkleidung übergezogen. Mit ihrem Mann, einem bekannten Pariser Urologen, war sie seit beinahe dreißig Jahren verheiratet. Die Ehe war kinderlos geblieben, was Brigitte keineswegs bedauerte.

Als sie LaBréa sah, entblößte sie ihre starken, einem Pferdegebiss ähnlichen Zähne zu einem flüchtigen Lächeln.

»Hallo, Maurice. Schöne Schweinerei, und das am Sonntag und vor dem Mittagessen! Da kommt einiges auf mich zu. Du siehst ja selbst, wie er aussieht. Frag mich jetzt bloß nicht nach Einzelheiten.«

»Ich kenne den Mann. Ich habe ihn gestern Vormittag noch gesehen.«

»Ach ja?« Brigitte klang überrascht.

»Ja. Eine Nachbarin hat ihn mir vorgestellt. Er ist Filmproduzent und hat in meiner Straße gedreht. Da trug er auch diese Baseballkappe.« Er zeigte auf die Mütze.

Claudine Millot schaltet sich ein.

»Ja, die Produktionsfirma steht mitten in Dreharbeiten. Die Frau des Opfers ist übrigens bereits benachrichtigt. Sie wohnt in Le Pecq und kommt in Kürze her.«

»Was heißt das, sie wohnt in Le Pecq? Wohnte ihr Mann nicht dort?«

»Doch, aber sie sagte mir am Telefon, dass er meistens in der Stadt übernachtet hat, wenn Dreharbeiten stattfanden. Nach Drehschluss gäbe es oft noch Besprechungen, meinte sie.«

»Wo bleibt eigentlich Franck?«, fragte LaBréa etwas ungehalten.

»Ich habe ihn noch nicht erreichen können, Chef, ihm aber eine Nachricht auf die Mailbox gesprochen.«

»Na schön, hoffen wir, dass er sich bald meldet. Was ist mit Jean-Marc?«

»Der hat einige Tage Urlaub und ist übers Wochenende zu seiner kranken Mutter nach Nizza geflogen.«

»Ach ja, richtig.« LaBréa erinnerte sich.

»Er kommt heute Abend zurück.«

»Wer hat die Leiche gefunden?«

»Die Produktionsleiterin. Eine Frau namens Nadine Capelli. Sie kam heute Morgen gegen neun hierher, um den morgigen Dreh vorzubereiten.«

»Demnach hatte sie einen Schlüssel zu den Firmenräumen?«

»Ja. Die Frau sitzt nebenan in ihrem Büro. Die Sekretärin des Produzenten ist ebenfalls eingetroffen.«

LaBréa wandte sich an Brigitte Foucart, die sich vom Fußboden erhob und den Schutzkittel auszog.

»Der Todeszeitpunkt, Brigitte. Nur eine ungefähre Einschätzung.«

»Na schön, Maurice. Rigor mortis ist voll ausgeprägt. Ich schätze, dass er seit mindestens acht Stunden tot ist. Aber genau lege ich mich da noch nicht fest.«

»Ist das die Tatwaffe?« Brigitte Foucart nickte. Neben der Leiche lag ein Golfschläger. Schlagfläche und Schaft des Schlägers waren mit getrocknetem Blut überkrustet. Wenn der Täter die Tatwaffe zurückließ, musste er sich sehr sicher sein. Es war kaum anzunehmen, dass er Fingerabdrücke auf dem Griff hinterlassen hatte. LaBréa wandte sich erneut an die Gerichtsmedizinerin.

»Er wurde also erschlagen.«

»Ich würde sagen, dass ihm gezielt das *Gesicht* zerstört wurde. Seine Hände sind gefesselt. Soweit ich bisher sehen kann, hat er am Körper keine weiteren Verletzungen. Keine Hautabschürfungen, keine Hämatome. Doch ob die Schläge tatsächlich die Todesursache waren, sei noch dahingestellt.«

»Wieso?«

Brigitte zuckte mit den Schultern und blickte ihn ernst an.

»Am Stirnbein ist eine Verletzung, die von einem Schuss herrühren könnte.«

»Einem Schuss?«, fragte LaBréa überrascht. »Meinst du, dass er zusätzlich erschossen wurde?«

Brigitte seufzte.

»Ich wusste doch, dass du mich wieder löchern würdest, Maurice! In all den Jahren hast du dich nicht verändert. Ich sagte, es *könnte* ein Einschussloch sein. Sein Schädel ist so übel zugerichtet, dass ich erst die Autopsie abwarten muss, um dir hierzu etwas Verbindliches sagen zu können. Und übrigens – was heißt *zusätzlich erschossen*? Wenn er erschossen wurde, dann sicher vorher. Ich glaube nicht, dass der Mörder dem Opfer zuerst das Gesicht zertrümmert hat, um ihn anschließend mit einer Kugel in die Stirn zu liquidieren.«

»Gibt es eine Austrittsstelle?«

»Nein. Keine diesbezügliche Verletzung am Hinterkopf. Deswegen brauchen wir auch nicht nach dem Projektil zu suchen.«

»Wenn er erschossen wurde, stellt sich die Frage, ob er vor oder nach dem Schuss gefesselt wurde?«

»Warte doch erst die Autopsie ab, Maurice. Möchtest du dabei sein?«

»Nicht unbedingt, Couperin besteht nicht darauf. Er verlässt sich auf deinen Bericht, genau wie ich.« Joseph Couperin war der zuständige Ermittlungsrichter. In den meisten Fällen verzichtete er darauf, selbst der Autopsie beizuwohnen, und überließ es den Kommissaren, ob sie ins Gerichtsmedizinische Institut an der Place Mazas im 20. Arrondissement fahren wollten oder nicht.

LaBréas Handy klingelte. Es war Hauptmann Zechira, der endlich zurückrief.

»Franck, wo stecken Sie denn? – Auf der Rennbahn? Schon wieder?! – Ja, am besten kommen Sie gleich her. Die Adresse hat Ihnen Claudine ja auf die Mailbox gesprochen.« Er stellte das Handy ab. Zu Claudine sagte er:

»Ich hab's doch gewusst. Er ist in Vincennes. Gestern war er in Longchamps. Der wettet sich noch mal um Kopf und Kragen!«

Claudine verzog säuerlich das Gesicht.

»Hauptsache, er taucht hier bald auf. Sonst bin ich demnächst auch auf der Rennbahn und schalte mein Handy ab, wenn irgendwo 'ne Leiche gefunden wird.«

»Sorgen Sie dafür, Claudine, dass sämtliche Akten aus dem Büro abtransportiert werden, und lassen Sie eine Liste davon anfertigen.«

»Was ist mit dem Computer?«

»Der Computer kommt ebenfalls mit. Franck soll sich so bald wie möglich die Festplatte vornehmen.«

Jacques Molins Sekretärin hieß Simone Cahn und war ein hübsches junges Ding. Die Nachricht vom Tod ihres Chefs hatte sie im Fitnessstudio überrascht, wo sie seit acht Uhr früh ihren Körper trimmte. Sie wirkte blass und eingeschüchtert. Am Freitagabend hatte sie den Produzenten zum letzten Mal gesehen. In der Nacht von Sonnabend auf Sonntag war sie zunächst bei ihren Eltern zum Abendessen, später noch mit ihrem Freund in einer Diskothek. Auf die Frage nach dem Terminkalender des Produzenten sagte die Sekretärin, dass ihr Chef seine Termine in seinem E-Mail-Kalender notierte. LaBréa würde also warten müssen, bis es Franck gelungen war, sich in Molins Postfach einzuloggen. Abgesehen von den Mitgliedern des Filmteams hatte Molin in den vergangenen Tagen keinen Besuch erhalten. Simone Cahn erwähnte jedoch, dass der Produzent viele Gesprächstermine außerhalb seines Büro verabredet habe, über die sie keinen Überblick habe.

LaBréa schickte die Frau nach Hause und bat Claudine, ihr Alibi zu überprüfen.

Nadine Capelli, die Produktionsleiterin, saß in ihrem Büro, das sich gleich neben dem des Produzenten befand. LaBréa erkannte sie an der blauen Strähne in ihrem Haar. Während sie am gestrigen Nachmittag die Mitarbeiter des Filmteams noch energisch herumgescheucht hatte, erschien sie jetzt völlig kraftlos und in sich zusammengesunken. Ihre verweinten Augen blickten ihn hilflos an, als er ihr gegenüber in einem Sessel Platz nahm.

»Um welche Uhrzeit kamen Sie heute Morgen hierher?«

»Das war kurz vor acht. Ich wollte den Drehplan umstellen. Als ich aus Monsieur Molins Büro eine Akte holen wollte, sah ich ihn da liegen. Was für ein schrecklicher Anblick!« Die Produktionsleiterin schlug die Hände vors Gesicht.

»Wie lange kannten Sie Monsieur Molin schon, Madame Capelli?«, begann LaBréa.

»Ach, schon seit Ewigkeiten!« Die Frau schniefte. »Ich habe vor knapp zwanzig Jahren als Aufnahmeleiterin bei ihm angefangen.«

»Also kannten Sie ihn sehr gut.«

Nadine Capelli nickte.

»Ich habe Sie und auch Monsieur Molin gestern zufällig gesehen.« LaBréa schlug die Beine übereinander. »Sie haben Ecke Rue des Blancs Manteaux/Rue Vieille du Temple gedreht.«

»Stimmt. Wir hatten dort Innenaufnahmen in einer Wohnung.«

»Was ist das für ein Film, den Sie da drehen?«

»Ein Kinofilm. Monsieur Molin produziert ...« Die Produktionsleiterin stockte und verbesserte sich dann. »Ich meine, produzierte nur Kinofilme. Fernsehen war nicht sein Ding.«

»Worum geht es in dem Film?«

»Um eine Gangstergeschichte aus den Fünfzigerjahren. Es ist ein Thriller.«

»Aha.«

Nadine Capelli putzte sich geräuschvoll die Nase. LaBréa bemerkte, dass ihre Fingernägel bis aufs Nagelbett abgebissen waren.

Die Produktionsleiterin schüttelte den Kopf und fing erneut an zu weinen.

»Ich weiß gar nicht, was jetzt werden soll! Hoffentlich müssen die Dreharbeiten nicht abgebrochen werden. Das Ganze ist eine Katastrophe! Ich habe vorhin schon den Regisseur angerufen. Wir wollen uns gegen Mittag mit den wichtigsten Leuten aus dem Team bei ihm zu Hause treffen und besprechen, was jetzt wird.«

»Wie heißt der Regisseur?«

»Matthieu Salmi.«

Der Name sagte LaBréa nichts.

»Es ist sein erster Kinofilm. Er hat bisher hauptsächlich Werbefilme gedreht.«

LaBréa fragte nach weiteren Mitgliedern des Teams. Er notierte sich den Namen des Kameramanns, der Regieassistentin und der drei Hauptdarsteller.

»Gibt es noch andere Schauspieler?«, erkundigte er sich.

»Ja. Jede Menge Nebendarsteller. Mit denen sollte erst ab übernächster Woche gedreht werden.«

»Wann haben Sie Monsieur Molin zum letzten Mal gesehen, Madame Capelli?«

Die Produktionsleiterin zögerte nicht.

»Das war gestern Abend.«

»Um wie viel Uhr?«

»Kurz vor zehn. Wir hatten eine Produktionsbesprechung, nebenan in Monsieur Molins Büro.«

»War außer Ihnen noch jemand dabei?«

»Ja.« Nadine Capelli nannte den Kameramann, Rémy Favre, die Regieassistentin, Margaux Rougier, und den Regisseur, Matthieu Salmi. Dieselben Leute, mit denen sie sich an diesem Tag treffen wollte.

»Ist während dieser Besprechung irgendetwas vorgefallen? Gab es Streit, einen Disput?«

Nadine Capelli zögerte kurz.

»Nein. Alles verlief völlig normal.«

»Worum ging es denn?«

»Um den Drehplan für nächste Woche«, sagte sie rasch und vermied den direkten Augenkontakt. »Monsieur Molin hat gestern überraschend eine längere Szene im Drehbuch gestrichen. Für nächste Woche musste einiges umgestellt werden.«

LaBréa blickte sie erstaunt an.

»Ist es denn üblich, dass ein Produzent einfach eine Szene im Film streicht? Ich dachte, die künstlerische Verantwortung liegt beim Regisseur?«

»Normalerweise ist das auch so. Aber Monsieur Molin hat sich da mehr an den Gepflogenheiten in Hollywood orientiert. Dort hat die Stimme des Produzenten ein ganz anderes Gewicht als hier in Europa.«

»Er hat sich an Hollywood orientiert?« LaBréa lächelte ungläubig. »Und dann trägt er eine Baseballkappe mit der Aufschrift *Never back to Hollywood?!* Das ist irgendwie ein Widerspruch, finde ich.«

Nadine Capelli verzog ihren Mund zu einem zaghaften Lächeln.

»Das mag schon sein. Monsieur Molin hatte sehr viele widersprüchliche Eigenschaften, aber nur eine einzige Vision.«

»So. Und welche, wenn man fragen darf?«

»Gutes Kino zu machen. Und solche Produzenten sterben heutzutage aus.«

Kaum hatte sie den letzten Satz ausgesprochen, schlug sie erschrocken die Hand vor den Mund.

»Mein Gott, was rede ich denn da ...«

»Wirkte Monsieur Molin gestern Abend anders als sonst?«

Nadine Capelli überlegte kurz.

»Nein. Jedenfalls ist mir nichts Besonderes an ihm aufgefallen.«

»Erwartete er noch Besuch?«

»Davon hat er nichts gesagt.«

Claudine Millot steckte ihren Kopf durch die Tür.

»Eine gute und eine schlechte Nachricht, Chef.«

»Die gute zuerst.«

»Franck ist gerade eingetroffen.«

»Und die schlechte?«

»Die Presse lauert unten vor dem Haus. Ein Fernsehteam von TF 1.«

»Halten Sie mir bloß diese Leute vom Leib! Absolute Nachrichtensperre.«

»Außerdem wartet Madame Molin hier draußen auf Sie.«

»Ich komme gleich.« LaBréa wandte sich wieder an Nadine Capelli. »Haben Sie eine Vermutung, wer Monsieur Molin ermordet haben könnte?«

Die Produktionsleiterin schüttelte langsam den Kopf und sah ihn aus rot geweinten Augen an.

»Nein, keine Ahnung, Commissaire.«

Lust auf mehr bekommen?
Dann lesen Sie weiter in

Mord in der Rue St. Lazare

von

Alexandra von Grote

ISBN 978-3-453-43377-9

HEYNE <